SCIENCE FICTION

Herausgegeben
von Wolfgang Jeschke

Von dem Autorengespann
LARRY NIVEN/JERRY POURNELLE erschien in der Reihe
HEYNE SCIENCE FICTION & FANTASY:

Luzifers Hammer · 06/3700
Todos Santos · 06/4072
Gefallene Engel · 06/5926 (mit MICHAEL FLYNN)

SPLITTER-ZYKLUS:

Der Splitter im Auge Gottes · 06/3531
Der Ring um das Auge Gottes · 06/5180

Von LARRY NIVEN:

Der Flug des Pferdes · 06/3817

Von LARRY NIVEN & DAVID GERROLD:

Die fliegenden Zauberer · 06/3489
auch in der BIBLIOTHEK DER
SCIENCE FICTION LITERATUR · 06/8
sowie als Aktionstitel in WARP 7 · 06/7022

LARRY NIVEN / JERRY POURNELLE
MICHAEL FLYNN

Gefallene Engel

Roman

Aus dem Amerikanischen von
WALTER BRUMM

Deutsche Erstausgabe

WILHELM HEYNE VERLAG
MÜNCHEN

HEYNE SCIENCE FICTION & FANTASY
Band 06/5926

Titel der amerikanischen Originalausgabe
FALLEN ANGELS
Deutsche Übersetzung von Walter Brumm
Das Umschlagbild ist von doMANSKI

Umwelthinweis:
Dieses Buch wurde auf chlor- und säurefreiem Papier gedruckt.

Redaktion: René Nibose-Mistral

Amerikanische Erstausgabe by
Baen Publishing Enterprises, Riverdale, N.Y.
Mit freundlicher Genehmigung der Autoren
und Paul & Peter Fritz, Literarische Agentur, Zürich
(# 45627)

Printed in Germany Februar 1998
Umschlaggestaltung: Atelier Ingrid Schütz, München
Technische Betreuung: M. Spinola
Satz: Schaber Datentechnik, Wels
Druck und Bindung: Presse-Druck, Augsburg

ISBN 3-453-13317-X

Inhalt

1

Göttern gleich zu sein…

Hoch über der Nordhalbkugel begann der Rumpf des Stickstoffsammlers zu singen. Die Pilotenkanzel war wie ein Resonanzboden für Vibrationen, die weit unter dem menschlichen Hörbereich lagen. Alex MacLeod fühlte sie in den Knochen.

Piranha berührte die höchsten Schichten der äußeren Atmosphäre.

Die Erde war perlweiß verhüllt. Nirgendwo gab es eine Lücke. Gebirgszüge aus weißem Flaum, ragende Kliffs, weite, sanft gewellte Ebenen, die sich zu einem weit entfernten konvexen Horizont erstreckten, eine Wolkendecke, die fest genug aussah, um darauf zu gehen. Eine Illusion; eine Geographie von Wasserdampf, substanzlos wie Jugendträume. Würde er den Fuß darauf setzen… Die Wolken schwebten nicht in Schwerelosigkeit, wie es sich gehörte, sondern in einem Beschleunigungsrahmen, der den Stickstoffsammler blindlings auf einen ungeheuren Ball aus Gestein und Eisen niederschleudern und wie irgendeinen Traum zerschmettern konnte.

Fallen, nannten sie es.

Die Melancholie überkam ihn wieder. Heimweh? Schwerlich. Er konnte sich kaum an die Erde erinnern. Schnappschüsse aus der Kindheit, eine chaotische Montage von Erinnerungsbildern. Wie er einmal die Kellertreppe in seinem Elternhaus hinuntergefallen war, daran er sich kaum erinnerte. Sich überschlagend die Stufen hinunter, dann mit dem Kopf hart auf den Betonboden. Es war ihm nichts weiter passiert, weil er zu klein gewesen war, um genug kinetische Energie zusammenzubringen. Aber der Schrecken war ihm unauslöschlich im Gedächtnis geblieben. Nun war er viel größer und würde bei weitem tiefer fallen.

Einmal hatten seine Eltern ihn auf den Sears Tower mitgenommen, und ein anderes Mal zum Rand der Mesa Verde, hoch über den Felsabstürzen des Tafelberges, und beide Male hatte er gedacht, wie furchtbar tief es da hinunterging. Dann hatten sie ihn so weit mit hinauf genommen, daß die Tiefe aufgehört hatte, etwas zu bedeuten.

Alex starrte zur Windschutzscheibe der *Piranha* hinaus zur Wolkendecke und versuchte dieses Gefühl von Höhe und Tiefe wiederzubeleben; er versuchte sich zu vergegenwärtigen, daß die Wolken unten waren, und er oben. Aber es war alles zu lange her, in einer anderen Welt. Er konnte nur Entfernung sehen. Das brachte das Leben in den Habitats mit sich; es nahm einem das Gefühl für Höhe und Tiefe und ließ nur die Entfernung.

Er warf seinem Copiloten Gordon Tanner einen Seitenblick zu. Wenn man in den Habitats geboren war, wußte man überhaupt nichts von Höhe und Tiefe. Es gab keine Erinnerungen daran. War Gordon in dieser Hinsicht glücklicher als er, oder nicht?

Das Schiff sang. Er hörte es plötzlich.

Und Alex MacLeod war wieder hinter einem Steuerknüppel, wie es ihm von Gott bestimmt war, und flog ein – nun ja, ein Raumschiff. Melancholie war nichts anderes als Undankbarkeit! Er hatte geplant und intrigiert, um diesen Auftrag zu bekommen, hatte Mary bekniet und bekniet, bis sie nachgegeben und seinen Namen an die Spitze der Liste gesetzt hatte, bloß um ihn los zu sein. Er hatte gewonnen.

Natürlich hatte das seinen Preis. Siege sind immer bittersüß. Süß, weil... Er schloß die Finger um den

Steuerknüppel und fühlte nichts. Sie waren noch im Vakuum; dichterem Vakuum, das sich erhitzte. Wenn es nicht genug Luft gab, daß die Meßpunkte an der Außenhaut Widerstand anzeigten, mußte der Pilot es Vakuum nennen.

Wie konnte man jemandem, der nie geflogen war, die Süßigkeit erklären? Man konnte es nicht. Er entspannte sich, fühlte das Prickeln der Erwartung in Händen und Füßen. Ach ja, wieder nützlich zu sein, wenn auch nur für ein paar Stunden.

Aber bitter, weil… An diesen Teil mochte er nicht denken. Einfach sich des Augenblicks erfreuen, eins mit ihm werden. Wenn dies sein letzter Flug sein sollte, würde er ihn genießen, so lange er konnte. Und wenn alles gut ging, würde er in ein paar Stunden wieder zurück sein und den Helden spielen, so lange den Leuten etwas daran lag. Einen wirklichen Helden, keinen Helden im Ruhestand. Dann zurück in den Tageskindergarten und Rotznasen wischen. Es konnte Jahre dauern, bevor wieder ein Tauchflug erforderlich wäre. Er würde nie wieder auf der Liste stehen.

Was bedeutete, daß Alex MacLeod, Pilot und Ingenieur, nicht mehr benötigt wurde. Was also war mit einem Piloten zu tun, wenn keine Piloten gebraucht wurden? Was sollten die Habitats mit einem Mann anfangen, der nicht mehr draußen arbeiten kann, weil eine weitere explosive Dekompression einen tödlichen Schlaganfall auslösen wird?

Kindergarten. Rotznasen. Lernen, ein Erzieher und Lehrer zu sein, eine Arbeit zu verrichten, die ihm nicht sonderlich gefiel.

Er sollte die Sache lieber positiv sehen. Vielleicht würde er die Rückkehr gar nicht schaffen. Sicher, er konnte immer den Ausweg nehmen, den Mish Lykonow vorgezeigt hatte: Erfüllung und Ende im Mare Tranquilitatis. Sie würden eine Gedenkfeier veranstalten und das Schiff mehr vermissen als ihn. Sogar Mary. Vielleicht gerade sie, seit sie ihm diese Mission verschafft hatte.

Er richtete sich in seinem Sitz auf und ließ den Blick über die Bordinstrumente wandern. Vielleicht gab es schon eine Andeutung von Widerstand ...

»Alex!«

Etwas hatte Gordon wachgerüttelt. Alex blickte zu ihm herüber. »Was ist?«

»Ich kriege eine Ablesung auf der Skala der Lufttemperatur!«

»Richtig. Inzwischen gibt es draußen genug Luft, daß sie eine Temperatur haben sollte.«

Gordon nickte, noch ungläubig.

Gordon hatte die Betriebsanleitung gelesen, ein dickes Buch. Was das anging, las Gordon viele Bücher, aber Bücher bedeuten nicht viel. Ein Buch lesen und etwas tun, war der Unterschied zwischen Theorie und Praxis, zwischen Wissen und Können. Die Lektüre der Betriebsanleitung besagte nicht viel. Deshalb brachten sie immer einen Neuling mit einem alten Profi zusammen. Lernen durch Praxis. Das Problem bei dieser Ausbildungsmethode war in ihrem Beruf, daß es nicht viel Raum fürs Ausprobieren gab.

Alex bewegte vorsichtig den Steuerknüppel und spürte, wie das Schiff reagierte. Kein Vakuum mehr! Er legte es in die Kurve und richtete es wieder auf. Draußen rauschte die Luft an der Außenhaut entlang. Sein Blick ging über die Meßinstrumente. Hier. Dort. Ein Blick genügte, um zu sehen, ob etwas nicht stimmte oder sich seit dem letzten Blick verändert hatte. Dynamische Lufttemperatur. Die Anzeigenadel der Machzahl wurde lebendig, sprang von null über die Skala. Er grinste. Die Melancholie war wie weggeblasen. Er hatte nichts vergessen; alles war noch präsent.

»Was ist komisch?« fragte Gordon.

»Das alte Streitroß hat wieder ein Trompetensignal gehört. Jetzt bist du dran. Nimm den Steuerknüppel.« Spaß war Spaß, aber es war Zeit, daß der Junge lernte, mit der Realität umzugehen. In einem Flugsimulator konnte man manches lernen, aber nicht alles. »Da. Spürst du es?«

»Ah...« Gordon umklammerte den Steuerknüppel des Copiloten, zog ihn ein wenig zu sich. Er sah unsicher aus.

Der Junge hatte nichts gefühlt. »Du übernimmst«, knurrte Alex. »Du fliegst jetzt. Merkst du es nicht?«

»Also...« Eine weitere vorsichtige Bewegung mit dem Steuerknüppel.

Piranha wackelte. »He! Ja!«

»Gut. Es ist schwierig zu beschreiben, aber wenn du gut hinhörst, sagt dir das Schiff, wie es ihm geht. Ich meine damit nicht, daß du die Instrumente vergessen solltest. Du mußt sie ständig überfliegen; sie sind deine Augen und Ohren. Aber vor allem mußt du mit Händen und Füßen und mit dem Hintern hören. Mach das Schiff zu einer Erweiterung deines Körpers. Spürst du es? Dieses Rauschen? Das ist Luft, die mit acht Kilometern pro Sekunde an uns vorbeiströmt. Es ist nicht mehr Newton, der unsere Bewegungen bestimmt. Du bist es.«

Gordon zeigte ein nervöses Grinsen, als hätte er gerade den Sex entdeckt.

»Wie ist unsere Flugbahn?«

»Ah...« Ein schneller Blick auf die Abrollkarte. »Grönland voraus.«

»Gut. Über Norwegen wäre schlecht.«

»Warum?«

Warum! Hörte der Junge nicht die Nachrichtensendungen von unten? Schließlich war es auch seine Welt. War sie ihm gleichgültig? Wahrscheinlich. Für ihn war es die Welt seiner Großeltern.

»In Norwegen ist Krieg. Wenn wir es überflögen, würde jemand eine Abwehrrakete auf uns abfeuern, und wir würden nicht mal wissen, welche Seite es war.«

Die neue Keramikverkleidung war ausgezeichnet. Früher begann die Außenhaut zu glühen, aber jetzt… Viertausend Grad, und kein sichtbares Zeichen. Trotzdem würden sie sich auf dem Bildschirm eines Infrarotzielgeräts wie ein Leuchtfeuer ausnehmen, ob mit oder ohne neue Keramikplatten, und das war alles, was die Leute unten brauchen, um Entfernung, Kurs und Geschwindigkeit zu berechnen.

»Welche Seite?« fragte Gordon. »Was sind die Seiten?«

Alex lachte. »Das ist einer der Gründe dafür, daß wir nicht sicher sein können. Als es anfing, verteidigte die NATO den Ostseeraum.« Der Krieg wurde konventionell ausgetragen, aber er zog sich in die Länge. Alex war es inzwischen ziemlich gleichgültig, wer gewann, und Gordon schien kaum eine Ahnung zu haben, was vorging. »Nach einer Weile warfen die Skandinavier und die Russen nervöse Blicke über ihre Schultern zu den vorrückenden Gletschern, und aus Ost gegen West wurde Nord gegen Süd.«

»Dumme Teufel. Nye kulturni.«

»Da.« Es überraschte ihn nicht mehr. Alle jüngeren Leute in den Habitats sprachen russisch so automatisch wie englisch. Russlisch? Seit *Mir* und *Freedom* ihre Ressourcen zusammengelegt hatten, wurde als selbstverständlich vorausgesetzt, daß jeder die Sprache des anderen lernte, aber Alex war nicht über ›Ya tebye ljublyu‹ hinausgekommen. Hallo war ›zdravstwuitje‹. Alex fand, daß etwas Masochistisches daran sein müsse, eine Sprache zu gebrauchen, die so viele Konsonanten aneinanderreihte. »Sei fair, Gordon. Würde es dich nicht nach Süden ziehen, wenn das Eis in deinem Hinterhof einen Kilometer dick wachsen würde?«

Gordon grübelte darüber nach. »Warum nach Süden?«

Er konnte das Lächeln nicht unterdrücken. »Schon gut. Laß mich wieder übernehmen und paß auf – jetzt. Ich werde die Klappe öffnen und dadurch Geschwindigkeit reduzieren. Beobachte, was ich tue und folge meinen Bewegungen.«

Es gab einen merklichen Ruck, als die Sammlerklappe in den Wind geöffnet wurde, und der Machzahlmesser sank gleichmäßig. »Gut«, sagte er schließlich, »das ist getan. Nun übernimm wieder.«

Gordon tat es, geschickter als zuvor. Alex beobachtete ihn aus den Augenwinkeln, während er vorgab, die Instrumente zu kontrollieren. *Piranha* war ein feines kleines Schiff. Alex hatte es vor Jahren einmal geflogen und hielt es für das beste der drei verbliebenen Stickstoffsammler. Vielleicht war es aber nur die Sentimentalität des letzten Tauchfluges. Wahrscheinlich hätte er bei jedem anderen Schiff, das er bei seinem letzten Tauchflug steuerte, die gleichen Empfindungen gehabt, selbst wenn er meinte, daß er *Piranha* eine besondere Träne nachweinen würde, wenn sie das Schiff abwrackten. Die Stickstoffsammler waren bereits zweiundzwanzig Jahre alt, und wenn es im Vakuum auch nicht viel Beanspruchung und Abnutzung gab, so traf dies um so mehr zu, wenn sie wie weißglühende kreischende Dämonen durch die Erdatmosphäre fuhren. *Jaws* war bereits aus dem Verkehr gezogen worden. Gordon fing mit neunzehn gerade an, und die Schiffe waren mit zweiundzwanzig schon am Ende. Das Leben war schon komisch.

Alex strich mit einer Hand leicht über die Umrahmung des Armaturenbretts. Stickstoffsammler waren trotz ihrer zweckmäßig plumpen Form hübsch: breite Rümpfe mit flachen Böden und weit gähnenden Einsaugöffnungen, die ihnen eine gewisse Ähnlichkeit mit frühen Düsenflugzeugen verliehen. Da sie keine Fahrwerke besaßen, konnten sie nicht landen, doch tauchten sie niemals tief genug in die Atmosphäre ein, um in Bodennähe zu kommen.

Piranha schoß hoch über der gleißenden weißen Wolkendecke durch die Atmosphäre, heiß wie ein Meteor, aber niemals an irgendeinem Punkt zu heiß. Summend, vibrierend, funktional.

Auch Gordon war funktional. Aufmerksam, aber nicht angespannt. Er hielt die Maschine gerade richtig in einer leicht abwärts geneigten Flugbahn, während erhitzte Luft durch die Einsaugöffnung in den Tank strömte. Die Geschwindigkeit fiel auf der Anzeige unter das Optimum, und Gordon gab Gas, bis die Geschwindigkeit wieder anstieg. Er tat es beinahe beiläufig, als wäre es eine alltägliche Sache. Alex nickte bei sich. Der Junge hatte es. Man mußte es nur aus ihm herauslocken.

»Alex?« sagte Gordon plötzlich. »Warum nicht Grönland?«

»Mmh?«

»Warum schießt in Grönland niemand Raketen ab?«

Alex grinste. Das war gut. Gordon flog einen Stickstoffsammler im Tauchflug, saugte Luft mit acht Kilometern pro Sekunde ein und versuchte ein Gespräch anzufangen. Das war die richtige Einstellung, nur durfte sie nicht in Unbekümmertheit umschlagen. Man konnte diese Arbeit nicht in nervöser Anspannung tun; ein gewisses Maß an Gelassenheit war wichtig. »Dort gibt es nur Eskimos«, erklärte er. »Eine Eiszeit macht denen nichts aus.«

»Eskimos kenne ich nicht. Gogol schrieb einmal eine gute Geschichte, in der von Lappen die Rede ist, aber ich verstand es nicht …«

Die Farbe des Himmels hatte sich von Schwarz zu Marineblau gewandelt. Alex dachte, er würde nicht tiefer gehen, sagte aber nichts. Gordon blickte durch die Windschutzscheibe hinaus und sagte: »Sollten wir inzwischen nicht Land sehen?«

Alex schüttelte den Kopf. »Nein, die Wolkendecke über der subpolaren Region ...« Er brach ab. Das Weiß unter ihnen war nicht mehr die Wolkendecke. Sie mußten den südlichen Rand erreicht oder ein Loch darin gefunden haben. Weiß in Weiß. Wolken oder Eis. Wenn man nicht genau hinsah, merkte man den Unterschied nicht. »Verdammt, verdammt. Das Eis wächst noch immer.«

Gordon sagte nichts. Alex beobachtete ihn noch einen Augenblick, dann wandte er seine Aufmerksamkeit den Instrumenten zu. Gordon war neunzehn. Für ihn hatte es immer eine Eiszeit gegeben, also war er nicht überrascht, daß die Gletscher weiter südwärts vorangekommen waren. Alex glaubte sich an eine andere Welt zu erinnern, die grün und nicht weiß gewesen war, bevor seine Eltern ihn nach oben gebracht hatten. Er war nicht sicher, wieviel davon echte Kindheitserinnerung war, und wieviel auf Fernsehfilmen oder Abbildungen in Büchern beruhte. Die Habitats hatten eine stattliche Zahl von Büchern auf Mikrofilm, die heraufgebracht worden waren, als sie noch mit denen unten ausgekommen waren.

Die grünen Hügel der Erde, dachte er. Heute schoben sich die Gletscher – keine Eisströme, sondern enorme, ausgedehnte Eisschilde – jedes Jahr zwanzig bis dreißig Kilometer nach Süden vor, in manchen Gegenden Hunderte von Kilometern. Mit Gletschern verband man die Vorstellung unmerklich langsamer Bewegung, aber Eiszeiten kamen schnell. Vor zehntausend Jahren hatten die Gletscher den größten Teil Nord- und Mitteleuropas mit England in weniger als einem Jahrhundert bedeckt. Das wußte man seit den sechziger Jahren ... obwohl niemand es für nötig gehalten hatte, die Schulbücher entsprechend zu berichtigen. Aber was machte es schon? Für ein Schulkind war ein Jahrhundert wie die Ewigkeit.

Was Gordon betraf … Er blickte wieder zu seinem Flugschüler auf dem Platz des Copiloten. Warum sollte der Junge sich die Welt anders vorstellen oder wünschen? So wie sie zu unseren Lebzeiten ist, empfinden wir sie als normal, und so sollte sie immer sein. Wie es war am Anfang, so auch jetzt und alle Zeit und in Ewigkeit amen. Es war komisch, sich vorzustellen, wie die Umweltschützer dort unten verzweifelt gegen die Natur ankämpften und versuchten, die vorübergehenden Bedingungen für die Eintagsfliegenspezies einer kurzen Interglazialzeit für immer zu bewahren. Alex blickte zur Windschutzscheibe hinaus und seufzte.

»Wir hätten sie stoppen können«, sagte er unvermittelt.

Gordon warf ihm einen verdutzten Blick zu. »Hah?«

»Die Eiszeit. Mit großen orbitalen Solarspiegeln. Mehr Mikrowellenkraftwerken. Sonnenlicht ist kostenlos. Wir hätten genug Energie abstrahlen können, um den Vormarsch der Eisdecke zu stoppen. Du weißt, was ein kleiner Sonnensatellit für Winnipeg getan hat.«

Gordon betrachtete die gefrorene Welt draußen, schüttelte den Kopf. »Ya nje ponimal«, sagte er. »Beim Examen schwindelte ich mich durch, aber verstanden habe ich das nie. Die polare Eiskappe blieb Jahrtausende unverändert. Dann breitet sie sich plötzlich aus wie eine riesige weiße Amöbe.«

Der Ohrhörer in Alexs Helm meldete sich mit einem Rufsignal. Er schaltete mit einer Hand ein. »*Piranha* hier.«

»Alex!« Es war Mary Hopkins' Stimme. Sie saß für diesen Tauchflug in der Kontrollstation. Alex fragte sich, ob sie sich geschmeichelt fühlte … und ob Lonny bei ihr war. »Wir haben einen aufsteigenden Drachen geortet«, sagte Mary. »Anscheinend nimmt er Kurs auf euch.«

So, sie schießen von Grönland keine Raketen ab? Such dir einen anderen Job, alter Alex, als Wahrsager taugst du nicht. »Verstanden, Mary.« Er wandte den Kopf zu Gordon. »Ich übernehme«, fuhr er ihn an. »Klappe zu, alles dicht machen! Gegenmaßnahmen!«

»Da!« Er sagte noch etwas, zu schnell, um verständlich zu sein.

»Englisch, verdammt noch mal!«

»O ja, natürlich. Klappe ist geschlossen.«

Piranha fühlte sich besser. Unter Kontrolle. »Helm schließen!« Alex zog sein Visier herunter und verschloß es.

»Alex, ich habe was.« Gordons Stimme kam blechern über den Helmlautsprecher, oder vielleicht war er nur ein bißchen aufgeregt. »Links achteraus und unter uns«, sagte er.

Sieben Uhr tief.

»Annäherung auf gleichbleibendem Kurs.«

»Leuchtbomben werfen.« Das würde nicht viel helfen. *Piranha* war gegenwärtig das heißeste Ding am Himmel. Aber wie die Frau sagte, als sie ihrem toten Ehemann Hühnersuppe einlöffelte, es konnte nicht schaden. »Wie sieht sie uns?«

»K-Band.«

»Stören.«

»Bin dabei.«

Und das war er. Alex grunzte. Wenigstens hatte Gordon dieses Buch gelesen. Alex spähte mit zusammengekniffenen Augen in den Radarschirm. Da war das Ding, klein und auf gleichmäßigem Annäherungskurs. »Halt dich fest.« Er drehte nach Steuerbord ab und sah die Hitzeanzeige steigen. *Piranha* hatte keine Tragflächen, die unter zu hoher Belastung abbrechen oder durch einen Nahtreffer abgerissen werden konnten.

Nur kleine, dicke Flossen und einen breiten, flachen Bauch, den ein Treffer durchschlagen oder verdampfen würde. Er biß sich auf die Lippe. Daran durfte er nicht denken. Er mußte sich darauf konzentrieren, was er tun konnte.

Die scharfe Kursänderung drückte ihn gegen die Sitzkante. Entspannt überließ er sich dem zusätzlichen Beschleunigungsdruck und hoffte, daß seine erdgeborenen Knochen sich erinnern würden, wie sie das Gewicht zu tragen hatten. Jahrzehnte im freien Fall hatten ihn weich gemacht. Die Beschleunigung war wie eine Tonne Sand, die ihn zudeckte. Er fühlte das Blut in den Nebenhöhlen, aber er konnte es aushalten. Er konnte es aushalten, weil er mußte.

Gordon umklammerte die Armlehnen seines Sitzes. Der Druck zog ihm die Wangen abwärts, seinen Kopf auf die Brust. Gordon war in Schwerelosigkeit geboren, und starke Beschleunigung war ihm neu. Er sah ängstlich aus. Wahrscheinlich war ihm schlecht.

Die Kurve schien kein Ende nehmen zu wollen. Alex beobachtete den Drachen im Radarschirm. Das Echozeichen war beinahe in der Mitte. Und näher. Er zog am Steuerknüppel. Das Echozeichen wanderte nach links, dann zog es in einem Bogen davon. Alex wußte, daß es eine Illusion war. Die Rakete hatte Kurs gehalten; die *Piranha* war ausgewichen.

»Du hast ihn abgehängt!« rief Gordon. Er wandte den Kopf und grinste durch das Helmvisier zu Alex.

Alex lächelte zurück. »Schiß?«

»Von wegen, nein.«

»Ja. Ich auch. Wer mit Mach 26 fliegt, während eine infrarotgesteuerte Rakete versucht, ihm in den Hintern zu fliegen, ist berechtigt, Schiß zu haben.« Er schaltete das Radio ein. Die Kontrollstation mußte jetzt entscheiden. »Mary, wir haben den Drachen abgehängt. Gibt es Instruktionen?«

Nach einer kurzen, aber bedeutsamen Pause kam die Antwort. »Wir brauchen den Stickstoff«, sagte Marys Stimme.

Alex wartete, daß sie weiterspreche, erkannte dann, daß sie schon ausgeredet hatte. Wir brauchen den Stickstoff. Das war alles, was sie sagen wollte. Damit ließ sie den Ball bei ihm.

Natürlich brauchten sie den Stickstoff, dachte er. Wiederaufbereitung war nicht vollkommen. Gasmoleküle verflüchtigten sich durch die Stationswände. Dann und wann mußte jemand mit dem Eimer zum Brunnen gehen und für Ersatz sorgen. Die Frage war, wann. Wenn jemand irgendwo da unten in einer Raketenstellung saß und es ihn im Finger juckte?

Er konnte das Unternehmen abbrechen und den Sündenbock machen; sein letzter Tauchflug ein Fehlschlag. Treibstoffverbrauch ohne Nutzen. Oder er konnte heroisch in den Rachen des Todes fliegen und Luft einsaugen. So oder so, es war seine Entscheidung.

Er spürte Lonny Hopkins spinnenfingrige Hand im Hintergrund. Wenn Mary durchblicken ließ, daß ihr der Stickstoff wichtiger sei als seine Knochen, mußte es daran liegen, daß ihr Mann hinter ihr im Kontrollraum schwebte, eine Hand sanft auf ihrer Schulter, während sie es dem Kerl zeigte, der ...

Manche Leute hatten ein langes Gedächtnis.

Nun, Mary war eine freie Bürgerin, nicht wahr? Wenn die Frau des Stationskommandanten außerplanmäßige Wünsche hat, ist es ihre Sache. Sie hatte ihn nie weggestoßen, erst in dieser letzten gemeinsamen Nacht. Wir hängen hier oben an den Fingernägeln, hatte sie damals erklärt. Wir müssen alle an einem Strang ziehen, hinter dem Stationskommandanten stehen.

Richtig.

Niemand konnte hinter Lonny Hopkins stehen, weil er nie jemandem den Rücken zukehrte. Aus gutem

Grund. Vielleicht hatte er recht. Er machte seine verdammte Sache gut, und vielleicht war die allgemeine Situation so prekär, daß für demokratische Diskussion kein Raum war. Das bedeutete aber nicht, daß es Alex gefallen mußte.

Er mußte sich entscheiden.

»Verstanden, Mary. Wir werden dir deine Luft besorgen.« Schluck das, Kommandant Lonny Hopkins. Er schaltete aus und wandte sich zu Gordon. »Wir machen die Klappe wieder auf.«

»Alex ...« Gordon runzelte die Stirn und biß sich auf die Unterlippe.

»Sie sagen, sie brauchen den Stickstoff.«

»Ja.« Gordon wandte sich um und legte über seiner Sitzlehne zwei Knebelschalter um.

Alex fühlte die Bremswirkung, als die große Klappe wieder aufging. Kaum war sie offen, begann Gordon zu schreien. »Ekho! Ekho priblizhajetsja!«

»Englisch!«

Etwas explodierte hinter der Pilotenkanzel, und Alex fühlte, wie sein Schutzanzug sich aufblies. In seinen Ohren knackte es, und er ächzte tief in der Kehle.

Er hatte es vergessen, aber seine Nerven erinnerten sich. Es war nicht das Fallen, das er fürchtete, es war die Luft, die durch seine Kehle riß, Dolche, die ihm in die Ohren stießen, ein Druck, der seine Brust zu sprengen drohte. Fünfmal war sein Raumanzug undicht geworden, während sie an der Rettung der Station *Freedom* gearbeitet hatten. Er trug die Narben in geplatzten Venen und Arterien überall an seinem Körper, als ob Lonny Hopkins ihn einem verrückten Tätowierer für Versuche überlassen hätte. Weitere Narben waren in seinen Bronchien und Lungen und in den Nebenhöhlen. Ein sechstes Mal im Vakuum, und sein Gehirn würde ihm zur Nase herausspritzen. Alex konnte nicht hinaus; sie mußten ihn im Kindergarten unterbringen.

Seine Fäuste umklammerten den Steuerknüppel wie in Leichenstarre. Er hörte sein eigenes entsetztes Winseln und Gordons Schrei, fühlte, wie *Piranha* nach Steuerbord abkippte. Und sein Anzug hielt dicht.

Er kämpfte mit dem Steuerknüppel, um das Schiff unter Kontrolle zu bringen. Hatte er sich zu spät vom Schock erholt? »Komm schon, Kleines«, stieß er durch die zusammengebissenen Zähne hervor. »Komm schon. Halt fest.«

Halt fest war das alte Motto der MacLeods. Alex wünschte sich flüchtig, daß er die Feenflagge hätte, die der Clan MacLeod nur in größter Gefahr entrollte. *Piranha* vibrierte und erzitterte. Etwas zerbarst mit dem Klang einer reißenden Klaviersaite. »Komm schon, Kleines. Beruhige dich.«

Und tatsächlich stabilisierte sich die Lage. Die abstürzende *Piranha* reagierte wieder auf die Steuerung. »Gutes Mädchen«, murmelte Alex, dann schaltete er sein Anzugradio ein. »Mary, wir sind getroffen.« Vorerst kam es darauf an, alle gesammelte Luft in die Triebwerke zu leiten, um aus dem Brunnen heraus und wieder in eine Umlaufbahn zu kommen. Einmal in der Umlaufbahn, wären sie halbwegs gerettet. Jemand würde kommen und sie abholen. Er betätigte die Schalter.

Der Raketenmotor wollte nicht zünden. Die Geschwindigkeit ging gleichmäßig zurück, und der Raketenmotor wollte nicht zünden. Er unterdrückte die aufkommende Panik, aber sie verknotete sich in seinen Gedärmen. Die Triebwerke für den Raumflug waren allein nicht stark genug, um wieder eine Umlaufbahn zu erreichen. Es würde nicht mehr lange dauern, bis der Stickstoffsammler zu langsam wurde, um die Triebwerke im Gang zu halten. Damit würde er zum Segelflugzeug.

Und keinem guten Segelflugzeug.

Alex schluckte. Dort unten sah es schrecklich kalt aus. Und der Raketenmotor wollte nicht zünden.

»Mayday«, sagte er. »Mayday. *Piranha* hat ein Problem.« Ein Teil seines Bewußtseins war unbeteiligt und bewunderte seine kaltblütige Reaktion nach diesem einen Augenblick des Schreckens.

»Hier Mary. Wie ist euer Status?«

»Wir gehen hinunter, Mary. Gib meiner Familie Nachricht. Es steht alles im Adressenverzeichnis meiner Akte. Das Codewort für den Zugang ist *dunvegan*.« Er warf Gordon einen Blick zu, aber der Junge schüttelte bloß den Kopf. Unter dem Plexiglas des Helmvisiers war sein Gesicht weiß. »Auch die Familie Tanner.« Gordon hatte keine Kinder; er war das Kind. Ein ziemlich unerwünschtes Kind, was das anging, ein Stiljagi, ein Mensch auf Bewährung. »Gib acht, wo wir landen und verständige unsere Kontaktpersonen über Richtfunk.«

Sekundenlang kam nur Zischen über die Frequenz. »Klar, Alex. Wir haben Freunde unten. Vielleicht nicht viele, aber ... Wir werden sie verständigen. Sie werden sich um euch kümmern. Kannst du die Maschine hinunterbringen?«

»Vielleicht tauge ich sonst für nichts, aber ich traue mir eine Notlandung zu.«

»Dann gibt es zweierlei, worin du gut bist.«

Wärme breitete sich in ihm aus. War Lonny noch da? Würde er diese Botschaft verstehen? Alex hoffte es beinahe. Mary sagte noch etwas, aber er war zu beschäftigt, das Schiff unter Kontrolle zu halten, um sie zu hören. Die Geschwindigkeit war auf annähernd Mach 4 gesunken, und er stellte das Höhenruder an, daß die Nase der *Piranha* abwärts gedrückt wurde. Vorsichtig versuchte er auf Südkurs zu gehen. Eis, soweit das Auge reichte, und dann schloß sich die Wolkendecke wieder. Der Stickstoffsammler glich einer Kreuzung zwischen Flugzeug und Betonmischmaschine. Je langsamer er flog, desto mehr verhielt er sich wie eine Betonmischmaschine.

Nicht auf dem Eis, sagte er sich. Nur nicht auf dem Eis ...

»Fliegst du wirklich so gut?« fragte Gordon mit gepreßter Stimme.

»Ich bin schon mal auf der Erde gelandet, Gordon. Kennst du sonst jemand, der das von sich sagen kann?« In Wahrheit war er seiner Sache nicht so sicher. Mein Gott, betete er still, hilf mir, daß ich uns in einem Stück hinunterbringe.

Fünfzehntausend Meter, und die Luft wurde dichter. Mach 3,5. Die Wolkendecke unter ihnen war von Turbulenzen aufgewühlt. *Piranha* tauchte in einen Sturm hinab. Er überlegte, ob Nord-Dakota flach oder gebirgig war.

Vielleicht wäre ein Landung auf dem Eis nicht das Schlechteste. Eis war glatt, nicht wahr? *Piranha* war von der Reibungshitze aufgeheizt. Würde sich eine eigene Landebahn über dem Gletscher schmelzen.

Andererseits würden sie nach der Landung aussteigen müssen, und auf dem Eis konnte es lausig kalt sein. So kalt, daß einem die Augäpfel gefroren und zersprangen, wenn man zwinkerte ...

Die Wolken schlossen sich um die Maschine, und er flog blind nach Radar. Um die Geschwindigkeit zu verlangsamen, zog er weite Schleifen. Die Machzahl war jetzt 2,5 und sank weiter.

Gordon konnte den Kopf gegen die Beschleunigung nicht heben. »Wenigstens werden wir lebenserhaltende Bedingungen vorfinden«, sagte er plötzlich. »Lebenserhaltende Bedingungen für vier Milliarden Menschen, sagte mein Lehrer und es wird nicht richtig kalt, nicht? Kalt genug, daß Wasser gefriert, aber nicht Kohlendioxid.«

Alex grunzte. Kalt genug, daß Wasser gefriert. Woraus bestand der menschliche Körper? Eine weitere Schleife. »Richtig«, sagte er. Gordon war keine Ablenkung. Er war nur eine Stimme, und das letzte, was Alex während seiner letzten Augenblicke wollte, war Totenstille. Danach würden sie genug davon bekommen.

Denk positiv, Alex, alter Junge, sagte er sich. Du wirst die Landung überleben, damit du auf dem Eis erfrieren kannst.

Als die Geschwindigkeit unter Mach 1 sank, begann die Maschine zu rütteln. Das Raketengeschoß mußte Löcher hinterlassen haben, die im Luftstrom Turbulenzen erzeugten. Sie stießen im Sturzflug abwärts. Eiskristalle zerplatzten mit raschelndem Geräusch auf der Außenhaut. Als die Radarmessung eine Höhe von dreihundert Metern anzeigte, zog Alex den Bug hoch, fing die Maschine ab und wartete.

Piranha hatte kein Fahrwerk.

Freunde auf der Erde, hatte Mary gesagt. Er fragte sich, wen sie meinte. Die vier Milliarden Bewohner der Erde haßten die Raumstationen *Mir* und *Freedom* mit leidenschaftlicher Inbrunst. Ein Dutzend Nationen hatten den Krieg erklärt, als die Tauchflüge zur Stickstoffgewinnung begonnen hatten, aber es war nur martialisches Wortgetöse, weil ihnen die Voraussetzungen zur Raumfahrt fehlten. Nun fiel ihnen *Piranha* in die Hände.

Siebzig Meter Höhe bei abnehmender Geschwindigkeit. Er stieß den Steuerknüppel ein Stück nach vorn, um das Schiff möglichst eben aufsetzen zu lassen, und nahm dafür höhere Landegeschwindigkeit in Kauf. Windböen beutelten das Schiff, und Alex hatte alle Mühe, es am seitlichen Ausbrechen zu hindern. Plötzlich sackte es durch, und Alex erlebte einen Augenblick reiner Panik. Nur jetzt nicht alles verlieren. Im

Radar sah der Boden glatt aus. Gordon stützte sich mit beiden Händen am Armaturenbrett ab, was immer er sich davon versprach.

Es war die zweitbeste Landung, die er je hingelegt hatte. Die zweitbeste allerdings mit weitem Abstand. *Piranha* schlug auf das Eis und prallte ab, schlug wieder auf und prallte abermals ab. Wahrscheinlich wiederholte sich das ein drittes oder viertes Mal, aber Alex merkte nichts mehr davon.

* * *

Sören Haraldsson hatte die Lichterscheinung beobachtet. Er trug seine pelzgefütterte Parka, schwere Stiefel, Handschuhe wie ein Boxer und eine Pelzmütze, fröstelte aber trotzdem. Sein Atem dampfte frostig in der Abendluft. Jeden Abend machte er einen Rundgang um die Farmgebäude, bevor er die Fensterläden schloß, kontrollierte die Toreinfahrt, die Wolfsfallen und vergewisserte sich, daß keines der Tiere versehentlich draußen geblieben war.

Es kam bei Einbruch der Dunkelheit: ein feuriger Lichtstreif tief am Himmel, groß und wie Feuerschein, als er das Eis berührte und von Dampfwolken getrübt wurde. Keine Sternschnuppe, kein Meteor wie die, von denen er gehört hatte. Dafür war die Lichterscheinung zu flach hereingekommen, zu kontrolliert. Ein in Brand geratenes Flugzeug, das eine Notlandung versuchte. Oder ein Schiff.

Ah, sicherlich waren es Engel.

Er schüttelte seine eingewickelte Faust zum Himmel. »Seid verdammt, ihr Luftdiebe! Jetzt haben wir euch. Heh!« Der Atem gefror auf seinem ergrauenden blonden Schnurrbart. Morgen früh würde er Ozzie satteln und nach Casselton reiten, um die Behörden zu verständigen. Wahrscheinlich waren sie bereits auf der

Jagd nach den Engeln, aber nur ein Dummkopf ritt bei Nacht aus, und zumindest Ozzie war kein Dummkopf.

Drinnen, eingehüllt in die Wärme von Familie und Vieh, erzählte er Lisbeth, was er gesehen und vermutet hatte. Hochmütige, technomanische Engel waren auf dem Großen Eis niedergegangen. Ausgleichende Gerechtigkeit, sagte er. Lisbeth nickte und zitierte lächelnd aus dem Gedächtnis:

»Im Stolz, dem logisch aufgeblähten,
liegt unser Fehler.
Verachtung der eigenen Sphäre im
Wahn überheblichen Strebens!
Göttern gleich zu sein, träumen
sie, armselige Sterbliche,
und enden ruhmlos als gefallene Engel.«

2

Ein Augenblick in der Kindheit...

Das Telefon trällerte, und Sherrine Hartley zog sich das Kissen über den Kopf, obwohl sie wußte, daß es nichts nützen würde. Sie hatte eigens zu dem Zweck, daß man sie notfalls auch nachts erreichen konnte, ein Telefon zugeteilt bekommen. Weder Regen noch Hagel, Schnee oder Nachtkälte darf die Programmierer daran hindern, zum Arbeitsplatz zu eilen, wenn es im Arbeitsablauf irgendwo zu einer Panne gekommen ist. Wußte niemand mehr, wie man mit Programmen umging?

Unter der Daunendecke war es gemütlich warm. Der Thermostat der Raumtemperatur war auf zwölf Grad eingestellt, wie die Vorschrift es verlangte, und sie hatte nicht das geringste Verlangen, in die Kälte hinauszugehen. Ihr Arm schob sich unter der Decke hervor, tastete nach dem Telefon und zog es unter die Decke. Der Kunststoff war kalt, aber sie trug einen Schlafanzug aus angerauhtem Flanell und fühlte die Kälte nur mit den Händen.

»Hier Dr. Hartley.« Sie verzog das Gesicht. Es war, als hielte sie sich einen Eiswürfel ans Ohr.

»Sherrine?«

Doch nicht die Universität. Das brachte sie auf. Die Leute, von denen sie ihr Gehalt bezog, hatten damit das Recht erkauft, sie gelegentlich aus dem Schlaf zu reißen, aber das galt keinesfalls für einen abgelegten Exfreund. »Bob«, sagte sie, »weißt du, wie spät es ist?«

»Gewiß. Zwei Uhr dreiundvierzig.«

Sie seufzte. Solche Fragen stellte man einem Physiker besser nicht. »Was willst du, Bob? Und warum kann es nicht bis morgen früh warten?«

»Ich brauch dich, Sherrine. Jetzt.«

»Was? Hör zu, Bob, das ist alles vorbei.« Manche Männer konnten es einfach nicht glauben.

»In fünf Minuten bin ich bei dir.«

»Bob!« Aber er hatte schon aufgelegt.

Sie dachte daran, unter der Decke zu bleiben und nicht aufzumachen, wenn er läutete. Aber es würde nicht helfen. Bob Needleton war beharrlich. Er war durchaus imstande, bis zum Morgen auf ihrem Fußabstreifer zu stehen und an die Tür zu schlagen, bis sie öffnete. Manchmal war diese Art von Beharrlichkeit unbezahlbar. Im Laboratorium, zum Beispiel. Aber meistens war sie nur lästig.

Der verdammte Kerl. Sie trug wollene Socken und hatte ein paar Filzpantoffel unter der Decke bei sich. Eine Weile spielte sie Schlangenmensch, bis sie die Pantoffel gefunden und über die Füße gezogen hatte. Dann glitt sie aus dem Bett und ließ die Decke sorgsam an Ort und Stelle, um die Wärme im Bett zu halten. Ein dicker Bademantel hing über der Stuhllehne neben dem Bett. Sie schlüpfte hinein und tappte fröstelnd ins Bad.

Als sie das Licht einschaltete, glomm die Birne mit ungefähr einem Viertel ihrer Leuchtkraft. Manchmal konnte eine Störung im Versorgungsnetz gelegen kommen. Helles Licht hätte sie unnötig geblendet. Sie putzte sich die Zähne, um den unangenehmen Geschmack aus dem Mund zu vertreiben. Das Wasser in der Waschschüssel war noch nicht gefroren, aber als sie den Mund ausspülte, schmerzten ihr die Zähne von der Kälte. Sie spuckte den Mundvoll ins Spülbecken, weil es keinen Sinn hatte, den Rest des Wassers in der Schüssel zu verschwenden.

»Sparsamer Umgang mit unseren Lebensgrundlagen hilft allen«, sagten die Plakate. Sie fuhr sich mit dem Kamm durchs Haar. Es mußte ausgebürstet werden, aber ihr war zu kalt.

»Was sieht Bob Needleton in dir«, fragte sie ihr Spiegelbild, »daß er mitten in der Nacht herauskommt?« Die Bohnenstange im Spiegel antwortete nicht. Eine große Nase. Ein großer Mund. Nicht eigentlich hübsch. Sie konnte sich erklären, warum Jake sie verlassen hatte; aber nicht, warum Bob sich nicht abschütteln ließ.

Sie öffnete die Tür beim ersten Klopfen und trat beiseite. Der Wind fegte den Schnee in Wirbeln auf. Etwas davon blies zur Tür herein, als Bob eintrat, und sie warf die Tür hinter ihm zu. Der Schnee am Boden wartete eine Weile, bevor er schmolz. »Also, du bist da«, fuhr sie ihn an. »Es ist nicht geheizt, und kein Platz zum Sitzen. Das Bett ist der einzige warme Ort, aber du hast dort nichts verloren. Ich wußte nicht, daß es dir so dreckig geht. Übrigens habe ich keine Gesellschaft, um deiner Frage zuvorzukommen.« Wenn Bob dieser Ansprache nicht entnehmen konnte, daß sie stocksauer war, mußte ihm das Gehirn eingefroren sein.

»Es ist wichtig«, sagte er und kam näher. »Halten wir uns nicht lange mit Gerede auf.«

»Was?« Bob hatte nie das Fingerspitzengefühl für subtiles Vorgehen gehabt, aber dies war doch ein starkes Stück. Sie wollte zurückweichen, aber seine Hände umfaßten ihre Arme. Sie waren eiskalt, sogar durch die Ärmel des Bademantels. »Bob!« Er zog sie an sich und vergrub das Gesicht in ihrem Haar.

»Es ist nicht, was du denkst«, murmelte er. »Wir haben keine Zeit dafür, leider.«

»Laß mich los, Bob!«

»Nein, hab einen Augenblick Geduld mit mir. Laß

uns in dein Schlafzimmer gehen. Ich möchte nicht, daß du erfrierst.«

Er ging mit ihr durch den kurzen Hausgang nach hinten, wo ihr Schlafzimmer lag, und sie schlüpfte unter die Decke, ohne ihn einzuladen. Er setzte sich auf die Bettkante, noch in seinem dicken Ledermantel. Was immer ihn umtrieb, Sex war es nicht. Sie fühlte sich ein wenig beruhigt.

Er beugte sich über sie, küßte ihr die Schläfe und flüsterte ihr ins Ohr: »Engel sind heruntergekommen. Ein Stickstoffsammler. Bruchlandung.«

»Engel?« War er verrückt?

Er küßte ihr den Hals. »Nicht so laut. Zwar glaube ich nicht, daß wir abgehört werden, aber warum etwas riskieren? Engel. Raumfahrer. *Mir* und *Freedom*.«

Sie war zu lange fort gewesen. Daß Raumfahrer Engel genannt wurden, war ihr neu. Und ... »Bruchlandung?« Sie flüsterte es. »Wo?«

»Knapp hinter der Grenze, in Nord-Dakota. Bei Mapleton.«

»Ist das nicht auf dem Eis?«

»Ja. Aber sie sind nicht allzu weit vom Rand.«

»Woher weißt du das?«

Er beugte sich wieder näher, steckte ihr die Nase hinters Ohr und küßte ihr den Hals. Vielleicht war die Geschichte nur ein Vorwand für seinen Besuch, aber es war sonst nicht seine Art, so dick aufzutragen. »Wir haben davon erfahren.«

»Wir?«

»Der Worldcon findet dieses Jahr in Minneapolis-St. Paul statt ...«

Die SF-Worldcon, richtig. »Ich bekam die Einladung, wagte aber nicht hinzugehen. Wenn jemand mich sehen würde ...«

»Und er fing gerade an, als der Funkspruch von *Freedom* kam. Sherrine, sie hätten sich keinen besseren

Zeitpunkt oder Ort für die Bruchlandung aussuchen können. Deshalb bin ich zu dir gekommen. Deine Großeltern leben in der Nähe der Absturzstelle.«

Sie fragte sich, ob es einen günstigen Zeitpunkt für Bruchlandungen geben könne. »Und?«

»Wir müssen sie retten.«

»Wir? Wer sind wir?«

»Der Con-Ausschuß, einige der Fans ...«

»Warum erzählst du das mir, Bob? Es ist Jahre her, daß ich mit Fans Umgang hatte.«

Vielleicht zu viele Jahre. Sie hatte schon als Kind SF entdeckt, in der nahen Zweigstelle ihrer Stadtbücherei. Noch heute erinnerte sie sich an ihr erstes Buch. Die Hauptperson Force war geplagt und verfolgt worden, weil er anders war; und tatsächlich hatte er ein Geheimnis, die übermenschlichen Kräfte eines Mutanten. Das war genau die Art von Held gewesen, die ein häßliches Entlein von einem kleinen Mädchen angesprochen hatte, das sich im Kreis der anderen kleinen Mädchen als Außenseiterin fühlte.

SF hatte ihr damals eine ganz neue Welt geöffnet, ein Universum neuer Welten. Während die anderen Mädchen mit Barbiepuppen gespielt hatten, hatte Sherrine mit Lummox und Paddy und Arkadij und Susan Calvin gespielt. Während sie zu den Einkaufspassagen gegangen waren, war sie nach Trantor und der Hexenwelt gegangen. Und während die anderen sich Gedanken darüber gemacht hatten, welche Jugendmode gerade in war, hatte sie sich über den Rückgang der Bodenschätze und Atomkrieg und Gentechnik Gedanken gemacht. Ihre Eltern und Lehrer hatten diese SF-Begeisterung nicht gern gesehen. Realitätsflucht, hatten sie es genannt.

»Es gibt immer einen Augenblick in der Kindheit«, hatte Graham Greene in *Die Macht und die Herrlichkeit* geschrieben, »wenn die Tür sich öffnet und die Zukunft einläßt.« Für manche Leute schloß sich diese Tür nie. Sie fand, daß Peter Pan schon immer die richtige Idee gehabt hatte.

»Warum ich es dir sage? Sherrine, wir wollen, daß du mitmachst. Deine Großeltern leben in der Nähe der Absturzstelle. Sie haben Werkzeug und Ausrüstung, die wir für die Rettungsaktion leihen können.«

Ein winziges Prickeln elektrischer Aufladung durchlief ihr Rückgrat. Aber … Nein. »Bob, ich kann es nicht riskieren. Wenn meine Vorgesetzten erfahren, daß ich mich mit Fans zusammentue, um Leute zu retten, mit denen wir im Kriegszustand sind, würde ich meinen Posten verlieren.«

Er grinste. »Ja, ich auch.« Und sie sah, daß er keinen Augenblick mit der Möglichkeit gerechnet hatte, daß sie ablehnen könnte.

Es ist eine besondere Sache, ein Fan zu sein, pflegten sie lachend zu sagen. Mittlerweile waren sie zu einer sehr kleinen Minderheit geworden. Das Establishment hatte SF immer stiefmütterlich behandelt. Die zur Förderung von Kunst und Kultur bereitgestellten staatlichen Mittel kamen elitären kleinen Kulturzeitschriften zugute, die kaum jemand kannte und in denen zeitgenössische Dichter ihre hermetische Poesie veröffentlichten, nicht aber spekulativer Literatur, denn ›SF ist keine Literatur‹. Das war keine Zensur.

Trotzdem ließen sich viele Leute nicht davon abhalten, SF zu kaufen, und viele ihrer Autoren wurden auch ohne staatliche Fördermittel reich.

Dann aber waren die Feinde der Technik und die Grünen an die Macht gekommen. Sherrine hatte gesehen, wie Science Fiction-Literatur allmählich aus den Regalen der Büchereien verschwunden war, zuerst in den Abteilungen für Jugendliteratur. (Das war auch nicht Zensur). Büchereien konnten schließlich nicht jedes Buch haben, nicht wahr? Also kaufen sie ›realistische‹ Kinderbücher, die von der Nationalen Kulturstiftung bezuschußt wurden, Bücher über Tod und Scheidung und wirklich wichtige Dinge wie die Probleme Übergewichtiger oder wie man sich bei Mitschülern beliebt macht.

Dann kam Papierknappheit und Papierzuteilungen. Die SF-Abteilungen in den Kettenläden schrumpften. »Sie können nicht erwarten, daß wir Bücher auf Lager halten, die sich nicht verkaufen.« Und sie können sich nicht verkaufen, wenn man sie nicht auf Lager hält.

Fantasy war weniger hart betroffen. Fantasy handelte von Zauberern und Elfen und Harmonie mit der Natur und Verbundenheit mit der Erde, alles Dinge, die den Grünen wichtig waren. Aber SF handelte von Wissenschaft.

Es gab kein ausgesprochenes Verbot. Noch immer galten Meinungs- und Redefreiheit, noch immer galten die Grundsätze der Freiheitsurkunde, selbst wenn sie in den Schulen nur noch nebenbei abgehandelt wurden – und obwohl die meisten jugendlichen Schulabgänger nicht gut genug lesen konnten, um sie zu verstehen. Aber man konnte allerlei inoffiziellen Ärger bekommen, wenn man sich in SF-Fangemeinden organisierte, die der herrschenden Meinungsmacht skeptisch bis ablehnend gegenüberstanden. Und in diesem Fall ging es um mehr. Die von Bob geplante Rettungsaktion konnte sie leicht ihre Stellung kosten. Nicht infolge direkter staatlicher Verfolgung – natürlich nicht –, aber wegen ›notwendiger Einsparungen auf dem Personalsektor‹ oder ›unbefriedigender Leistungen‹ oder ›unkooperativer Haltung‹ oder ›politisch unkorrekter Einstellung‹. Und wenn sie dann von den Nachbarn gemieden wurde und die Bank ihr keinen Kredit einräumen wollte, wer konnte es ihnen zum Vorwurf machen? SF hatte mit Wissenschaft zu tun, und Wissenschaft war in Mißkredit geraten, war eine Verschwörung zur Verschmutzung und Zerstörung der Umwelt, weil sie ›wieder alles der Technik unterordnen wollte‹.

Verdammt richtig, dachte sie zornig. Wir haben uns verschworen, die Technik zurückzubringen. Manche von uns sind verrückt genug zu glauben, daß es Alternativen zum Frieren im Dunkeln gibt. Und einige unter uns sind sogar verrückt genug, daß sie verunglückte Raumfahrer zu retten versuchen, bevor sie erfrieren oder in staatlichem Gewahrsam verschwinden.

Was gefährlich werden konnte. Staatlich bestellte Gutachter konnten sie für geisteskrank erklären und ihre Einweisung in eine psychiatrische Klinik empfehlen, um ihnen zu helfen.

Der Gedanke machte sie schaudern. Sie richtete sich auf und stieß Bob beiseite, zog die Decke fest um sich. »Weißt du, was mich zur SF hinzog?«

Er sah sie verdutzt an, dann blickte er schnell im Zimmer umher, als befürchtete er, daß es mit Abhörwanzen gespickt sei. »Nein, was?«

»Nicht die Fanklubs. Ich las das Zeug lange bevor ich von Fangemeinden und Worldcons und dergleichen wußte. Nein, es war das Gefühl von Hoffnung.«

»Hoffnung?«

»Selbst in den deprimierendsten Zukunftsvisionen gibt es immer die Idee, daß die Zukunft etwas ist, das wir gestalten. Sie geschieht nicht einfach. Man kann die Zukunft nicht voraussagen, aber man kann sie erfinden. Aufbauen. Das ist eine hoffnungsvolle Vorstellung, selbst wenn das Bauwerk in sich zusammenfällt.«

Beide schwiegen sie eine Weile. Dann nickte er. »Ja. Niemand gestaltet mehr die Zukunft. ›Wir leben in einem Zeitalter begrenzter Wahlmöglichkeiten.‹« Er zitierte aus der Regierungserklärung, ohne sich ein Lächeln zu gönnen. »Als ob man Wahlmöglichkeiten von einer fertigen Liste nehmen könnte. Man trifft eine

Wahl und fügt sie der Liste an. Da wir schon beim Thema sind, hast du dich entschieden?«

Dieses elektrische Prickeln ... »Sind sie überhaupt am Leben?«

»Soweit ich informiert bin, kommt es beinahe einem Wunder gleich, daß sie überhaupt gelandet sind. Sie scheinen bewußtlos zu sein, aber ohne schwere Verletzungen. Sie sind an medizinische Monitore angeschlossen, und die Engel oben können die Signale der Monitore deuten. Aber wenn wir nicht bald an Ort und Stelle sind, werden sie erfrieren.«

Sie biß sich auf die Unterlippe. »Und du meinst, wir können sie rechtzeitig erreichen?«

Bob hob die Schultern.

»Du erwartest von mir, daß ich mein Leben auf dem Eis riskiere, den staatlichen Organen ins Handwerk pfusche und den wahrscheinlichen Verlust meiner Stellung in Kauf nehme, um an einer verrückten, amateurhaften Rettungsaktion teilzunehmen, die sich leicht als vergeblich erweisen kann, denn die beiden Schiffbrüchigen werden ziemlich sicher erfrieren, bevor wir sie erreichen können.«

Er kratzte sich im Bart. »Ist das Idealismus, oder was?«

»Idealismus. Gib mir fünf Minuten Zeit.«

Draußen bei Bobs Lieferwagen warteten fünf weitere Gestalten. Drei kannte sie von früher; sie gehörten zu Bobs Bekanntenkreis. Sherrine lächelte und winkte ihnen zu, und sie nickten reserviert zurück.

Das bekümmerte sie, aber sie konnte den Standpunkt der anderen verstehen. Sie hatte sich nie für Fanklubs und ihre meist von jugendlichem Überschwang geprägten Aktivitäten begeistern können, und die anderen wußten nicht recht, was sie von ihr halten sollten.

Bobs Lieferwagen hatte weniger als eine halbe Tankfüllung Alkohol, also füllten sie den Tank mit Kraftstoff von ihrem Wagen auf. Sie sah ihnen kopfschüttelnd zu. Typisch laienhafte Fan-Aktion, dachte sie bei sich. Sechs Leute versuchten gleichzeitig und ohne Erfolg mit einem Schlauch als Siphon Alkohol von einem Tank in den anderen umzufüllen. Schließlich nahm Thor die Sache in die Hand, ein Schulfreund und Altersgenosse von Bob, und Sherrine zog sich dankbar mit den anderen in den Lieferwagen zurück und wartete fröstelnd.

Thor war draußen, aber er fröstelte nicht. Sherrine beobachtete ihn durch das Fenster. Er war wie der germanische Gott gebaut, dessen Namen er trug, und bis auf den Bart hatte sich nichts an ihm verändert, seit sie ihn zuletzt gesehen hatte.

Auch nachdem der letzte Tropfen Alkohol abgesaugt war, hatte der Lieferwagen noch keinen vollen Tank. Thor stieg ein und schob die Tür zu. Den Schlauch hatte er noch bei sich. Sherrine steckte die Nase aus ihrem Mantel.

»Wozu den Schlauch mitnehmen?«

Sein Grinsen war schiefmäulig und zu breit. Kam es vom Absaugen des Alkohols? Er hielt den Schlauch hoch wie ein Schlangenbändiger. »Mit einer Tankfüllung schaffen wir es nicht nach Mapleton und zurück. Könnte nicht allzu klug sein, in einer öffentlichen Tankstelle aufzutanken. Besonders, wenn wir Rafe und Gabe an Bord genommen haben.«

»Wen?«

»Die Engel.«

»Ah. Du kennst sie beim Namen?«

»Das sind Codebezeichnungen«, sagte Mike Glider neben ihr. »Für eine Geheimoperation braucht man Codebezeichnungen.«

»Versteht sich; es gibt Standards, die man aufrechterhalten muß.«

Sie zog sich in ihren Mantelkragen zurück. Mike war, was manche lieblos einen Klugscheißer nannten. Er wußte alles, was es zu wissen gab, und hatte über das übrige eine Meinung. Er arbeitete im Landwirtschaftsamt des Bezirks, aber das schien nur eine Tarnung seiner wahren Identität als wandelndes Lexikon der Fan-Gemeinde zu sein. Er war nach seinen eigenen Worten ›groß und rund und wog dreihundert Pfund‹. Wenn sie alle auf dem Eis erfroren, würde er als letzter erfrieren.

Bob startete den Motor, und Sherrine fühlte wieder das elektrische Prickeln, stärker jetzt und im ganzen Körper. Richtige Raumfahrer. Wie mochte es sein, mit ihnen zu sprechen! Was konnten sie erzählen! Von Raumstationen, von der Mondbasis!

Sie sah sich nach den anderen um. »Thor, mit dem Bart siehst du aus wie ein Mormonenpatriarch.«

»Der Bart ist für die Wärme. Den Schnurrbart muß ich wieder abrasieren, weil der Rotz darin gefriert. Hast du dich je gefragt, warum Eskimos keine Gesichtsbehaarung haben? Evolution am Werk.«

»Hm. Nein.« Fans waren detailversessen, eine seltsame Mischung des Trivialen und des Praktischen. Sie versuchte rotzverkrustete Schnurrbärte aus ihren Gedanken zu verbannen.

»Schön, daß du mitgekommen bist, Sherrine.« Bruce Hyde saß auf dem Beifahrersitz. Er wandte sich ihr zu, um sie anzusehen. »Wir hörten, daß du mit der Fan-Gemeinde nichts am Hut hast.«

Sie ärgerte sich über seine Stichelei und sah ihm kalt ins Auge. »Ich hatte für so was nie Zeit. Außerdem hätte ich die Stellung, die ich suchte, wahrscheinlich nicht bekommen, wenn ich mich aktiv bei euch engagiert hätte. Der Dozent, der meine Doktorarbeit betreute, machte gern Andeutungen, daß man auf dem Boden der Tatsachen bleiben und realistisch sein solle.

So wurden Jake und ich zu Konformisten, zumindest äußerlich.«

Auch Bruce hatte reichlich Übergewicht, wenn auch nicht in Mikes Klasse, und war stärker als er aussah. Sein schwarzer Bart war ungepflegt und struppig, ganz im Gegensatz zu Thors seidiger blonder Gesichtszier, die ihm das Aussehen eines nordischen Gottes verlieh. »Wie geht's Jake heutzutage?« fragte er unbefangen.

Sie schlug den Blick nieder. »Keine Ahnung.«

Bob gab seinen Senf dazu. »Jake ließ sie vor fünf Jahren für ein Klasseweib sitzen.«

Danke, Bob. Du könntest Flugblätter austeilen! Sie zuckte die Achseln. »Wir lebten uns auseinander.« Die Neckereien waren zu Wortwechseln geworden, die Wortwechsel zu Streitereien. Schließlich hatte sie achtgeben müssen, was sie in seinem Beisein sagte, weil sie nicht sicher sein konnte, daß er es gegen sie verwenden würde. Das war keine Basis für eine Ehe gewesen.

Außerdem gefiel ihr diese Erklärung besser als jene, die sie jeden Morgen im Spiegel sah.

»Das ist in Ordnung«, sagte Bruce. »Wir hätten ihn sowieso nicht brauchen können.«

Sie zog die Parkakapuze fester um ihr Gesicht. Das sah Bruce ähnlich: alles, sogar ihr persönliches Leben, unter dem Aspekt seiner Nützlichkeit für die gegenwärtige Aktivität zu bewerten. »Du hast Jake nie gemocht, nicht?«

Er schüttelte den Kopf. »Das stimmt nicht. Aber er hatte seine Chance und wurde Konformist.«

»Ich auch.«

Das brachte Bruce nicht in Verlegenheit. »Wie du sagtest, bei ihm war es anders.«

Sie ließ das Thema fallen und nickte den beiden fremden Gesichtern zu. »Hallo. Ich bin Sherrine Hartley.«

»Ich weiß.« Der Mann zu ihrer Linken war massig

gebaut und hatte eine zottige Mähne frühzeitig ergrauten Haares, die sein knolliges Gesicht umrahmte. Er sah wie ein Löwe aus, oder ein alttestamentarischer Eiferer. »Will Waxman aus L.A. Bob sagte uns, daß wir Sie abholen würden.« Er ließ die Hand auf die Schulter seines Nebenmannes fallen. »Und das ist Steve Mews. Ein ganz übler Geselle.«

Steve Mews saß in Lotusposition zwischen den Sitzen am Wagenboden. Er war mittelgroß, dunkelhäutig wie ein Tamile und hatte die ebenmäßigsten Züge, die sie je gesehen hatte. Vor einem Augenblick war er noch völlig bewegungslos und in sich gekehrt gewesen, aber sein Name drehte ihn an wie ein Lichtschalter.

Er blickte lächelnd zu ihr auf, weiße Zähne in einem dunklen Gesicht. »Will übertreibt, wie gewöhnlich. Ich habe seit Jahren niemanden zum Krüppel gemacht.« Er hob die in einem dicken Fausthandschuh steckende Rechte und drückte ihr die Hand. Es war ein kräftiger Griff, aber nicht überwältigend. Gleichwohl hatte sie das Gefühl, daß er ihr die Handknochen hätte brechen können, wenn er es gewollt hätte.

Die Wände des Lieferwagens waren mit Decken und aufgehängten Daunenschlafsäcken isoliert. Sherrine lehnte sich an einen von ihnen. Sie liebte Standheizungen. Zum Aufwärmen waren sie wie Lötlampen, und der Alkohol, den sie verbrannten, wäre sowieso verbrannt worden, um den Motor in Gang zu halten. Innerhalb von zehn Minuten war sie warm und konnte sich entspannen.

»Ich bin seit Jahren ohne Verbindung mit der Szene«, sagte sie, um das Gespräch in Gang zu halten, »aber hin und wieder hörte ich mehr zufällig von Aktivitäten oder über die Cons. Kryptische Hinweise am Schwarzen Brett und im elektronischen Veranstaltungskalender. Ich habe das Gefühl, es macht euch einen Heidenspaß, Geheimorganisation zu spielen.«

Mike grinste. »Es spricht sich herum.«

»Was ist mit eurem Worldcon?«

»Es ist ein Minicon. Dazu paßt, daß sie in Minnesota stattfindet, aber er ist ›mini‹, weil nur vierundfünfzig Leute gekommen sind.«

»Achtundvierzig«, korrigierte sie ihn. »Denn ihr seid hier.«

Mike gab sich nicht damit zufrieden, schlau zu sein; er mußte sich vergewissern, daß man seine Schläue zur Kenntnis nahm. Ein Grinsen und ein gehobener Zeigefinger: »Falsch! Dies ist die Zusammenkunft eines besonderen Con-Ausschusses, so daß wir offiziell immer noch anwesend sind. Wenn wir dich mitzählen, sind wir jetzt sogar fünfundfünfzig.«

»Der Worldcon von 2008 in Santa Cruz war noch kleiner«, sagte Thor. »Nur zwölf Leute kamen. Wir kampierten in Zelten auf dem Rasen des alten Heinlein-Besitzes. Wenn also eine Konferenz den Titel Minicon verdient …«

»Ja, natürlich, wenn du es so genau nehmen willst. Aber ›mini‹ paßt eben besser zu ›Minne‹ – sota als zu ›Santa Cruz‹, nicht wahr?«

Sherrine lachte. Da fuhren sie mit weniger als einer Tankfüllung Alkohol zum Dakotagletscher, um zwei notgelandete Astronauten vor den Klauen der Justiz zu retten, und alle bis auf Thor setzten dabei ihre Jobs aufs Spiel – und sie diskutierten darüber, wo und wann der kleinste SF-Worldcon stattgefunden hatte! Sherrines innere Anspannung löste sich, der Druck in ihrem Magen ließ nach wie eine Faust, die sich nach langer Zeit öffnete.

»Wer ist zum Con gekommen?« fragte sie. »Leute, die ich kenne?«

Thor neigte den Kopf auf die Seite und zog die Stirn in Falten. »Du hattest keine Berührung mit der Szene. Aber sehen wir mal. Du kennst Chuck Umber. Er ist da, aber nicht in diese Aktion eingeweiht. Das Risiko, daß er der Versuchung nicht widerstehen kann, in seinem Käseblättchen etwas darüber durchsickern zu lassen, ist zu groß. Du kennst Tom Degler und den Verrückten Eddie. Wade Curtis wird erwartet, und es gibt sogar Gerüchte, daß Cordwainer Bird in der Stadt sein soll.«

»Richtige Profis?«

»Ja, ich weiß. Sie versuchen nicht aufzufallen.« Er grinste und stieß Mike mit dem Ellbogen an. »Seit dem Con von 2006. Jemand vom Con-Ausschuß vergaß dem Ehrengast mitzuteilen, daß der Con abgesagt war. Ihr kennt Nat Reynolds: er kam ahnungslos und sagte dann, zum Teufel damit, veranstalten wir eben eine Party. Dabei schnappte ihn die Polizei. Seitdem haben die Profis sich von den Cons ferngehalten.«

»Nun, das war der wirkliche Minicon!« erklärte Mike. »Er wurde abgesagt. Weniger als null Teilnehmer kann es nicht geben.«

Aber Thor schüttelte den Kopf. »Ich glaube, bei der Party in seinem Hotelzimmer waren zwanzig Leute oder so…«

»Das war eine Con-Party, nicht der Con selbst…«

»…bevor die Polizei uns auffliegen ließ.«

»Der Minicon ist noch im Gange«, warf Bruce ein. »Er muß weitergehen. Das letzte, was wir brauchen können, ist ein geplatzter Con mit einer Polizei, die sich fragt, wohin wir alle gegangen sind.«

»Hmm, ja.« Ihr ging ein Licht auf. Sie war noch nie in konspirative Untergrundaktionen verwickelt gewesen. Aber jetzt… Ein Hinweis, und sie wäre ihre Stellung los. Ein paar Ausrutscher, und sie würde sich auf der Fahndungsliste wiederfinden. »Thor, du lebst seit einiger Zeit im Verborgenen…«

»Seit acht Jahren«, erwiderte er stolz.

»Wie ist es?«

Er zuckte die Achseln. »Nicht allzu schlimm, wenn du Freunde hast. Und wenn die Konformisten nicht allzu eifrig hinter dir her sind. In den ländlichen Gegenden des Mittelwestens gibt es Leute, die nur zu froh sind, wenn sie eine Arbeitskraft finden können: Zimmer und Verpflegung und keine Fragen. Aber man muß darauf achten, nicht zu lange an einem Ort zu bleiben.«

»Nein«, sagte sie, »das kann ich mir denken.«

Bob blickte über die Schulter. »Hast du's dir anders überlegt?« fragte er und wandte sich wieder der Straße zu.

»Klar. Wie es meine Art ist.« Sie zog die Fäustlinge aus und rieb die Hände aneinander. »Also, wie ist der Plan, wenn wir ankommen?«

Alle sahen sie an. »Plan?« sagte Mike, als hätte er das Wort noch nie gehört. »Wir brauchen keinen Plan.«

Sherrine schnaubte. Typisch.

Sie segelten auf der Fernstraße 94 westwärts in Richtung Dakotagletscher. Bob fuhr umsichtig und gab der Gewißheit Vorrang vor der Geschwindigkeit. Auf freien Abschnitten der Fernstraße trat er das Gaspedal durch; wo Gesträuch und unübersichtliche Stellen am Straßenrand den Streifenwagen der Polizei Deckung boten, verlangsamte er auf neunzig. Nach einer Weile versandete das Gespräch, und jeder hing den eigenen Gedanken nach. Sherrine überlegte, was sie für eine Kurzexpedition auf das Eis benötigen würden. Ihre Großeltern hatten eine Menge Gerät und Ausrüstung in ihrer Scheune.

Thor trug eine irische Blechflöte bei sich, weil man, wie er es ausdrückte, nie wissen konnte, wann man eine brauchen würde. Nachdem die Gespräche eingeschlafen waren, zog er sie aus der Tasche und begann zu spielen. Zum Anwärmen brachte er ein paar traditionelle schottische Volksweisen, dann kamen beliebte Stücke zum Mitsingen. Sherrine summte die Melodien, dann sang sie mit den anderen. Thor spielte ›Wie vor alters zog die Argo‹, ›Der Flug des Falken‹ und ›Carmen Miranda‹.

Hinter St. Joseph hörte Sherrine auf zu singen und starrte zum Seitenfenster des Lieferwagens hinaus nach Norden. Eine nach der andern verstummten auch die anderen Stimmen, bis Mike Glider allein sang. Als er es merkte, wurde auch seine Stimme schwächer und verstummte. Er sah die Blicke der anderen, wuchtete seinen fettleibigen Körper schwerfällig herum und blickte über die Schulter. »Großer Ghu!«

»Ja«, sagte Sherrine leise.

Der nördliche Horizont leuchtete in einem bleichen, phosphoreszierenden Weiß, als hätte jemand mit Kreide eine breite Linie über eine Wandtafel gezogen.

Steve Mews gab seine Meditationshaltung auf, stand auf und spähte hinaus. »Ich wußte nicht, daß der Gletscher schon so weit südlich ist.«

Mike wußte natürlich Bescheid. »Der Eisrand verläuft von Milwaukee nordwestlich nach Regina. Wegen der Abwärme kommt er den großen Städten nicht nahe.«

Die Kalifornier hatten das Eis noch nie gesehen. Sie starrten in respektvollem Schweigen hinaus.

»Man kann in Minneapolis-St.Paul nicht leben«, sagte Sherrine, »ohne das Gewicht der großen Vereisung irgendwo hinter dem Horizont zu spüren. Es fließt wie weiße Lava auf einen zu.«

»Vor drei Jahren«, bemerkte Bob, »konnte man den Eisrand von der Fernstraße aus noch nicht sehen.«

»Und letztes Jahr«, ergänzte sie, »konntest du ihn nur im Winter sehen.« Das Eis rückte mit den Jahreszeiten vor und ging wieder zurück, wie Gezeiten eines harten, weißen Ozeans. Aber etwas von dem Schnee, der jeden Winter fiel, blieb im nächsten Sommer liegen. Das Gewicht in der Mitte der Eisdecke zwang die Ränder in einer langsamen, plastischen Bewegung nach außen, und die Eisfront schob sich ein paar weitere Meilen gegen die Zivilisation vor. Sherrine begann zu frösteln, obwohl sie einen dicken, daunengefütterten Mantel trug und die Wagenheizung voll aufgedreht war.

Thor sah es und lächelte. Er spielte ein paar klagende Töne auf seiner Flöte, dann deklamierte er:

»Der eine sagt, die Welt wird enden in Feuer,
Der andere sagt, sie wird erstarren in Eis.
Nach allem was ich von Verlangen weiß,
Bin ich für den, der's hält mit dem Feuer.«

Alle schmunzelten. »Das ist aus ›Feuer und Eis‹«, sagte Thor. »Von Robert Frost.«

»Frost«, sagte Mike. »Das paßt.«

Will Waxman grunzte. »Sag auch die zweite Strophe.«

Thor lächelte nicht mehr und blickte zum Seitenfenster hinaus nach dem schimmernden Horizont. Nach einer Weile fuhr er mit so leiser Stimme fort, daß Sherrine sich anstrengen mußte, um ihn zu verstehen.

»Doch wenn sie zweimal untergehen müßte,
Weiß ich genug von Haß, zu sagen,
Daß zur Zerstörung Eis auch taugen
Und allemal genügen müßte.«

Je weiter sie nach Westen kamen, desto näher schob sich das Eis an die Fernstraße heran. Was als eine ferne, undeutliche weiße Linie am Horizont begonnen hatte, kroch näher und näher. Sie wußte, daß die Bewegung eine Illusion war, daß das Eis sich nicht merklich auf sie zubewegte. Der Effekt kam nur dadurch zustande, daß die Fernstraße und die Vereisungsgrenze konvergierten. Trotzdem war es unheimlich, diese langsame, unerbittliche Annäherung zu beobachten. Mike Glider begann mit seiner Fistelstimme ›The White Cliffs of Dover‹ zu singen, aber niemand fiel mit ein, und bald verstummte er wieder.

3

Das Eis war hier, das Eis war überall...

Weit voraus sah Bob die Lichter einer Gasoholtankstelle der General Mills wie eine Fata Morgana an der Fernstraße auftauchen. Nach einem Kilometer verkündete ein kaum noch lesbares Ortsschild, daß sie die Ortschaft Brandon erreicht hatten. Bob nahm die Ausfahrt und fuhr stadtwärts. Tankstellen mit durchgehendem Betrieb standen auf der Roten Liste der vom Aussterben bedrohten Arten. Der Tank des Lieferwagens war nur noch viertelvoll, und er wollte die günstige Gelegenheit nicht versäumen.

Auf der Zufahrtsstraße lag der Schnee einen Fuß tief, und niemand hatte geräumt. Mit seinen überdimensionalen Reifen war der Lieferwagen wie ein Eisbrecher auf einem gefrorenen See. Der Schnee machte unheimlich knisternde Geräusche in der Nacht, als der Lieferwagen ihn durchpflügte.

Brandon war offensichtlich verlassen. Alles im Ort war dunkel, ausgenommen ein paar Lampen der Straßenbeleuchtung. Der Mondschein wurde vom verharschten Schnee reflektiert und warf ein mattes, perliges Licht über die verlassenen Häuser. Nirgends war ein erleuchtetes Fenster zu sehen. Sherrine nahm nicht an, daß Brandon um halb fünf Uhr früh jemals sehr lebendig gewesen war, aber dies sah anders aus. Der nicht geräumte, jungfräuliche Schnee zeigte an, daß der Ort nicht bloß verschlafen, sondern leer war.

Bob fuhr in die General Mills-Tankstelle und drückte

auf die Hupe, aber nichts rührte sich. Nach ungefähr einer Minute murmelte Thor eine Verwünschung und stieg aus. Seine Stiefel brachen durch die Schneekruste, und er sank fast bis zu den Knien ein. Er watete zu der Reihe der Zapfsäulen. »Super in Ordnung?« fragte er. Er hakte den Zapfhahn los und beobachtete die Anzeige. »Saft ist noch da.« Als er den Handgriff der Pumpe drücke, geschah nichts.

»Mechanismus eingefroren«, rief er. Er schraubte den Tankdeckel ab, steckte den Zapfhahn in die Öffnung und drückte rhythmisch den Pumpenhebel, bis der Gasohol in den Tank zu fließen begann. Mike rief Hurra, und er und Bruce schlugen einander auf die Schultern.

»Sherrine«, sagte Bob, »hinten im Wagen liegt irgendwo ein Zehnliterkanister. Gib ihn nach vorn, sei so gut. Wir sollten mitnehmen, was wir kriegen können.«

Sie wühlte unter der fettigen Decke herum, zog den Werkzeugkasten beiseite und brachte einen roten Kunststoffkanister zum Vorschein. Sie gab ihn Bob, der das Fenster herunterkurbelte und ihn Thor hinausreichte.

Ein paar Minuten später kletterte Thor wieder an Bord. Er gab den vollen Kanister Steve, der ihn hinten verstaute.

»Sollten wir nicht bezahlen?« fragte sie.

»Wen?« fragte Thor zurück. Er klatschte in die Hände, um sie zu erwärmen. »Die Stadt ist tot. Alle sind fort. Das Eis hat sie verjagt.«

»Es ist noch Strom da«, erwiderte sie.

»Ja.« Er zog die Handschuhe mit den Zähnen von den Fingern und steckte die Hände in seine Achselhöhlen. »War dieser Zapfhahn kalt! Ich frage mich, wie nahe der Eisrand hier ist.«

Bruce wandte sich auf seinem Sitz um. »Wir sollten nachsehen, ob es in der Tankstelle irgendwo noch Kanister gibt, und sie auffüllen. Wer weiß, ob wir noch einmal so eine Gelegenheit bekommen.«

Das war typisch für Bruce Hyde, der immer wußte, was zu tun war, aber selbst nichts tat. Auch jetzt sprang er nicht hinaus in den Schnee. Thor warf ihm einen verdrossenen Blick zu. Warum fiel es ihm erst jetzt ein, nachdem er wieder eingestiegen war? Thor rührte sich nicht; er hatte seinen Teil getan.

Schließlich zuckte Steve die Achseln und erhob sich aus seiner Lotusposition. Wie Thor, öffnete auch er die Schiebetür des Lieferwagens nur weit genug, um durchzuschlüpfen. Zwar war der Motor ausgeschaltet, aber es war im Wageninneren noch genug Wärme von der Heizung und ihren Körpern, die nicht vergeudet werden durfte.

Sie beobachtete, wie er an der Tür der Tankstelle rüttelte. Sie war offen. Steve zögerte und blickte zurück zum Lieferwagen, dann verschwand er im Inneren. Ein paar Minuten später kam er wieder heraus, beladen mit fünf Plastikkanistern, die er an der von Thor betriebsbereit gemachten Zapfsäule füllte.

Als alle wieder an Bord und die Kanister festgemacht waren, startete Bob den Motor und fuhr zurück auf die Straße. Steve hielt seine Hände über die Ventilationsöffnung der Wagenheizung. »Thor hatte recht«, sagte er. »Die Ortschaft ist verlassen. Die Tankstelle war ausgeräumt. Alles Werkzeug und die meisten Waren im Verkaufsraum sind verschwunden.« Während er sprach, schaukelte er in der Hocke zwischen Zehen und Fersen vor und zurück. »Ich fand ein paar Packkisten, die aufgebrochen waren. Leer, der Inhalt geborgen. Als die Leute von hier wegzogen, geschah es in guter Ordnung. Keine Panik, keine Plünderung. Ich wette, im ganzen Ort findet sich kein fahrbereiter Wagen mehr.«

»Gut.« Will Waxman verschränkte die Arme vor der Brust und lehnte sich an die schlafsackgepolsterte Wand des Lieferwagens. »So sollte es sein. Ein Rückzug mit hinhaltendem Widerstand, keine wilde Flucht. Ich glaube, der Tankstellenbesitzer ließ die Beleuchtung und die Pumpen absichtlich eingeschaltet. Für Reisende wie uns.«

Sherrine sagte nichts. Sie starrte zum Rückfenster hinaus, bis die Nacht den kleinen Ort verschlungen hatte. Es war erst Anfang September, und schon lag der Schnee knietief. Bis zum Januar würde Brandon halb im Schnee untergegangen sein, und im nächsten Winter würde man nichts mehr vom Ort sehen, und die gemeinsamen Erinnerungen der Bewohner, die dem Ort Leben geschenkt hatten, würden mit ihm verweht sein. Keine Erntedankfeste mehr, keine Wohltätigkeitsveranstaltungen der Kirchengemeinde. In einer Generation würde sogar der Name vergessen sein. So vergessen, als ob er nie gewesen wäre …

»Sie haben ihr Zeug alles mitgenommen«, fuhr Steve fort. »Aber sie machten sich nicht die Mühe, zuzusperren oder etwas abzuschalten.«

Bob schaltete hinauf und fuhr hinaus auf die Fernstraße. »Sie wußten, daß sie nie zurückkommen würden«, sagte er.

Der Eisrand war ein von Wind und sommerlicher Schmelze und dem ständigen, unerbittlichen Druck des großen Eisschildes dahinter geformtes Märchenland. Meilenweit verlief er parallel zur Fernstraße, so abrupt und hoch aus der Ebene aufsteigend wie die Große chinesische Mauer, bleich schimmernd im Mondlicht. Dann zog er sich wieder in die Nacht zurück. Sherrine sah gewaltige Eisstürze, wo die senkrechte Wand der Gletscherzunge zusammengebrochen war und mächtige weiße Blöcke über das angrenzende ausgetrocknete Prärieland verstreut hatte. Die größten von ihnen würden den Sommer überdauern und im kommenden Winter wieder in den vorrückenden Gletscher einwachsen, als wäre das Eis ein lebender Organismus, der seine Samen ausstreute.

In Evansville schob sich der Eisrand nahe an die Fernstraße heran, und sie konnte die ausgeschmolzenen Höhlen und Schluchten ausmachen, welche die Eiswand gliederten. Ein Spielplatz der Phantasie. Da gab es Burgen mit Türmen und Zinnen, gotische Kathedralen aus Strebebogen und steil aufragenden Spitzen. Mannshohe Wurmlöcher, wie von unheimlichen Riesenraupen ins Eis gefressen. Schimmernde Kristallpfeiler, die der Eiswand vorgelagert, isoliert wie Wächter meterweit vor dem Eisstrom standen. Anderswo war der Eisrand eine allmählich sich zur Ebene absenkende Gletscherzunge, die sich zu den Höhen des gefrorenen Plateaus hinaufzog.

Steve und Will waren von dem Anblick bezaubert, und sogar Sherrine und die anderen hartgesottenen Nordstaatler betrachteten das Naturschauspiel in ehrfürchtiger Scheu. Es war eine Sache, in der Nachbarschaft des Eises zu leben, es auf Fotos und Fernsehbildern zu sehen; mit eigenen Augen seine kalte und schreckliche Schönheit zu erblicken, war etwas anderes.

»Ich hatte nie geglaubt, daß es so sein würde«, sagte Steve. »Ich erwartete – ich weiß nicht, was. Eine massive Wand. Eine kilometerhohe Eisplatte, die sich südwärts vorschiebt. Die Eisstürze kann ich verstehen, sie ähneln den Felsstürzen des Gebirges, aber warum finden sich Partien, wo der Übergang allmählich wie eine Rampe erfolgt?«

»Der Rand ist nur siebzig bis hundert Meter hoch«, erklärte Mike. »Aber nach Nordosten wird das Eis dicker. Über Ontario soll es bereits anderthalb Kilometer dick sein. Eis schmilzt unter Druck. Unter dem Eis gibt es tatsächlich einen dünnen Film von unter Druck stehendem Wasser. Es wirkt wie ein Schmiermittel. Die unteren Eisschichten sind weniger starr als die oberen, bekommen Risse und verformen sich während der Überschiebung. Die oberen Schichten gleiten gewöhnlich auf den unteren, aber wenn fauler Schnee dazwischen liegt, kann das Gewicht der oberen Schichten die unteren wie Zahnpasta hinausdrücken.«

Sherrine hörte sich die Erklärung skeptisch an. Mike Glider liebte es über alles, den Experten zu spielen; aber sie vermutete, daß in diesem Fall das meiste von dem, was er gesagt hatte, annähernd richtig war. Fauler Schnee. Die Eskimos hatten Dutzende von verschiedenen Worten für Schnee und Eis, um ihre vielen verschiedenen Phasen und Eigenschaften zu beschreiben. Wir werden sie alle nach und nach lernen müssen, sagte sie sich.

Knapp hinter der Ausfahrt Fergus Falls grunzte Bob und trat auf die Bremse. Der Lieferwagen brach aus und schleuderte über die Straße. Es gab ein Durcheinander von Armen und Beinen und viel Geschrei, als Sherrine und die anderen im Laderaum durcheinanderpurzelten. Dann kam der Wagen zum Stillstand, und sie rappelte sich auf und warf Mike einen zornigen Blick zu. Er breitete entschuldigend die feisten Hände aus.

»He, ich hab mich nur festhalten wollen, um nicht herumgeworfen zu werden.«

Mit einem weiteren Blick signalisierte sie ihm, er solle in Zukunft besser achtgeben, wo er sich festhielt. »Bob, was ist passiert?« rief sie.

»Seht euch das an!« Bob griff unter das Armaturenbrett und betätigte den Schalter für seinen äußeren Suchscheinwerfer. Sherrine drängte mit den anderen nach vorn und starrte durch die Windschutzscheibe. Der Atem stockte ihr, und sogar Mike hatte es die Sprache verschlagen.

Eine überhängende Eiswand ragte wie ein unfertiger Bogen über die westwärts führenden Fahrbahnen. Sie erinnerte an eine gigantische Brandungswoge, die im Augenblick des Brechens gefroren war. »Ach du Scheiße«, sagte Steve. Es klang wie ein Gebet.

»Manchmal«, sagte Mike, als er die Fassung wiedergefunden hatte, »schieben die oberen Schichten sich über die unteren hinaus.«

Bob ließ den Motor laufen, öffnete aber die Tür und stieg aus. Sherrine folgte. Sie zog die Kapuze ihrer Parka so fest zu, wie sie konnte, und stand im Scheinwerferlicht des Wagens. Die anderen kamen nach und drängten sich mit eingezogenen Schultern um sie. Über dem gleichmäßigen Motorengeräusch hörten sie in der Nachstille gespenstische Geräusche. Das Eis knackte, knarrte und quietschte wie eine uralte Tür. Ein tiefes, rauhes Ächzen an der Grenze des Unterschallbereichs umgab sie. Ein Schaudern zog Sherrine über die Haut. »›Das Eis war hier, das Eis war dort, das Eis war überall …‹«

»Woher?« fragte Mike.

»Der alte Seemann«, sagte Bob. »Glaubst du, daß die Straße nach Fargo noch offen ist?«

»Sieht schlecht aus«, meinte Mike.

»Was meint ihr?« fragte Bruce, während er dieses neueste Hindernis für seine Pläne stirnrunzelnd beobachtete. »Können wir durchfahren? Wie weit reicht es?«

Bob fuhr herum. »Wie weit? Bis Regina! Wie, zum Teufel, sollte ich es wissen? Die Leute vom Automobilclub sagten mir, die Straße sei offen, aber ihre letzte Meldung war eine Woche alt.«

Eine Woche alt! Sherrine blickte zum sternklaren

Nachthimmel auf. Der letzte Wettersatellit war vor Jahren in die Atmosphäre eingetreten und verglüht. Sie erinnerte sich, wie sie nachts aus dem Haus ihrer Eltern gegangen war, eingemummt gegen die Kälte, um den Funken zu beobachten, der seinen Absturz markierte. Die Nachrichten spielten es hoch: der letzte Überrest einer diskreditierten Großtechnik war nicht mehr. Die Tatsache, daß alle niedrigen Umlaufbahnen durch atmosphärische Reibung verfielen und alle derartigen Satelliten von begrenzter Lebensdauer waren, wurde als Beweis herangezogen, daß es töricht sei, ›Geld für Weltraumprojekte auszugeben‹. Es sei vernünftiger, die Mittel hier auf Erden zu verwenden, um die Bewohner Neufundlands umzusiedeln, die durch eine Reihe ›ungewöhnlich strenger Winter‹ heimatlos geworden waren.

Sie hatte es als ein Unglück empfunden, als ob die Welt ein Auge verloren hätte. Früher hätte eine Trägerrakete aufsteigen und einen neuen Wettersatelliten in die Umlaufbahn tragen können, wohin er gehörte. Das gab es nicht mehr.

Bruce zupfte finster an seinem verfilzten Bart. »Willst du riskieren, unter diesem Überhang durchzufahren, Bob? Er sieht ziemlich stabil aus.«

Unter Hunderten von Tonnen ungestützter Eismassen durchfahren? Sie dachte, nur der Verrückte Eddie käme auf solch eine Idee.

Und Bob schüttelte den Kopf. »Zu riskant.«

Wie um seine Bemerkung zu unterstreichen, ging ein Knirschen und Ächzen durch das Eis, und ein Geräusch wie weit entfernter Donner grollte in ihren Ohren. Der Wind fegte Wolken von Eiskristallen fein wie Nebel vom Gletscher herab und hüllte sie ein. Sherrine vermutete, daß ein Teil der gefrorenen Welle irgendwo weiter westlich herabgestürzt war.

Die Kälte begann sich bemerkbar zu machen. Die anderen standen unschlüssig herum, stampften mit den Füßen und sahen einander an. Sherrine blickte sehnsüchtig zum Lieferwagen. Sie wartete noch ein paar Augenblicke, und als keiner mit einem Vorschlag herauskam, sagte sie: »Die Gegenfahrbahnen sind frei.«

Bruce blickte schockiert auf. »Du meinst, wir sollen umkehren?« Sie verdrehte die Augen zum Himmel. »Um Himmels willen, nein!« Sie brauchten noch einen Moment, bis sie verstanden, dann begann Will zu schmunzeln.

»Für eine Bande phantasievoller Tabuverletzer lassen wir uns von den akzeptierten Bräuchen unseres Stammes allzu bereitwillig Scheuklappen anlegen«, sagte er. »Auf der linken Straßenseite fahren? Was für eine revolutionäre Idee!«

Vorsichtiger und langsamer als zuvor fuhr Bob auf der Überholspur der Gegenfahrbahn weiter nach Westen. Er schaltete den Suchscheinwerfer auf Blinklicht, um entgegenkommenden Verkehr zu warnen. Nicht, daß er um sechs Uhr früh im ländlichen Minnesota am Rand des Gletschers viel Gegenverkehr erwartete, aber es konnte nie schaden, vorsichtig zu sein. Ein paar Meilen weiter zeigte Steve schweigend aus dem Seitenfenster zu den westwärts gerichteten Fahrspuren, und sie sahen, wo die Eismassen herabgestürzt waren und die Fahrspuren mit mächtigen Blöcken vollständig blockiert hatten. Bob und Bruce tauschten Blicke, und Bob beugte sich über das Lenkrad. Sherrine grub die Fingernägel in ihre Handflächen. Zwei Engel waren jetzt seit viereinhalb Stunden auf dem Eis gestrandet.

Hinter Elizabeth hatte sich der Gletscher über die ganze Fernstraße geschoben, und eine Pioniereinheit hatte eine Schneise herausgesprengt und freigeräumt.

Fargo Gap. Sherrines Herzschlag beschleunigte sich ein wenig. Ein Name, der von Romantik, Tapferkeit und Entschlossenheit umweht war. Fargo Gap war Minneapolis' letzte Verbindung zum eisfreien Westen. Bogenlampen, die um den Durchbruch errichtet worden waren, tauchten den Arbeitsbereich in annähernd taghelles Licht. Fahrbare Generatoren blubberten, und Pioniere mit Spitzhacken und Preßlufthämmern zerkleinerten herausgesprengte Eisblöcke zu transportfähigen Trümmern. Sie sahen nicht heroisch aus, nur müde. Aber sahen Helden nicht immer müde aus? Viele der Arbeiter waren Zivilisten, die zum Zeichen, daß sie für den Einsatz dienstverpflichtet waren, Armbinden trugen.

Ein Beamter der Staatspolizei hielt sie am Rand des Arbeitsbereiches auf. Er kam an die Fahrertür, und Bob kurbelte das Fenster herunter und wartete. Obwohl es dunkel war, trug der Beamte eine Sonnenbrille. Gegen das blendende Licht der Bogenlampen, vermutete sie. Oder für den Macho-Look. Er zog ein Bündel Strafzettel aus dem Uniformmantel.

»Wohin wollen Sie? Und wie kommen Sie dazu, die Gegenfahrbahn zu benutzen?« sagte er ohne Vorrede.

»Wir wollen nach Fargo, Inspektor.« Bob konnte sehr aufrichtig und unterwürfig sein, wenn er es wollte. »Unsere Freunde hier aus Kalifornien haben das Eis nie gesehen, also fuhren wir sie von Minneapolis hier herauf.«

Sherrine dachte, für eine Improvisation sei es eine ziemlich gute Geschichte, aber der Polizist schüttelte den Kopf. »Eistouristen. Das hat uns noch gefehlt.« Seine Miene, soweit man sie sehen konnte, ließ erkennen, was er von Kaliforniern hielt, die aus Sensationslust zum Eisrand fuhren. »Sie fahren auf der falschen Seite der Fernstraße«, sagte er. Sherrine fragte sich, ob er glaubte, sie wüßten es nicht, und sah Mike die Lippen zusammenpressen, um eine vorlaute Bemerkung zu unterdrücken.

Bob berichtete vom Eissturz, der die nach Westen führenden Fahrspuren unterbrochen hatte, und der Beamte ließ das Bündel Strafzettel sinken. »Ach Scheiße«, sagte er ohne besondere Gemütsbewegung. Er wandte den Kopf und rief über die Schulter:
»Hauptmann!«

Ein stämmiger kleiner Mann in Uniform löste sich aus einer kleinen Gruppe und kam herüber. Auf dem Namensschild über der linken Brusttasche stand Scithers, und er trug Kopfhörer und ein Kehlkopfmikrofon unter dem Helm. Der Polizist ließ Bob die Geschichte wiederholen. Der Pionierhauptmann hörte aufmerksam zu und nickte, dann schaltete er sein Mikrofon ein und gab Befehle. Innerhalb von Minuten rasselte ein Räumpanzer mit schwerem Gerät und einem aufgesessenen Arbeitstrupp ostwärts. Ihm folgte ein beschlagnahmter ziviler Kleinlaster mit Arbeitsgerät, Lampen und einem angehängten Dieselgenerator. Scithers sah den Fahrzeugen nach, bis sie außer Sicht waren, dann seufzte er. »Wir haben Fargo Gap den ganzen Sommer freigehalten«, sagte er zu niemandem im besonderen, »aber dieser Winter wird der Straße endgültig den Garaus machen.«

Der Polizeibeamte sagte nichts. Er legte eine Hand an den Türgriff des Lieferwagens. »Sie können genauso gut umkehren«, sagte er. »In den nächsten paar Wochen werden wir Fargo sowieso evakuieren müssen.«

Sherrine bekam Magendrücken. Sie konnten nicht umkehren. Das Überleben der Engel hing davon ab. Aber das konnten sie dem Polizisten nicht erzählen.

»Lassen Sie die Leute ruhig durch«, sagte Scithers zum Polizisten. »Wozu halten wir Fargo Gap frei, wenn wir keine Leute durchlassen?«

Der Polizist zuckte die Achseln. »Wie Sie wollen. Aber bleiben Sie von hier an auf der richtigen Straßenseite. Es gibt Gegenverkehr. Und sehen Sie zu, daß Sie nicht erfrieren.« Sherrine wußte nicht zu sagen, ob sein Rat aufrichtig gemeint oder nur eine Redensart war.

Mike Glider konnte natürlich den Mund nicht halten. »Wir hörten, daß am frühen Abend ein Raumschiff auf dem Eis abgestürzt sein soll. Wissen Sie, wo das war?« Sherrine hätte ihm am liebsten einen Fußtritt versetzt, aber er war außer Reichweite. Der Polizist rückte an seiner Sonnenbrille, und Scithers, der sich schon abgewandt hatte, hielt inne.

»Wo haben Sie das gehört?« fragte der Polizist.

Da Mike nicht gut eine Richtfunkverbindung mit *Freedom* erwähnen konnte, geriet er in Verlegenheit. Und während Sherrine unter anderen Umständen ihren Spaß daran gehabt hätte, schien ihr ein längeres angespanntes Stillschweigen unklug und gefährlich. Also meldete sie sich zu Wort. »Meine Großeltern leben in der Nähe von Fargo«, sagte sie. »Sie sahen einen Feuerball auf das Eis niedergehen, riefen mich an und erzählten mir davon. Da diese Leute sowieso zum Eisrand wollten, schloß ich mich ihnen an, um zu sehen, ob ich vielleicht ein paar Souvenirs aufsammeln könnte.«

Der Polizist rieb sich das Kinn mit den behandschuhten Fingern, und Sherrine fragte sich, warum er keinen Bart trug, wie die meisten Männer es heutzutage taten. Vielleicht verlangte die Kleiderordnung Bartlosigkeit. »Ja, wir hörten im Revier auch davon. Verdammte Stickstoffräuber. Vor ein paar Stunden überflogen Maschinen aus Ellsworth die Gegend, aber ich weiß nicht, was sie bei Nacht zu sehen hofften. Vielleicht hatten sie Infrarotsuchgeräte an Bord. Morgen früh wird der Gletscher von Suchmannschaften und Hubschraubern wimmeln. Es eilt nicht. Wenn es Überlebende gegeben hat, werden sie bis dahin erfroren sein. Geschieht ihnen recht.«

Sherrine sah Mikes Mund zucken, und bevor er sich beherrschen konnte, platzte er heraus: »Warum?«

Mike, dachte sie, mit deinem verdammten Mundwerk bringst du uns noch in die größten Schwierigkeiten. Bisher waren wir bloß eine Wagenladung nichtsnutziger Eistouristen, aber wenn der Polizist zu argwöhnen begann, daß sie technophile Engelfreunde waren, konnten sie schnell in Schwierigkeiten kommen.

»Warum?« Der Polizist winkte zum Gletscher. »Weil sie uns das eingebrockt haben, natürlich! Sie haben uns das angetan. Unsere Luft gestohlen, bis die Schutzhülle der Atmosphäre zu dünn war, uns warmzuhalten.«

Hauptmann Scithers nickte. »Verdammt richtig«, sagte er. »All die Luft, die sie gestohlen haben, und immer aus der Ozonschicht, Hunderte von Tonnen…« Sein Tonfall verriet, daß er es ernst meinte.

Sherrine nickte verständig, als ob sie ihm zustimmte, desgleichen Steve und Will. Thor sagte nichts, aber er steckte den kleinen Finger ins rechte Ohr und drehte ihn, wie um den Gehörgang von einer Verstopfung zu befreien. Sie betete zu Ghu, daß Mike den Hinweis verstehen und den Mund halten würde.

Bob zog es vor, sein Vertrauen nicht in Ghu zu setzen. Er legte den ersten Gang ein. »Wir sollten uns wieder auf den Weg machen«, sagte er über die Schulter, »wenn wir rechtzeitig zum Frühstück bei deinen Großeltern sein wollen. Danke für Ihre Hilfe, Inspektor.« Und er hob die Hand in einer Geste, die halb Winken, halb Salut war.

Der Polizist wandte sich ab, aber der Pionieroffizier blieb und legte die Hand auf den Rahmen, daß Bob das Fenster nicht hochkurbeln konnte. »Dachte mir, es könnte Sie interessieren«, sagte er. »Der Red River ist nördlich von Perley zugefroren. Schlechte Nachricht für Winnipeg, aber ich hörte, daß man mit einem Lastwagen über das Eis fahren kann, ohne einzubrechen.« Er richtete sich auf und nickte ihnen zu. »Viel Glück.«

Bob kurbelte das Wagenfenster hoch und fuhr durch die Öffnung im Mittelstreifen auf die westwärts führenden Fahrspuren. Mike blickte stirnrunzelnd zum Heckfenster hinaus, wo der Pionierhauptmann mit seinen Leutnants konferierte. »Warum sollten uns Winnipeg und der Red River des Nordens kümmern?«

»Das Pionierkorps führt einen aussichtslosen Kampf, um die Fernstraßen 94 und 29 offenzuhalten«, erwiderte Bruce. »Wahrscheinlich hat der gute Mann in den letzten fünf Jahren an nichts anderes als an die Eisverhältnisse gedacht.«

Thor strich sich den Bart. »Muß ein phantastischer Unterhalter bei Tischgesellschaften sein.«

»Ich weiß nicht«, meinte Bob. »Nach einigen der seltsamen Erzählungen zu urteilen, die ich über die Verhältnisse auf dem Eis gehört habe, muß er manch unheimliche Geschichte zu erzählen haben.«

Und dann waren sie im Fargo Gap; das Eis zu beiden Seiten der Fernstraße ragte gerade und hoch wie die Wände eines Canyons auf und glitzerte von den Spiegelungen der Arbeitslampen hinter ihnen.

4

Auf dem Eis

Alex MacLeod erwachte mit einem Ruck, versuchte sich zu bewegen und besann sich eines Besseren. Langsam strömten die Erinnerungen zurück.

Bewußtsein war kein reiner Segen. Es bedeutete, daß er am Leben war, registrierte aber auch Verletzungen. In seinem linken Arm pochte dumpfer Schmerz, das Atemholen kostete ihn enorme, beängstigende Anstrengung, und sein Brustkorb wurde jedesmal, wenn es ihm gelang, von einem brennenden, stechenden Schmerz durchbohrt.

Noch halb benommen, machte er Inventur. Wenn ein Körperteil schmerzte, mußte er ihn noch haben. Danach war er wenigstens in einem Stück heruntergekommen.

Er suchte den Kopf zu heben, um zu sehen, wie es Gordon ergangen war.

Er konnte ihn nicht bewegen. Gelähmt? Panik überkam ihn, als er sich vorstellte, wie er hier lag und langsam erfror, unfähig, irgend etwas anderes zu tun als zu warten. Aber natürlich war es nur die Schwerkraft. Als ihm das klar wurde, lachte er laut auf, was ein Fehler war, denn sein Brustkorb wurde sofort von einem halben Dutzend Dolchen durchbohrt.

Welchen Unterschied machte es, ob er aus diesem oder jenem Grund bewegungsunfähig war? Hilflos war hilflos.

Er probierte das Funksprechgeräte im Helm aus. »Gordon?«

Statt einer Antwort kam nur Knistern herein. Gordon mußte tot oder bewußtlos sein. Jedenfalls konnte er nichts für ihn tun. Was das anging, konnte er auch für sich selbst nicht viel tun. Mit der Zunge schaltete er auf die Frequenz des Bordradios. Die Verbindung war noch offen.

»Mary? Hier *Piranha*.«

Zischen und Knistern. Vielleicht war der Sender zerstört. Er versuchte es wieder. »Mary, kannst du mich hören?«

Marys Stimme kam durch die Geräusche. »Alex? Bist du es?«

Wer sonst sollte es sein? »Mary, hier ist Alex. Ich bin bei Bewußtsein und scheine nicht ernstlich verletzt zu sein, bloß kann ich mich nicht bewegen. Das muß an der Schwerkraft liegen. Tanner reagiert nicht. Ich wiederhole, Gordon antwortet nicht. Kannst du mir eine Ablesung von ihm geben?«

»Verstanden. Alex, ich bin froh, deine Stimme zu hören. Bleib auf Empfang. Angaben über Tanner folgen.«

Alex wartete, während sie die medizinischen Monitore befragte. Die Körpersonden waren eine Plage, aber sie hatten ihren Nutzen. Er fragte sich, ob Mary die ganze Zeit, die er in Bewußtlosigkeit verbracht hatte, in der Kontrollstation geblieben war, und ob sie es aus Pflichtgefühl oder etwas anderem getan hatte. Ganz recht, Alex, sagte er sich. Mach dir ein paar Phantasien zurecht. Du hast sonst nichts zu tun.

»Tanner ist soweit in Ordnung. Keine ernsten Verletzungen«, sagte sie. »Bewußtlos, aber seine wesentlichen Funktionen sehen gut aus, Alex. Über Knochenbrüche und dergleichen kann ich dir nichts sagen. Auch deine Ablesungen sind in Ordnung. Das war eine unheimlich starke Landung, Alex. Im Buch steht, daß man einen Stickstoffsammler nicht landen kann.«

»Das Buch ist nicht weit von der Wahrheit entfernt. Wo sind wir, Mary?«

»Unsere Kontaktpersonen nennen es das Eis. Nicht das Große Eis, aber die Gletscherausläufer. Du bist nur ein paar hundert Meter vom Eisrand entfernt. Wäre das Schiff nicht vorher liegengeblieben, hättet ihr leicht über ein neunzig Meter hohes Eiskliff abstürzen können. Willst du Längen- und Breitengrad?«

»Sicher, aber ich sehe nicht, wie uns das im Augenblick nützen könnte.«

»Ich verstehe. Aber wir geben die Koordinaten eurer Rettungsmannschaft durch, damit ... Ach, ich vergaß, daß du es nicht weißt.«

»Rettungsmannschaft?« Er bemühte sich, aufrecht zu sitzen, aber die Schwerkraft und seine Rippen drückten ihn nieder. Er unterdrückte ein Ächzen. »Du meinst, ihr kommt uns holen?«

»Nein«, sagte Mary. »Du solltest es besser wissen.« Er hörte die gekränkte Verlegenheit heraus. Über manche Dinge wurde nicht gesprochen. Auch von Gestrandeten wurde erwartet, daß sie sich an die Etikette hielten.

Also nichts mit den Phantasien, dachte Alex. Es heißt, Liebe besiegt alles. Aber das Sprichwort bezog sich nicht auf das physikalische Verhältnis von Schubkraft zu Treibstoffverbrauch und das Gesetz vom abnehmenden Ertragszuwachs. *Mir* und *Freedom* erhielten sich selbst mit knapper Not. Nichts konnte erübrigt werden, schon gar nicht der Raketentreibstoff, der benötigt würde, um zu landen und wieder zu starten, selbst wenn sie ein Schiff gehabt hätten, das dazu imstande gewesen wäre. »Verstehe.« Er versuchte die Bitterkeit herauszuhalten. Es war nicht ihre Schuld, daß er hier war.

Daß sie ihm nicht zu Hilfe kommen würden, störte ihn nicht so sehr. Sie würden auch nicht kommen, wenn er Lonny Hopkins selbst wäre. Aber Stationschef Hopkins hätte gar nicht erst an einem Tauchflug teilgenommen. Unentbehrliches Personal schickte man nicht auf potentielle Himmelfahrtskommandos. Tauchflüge wurden von Leuten ausgeführt, die für die Station entbehrlich waren. Tüchtig in dem, was sie taten, aber nicht besonders nützlich in allen anderen Aspekten. Hausmeister, Boten, Aufsichtspersonen im Kindergarten, Stiljagi wie Gordon. Eine Bruderschaft der Mittelmäßigkeit, dachte er. Die Habitats würden auch ohne ihn funktionieren. Selbst die Vielfalt des Genreservoirs, so klein es auch war, blieb unbedroht. Gordon und er hatten bereits ihre Beiträge zur Spermabank geleistet.

»Wer kommt dann, uns zu retten?« fragte er.

»Ich sagte dir, daß wir Freunde unten haben. Eine Rettungsmannschaft ist schon unterwegs. Sie haben eine illegale Funkverbindung hierher, also kennen sie euren genauen Standort. Die Suchtrupps der Regierung wandern noch dreißig Kilometer nordwestlich von euch auf dem Eis herum. Sie haben euch noch nicht lokalisiert. Nach allem, was wir von ihrem Funkverkehr abhören können, haben sie ihre Hinweise von einem Bauern, der die Entfernungen nicht richtig einschätzen konnte. Aber es wird nicht lange dauern, bis sie ihre Suchaktion ausdehnen. Mit etwas Glück werden wir euch dort herausholen, bevor sie eure Position erreichen.«

Alex grunzte. Nicht mit etwas Glück, dachte er. Es mußte großes Glück sein, und das war gegenwärtig knapp. »Wie lang wird es dauern, bis diese Rettungsmannschaft eintrifft?«

»Ich hoffe, nicht länger als eine halbe Stunde. Sie sind mit einiger Verspätung auf das Eis gekommen, weil sie eine Weile brauchten, um genug Bettlaken zu finden. Sie werden aus südlicher Richtung kommen. Der Anführer hat den Codenamen Robert.«

Codenamen? Alex schnaubte. »Verstanden. Ich gebe dir Nachricht, wenn sie eintreffen.«

Er sah keinen Sinn in der Frage, welche Richtung Süden war. Er konnte sich nicht bewegen, und durch die Windschutzscheibe war nichts als eine weiße Eiswand zu sehen. Früher oder später würden sie kommen. Nach Süden zu starren, bis ihm die Augen schmerzten, würde nichts beschleunigen.

Er schloß die Augen. Wenn er schliefe, könnte er vielleicht die Schmerzen vergessen. Und vergessen, wie kalt es in der Pilotenkanzel wurde. Die Heizung des Raumanzuges wurde von Batterien gespeist. Eine halbe Stunde würde ihre Leistung nicht erschöpfen, aber er war nicht sicher, wie lange er sie brauchen würde. Er beschloß, die Heizung auf die niedrigste Stufe einzustellen. Gerade warm genug, um ihn zu erinnern, wie kalt es war.

Als er so mit geschlossenen Augen lag, hatte er das eigentümliche Gefühl, daß die *Piranha* beschleunige, ihre Triebwerke aber unter dem Boden statt achtern angebracht waren. Natürlich war es die Schwerkraft. Schwerkraft war Beschleunigung, und sein Körper interpretierte sie als Bewegung, weil eine Art Beschleunigung sich wie jede andere anfühlte.

Er erinnerte sich, daß die Leute unten immer ›oben‹ sagten, nicht ›vorn‹. Es war verrückt. Gleichwohl erinnerte er sich, was Schwerkraft gewesen war. Er würde sich wieder daran gewöhnen. Es würde nur eine gewisse Zeit dauern.

Plötzlich sperrte er die Augen auf. Bettlaken?

Das zweite Mal wurde er von gedämpftem Motorengeräusch draußen geweckt. Er lauschte mit angehaltenem Atem. Ja, Motorengeräusch. Mit der Zungenspitze schaltete er das Funkgerät ein. »Mary?«

»Ich bin hier, Alex.« Ihre Stimme klang schwach

durch das Knistern und Zischen. Mit dem Radio war etwas nicht in Ordnung, aber er konnte nur beten, daß es nicht versagen würde.

»Ich höre Geräusche draußen. Freunde oder Regierung?«

»Es ist die Rettungsmannschaft. Ich nehme an, sie hat euch gerade ausgemacht. Hör zu, Alex, ich muß dir etwas sagen.«

»Was?«

»Die Rettungsmannschaft. Die Leute werden dir anfangs vielleicht, nun, ein wenig seltsam vorkommen. Sei nachsichtig mit ihnen. Es sind gute Leute. Wenn man bedenkt, wie die Verhältnisse auf Erden heutzutage sind, riskieren sie eine Menge, wenn sie dir helfen.«

Und Bettler konnten nicht wählerisch sein. Er hatte nicht gewußt, daß die Bewohner der Habitats Freunde auf Erden hatten, geschweige denn seltsame. »Verstanden. Ende.«

Er wartete und lauschte unbehaglich den Stiefelschritten, die auf dem Rumpf herumstampften. Seltsam. Was hatte Mary damit gemeint? Gewiß, die da unten waren ein anderer Schlag. Aber *wie* seltsam konnten sie überhaupt sein? Menschen waren Menschen, nicht wahr?

Ein kopfstehendes Gesicht erschien in der Windschutzscheibe und starrte herein. Alex blinzelte. Jemand auf dem Rumpf hatte sich über die Pilotenkanzel gebeugt und schaute herein. Neben dem Gesicht erschien eine Hand. Sie winkte.

Alex hob die rechte Hand so weit er konnte und bewegte die Finger.

Das Gesicht wandte sich ab, und er hörte eine schwache stimme rufen: »Wie ich sagte. Sie sind halb im Eis begraben!« Das Gesicht wandte sich wieder zu ihm, und die Hand winkte abermals. Es war anstrengend, die Geste zu erwidern, und danach ließ Alex sich zurücksinken und wartete, daß sie den Einstieg öffneten. Über ihm wurden metallische Schläge laut, und Füße stampften. Seltsam, hatte Mary gesagt. Bisher hatte er nicht diesen Eindruck. Das Seltsame war allenfalls, daß jemand sich in dieser fürchterlichen Schwere frei umherbewegen konnte.

Die Pilotenkanzeln der Stickstoffsammler waren für zwei Personen gebaut, und Alex staunte, daß es so vielen von ihnen gelungen war, sich hineinzuzwängen. Es schien, daß alle gleichzeitig reden wollten. Sie stellten Fragen nach dem Schiff, nach den Habitats und Luna City, nach allen möglichen Belanglosigkeiten. Schließlich wurde ein älterer Mann mit buschigem weißen Haar und einem Vollbart energisch und trieb sie hinaus.

»Erlauben Sie, daß ich mich für meine Freunde entschuldige«, sagte er, als er sich über Alex beugte. »Sie sind ein bißchen aufgeregt über diese Begegnung mit Ihnen.«

»Mit mir?« Alex war überrascht. »Warum sollte das jemand aufregen?«

Der andere zog die dichten Brauen hoch. »Heutzutage bekommt man hier nicht viele Astronauten zu Gesicht.«

»Was heißt Astronaut? Ich bin in Kansas geboren.«

Der weißhaarige Mann grunzte. »Aber Sie sind schon lange nicht mehr dort, nicht wahr?« Er stellte eine schwarze Tasche auf den Boden und öffnete sie. Alex drehte den Kopf zur Seite, um hineinzuspähen.

»Sind Sie ein Arzt?«

»Nein, ein Klempner. Liegen Sie still. Natürlich bin ich ein Arzt. Will Waxman, M. D. Wir sind nicht leichtsinnig oder unverantwortlich, wissen Sie. Wir dachten uns, daß Sie verletzt sein könnten, also kam ich mit.«

»Tut mir leid.«

Der Arzt fummelte am Schutzanzug herum, öffnete ihn, nachdem Alex ihm gesagt hatte, wie es gemacht wurde, dann zog er ein Stethoskop aus der Tasche. Die schwarze Tasche schwebte nicht davon, wie sie es nach Newton hätte tun sollen. Sie blieb stehen. Schwerefeld. Das mußte er sich immer wieder vergegenwärtigen. Hier unten verhielten die Dinge sich nicht so, wie er es gewohnt war, seine Reflexe würden alle falsch sein. Er fragte sich, wie diese Leute Physik lehren konnten, wenn sie so durch Schwerkraft behindert waren, dann erinnerte er sich, daß es ihnen wahrscheinlich nichts mehr ausmachte.

»Atmen Sie langsam und möglichst tief.«

Er tat es und biß die Zähne zusammen, als jäher Schmerz seine Brust durchstieß. Waxman horchte, wie es im Innern zuging. Alex kannte alle Witze über die kalte Berührung eines Stethoskops. Dieses war über einen Gletscher getragen worden.

»Haben Sie beim Einatmen Schmerzen?«

»Ja.«

»Ein paar gebrochene Rippen.« Waxman verstaute das Stethoskop wieder in der Tasche. »Aber seien Sie unbesorgt. Die Lunge ist nicht punktiert. Wir werden Sie verbinden, und in ein paar Wochen sollten Sie so gut wie neu sein.«

Alex grunzte wieder. Gute Nachrichten von allen Seiten. Aber es wurde auch Zeit. »Doktor, wie geht es Gordon? Haben Sie ihn schon untersucht?« Der Stiljagi war seine Verantwortung. Er war der Kapitän, und wäre sein dummer Stolz nicht gewesen, würde Gordon warm und gemütlich daheim in der Station sitzen.

»Gordon? Ach, Ihr Copilot. Ich untersuchte ihn zuerst. Gehirnerschütterung, wie es scheint. Keine Knochenbrüche, keine Blutung, kein Schock. Ihre Leute oben sagen, es gebe keine inneren Verletzungen, aber wir werden vorsichtig sein, bis wir Sie in eine Klinik bringen können. Wie fühlt sich der Arm an?«

»Was? Ach so, der Arm. Etwas taub. Ist er gebrochen?«

Waxman befühlte den linken Arm mit beiden Händen und drückte ihn vorsichtig von oben bis unten. Als er das Handgelenk erreichte, atmete Alex scharf durch die Zähne ein, und Waxman nickte. »Verstauchung, würde ich sagen. Wir werden ihn auch verbinden. Sherrine, könnten Sie mir hier mit dem Verbinden helfen?«

Eine Frau kam hinter dem Pilotensitz hervor. Ihre Parka war offen, die Kapuze zurückgeklappt, und Alex war sprachlos; sie war die wunderbarste Frau, die er je gesehen hatte. Groß und schlank, sogar in den Schichten der Pullover, die sie übereinander trug, mit schmalem, feingeschnittenem Gesicht. »Hallo. Ich bin Sherrine Hartley«, sagte sie mit leiser, kehliger Stimme.

»Alex MacLeod.« Es gelang ihm, den Arm zu heben und ihre Hand zu ergreifen, obwohl es ihn die größte Anstrengung kostete. Aber es lohnte sich, nur konnte er sie nicht lange halten. Sie hatte einen festen, aber doch sanften Händedruck.

»Willkommen auf Erden.«

»Um Ihnen zu begegnen, hat sich die Reise schon gelohnt.« Sie errötete, als wäre sie nicht gewohnt, solche Komplimente zu hören. Wie konnte das sein? Eine Frau wie Sherrine Hartley mußte sie jeden Tag zu hören bekommen. Er betrachtete sie, während sie dem Arzt beim Anlegen des Verbandes half. Wenn sie die Bandage hinter seinem Rücken herumführte, beugte sie sich nahe zu seinem Gesicht. Er überlegte flüchtig, wie Männer und Frauen es in einem Schwerefeld machten. Wahrscheinlich brauchten sie keine Klettbänder. Die Schwerkraft würde ihnen ausreichend Halt geben.

Als sie ihn aus der Pilotenkanzel hoben, sah Alex, was geschehen war. *Piranha* war glühend heiß heruntergekommen und hatte mit der Verlangsamung eine allmählich tiefer werdende Rinne in die Gletscheroberfläche geschmolzen. Am Ende war der Rumpf wie ein heißes Bügeleisen in das Eis gesunken und ruhte jetzt halb begraben in einer Mulde aus Schnee und Eis. Der Riese, den sie Thor nannten, arbeitete mit einem Schneegebläse, um den Rumpf des Stickstoffsammlers mit einer dünnen Schicht von Schneekristallen zu bedecken.

In der Nähe standen zwei Schlitten, die an Schneemobile gehängt waren. Das erklärte die Motorengeräusche, die er zuerst gehört hatte. Schneemobile und Schlitten waren beladen und behängt mit verschiedenen Ausrüstungsstücken und Geräten und Kanistern, von denen ein chemischer Geruch ausging.

Sherrine hatte Parker und Kapuze geschlossen. »Das war ein großes Glück, nicht wahr?« sagte sie und zeigte zum tief eingegrabenen Rumpf. »Thor dachte sich, daß das Schiff ins Eis einschmelzen würde; deshalb brachten wir Großvaters Schneegebläse mit. Die Konfos werden es nicht finden, so lange sie nicht direkt darauf stoßen. Sogar die Landungsschneise hebt sich kaum vom umgebenden Eis ab, wenn man nicht danach sucht.«

»Konfos?« fragte Alex. »Wo sind wir?«

»Konformisten, Leute ohne Phantasie, die sich dem Zeitgeist der Technikfeindlichkeit angepaßt haben. Sie haben die Erde geerbt.« Er hörte Bitterkeit heraus und warf ihr einen forschenden Blick zu, während ihre Freunde ihn auf einen Schlitten schnallten. Er trug bereits den Parka ihres Großvaters. Nun wickelten sie ihn in Decken und bedeckten ihn mit einem weißen Bettlaken. Eine Panoramasonnenbrille schützte ihn vor dem blendenden Funkeln der Eisfläche.

»Was nun?« fragte Thor. »Diese Schutzanzüge. Wollen Sie die anbehalten?«

»Ausgeschlossen«, sagte Bruce. »Ein Blick, und der dümmste Polizist weiß, woher wir sie haben.«

»Es ist nicht leicht, sie auszuziehen«, sagte Alex.

»Wenn wir Sie herausschneiden, wird es einfacher sein.«

Alex erschrak. Sein Schutzanzug war unersetzlich. Gordons desgleichen. Wenn die Anzüge fort waren, konnten sie keine Raumfahrer mehr sein.

Aber damit war es ohnedies vorbei. Ohne ein Raumschiff bestand keine Hoffnung auf Rückkehr, nicht jetzt und nicht später, also brauchten sie keine Schutzanzüge.

»In Ordnung. Aber seien Sie vorsichtig mit Gordon!«

»Das werden wir«, sagte Dr. Waxman. »Überlegen Sie, was mit der Ausrüstung geschehen soll. Was nehmen wir mit, was lassen wir zurück?«

»Die Richtantenne brauchen wir«, sagte Alex. Er machte eine Kopfbewegung zu etwas, das wie ein Megaphon aussah. »Nicht allzu scharf gebündelt, aber gut genug. Andernfalls werden wir abgehört. Und wenn Sie Gordon aus seinem Anzug schneiden, achten Sie darauf, das Funksprechgerät aus seinem Helm zu nehmen. Und lassen Sie es ausgeschaltet. Die Funksprechgeräte senden in alle Richtungen. Jeder, der die Frequenz absucht, wird mithören und kann uns anpeilen. Die Radioverbindung zum Bordsender kann durch die Richtantenne angeschlossen werden, so daß man schon mehr oder weniger davor stehen muß, um das Signal aufzufangen.«

»Alles klar«, sagte Mike Glider. »Wir werden das Zeug ausbauen. Ruhen Sie sich aus.«

Ausruhen? Während ein Riese namens Thor ihn aus dem Anzug schnitt?

Sie wickelten die beiden wieder in Decken und betteten sie auf die Schlitten. Gordon war noch immer ohne Besinnung. Ohne die Isolation seines Schutzanzuges begann Alex erbärmlich zu frieren. Sherrine packte ihn in zwei zusätzliche Decken ein, bevor sie das Bettlaken wieder über ihn zog.

»Sollte ich vielleicht Gefallen daran finden, wie die Konformisten das Land regieren?« fragte sie.

Alex versuchte unter den Decken die Achseln zu zucken. »Es ist nicht mehr mein Land, aber sie versuchten mich abzuschießen.«

Mike Glider, der sich selbst ›Mycroft‹ nannte, beugte sich über ihn. »Sie haben es nicht nur versucht, Gabe«, sagte er, »sie haben es getan.«

»Das ist richtig. Aber mein Name ist Alex, nicht Gabe.« Das Sprechen fiel ihm schwer. Im Freien herrschte eine beißende Kälte.

Der fette Mann breitete die Arme aus. »Codenamen. Sie sind Gabriel; der junge Mann ist Raphael. Zwei Engel. Verstehen Sie?« Er stellte sich am Ende des Schlittens auf die Kufen.

Alex wunderte sich, daß ein Mensch so fett wie Mike Glider werden konnte. Vielleicht war es eine Anpassung an die Eiszeit. Wärmeverlust war proportional zur Oberfläche, und die Kugel hatte das günstigste Verhältnis von Oberfläche zu Volumen von allen festen Körpern.

»St. Michael war auch ein Engel«, bemerkte er.

Mikes Miene hellte sich auf. »He, das stimmt. Glauben Sie, ich könnte mit Ihnen hinauf, wenn Ihre Freunde kommen, Sie abzuholen?«

Alex sagte nichts. MacLeods erste Regel zum Überleben in der Wildnis: Stoß deine Retter nicht vor den Kopf. Aber Lonny würde niemals einen wie Mike Glider an Bord nehmen. Egal wie intelligent Mike sein und was er gelernt haben mochte, er war einfach zu unförmig. Es würde zu viele Ressourcen verbrauchen, so viel Masse mit Brennstoff zu versorgen. Außerdem würde er zu viel Raum einnehmen.

Nun, sie kamen sowieso nicht herunter, ihn und Gordon zu holen. Wir sitzen hier für immer fest, sagte er sich, und dieser Mike ist den örtlichen Bedingungen viel besser angepaßt als ich es bin. »Wohin jetzt?« fragte er.

»Zurück zur Farm meiner Großeltern«, antwortete Sherrine. »Damit wir die Ausrüstung zurückgeben können, die sie uns geliehen haben. Bob wartet dort mit dem Lieferwagen auf uns.« Sie schüttelte ein Bettlaken aus und zog es sich über den Kopf. Ein in die Mitte geschnittener Schlitz ermöglichte ihr, es wie einen Poncho zu tragen. Alex sah, daß die anderen genauso verfuhren. Aber die Laken waren zu dünn um viel Wärme zu speichern, warum also ...?

»Zur Tarnung, nicht wahr?« sagte er.

Sie hielt inne und lächelte. »Es war meine Idee«, sagte sie. »Nicht mal Bruce dachte daran. Wenn uns ein Suchflugzeug überfliegt, werden wir nicht leicht auszumachen sein. Großmutter sagte, es würde die Arbeit des Zunähens lohnen, wenn es helfen könnte, Sie beide sicher vom Eis zu bringen.«

»Ihre Großeltern scheinen gute Leute zu sein.«

»Das sind sie. Großmutter war Gentechnikerin für Pflanzen, bevor sie die Gentechnik verboten. Großvater war Farmer. Sie experimentieren noch immer ein bißchen in ihrem Keller. Entwickelten eine kälteresistente Weizensorte, die ihnen noch drei Jahre, nachdem ihre Nachbarn aufgeben mußten, Ernten einbrachten. Aber letztes Jahr mußten sie aufhören. Großmutter brachte Sporen vom Getreiderost aus, der die Ernte vernichtete.«

»Was? Warum? Wenn sie weitergemacht hätten ... Wissen Sie, Sherrine, es wird noch viel kälter, bevor es irgendwann einmal wärmer wird.«

Sie nickte und schlug die Hände in den Fäustlingen zusammen. »Und hungriger.« Ihre Stimme wurde hart und zornig. »Aber ihre Nachbarn, ihre guten, freundlichen, bodenständigen Nachbarn fingen an, von Hexerei zu reden. Sie konnten sich keinen anderen Grund vorstellen, warum der Weizen meiner Großeltern gedieh, während ihrer nicht ausreifte und erfror. Bauern glauben immer an Hexerei.« Sie setzte sich auf das vor den Schlitten gespannte Schneemobil. Ihr Rücken war ihm zugekehrt, und er konnte ihr Gesicht nicht sehen.

Bruce Hyde, mit dem Codenamen »Robert«, stellte sich hinten auf den anderen Schlitten. »Alles fertig?« fragte er. Dr. Waxman setzte sich auf das zweite Schneemobil. Thor und Steve Mews, der dunkelhäutige Yogi, waren auf Skiern. Sie setzten ihre Sonnenbrillen auf und winkten. Bruce überprüfte sein Empfangs-Sendegerät und beschrieb mit hochgerecktem Arm zwei Kreise über dem Kopf. »Ab durch die Mitte!«

Die Schneemobile starteten mit aufbrüllenden Motoren. Vielleicht waren sie in ihren Bettlaken nicht gut zu sehen, dachte Alex, aber hören würden die Suchtrupps sie um so besser. Und auf einem Infrarotschirm würden sie sich sehr schön ausnehmen: acht warm leuchtende Stecknadeln in einem sehr kalten Heuhaufen. Und die Maschinen der beiden Schneemobile würden wie Scheinwerfer strahlen.

Alex hielt nach Suchflugzeugen Ausschau, fand sich aber seltsam desorientiert. Der Himmel war weiß und der Boden war weiß, und es war schwer zu sagen, wo der erstere anfing und der letztere aufhörte. Überdies waren die visuellen Hinweise, nämlich das unter den Schlittenkufen vorbeigleitende Eis, rechtwinklig zu seinem Beschleunigungsgefühl, und ihm begann zu schwindeln. Er schloß die Augen. Er brauchte Zeit zur Gewöhnung, bis die Reflexe sein denkendes Bewußtsein einholten. Die früheren Astronauten hatten sich stets sehr rasch wieder der Schwere angepaßt.

Freilich hatten sie nicht so viele Jahre im freien Fall zugebracht wie er. Die Habitats hatten Medikamente, um den Kalziumverlust auszugleichen, und zwei zusammengekoppelte Schiffe, die rotierten, um ein Viertel der Erdschwere zu erzeugen, aber es war nicht das gleiche. Außerdem haßten alle den Aufenthalt in diesen Folterkammern, wie sie genannt wurden.

Alex blickte auf seine Uhr, dann zeigte er zur Richtantenne. »Zielen Sie mit diesem Ding südwärts und aufwärts. Sendung und Empfang sind nicht allzu scharf gebündelt; es genügt, wenn sie in die richtige allgemeine Richtung zielt.«

Sherrine nickte. Niemand mochte reden. Es war zu kalt, und der Fahrtwind verstärkte den Effekt.

Er schaltete auf Sendung. »Mary, hier *Piranha.*« Zischen und Knistern. »Mary, hier *Piranha.*« Sherrine sah ihn fragend an. Er schüttelte den Kopf. »Mary, hier *Piranha.*«

»*Piranha,* da. Eto *Mir*. Wir geben weiter. Bleiben Sie auf Empfang.«

Er wartete. *Freedom* würde unter dem Horizont sein. Glücklicherweise war immer etwas am Himmel. Die RCA-Nachrichtensatelliten waren imstande, die Hälfte der Ferngespräche auf Erden zu vermitteln, nur wollte man sie nicht mehr. Jetzt diente dieses großartige System, das fähig war, Tausende von Ferngesprächen gleichzeitig abzuwickeln, den Habitats und den wenigen Leuten auf Erden, die mit ihnen in Verbindung standen. »Alex, hier Mary. Was gibt es?« Ihre Stimme klang müde, und das war verständlich. Seit dem Start hatte sie in der Kontrollstation gewacht. Wahrscheinlich hatte sie von Zeit zu Zeit für ein paar Minuten die Augen geschlossen, ohne die Konsole zu verlassen. Rasch und mit knappen Worten berichtete er von der

Gefahr, daß sie durch Infrarotgeräte geortet werden könnten.

»Ich weiß nicht, was wir dagegen tun können, Alex, außer dich über die Bewegungen von Suchtrupps zu unterrichten, damit ihr ihnen ausweichen könnt. Die Suchflugzeuge dehnen ihr Suchgebiet systematisch nach Südosten aus, also in Richtung eurer Position.«

»Lenkt sie ab.«

»Wie bitte?«

»Täuscht sie. Ihr könnt den Sonnensatelliten SUNSAT steuern, daß er da und dort ein paar heiße Stellen auf den Gletscher strahlt. Wenn die Suchtrupps nach Infrarotzielen suchen, können wir ihnen so den Wunsch erfüllen.«

Mary blieb still, aber Alex wußte, daß sie am Computer die Berechnungen abfragte. Sonnenenergie war außer Personal das einzige, was die Habitats entbehren konnten. Der Raum war voll von Energie, geliefert von einem freundlichen und ganz natürlichen Fusionsreaktor. Man brauchte sie nur einzufangen ...

Das tat SUNSAT. Die U.S.-Regierung hatte einen Energiesatelliten für den Mikrowellenbereich als Demonstrationsmodell beinahe fertiggestellt, bevor der Kongreß seine Meinung geändert und das Projekt gestoppt hatte. Man hatte das Geld für Subventionen der Milchviehhalter oder zur Sanierung maroder Industriebetriebe oder für andere wirklich nützliche Zwecke gebraucht. Das gesamte Raumfahrtbudget machte weniger aus als die Kostenüberziehung im Verteidigungshaushalt; aber Raumfahrt war unnötiges Beiwerk, also wurde hier immer zuerst der Rotstift angesetzt. Die Station war bereits in der Umlaufbahn und hätte mit geringem Aufwand einsatzbereit gemacht werden können, bis es zum Bruch kam und die Habitats beschlossen, sich selbständig zu machen. *Mir* und *Freedom* hatten ihre Mittel zusammengelegt und SUNSAT fertiggestellt, so daß Licht, Wärme und Energie zu den wenigen Dingen gehörten, über die man sich in den Habitats nicht zu sorgen brauchte. Sie konnten verhungern oder ersticken, aber an Energie würde es ihnen nicht fehlen.

»In Ordnung, *Piranha*«, sagte Mary endlich. »Ich werde mich bei der Richtantennenfarm von Winnipeg über den Energiebedarf erkundigen und sehen, wieviel wir erübrigen können.«

An der Art und Weise, wie Mary sprach, konnte Alex erkennen, wann Lonny in den Nachrichtenraum kam. Wenn sie allein war, war er Alex. Wenn Lonny dabei war, war er *Piranha. Piranha* non grata.

»Die Richtantennenfarm von Winnipeg ist ausgefallen. Ich wiederhole. Richtantenne Winnipeg ist ausgefallen und wird drei Tage funktionsunfähig sein.« Ausgeschaltet durch eine von Ökoterroristen gezündete Bombe, dreißig Stunden bevor Alex zu seinem Tauchflug gestartet war. Er hatte darüber gelesen und sich gefragt, ob es für seine Mission von Bedeutung sei. Die Antennenfarm würde noch nicht betriebsbereit sein, da die Bombe Teile der Elektronik zerstört hatte.

Winnipeg war außer dem eisfreien Alaskakorridor die einzige noch bewohnte menschliche Siedlung so weit nördlich. Die Stadt hatte so lange ausgehalten, weil sie über die Bodenstation des Energiesatelliten verfügte, die von den kanadischen Partnern des ursprünglichen Projekts errichtet worden war. Durch ihre Mikrowellenfarm hatten sie ausreichend Wärme und Energie, konnten das Eis aber nicht unbegrenzt lange in Schach halten; zu gewaltig waren die Eismassen, die sie eingekreist hatten. Und wenn Winnipeg unterging, würden die Vereinigten Staaten die Überlebenden aufnehmen? Es war in den Habitats wohlbekannt, daß die letzten Kanadier auch die letzten Freunde der Habitats waren, was sie in den USA nicht beliebt machte.

»Verstanden, *Piranha.* Wir werden euch verständigen.«

Alex unterbrach die Verbindung. Bisher hatte Lonny Hopkins, großer El Jefe und nervtötender Hochmeister der *Freedom*-Station nicht geruht, direkt zu ihm zu sprechen, was Alex nur recht war. Lonny hegte einen Groll gegen ihn, und um fair zu sein, hätte er wahrscheinlich genauso empfunden, wenn Mary seine Frau gewesen wäre. Aber Lonny hatte keinen Streit mit Gordon oder mit Gordons Familie, die einflußreiche Verbindungen in der Station *Mir* hatte, von der Hilfsmannschaft hier auf Erden nicht zu reden. Also mochte Lonny vielleicht nicht bereit sein, ein übriges zu tun, um ihnen zu helfen, doch würde er einer Hilfsaktion auch nicht im Wege stehen. Alex seufzte. Es war nicht so sehr, daß man sich auf ihn verlassen konnte, das Richtige zu tun, sondern daß Lonny sehr darauf bedacht war, nichts falsch zu machen.

Der gute alte Lon. Kein Wunder, daß er ihn so liebte.

Die ersten Suchmaschinen erschienen eine halbe Stunde später am Südwesthorizont. Winzige schwarze Punkte am weißen Himmel, die sich langsam kreisend hin und her bewegten.

»Sie sehen wie Geier aus«, bemerkte Sherrine.

Alex war nicht sicher, was ein Geier war, aber es hörte sich unerfreulich an. »Kommen sie näher?« fragte er im Flüsterton, nicht weil er dachte, die Suchmaschinen könnten ihn hören, sondern weil die schneidend kalte Luft seine Kehle heiser gemacht hatte.

»Nein«, sagte sie. »Aber das ist die gute Nachricht.«

»Und was ist die schlechte Nachricht?« fragte Alex.

»Die Suchflugzeuge verlagern ihre Aktivität nach Westen«, sagte Sherrine. »Ob sie es wissen oder nicht, sie haben uns von Großvaters Farm abgeschnitten. Verdammt! Noch eine halbe Stunde, und wir wären zu Haus gewesen.«

»Können wir sie irgendwie umgehen? Oder eine andere Richtung einschlagen?«

Sie schüttelte den Kopf. »Bob und der Lieferwagen warten auf der Farm. Wenn wir anderswo hingehen, weiß er nicht mehr, wo er uns finden kann.«

»Ach, das ist kein Problem«, erwiderte Alex. »Wir lassen uns von Mary die Koordinaten durchgeben und geben sie Bob über Funk durch. Er hat kein Funkgerät? Dann müssen wir einen Ort auswählen, den er zu finden weiß. Ich werde Mary Bescheid sagen, und sie kann über Richtfunk die Kontaktperson verständigen ...«

»Den Oregon Ghost.«

Was immer das bedeutete. »Und dann kann dieser Geist Bob in der Farm Ihrer Großeltern anrufen.«

»Ist das einfach?«

Alex grinste. »Klar. Vielleicht nicht der direkte Weg, aber einfach.«

»Gut, ich werde es den anderen sagen.« Sie zeigte zum anderen Schlitten. »Ihr Freund ist aufgewacht.«

Gordon beobachtete Alex aus seinem Kokon aus Decken auf dem anderen Schlitten. Alex versuchte zu grinsen, aber sein Gesicht war nahezu gefroren.

»Wir leben«, sagte Gordon mit schwacher Stimme.

»Da. Wie fühlst du dich?«

»Nicht gut«, antwortete Gordon. »Sind das Freunde?«

»Da. Gute Freunde.« Und sie können jedes Wort mithören, dachte er bei sich. Also kann ich ihm nicht sagen, daß die Kontrollstation uns gewarnt hat, sie könnten ein bißchen unheimlich sein.

»Es war – beinahe eine gute Landung«, sagte Gordon. »Ich las einmal, daß jede Landung, von der man weggehen kann, eine gute Landung sei. Aber wir gehen nicht.«

»Noch nicht.«

»Es ist kalt. Ich verstehe, warum du lachst, wenn ich denke, es sei nicht kalt, weil nur das Wasser gefriert. Es ist sehr kalt.« Mit sichtlicher Mühe zog Gordon einen wollenen Schal über sein Gesicht.

»Ich wollte dich nicht auslachen ...«

Keine Antwort. Alex zog sich den Wollschal über Mund und Nase, daß nur die durch eine Sonnenbrille geschützten Augen frei blieben, und wandte sein Gesicht vom Wind ab. Er konnte verstehen, daß Gordon nicht in Hochstimmung war. Schließlich war es allein seine Schuld, daß sie hier auf dem Eis waren. Aber die Habitats brauchten den verdammten Stickstoff.

Das brachte ihn auf die Frage, was mit dem Stickstoff geschehen würde, der bereits in den Tanks war. Die Überlegung war Lonny zweifellos schon vor ihm durch den Kopf gegangen und verstärkte sein Mißvergnügen.

»Es ist schwierig, sich zu bewegen«, sagte Gordon. Alex konnte ihn kaum hören. »Wie können Menschen in dieser Schwere leben? Ich werde jetzt versuchen, zu schlafen.«

Er tat es jedoch nicht, wie Alex sah. Gordon wickelte sich ein, aber er beobachtete alles.

Die Besprechung endete, und Mike und Sherrine kehrten zum Schlitten zurück.

»Problem?« fragte er.

»Wir wissen einen Ort. Es ist der einzig mögliche, aber mir gefällt es nicht«, sagte Sherrine.

Steve Mews und Thor setzten ihre Schutzbrillen auf, stießen die Skistöcke in den Schnee und sausten davon. Ihre Aufgabe war es, als Kundschafter nach Spalten und anderen Hindernissen Ausschau zu halten. »Wohin also?« fragte Alex, als Sherrine und Mike ihre Plätze einnahmen.

»Brandon.«

»Wie weit ist das?«

»Ungefähr hundertfünfzig Kilometer über das Eis.«

Eine Weile sagte Alex nichts mehr, da er mit Kopfrechnen beschäftigt war. Ungefähr zehn Stunden Reisezeit, ein vernünftiges Tempo vorausgesetzt, aber ohne Pausen einzukalkulieren. Er blickte zur Sonne auf und überlegte, wie viele Stunden Tageslicht ihnen blieben. Sie stand bereits hoch am Himmel, und die Erde schien unheimlich schnell zu rotieren. Wann war zu dieser Jahreszeit und auf dieser Breite Sonnenuntergang? Er schloß die Augen und versuchte sich die Erdkugel vorzustellen, wie er sie zu sehen gewohnt war. Wie war es nachts auf dem Eis? Kalt. Kälter als es schon war. »Gräme dich nicht«, sagte er laut. »Es ist bloß Wassereis.«

Als es Alex gelang, die Verbindung wiederherzustellen, war Mary nicht mehr im Nachrichtenraum. Es meldete sich eine Frau, die er nicht kannte. Nun, früher oder später mußte Mary zusammenbrechen. Vielleicht hatte Lonny auch beanstandet, daß sie zuviel Zeit mit Radiokontakten nach unten verbringe.

Funkverkehr war billig. Der Treibstoff für ein Rettungsunternehmen mochte zuviel kosten, aber die Sonnenenergie für die Nachrichtenverbindungen war praktisch kostenlos. Er und Mary konnten reden, bis die Hölle gefror, was jetzt bald der Fall sein mußte, nach seiner Umgebung zu urteilen.

Er überließ Gordon den Funkverkehr. Nicht, daß er wegen Marys Abwesenheit schmollte, aber er hatte das Gefühl, es sei an der Zeit, daß der Junge sich an seiner eigenen Rettung beteilige. Alex hörte mit.

»Skazhijte, Katja«, hörte er ihn sagen. »Gruppenleiter ›Robert‹ weist darauf hin, daß … ah … Fargo Gap ein Nadelöhr ist und inzwischen mit Sicherheit blokkiert sein muß. Er bittet darum, daß du durch gesicherte Verbindung Kontakt mit ihrem Fahrer aufnimmst, der den Codenamen ›Pins‹ trägt, und ihm ausrichtest, er solle uns ›an der Tankstelle‹ erwarten. Sag ›dem Geist‹, daß ›Pins‹ bei ›Sherrines Großvater‹ erreicht werden kann. Bist du daraus schlau geworden, Katja?«

»Obkhodimij, Gordon. Hauptsache, die Kontaktperson findet einen Sinn darin. Wir werden euch die Frequenz für das Empfangs-Sendegerät bald mitteilen.«

Mike erzählte Alex, daß ›Pins‹ Bob Needleton sei. »Pins and Needles, verstehen Sie? Geradeso wie ›Robert‹ ›der Bruce‹ ist, nach dem schottischen König aus dem Mittelalter.«

Alex fragte sich, welchen Sinn diese Codenamen hatten, wenn Mike erklärte, was sie bedeuteten. Wahrscheinlich hatte es gar nichts zu bedeuten. Für Mike war es ein Spiel. Ein Abenteuerspiel mit hohem Einsatz, aber trotzdem nur ein Spiel.

Die Entscheidung, Kurs auf Brandon zu nehmen, gefiel offensichtlich keinem der Gruppe, aber es gab kaum eine andere Wahl. Wie Bruce erklärte, konnten sie nicht zurück nach Mapleton; sie konnten nicht riskieren, die Straßensperre im Fargo Gap zu passieren; und sie konnten nicht ohne weiteres einen Treffpunkt mit Bob Needleton verabreden, der nicht allen bekannt war. Nach ihren verdrießlichen Mienen zu urteilen, mußten sie wissen, daß sie nach Sonnenuntergang noch auf dem Eis sein würden. Alex fragte sich, ob sie ihre Rettungsaktion inzwischen bereuten.

Alex wußte, daß Flüsse frei fließende Wasserströme waren, die nicht durch Druck angetrieben wurden, sondern durch die Schwerkraft. Er hatte Bilder gesehen. Er konnte sogar die Augen schließen und sich erinnern. Er hatte einmal in einem Fluß gebadet, einem majestätisch langsamen Strom, dessen Ufer von Bäumen bestanden waren, und er entsann sich noch gut des Gefühls von Schwerelosigkeit, das er damals im Wasser kennengelernt hatte. Aber die Erinnerung bereitete ihn nicht auf den Anblick des Red River vor, wie er sich vom Dakotagletscher aus bot.

Sie hielten am Rand einer riesigen, wie eine Rampe allmählich abfallenden Gletscherzunge, während Thor und Steve weiter voraus nach Spalten Ausschau hielten. Mike Glider zeigte hinab. »Da ist er«, sagte er. »Der Red River des Nordens. Er trägt wärmeres Wasser aus dem Süden zum neuen See Aggaziz. Wenn nicht der Fluß und die Antennenfarm wären, würde Winnipeg längst unter dem Eis begraben sein.«

Alex spähte in die angezeigte Richtung. Das Tal war teilweise mit Eis und Schnee aufgefüllt und bildete ein breites, flaches U. Der Fluß selbst schimmerte silbrig, Sonnenlicht tanzte auf seiner Wasseroberfläche wo sie sich zwischen den treibenden Eisschollen zeigte. Zuerst schien der Fluß nur groß; aber die benachbarten Hügel und Eisbänke brachten ihm nach und nach die Maßstäbe zu Bewußtsein. Der größte frei fließende Strom, den er in all den Jahren draußen im Habitat gesehen hatte, war das Wasser vom überlaufenden Waschbecken im Kindergarten, wenn der Abfluß verstopft war. Er hatte deswegen den größten Ärger bekommen und anderthalb Tage damit verbracht, die treibenden runden Wassertropfen mit einem Schwamm aus der Luft zu saugen. Was er jetzt sah, war gigantisch und jenseits aller Vorstellung. Hunderte von Litern Wasser, dachte er. Mindestens!

Ein Frösteln überlief ihn, und nicht vor Kälte. Selbst die Schlittenfahrt über den Gletscher hatte ihn nicht auf diesen Anblick vorbereitet. Der weiße Himmel und das weiße Land waren miteinander verschmolzen und hatten alles Gefühl für Entfernungen ausgelöscht. Er hatte sich schon halb überzeugt, daß er in einem kleinen, sterilen Raum sei. Nun öffnete sich unter ihm ein immenser Ausblick, und so seltsam es war, er fühlte sich winziger als draußen im Raum während eines Tauchflugs.

Sherrine mußte ihn beobachtet haben, denn sie fragte ihn, was er denke.

Er schüttelte den Kopf. »Ich habe nie etwas so Großes gesehen.« Er lachte nervös. »Tatsächlich fühle ich eine Anwandlung von Agoraphobie.«

»Sie machen Witze«, sagte Mike. »Sie leben draußen in einer Umlaufbahn. Sie sollten an weite, leere Räume gewöhnt sein.«

»Nun, ja und nein«, entgegnete Alex. Er wandte den Blick nicht von dem Panorama, das sich unter und vor ihm ausbreitete, und zwang seinen Verstand, es zu akzeptieren. »In den Habitats ist alles beengt; draußen ist alles so ungeheuer weit, daß man keine Beziehung dazu hat. Das Leben besteht aus Dingen, die man berühren kann, und Dingen, die man niemals berühren könnte, und wenn man sein Leben lang die Hand danach ausstreckt. Irgendwie scheint diese in der Mitte liegende Größenordnung viel weiter und gewaltiger.«

Sherrine lachte. »Sie sollten den Mississippi sehen.«

»Vielleicht wird er noch«, sagte Mike. »Wenn das Große Eis genug Mächtigkeit entwickelt, wird es die Nordamerikanische Platte nach Norden zu tiefer drücken, und der Mississippi wird nach Norden fließen. Ich würde ungern in Kalifornien sein, wenn das geschieht. Die gesamte tektonische Grenze wird mit einem Schlag in Bewegung geraten.« Er stieg vom Schlitten und stapfte durch den Schnee zu Bruce Hyde, der die beiden Skiläufer durch einen Feldstecher beobachtete.

Alex wandte sich zu Sherrine. »Ist er immer so?« fragte er.

»Mike? Und ob. Wir nennen ihn den Klugscheißer.« Sie saß im Schneidersitz auf der Motorenverkleidung des Schneemobils und nutzte die Fahrtunterbrechung, um sich an der Hitze der Maschine zu wärmen. »Er kann über alles und jedes reden. Manchmal weiß er sogar, wovon er redet.«

Alex schüttelte den Kopf. »Warum finden Sie sich damit ab?«

Sie warf ihm einen erstaunten Blick zu. »Wir sind tolerante Leute. Sie würden sich wundern, womit wir uns alles abfinden. Außerdem bringt er hin und wieder interessante und nützliche Dinge zur Sprache.«

»Also, wohin jetzt?« fragte er. Es war ärgerlich, eingewickelt auf dem Schlitten zu liegen, während andere die Entscheidungen trafen. Allerdings war ihm bewußt, daß er es gewohnt sein sollte. MacLeod, tue dies. MacLeod, tue das. Vergiß nicht das Saubermachen. Hilf den Kindern beim Aufräumen ihrer Spielsachen. Versuch zur Abwechslung einmal, nützlich zu sein. Aber in der Pilotenkanzel der *Piranha* war etwas wach geworden. Für eine kurze Zeit hatte er die Entscheidungen getroffen. Schlechte vielleicht, aber seine Entscheidungen.

Sherrine veränderte ihre Position auf dem Motorengehäuse, daß sie ins Flußtal blicken konnte. Gegenüber im Osten war der Steilabbruch eines anderen Gletschers, höher als der, auf dem sie waren. »Da drüben«, sagte sie und streckte die Hand aus. »Das ist der Minnesotagletscher.« Eine Weile starrte sie schweigend ins Tal. Dann fuhr sie fort: »Als ich ein kleines Mädchen war, galt der Red River als ein ›launischer und unberechenbarer Fluß‹. Entweder führte er zu viel oder zu wenig Wasser. Meistens zu wenig. Das Flußbett war voll von Sandbänken und Treibholz. Und, lieber Gott, die Stechmücken! Sie waren so groß!« Sie hielt die ausgestreckten Hände vor sich, daß der Abstand mindestens zehn Zentimeter betrug. »Die Flußufer waren von Dickichten aus Salweiden, Brombeeren, Traubenholunder und Ulmen gesäumt, da und dort fanden sich sogar Zitterpappeln und Trauerweiden.« Sie seufzte. »Alles ist jetzt fort. Wenn man in der warmen Senke von Minneapolis lebt, vergißt man leicht, wieviel schon unter Tausenden von Tonnen Eis verschwunden ist. Die Bäume, die Fische, sogar die verdammten Stechmücken. Ganze Landschaften. Bald wird auch der Fluß verschwunden sein. Er wird zufrieren und eine weitere Gletscherzunge bilden. Es kam so schnell«, sagte sie. »Positive Rückkopplung. Wenn der Prozeß einmal in Gang kommt, läuft er einem davon, bevor man merkt, daß er eingesetzt hat.« Sie wandte den Kopf und musterte ihn über die Schulter, zuckte die Achseln. »Manchmal drückt es mich nieder, wenn Sie verstehen, was ich meine.«

Bruce und Mike stapften zurück zu den Schlitten, fuchtelten mit den Armen. Sherrine und Dr. Waxman nahmen ihre Plätze ein. »Es ist eine Ironie, nicht wahr«, sagte sie, »daß die größte Umweltkatastrophe der Geschichte von Umweltschützern verursacht wurde.«

Das Tal lag so still da wie eine Winterlandschaft auf einer Weihnachtspostkarte. Alles war von einer Decke leichten Pulverschnees verhüllt. Aus verschneiten kleinen Buckeln ragten Äste abgestorbener Bäume und die Schornsteine verlassener Häuser. Steve machte ein Automobil aus, das in die Seite des Gletschers eingebettet war; sein Heck ragte mehrere Meter über dem Boden aus dem Eis hervor.

Alex erinnerte sich, über die Mammute gelesen zu haben, die man in den sibirischen Gletschern einer früheren Eiszeit gefunden hatte, und beschäftigte sich eine Weile mit dem Gedanken, was künftige Generationen aus diesen Relikten herauslesen würden, wenn das Eis sie freigab.

Thor schnallte seine Skier ab, erstieg die Eiswand und schlug mit einem Eispickel von unten ein Loch in den Treibstofftank des Wagens. Er hielt einen leeren Kanister unter das Loch und füllte ihn mit dem restlichen Gasohol aus dem Tank auf.

Mit Hilfe der Schwerkraft war es eine einfache Operation, weil der Kraftstoff nicht gepumpt werden mußte; er strömte einfach zum Erdmittelpunkt. Aber warum hatte Sherrine die Fäuste geballt, während sie Thor bei der Arbeit zusah?

Er fragte, und sie sagte: »Wenn er abrutscht, kann er sich das Genick brechen.«

Richtig. Also hatte es sein Gutes, daß er auf den Schlitten geschnallt war. Wäre er frei gewesen, den anderen zu helfen, so wäre er nicht nur nutzlos gewesen, sondern eine peinliche Last. Dreißig Jahre konditionierter Reflexe konnten nicht über Nacht vergessen werden. Wäre es seine Aufgabe gewesen, den Tank des eingefrorenen Wagens zu leeren, hätte er wahrscheinlich versucht, zu dem Wagen hinüberzuspringen und an der Eiswand zu stehen. Aber in einem Schwerefeld konnte man nicht an Wänden stehen. Und wenn Thor den Halt verlor, würde er nicht einfach davontreiben und sich um seine Achse drehen, sondern würde zum Boden hin beschleunigen. Es schien kein besonders tiefer Fall zu sein, aber was wußte er von Fallen?

Als sie weiterzogen, blieb Thor ein wenig zurück, als ob er den Ort nur ungern verließe. Und als er sich in Bewegung setzte, blickte er immer wieder über die Schulter zurück. Schließlich stemmte er die Skistöcke in den Schnee und stieß sich energisch ab, sauste dann an Steve Mews vorbei, der die Spitze übernommen hatte. Steve warf ihm einen verwunderten Blick zu, beschleunigte aber nicht sein gemächliches Tempo, um ihn einzuholen.

Die Fernstraße 29 war in schlechtem Zustand. Frostschäden hatten ihr zugesetzt, und lange Strecken waren vom Dakotagletscher begraben. Alex sah, wo eine andere Straße – die US 83 – als alternative Route freigehalten wurde, wo die Fernstraße unpassierbar war.

»Auf diese Straße verwenden sie nicht so viel Mühe wie auf die Interstate 94«, erläuterte Mike Glider. »Im Tal gibt es zwar noch ein paar Kleinstädte, die bewohnt sind ...« – er machte eine unbestimmte Armbewegung nach Norden –, »aber am Ende der Sackgasse ist nur Winnipeg.«

Am Ufer machten sie halt. Sherrine schaltete die Zündung des Schneemobils aus und starrte in das träge ziehende Wasser, das bedeckt war von Eisschollen und zerstoßenem Feineis – eine Wasserfläche, die noch riesiger war als Alex sie von der Höhe des Gletschers gesehen hatte. Jetzt erst wurden ihm die Maßstäbe der Erde wirklich bewußt. Sie war riesig, und alles in ihr von immensen Abmessungen. Und sie war konvex. Er klammerte sich an seine Kindheitserinnerungen. Es gab eine Zeit in seinem Leben, da er dies alles als normal angesehen hatte.

Wie mochte Gordon damit zurechtkommen? Die Schwerkraft und die Maßstäbe waren ihm völlig neu. Als Alex zum anderen Schlitten blickte, sah er Dr. Waxman über Gordon gebeugt stehen. »Gordon? Fehlt dir was?« rief er.

»Nye kharascho, Alex. Laß mich in Ruhe.« Er ächzte.

»Doktor«, rief Alex, »was ist mit Gordon?«

Waxman wandte ihm seinen buschigen weißen Patriarchenbart zu. »Reisekrankheit«, sagte er. »Er mußte erbrechen, und es gefror an ihm. Es wird ihm besser gehen, sobald er sich an die Verhältnisse hier unten gewöhnt. Niemand stirbt an der Reisekrankheit, nur wünscht sich, wer sie hat, daß er es könnte.«

Ja, Gordon würde es hinter sich bringen, wie Alex es hinter sich gebracht hatte. Es kam darauf an, den Gleichgewichtssinn mit der visuellen Wahrnehmung zu synchronisieren. Gordon war in Schwerelosigkeit geboren, und ein ständig lastender Gewichtsdruck wirkte sich auf seine Bewegungsimpulse unangenehmer aus als es bei Alex der Fall gewesen war. Wie alle anderen, war auch er in die Zentrifuge gegangen. Die Aufenthalte darin waren für Kinder Pflicht, um die Entwicklung normaler Knochen zu fördern. Aber Stiljagi wie Gordon stiegen meistens frühzeitig aus, und die Mehrzahl der Erwachsenen mied solche Übungen, wenn sie konnten. Alex betrachtete seinen eigenen Zustand und war nicht zufrieden. Zuviel Fett, zu wenig Muskeln, Knochen wie aus Gummi, und dabei war er hier unten zur Welt gekommen.

»Da ist kein Hinüberkommen«, sagte Mike mit einer Kopfbewegung zum Fluß. »Wir werden nach Süden ausweichen müssen.«

»Das können wir nicht machen«, sagte Bruce vom anderen Schlitten. »Südkurs bringt uns nach Fargo Gap. Da ist eine Polizeisperre. Außerdem wartet Bob in Brandon auf uns.«

»Pins«, berichtigte ihn Mike. »Verwende die Codenamen, wie wir vereinbart haben.«

Bruce warf ihm einen genervten Blick zu. »Außer uns Trotteln ist niemand hier, also ist es völlig egal ...«

»Und Gabe kann seine Mary anrufen und den Treffpunkt abändern.«

»Die Idee mit den Codenamen war sowieso hirnrissig.«

Waxman trat zwischen die beiden. »Das hilft uns nicht über den Fluß«, erklärte er.

Beide verstummten. Thor und Steve schoben ihre Skier auf dem Eis vor und zurück. »Hier können wir nicht bleiben«, sagte Thor. »Wir werden erfrieren.« Er warf einen prüfenden Blick zurück auf die Strecke, die sie gekommen waren.

Mike studierte den Fluß. »Vielleicht könnten wir von Eisscholle zu Eisscholle springen. Wißt ihr, wie Eliza in *Onkel Toms Hütte*.«

»Na, Mike«, sagte Bruce, »was für eine großartige Idee. Haben Sie das gehört, Alex? Sie können von Scholle zu Scholle springen.«

Alex lächelte schwächlich. »Ich bin dabei, aber ich glaube nicht, daß die Schneemobile es schaffen werden.«

»Nun, Augenblick«, sagte Mike. »Sicher, der Plan hat ein Loch, aber ...«

»Nicht bloß ein Loch, Mike«, warf Sherrine ein. »Ein Schwarzes Loch.«

Thor nickte. »Ja, der Plan saugt alles ein.«

Mike reckte das Kinn vor. »Habt ihr vielleicht einen besseren?«

»Ich schon«, meldete sich Steve Mews zu Wort. »Wir gehen nach Norden.«

Alle sahen einander an. »Norden«, sagte Bruce. »Nach Winnipeg oder was? Aber das ist eine Sackgasse.«

Steve schlug seine Fäustlinge zusammen. »He, vielleicht irre ich mich. Ich kenne mich mit der örtlichen Geographie nicht aus. Aber erzählte uns dieser Pionierhauptmann in Fargo nicht, daß der Red River nördlich von Perley zugefroren sei? Nun, das muß nördlich von hier sein, nicht?«

Alex hatte noch nie so viele offene Münder auf einmal gesehen.

Die Überquerung des Red River war leicht, dachte Alex, wenn man dabei nicht den Atem anhielt. Der Fluß war zugefroren, aber das Eis war uneben und von

Rissen durchzogen. Eine holprige Schlittenfahrt, und wenn das Eis nachgegeben hätte …

Daran mochte er nicht denken. Wahrscheinlich war er weniger in Gefahr als zuvor an Bord der *Piranha.* Ein heißes Schiff, zehntausend Meter hoch, mit Überschallgeschwindigkeit. Selbst ohne einen Raketentreffer gab es tausend Dinge, die hätten schiefgehen können. Aber es war eine Sache, mit den Händen am Steuerknüppel einer Gefahr entgegenzusehen. Eine andere Sache war es, auf einen Schlitten geschnallt der Gefahr ausgesetzt zu sein, abhängig von der Geschicklichkeit anderer. Es war die Unfähigkeit zu eigenem Handeln, die an den Nerven zehrte, nicht die Gefahr.

Die Gletscher zu beiden Seiten des Flusses knirschten und krachten, während sie sich südwärts schoben – ein urweltliches und beunruhigendes Geräusch. Jeder berstende Knall, mit dem eine Gletscherspalte aufbrach, ließ ihn zusammenschrecken, weil er dachte, es sei die Eisdecke auf dem Fluß, die unter ihnen brach. Er hatte keine Geräusche erwartet. Aber wenn er es recht bedachte, konnte man nicht erwarten, daß ein Eisgebirge lautlos über die Landschaft gleiten konnte. Vielleicht würden sich die Gletschergeräusche wie ein rauschender Gebirgsfluß anhören, wenn man sie aufzeichnete und mit hoher Geschwindigkeit abspielte.

5

In den Händen von Verrückten

Auf dem Minnesotagletscher ließ Bruce haltmachen. Nach langwierigen Erkundungen hatten sie eine für Schneemobile befahrbare Aufstiegsmöglichkeit von der Flanke her gefunden, aber es war beschwerlich gewesen. Thor und Steve waren ausgepumpt. Die anderen standen um die beiden Schneemobile, schlugen die Arme um sich und wärmten sich an der Abwärme der heißen Motoren. Alle schienen abgespannt und in sich gekehrt.

»Ich sage euch«, erklärte Bruce nach einer Weile, »dieser Pionierhauptmann muß etwas geahnt haben. Warum sonst hätte er uns erzählt, daß der Fluß zugefroren ist?«

»Das ergibt keinen Sinn«, widersprach Mike. »Wie sollte er geahnt haben, was wir vorhatten?«

»Er hätte schon durch deine dummen Fragen nach den Engeln draufkommen können.«

Warm eingepackt und von den Schlittenbewegungen eingeschläfert, ärgerte Alex sich gleichwohl über seine Hilflosigkeit, während andere die Rettungsarbeit leisteten. »Ich bin es einfach nicht gewohnt, so nutzlos zu sein«, vertraute er Sherrine an. Dann kam ihm der Gedanke, daß er nur hier war, weil er in der Station entbehrlich war. Aber das sagte er nicht.

Sherrine lachte. »Auf diesem Schlitten haben Sie mehr getan, uns zu helfen, als jeder von uns.«

Er errötete. »Ich bin eine Verbindung zu *Freedom,* das ist alles. Sie tun die Arbeit.«

Sherrine schüttelte den Kopf. »Seien Sie nicht zu bescheiden.« War es sein Ernst, fragte sie sich, oder war es bloß die übliche Selbstherabsetzung des Machos? Es hatte den Anschein, daß Alex MacLeod keine Gelegenheit ausließ, sich selbst herabzusetzen, seit er gelandet war. Und der Junge, sein Copilot, verbrachte die meiste Zeit in mißmutigem Schweigen. Und diese beiden sollten Helden sein?

Aber das war unfair. Sie waren verletzt und im Schock. Man mußte ihnen Zeit geben, sich zu erholen.

Sie sagte: »Wer veranlaßte, daß die Suchtrupps durch Mikrowellenstrahlung von oben irregeführt wurden? Wer arrangierte den neuen Treffpunkt mit Bob, als wir nicht nach Mapleton zurückkehren konnten? Wer half uns, durch Satellitenbeobachtung die beste Route auf diesem Gletscher zu finden?«

»Es war ein schwieriger Aufstieg. Beinahe zu steil für die Schneemobile.«

»Es wäre viel schwieriger und zeitraubender gewesen, wenn wir den Aufstieg ohne diese Hilfe hätten suchen müssen.«

Alex grunzte. »Wir dienen auch, wenn wir nur liegen und warten.«

Sie klopfte ihm auf die Schulter. »Das ist der richtige Geist. Keine Sorge, Steve wird Sie bald auf die Beine bringen, sobald wir vom Eis herunterkommen.«

»Steve?«

»Steve macht Joga und Bodybuilding. Haben Sie nicht bemerkt, was für Muskeln er hat?«

Er hatte es nicht bemerkt. Alle steckten in wattierten Anoraks und Parkas und sahen dick und rund und grotesk aus. »Was wird er tun? Uns ein paar von seinen Muskeln leihen?«

Er mochte den Klang ihres Lachens. »Da werden Sie ihn selbst fragen müssen.«

»He!«

»Was?«

»Sie atmen Regenbogen!«

»Was tue ich?«

»Regenbogen atmen!« Und so war es. Bei jedem Ausatmen kamen funkelnde Kreise in den Farben des Regenbogens mit dem dampfendem Atem aus ihrem Mund. Sie erinnerten ihn an Radarimpulse. »Sie sind magisch.«

»Sie auch!« Sie beugte sich näher. »He, Leute, seht euch das an! Rauchringe in Regenbogenfarben!«

Bald lachten alle und bliesen Regenbogenringe in die Luft. Sogar Gordon lächelte, zum ersten Mal seit der Notlandung. Steve versuchte die Ringe zu Mustern zu fügen, indem er den Kopf bewegte.

»Wir sind hier viel höher als auf dem Dakotagletscher«, verkündete Mike. »Es ist so kalt, daß die Feuchtigkeit in unserem Atem beim Ausatmen gefriert. Das erzeugt eine Wolke von Millionen winziger Eispartikel.« Sein Bart glitzerte von Eiskristallen.

Bruce machte einen Schneeball und warf ihn auf Mike, aber der Schnee war so trocken, daß das Geschoß in der Luft zerfiel. Sherrine machte einen Regenbogenring. »Viele meiner Konformistenfreunde«, sagte sie zu Alex, »sind der Meinung, daß die Erklärung eines Phänomens den Zauber zerstöre. Aber ich finde, daß die Erklärung das Phänomen oft noch magischer macht. Wer keine Erklärung sucht, lebt in einer Welt, wo alles an der Oberfläche geschieht, wo alles Symptom ist – wie die Regenbogen. Aber eine Wolke von mikroskopischen Eiskristallen ist nicht weniger magisch als ein unerklärter Regenbogen.«

Als sie ihren Marsch fortsetzten, schnallten sich Bruce und Mike die Skier an, um Steve und Thor eine Ruhepause zu gönnen. Der hochgewachsene, muskulöse Thor stellte sich hinter Alex auf die Schlittenkufen. Er schien verschlossen und in sich gekehrt. Als einziger hatte er am Regenbogenblasen nicht teilgenommen. Sein Atem funkelte farbig wie bei den anderen, aber es schien ihm kein Vergnügen zu bereiten.

Nach einigen Minuten Fahrt legte Alex den Kopf zurück und blickte zu Thor auf. »Wollen Sie mir verraten, was nicht in Ordnung ist?« fragte er.

»Nicht in Ordnung?« Thor vermied es, ihm ins Auge zu sehen, und blickte über das Eis hin.

»Sie wirken geistesabwesend, seit wir aus dem Tal heraufgekommen sind.«

Das Motorengeräusch des Schneemobils und das Zischen der Schlittenkufen auf dem gefrorenen Schnee waren die einzigen Geräusche, bis Thor endlich sagte: »In dem Wagen war eine Familie.«

Alex erinnerte sich an das aus der Eiswand ragende Wagenheck. »Eine Familie? Tot?«

»Freilich tot. Ich konnte hineinsehen, während der Tank auslief. Die Vordersitze waren voll Schnee und Eis, aber ich konnte Schultern und Köpfe der Eltern sehen. Auf den Rücksitzen...« – er hielt inne und schluckte. – »Auf den Rücksitzen waren zwei Kinder, ein Junge und ein Mädchen, vielleicht sechs und vier Jahre alt. Sie lagen mit offenen Augen da, weiß wie Pergament, von Reif überzogen. In dieser Kälte verwest nichts. Wären nicht die gefrorenen Tränen und der Reif auf ihren Gesichtern gewesen, hätte ich denken können, daß sie mich anstarrten.«

Alex blickte zu Sherrine, die das Schneemobil lenkte. Sie schien nicht zuzuhören. Er erinnerte sich, daß er vorher an Mammuts gedacht hatte. Mit gedämpfter Stimme fragte er: »Sie haben es den anderen nicht erzählt?«

»Nein. Hätten Sie es getan?«

»Wir hätten etwas tun sollen.«

Thor nickte nachdenklich. »Was?«

»Ich weiß nicht. Sie... beerdigen?« Er hatte gehört,

daß die Toten beerdigt wurden. Alex kam es verschwenderisch vor, organische Stoffe ungenutzt zu lassen, aber er wußte auch, daß die Sitte älter war als die Menschen, und stärker. Weil sie das nüchterne Leben segnete, war sie ehrwürdig, und weil sie ehrwürdig war, konnte sie keiner ohne Schaden verletzen.

»Der Gletscher wird sie begraben«, sagte Thor. »Die Arbeit ist schon halb getan.«

»Es scheint irgendwie nicht richtig, sie einfach dort zu lassen.«

»Nein, das denke ich auch. Aber was hätten wir tun können? Uns bei dem Versuch, sie herauszuholen, den Hals zu brechen? Womit hätten wir die Gräber ausheben sollen? Im Wagen sind sie wenigstens sicher vor Wölfen. Wissen Sie, was mich am meisten stört?«

»Nein, was?«

»Der Unfall muß vor zehn, zwölf Jahren passiert sein, als die meisten dieser Städte evakuiert wurden. Hunderte von Wagen mußten vorbeigefahren sein. Meine Mutter erzählte mir, daß einst Millionen von Dollars ausgegeben wurden, um zwei Wale zu befreien, die im arktischen Eis gefangen waren. Warum hielt damals niemand an, um diesen Leuten zu helfen? Die Kinder hätten vielleicht noch gerettet werden können!«

Darauf wußte Alex keine Antwort. Es war nicht seine Welt. Er war nicht dagewesen. Wie mochte die Evakuierung vonstatten gegangen sein? In Form panischer Flucht? In einer düsteren, deprimierten, immer wieder stockenden Kolonne überladener Fahrzeuge? Ein Wagen rutscht von der vereisten Straße und bohrt sich in eine Schneewächte. Niemand hält an. Niemand kümmert sich darum, niemand bringt genug mitmenschliche Fürsorge auf, um die Kolonne anzuhalten und Hilfe zu leisten. Angesichts der hereinbrechenden Katastrophe hatte jeder nur die eigene Rettung im Sinn.

Als die Sonne sich dem Horizont näherte, nahm alles eine eigenartig grünliche Färbung an. Das Eis und die Wolken, noch vor wenigen Minuten rein weiß, leuchteten wie Smaragde. Zur Rechten war der Himmel vom Horizont bis halb zum Zenit grün. Sherrine und Dr. Waxman hielten die Schneemobile an, und alle starrten auf das Schauspiel.

»Der Himmel sieht aus wie eine Wiese im Frühling«, sagte Sherrine.

»Ja«, sagte Thor, »und die Wolken wie sommerliche Baumwipfel. Es ist ein schwebender Wald.«

Grün war keine Farbe, die Alex zu sehen gewohnt war. Schwarz, Weiß, Silber, ja. Aber Grün war die Farbe von Kontrolleuchten auf Armaturenbrettern, von Gewächshäusern und den Kletterpflanzen in allen Räumen, und ein paar Korridorwänden hier und dort. Aber die Oberfläche eines Gletschers gehörte gewiß nicht zu den Orten, die grün zu sehen er erwartet hatte.

Er fragte Sherrine: »Ist ein Sonnenuntergang immer so?«

Sie wandte sich im Sattel um. »Nein. Sonnenuntergänge sind normalerweise rot. Ich hörte, daß es anders sei, wenn man weit genug auf das Eis geht. Niemand weiß, warum.«

Mike war ungewöhnlich still. Er murmelte etwas über statische Entladungen, aber weder laut noch zuversichtlich. Schließlich rief Bruce: »Kommt schon! Das bringt uns nicht nach Brandon.« Seine Stimme war rauh und heiser. Als die anderen ihn ansahen, wandte er den Kopf und blickte weg.

»Richtig«, sagte Steve. »Doc, gib Gas. Bald wird es dunkel sein.« Der andere Schlitten fuhr voraus, und Sherrine folgte ihm.

»Alex?«

Zuerst konnte Alex sich nicht denken, wer ihn gerufen hatte, dann begriff er, daß es Gordon auf der Funksprechverbindung war. Endlich war der Junge gesprächsbereit. »Ja?«

»Wie weit müssen wir noch gehen?«

Alex schüttelte den Kopf, aber Gordon konnte ihn von seinem Schlitten nicht sehen. »Keine Ahnung. Ich habe die Orientierung verloren. Sollten wir senden?«

»Batterien sind schwach. Wie ist die Reichweite?«

»Weiß nicht. Wir sind weit weg von allem.«

»Ich glaube, derjenige, den sie Robert nennen, macht sich Sorgen.«

»Ja.« Alex glaubte zu wissen, warum. Bruce hatte ihre Marschleistung im Auge behalten. Die anderen mochten sich durch Regenbogen und grünen Himmel ablenken lassen, aber Bruce behielt immer das Ziel im Auge.

»Mir ist kalt«, sagte Gordon, »aber meine Ablesungen zeigen, daß es nur minus fünfzehn Grad Celsius sind. Das ergibt keinen Sinn. Minus fünfzehn Grad ist nicht sehr kalt.«

»Hast du schon mal von Windunterkühlung gehört?«

»Nein, was ist das?«

Natürlich wußte er es nicht. Den einzigen Wind, den es in *Freedom* gab, machte Lonny Hopkins. »Gordon, der menschliche Körper kühlt durch Konvektion ab, nicht wahr? Wir geben überschüssige Wärme an die umgebende Luft ab.«

»Ja? Brauchen wir deshalb Heizungen in der Station?«

»Ja.« Das Hauptproblem in den Habitats war, nicht gebraten zu werden. Niemand hatte je gehört, daß es zu kalt sei. »Nun, wenn die Luft um deinen Körper ständig abströmt und durch frische, ungewärmte Luft ersetzt wird, würde es kälter scheinen, nicht wahr?«

Gordon dachte darüber nach. »Kann sein.«

»Also, in dem Maße, wie deine Körperwärme die

umgebende Luft aufheizt, wird der Temperaturunterschied verringert und der Wärmeverlust verlangsamt. Du fühlst dich wärmer. Aber wenn die kalte Luft einströmt, gibst du deine überschüssige Körperwärme schneller ab. Wir haben minus fünfzehn Grad Celsius. Der Wind ist stark genug, um körnigen Schnee von der Oberfläche zu blasen. Sagen wir, vierzig Kilometer pro Stunde. Also fühlt die Temperatur sich an, als wären es minus siebenunddreißig Grad Celsius.«

»Alex.«

»Was?«

»Nun, es macht mich nicht wärmer, aber wenigstens werde ich wissen, warum ich erfriere.«

Der Junge hatte recht, dachte Alex. Sie würden es nicht schaffen. Es war zu kalt, und Brandon zu weit entfernt. Die Schutzanzüge mit ihren Heizungen waren beim Schiff zurückgeblieben. Sie wären zu auffällig gewesen, schwierig zu beseitigen; und alle hatten mit einem kurzen Weg über das Eis gerechnet. Aber die Anzüge hätten sie auch nicht gerettet. Sherrine und die anderen würden erfrieren; und Gordon und Alex würden in ihren Anzügen auf dem Rücken liegen, bis die Batterien erschöpft wären. Besser, sie gingen alle miteinander.

Mit einbrechender Dunkelheit wurde es kälter, und der Wind nahm zu. Nicht nur Gordon hing von ihm ab. Auch diese anderen. Es war seine Schuld, daß sie hier draußen waren. Gewiß, er würde zusammen mit ihnen erfrieren, aber war es für die todgeweihten Passagiere wirklich ein Trost, wenn der Kapitän mit dem Schiff unterging? Bald würden er und seine Freunde zu Eisblöcken gefrieren, nicht anders als die armen Kinder auf den Rücksitzen des Wagens.

»Es ist kein schlimmes Ende«, sagte Thor leise.

Alex blickte auf. Thor wußte Bescheid. Er hatte am meisten Erfahrung mit dem Eis, und er wußte Bescheid.

»Man wird immer schläfriger. Dann wacht man nicht mehr auf«, sagte Thor. »Es soll sogar noch leichter sein, wenn man nicht dagegen ankämpft.«

»Und Sie geben auf?«

Thor zuckte die Achseln. »Wahrscheinlich nicht. Aber ich werde nicht viel länger aushalten als Sie.«

Bei Nacht war der Gletscher so dunkel wie die Leeseite der Station *Freedom.* Aber dort konnte man für Außenarbeiten die Beleuchtung einschalten. Anscheinend hatte niemand von der Rettungsmannschaft daran gedacht, wie dunkel es sein würde. Sie hatten nicht erwartet, am Abend noch auf dem Eis zu sein. Also konnte er ihnen nicht vorwerfen, daß sie keine Taschenlampen oder Scheinwerfer mitgebracht hatten. Sie hatten nur die beiden Lampen, die Sherrines Großvater an den Schlitten befestigt hatte, und eine kleine Bleistiftlampe zur Fehlersuche, die er von Bord mitgenommen hatte. Sie machten nicht viel Licht, aber auf dem Eis war es nicht völlig dunkel, und sie konnten hoffen, daß niemand die anderen aus den Augen verlieren würde. Wenn es nur eine Möglichkeit gäbe …

Bei Gott!

»Haben Sie eine Idee?« fragte Thor.

»Und ob ich eine habe! Wenn ich Funkverbindung mit dem Schiff bekommen kann … man braucht keinen Sonnenschein, um Wärme vom Himmel zu bekommen.«

»Wie?«

»Sie werden sehen. Hoffen wir es. Richten Sie die Antenne für mich nach Süden. Mary, Mary, hier *Piranha.* Priorität Eins. Mayday.«

Sherrine sah sich stirnrunzelnd um.

»Alex …«

»Sei still, Gordon! Mary, hier *Piranha.* Mayday.«

Hauptmann Lee Arteria saß entspannt auf einem Stuhl am unteren Ende des Konferenztisches, wo sie einen guten Überblick hatte. Man sollte immer freies Schußfeld haben, für alle Fälle. Mehrere der anderen Sitzungsteilnehmer warfen ihr wiederholt Blicke zu. Arteria gab sie unbewegt zurück. Sie konnte beinahe ihre Gedanken lesen. Schlank und mit schmalen, feingeschnittenen Zügen, einem spitzen Kinn und kurzgeschnittenem roten Haar; unverbindlicher Vorname, fester Händedruck und zupackend wie ein Straßenköter. Schwuler oder maskuline Frau? Sie konnten es nicht mit Sicherheit sagen. Es bereitete ihnen Unbehagen.

Arteria lächelte dünn. Der Gedanke, daß sie schwul sein könnte, störte die anderen weniger als die Ungewißheit über die Art ihrer Neigung. Sie teilten die Menschen gern in Kategorien ein, auch wenn es unorthodoxe Kategorien waren. Es war bequemer als der Umgang mit Individuen und ihren Eigenheiten. Verweigerte man ihnen die Möglichkeit dieser Einteilung, waren sie verunsichert. Arteria ließ es gern damit bewenden. Es war immer eine vorteilhafte Taktik, Gegner und Verhandlungspartner zu verunsichern.

»Können wir dann davon ausgehen«, sagte Ike Redden, »daß die Zielpersonen auf dem Eis umgekommen sind?« Redden vertrat die Einwanderungsbehörde im Sonderkommando. Er war auch der Vorsitzende. Kompetenzgerangel der verschiedenen Ministerien hatte zu einem Kompromiß auf höchster Ebene geführt, nach dem die Einwanderungsbehörde für die Suchaktion nominell federführend war. Die Habitats hatten vor fast einer Generation ihre Unabhängigkeit erklärt, also waren ihre Bewohner Ausländer. Und illegale Einwanderung war nach Auffassung der befragten Juristen die einleuchtendste und unangreifbarste Begründung für die Festnahme der gestrandeten Astronauten. Gleichwohl war Arteria überzeugt, daß alle Mitglieder des Sonderkommandos nach Mitteln und Wegen Ausschau hielten, wie sie die Mission zu ihrem eigenen Vorteil hinbiegen könnten.

Der Hauptmann der Staatspolizei schüttelte den Kopf. »Ich sehe nicht, wie sie vor Einbruch der Dunkelheit vom Eis gekommen sein könnten, ohne festgenommen zu werden.«

Arteria konnte sich verschiedene Möglichkeiten vorstellen. Sie schwieg. Die anderen wurden schließlich fürs Nachdenken bezahlt.

»Als wir das Raumfahrzeug fanden, war niemand an Bord.« Der Vertreter der Luftwaffe erwähnte nur ungern, daß seine Suchflugzeuge das Wrack gefunden hatten; zweifellos weil es so lange gedauert hatte. Dabei spielte es keine Rolle, daß der Rumpf des havarierten Raumfahrzeuges silbrig reflektierte und sich kaum vom umgebenden Eis abhob, und daß er offenbar vorsätzlich darin vergraben und mit Schnee eingestäubt worden war. Das Versagen, sofort Resultate vorzuweisen, war immer Munition für Gegenspieler. »Wir nehmen an, daß die Astronauten auf das Eis hinausgegangen und erfroren sind. Wir haben die Umgebung mit Infrarotgeräten abgesucht und keine Spur von ihnen gefunden. Also müssen ihre Körper auf Umgebungstemperatur abgekühlt sein. Es ist denkbar, daß wir sie nie finden werden.«

»Sie sind nicht tot.«

Hauptmann Arteria seufzte ergeben. Stabsbesprechungen waren immer langweilig, besonders für die Arbeitsbienen, aber sogar Langeweile war besser als Shirley Johnson zuzuhören. Redden schürzte die Lippen und tauschte Blicke mit den Vertretern von Polizei und Luftwaffe. »Was bringt Sie zu dieser Überzeugung, Johnson?« fragte er.

»Eis ist ein Kristall, und Kristalle bündeln die Lebenskraft. Ja, ich weiß, daß trotzdem Leute auf dem Eis erfroren sind; aber alle Krankheit erwächst aus negativem Denken. Man muß offen für die lebensbejahenden Kräfte des Kristalls sein.«

»Die Ausländer sind technophil«, erklärte Jheri Moorkith, der Vertreter der Grünen, »und daher lebensverneinend. Ich stimme Ihnen jedoch darin zu, daß sie entkommen sind. Warum sonst hätten die Wissenschaftler und Techniker in der künstlichen Welt die Suchtrupps mit ihren Todesstrahlen angegriffen?«

»Im Schnee wurden Fährten gefunden«, sagte der Polizeioffizier. »Können Sie das bestätigen, Hauptmann Arteria?«

»Eindeutig. Es wurden Abdrücke mehrerer Personen identifiziert.« Arterias Stimme war ein rauchiger Kontraalt. Auch hier gab es keinen klaren Hinweis auf die Geschlechtszugehörigkeit. Auch mit anderen Hinweisen hielt sie sich zurück. Sie hatte sich vorgenommen, so wenig wie möglich zur Stabsbesprechung beizutragen. Die notgelandeten Astronauten stellten keine Bedrohung der Vereinigten Staaten dar, und ihre Verfolgung beanspruchte Kräfte und Mittel, die besser anderweitig eingesetzt werden sollten.

»Ganz recht«, fuhr der Polizeioffizier fort. »Die Fährten kamen von Süden her zu dem Raumschiff. Wir verfolgten sie zurück, verloren sie aber auf dem windgefegten harten Eis. Die vom Wrack ausgehenden Spuren führten in einer anderen Richtung weiter über den Gletscher. Bei Nacht können wir die Fährte nicht verfolgen, aber für morgen früh ist eine großangelegte Suchaktion vorgesehen. Die Fährtenanalyse ergab zwei Skiläufer, Hundeschlitten und mindestens ein Schneemobil.«

»Eine unserer mit Infrarot ausgerüsteten Suchmaschine sichtete weiter östlich auf dem Minnesotagletscher einen Trupp mit Schlitten, identifizierte ihn aber bei wiederholtem Überfliegen in geringer Höhe einwandfrei als Eskimos«, sagte der Vertreter der Luftwaffe. »Die erwähnten Spuren könnten von einem anderen Eskimotrupp herrühren, der das Schiff herunterkommen sah und den Ort der Notlandung aufsuchte.«

Der Polizeioffizier schaute skeptisch drein. »Gewiß, es sind in den letzten Monaten verschiedentlich Eskimos in der Gegend gesichtet worden. Bei Anamoose kam es zu Streitigkeiten wegen Wilderei. Die Einwohner verjagten sie. Aber hier ...«

»Eskimos«, sagte Moorkith und rieb sich das Kinn. »Gut. Eingeborene Amerikaner leben naturnah. Sie respektieren die anderen Lebensformen, mit denen wir diesen gefährdeten Planeten teilen. Ich bin überzeugt, daß sie uns helfen werden, die technophilen Luftverschmutzer ausfindig zu machen.«

Die Havaristen hatten Hilfe, dachte Arteria. Jemand kam von Süden herauf und brachte sie nach Osten. Wahrscheinlich keine Eskimos, wenn sie von Süden kamen. Das sollte offensichtlich sein. Wenn also nicht Eskimos, wer dann? In Anbetracht der zeitlichen Abstimmung muß es eine improvisierte Aktion gewesen sein. Und wenn sie erwischt worden wären ...

Leute die für eine sofortige Rettungsaktion alles riskierten, in dem Wissen, daß staatliche Stellen auch suchen würden. Leute, die ohne Suchflugzeuge direkt den Ort der Notlandung ansteuern konnten. Leute, die von den Stationen energiereiche Mikrowellenstrahlung abrufen konnten.

Leute, die glaubten, sie könnten ganz spontan eine Rettungsaktion auf dem Eis improvisieren und durchführen, ohne erwischt zu werden.

Fans, dachte sie. Es mußte eine Fanaktion sein.

Man brauchte nur wie ein Fan zu denken, dachte sie, um vielleicht darauf zu kommen, wo sie als nächstes auftauchen würden. Sie lächelte wölfisch.

Die Antwort war schwach, beinahe unhörbar im Zischen atmosphärischer Störungen. »Da, wir empfangen, *Piranha.* Was wollt ihr?«

»Gott sei dank! Es ist kalt hier. Wir werden alle erfrieren. Wir brauchen Wärme. Könnt ihr uns einen Mikrowellen-Scheinwerfer geben? Es müßte möglich sein, wenn SUNSAT einen seiner Projektoren auf unsere Frequenz einstellt und uns über das Eis folgt.«

»Skazhijte. Augenblick.« Alex wartete, während der Mann in der Kontrollstation konferierte – wahrscheinlich mit dem Chef der Station *Mir* und dem SUNSAT-Ingenieur. Sherrine fragte ihn, was er tue, und er sagte es ihr. Sie und Thor tauschten Blicke.

»Ist das möglich?« fragte sie. »Genug Mikrowellenenergie abstrahlen, daß wir nicht erfrieren müssen?«

»Gewiß.«

»Es wird nicht … ah … zuviel sein, hoffe ich?«

Alex grinste. »Ich werde sie bitten, die Einstellung Auftauen zu verwenden, nicht Backen. Im Ernst, die Dichte des Strahls beträgt in der Mitte der Antennenfarm nur dreiundzwanzig Milliwatt pro Quadratzentimeter. Ich denke mir, wenn wir sie auf ein paar Milliwatt beschränken, wird sie die Kälte weniger unangenehm machen, ohne uns zu kochen. Wir werden alle Metallgegenstände abnehmen müssen, die wir bei uns tragen, Ringe und Schmuck, Armbanduhren und dergleichen, und sie in Stoff einwickeln. Auch Gürtelschnallen. Alles aus Metall. Mikrowellen durchdringen Fleisch, Holz und Kunststoffe, aber Metall absorbiert sie. Wenn Sie Ihren Ring anbehalten, Sherrine, würde er wahrscheinlich Ihren Finger verbrennen.«

Thor lächelte. »Ich glaube, seit wir diesen Wagen im Eis fanden, würde es mir nichts ausmachen, wenn die Mikrowellen uns kochten. Als Bruce diese Expedition auf die Beine brachte, hörte es sich nach einer guten Aktion an. Ein kurzer Marsch auf das Eis, Bergung der

Astronauten und zurück. Eine Sache von zwei, drei Stunden, und in der Szene würden sie nach Generationen noch davon erzählen.

Das Dumme war, daß wir nicht mit unvorhergesehenen Ereignissen rechneten. Zum Teufel, wir dachten keinen Augenblick daran, daß etwas schiefgehen könnte, also machten wir keine Alternativpläne. Nun, Ghu beschützt Idioten, Fans, Betrunkene und kleine Kinder. Wer weiß, was er als nächstes für uns auf Lager hat?«

Es gelang Alex gerade noch, die Strahlungsdichte mit der Station zu vereinbaren, bevor die Verbindung abriß. Das gestrandete Schiff, das ihnen als Relaisstation diente, mußte inzwischen außer Reichweite ihrer Funksprechgeräte sein. Alex seufzte. »Nun, das wär's vorerst.«

»Meinen Sie, daß Ihre Leute die Botschaft erhalten haben?« fragte Sherrine. »Mit der Bitte um Mikrowellen?«

»Ich hoffe es. Sie sollten sich auf unsere Sende-Empfangsgeräte einpeilen und uns bis Brandon verfolgen. Wenn alles planmäßig verläuft, sollten wir in einer Weile warm wie Toast sein. Wenn nicht ...« Ein Achselzucken wäre zu anstrengend gewesen.

Als sie langsam über das Eis weiterzogen, wartete Sherrine auf Anzeichen der Mikrowellenerwärmung. Sie sorgte sich um die Ausrüstung. Die Schlitten enthielten wenig Metall. Ihr Großvater hatte sie vor Jahrzehnten kanadischen Indianern abgekauft, und sie bestanden größtenteils aus Stangenholz und Rohlederriemen für die Verbindungen. Die beiden Schneemobile waren mit Fiberglas verkleidet, aber sie fragte sich, wie die Motoren auf Mikrowellenerhitzung reagieren würden. Wahrscheinlich gar nicht, denn Motoren liefen ohnedies mit hohen Temperaturen. Aber angenommen, sie blieben liegen? Nun, besser als erfrieren ...

Nach einer Weile begann ihr warm zu werden.

Waren es die Mikrowellen? Oder nur ihre Angst? Oder bloß die Hitze vom Motor des Schneemobils? Sie sah eine Gletscherspalte, die Mike mit einem in den Schnee gesteckten Stock markiert hatte, an den er ein Taschentuch geknotet hatte, und umfuhr sie. Kanister mit Gasohol, dachte sie. Werden die Mikrowellen den Kraftstoff in Brand setzen?

Ein halber zunehmender Mond stieg über den Osthorizont und warf fahles Licht über die eisige Landschaft. Der verkrustete Schnee schien von innen heraus zu leuchten. Sie atmete langsam aus und sah den Regenbogen ihres Atems. Auf einmal fühlte sie sich glücklich. Selbst wenn sie hier sterben mußten, hatte es den Versuch gelohnt.

Sie lockerte den Kragen ihrer Parka. Notgelandete Astronauten, verfolgt von der Regierung. Was sonst hätte ein echter Fan getan. Fans liebten ihre Streitereien, ihre Szenepolitik. Pohl und Sykora sprachen noch immer nicht miteinander; aber in jüngeren Jahren wären sie beide zusammen hier draußen auf dem Eis gewesen, weil es das Richtige war.

Sie öffnete den Reißverschluß der Parka. Fans, die aus Begeisterung Aktionen wie diese durchführten, ohne Lohn und bereit, alle Risiken einzugehen, waren in einer Weise zu beneiden. Man mochte ihren Idealismus fehlgeleitet nennen, wie manche Außenstehende es taten, aber das entwertete ihn nicht …

»Sherrine?«

»Ja?« Sie ließ Mike nicht aus den Augen, dessen breite Gestalt vor ihr die Spur legte.

»Könnten Sie mir eine oder zwei Decken abnehmen?«

Sie wandte den Kopf. »Was? Oh!« Sein Gesicht war feucht von Schweiß. Sie merkte, daß auch sie schwitzte. Sie hielt das Schneemobil an, stieg ab und stapfte zum Schlitten. Hinter ihr hatte Will Waxman angehalten und begann sich Schnee in den Mund zu stopfen. Was hatte er? Sie ging zu ihm.

»Füllungen«, murmelte er auf ihre Frage. »Goldkronen.« Er stieß einen Seufzer der Erleichterung aus.

»Tut mir leid«, sagte Alex von seinem Schlitten. »Die Berechnungen müssen etwas danebenliegen.«

»Können Sie etwas dagegen tun?« fragte Waxman. »Es ist, als wäre der Zahnarzt überall gleichzeitig mit heißem Bohrer am Werk.«

Thor rieb sich den Unterkiefer und nickte verständig. Mike, der sich gerade seines wattierten Anoraks entledigte und die Klage gehört hatte, grinste. »Macht mich froh, daß ich Kunststoffüllungen habe, kein Metall im Mund.«

»Ich auch nicht«, sagte Sherrine. »Aber ich bin froh, daß ich keine Zahnspange mehr trage.« Die anderen lachten.

»Sehr lustig«, sagte Waxman; er kaute auf einem Schneeball. Thor und Bruce saugten kalte Luft durch die Zähne. Sherrine verzog das Gesicht. Wenn sie es tat, schmerzten ihre Zähne.

»Ich kann keine Verbindung bekommen«, sagte Alex bedauernd. »Entweder sind wir außer Reichweite, oder das Radio hat seinen Geist aufgegeben.«

»Nicht so schlimm«, meinte Waxman. »Ich muß nur darauf achten, daß ich den Mund voll Schnee habe.« Er zog seine Parka aus. »Einstweilen«, sagte er, »ist es ein bißchen warm dafür.«

Mehrere Schichten Winterkleidung hatten ihr Gutes, dachte Sherrine, als sie ihren Parka über den Kopf zog. Sie löste die Verschnürung, die Alex auf dem Schlitten hielt, und nahm ihm eine Decke ab. Mikrowellen erzeugten Wärme durch Reibung. Sie drangen je nach dem Material bis zu einer bestimmten Tiefe in einen Gegenstand ein und brachten die Moleküle in Bewegung. Wurden die Mikrowellen ausgeschaltet, erwärmte sich der Gegenstand durch Leitung bis in größere Tiefen. Sie vermutete, daß sie im Laufe der nächsten Stunden noch einen oder zwei Pullover würde ausziehen müssen.

»Wißt ihr, was wir vergessen haben?« fragte Mike.

Thor warf ihm einen mißtrauischen Blick zu. »Was?«

»Sonnenschirme mit Aluminiumbeschichtung. Für den Fall, daß es zu heiß wird.«

Doc Waxman betrachtete den Schneeball in seiner Hand, schaute Mike an, schüttelte den Kopf und steckte sich den Schneeball in den Mund. Sherrine lächelte. Mike hatte nicht ganz unrecht; später würden sie vielleicht wünschen, daß sie eine Möglichkeit hätten, die Mikrowellen zu reflektieren. Sie lachten und setzten ihre Wanderung fort.

»He, Leute«, sagte Bruce. »Wir haben Gesellschaft.«

Sherrine blickte zum Himmel auf. »Ach du lieber Gott ...«

»Nein«, sagte Bruce. »Nicht da oben. Hier drüben.«

Sie blickte in die angezeigte Richtung. Eskimos.

Rückblickend war es wahrscheinlich eine Begegnung, die sie hätte erwarten sollen. Eskimos lebten mit dem Eis und auf dem Eis, und das Eis schob sich nach Süden vor, warum also sollte es in Minnesota keine Inuit geben? Sie bemerkte es zu Mike, als sie anhielten und die kleine, abgerissen aussehende Gruppe Menschen beobachteten, die plötzlich im geisterhaften Licht des Mondes und der Sterne erschienen war. Mike kratzte sich den Bart und grub in seinem unerschöpflichen Vorrat gesammelter Weisheiten.

»Vielleicht«, sagte er. »Aber die Inuit sind Küstenbewohner. Mit Ausnahme der Stämme, die sich auf die Karibujagd spezialisiert haben, leben sie nicht landeinwärts. Das Eis hätte sie westwärts zur Küste Alaskas treiben sollen, nicht nach Süden.«

Krumangapiks Gesicht war kupferbraun und zu einem permanenten Blinzeln gefaltet. Er hatte seine Kapuze zurückgeklappt und zeigte glattes schwarzes Haar. Sein Schlitten mit den vorgespannten Hunden wartete in der Nähe bei seinem Partner und ihren Familien. Krumangapik lächelte zahnlückig Bruce und die anderen an. Die zwei auf ihre Schlitten geschnallten Gestalten schienen ihm nicht geheuer. Er streifte sie nur mit schnellen Blicken aus den Augenwinkeln.

»Ihr dürft nicht für das Fleisch danken. Es ist ein Zeichen schlechter Manieren, sich zu bedanken.«

Bruce schaute betreten drein. »Ich wollte euch nicht beleidigen«, sagte er.

»Bei uns ist es Sitte, für Geschenke zu danken«, sagte Sherrine.

Krumangapik sah sie nicht an. Vielleicht war er nicht sicher, ob sie eine Frau war oder nicht. Für seine Verhältnisse war sie zu dünn, um weiblich zu sein, aber er wollte offenbar kein Risiko eingehen. Bruce hatte einen Bart und war offensichtlich der Anführer, also sprach er ausschließlich zu ihm.

»Wir geben keine Geschenke. Ich weiß, daß es unter den Upernatlit anders ist; aber in diesem Land wünscht niemand von anderen abhängig zu sein. ›Mit Geschenken machst du Sklaven, wie du mit Peitschen Hunde machst.‹«

»Warum habt ihr uns dann von eurem Fleisch abgegeben?« fragte Mike.

Die Frage schien den alten Inuk zu überraschen. »Ihr habt von eurer magischen Wärme gegeben, so daß uns allen wunderbar warm ist.« Sein Atem machte frostige Dampfwolken in der eisigen Dunkelheit, und Sherrine begriff, daß Wärme davon abhing, was man gewohnt war. »Was könnte ich euch als Gegenleistung anderes bieten als diese armseligen Fetzen Fleisch? Abfälle, die von den Hunden beschmutzt worden sind! Ich schäme mich, sie solch ausgezeichneten Gästen anzubieten.«

Mike und Steve betrachteten nachdenklich das auf dünne Stecken gespießte Fleisch in ihren Händen. Sherrine zischte ihnen halblaut zu: »Nicht buchstäblich! Wenn Geschenke Sklaven machen, muß jede Gabe abschätzig behandelt werden.« Sie sahen erleichtert aus, und Steve nahm einen Bissen und kaute.

»Es ist wirklich sehr gutes Fleisch«, sagte er. »Schmackhaft. Was ist es, Walroß?«

»Hund«, sagte Krumangapik. »Aber es war ein sehr kranker Hund«, fügte er hastig hinzu. »Räudig. Wir haben auf dieser Reise die meisten unserer Hunde verloren.«

Steve grinste sachverständig wie ein Fleischergeselle. »Köstlich«, sagte er.

Krumangapiks Sippe hatte auf dem Eis kampieren wollen, aber als Bruce ihm sagte, daß er nach Brandon durchmarschieren wolle, schlossen sie sich der Gruppe an. »Es ist sicherer, gemeinsam zu reisen«, sagte der alte Inuit. »Ihr tragt die Wärme mit euch, und je eher wir von diesem elenden Eis herunterkommen, desto besser.«

»Vom Eis herunterkommen?« Steve schien überrascht. »Ist dies nicht eure Welt? Das Land von Eis und Schnee?«

Mala, der andere Jäger, lachte, und der alte Mann schüttelte den Kopf. »Es ist unser, weil weder die Indianer noch die Weißen es wollen. Die Legenden erzählen, daß, als wir vor langer, langer Zeit in dieses Land kamen, es bereits von jenen bewohnt war, die ihr Indianer nennt. In der Schule des weißen Mannes lernten wir, daß diese Völker Athabasca und Crees genannt wurden. Wir kämpften mächtig, um ihnen das Land zu nehmen. Das Gras war rot von ihrem Blut.

Ach, das waren Massaker, die man sich in den wildesten Phantasien nicht vorstellen kann! Noch heute ist der Ruf ›Indianer!‹ unter den Grönländern genug, alle in Panik zu versetzen; obwohl das Wort dort längst seine Bedeutung verloren hat. Aber die Indianer waren in den Methoden des Krieges grausamer und klüger als wir; und obwohl die Wälder sich nordwärts ausbreiteten, gab es in ihnen nicht genug Raum für beide Völker, und wir zogen uns vor ihnen zurück. Bald kamen wir in ein ödes weißes Land, wo die Indianer uns nicht folgten. Das Leben dort wurde ein Kampf mit dem Hungertod, aber wir lernten, daß wir leben konnten, wenn wir die richtigen Bräuche befolgten. Später fanden wir, daß Sila dies alles vorbereitet hatte, um uns für den Tag der Vergeltung abzuhärten. Jetzt bringt das Eis uns wieder zurück in das Land, das unser war.« Der alte Mann kratzte sich den Unterkiefer und fragte angelegentlich: »Sie haben nicht zufällig Crees gesehen, nicht wahr?«

Sherrine wußte nicht, ob der alte Krumangapik sie aufzog. Nach seinem eigenen Eingeständnis war er in die Schule gegangen. Er mußte dort von den Eiszeiten und über alte Völker und ihre Wanderungen gelernt haben. Wieviel von seiner Geschichte war echte Inuitlegende, und wieviel war Ausschmückung, um Gäste zu unterhalten? »Warum sagtest du, es würde sicherer sein, wenn wir zusammen reisten?« fragte sie.

Auch diesmal sprach der alte Mann zu Bruce und nicht zu ihr. Es war irritierend. »Wegen der Kannibalen«, sagte Krumangapik.

Sogar Mike war sprachlos.

»Kannibalen?« fragte Bruce ungläubig.

»Ja. Zwei Jäger namens Minik und Mattak, die uns zuerst vom Baffinland begleiteten. Sie waren die Stärksten, also nahmen sie immer größere Portionen der Nahrung als ihnen zustand. Als wir das Eis überquerten, wurden sie von Tag zu Tag wilder. Vor mehreren Tagen, als wir auf der Jagd waren, kehrten Minik und Mattak zum Lager zurück und griffen die Frauen und Kinder an. Umiljak, mein Sohn, kämpfte tapfer und verlor ein Auge.« Er legte den Arm um einen kleinen Jungen mit leerer Augenhöhle, der neben ihm stand. »Aber seine Schwester und Mutter wurden erstochen und fortgeschleppt, um gegessen zu werden. Als Mala und ich zum Lager zurückkehrten und erfuhren, was geschehen war, versuchten wir uns zu rächen, aber die Hunde waren zu schwach, um sie über das Eis zu jagen.«

Bruce schluckte und blickte hinaus in die Nacht. »Wo sind sie jetzt?«

Der alte Mann zuckte die Achseln. »Irgendwo dort draußen. Vielleicht folgen sie uns. Oder vielleicht sind sie anderswo hingegangen.« Sein Gesicht wurde verschlossen, und er blickte in die Nacht hinaus.

Für einen Mann, dem eine seiner Frauen und seine Tochter getötet und verzehrt worden war, nahm Krumangapik seinen Verlust bemerkenswert gefaßt hin. Sherrine fragte sich, ob Eskimos Tragödien wie diese weniger tief empfanden als andere Leute.

Und die Engel? Alex schien nicht schockiert über Krumangapiks fatalistische Einstellung. Warum nicht?

Bruce ließ die Eskimos die Spitze übernehmen. Sie wußten mehr über Wanderungen auf dem Eis und würden mögliche Gefahren eher erkennen, besonders im Dunkeln. Bruce war offensichtlich erleichtert, daß jemand anders ihm einstweilen die Verantwortung abnahm. Hin und wieder konsultierte er den Kompaß und verständigte Krumangapik von notwendigen Kursänderungen. Der alte Eskimo behielt für sich, was er von diesen Richtungsangaben hielt, aber Sherrine vermutete, daß er und sein Trupp einfach auf eigene

Faust weiterziehen würden, wenn er mit ihnen nicht übereinstimmte.

Zwei Stunden später machten sie wieder halt, um Kleider abzulegen. Die Wärme, so bescheiden sie war, arbeitete sich durch ihre Körper. Sherrine bemühte sich, zwischen Wärme und Kleidung auf der einen und der Windunterkühlung auf der anderen Seite einen Ausgleich zu finden, und fand zu ihrer Überraschung, daß die einem frischen Frühlingstag angepaßte Kleidung am geeignetsten war.

Wir sind im Herzen des Minnesotagletscher, dachte sie, und ich bin leichter gekleidet als zu Hause. Wenn es nur mehr SUNSATS in Umlaufbahnen gäbe!

Als Krumangapik und seine Sippe anfingen, sich ihrer Kleider zu entledigen, staunte Sherrine mit offenem Mund. Die Eskimos zogen nicht nur ihre pelzgefütterten Parkas und Hosen aus, sondern auch ihre Unterwäsche. Alle, Jäger und Frauen, trugen lange Unterhosen von Sears. Krumangapik war nicht der unverdorbene Naturmensch, als der er sich gern ausgab. Bald standen sie nackt in den Pelzstiefeln.

Die beiden Frauen spannten eine Wäscheleine zwischen zwei leichten Stangen und hängten die abgelegten Kleider mit Klammern aus Walroßknochen daran auf. Sherrine mußte zugeben, daß der jüngere Jäger, Mala, in seiner untersetzten Art kräftig und gut gebaut war. Naterk, seine Frau war – nun, rund. Sie hatte Rundungen an Stellen, wo andere Frauen keine Stellen hatten. Sherrine sah, wie Alex und Gordon die Frau anstarrten, und wandte sich ab. Naterk bot einen Anblick, wie man ihn nicht alle Tage zu sehen bekam, aber die beiden brauchten ihr Interesse nicht so offen zur Schau zu stellen.

Krumangapik lud sie ein, auch ihre Kleider zu lüften. »Gewöhnlich tun wir dies nur im Iglu. Meistens ist es draußen nicht warm genug. Aber in dieser wundervollen Wärme…« Er hob die Arme und drehte sich langsam herum, als ließe er sich in Miami Beach von der Sonne bescheinen.

»Fröstelt ihr nicht mal ein wenig?« fragte sie.

Krumangapik zeigte wieder sein zahnlückiges Grinsen. »Besser ein wenig Frösteln«, sagte er, »und dafür allein in den Kleidern sein.«

Jetzt erst bemerkte sie, daß die Frauen die pelzgefütterten Kleider nach Läusen absuchten. Das war verständlich. Auf dem Gletscher würde es nicht allzu viele Gelegenheiten geben, die Kleider auszuziehen. Sie mußten viele Tage und Nächte in denselben Sachen verbringen.

Die anderen sahen einander an, und keiner rührte sich. Schließlich grinste Steve und zog sich den Pullover über den Kopf. »Liebe Leute«, rief er, »wie könnt ihr widerstehen? Wie oft habt ihr Gelegenheit, ein Sonnenbad auf einem Gletscher zu nehmen?«

Darauf zogen sich alle aus. Sherrine und Doc Waxman legten Wert auf Schicklichkeit und behielten die Unterwäsche an. Thor und Steve machten sich nichts aus ihrer Nacktheit. Aber sie glichen eher griechischen Statuen als zwei nackten Männern. Naterk musterte die beiden ungeniert, als ob sie auf einem Viehmarkt Zuchtstiere begutachtete. Thor erwiderte ihren Blick und fuhr sich mit den Fingern durch den Bart.

»Nicht mal daran denken«, sagte Mike, der in seiner Nacktheit einer unförmigen bleichen Riesenkröte ähnelte.

Thor zog die Brauen hoch. »Was denken?«

»Du weiß schon. Ehebruch ist unter Eskimos die häufigste Ursache von Mordtaten.« Er machte eine Kopfbewegung zu Mala, der mit ausdrucksloser Miene dabeistand.

»Das war vielleicht einmal. Heutzutage wird die allgemeine Verwilderung der Sitten durch die Medien in alle Winkel der Erde getragen.«

»Hier gibt es keine Fernseher und Zeitungskioske. Sie machen keine Geschenke, du hast es gehört. Frauentausch ist die Art und Weise, wie sie Geschäfte besiegeln. Wenn Mala das Angebot macht – und vergiß nicht, daß er das Angebot machen muß –, dann mußt du ihm helfen, wenn er auf die Jagd geht. Entweder das, oder du mußt ihm deine Frau anbieten.«

Sherrine bettete Alex auf einen Stoß abgelegter Kleidung. Alex lächelte angestrengt, um die Schmerzen in seinen Rippen zu verbergen. Sie zog die Gurte an, aber nicht zu fest.

»Nicht mal daran denken, Thor«, sagte sie. Und sie fuhr mit einem Schneeball in der Hand herum und traf ihn voll auf die Brust.

Im Nu war eine allgemeine Schneeballschlacht im Gange. Sogar die Eskimos nahmen daran teil. So groß war die Erleichterung, zu wissen, daß sie nicht erfrieren würden. Sherrine lachte und sprang hin und her und wich Schneebällen aus, als der Suchscheinwerfer des Hubschraubers sie voll erfaßte.

Leutnant Gil Magruder beobachtete die Gestalten, die im Scheinwerferlicht unter ihm herumsprangen. Zwei Schlitten waren mit Kleidungsstücken und Decken beladen, und darin lagen zwei nackte Leichen, nach ihrem Aussehen verhungert. Ein Dutzend nackter und halbnackter Männer und Frauen sowie mindestens zwei Kinder sprangen in einem rituellen Tanz um sie herum. Als der Lichtkegel des Suchscheinwerfers sie erfaßte, blieben sie wie erstarrt stehen und blinzelten ins grelle Licht. Magruder drehte die Maschine in der Luft, ohne den Suchscheinwerfer von der Gruppe zu nehmen.

»Was sehen Sie da unten, Unteroffizier?«

Stabsunteroffizier Emil Poulenc verschluckte sein Kaugummi und späte angestrengt hinab. »Sieht wie eine Art Begräbnis aus, Sir«, sagte er im gedehnten Tonfall des Südstaatlers. »Das sind Eskimos, nicht? Aber ...«

»Aber sie sind nackt, Unteroffizier! Bei dreißig Grad minus springen sie nackt auf dem Eis herum.«

»Nun, diese Dame dort hat einen Büstenhalter und Schlüpfer an.«

Magruder sah ihn schweigend an.

»Ich meine, sie ist nicht völlig nackt.«

»Unteroffizier, welchen Unterschied kann ein rosa Schlüpfer bei dreißig Grad unter Null machen?«

Poulenc kratzte sich am Kopf. »Also, Sir, wenn Sie es so ausdrücken.«

Magruder starrte kopfschüttelnd hinunter. »Das wird uns die Einsatzleitung nie abnehmen«, murmelte er. Er richtete sich im Sitz auf und seufzte. »Wissen Sie, was wir gesehen haben, Unteroffizier?«

»Sir, ich weiß nicht ...«

Magruder schaltete den Suchscheinwerfer aus, legte den Hubschrauber in die Kurve und ging auf Westkurs. »Nichts, Unteroffizier. Wir haben überhaupt nichts gesehen.«

Die Tankstelle der General Mills in Brandon lag auf den letzten Meilen der Wanderung wie ein Leuchtfeuer in der Dunkelheit voraus. Alex atmete auf, soweit sein bandagierter Brustkorb es zuließ. Die verrückte, unbesonnene Reise über das Eis war beinahe zu Ende. Sherrine fuhr das Schneemobil die Straße hinunter zur Tankstelle, wo Alex einen Mann – vermutlich Bob Needleton – zeitunglesend auf einem Gartenstuhl vor einem lodernden Feuer sitzen sah, das er in einem Ölfaß entzündet hatte. Als er sie kommen hörte, faltete er die Zeitung zusammen und stand auf.

»Es wird Zeit, daß ihr kommt«, sagte er. Wenn er es

ungewöhnlich fand, daß eine Prozession nackter Leute vom Gletscher kam, ließ er es sich nicht anmerken. Statt dessen gab er Anleitungen zum Beladen des Lieferwagens.

Alex und Gordon wurden durch die Hecktür geschoben und flach auf ein paar alte Matratzen gelegt. Das letzte, was Alex sah, bevor die Heckklappe zufiel, war eine Gruppe nackter Eskimos, die um das flammende Ölfaß tanzten. Wahrscheinlich war es ein Zeichen, wie rasch er sich bereits an die Verhältnisse auf Erden gewöhnt hatte, daß der Anblick ihm völlig natürlich vorkam. Bisher hatten sich alle, denen er begegnet war, seltsam benommen.

Vielleicht lag es an der Schwerkraft, die Blut aus dem Gehirn zog …

Bob kletterte auf den Fahrersitz. »Das wäre das«, sagte er. »Sherrine, deine Großeltern sind in Mapleton geblieben, falls es dir gelingen sollte, doch noch zu ihnen zu kommen. Sobald wir ein funktionierendes Telefon finden, werden wir sie anrufen und ihnen sagen, daß du wohlauf bist und wo sie ihre Ausrüstung finden können. Euer Freund Krumangapik erklärte sich bereit, hier zu warten, bis sie vorbeikommen, wenn ich ihm das Feuer überlassen würde, das in dem Ölfaß brennt.« Er startete den Motor. »Ich denke, damit ist alles geregelt.«

»Nicht alles«, sagte Alex. »Es wird kalt werden. Wir sagten SUNSAT, daß die Mikrowellenstrahlung abgeschaltet werden solle, wenn wir in Brandon eintreffen würden.«

»Ach ja«, sagte Thor. »Aber es läßt sich wohl nicht ändern. Wir wären zu leicht auszumachen, wenn wir sie behielten. Immerhin war es fein, warm zu sein.«

Hinter ihm entstand ein wildes Durcheinander, als alle sich beeilten, nach ihren Kleidern zu wühlen und sich anzuziehen. Mit sieben Personen im Lieferwagen ging es eng her. Alex nahm die gelegentlichen Ellbogen- und Kniestöße gleichmütig hin, als die anderen Pullover und Hosen anzogen, denn ihre Körperwärme sorgte für eine angenehme Temperatur. Genau dies war vermutlich der Grund, daß Krumangapik und seine Freunde nackt in einem Haus aus Schneeblöcken herumsitzen konnten. Außerdem übernahm Sherrine die Aufgabe, ihn anzukleiden, und das gefiel ihm nicht wenig.

Das gleichmäßige Fahrgeräusch des Lieferwagens auf der Fernstraße brachte Alex Entspannung. Er schloß die Augen. Die Rettungsaktion war beendet. Zum ersten Mal, seit er die Rakete auf dem Radarschirm gesehen hatte, wußte er, daß er einen weiteren Tag leben würde.

Einige Zeit später rüttelte eine Hand seine Schulter und riß ihn aus einem schläfrigen Dämmerzustand. Er schlug die Augen auf und sah Steves dunkles Gesicht über sich.

Steve lächelte. »Es ist hier drinnen zu eng, um Asanas zu machen, und Sie sind körperlich noch nicht dazu imstande. Also fangen wir Ihre Ertüchtigung mit etwas Pranayama an. Das sind Atemübungen.«

Alex fragte sich, was seine Lungen sein Leben lang getan hatten. »Ich weiß schon, wie ich zu atmen habe«, erwiderte er.

»Ich möchte nicht, daß Sie mit dem Brustkorb atmen, der jetzt ohnedies eingeengt ist. Ich möchte, daß Sie mit dem Zwerchfell atmen, aus Ihrem kleinen Dickbauch heraus.« Er legte die Hand auf Alex' Magen. »Machen Sie, daß der Magen beim Atmen auf und nieder geht, nicht die Brust.«

Anscheinend war es kein Scherz, was Steve mit ihm vorhatte. Alex blickte zu Gordon, und Gordon sah ihn an und zog die Brauen hoch. Atmete nicht jeder auch mit dem Zwerchfell? Er beobachtete die anderen ringsum, und tatsächlich war es der Brustkorb, der sich bei ihnen hob und senkte. Vielleicht waren ihre Oberkörpermuskeln besser entwickelt. Auch eine Sache der Schwerkraft, vermutete er.

»Das ist sehr gut!« Steve schien überrascht und erfreut. »Und jetzt atmen Sie nur noch durch das linke Nasenloch ein.«

Er scherzte auch diesmal nicht. Alex sah sich zu den anderen um, aber Mike und Sherrine und sogar der Arzt zeigten keine Reaktion auf Steves groteskes Verlangen, sofern sie überhaupt zuhörten; und Thor nickte ihm aufmunternd zu.

»Kommen Sie«, sagte Steve. »Üben Sie gemeinsam mit mir. Ein durch das linke Nasenloch. Aus durch den Mund.« Beim Ausatmen verfiel er in einen Singsang: »Om mani padme hum.«

Hol mich der Teufel, dachte Alex. Wir sind in den Händen von Verrückten. Doch hatte er sich nie sicherer gefühlt.

6 ...Ein Lebensstil

Wo, zum Henker, war der Organisationsausschuß?

Nach der Tradition früherer Erfahrungen konnte sich der Organisationsausschuß eines SF-Worldcons konstituieren und dann verschwinden. Der Worldcon würde so oder so seinen Gang nehmen. Chuck Umber war davon überzeugt. Er hatte Konferenzen wie die in New Orleans erlebt, wo das Verschwinden des Organisationskomitees des Con die Konferenz buchstäblich gerettet hätte. Aber er hielt es nicht für möglich, daß *dieses* Komitee sich in einer Menge von weniger als sechzig Teilnehmern verstecken konnte.

Der Con war praktisch schon im Gange. Seit Tagen waren Fans eingetroffen, und das offizielle Programm hatte angefangen – aber Bruce Hyde und der Rest des Organisationskomitees schienen sich in Luft aufgelöst zu haben, alle bis auf einen oder zwei, und sie gaben sich ahnungslos. Irgendwas war los, und sogar der Verrückte Eddie schien darin verwickelt zu sein.

Chuck Umber gab seit mehr als zwanzig Jahren das erfolgreichste Nachrichtenmagazin der Szene heraus, doch war das Format mit dem Rückgang der Leserschaft allmählich geschrumpft und der Inhalt zusehends kryptischer und wunderlicher geworden. Er hatte Geheimnisse, die gewahrt werden mußten, immer respektiert. Er hatte Exemplare von *Hokus* zu heimlichen Fans im öffentlichen Dienst geschmuggelt. Er wußte, wo Thor sich versteckt hielt und war sogar ziemlich sicher, zu wissen, wo der Oregon Ghost sich verbarg. Was für ein Geheimnis war es, das Edward

Two Bats anvertraut werden konnte, nicht aber Chuck Umber?

Verdrossen wanderte er durch den Korridor im ersten Stock der Fielding Villa und zählte im Vorbeigehen die Türen. Der Verrückte Eddie hatte ihm die dritte Tür rechts im Westflügel genannt. Im allgemeinen stufte er die Zuverlässigkeit des Verrückten Eddie nicht höher ein als die eines Nachrichtenredakteurs in Hörfunk und Fernsehen, aber er war der einzige, der etwas über Bruce Hydes Verbleib wissen konnte.

Er öffnete die dritte Tür rechts und trat ein. »Bruce?«

Mehrere Frauen, die auf ihren Stühlen einen Halbkreis gebildet hatten, wandte sich zu ihm um. Sie trugen hauchdünne Gewänder über Bikinis aus Kettenpanzer, ein Anblick, dem er normalerweise mehr Interesse zugewandt hätte. Statt dessen blickte er nach links und rechts, reckte dann den Ziegenbart vor. »Ist Bruce Hyde hier?«

Die Leiterin der Gruppe sah mit ihrem kurzgeschnittenen Haar und dem Brust und Rücken umschließenden mittelalterlichen Schuppenpanzer wie Ingrid Bergman in der Rolle der Jeanne d'Arc aus. Sie schüttelte den Kopf. »Versuchen Sie es in den Räumen des Organisationskomitees. Ich glaube, das ist im dritten Stock des Südflügels. Dies hier ist ein Studienkreis für mittelalterliche und barbarische Kostümierungen. Sie können gern teilnehmen, wenn Sie wollen.«

»Ah, nein danke.« Chuck entschuldigte sich für die Störung. Er revidierte seine Einschätzung der Verläßlichkeit des Verrückten Eddie.

Als er den Raum verließ, sah er Fang auf der anderen Seite des Korridors herumlungern. Mittelgroß, muskulös, zäh wie altes Leder, schlug Fang einen Gummiball hin und her, der durch ein Elastikband an einem Tischtennisschläger befestigt war. Auf dem Kopf trug er eine umgedrehte Baseballmütze.

Endlich jemand, auf den Verlaß war, dachte Chuck. »Fang!«

»He, Chuck.« Der Ball war in so schneller Bewegung, daß er nur verwischt zu sehen war. Fang versuchte ihn mit aller Konzentration im Auge zu behalten.

»Hast du jemanden vom Organisationskomitee gesehen?«

»Den Verrückten Eddie.«

»Was ist mit Bruce? Er ist der Vorsitzende. Er muß hier irgendwo sein.«

»Ich glaube, ich sah ihn. Nordflügel, zweiter Stock.« Fang verpaßte einen Schlag, und der Gummiball schoß im Zickzack herum. Fang bemühte sich vergeblich, ihn unter Kontrolle zu bringen, dann steckte er Tischtennisschläger und Ball in die Gesäßtasche seiner Jeans. »Bibliothek? Ja, die Bibliothek! Ich bin sicher, daß er es war.«

»Danke, Fang. Dafür bin ich dir einen schuldig.« Chuck machte kehrt und schritt zum Treppenhaus. Fang sah ihm nach, bis er außer Sicht war, dann klopfte er dreimal an die Tür neben ihm. Der Verrückte Eddie steckte den Kopf heraus.

Edward Two Bats war ein hagerer, hakennasiger alter Mann, zumindest teilweise Indianer, obwohl er nie gesagt hatte, von welchem Stamm. Er hatte seit Ewigkeiten SF und Filmdrehbücher geschrieben. Er trug eine gelbe Wetterjacke aus Nylon und hatte über dem Knie ein rotes Halstuch um ein Bein geknotet. Sein Bart war dünn wie der eines chinesischen Mandarins, seine Stimme sanft. »Wohin hast du ihn geschickt?«

»Zur Bibliothek. Nordflügel.«

Der Verrückte Eddie rieb sich das Kinn. Er hatte seltsame Hände, deren Finger an den Spitzen breiter waren als an den Knöcheln. »Gut«, sagte er. »Gut. Wer wartet oben?«

»Rowland Shew.«

Eddie warf Fang einen scharfen Blick zu. »Ich hoffe, du hast Shew nichts davon erzählt, hm? Er ist nicht sehr verläßlich.«

Fang zuckte die Achseln. »Er hat Throop seit Jahren bei sich versteckt... Ich habe ihm nichts erzählt. Es sind schon zu viele eingeweiht. Shew hilft aus, weil Chuck mal eine schlechte Rezension über eins seiner Bücher geschrieben hatte.«

Der Verrückte Eddie blickte zum Treppenhaus. »Wie lange können wir so weitermachen?«

»Nicht viel länger. Du weißt wie scharf diese Menge auf jede Neuigkeit ist. Es tut mir leid, Chuck an der Nase herumzuführen. Er sollte eingeweiht sein.«

Eddie legte ihm eine knorrige Hand auf die Schulter. »Klar, sollte er. Und Wade Curtis und Dick Wolfson und 3MJ und alle anderen, einschließlich solche, die nicht zum Con kommen konnten. Es ist bloß, bis das Komitee entscheidet, was zu tun ist. Mehr als drei Leute können ein Geheimnis nicht sehr lange bewahren.«

Fang seufzte. »Und wir sind schon zehn.«

Chuck Umber trat beiseite, um die große, schlaksige Frau vorbeizulassen. Sie schob einen Rollstuhl mit einem noch hagerer aussehenden jungen Mann von vage nordischem Aussehen. Chuck überlegte flüchtig, ob der arme Kerl vielleicht an Myasthenia gravis litt, wie Waldo in Heinleins Geschichte. Dann sah er die Frau genauer an und fragte sich, ob sie Geschwister seien. Wer war sie?

Er durchsuchte die Schubladen seines Gedächtnissen. Ah eine Programmiererin, die einmal zum Leserkreis von *Hokus* gehört, ihr Abonnement aber schon vor Jahren abbestellt hatte. Gleich würde ihm ihr Name einfallen.

Als er sich umwandte, um weiter seiner Suche nachzugehen, hielt ihn ein dünner Mann mit langem, ungepflegtem braunem Haar auf.

»Hi, Chuck. Ich bin Anthony J. Horowitz der Dritte«, sagte der Mann. »Erinnern Sie sich an mich? Ich habe zwei Bücher über das Samisdat-Netzwerk herausgebracht. Mein neuestes ist ein Band kritischer Essays über Vampire und Einhörner. Und ich habe einen Roman in Arbeit. Der Titel steht schon fest: *Innenleben*. Würden Sie mich für *Hokus* interviewen? Ich bin ein wundervoller Interviewpartner. Außerdem habe ich die Novelle *Müllwelt* geschrieben, die maximale Synthese zwischen SF, Cyberpunk und Horror.«

Chuck schüttelte den Kopf. »Nicht jetzt... äh... Tony. Ich habe keine Zeit.«

Horowitz korrigierte ihn nicht allzu energisch: »Anthony, bitte. Ich gab schon lange den Versuch auf, als Tony Horowitz zu schreiben...«

Umber verließ ihn und betrat die Eingangshalle durch den Haupteingang. Sie hatte einen Boden aus mexikanischen Fliesen und empfing helles Licht durch hohe Fenster neben der Eingangstür. Von der zweistöckigen Decke hing ein mächtiger Kristalleuchter.

Drei Korridore führten von hier in die drei Flügel der Villa, und eine großartige zweiläufige Treppe führte in weiten Bogen zum Balkon im zweiten Stock hinauf. Keine Frage, dachte Chuck, die Villa war ein phantastischer Tagungsort.

Ohne Tremont J. Fielding – allgemein als 3MJ bekannt – und seine weitläufige Villa hätte der Minicon vielleicht nicht stattfinden können. Ein öffentliches Gebäude kam natürlich nicht in Frage, und sehr wenige Fans besaßen Häuser, die groß genug waren, um auch nur einer kleinen Zusammenkunft Platz zu bieten. Nicht zum ersten Mal wunderte sich Chuck, daß der Fonds der Autorenvereinigung jemals genug Kapital gehabt hatte, um den Ankauf des Hauses mitzutragen.

Daß 3MJ eine Menge Geld geerbt hatte, war dabei hilfreich gewesen.

Das Tremonthaus diente Fans, die vor Nachstellungen der Behörden in den Untergrund abgetaucht waren, oft als Zwischenstation. In schwer auffindbaren Kellerräumen wurde eine umfangreiche Sammlung von Erinnerungsstücken aus der Welt der SF und Fantasy verwahrt, und manches davon war für den Worldcon herausgeholt und in den oberen Räumen ausgestellt worden. Die Wände waren behängt mit Gemälden von Dryaden und Waldelfen und anderen Fantasyszenen, aber es gab auch gerahmte Drucke alter Titelseiten von *Astounding* auf denen explodierende Sonnen, Raumschiffe aller Art, Männer in Helmen wie Goldfischgläser und spärlich bekleidete Frauen zu sehen waren, die von glotzäugigen Ungeheuern bedroht wurden. Es war alles so schrecklich schön und kitschig, daß Chuck nostalgische Tränen in die Augen stiegen.

Viele der in der Villa aufbewahrten Schätze waren auf Hologramme reduziert. Ohne einen Projektor waren sie nicht belastend. Was hier ausgestellt wurde, waren Drucke, aber Chuck wußte, daß Tremont die Originale niemals weggeworfen haben konnte. Er erinnerte sich der Zeiten, als alles offen zur Schau gestellt worden war, als man nirgendwo hinsehen konnte, ohne ein neues Wunderding zu sehen. Originalgemälde. Kinoplakate längst vergessener B-Filme. Den kleinen Briefbeschwerer, der nach einem von George Pals Modellen für *Krieg der Welten* angefertigt worden war. Das Lensman-Kostüm. George Pals Kugelschreiber.

Und einmal hatte Chuck sogar das maschinengeschriebene Originalmanuskript von *Fahrenheit 451* gesehen. Das mußte jetzt gut versteckt sein! Er blickte umher, aber die Filmplakate waren nicht ausgestellt. Zu gefährlich vielleicht – aber im Laufe des Wochenendes würden sie sicherlich den Film zeigen. Konnte das das große Geheimnis sein? Aber nichts und niemand würde Chuck davon abhalten, ihn zu sehen. Chuck war Heinleins *Ein Mann in einer fremden Welt*. Er hatte zwei Drittel des Buches auswendig gelernt und vom Rest den größten Teil.

In einem Winkel, wo früher der Originalroboter aus *Der Tag, an dem die Erde stillstand* ausgestellt gewesen war, konnte man jetzt ein Modell des Tyrannosaurus aus King Kong bewundern. Es hatte so vieles gegeben. Heutzutage tagen sie ihr Bestes, aber die Wände und Nischen wirkten trotzdem leer und desolat.

Thor kam aus dem Ostflügel. Er schob einen Rollstuhl, in dem ein weiterer verkrüppelter Fremdling saß. Was ging vor?

»Hi, Thor!« Chuck vertrat ihnen den Weg.

Thor machte abrupt halt. »Hi, Chuck.«

»Wo bist du gewesen?«

Ein verdutzter Blick. »Hier und dort.«

»Hab dich lange nicht gesehen.«

Ein Achselzucken. »Du weißt, wie es ist. Ich bin schon eine Weile da, aber das Tremonthaus ist groß.«

»Ja. Erinnert mich an einen verkleinerten Noreascon III. Erinnerst du dich? Siebentausend Leute irrten in einem Tagungszentrum umher, das größer war als die Ringwelt.« Er streckte dem Mann im Rollstuhl die Hand hin. »Hallo. Ich bin Chuck Umber. Herausgeber von *Hokus*.«

»Gabe«, sagte der andere. »Gabe dell'Angelo.«

Gabe hob den Arm in schwächlich zitternder Gebärde, die ihn offensichtlich Anstrengung kostete. Chuck ließ die Hand sinken. »Tut mir leid«, sagte er. »Ich wußte nicht ...« Er hüstelte, um seine Verlegenheit zu verbergen. »Ah ... Dell'Angelo, sagen Sie? Sie sehen nicht italienisch aus.« Tatsächlich sah dieser Gabe ziemlich nordisch aus, trotz des eher dunklen Haares.

Abgezehrt und hager, mit einer kräftigen Nase und einem schmalen, knochigen Gesicht. Wie Max von Sydow ohne den Bart. »Von wo sind Sie?«

»Ich bin von North Dacota gekommen.«

Das erklärte das nordische Aussehen, dachte Chuck. Im oberen Mittelwesten hatten viele Skandinavier gesiedelt. »Vorhin sah ich einen anderen Typ in einem Rollstuhl. Jünger. Sah Ihnen aber so ähnlich, daß er Ihr Bruder hätte sein können.«

Gabe schien unbehaglich zumute. Er schien beschwerlich zu atmen. »Das war Rafe. Wir hatten einen Flugzeugunfall.«

»Oh. Tut mir leid, das zu hören.«

Gabe zuckte kaum merklich die Achseln. »Mit ein bißchen Therapie, sagte man mir, sollten wir bald wieder auf den Beinen sein.«

Chuck nickte. »Das ist gut. Sie sind ein Freund von Thor? Ich habe Sie noch nicht gesehen. Bei Cons, meine ich. Die Szene ist heutzutage eine kleine Welt.«

»Mir kommt sie groß vor. Ich bin erst kürzlich damit in Berührung gekommen.«

Also ein Neofan. Chuck grinste und machte eine umfassende Geste in die Runde. »Und wie gefällt es Ihnen hier?«

»Alles ist sehr schwer.«

Chuck lachte. »Ernste und konstruktive Aktivitäten. Nicht ›schwer‹. Sie werden den Jargon lernen müssen, wenn Sie bei uns bleiben. Aber keine Sorge. Sie werden genug Unterhaltung finden. Nicht jede Aktivität ist ernst.« Chuck blickte fragend zu Thor. Ist dieser Typ in Ordnung? Es hatte eine Zeit gegeben, als es in der Szene wenig Geheimnisse gegeben hatte, aber das war vorbei. Können wir ihm vertrauen?

»Gabe und sein Bruder haben nicht zu Cons kommen können«, sagte Thor. »Zu eng verbunden mit HighTech. Aber sie haben in der Zukunft gelebt.«

Chuck lächelte. Thor lebte im Untergrund. Er kannte viele Leute, die ihre Sympathien zur Szene nicht zeigen durften. Und Dell'Angelo war vermutlich nicht ihr richtiger Name. »Du kennst die beiden schon länger?«

Nun war es an Thor, zu lächeln. »Lange genug.«

»Fein.« Er legte Gabe eine Hand auf die Schulter. »War wirklich schön, Sie kennenzulernen. Haben Sie schon 3MJ getroffen?«

Gabe blickte verwirrt auf. »Noch nicht. Thor sagte mir, daß dies sein Haus sei.«

»Wir nennen es das Tremonthaus. Was Sie sehen, ist seine Sammlung. Filmplakate, Bücher, Zeitschriften, Kostüme, Originalmanuskripte. Wissen Sie, was 3MJs bedeutendste Eigenschaft ist? Er hat überhaupt keinen Geschmack.«

Der Mann im Rollstuhl zog die Stirn in Falten, dann fragte er: »Ist das gut?«

»Ja.« Chuck zeigte mit ausgestrecktem Arm durch den Korridor. »Sehen Sie, er bewahrt alles auf. Er wählt nicht aus, was zu einer bestimmten Richtung oder einem literarischen Stil paßt. Er sammelt alles, was ihm unter die Augen komme. Sein ganzes Leben ist der SF gewidmet.«

Thor nickte. »Vielleicht bleibt uns noch Zeit, etwas von der Sammlung zu sehen.« Sein Lächeln verblaßte. »Ich hoffe aber, es ist kein Muß.«

»Wie?« fragte Gabe.

»Kellergewölbe. Verborgene Räume«, sagte Thor. »Heimliche Kultstätten der HighTechpriester.«

Diese Kerle mußten genauso heiß sein wie Thor! Chuck unterdrückte seine Neugier. Es war schwierig, sich damit abzufinden, daß es einige Dinge gab, die er wirklich nicht wissen mußte. Er wußte, daß er niemals jemanden verpfeifen würde, aber …

Wenn die Behörden einen für obdachlos erklären

konnten, konnten sie ihm Hilfe zukommen lassen. Hilfe schloß alle möglichen Maßnahmen mit ein: Psychotherapie, Psychopharmaka, elektrische Gehirnstimulation. Chuck hatte Henry Stiren gesehen, nachdem die Polizei ihn als Anhalter kontrolliert, ein halbfertiges Manuskript in seinem Rucksack gefunden und der Sozialbehörde übergeben hatte. Er war ein vielversprechender Nachwuchsautor gewesen, bevor sie ihm geholfen hatte. Jetzt las er, was er einst geschrieben hatte, und fragte die Leute, ob es ihnen gefiele, und wenn sie bejahten, weinte er.

Chuck schauderte. »Nun, natürlich müssen Sie es nicht sehen, aber wenn Sie eine Gelegenheit haben, die ausgestellten Teile der Sammlung zu besichtigen, werden Sie das Material interessant und aufschlußreich finden. Thor, hast du Bruce Hyde irgendwo gesehen?«

Thor strich sich den Bart. »In letzter Zeit nicht. Aber ich bin sicher, daß er irgendwo in der Nähe sein wird.«

»Dann werde ich mich umsehen. Jemand glaubte ihn oben in der Bibliothek gesehen zu haben. Freut mich, Sie kennengelernt zu haben, Gabe.« Er klopfte dem Invaliden auf die Schulter. »Heutzutage kommen nicht viele Neofans zu uns.« Und er eilte davon.

Alex sah ihn die Treppe ersteigen. »Können wir ihm nicht trauen?« fragte er Thor. Der rundliche Mann sah mit seinem Ziegenbart wie ein milchgesichtiger Mephisto aus, aber er hatte einen freundlichen und umgänglichen Eindruck gemacht.

»Sicher, wir können ihm trauen«, sagte Thor. »Aber es ist ein Risiko mehr. Er ist Herausgeber von *Hokuspokus,* dem größten Szenemagazin. Die Behörden dulden es, weil sein Schwerpunkt auf Fantasy liegt, aber es gelingt Chuck immer wieder, gute alte technophile SF-Propaganda hineinzuschmuggeln.«

»Also ist er auf unserer Seite?«

Thor zwirbelte eine Bartsträhne zwischen den Fingern. »So wie alle hier. Aber Sie sind eine große Neuigkeit, eine Sensation, und bei den einschlägigen Behörden wird *Hokus* aufmerksam gelesen. Je weniger Leute von der Sache wissen, desto besser. Das verringert das Risiko. Nicht nur für uns, sondern auch für Chuck Umber.« Er schmunzelte. »Eines Tages wird er begreifen, daß Sie seine Fragen wahrheitsgemäß beantwortet haben, und sich selbst in den Hintern treten. Aber er ist wie wir Teil der Imagi-Nation.«

»Was ist ›Imagi-Nation‹?«

Thor löste die Bremse am Rollstuhl. »Das Konfogesetz gilt, wo die Konformisten herrschen. Die große Mehrheit der Angepaßten. Die Imagi-Nation sind wir.«

»Ich verstehe.« Eine kleine Gruppe von Abweichlern und Nonkonformisten, die gegen den Strom des Zeitgeistes schwammen, von ihrer Regierung verfolgt wurden und insgeheim zusammenkamen. Alle, die er bisher gesehen hatte, mehr oder weniger verrückt, ausgenommen Sherrine. Aber wenn sie auch wirklichkeitsfremde Spinner waren, man mußte ihnen zugute halten, daß sie alles riskiert hatten, um ihn und Gordon vom Eis zu holen und aus hilfloser Lage zu befreien. Es würde kaum höflich sein, ihnen zu verstehen zu geben, daß sie sich in ihrer Außenseiterrolle als bedrängte Minderheit gefielen.

»Ich beginne zu verstehen, was Mary meinte«, sagte er.

»Was?«

»Die Kontrollstation sagte uns, wir hätten seltsame Freunde auf Erden.«

»Seltsamere gibt es nicht«, stimmte Thor zu.

»Jetzt sehe ich, womit Sie es zu tun haben. Es ist wie Davids Kampf gegen Goliath.«

Thor grunzte. »Erinnern Sie sich, wer den Kampf gewann?«

»Aber warum ...?« Er wollte fragen, warum sich jemand wie Sherrine so engagierte? Diese anderen konnte er verstehen. Thor, der irgend etwas ausgefressen hatte, im Verborgenen lebte und nach Möglichkeiten Ausschau hielt, zurückzuschlagen. Die anderen waren eher Verlierertypen, keiner von ihnen tat etwas Wichtiges oder Bedeutsames – aber Sherrine leistete als Programmiererin qualifizierte Arbeit und konnte mit ihrem Aussehen und Verstand auf vielen Gebieten reüssieren. »Warum tun Sie es?«

Thor hob die breiten Schultern. »Was sonst können wir tun? Wir glauben an die Zukunft. Wir kehren ihr nicht den Rücken, wie die Konformisten, und geben vor, daß alles so bleiben kann und wird, wie es heute ist. Haben Sie jemals SF gelesen?«

Alex schüttelte den Kopf. »Kaum.«

»Nun, man sieht es in unseren Geschichten. Die Mainstream-Literatur handelt vom Sein. Für Charakterstudien wahrscheinlich das beste Genre, das es gibt; aber nichts Nennenswertes geschieht, nichts ändert sich. Science Fiction handelt vom Tun. Von der Gestaltung der Zukunft, nicht nur von der Auseinandersetzung mit der Gegenwart. Bald werden wir alle in der Zukunft leben. Manche von uns kundschaften gern voraus.«

»Wenn man Sie hört, gewinnt man den Eindruck, daß es mehr als bloß ein Steckenpferd ist.«

»Es ist eher ein Lebensstil.«

Alex öffnete den Mund, um etwas zu sagen, aber in diesem Augenblick kam eine Gruppe Leute aus dem Westflügel in die Eingangshalle. Sie schoben einen großen Karton auf einem Handkarren. Im Karton saß ein kräftiger, bärtiger Mann, der eine Taucherbrille mit Schnorchel über den Kopf gezogen hatte. Er grinste, während die anderen Verpackungschips aus Styropor zu ihm in den Karton schütteten und dazu sangen: »Tötet Seth! Tötet Seth!«

Die Gruppe durchquerte die Eingangshalle, umging den Rollstuhl zu beiden Seiten und verschwand im Ostflügel. Stille senkte sich herab. Alex verharrte mehrere Sekunden in Sprachlosigkeit. Schließlich krächzte er: »Äh, Thor?«

»Hm?«

Er wandte den Kopf und blickte zu dem nordischen Gott auf. »Was war das?«

Thor sah auf seine Armbanduhr. »Sie sind unterwegs zur Buchauktion, nehme ich an. Ich wußte nicht, daß sie schon jetzt auf dem Programm steht.«

»Buchauktion? Wer waren diese Irrenhäusler?«

Sie bogen nach rechts in den Nordflügel. Thor räusperte sich. »Nein, keine Irrenhäusler. Ein New Yorker Fanklub. Sie verlosen Bücher auf der Auktion. Seth gewinnt immer, darum töten sie ihn bei jeder Konferenz, so daß er keine Eintrittskarte kaufen kann. Letztes Jahr machten sie ihn zum ›Korbmann‹.«

Alex fragte ihn nicht, was ein ›Korbmann‹ war. Er war nicht sicher, ob er es wissen wollte.

Als sie zum Versammlungsraum kamen, sah Alex Sherrine, die im Begriff war, eine Gruppe junger Frauen, die in fremdländische Gewänder und Rüstungen gekleidet waren, aus dem Raum zu komplimentieren. »Sie kostümieren sich für die Maskerade.« Weder die Gewänder noch die Rüstungen verbargen sehr viel, und er bemerkte, daß Gordon die Frauen mit unverhohlenem Interesse anstarrte. Auch er sperrte die Augen auf.

Die Frauen waren nicht übermäßig fett, aber jede mochte sechzig bis siebzig Kilo wiegen. Manches an ihnen quoll hervor und hing in ungewohnter Weise. Es mußte mit der Schwerkraft zusammenhängen. Ihre Brüste und Hüften waren annähernd so gerundet wie jene der Eskimofrauen, und sie benötigten besondere Vorrichtungen aus Stoff, um ihre Brüste zu halten. Einige trugen ihr Haar so lang, daß es bis zu den Hüften reichte.

Nur eine Frau, die einen regelrechten Harnisch trug, hatte vernünftig kurzgeschnittenes Haar. Wenn er sich vorstellte, daß die Rüstung ein Schutzanzug sei, sah sie halbwegs normal aus. Alles in allem mußte er einräumen, daß diese Frauen einen bestimmten exotischen Reiz hatten. Aber wahre Schönheiten wie Sherrine waren anscheinend selten.

»Tut mir leid«, sagte Sherrine zu den kostümierten Frauen, »aber es hat eine Programmänderung gegeben. Haben Sie die Ergänzung nicht bekommen? Alle Arbeitskreise für Kostüm- und Maskenbildnerei sind in den Nordflügel, dritter Stock, verlegt worden.«

»Dritter Stock! Nein, niemand hat uns unterrichtet«, sagte die Leiterin. »Es sollte nicht Organisationskomitee heißen, sondern Desorganisationskomitee! Seine Mitglieder werden schon den ganzen Tag gesucht. Wenn sie sich versteckt haben, kann ich das verstehen. So viel Unfähigkeit habe ich noch nicht erlebt!«

»Es tut mir leid«, sagte Sherrine wieder. Sie zeigte zu Gordon und Alex. »Es ist eine Frage des Zugangs für Behinderte. Wenn Sie gern helfen möchten, den Ablauf des Programms zu gewährleisten, werde ich Ihre Namen gern dem Organisations ...«

»Nein danke! Wir sind nicht hergekommen, um Botengänge für Bruce Hyde und seine Bande elitärer Nichtstuer zu machen.« Mit wogenden Gewändern eilten die Frauen durch den Korridor davon.

Sie setzten sich in den Versammlungsraum und warteten. Die anderen tröpfelten nach und nach herein. Alle benahmen sich so verstohlen, daß sie Aufmerksamkeit auf sich lenken würden. Schließlich kam auch Bruce grinsend herein. »Dies ist der einzige Raum«, verkündete er, »wo Chuck uns nicht suchen wird.«

Bald war der größte Teil der Rettungsmannschaft versammelt. Will Waxman war, wie Sherrine ihm erzählte, selbst an der Vorbereitung der Maskerade beteiligt und dort unabkömmlich, und Bob mußte seiner Arbeit als Dozent an der Universität nachgehen. Zwei Fremde waren zu ihnen gestoßen; Sherrine stellte sie als Fang und den Verrückten Eddie vor.

Bruce klopfte mit den Knöcheln auf die Armlehne seines Stuhls. »Fangen wir an. Erster Punkt der Tagesordnung ist: Was machen wir mit unseren Gästen, da sie nun glücklich hier sind.«

Fang legte den Kopf zurück. »Entschuldige, Bruce, aber laßt uns die Form wahren. Ich bin Vorsitzender des Ausschusses zur Betreuung von Ehrengästen, also sollte ich diese Diskussion leiten.«

»Du kannst dein Ego ein andermal befriedigen«, entgegnete Bruce. »Das Organisationskomitee rettete die Engel, also ist er verantwortlich.«

Der Verrückte Eddie runzelte die Stirn und wandte sich an Fang. »Außerdem sind die Engel keine Ehrengäste, also fallen sie nicht unter die Jurisdiktion deines Unterausschusses.«

»Natürlich sind sie Ehrengäste«, warf Mike ein. »Wer könnte auf einem Worldcon mehr geehrt werden als ein paar Astronauten? Und sie sind unsere Gäste. Ergo: Ehrengäste.«

»Gut gesprochen«, sagte Edward Two Bats. »Aber könnt ihr nicht verstehen? Das ist eine große Sache. Wichtiger als der Worldcon.« Seine Augen leuchteten auf, als hätte er eine Vision des Heiligen Grals.

Alle schwiegen.

Alex ergriff das Wort. »Entschuldigen Sie mich. Haben Gordon und ich in dieser Angelegenheit etwas zu sagen?«

»Nein«, erwiderte Fang nach kurzem Überlegen.

»Sie sind keine Conteilnehmer. Sie haben keine Stimme.«

»Ja, das stimmt«, sagte Mike. »Sie haben die Mitgliedsbeiträge nicht bezahlt.«

»Das ist albern«, erklärte Thor. »Ich werde ihnen die zehn Dollar leihen.«

»Wir könnten die Beiträge aus dem Bedürftigkeitsfonds bezahlen«, schlug Bruce vor. »In dem Fonds ist genug Geld.«

Fang schüttelte den Kopf. »Nein, das ist dafür bestimmt, Australiern die Teilnahme am Worldcon zu ermöglichen. Sie sind keine Australier, oder?«

Gordon schaute verwirrt drein. Alex schüttelte den Kopf.

Mike versuchte eine ernste Miene zu zeigen. »Gut, das mag sein, aber im Moment sind die beiden bedürftig.«

Diese Erklärung wurde mit respektvollem Schweigen quittiert. Bruce nickte bedächtig. »Das ist richtig. Also werden sie offiziell als bedürftige Teilnehmer dieses Cons anerkannt. Als Vorsitzender entscheide ich in diesem Sinne.«

Drei Anwesende meldeten sich gleichzeitig zu Wort: »Das kannst du nicht machen! Wir müssen abstimmen.«

Alex seufzte und schloß die Augen. Ob diese Leute jemals etwas regelten? Er atmete durch das linke Nasenloch ein und durch das rechte aus. Es half nicht, aber er war fasziniert von der Entdeckung, daß er es konnte, und es war mindestens so konstruktiv wie die Vorgänge, deren Zeuge er war. »Sieh mal, Bruce«, sagte der Verrückte Eddie, »das ist eine ernste Sache!«

Und doch wurde die Frage schließlich entschieden. Es war immer ein Vergnügen, einen wahren Künstler bei der Arbeit zu sehen, und Alex imponierte die Art und Weise, wie Bruce die Sitzung leitete. Er manipulierte das Organisationskomitee wie ein gewiefter alter Politiker, spielte Mike und Fang gegen Eddie Two Bats und gegeneinander aus. Er arbeitete subtil und indirekt und nahm nur selten Zuflucht zu unmittelbarer Aktion. Bruce zog die Fäden. Der Verrückte Eddie vergaß es hin und wieder, aber niemand machte ein Aufhebens davon. Alex machte eine geflüsterte Bemerkung zu Sherrine.

»Bruce ist gut darin.«

»Er ist ein HMF-Drei.«

»Was ist das?«

»Ein HMF ist ein Heimlicher Meister der Fangemeinde. Fans sind schrullige und individualistische Typen, und es gibt nicht viele, die sie unter einen Hut bringen können. Bruce ist einer davon. Benjamin Orange ist ein weiterer. Ein Glück, daß er nicht hier ist. Zwei solcher Leute auf einem Con – das wäre das Ende!«

»Der erste Punkt auf der Tagesordnung«, sagte Bruce zum vierten Mal in einer Stunde, »ist die Frage, was wir mit den Engeln anfangen.«

Alex ergriff die Gelegenheit. »Nun, da wir Mitglieder dieses Komitees sind …«

Fang schnitt ihm das Wort ab. »Nur des Cons, nicht des Organisationskomitees. Aber natürlich können Sie als Gäste …«

»Das ist eine ernste Sache«, protestierte der Verrückte Eddie. Seine großen Augen waren feucht. »Versteht ihr das denn nicht?«

»Haben Sie einen Vorschlag?« fragte Bruce.

Alex blickte hilflos umher. »Wir können wirklich nichts für uns tun, bis wir uns besser umherbewegen können.«

»Steve hilft Ihnen«, sagte Sherrine. »Lehrt Sie Asanas. Für ältere Leute.«

»Das ist angemessen«, sagte Alex bescheiden. »Wir fühlen uns alt.«

»Grad noch schimmerten, Ärmster, deine Locken,
doch glatter als ein Pilz ist dein Haupt nun,
daß der Tod sich mit schnellen Schritten nahet,
merkst du, da ja ein Teil vom Kopf schon hin ist«,

zitierte Gordon.

»So weit ist es hoffentlich noch nicht«, sagte Mike. »Aber Vorsicht: Es nagt der Wurm des Frühlings Kinder an, zu oft noch eh die Knospe sich erschließt.«

»Shakespeare!« rief Gordon aus. »Kennen Sie Coleridge, Puschkin? Niemand liest mehr. Sie haben ...«

»Ruhe!« brüllte Bruce, und für einige Herzschläge herrschte erschrockene Stille.

»Ich sehe das Problem nicht«, sagte Thor. »Wir verstecken sie einfach, bis die anderen Engel ein Schiff schicken. Dann bringen wir sie zum vereinbarten Treffpunkt.«

»Ja, gut«, sagte Steve. »Aber wie verstecken wir sie? Und wo? Hier in Minneapolis? Und wenn das Schiff, das sie abholt, in Arizona landen muß? Können wir sie rechtzeitig dorthin bringen?«

Alex blickte zu Gordon, der sich auf die Unterlippe biß und den Blick niederschlug. Es hatte keinen Sinn, die Wahrheit zu verschweigen. Er holte tief Luft – durch das linke Nasenloch und mit Hilfe des Zwerchfells. »Es wird keine Abholung durch ein Schiff geben«, sagte er.

Sherrine nickte. Bruce Hydes Gesichtsausdruck blieb unverändert.

»Warum nicht?« wollte Fang wissen.

»Sie werden nicht herunterkommen.«

Alle sprachen gleichzeitig. »Die Schwerkraft ist wie ein Brunnen, auf dessen Grund die Erde ist.«

»Durch die Schwerkraft ist eine Welt wie ein Loch.«

»Ach was, sie werden kommen, sie können ihre Leute nicht hier sitzen lassen!«

»Ich wußte, daß wir Alternativpläne brauchen…«, redeten alle durcheinander.

Bruce steckte zwei Finger in den Mund und pfiff gellend. In die darauf folgende Stille fragte er: »Was meinen Sie damit? Die Engel werden nicht kommen und Sie abholen?«

Alex blickte in den Kreis der Gesichter. Engel! Wofür hielten diese Leute sie? Bestimmt nicht dafür, was sie waren: ein launenhafter halbwüchsiger Stiljagi und ein Bauarbeiter, der für Außenarbeiten nicht mehr taugte. Vielleicht hätte er die warnenden Anzeichen unbeachtet lassen und einfach weitermachen sollen, bis ihm das Gehirn durch die Nase ausgetreten wäre. Warum nicht?

»Es ist unmöglich«, sagte er.

Sherrine nickte wieder. »Ich dachte es mir. Mein Gott, es tut mir leid.«

»Aber … Sie sind Astronauten«, sagte der Verrückte Eddie. »Man braucht Sie …«

Gordon lachte. Alle sahen ihn an. »Was ist daran so komisch?« fragte Fang.

»Alex ist ein Held. Sie würden kommen und ihn holen, aber es gibt keine Möglichkeit.«

»Sie brauchen mich nicht«, ergänzte Alex. »Und es spielt sowieso keine Rolle, denn sie haben keine Möglichkeit, jemanden zu schicken und uns abzuholen.«

»Herunterkommen ist kein Problem«, sagte Mike. Seine Stimme hatte den spöttischen Unterton eingebüßt. »Aber wieder hinaufzukommen …«

»Genau«, sagte Alex. »Wieder hinaufzukommen. Wir haben keine Schiffe, die landen und wieder starten. Hatten wir nie.«

Sherrine sah ihn seltsam an. »Sie wußten es die ganze Zeit?«

»Es war nie Gelegenheit, es Ihnen zu erklären.«

»Warum ist Alex ein Held?« wollte Edward Two Bats wissen.

»Eddie ...«

»Schließlich bin ich Schriftsteller, verdammt! Und ich glaube nicht, daß ich jemals einem Helden begegnet bin. Also, Gordon, wie war das?«

»Die Zeit der Sonnenflecken«, sagte Gordon. »Im Bereich der Flecken erscheinen Sonnenfackeln. Ihre Ausbrüche führen zu höherer Energieeinstrahlung auf der Tagseite der Erde. Die obere Atmosphäre wird warm und bläht sich auf wie ein Ballon, reicht weiter als sonst in den Raum hinaus und hüllte die Raumstation *Mir* in ihre Schleier ein. *Mir* sollte schwerelos im Vakuum zu kreisen, begann aber nun langsamer zu werden und durch den Luftwiderstand näher zur Erde zu treiben.

Alex MacLeod brachte einen Montagetrupp von der *Freedom.* Sie befestigten Raketen an der Station, um *Mir* in eine höhere Umlaufbahn zu heben. Nachdem *Mir* in Sicherheit war, kehrten sie zurück, um die Raketen zu demontieren und an *Freedom* zu befestigen, weil auch die *Freedom* gefährdet war. Sein Schutzanzug blies im Vakuum aus. Er mußte ihn flicken und wieder verwenden. Ein Druckanzug muß passen wie ein Maßanzug. Man kann nicht einen fremden leihen. Einmal, zweimal, fünfmal verlor sein Anzug Luft. Man kann das überleben, aber nicht viele Male.

Jetzt kann er nicht mehr hinaus. Alex MacLeod kann nicht im Vakuum leben, auch nicht für kurze Zeit. Es ist tödlich.«

»Aber Sie flogen den Stickstoffsammler!«

»Für Tauchflüge braucht man gute Piloten«, sagte Alex. »Ich bin einer. Malen Sie Streifen auf einen Ziegelstein, und ich kann ihn fliegen.« Der Blick, den Sherrine ihm zuwarf, gefiel ihm. Aber ... »Für Tauchflüge nimmt man Piloten, die entbehrlich sind. Auch das bin ich. Sehen Sie, jeder wußte, daß wir vielleicht nicht zurückkommen würden.«

»Also sind Sie auf Dauer hier«, sagte Bruce.

»So sieht es aus.«

Alle schwiegen. Alex blickte in die Runde. Allmählich wurde ihnen bewußt, daß dies nicht bloß ein kurzes, nervenkitzelndes Abenteuer war. Diese ... ›Fans‹ hatten sich nicht auf eine lange Dauer eingestellt. Der Reiz des Neuen würde sich recht bald verlieren. Einige begannen es sich bereits anders zu überlegen. Er konnte es ihnen nicht verdenken.

Sherrine legte ihm eine Hand auf den Arm. »Also meldeten Sie sich freiwillig, weil Sie wußten, daß es vielleicht kein Zurück geben würde.«

Er schüttelte den Kopf. »Nein, dies ist das erste Mal, daß es schiefging. Gewöhnlich passiert bei Tauchflügen nichts.«

»Außer daß die Leute manchmal nicht zurückkommen«, meinte Mike. »Ja, ich kann es mir denken.«

»Waisen der Schöpfung«, sagte Sherrine. »Wenigstens sind Sie unter Freunden.« Steve legte jedem der beiden eine Hand auf die Schulter und drückte sie leicht, doch ohne etwas zu sagen. Alex fühlte noch, wo Sherrines Hand ihm den Arm gedrückt hatte. Vorsicht, sagte er sich. Sie war Bobs Mädchen, wie Mary Lonnys Mädchen war. Das konnte leicht Ärger geben, wie er selbst erfahren hatte.

Bruce blickte nachdenklich auf seine Hände. »Das schafft eine neue Lage.«

»Kann man wohl sagen«, sagte der Verrückte Eddie.

»Sehen Sie, ich kann es Ihnen nicht verdenken, wenn Sie ...«, fing Alex an.

Bruce unterbrach ihn. »Wir werden hier auf Erden eine Nische für Sie beide finden müssen. Wird nicht ganz einfach für Sie sein.«

Sherrine nickte. »Ja, nicht nur wegen der Schwere. Ohne Familie und Angehörige gestrandet zu sein ...«

»Als erstes«, sagte Mike, »brauchen sie Sozialversicherung und Führerschein.«

Gordon sah ihn verdutzt an. »Führerschein? Wofür?«

Mike seufzte. »Schon gut.«

»Ausweispapiere«, sagte Alex.

»Warum brauchen wir Ausweispapiere?« fragte Gordon. »Wir sind hier alle Freunde, nicht?«

Mike lächelte. »Natürlich sind wir alle Freunde«, sagte er. »Illegale Freunde.«

»Sie brauchen einen Ausweis«, sagte Thor, »weil das Land der Freien und Tapferen zum Land der Pflichtversicherten und Steuerzahler geworden ist.«

»Haben Sie Ausweispapiere?« fragte ihn Alex.

Thor lächelte. »Klar. Drei oder vier.«

»Unechte?«

»Freies Unternehmertum. Das sind die besten.«

»Sherrine?« fragte Bruce.

»Riskant. Es war einfacher, als ich die Sache für Thor regelte. Jetzt haben sie Überwachungsprogramme, die das Eindringen von Hackern verhindern sollen.«

»Wahrscheinlich hast du die Programme entworfen«, sagte Bruce.

»Nun, Ted Marshall und ich arbeiteten am Spürhundprogramm, und wir ließen eine Hintertür offen, so daß es wahrscheinlich zu machen wäre – gewiß, wir können es versuchen, aber es wird einige Arbeitszeit am Terminal in Anspruch nehmen, und ich werde Ted Marshall heranziehen müssen.«

»Er kommt nicht«, sagte Bruce. »Er glaubt, daß er unter Beobachtung steht.«

»Es ist wichtig, daß wir ihn nicht verraten«, sagte der Verrückte Eddie.

»Also müssen wir uns bis dahin behelfen«, meinte Fang.

»Das ist nicht so einfach«, sagte Thor.

»Was ist dieser Führerschein?« fragte Gordon. »Darf ich sehen?«

Fang nahm seinen Führerschein aus der Brieftasche und gab ihn ihm. Gordon betrachtete ihn aufmerksam, drehte ihn in den Händen um und um. Er las die Einverständniserklärung auf der Rückseite. »Hier steht, daß Sie mit Organentnahme einverstanden sind. Dann können Sie sie verweigern? Ein reiches Land!« Er hielt die Karte gegen das Licht. »Sieht nicht allzu schwierig aus, wenn man eine Fotografie hat. Haben Sie keinen Bildabtaster und Laserdrucker?«

»Freilich haben wir die«, sagte Mike. »Einen Ausweis zu machen, ist nicht das Problem. Heutzutage ist alles vernetzt. Wenn wir einen falschen Führerschein für Alex oder Sie machen, kann bei jeder Polizeikontrolle der Datenverbund abgefragt werden, und dann stellt sich heraus, daß Sie nirgendwo gemeldet sind und nie Steuern bezahlt haben.« Er blickte zu Alex.

»Aber es ist zu machen«, meinte Bruce. »Bloß nicht mehr so einfach.«

Alex runzelte die Stirn. »Computer und Datenverbund sind HighTech. Ich dachte, hier unten will man davon nichts mehr wissen.«

Thor lachte. »Das ist richtig. Computer sind verhaßt. Aber sie sind verdammt nützlich, also werden sie noch gebraucht.«

»Von den Behörden«, ergänzte Steve. »Sie mögen es aber nicht, daß andere welche haben.«

»Ist es illegal, Computer zu besitzen?« fragte Gordon. »Wie können die Leute lesen, was sie schreiben? Gedichte oder Geschichten?«

»Es ist illegal, einen nicht angemeldeten Computer zu besitzen«, sagte Sherrine. »Aber es gibt viele angemeldete Geräte. Außerdem ist die Einhaltung des Gesetzes schwierig zu überwachen. Also gibt es Netzwerke, und private Vereinigungen und Boards …«

»Boards?«

»Computer Boards«, sagte Thor.

»Leute tauschen Informationen aus. Es ist nicht mehr so üblich wie früher, und das Telefonnetz bricht immer wieder zusammen, aber Fax funktioniert noch immer«, sagte Sherrine.

»Ich war auf der Warteliste für eine neue Anlage, ging aber leer aus, weil der Termin für die Antragstellung schon überschritten war«, sagte Fang. »Aber Bruce ist …«

»Und Disketten sind schwieriger zu bekommen«, sagte Mike. »Aber es gelingt mir immer noch, meine Datei 880 herauszubringen …«

Der Verrückte Eddie fuchtelte mit erhobenem Arm. »Ich habe eine Idee.«

Bruce sah besorgt aus, nickte ihm aber zu. »Der Vorsitzende erteilt Eddie Two Bats das Wort.«

Der Verrückte Eddie stand auf und peilte die anderen über seinen schmalen, langen Nasenrücken an. »In Südkalifornien gibt es noch immer Technophile«, erklärte er. »Enklaven, die sich im Umkreis der alten, stillgelegten Luft- und Raumfahrtzentren angesiedelt haben. Ich schlage vor, wir bringen die Engel dorthin.«

Es gab zustimmendes Kopfnicken. »Leuchtet ein«, sagte Steve. »Engel würden dort willkommen sein. Nicht überall, aber in einigen Orten.«

»Richtig, Sie leben immer noch dort unten, nicht?« sagte Fang. »Haben Sie Verbindung mit Denny …«

Bruce klopfte mit seinem Ring auf den Tisch. »Edward Two Bats hat das Wort.«

»Ich wette, es würde klappen!« sagte Sherrine.

Der Verrückte Eddie nickte energisch. »Auf jeden Fall! Dann, wenn wir unsere Kräfte verstärkt haben, inszenieren wir einen Staatsstreich! Übernehmen die

Macht in Sacramento, rufen die Engel als symbolische Gouverneure aus und verwenden die staatlichen Mittel für den Bau eines Raumtransporters, der sie wieder nach Haus bringt.«

»Also geht es vorerst um die Frage, wie wir sie nach Kalifornien schaffen«, sagte Bruce.

»Die Engel müssen im Untergrund bleiben«, sagte Fang. »Schwarzarbeit wird nicht so gut bezahlt wie ein normaler Job, aber ohne Steuern bleibt einem mehr in der Tasche, und niemand fragt nach Ausweispapieren und Kreditkarten.« Er und Thor tauschten Blicke aus. »Es ist nicht so schlimm.«

Einen Augenblick bekam Alex es mit der Angst. Dann wurde ihm klar, daß sie die guten Teile von Eddies Idee übernahmen und den Rest einfach ignorierten. Außerdem hatten er und Gordon kaum eine andere Wahl. »Thor, du bist das Leben im Untergrund gewohnt«, sagte Sherrine, »aber die beiden nicht. Sieh sie dir an! Nein, ich werde etwas tun …«

»In Chicago lynchten die Grünen einen Hacker«, sagte Mike. »Es war letzten Monat, aber ich glaube, der Leichnam hängt noch vom alten Wasserturm. Natürlich wißt ihr das.«

»Das war Flash. Flash konnte nicht widerstehen, seinen Freunden zu erzählen, was er tat. Ich bin vorsichtiger, das ist alles«, sagte Sherrine.

»Nein, wir können nicht zulassen, daß Sie das riskieren«, sagte Alex. »Ich meine …«

»Im Untergrund bleiben, Schwarzarbeit machen«, bekräftigte Mike. »Feine Sache. Was können Sie?«

Alex grunzte. »Raumschiffe fliegen.«

Bruce grinste. »Richtig. Wir werden Ihre *Piranha* ausgraben und Ihnen zuschicken. Aber was haben Sie zwischen den Flügen gemacht?«

»Ich schreibe Gedichte«, sagte Gordon. »Ich würde auch gern Prosa schreiben.«

»Das würden alle hier gern tun«, sagte Steve. »Wissen Sie, wie viele Leute davon leben können, daß sie Science Fiction schreiben? In den besten Zeiten gab es im ganzen Land keine dreißig. Heute niemanden mehr.«

»Doch, es gibt Harry Bean …«, sagte jemand.

»Der hat sich verkauft. Er schreibt für die Grünen«, sagte Bruce. »Nebenjobs, Alex? Was können Sie außer Tauchflügen?«

»Bauingenieur.« Er blickte auf seine abgezehrten Gliedmaßen. »Und wenn Steve mit seiner Prognose recht hat, werde ich diesen Beruf in ungefähr neun Jahren wieder ausüben können.«

»Er ist auch Lehrer«, sagte Gordon.

»Im Kindergarten. Ich war Ersatzvater im Tageskindergarten«, gab Alex zu. Der Hauptvorteil der Wahrheit war, daß man sich nicht viele Details merken mußte. Es gab auch andere Vorteile, vermutete er.

Sherrine sah ihn aufmerksam an. Jetzt wußte sie es. Thor schüttelte den Kopf. »Zu dumm. Kindergartenpersonal wird überprüft. Sogar die privaten Tagesstätten müssen vorsichtig sein. Es gibt viel Arbeit für Sherrine, und bis sie Ihre Papiere beisammen hat, können Sie nichts tun.«

In der nun folgenden Pause sahen alle einander an, aber keiner sagte etwas. Schließlich seufzte Sherrine.

»Ich bin nicht sicher, daß ich es tun kann«, sagte sie. »Thor hat recht, Kindergartenpersonal wird genau überprüft, weil überall die Furcht grassiert, es könnten sich sonst Kinderschänder einschleichen. Ich würde Ihnen einen ganzen Lebenslauf zurechtmachen müssen, alles, Schulzeugnisse, Berufsausbildung – Das wird nicht gehen. Wir können sie nicht einfügen, und wir können sie nicht verstecken.« Fang und Thor wollten Einwände erheben, aber Sherrine wehrte mit einer Handbewegung ab. »Das haben wir gerade diskutiert.

Kurzfristig, sicher; aber früher oder später würden sie auffliegen. Nein, es gibt nur eine Option, und der Verrückte Eddie hat sie erwähnt. Wir müssen Mittel und Wege finden, die beiden wieder in den Raum hinauszuschaffen.«

»Wir?« sagte Bruce.

»Klar, wer sonst?«

Mike strahlte. »Natürlich. Wir werden sie mit illegalen Drogen vollstopfen, bis sie so high sind, daß sie von selbst davonfliegen.«

7

Schwarzpulver und Alkohol...

»Sie wollen uns zurück in den Raum schicken?« sagte Alex.

»Vielleicht will ich es gar nicht«, sagte Gordon.

»Augenblick! Bei allem Respekt, wie sollte das geschehen? Soweit mir bekannt ist, gibt es nur noch militärische Raketen.«

»Genau! Wir verstecken uns, bis wir stark genug sind, dann übernehmen wir die Macht in Sacramento. Und dann ...«

»In Houston gibt es eine Saturn Fünf«, sagte Fang. »Würde die genügen?«

Alex zwinkerte und versuchte sich aufzusetzen. »Saturn? Natürlich. Mit einer Saturn könnten wir den Mond erreichen. Aber ich wußte nicht, daß noch welche übrig waren.«

»Es sind keine übrig«, erklärte Bruce. »Die NASA hat eine Saturn ausgeschlachtet und als Denkmal aufgestellt. Alex, dieser Vogel wird nie wieder fliegen.«

»Oh.«

»Außerdem steht die Saturn direkt vor dem alten Raumfahrtzentrum«, sagte Mike. »Ein bißchen schwierig, daran zu arbeiten, ohne Aufmerksamkeit auf sich zu lenken.«

»Man könnte sie stehlen«, sagte der Verrückte Eddie.

Bruce schloß die Augen. »Stehlen, Eddie? Weißt du, wie groß diese Dinger waren?«

»Hundertzwanzig Meter hoch. Wog dreitausend Tonnen.«

Bruce sagte geduldig: »Und du sagst, wir sollten sie stehlen?«

»Wenn wir genug Lastwagen zusammenbringen«, sagte Edward Two Bats nachdenklich. »Natürlich wird es schwierig sein, sie wieder aufzustellen. Ich denke, wir brauchen einen Ingenieur.«

»Ich sehe, wie es funktioniert«, sagte Alex halblaut zu Sherrine.

»Wie?«

»Der Verrückte Eddie hat den Job, mit blödsinnigen Ideen aufzuwarten, und Bruce hat den Job, sie niederzumachen. Hat dieser Eddie schon mal eine brauchbare Idee gehabt, die sich verwirklichen ließ?«

Sie zuckte die Achseln.

»Es ist zum Heulen.«

Sie runzelte die Stirn. »Wegen Eddie?«

»Nein, wegen der Rakete. Die Saturn Fünf war die stärkste Rakete, die je gebaut wurde, die stärkste Maschine überhaupt!«

»Ein Feuer im Himmel«, sagte sie. »Ich kenne das Lied.«

»Und jetzt ist sie ein Denkmal.«

»Sie wollten damals keine Konkurrenz für den Raumtransporter. Sie versuchten sogar die Konstruktionspläne zu verbrennen. Es tut mir leid, daß jemand so kurzsichtig und einfältig sein konnte. Und das war die NASA! Wir übertrugen das Raumfahrtprogramm der NASA, und sie …«

»Hat sonst jemand eine Idee?« fragte Bruce. »Nein? Dann machen wir weiter wie bisher. Je weniger von den Engeln wissen, desto sicherer werden sie sein. Sagt keinem etwas, ohne mich zu konsultieren. Die Tarnung ist, daß die beiden Gäste aus North Dacota sind, Leute, die Fang und Thor seit Jahren kennen. Alles einverstanden? Gut. So ist es beschlossen. Höre ich einen Antrag, die Sitzung zu vertagen? Stattgegeben. Nächste

Zusammenkunft ist um neun in Hawkeyes Zimmer. Jetzt ist es Zeit, daß wir uns unter die Leute mischen.«

Der Raum war vielleicht mal ein kleiner Ballsaal gewesen, als er seiner ursprünglichen Bestimmung gedient hatte. Jetzt sah er trotz seiner Größe überfüllt aus. Entlang der Fensterfront standen Sofas, und die Fenstersimse waren voll von Nippsachen, Fotos von Leuten in seltsamen Kostümen, Sammeltassen und Vasen mit Kunstblumen. Ein gelb und orange gemusterter Teppich aus zotteligem Kunstpelz bedeckte den Boden unter einem Konzertflügel an einem Ende des Raums. Auch die Oberfläche des Flügels war voll von Fotografien, Vasen, Plastikgegenständen und Zeichnungen. Bücherregale säumten zwei der Wände, und in die vierte Wand waren zwei große bogenförmige Durchgänge eingelassen.

Ein großer, bärenhafter Mann mit wirr abstehendem Haar stand neben dem Konzertflügel und stützte sich mit einer Hand darauf. Er hielt eine Ansprache, die er mit wedelnden Bewegungen seiner freien Hand begleitete. Andere Leute in seiner Nähe unterhielten sich ungeniert, was unhöflich schien.

Als Sherrine und Thor die Engel in ihren Rollstühlen hereinschoben, brach der Mann seine Rede mitten im Satz ab. Leute sahen sich um und gaben einen Durchlaß frei, daß Alex und Gordon nach vorn vor den Redner gebracht werden konnten. Die anderen schlossen die freigemachte Gasse wieder. Es sah wie eine eingeübte Choreographie aus.

»Bis später«, sagte Thor. Er schien es eilig zu haben.

Der Sprecher hatte es keineswegs eilig. Er posierte mit einer Hand auf dem Flügel, als warte er auf etwas.

Ein Ritual? überlegte Alex. Was immer es war, er versprach sich nicht allzuviel davon. *Pavana mukthasan* konnte in einem Rollstuhl genauso leicht wie anderswo praktiziert werden. Alex bog sein rechtes Bein mit beiden Händen und legte den Fuß an die Innenseite des linken Oberschenkels. Dann bog er das linke Bein und legte es über das rechte. Er machte Kreise mit Daumen und Zeigefingern und legte die Hände auf die Knie. Langsam atmete er durch das linke Nasenloch ein und wiederholte sechsmal die Silbe *yam.* Er fragte sich, wann Steve ihn zum *Siddhasan* befördern würde, oder gar zum *padmasan.* Alles war besser als die *savasam*-›Leichenposition‹, die er während der Fahrt durch Minnesota im Lieferwagen geübt hatte. Er hatte nicht gewußt, daß Entspannung so harte Arbeit war; aber nach Steve kam es vor allem darauf an, seine Muskeln zu erziehen, daß sie aufhörten, gegen die Schwerkraft anzukämpfen.

Gregory Lutenist räusperte sich. »Die sechsunddreißigste Eiszeit«, sagte er bedeutungsvoll. Seine Stimme war kräftig und im ganzen Raum zu verstehen.

Alex atmete ein. *Yam,* dachte er bei sich. *Yammm.*

»Wir leben in einer Eiszeit«, hob Gregory Lutenist an. Als er zu dem Wort ›Eiszeit‹ kam, stimmten drei Leute mit ein und sprachen das Wort unisono mit ihm. Dann ertönte eine Stimme aus der Menge: »Kein Scheiß!«

»... und so ist es immer gewesen«, fuhr er unerschütterlich fort. »Im Laufe der letzten siebenhunderttausend Jahre hat es acht Zyklen der Abkühlung und Erwärmung gegeben. Die Gletscher ziehen sich zurück, aber stets kommen sie wieder; und die interglazialen Warmzeiten dauern nur etwa zehntausend Jahre. Da die fünfunddreißigste Eiszeit vor vierzehntausend Jahren endete, muß die nächste vor viertausend Jahren angefangen haben. Der größte Teil der Menschheitsgeschichte hat sich in der einen oder der andern Eiszeit abgespielt. Warum hat niemand es bemerkt?«

»Es war zu warm!« schlug jemand vor.

Lutenist rückte an seiner Brille und strahlte ihn an. »Genau. Es ist schwierig, einen Mann in Bermudashorts zu überzeugen, daß er in einer Eiszeit lebt. Aber betrachten wir die halcyonische interglaziale Welt um viertausendfünfhundert vor unserer Zeitrechnung!« Er wedelte mit erhobenem Zeigefinger.

»In Skandinavien lag die Baumgrenze über zweitausendvierhundert Meter.« Wieder fielen drei Stimmen ein und sprachen in Unisono, als Lutenist fortfuhr: »Und laubabwerfende Bäume wuchsen bis zum Polarkreis. Die Sahara war eine von mächtigen Flüssen durchzogene Feuchtsavanne, bewohnt von Jägern, deren magische Felsmalereien bis heute erhalten sind. Wir erinnern uns dieses Zeitalters undeutlich als Garten Eden.« Lutenist hielt inne und nahm die Brille ab. Er putzte die Gläser und setzte sie wieder auf die Nase. Er seufzte und sagte so langsam, daß alle im Saal mit einstimmen konnten: »Aber dann ging die Sonne aus.«

Gordon sah Alex an. »Der Mann ist verrückt, die Sonne ist nicht ausgegangen.«

Lutenist strahlte Gordon an. »Ah …«

»Frisches Fleisch!« schrie jemand.

»Sagen Sie mir, mein junger Freund«, sagte Lutenist, »was gibt der Sonne Licht?«

»Fusion von Wasserstoff zu Helium.«

»Und wenn der Fusionsprozeß zu Ende geht, was dann?« fragte Lutenist.

»Ah … aber wie kann Fusion zu Ende gehen. Es gibt viel Wasserstoff.«

»Aber sie endete«, sagte Lutenist. »Und niemand merkte es.«

Bob Needleton steckte seinen Kopf zwischen Alex und Gordon. »Wo sind all die Neutrinos geblieben?« Er gab Sherrine einen schnellen Kuß auf die Wange.

»Hallo, Pins«, sagte Alex. »Wieder zurück, ja?«

»Ich wollte Gregs Vortrag nicht versäumen.« Bob legte beide Hände um den Mund. »Heute abend nach dem Programm gibt es eine Neutrinojagd«, verkündete er. »Bringen Sie Ihre Jagdtaschen und Ihre Kanister mit Chlor 37.« Das Publikum reagierte mit Buhrufen und Zischen. Lutenist winkte ihm zu, und Bob winkte zurück. »Hallo, Greg. Immer noch dieselbe alte Leier, wie ich höre.«

»Verzeihung«, sagte Gordon, »aber was bedeutet das mit den Neutrinos?«

Bob zog einen Stuhl heran und stellte ihn neben Sherrine zwischen die beiden Rollstühle. Er setzte sich rittlings darauf. »Es ist wirklich ganz einfach.«

Alex machte sich auf etwas gefaßt. Wenn ein Physiker sagte, etwas sei einfach, bedeutete es gewöhnlich, daß es Zeit war, sich davonzumachen.

»Sehen Sie, wenn zwei Protonen zu einem Deuteriumkern verschmelzen, geben sie ein Neutrino ab. Das kann auf zweierlei Weise geschehen, aber … Nun, die Einzelheiten sind hier nicht wichtig. Manchmal geht das Deuterium mit einer Zwischenstufe von Beryllium in Lithium über und gibt ein weiteres Neutrino ab. Es gibt noch ein paar weitere Reaktionen, die gleichfalls Neutrinos erzeugen, aber das ist das Wesentliche. Bei einer Kernfusion werden Neutrinos frei. Verstehen Sie?«

»Ich verstehe«, sagte Gordon. »Und?«

Bob streckte die Hände aus und drehte die Handflächen nach oben. »Das Problem ist, daß wir die Neutrinos nie fanden. Ein Chlor 37-Detektor sollte einen Neutrinofluß von acht SNE registrieren, aber sie kommen partout nicht über zwei SNE hinaus.«

»Was ist SNE?« fragte Gordon.

Sherrine barg ihr Gesicht in den Händen. »SNE sind Solare Neutrinoeinheiten. Ein SNE ist ein Neutrinoereignis auf 10 hoch 36 Atome pro Sekunde.«

Am anderen Ende des Raums entstand Unruhe. Ein Dutzend oder mehr Leute kamen herein. »Ist dies die Profi-Party?«

»He«, sagte Lutenist, »ich bin noch nicht fertig.«

Ein großer, dicker Mann in einer Windjacke salutierte mit einer Bierflasche. »Nur zu, Meister. Lassen Sie sich durch uns nicht stören.«

»Was geht vor?« wollte Lutenist wissen.

Der Mann zuckte die Achseln. »Das Organisationskomitee sagte, wir sollten herkommen, weil hier die ›Begegnung mit den Profis-Party‹ stattfinden soll.«

»Ach, Unsinn«, sagte Lutenist. »Dies ist mein Vortrag!«

»Was gibt es da vorzutragen?« meldete sich Bob Needleton zu Wort. »Es war alles ganz einfach und schon vor neunzehnhundertachtzig bekannt. Die Sonne erzeugt nicht genug Neutrinos. Ergo hapert es mit der Kernfusion. Aber nach den Technetiumwerten in tiefen Molybdänminen gingen während der präglazialen und interglazialen Perioden viele Neutrinos durch die Erde.«

»Entschuldige, Bob«, sagte Gregory Lutenist, »hältst du diesen Vortrag oder ich?«

Bob winkte ab. »Tut mir leid, Greg. Mach nur weiter.« Mit gedämpfter Stimme erklärte er: »Es ist ein Zyklus, Gordon. Die Kernfusion gerät ins Stocken, die Sonne kühlt ein wenig ab, schrumpft ein wenig, der Kern wird dichter und heißer, die Kernfusion kommt wieder in Gang und die neue Wärme bläht die Sonne auf. Verstehen Sie?«

»Ist das eine Erleichterung, oder was?«

»Maunder Minimum!« rief jemand.

Lutenist strahlte. »Die Sonne durchläuft Sonnenfleckenzyklen. Gibt es viele Sonnenflecken, wird es hier warm. Wenige Sonnenflecken, kälteres Wetter. Ein Astronom namens Maunder verfolgte die Sonnenfleckenzyklen zurück und fand, daß die Erde das letzte Mal, als es keine Sonnenflecken gab, jene Zeit durchmachte, die als die Kleine Eiszeit bekannt war, das Maunder Minimum.« Er machte eine dramatische Pause. »Und in den 1980er Jahren wurde es zur Gewißheit, daß die Erde in ein neues Maunder Minimum ging.«

»Ja, ja, das wissen wir«, sagte Gordon. »Sonnenflecken sind wichtig für uns. Aber wenn sie so wichtig sind, warum weiß man nicht, daß Kälte kommt?«

»Wer es wissen wollte, wußte es«, sagte Lutenist. »Aber sie sagten Globale Erwärmung.«

»Das hat mit finanziellen Zuschüssen zu tun«, sagte Bob. »Klimastudien bringen Geld. Und all die Doktorarbeiten. Wenn es so einfach wäre, würde auf dem Gebiet nicht mehr viel zu holen sein.«

Eine blonde kleine Frau, schlank für die örtlichen Verhältnisse, kam mit einem großen Tablett herein. Sie trug es zum Konzertflügel, als wollte sie es dort abstellen, sah, daß kein Platz war, wandte sich hilflos um – »Ah. Sie sind Gabe?«

Er lächelte und nickte. »Laurie«, sagte sie. »Halten Sie dies bitte, bis wir einen Tisch organisiert haben.« Sie stellte das Tablett auf die Armlehnen seines Rollstuhls und eilte davon.

Es war beladen mit kleinen Tellern, auf denen in Scheiben geschnittenes Gemüse liebevoll arrangiert war. Gurken, Karotten, Brokkoli, Sellerie, Rote Beete. Alex wässerte der Mund. Frisches Gemüse! Natürlich, die Leute hier waren es gewohnt …

Aber Bob Needleton hörte auf, von Neutrinos zu sprechen, und starrte auf das Tablett. Er pfiff leise vor sich hin. »Für mich ein Karottenstäbchen!« Gregory Lutenist sagte: »Für mich Brokkoli. Nun, es ist wichtig zu verstehen, daß die Sonne während verschiedener Zeitalter unserer Erdgeschichte immer bald mehr und bald weniger heiß gebrannt hat. Treibhaus oder Eiskeller.«

»Ich auch Karottenstäbchen«, sagte einer der Zuhörer. »Die Dinosaurier lebten während eines Treibhauszeitalters, nicht wahr?«

Vom Eingang her ertönte eine laute Stimme: »Profis haben die erste Wahl. Dies ist die ›Begegnung mit den Lesern-Party‹, richtig?«

Lutenist fuhr fort, als hätte es keine Unterbrechung gegeben. »Dinosaurier und auch die Großsäugetiere. Bis zum Pleistozän war die Welt recht warm. Im Tertiär wälzten sich Nilpferde in der Themse. Dann, einen Augenblick geologischer Zeitrechnung später, wurden sie von Eisbären verdrängt.«

Lutenist blickte strahlend in die Runde.

Sherrine gähnte. Alex sah es und zog die Brauen hoch. »Was ...«

Sie lächelte. »Was Gregory Lutenist uns da erzählt, ist ein alter Hut.«

Gurken, Sellerie, Karotten – ungeahnte Köstlichkeiten waren vor Alex ausgebreitet. Er konnte nicht essen, mußte sie mit allen anderen teilen, und er konnte nichts davon an sich nehmen, ohne das Tablett zu Boden zu werfen. Kleine leuchtendrote Früchte, die innen weiß waren, lagen hübsch angeordnet auf großen grünen Blättern. Wo blieb der verdammte Tisch?

Verschiedene Leute liefen mit Plaketten herum. Manche waren handgemalt und zeigten winzige Miniaturen von Landschaften und seltsamen Lebewesen, andere hatten die Form kryptischer Symbole und Runenzeichen, und einige Plaketten trugen karikaturistisch verzerrte Gesichter und in eleganter Kalligraphie die zugehörigen Namen: HARLAN ELLISON (übles Grinsen), DALGREN (schielende Verwirrung). Lutenist fuhr fort: »Die Menschheitsgeschichte ist so kurz, daß wir zwischen dem Nilpferd und dem Eisbären Lebende dachten, diese Bedingungen seien ›normal‹.

Als die Sonne in eine Periode verminderter Strahlung eintrat, endete das Interglazial und die Erde wurde kälter und trockener. Die Flüsse der Sahara trockneten nacheinander aus, bis nur der Nil übrigblieb, der in den noch immer regenreichen Tropen entsprang. Um 1500 vor Christus war die Baumgrenze in Skandinavien auf zweitausend Meter abgesunken, und die meisten laubabwerfenden Bäume waren aus der Subarktis verschwunden.

Das Wetter änderte sich. Die nordafrikanische Küste war die Kornkammer des Römischen Reiches. Sie begann auszutrocknen. Große Wanderungsbewegungen setzten ein. Germanen, Araber, Mongolen, Hunnen, Navajos und Azteken. Wikinger besiedelten den Süden Grönlands, aber das Klima verschlechterte sich so, daß sie sich nicht halten konnten.«

»Ich kann Ihnen noch ein Beispiel erzählen«, sagte der Mann in der Windjacke.

»Nur zu, Mr. Curtis«, sagte Lutenist.

Sherrine sah sich um. »Wade Curtis. Ein Profi.«

Curtis' Stimme dröhnte sogar in dem großen Raum. »Im amerikanischen Unabhängigkeitskrieg brachte Oberst Alexander Hamilton Kanonen heran, die in Ticonderoga erbeutet worden waren, um General Washington zu unterstützen. Er brachte sie über das Eis des zugefrorenen Hudson River. Im ganzen zwanzigsten Jahrhundert ist der Hudson nie mehr zugefroren, geschweige denn so stark, daß das Eis Kanonen tragen konnte.«

Lutenist nickte. »Sehr richtig! Die Kleine Eiszeit ging zu Ende! Tatsächlich hatte um 1200 eine Klimaerwärmung begonnen, die acht Jahrhunderte andauerte. Weiß jemand, warum?«

»He, laßt uns essen!« rief jemand.

»Laßt ihn ausreden«, grollte Curtis. Er trank seine Bierflasche leer. Ein bärtiger Mann hinter ihm reichte ihm schweigend eine neue. Lutenist stieß mit ausgestrecktem Zeigefinger in die Luft. »Warum?«

»Weil ein Farmer sein Land nicht aufgibt«, antwortete jemand.

»Das ist richtig. Farmer! Jäger ziehen dem Wild nach, und das taten unsere Vorfahren während der Fünfunddreißigsten Eiszeit. Aber die fünfhundert Millionen seßhaften und halbwegs zivilisierten Menschen des dreizehnten Jahrhunderts hatten mehr zu verlieren und dachten nicht daran, ihre Gehöfte und ihr Vieh aufzugeben und anderswo hinzuziehen. Es gab Städte, die zu wertvoll waren, um sie aufzugeben. Also was taten sie?« Er pausierte und blickte ins Publikum.

Mehrere antworteten gleichzeitig. »Sie warfen noch ein Scheit ins Feuer!«

»Genau!« rief Lutenist. »Sie bekämpften die Kälte mit Wärme, Ruß und CO_2. Luftverschmutzung!«

»Rauchfeuer, Kohlenbecken«, sagte Curtis.

»Richtig! Treibhauseffekt!«

»Luftverschmutzung, Luftverschmutzung!« sang jemand.

Plötzlich wurden Rufe laut. »Jenny! Und Harry!«

Alex wandte mühsam den Kopf. Das Paar, das durch den Bogengang kam, paßte in Größe und Kleidung zusammen, aber in nichts sonst. Der Mann war breit wie ein Schrank und trug einen gigantischen Bauch vor sich her. Auf seinem Kopf saß ein zerdrückter, eingerissener Schlapphut, und eine offene ölfleckige Jeansjacke rahmte die vorquellende Wölbung seiner Leibesfülle ein. Seine klobigen Stiefel trapsten über das Parkett. Über eine Schulter hatte er einen Gitarrenkasten gehängt, und in den Händen trug er zwei Nylontaschen. Er stellte sie ab, öffnete eine, nahm einen Krug heraus, öffnete den Verschluß und trank. »Der beste

Korn, den Kansas je hervorbrachte!« Er reichte den Krug Curtis.

Die Frau namens Jenny war so groß wie Harry, aber dünn wie ein Bügelbrett. Ihre Haut hätte aus Leder sein können. Ihr langes, glattes Haar war von einem stumpfen Silbergrau. Aus ihrem runzligen Gesicht brannten zwei lebhafte Augen. Sie hatte eine Gitarre umgehängt, spielte aber nicht. Statt einer Begrüßung sang sie: »Trinkt nicht das Wasser, atmet nicht die Luft!« Ihre Stimme war hell und etwas brüchig.

Mike erhob sich schwerfällig von seinem Platz am Boden.

»Wir hatten euch zwei schon aufgegeben«, sagte er.

»Wir hatten in Wyoming eine Motorradpanne«, sagte Jenny. »Mußten für unser Essen singen. Aber manches kann man nicht singen ...«

Harry nahm ihr die Gitarre ab und schlug einen Akkord. »Minus zehn und fallend, und die Zeit geht schnell dahin, minus zehn und fallend ...«

»O Gott, hört schon auf«, sagte Curtis. Einen Augenblick wurde es still im Raum. »Ja«, sagte Jenny, »weil du nicht singen kannst.«

Ein stämmiger Mann trat auf sie zu und beäugte sie kriegerisch. »Ich kenne Sie, Jenny Trout.«

»Wir gebrauchen keine richtigen Namen«, sagte Jenny.

»Sie sind Feministin«, erklärte der Mann ungerührt. »Was, zum Teufel, tun Sie hier?«

Wade Curtis lachte laut auf. »Adams, sie kennen Jenny! Gewiß, die Feministen haben gewonnen, sie sitzen in der Regierung, zusammen mit – allmächtiger Gott! Aber wenn man es bedenkt, ist Jenny zu anarchistisch, um in der Regierung zu sein. In jeder Regierung, sogar einer grün-feministischen Regierung.«

»Ich bin keine Grüne«, sagte Jenny.

»Verzeihung«, sagte Curtis, und es klang wirklich entschuldigend. »Trotzdem ...«

»Trotzdem, Adams«, sagte Harry, »weiß sie, wer ihre Freunde sind. Und ich auch. Hier, trinken Sie vom guten Korn. Echt schwarzgebrannt.«

»Jenny fühlt sich gern verfolgt«, sagte Fang. »Ihr ist nicht wohl, so lange die Polente nicht hinter ihr her ist. Besonderer Fall von Verfolgungswahn.«

Jenny grinste und sang:

»Gesucht sind wir in Luna City, auf Dune und Dawn,
Gesucht auf Ophiuchus, gesucht in Dydeetown.
Überall gesucht bin ich, ob es mir schmeichelt? Klar,
Weit und breit ist kein Versteck, wo ich noch niemals war.«

»... und mitten in der Sechsunddreißigsten Eiszeit entzündeten wir globale Rauchfeuer. Während des ganzen Mittelalters und bis ins achtzehnte Jahrhundert war die Holzverbrennung so intensiv, daß die Wälder Europas kleiner waren als im zwanzigsten Jahrhundert. Als ab dem sechzehnten Jahrhundert die Kohleverbrennung einsetzte, wurden die Wälder allmählich entlastet, und gleichzeitig wurde noch mehr Rauch, SO_2 und CO_2 in die Atmosphäre geblasen. Bis weit ins zwanzigste Jahrhundert hinein waren die meisten Wohnungen durch Kohlefeuerungsanlagen beheizt.« Lutenist hielt inne und rieb sich die Hände, als stellte er sich rauchende Schornsteine, Öfen und Heizungen vor.

Eine Schlange hatte sich gebildet. Das Rohgemüse verschwand von den Tellern, als sie sich an Alex vorbeibewegte. Die meisten, die sich bedienten, vergaßen nicht, Alex einen Bissen in den Mund zu stecken. Die dunkelroten kleinen Kugeln waren Miniaturtomaten. Die kleinen roten und innen weißen Früchte brannten auf der Zunge.

Jenny sang:

»Gesucht auch, weil wir Kohle und Erdöl verbrennen,
Sind verfolgt und geächtet, wohin wir auch rennen.
Reaktoren wir bauten gegen jedermanns Rat,
Bis man uns kreuzigte für die befreiende Tat.«

»Ist ja ganz hübsch, Jenny, aber du glaubst doch nicht, daß Alaska durch Atomkraft hätte gerettet werden können?«

Alaska war seit fünfzehn Jahren vom Eis bedeckt.

»Dann, beginnend in den 1950er Jahren, begannen wir die Umwelt zu säubern. Die Industrie baute Filteranlagen ein, in den Haushalten machten die Kohleöfen den mit Öl und Gas betriebenen Zentralheizungen Platz. Dampflokomotiven verschwanden, und die Umweltverschmutzung blieb auf bestimmte Industriegebiete beschränkt, statt aus jedem Schornstein zu quellen. Der berühmte Londoner Nebel verschwand.«

Lutenist lächelte matt. »Aber es verschwanden auch die warmen, regnerischen britischen Winter. Härtere Winter wurden die Regel. 1984 und 1985 erfroren mehrere Camper, als ein Schneesturm die Riviera heimsuchte. Atlanta, Georgia, hatte eine Woche lang Temperaturen um den Gefrierpunkt. Winterliche Schneefälle wurden in den Südstaaten zu einer üblichen Erscheinung. Unterdessen breitete die Sahara sich südwärts aus, und die ukrainischen Getreideernten wurden immer weniger verläßlich. Regentropfen benötigen winzige Partikel, um die sie sich kondensieren. Was also geschieht, wenn wir die Luftverschmutzung eliminieren?«

»Weniger Regen!« riefen mehrere Stimmen.

»Und weniger Wolken bedeuten, daß der Boden rascher Wärme verliert. Und das bedeutet?«

»Das Große Eis!«

»Die eisigen Tage kommen«, sangen Jenny und Harry leise. »He, alter Sünder, wohin willst du noch rennen …« Es gab jetzt einen passenden Hintergrund zu Lutenists Vortrag ab.

»Ja, meine Freunde.« Lutenist ging vor dem Konzertflügel auf und ab. »Die Beseitigung der Luftverschmutzung fing nicht mit den Grünen an. Sie begann in den 50er Jahren mit der Umstellung der Feuerungsanlagen von Kohle auf Öl und Gas. Aber sie verstärkte und beschleunigte sich mit dem Aufkommen der Umweltbewegung. Bald war uns nicht mehr erlaubt, das in unseren Gärten zusammengerechte Laub zu verbrennen. Wir mußten es einsammeln, in Plastiksäcken, natürlich! Damit es von Müllwagen in weit entfernte Deponien geschafft werden konnte. Die Umweltgesetze der Grünen wurden immer strenger, während gleichzeitig das Interesse an und die finanzielle Unterstützung von Wissenschaft und Forschung zurückgingen – nicht zufällig, könnte ich hinzufügen. Selbst heute, da das Große Eis und die Sahara beide südwärts vorrücken, ist uns nicht erlaubt, ein weiteres Scheit ins Feuer zu werfen!«

»Und das ist gut so!« rief Jenny Trout.

Alle sahen sie an.

»Es muß zusammenbrechen«, sagte sie. »Ganz und gar. Wir mögen diese Welt nicht, die wir gemacht haben! Bringt sie zu Fall! Bringt sie zu Fall!«

Harry hatte seine Gitarre herausgenommen und schlug einen Akkord an.

»Schwarzpulver und Alkohol,
und wenn du hast die Schnauze voll,
wenn die Städte stehn in Brand,
und du mit dem Rücken zur Wand …«

Alex schauderte.

8

Jemandes Tagtraum

Das *Phantom des Paradieses* sprang aus dem Fernsehschirm den Zuschauern entgegen, die wie gewöhnlich hilfreiche Bemerkungen machten. Sherrine gab vor, das Programm zu verfolgen, während ihre Gedanken wildere Sprünge ausführten als das maskierte Phantom.

Die Engel heimzuschicken, würde nicht einfach sein, selbst wenn sie ein Schiff hätten. Etwas davon könnte sie tun. Wenn Bob die Ballistik berechnete, sollte sie imstande sein, den Code zu schreiben. Andere Aspekte des Problems würden schwieriger sein. Zum Beispiel der Treibstoff. Den würden sie stehlen müssen.

Aber das Wichtigste zuerst. Ohne ein Schiff waren alle anderen Überlegungen müßig.

Bob kam ins Wohnzimmer. War er ihr gefolgt? Als er ihr zuwinkte und herüberkam, seufzte sie.

Er trug seine Plakette vom Trainingslager für Reserveoffiziere mit der Aufschrift ROBERT K. NEEDLETON und einer Karikatur seines Gesichts mit zugespitzter Nase, die einige der Buchstaben überdeckte. Wichtigtuerisch, dachte sie. Bob ließ sich neben sie auf das Sofa fallen, nahe genug, um in ihrer persönlichen Sphäre zu sein, und legte hinter ihr einen Arm auf die Sofalehne. Er beugte sich zu ihrem Ohr. »Schon Ideen?«

Er hatte sicherlich Ideen. Ein paar junge Fans, die in der Nähe saßen, grinsten herüber. Oh, Ghu! dachte sie. Nach diesem Abend würden alle glauben, sie und Bob hätten etwas miteinander.

Für manche Männer bedeutete ›nein‹ ›vielleicht‹, und ›vielleicht‹, bedeutete ›ja‹. Sie hatte Bob seit zwei

Monaten nicht gesehen, und jetzt konnte sie ihn nicht loswerden. Ihre abweisenden Signale quittierte er mit munterer Unempfindlichkeit, als wäre er nicht programmiert, die Daten anzunehmen. Wie der Halleysche Komet kam er immer wieder zurück, mochte er nach jeder Begegnung noch so durchgerüttelt sein. Nur wartete er im Unterschied zu diesem Kometen nicht sechsundsiebzig Jahre.

Nicht, daß er unattraktiv gewesen wäre. In den Tagen, als sie noch in Yuppiekreisen verkehrt hatte, war er einer ihrer bevorzugten Liebhaber gewesen. Und vielleicht mußte sie sich nur wieder an ihn gewöhnen. Er hatte verstanden, wie man es in einer Badewanne machte… vor allem aber wußte er mit einer Frau zu sprechen, nicht nur zu ihr. Er hatte ihr nicht nur von seiner Physik erzählt, sondern war ebenso interessiert gewesen, von ihrer Programmierarbeit zu hören. Es gab nur eins, was er offenbar nicht verstehen konnte.

Wenn Schluß war.

Bob war wie die meisten Männer ein Romantiker. Sie glaubten, daß eine Beziehung einen Anfang und eine Mitte, aber kein Ende habe. Sie kehrten immer wieder zurück und versuchten an etwas anzuknüpfen, das einmal gewesen war, und das einstige Feuer wieder zu entfachen, erzeugten aber schließlich nur Überdruß und Abscheu. Das Geheimnis lag darin, aufzuhören, solange man ganz oben war; abtreten wie ein Champion und nicht zu einem Gegenstand des Mitleids zu verblassen wie ein abgehalfterter Veteran, der den Ring nicht aufgeben konnte.

Sie wollte nicht, daß das zwischen ihr und Bob geschehe. Dafür mochte sie ihn zu sehr. Also kam es darauf an, neutral und nüchtern zu bleiben.

»Weißt du, dieser Gordon ist irgendwie süß«, sagte sie. Und wie war das für eine neutrale Bemerkung?

Sein Arm machte eine angedeutete Bewegung zu ihrer Schulter. »So?«

»Ja«, sagte sie mit gedämpfter Stimme. »Nicht bloß seine Ausbildung als Flugschüler, sondern wie er aussieht. Sein Gesichtsschnitt und seine Hundeaugen, und sein kleiner Bauch. Er wirkt immer so traurig und in sich gekehrt, daß ich ihn am liebsten in die Arme nehmen und aufmuntern würde.«

»Mmh. Ich fühle mich selbst ein bißchen traurig und in mich gekehrt«, sagte Bob hoffnungsvoll.

Sie schlug ihm mit den Fingerrücken auf den Arm. »Du weißt, was ich meine. Er ist einsam, für immer von seiner Familie und seinen Freunden getrennt, heimatlos.«

»Es war seine Schuld, daß sie notlanden mußten, weißt du.«

»Was?« Sie hob die Stimme ein wenig, und sofort machte jemand in ihrer Nähe »Pst!« Darauf beugte sie sich näher zu Bob, der ihr bereitwillig entgegenkam. »Was soll das heißen?«

»Er hat es mir selbst erzählt«, wisperte Bob ihr ins Ohr, als wäre es Liebesgeflüster; und sie dachte zurück an die Nacht vor drei Tagen, als er sie aus dem Schlaf gerissen hatte, um sie für die Rettungsaktion zu rekrutieren. Eine verdammt gute Tarnung. Wahrscheinlich sah er es selbst genauso. »Als ich ihnen heute morgen das Frühstück brachte … Doc Waxman hatte ›Gabe‹ ins Bad gebracht, um ihm … ah … zu helfen … du weißt schon.«

»Ja. Weiter.«

»Nun, als wir allein waren, schüttete der Junge mir sein Herz aus. Wie es scheint, rief er während des Raketenangriffs eine Warnung auf russisch, und Alex verstand sie erst, als es zu spät war; und so wurden sie getroffen.«

»Ach Gott! Es muß schrecklich sein, damit zu leben.«

Bob hob die Schultern. »Er ist jung. Er wird darüber wegkommen. Das ist das Schöne daran, jung zu sein. Die Sache ist die, der Junge …«

Sie erfuhr nie, was Bobs Sache war. Chuck Umber platzte herein und wedelte mit einer zusammengefalteten Zeitung in der Luft. »Astronauten notgelandet!« verkündete er und schaltete das Licht ein. »Gestern wurde ein Stickstoffsammler abgeschossen und machte eine Bruchlandung auf dem Eis!« Er schaltete das Videogerät aus.

»He!« rief jemand. »Wir wollen den Film sehen!«

»Nein, wartet, Leute! Seht euch das an.« Chuck schlug die Zeitung auf und zeigte die Titelseite herum. LUFTDIEBE – ABSTURZ AUF DEN GLETSCHER verkündete die Schlagzeile. Er hatte mehrere Zeitungen unter den Arm geklemmt und begann sie zu verteilen.

Aufgeregte Stimmen wurden laut. »Was? Wo?« – »Wie ist es passiert?« – »Gibt es Überlebende?« – »Wie kommt es, daß wir jetzt erst davon hören?« – »Wir wollen das *Phantom* weiter sehen.«

Bob beugte sich an ihr Ohr. »Das vermasselt alles«, flüsterte er. »Es kann nicht mehr lange dauern, bis jemand zwei und zwei zusammenzählt.« Sherrine riß Chuck ein Exemplar der Zeitung aus der Hand, als er vorbeiging, und schlug sie auf. Sie und Bob beugten sich darüber. Hastig überflog sie die Meldung, um zu erfahren, was gesagt und was nicht gesagt wurde. Es wäre nicht zweckdienlich, zuviel Vertrautheit mit der Geschichte zu zeigen.

Die Zeitungsreportage war verhältnismäßig sachlich und zutreffend, und was an Details fehlte, wurde durch emotional befrachtete Adjektive wettgemacht, aber insgesamt war die Meldung nicht viel schlimmer als die üblichen Nachrichten. Was aus den Engeln geworden war, blieb unerwähnt. Unter der Zwischenüberschrift TODESSTRAHLEN AUS DEM WELTRAUM wurde von ›Strahlen tödlicher Mikrowellen‹, berichtet, die ›auf die Suchtrupps zielten‹. Die Leser wurden informiert, daß ›Mikrowellen eine Form von Strahlung sind, die krebserzeugend wirkt‹.

Bob schüttelte den Kopf. »Man sollte meinen, daß sie den Unterschied zwischen ionisierender und nicht ionisierender Strahlung kennen. Aber von solchen Dingen verstehen die Journalisten nichts. Sie können auch nicht einen Typ von Asbest vom anderen unterscheiden.«

»Warum, meinst du, kennen sie den Unterschied nicht?«

Er sah sie einen Moment lang an. Dann grunzte er. »Du bist eine schlimmere Pessimistin als ich«, sagte er und wandte sich wieder dem Artikel zu. »Die Konfos glauben wirklich, daß die Mikrowellen auf ihre Suchtrupps zielten«, sagte er. »Sie sehen es nicht als Ablenkungsmanöver.«

Ein Schatten fiel über die Zeitung. »Was bringt Sie auf den Gedanken, daß die Mikrowellen ein Ablenkungsmanöver waren?«

Sherrine blickte auf und sah Chuck Umber. Bob öffnete den Mund, als wollte er etwas sagen, und besann sich eines Besseren. Sherrine hatte sich rasch gefaßt. Sie faltete die Zeitung wieder zusammen. »Wissen Sie, wenn man zwischen den Zeilen liest, kann man der Meldung entnehmen, daß keiner der Todesstrahlen die Suchtrupps tatsächlich erfaßt hat.« Sie schenkte Chuck Umber ein schiefes Lächeln. »Morgen wird zu lesen sein, daß die Suchtrupps verschont blieben, weil die Todesstrahlen von Computern gesteuert werden. Damit können sie der Öffentlichkeit wieder vor Augen führen, daß Computer unzuverlässig sind. Aber wer sich auskennt, wird das nicht schlucken. Wenn die Engel niemanden trafen, bedeutet es, daß sie die Mikrowellen auf niemanden zielten. Können Sie sich einen anderen Grund vorstellen, weshalb sie einen Teil der Mikrowellenstrahlung von Winnipeg abzogen?«

Chuck schürzte die Lippen, dann nickte er. »Wenn das Zielsuchsystem defekt war… nein, sie haben wahrscheinlich recht. Die Mikrowellen sollten die Auswertung der Wärmebildanalyse erschweren. Verdammt!« Er bohrte eine Faust in die Handfläche der anderen Hand. »Ich wünschte, einige von uns wären dort gewesen. Wir hätten die Engel vom Eis geholt, bevor die Regierung sie kassierte.«

Ein Augenblick verging, bevor Sherrine ihre Stimme wiederfand. »Ja, wirklich. Zu dumm.«

Mehr Leute drängten ins Wohnzimmer. Dick Wolfson zog die Videokassette aus dem Gerät und schaltete den Nachrichtenkanal ein. »Was soll das?« rief jemand. »Gerade fing der gute Teil an, wo Beef auf den elektrischen Stuhl kommt.«

Sherrine dachte, es müsse Dennis sein, der Comiczeichner, der *Die Niki-Vögel* geschaffen hatte. Es hieß, man könne nirgendwo im Land eine Raubkopie von *Das Phantom des Paradieses* spielen, ohne daß Dennis zur Stelle sein würde, um den Schluß zu sehen.

»Ruhe da!« brüllte eine dröhnende Stimme. »Hören wir, was die Nachrichten zu sagen haben.«

Im weitläufigen Wohnraum wurde es ruhig, und alles konzentrierte sich auf die Bildröhre. Der makellos gekleidete, gepflegt aussehende Nachrichtensprecher brachte Meldungen von den Kriegsschauplätzen. Schwedischen Marinesoldaten war eine Landung an der pommerschen Küste gelungen, aber ihre russisch-litauischen Verbündeten hatten von ukrainischer Seite eine schwere Niederlage hinnehmen müssen. Niemand hatte bisher Atomwaffen eingesetzt, aber die Welt hielt den Atem an.

Sherrine fühlte sich ein wenig gekränkt, daß die Engel nicht an erster Stelle der Meldungen standen. Als der nächste Bericht einen Fototermin des Präsidenten behandelte, wäre sie beinahe aus der Haut gefahren.

Endlich kam eine Aufnahme der im Gletschereis fast versunkenen *Piranha* auf den Bildschirm. »Die Aufnahme zeigt den notgelandeten Luftsammler von den Raumhabitats. Luftsammler werden gebaut, um Luft aus der Erdatmosphäre zu stehlen und zu den Raumstationen zu bringen. Viele Fachleute schreiben die gegenwärtige Kälteperiode diesem Luftverlust zu. Die Flugabwehr zwang diesen Luftsammler zur Bruchlandung in North Dacota.«

Die Kamera fuhr zurück und zeigte die Gletscheroberfläche mit der eingeschmolzenen Landebahn. »Fachleute glauben, daß die Besatzung durch Verwendung unangemessener Technik vom Gletscher entkam.«

Bob schnaubte. »Unangemessen? Sie funktionierte!«

»Still!« sagte Sherrine.

»... die Bemühungen der Raumstationen, die Arbeit der Suchtrupps durch Todesstrahlen zu verhindern. Die Behörden bitten die Öffentlichkeit, nach zwei möglicherweise verletzten illegalen Ausländern Ausschau zu halten, die versuchen werden, sich Zivilkleider und Lebensmittel zu verschaffen. Meldungen nimmt jede Polizeidienststelle entgegen.«

Sherrine staunte über die Phantasie des Phantombildzeichners. Die geisterhaft dünnen Gestalten sahen aus wie Opfer einer Hungersnot, die man auf einer Streckbank gefoltert hatte. Jemand kicherte. Andere applaudierten.

»Es wird vermutet, das die Ausländer wegen der unnatürlich schwerelosen Umgebung, in der sie leben, sehr langwüchsig sind, aber ihre Muskelbildung aus dem gleichen Grund zurückgeblieben ist.«

»Freier Fall, sagt man, nicht Schwerelosigkeit!« das klang nach Wade Curtis.

»... damit gerechnet werden muß, daß die Ausländer

bewaffnet sind, wird bei Begegnungen zur Vorsicht geraten.«

Sherrine wußte nicht, wer die Regierungsbehörden beriet, aber sie hätten den Engeln nicht mehr helfen können, als sie es getan hatten. Die übertriebene Körperlänge und Magerkeit mußte in der Bevölkerung zu völlig falschen Vorstellungen führen.

Die regierende Koalition verachtete ›die materialistische Wissenschaft‹. Als ob es eine andere Art von Wissenschaft gäbe, als ob sie etwas Erfundenes wäre, wie ein Mythos, den man verwerfen konnte, wenn sich ein anderer fand. Es war nicht überraschend, daß die Behörden nicht die Meinung von Wissenschaftlern eingeholt hatten.

Oder hatten sie? Hah! Waren sie womöglich an den Falschen geraten? Man konnte es den Wissenschaftlern, diesen Parias der akademischen Welt, nicht verdenken, wenn sie sich nicht danach drängten, die Leute aufzuklären, die sie mieden. Vielleicht war es ihnen nur recht gewesen, daß ihre Gegner sich blamierten.

Sie lachte und umarmte Bob, der überrascht und erfreut schien. Die Engel waren praktisch außer Gefahr! Wenn Leute nach abgezehrten Übermenschen Ausschau hielten, würden sie Gabe und Rafe nicht zweimal anschauen.

Harry und Jenny begannen ein Lied.

»In einem Flammenturm in Kapsel zwölf,
Ich war dabei.
Wo sie meine Gebeine begruben, ich weiß es nicht,
es konnte überall geschehen sein.
Doch als Feuer und Rauch vergangen waren,
wich Dunkelheit von meinen Augen,
und ich fand meinen Geist in
  eines Raumschiffs Seele,
flog heimwärts auf einer Spur aus Licht.

Denn meine Flügel sind aus Wolfram,
und mein Fleisch ist Glas und Stahl,
durch meine Macht bin ich die Freude Terras.
Vor langer Zeit ein Leben, ein Tod als Pionier,
nun singe ich, Seele eines Raumschiffs.
Hört ihr mich?«

»... Kenntnis vom Aufenthalt der Lufträuber haben, rufen Sie die Polizei. Nähern Sie sich ihnen nicht; sie sind wahrscheinlich bewaffnet und gefährlich.«

»Wir müssen etwas tun!« rief eine Männerstimme.

»Was?«

»Ich weiß nicht. Ich weiß nicht, aber wir müssen etwas tun!«

»Es ist zwanzig Jahre zu spät.«

»Mein Donner zerreißt den Morgenhimmel,
ja, ich bin hier.
Als Mensch im Feuer das Leben verloren,
nun reite ich es ohne Furcht,
denn nun bin ich mehr als Mensch,
und Menschen bauten mich mit Stolz.
Ich ging voraus und ich gehe voraus,
der Zukunft der Menschheit entgegen.

Denn meine Flügel sind aus Wolfram,
und mein Fleisch ist Glas und Stahl,
durch meine Macht bin ich die Freude Terras.
Vor langer Zeit ein Leben, ein Tod als Pionier,
nun singe ich, Seele eines Raumschiffs.
Hört ihr mich?«

Der Gesang verlor sich im Gemurmel der Gespräche und der Stimme des Nachrichtensprechers, der längst zu anderen Meldungen übergegangen war. Wade Curtis, eine halbvolle Bierflasche in der Hand, starrte die

Wand an und murmelte immer wieder: »Der Teufel soll sie zerreißen. Wir waren so nahe. Der Teufel soll sie alle zerreißen.«

Mit dem Ende der Nachrichtensendung belebte sich das Gespräch. Die meisten Anwesenden erörterten untereinander mehr oder minder aufgeregt, was sie gehört hatten, aber Sherrine sah auch einige nachdenkliche Gesichter. Chuck Umber schrieb geschäftig in ein Notizbuch. Wade Curtis saß zusammengesunken da, die Ellbogen auf den Knien, den Mund halb offen, die Lider über die Augen gesunken ... sein blutunterlaufener Blick begegnete dem Sherrines, wanderte weiter, kehrte zurück ...

Betrunken. Sie konnte es ihm nicht verübeln.

Bob stand auf und zog sie am Arm hoch. »Komm mit. Wir müssen es den anderen sagen.«

Sie zog ihn wieder aufs Sofa. »Ich glaube, sie wissen es bereits. Sei still, ich möchte hören, was hier geredet wird.«

»In diesem komischen Haufen? Warum?«

»Ideen. Wo so viele Gleichgesinnte beisammen sind, findet vielleicht jemand eine Antwort.«

Jemand rief durch das Stimmengewirr: »He, Leute, was unternehmen wir in der Sache?«

Das Geplapper verstummte. »Unternehmen? Was sollten wir unternehmen?«

Chuck Umber steckte sein Notizbuch weg und stand auf. »Wie wir eben gehört haben, sind die Astronauten entkommen. Nun, ich bin überzeugt, daß sie nicht auf sich gestellt entkommen sind. Sie müssen Hilfe gehabt haben. Wir müssen herausbringen, wer sie hat, und unsere Hilfe anbieten.«

»Vielleicht sind sie bei den Eskimos«, sagte Horowitz. »In der Zeitung steht, daß man Schlittenspuren gefunden hat.«

»Ganz gleich, wo sie sind«, erwiderte Chuck Umber,

»wir werden herausbringen müssen, bei wem sie sind, und früher oder später werden wir es wissen.«

Bob versuchte tiefer ins Sofa zu sinken. Sherrines Druck an seinem Ellbogen hinderte ihn daran.

»Vielleicht sollten wir gerade *nicht* versuchen, Verbindung mit ihnen aufzunehmen«, sagte Dick Wolfson. »Wo immer die Astronauten sind, werden sie vielleicht noch lange im Versteck bleiben müssen. Je weniger Leute wissen, wo und bei wem, desto besser.«

Chuck schüttelte den Kopf. »Nicht, wenn die Leute Fans sind. Ich werde versuchen, den Oregon Ghost zu erreichen. Er muß was wissen.«

»Klar, Chuck. Der Ghost bringt sein eigenes Blatt heraus. Glauben Sie, er wird einem Konkurrenten einen Tip geben, wenn er was weiß?«

Chuck reckte die Schultern. »Wird er. Weil dies für die ganze Szene das größte Ding seit *Star Wars* ist… oder Apollo Dreizehn. Wir müssen über Fraktionen und kleinliche Streitigkeiten hinausgehen und an einem Strick ziehen.«

Wade Curtis richtete sich auf, reckte die Schultern und sagte: »Sie können sie nicht verstecken.«

Als er das sagte, wurde es sofort still im Raum. Betrunken oder nüchtern, die Autoren harter SF genossen den Ruf, alles zu wissen. Die Fans lachten sie aus, wenn sie Fehler machten, hörten aber immer auf sie… und Wade Curtis hatte eine Stimme, die bis in jeden Winkel reichte.

»Wer immer die Helfer sind, sie können die Astronauten nicht ewig verstecken. Wie man es auch betrachtet, es gibt nur eine Lösung: man muß die beiden zurückbringen, wohin sie gehören. Wäre eine Aufgabe für die gottverdammte NASA. Engel gehören in den Himmel. Wir müssen sie zurückschicken.«

»Das ist verrückt.«

»Nein, er hat recht.«

»Unsinn, er ist betrunken.«
»Aber wie sollte es geschehen?«
»Sie werden eine Rakete brauchen.«
»Wo findest du heutzutage eine Rakete?«
Sherrine drückte Bobs Oberarm so fest, daß er das Gesicht verzog. Ja, wo findet man eine Rakete? Sie beugte sich vor, um besser zu hören.
Wade lachte glucksend. »Die nächste Rakete, von der ich weiß, ist Ron Coles Titan.«
Chuck Umber und einige der älteren unter den Anwesenden lachten. Ein junger Mann fragte: »Was für eine Titan ist das?«
Wade Curtis leerte seine Bierflasche und ließ sie fallen. Jemand drückte ihm eine volle Flasche in die Hand. »Nach der alten Geschichte, die manche von uns kennen, hat Ron Cole eine Titan Zwei aus Ersatzteilen zusammengebastelt, die er aus Restbeständen der Regierung kaufte. Kostete ihn angeblich weniger als tausend Dollar. Er war im Kuratorium des Städtischen Museums von Boston. Natürlich wollte er sie als Ausstellungsstück. Die Bostoner Zeitungen überraschten ihn, wie er mit einem Arbeitstrupp versuchte, die Raketenmotoren durch das Portal zu manövrieren. Sie schrieben Artikel darüber, und eine nannte ihn die neunte Atommacht.«
Sherrine ballte die Fäuste. Aber wo ist sie jetzt? Fragte sie sich. Sie wagte keine Aufmerksamkeit auf sich zu lenken. Aber eine Titan! Titanraketen hatten die Geminikapseln in ihre Umlaufbahnen getragen.
Chuck Umber lachte. »Ich erinnere mich an den Artikel, Wade. Ron Cole war fuchsteufelswild! Er versuchte den Zeitungen klarzumachen, daß er keinen nuklearen Gefechtskopf wollte, aber man weiß ja, wie Konformisten sind. Raketen sind Atomraketen. Manchmal frage ich mich, warum Ron Cole nicht versucht hat, einen atomaren Gefechtskopf zu beschaf-

fen, nur um es den Leuten zu zeigen. Solange alle dachten, er habe einen …«

»Einen nuklearen Gefechtskopf zu bauen, ist nicht so einfach wie manche Leute denken. Weil sie Fernsehfilme gesehen haben, in denen Terroristen und verrückte Wissenschaftler sie in ihren Garagen schnell hinzaubern, glauben sie, es wäre ein Kinderspiel. Uranhexafluorid ist aber nicht bloß radioaktiv, sondern auch verdammt giftig. Die Anreicherung von U-235 kann man nicht mit einer Milchzentrifuge im Keller betreiben.«

Chuck strich sich über den Ziegenbart. »Trotzdem, wenn jemand es könnte, dann Cole. Er hatte immer etwas Besonderes in der Tasche. Einen im Labor hergestellten Opal, einen großen künstlichen Saphir, ein paar Streifen Platin …«

»Platin?«

»Ich wußte nie, warum. Von irgendeinem gescheiterten Projekt. Und als er einmal mit einem ungedeckten Scheck bezahlt hatte, tippte er einen neuen auf ein Stück Blattgold.«

»Nicht Ron Cole«, beharrte Wade Curtis. »Keine Bombe. Aber ich hörte, daß er ein paar Tankwagen mit RP-1 und LOX* auf die Seite gebracht haben soll. Nur für den Fall, daß er mit seiner Titan verreisen wollte.« Er schüttelte den Kopf. »Der arme Kerl ist heute total verrückt. Sie haben ihn aus einem Museum nach dem anderen hinausgeworfen. Seine technophilen Neigungen waren nicht gefragt. Kein Wunder, daß einer paranoid wird, wenn sie ständig hinter ihm her sind.«

»Wo ist er jetzt?« fragte Wolfson. Sherrine hielt den Atem an.

Wade schürzte die Lippen und setzte die Bierflasche an. Als er getrunken hatte, wischte er sich den Mund

---

* **L**iquid **OX**ygen = Flüssiger Sauerstoff

mit dem Handrücken. »Ron Cole und seine Titan landeten schließlich in Chicago im Museum für Wissenschaft und Industrie. Wo seine Tankwagen geblieben sind, weiß ich nicht, vielleicht dort. Das LOX ist natürlich längst hin, aber das läßt sich nicht allzu schwierig herstellen ...«

Sherrines Herz klopfte schneller. Chicago! Das war nur eine kurze Fahrt durch Wisconsin. So nahe! Sie zog an Bobs Arm. »Laß uns hinaufgehen. Wir müssen es den anderen sagen.«

Wade Curtis lauschte mit halbem Ohr, während Chuck Umber und Dick Wolfson über die Frage diskutierten, ob es weise sei, nach den Astronauten zu suchen.

Jemand mußte etwas wissen. Durch gemeinsame Bekannte waren die meisten Leute im Land miteinander verbunden, und gewöhnlich war es eine Kette von nicht mehr als zwei oder drei Zwischengliedern, die sie verband. Das war elementare Wahrscheinlichkeit. Also kannte er jemanden, der jemanden kannte, der die Leute kannte, bei denen die Engel waren. Die Frage war nur, wer war der Jemand? Er kannte sehr viele Leute.

Man mußte die Frage von der anderen Seite angehen und mit den Leuten anfangen, in deren Obhut die Engel waren. Es kam darauf an, zu folgern, wer sie sein mußten.

Die Regierung? Möglich, aber dann würde sie sich mit der Festnahme brüsten ...

Inuit? Vielleicht, aber nicht lange. Die Inuit führten ein hartes, entbehrungsreiches Leben, das nur angepaßte Naturmenschen bestehen konnten. Die Astronauten waren den Härten niemals gewachsen.

Eine dritte Gruppe. Jemand mit medizinischen Hilfsquellen, denn wenn sie die nicht gehabt hätten, wären die Engel bereits tot, verletzt oder nicht. Und es war nicht auszuschließen, daß sie inzwischen tot waren.

Angenommen, sie waren es nicht, wer konnten die Leute sein, die sie gerettet hatten?

Wahrscheinlich wußte es jemand hier in diesem Raum. So nahe! Aber nein, dachte Wade Curtis, sie hätten es ihm gesagt.

Nein. Er war ein verdammter Säufer, und in nüchternem Zustand würde er einem Betrunkenem nichts anvertrauen, schon gar nicht ein Geheimnis dieses Kalibers.

Er wurde momentan von seinen Betrachtungen abgelenkt, als zwei Leute sich den Weg durch die Menge bahnten. Bob Needleton erkannte er. Physikdozent an der Universität von Minnesota. Aber wer war seine Begleiterin? Needleton hatte vor Jahren ein festes Verhältnis mit einer Computerprogrammiererin gehabt. Vielleicht war sie es. »Warum haben die beiden es so eilig?« fragte er mit einer Kopfbewegung.

Dick Wolfson grinste. »Wenn du sie früher gesehen hättest, würdest du nicht fragen. Ich wußte nicht, daß Sherrine und Bob wieder zusammen sind. Hab sie seit Jahren nicht gesehen.«

Aha. Dr. Sherrine Hartley, bloß war Hartley nicht ihr eigentlicher Name, sondern der ihres ersten Mannes.

Chuck Umber grunzte verdrießlich. »Wir sollten uns nicht mit solchen Geschichten aufhalten. Es gibt wichtigere Überlegungen.«

»Ja«, mischte sich ein eifriger junger Bursche ein. »Zum Beispiel, wie man die Engel von der Titan verständigen kann.«

Wade schwieg und trank sein Bier, während die anderen diskutierten. Es war sowieso alles müßig. Solange sie nicht wußten, wer die Engel hatte und wie man Verbindung mit den Leuten bekommen konnte, hatte es keinen Sinn, eine Botschaft zu entwerfen. Außerdem ... »Es ist die falsche Botschaft«, sagte er, aber niemand hörte auf ihn.

Wenn die Engel wirklich wieder hinauf wollten – und Wade Curtis sah nicht, daß sie eine andere Option hatten –, dann war es albern, Ron Coles altes Museumsstück aufstellen zu wollen. Es gab bessere Möglichkeiten. Er verengte die Augen in angestrengter Überlegung. Ja, viel bessere Möglichkeiten. Aber sein Kopf schmerzte. Jemand reichte ihm eine neue volle Flasche Bier.

Alex starrte auf die zweiköpfige Kreatur mit den aufgeworfenen Lippen. Waxman hatte seinen Rollstuhl für die Zusammenkunft durch den Korridor im Obergeschoß geschoben, die Tür geöffnet, und da war sie vor ihm.

Die Kreatur war ein eher kleines Skelett. Die auf langen, biegsamen Hälsen sitzenden Köpfe waren flach und dreieckig. Jeder besaß, was Alex für einen wulstigen Mund und eine Augenhöhle hielt. Zwischen den Hälsen war ein dicker Knochenkamm. Die Kreatur stand auf drei Beinen, die in gespaltenen Hufen endeten. Das rückwärtige Bein war durch ein kompliziertes Hüftgelenk mit dem Rückgrat verbunden. Das Skelett war mit einer kleinen Plakette versehen.

Alex griff in die Räder seines Rollstuhls und bewegte sich näher. Mit zusammengekniffenen Augen las er, was auf der Plakette stand.

SIMPSON: FORSCHUNG UND ENTWURF
MODELL VOM SKELETT DES PUPPENSPIELERS
(MUSTER A)
DIESES MODELL, ANGEFERTIGT NACH EINEM
SELTENEN MUSTEREXEMPLAR AUS DEM BESITZ DER KZIN,
ZEIGT DEN PUPPENSPIELER KURZ VOR DER
PHASE EINES HOCHGESCHWINDIGKEITSSPRUNGES.

Alex schüttelte den Kopf. Er konnte sich die Verblüffung zukünftiger Paläontologen vorstellen, wenn sie lange nach dem Untergang der Zivilisation dieses Modell ausgruben.

»Gefällt er Ihnen?« Dr. Waxman schob Gordon herein und parkte ihn neben Alex. »Ein Geschenk des Hummerpredigers.«

Alex dachte, er sollte sich inzwischen an diese Art von Insider-Scherzen gewöhnt haben. »Wessen?«

»Nat Reynolds, ein Schriftsteller. Es ist eine lange Geschichte, zu der ein betrunkenes Gespräch mit einem Hummer namens Savannah gehört. Ich werde Ihnen ein andermal davon erzählen.« Er pfiff munter vor sich hin, während er Gläser und einen Eiskübel auf ein Tablett stellte. Alex mußte lächeln. Doc Waxman war der fröhlichste Mensch, dem er je begegnet war. Er war mindestens sechzig, hatte aber nicht gezögert, mit den jüngeren Leuten zu einer Rettungsaktion für zwei Fremde, die leicht tödlich hätte ausgehen können, auf den Gletscher hinauszuziehen. Einen Mann wie ihn mußte man mögen.

»Sie sollten meine Sammlung ... Hallo, Fang, Bruce. Kommen Sie nur herein. Sie sollten meine Sammlung einschlägiger Kunst sehen. Oder vielmehr gesehen haben. Statuen, Gemälde. Welten der Phantasie. Kelly Freas ... Ich habe seinen Hraani-Dolmetscher. Bonestell. Das Original von Jainschiggs ›Eifelheim‹. Aulisios ›Mama Morgan‹. Pat Davis. Ihr ›Wunderquell‹ kann mich zu Tränen rühren. Übrigens ist sie hier auf dem Con. Haben Sie ihr Kostüm einer Meerjungfrau gesehen?« Er schüttelte den Kopf. »Vieles ist jetzt weg, beschlagnahmt bei gewaltsam aufgelösten Worldcons. Heutzutage bringe ich nur einen Gegenstand mit, wenn ich komme. Den Rest haben wir in der Bilge versteckt.«

»Was ist eine Bilge?«

Man sah, wie die Zahnräder in Waxmans Kopf ineinandergriffen. »Meine Frau und ich wohnen auf einem Hausboot in der Marina. Wir haben alles in wasserdichten Behältern versiegelt und im Kielraum des Bootes versteckt.« Er gluckste belustigt. »Gegen eine gründliche Durchsuchung wird es nicht helfen, aber es entmutigt die gelegentlichen Kontrolleure, denn im Kielraum, der Bilge, sammelt sich Schmutzwasser ... kommen Sie zu uns, wenn Sie Gelegenheit haben, und wir werden ein paar Stücke hervorziehen und ausstellen.«

Alex lächelte. »Wie kann ich solch eine Einladung ablehnen?«

»Ganz einfach«, sagte Fang, während er einhändig eine Bierdose öffnete. »Wir schicken Sie wieder nach oben, nicht wahr? Auf einem Feuer in den Himmel.«

Natürlich, dachte Alex. »Haben Sie schon eine Rakete gefunden?«

Fang blickte stirnrunzelnd auf sein Getränk. »Das nicht, aber ...«

»Aber wir werden eine finden«, bekräftigte Bruce. »Wir sind, mögen wir sonst auch nicht viel taugen, beharrliche Leute. Es gibt Geschichten, Gerüchte, denen wir nachgehen werden. Die eine oder die andere Nachricht wird authentisch sein. Der Geist könnte etwas wissen.«

Nach und nach kamen die anderen dazu. Mike, Edward Two Bats. Steve schwitzte, als hätte er gerade eine Serie anstrengender Gymnastikübungen absolviert. Thor trug verwaschene Jeans, und seine Blechflöte ragte aus einer Gesäßtasche. Er hatte sein langes goldblondes Haar zu einem Pferdeschwanz zusammengefaßt. Vor nicht allzu langer Zeit war solche Haartracht bei Männern als überspannt betrachtet worden. Inzwischen war sie ein beinahe alltäglicher Anblick. Alex fragte sich, ob das Aufkommen langer Haare und Bärte während der 70er Jahre und danach nicht wie allgemein angenommen Manifestation einer allgemeinen und undifferenzierten Protesthaltung gegen alles Überkommene sei, sondern vielmehr eine unbewußte ökologische Reaktion auf die bevorstehende Eiszeit, wie Tiere, die vor dem Winter dichtere Pelze bekommen.

»Ich hab's«, verkündete Mike. Er suchte das Getränketablett und brachte eine Weinflasche an sich.

»Was hast du?« fragte Bruce argwöhnisch.

»Eine Methode, um die Engel nach oben zu bringen.«

Die anderen warteten. »Na?«

»Wumm.« Er entkorkte die Flasche.

Edward Two Bats blickte ihm ins Auge. »Wumm?« Erkenntnis dämmerte in seinem Gesicht. »Ach nein. Dummes Zeug.«

»Entschuldigen Sie«, sagte Alex, »aber was soll Wumm bedeuten?«

Edward Two Bats hielt eine Hand mit gespreizten Fingern vors Gesicht und bewegte sie hin und her. »Du hast einen an der Knolle, Mike! Schade um die …«

Mike brachte ihn zum Schweigen. »Es ist ganz einfach. Du besorgst dir eine von diesen russischen Atombomben, die als Koffer getarnt sind, legst eine dicke Metallplatte darauf und zündest den Sprengsatz. Was glaubst du, wie dieses Ding hochgehen wird.« Er lächelte breit. Edward Two Bats ächzte.

Alex blickte zu Bruce. »Er macht Spaß, nicht?«

»Bevor man wieder herunterkommt«, fuhr Mike fort, »wiederholt man den Vorgang mit einer weiteren Bombe.« Er streckte die Hand aus und stieß sie ruckweise in die Höhe. »*Wumm, wumm, wumm* … Verstehen Sie?«

Alex verstand. Die frühere Idee, sich selbst eine Rakete in den Hintern zu stecken, gefiel ihm besser. »Ich denke, mit Ihrem Plan könnte es einige Schwierigkeiten geben«, sagte er.

»Ja, gewiß. Details.« Detailarbeit war offensichtlich nicht Mikes Stärke.

Bob und Sherrine kamen herein, beide außer Atem und mit geröteten Gesichtern. In der Tür blieben sie schnaufend stehen und grinsten breit. »Wir haben ein Schiff«, stieß Bob hervor.

Alex zog ein Schauer über den Rücken. Die anderen reckten den Hals. Ein Schiff? Sie hatten eins gefunden? Aber ein Schiff war nur die Hälfte der Geschichte. Es brauchte Treibstoff und ein Navigationsprogramm und... Es war verrückt. Warum also bekam er Herzklopfen?

Es war ein zerbrechliches Ding, dieses imaginäre Raumfahrzeug, und Alex fürchtete die Berührung. »Was für ein Vogel ist es?« fragte er. »In welchem Zustand ist es?«

»Wir hörten Wade Curtis unten im Fernsehzimmer davon reden.« Sherrine sank auf einen Stuhl. »Danke.« Sie nahm eine Tasse Tee, die Doc Waxman ihr reichte. »Sie hörten die Fernsehnachrichten und plapperten darüber, und der alte Curtis, Ghu sei ihm gnädig, erinnerte sich trotz seines Rausches an eine interessante Geschichte. Er war der Überzeugung, daß die Engel sich nicht unbegrenzt lange verstecken können, und er erwähnte, daß Ron Cole einen Rakete hat, und ...«

Bruce schnippte mit den Fingern. »Cole! Richtig! Da gab es Geschichten, vor Jahren und Jahren. Aber ich dachte nicht, daß etwas Wahres daran sei. Ist er nicht in Washington, am Smithsonian?«

Sherrine schüttelte den Kopf. »Nein. Nach Wade Curtis ist die Rakete im Museum für Wissenschaft und Industrie in Chicago. Und noch was. Wade sagt, Cole hätte Treibstoff dafür!«

Alle bis auf Alex brachen in Jubelrufe aus. »Wieviel Treibstoff?« fragte er. »Und was für ein Vogel ist es? Es wird uns nichts nützen, wenn er bloß an der Abschußrampe furzt.«

Sherrine sah ihn ernüchtert an. »Ich weiß nicht, wieviel Treibstoff. Wade sagte, es sei eine Titan Zwei. Ist es wichtig?«

»Eine Titan?« Er blickte zu Bob und Bruce. »Die Titan war kleiner als die Saturn, nicht wahr?«

Bob nickte. »Eine Zweistufenrakete mit einer Schubkraft von ... na ja, genug, um eine Geminikapsel in die Umlaufbahn zu tragen. Eine Gemini hatte Platz für zwei Mann. *Freedom* ist wie hoch? Zweihundertfünfzig Meilen? Eine der Geminis flog siebenhundert hoch, wenn ich mich recht erinnere.«

»Eine Titan Zwei hat mehr als genug Schubkraft«, sagte Bruce, »wenn genug Treibstoff da ist.«

»Ihre Leute könnten Ihnen auf halbem Weg entgegenkommen«, schlug Thor vor.

»Auf halbem Weg?« sagte Alex.

Thor zog seine Blechflöte aus der Gesäßtasche und spielte mit den Fingern eine imaginäre Melodie. »Es würde genügen, denke ich, wenn wir so viel Treibstoff beschaffen, daß Sie in eine niedrige Umlaufbahn gelangen, wo Ihre Leute Sie aufnehmen könnten. Wie hoch kam Sheppard in der ersten Mercury-Redstone? Hundertfünfzehn Meilen oder so, nicht wahr? Das sollte von *Freedom* aus erreichbar sein.«

»Das ist eine gute Idee, Thor«, sagte Sherrine. Der athletische blonde Riese lächelte. »Baseball«, sagte er.

»Baseball?«

»Die da oben können nicht herunter, um unsere Freunde abzuholen; aber ich dachte mir, jeder kann einen fliegenden Ball fangen.«

Mike lachte und schüttelte den Kopf.

»Was ist so komisch?« fragte Bruce. »Bestimmt nicht Thors Scherz«, bemerkte Fang.

»Es fiel mir gerade etwas ein«, sagte Mike. »*Freedom* kreist in zweihundertfünfzig Meilen Höhe, nicht wahr? Das ist weniger als die Entfernung von hier nach Chicago! Um die Rakete zu bekommen, müssen wir weiter reisen als unsere Freunde hier in der Rakete selbst.«

»Es ist schon etwas mehr dabei«, sagte Alex. »Die Angleichung der Geschwindigkeit ist schwierig.«

»Es ist nicht die Entfernung«, meinte Bob, »sondern die Energie.«

Mike war sofort ernüchtert. »Ich weiß das.« Er steckte die Hände in die Hosentaschen und tappte schwankend zum Fenster. Die Läden waren offen, und draußen war der eisige Himmel von Sternen überstäubt. Er starrte zu den blinzelnden Lichtern hinaus. »Ich weiß das«, sagte er leise.

Seit die Luftverschmutzung zurückgegangen war, konnte man auch über der Stadt einen klaren Sternenhimmel sehen. Man könnte meinen, das sei der Zweck der Übung gewesen.

Bruce wandte sich zu Alex. »Was halten Sie davon? Wenn Cole nicht genug Treibstoff hat, um in die Umlaufbahn der Stationen zu kommen, könnten Ihre Leute ein Rendezvousmanöver in einer niedrigeren Umlaufbahn ausführen?«

»Sie könnten«, bejahte Alex zögernd, »wenn sie hoch genug wäre und im richtigen Vektor. Es ist komplizierter und würde Treibstoff kosten, aber ja, sie können es machen.«

Er tauschte einen Blick mit Gordon. Die Frage war, ob Lonny die Mühe auf sich nehmen würde. Der gute alte Lonny würde die Treibstoffkosten für das Rendezvousmanöver gegen den Vorteil abwägen, zwei Nieten zurückzubekommen; und ganz gleich, wie man es auch drehte und wendete, zweimal null ergab keinen lohnenden Ertrag für eine Investition.

Gordon schaute besorgt drein. Wahrscheinlich stellte er sich den Verlauf der Reise vor. Aufstieg in einer hübschen, glatten parabolischen Flugbahn. Dann der Scheitelpunkt. Unten die Rundung der Erde, der wartenden… »Tut uns leid, wir konnten es uns einfach nicht leisten, euch abzuholen.« Und dann eine ebenso schöne, glatte parabolische Flugbahn abwärts.

Alex nickte ihm zu. Keine Sorge, Gordon, es wird sowieso nichts daraus. Gordon zeigte ein zaghaftes Lächeln.

Mike runzelte die Stirn und wollte sich auf die Fensterbank setzen, doch ließ sein Gesäßumfang es nicht zu. Alex sah die Sterne über seiner Schulter, und wenn ihn nicht alles täuschte, bewegte sich einer von ihnen!

Jemand ist zu Hause, das auch einmal seines gewesen war, zog einen Kurs durch den schwarzen Himmel. Der Navigationssatellit? Mir? *Freedom?* Ohne genauere Orientierung konnte er es nicht sagen – das Aufblicken von der Erdoberfläche desorientierte ihn –, aber er war überrascht, wie sehr der Anblick ihn bewegte.

Er mußte zurück. Wenigstens den Versuch machen, und wenn es ihn das Leben kosten sollte. Und niemand würde kommen und ihn abholen. Er würde es selbst in die Hand nehmen müssen.

Er blickte zu Gordon und sah einen Hoffnungsschimmer in den Augen des Jungen. Gordon konnte nicht ahnen, wie viele Hürden noch zu überwinden waren. Es war nicht damit getan, den Vogel zu finden und Feuer zu machen. Aber er war es dem Jungen schuldig, daß er ihn zurückbrachte.

Bruce blickte mißmutig zu Mike, der sich von der Fensterbank hatte abwärtsrutschen lassen und nun am Boden saß, die Beine von sich streckte und die Hände auf dem Bauch gefaltet hatte. »Wir sitzen hier herum und wärmen uns die Zehen. Wir brauchen einen Aktionsplan.« Er zählte die Punkte an seinen Fingern ab. »Nummer Eins, existiert die Titan wirklich? Nummer Zwei, ist sie einsatzbereit? Ihr wißt, wie Gerüchte und Legenden zustande kommen. Vielleicht hat Cole in

Wirklichkeit nur die Teile gehabt, und nicht mal für einen kompletten Zusammenbau.«

»Die Teile könnte man noch immer brauchen«, sagte der Verrückte Eddie.

Bruce sah ihn fragend an.

»Wenn es sein muß, bauen wir das verdammte Ding selbst zusammen«, erläuterte Eddie.

Bruce wollte etwas erwidern, dann zuckte er die Achseln. »Nummer Drei, wir brauchen Treibstoff. Hat Cole wirklich welchen, oder ist das auch bloß eine Geschichte? Wenn ja, wieviel hat er und wo ist er und wie pumpen wir ihn an Bord?«

Thor grinste. Er zog einen Gummischlauch aus der Tasche. »Genauso wie wir Bobs Lieferwagen aufgetankt haben.«

Alex stellte sich vor, wie diese Dilettanten an einer halbfertigen Rakete herumbastelten und allesamt in die Luft flogen, als der Verrückte Eddie gerade mit einem großen Schlauch LOX aus einem Tankwagen abfüllte …

»Nummer Vier«, fuhr Bruce fort. »Wir brauchen eine Startanlage, wo wir die Titan aufrichten können. Und fünftens müssen wir die Engel hinschaffen, den Vogel auftanken und dann starten, ohne daß wir von den Behörden erwischt oder bemerkt werden.«

Der Verrückte Eddie rieb sich die Hände. »Ein Kinderspiel«, sagte er.

Vor dem Schlafengehen mußten Übungen absolviert werden. Alex beugte sich rückwärts, die Arme über den Kopf gestreckt, so daß sein Körper einen Bogen bildete. Er konnte die Decke des Zimmers im dritten Stock sehen, das er und Gordon in der Villa bewohnten. Seine Beine fühlten sich wie Gummi an. Steve Mews stützte ihn mit einer Hand unter den Schulterblättern.

»Da, sehen Sie?« sagte er. »Die Muskeln sind da. Es

ist bloß eine Sache der Gewöhnung. Sogar im freien Fall gebrauchen Sie Ihre Muskeln, um Gegenstände zu bewegen; Sie müssen noch immer das Trägheitsmoment überwinden. Der Unterschied hier unten ist, daß Ihre Beine lernen müssen, den Körper die ganze Zeit aufrecht zu erhalten, ohne daß es eines bewußten Gedankens bedarf.«

»Wenn Sie meinen«, ächzte Alex.

»Stellen Sie sich vor, Sie liegen auf der Bank und stemmen den ganzen Tag lang neunzig Kilo.«

»Kinderspiel.« Plötzlich bemerkte Alex, daß Steve seine Schultern nicht mehr stützte. Er schwankte und ruderte mit den Armen.

»Nur ruhig«, sagte Steve und legte ihm wieder die Hand zwischen die Schulterblätter. »Jetzt werden wir eine vereinfachte Form von *suria namaskar* machen. Sie lassen es mich wissen, wenn es Sie überanstrengt. Nun atmen Sie aus und beugen sich vor, bis sie mit den Händen den Boden berühren. Sie dürfen die Knie beugen. Sie auch, Gordon. So ist es richtig. Nein, in einer Linie mit den Füßen. Gut. Eigentlich müßten Sie jetzt die Köpfe zwischen die Knie stecken, aber so weit sind wir noch nicht ... Nun halten Sie diese Position.«

»Ich glaube, es überanstrengt mich«, sagte Alex. Seine Arme und Beine brannten wie Feuer. Seine Oberschenkelmuskeln zitterten.

»Nein, noch nicht. Sie täuschen sich selbst. Sie strengen sich an, und Ihr Körper sagt: ›Das ist genug, ich kann nicht mehr.‹ Aber er versucht Sie bloß zu täuschen. Wenn Sie aufgeben, wird Ihr Körper Sie den ganzen Tag auslachen.«

Alex' Muskeln wollten nicht mehr, und Steves Ansprache machte es nicht besser. Er blickte zu Gordon. Der Junge hielt die Position und grinste. Angeber. Nur weil er jünger war ... Alex beobachtete ihn weiter, bis er die Beinmuskeln zittern sah. Dann grinste er zurück.

Steve ging eine Serie von zwölf Positionen mit ihnen durch. Jede zwang Alex, eine Muskelgruppe zu spannen, die zu gebrauchen er nicht gewohnt war. Wenn er sich in der Station von einer Wandoberfläche abstieß oder die Landung an einer anderen abfing, gebrauchte er dieselben Muskeln, um derselben Körpermasse entgegenzuwirken. Aber hier mußte er es ständig tun, nicht bloß beim Abstoßen und Landen. Geradeso als wäre er in der Zentrifuge oder an Bord eines beschleunigenden Schiffes.

Es war unbequem, aber nicht eigentlich unangenehm. Tatsächlich hatte es seine Vorteile, in einem Schwerefeld zu leben. Das Trinken war einfacher, Gegenstände blieben, wohin man sie legte. Und man wachte immer an derselben Stelle auf, wo man sich schlafengelegt hatte, auch ohne Gurte.

Das ist der richtige Geist! sagte er sich. Ich bin ein Mann in einer fremden Welt voller Wunder und Freuden. Wenn er schon als Schiffbrüchiger gestrandet war, sollte er die Welt, in der er jetzt lebte, wenigstens positiv sehen. Doc Waxmans oder Steves oder sogar Mikes Einstellung konnte ihm weiterhelfen. Der Fettbauch stellte seinen scheinbar unerschöpflichen Wissensschatz mit dem gleichen Vergnügen zur Schau, das die Kinder, die Alex in der Tagesstätte betreute, beim Spiel zeigten. Oh, Mr. MacLeod, schauen Sie, was ich gefunden habe! Mr. Mac, schauen Sie her! Ist es nicht hübsch? So war Mike. Jedes Stück Information war faszinierend. Die Welt war voll neuentdeckter Wunderdinge, und er wollte die Erregung und Entdeckerfreude mit allen teilen. So waren sie im Grunde alle. Sie hatten ein bestimmtes Gespür. Es war kein Gefühl von Überdruß oder Zynismus darin. Es war …

Ein Gefühl für das Erstaunliche.

Das war es. Ein Gefühl für das Erstaunliche, in der feinen ursprünglichen Bedeutung des Wortes. Sie staunten über ihre Welt. Und wenn man das tat, war alles voller Wunder. Wundervoll.

Später, nachdem Steve gegangen war, lag Alex im Bett, atmete langsam und natürlich in der Dunkelheit und stellte sich vor, wie das *prana* mit der Luft in seinen Körper strömte und ihn kräftigte. *Prana* war die universale Energie, die sich in Schwere, Elektrizität, Nervenströmungen und Gedanken manifestierte. Eine Art vereinigte Feldtheorie der Hindu. Es war Unsinn, natürlich. Es gab keine derartige Energie, und Steve wußte es so gut wie Alex, schien aber trotzdem an sie zu glauben.

Die Nahtstelle zwischen Geist und Körper war eben ein recht seltsames Ding, und niemand wußte wirklich, wie es arbeitete. Als Metapher, als geistiger Brennpunkt war *prana* durchaus geeignet. Er versuchte sich eine Lichtquelle in seinem Körper vorzustellen, mit leuchtenden Strahlen, die ihm aus Mund und Nase drangen und ihn mit der Sonne und entfernten Sternen verbanden. Bilder waren die Werkzeuge des Geistes, und ein praktisch denkender Mensch machte von jedem Werkzeug Gebrauch, das ihm geeignet schien. Manchmal war das, was wichtig war, nicht das, was wahr war, sondern was man für wahr hielt.

Wie das Zusammenbasteln einer Rakete, um damit in eine Umlaufbahn zu fliegen.

Der Glaube daran würde solchen Ideen nicht zur Verwirklichung verhelfen; glaubte man aber nicht daran, würde gar nichts geschehen. Alles begann als jemandes Tagtraum.

»Alex?«

»Was?« er wandte den Kopf auf dem Kissen. In der Dunkelheit konnte er Gordon nicht sehen, aber er spürte die Gegenwart des Jungen in dem anderen Bett.

»Über … über den Tauchflug …«

»Was? Das schon wieder?« Konnte der Junge es nicht auf sich beruhen lassen? »Was ist damit?« knurrte er.

»Es tut mir leid, daß ich nicht englisch sprach.«

»Wann?«

Gordon wälzte sich auf die Seite, um ihn zu sehen. »Wann? Im letzten Moment, bevor die Rakete traf!«

Idiot. »Gordon, es war zu spät. Die Rakete mußte schon im Flug gewesen sein und uns angesteuert haben, als ich der anderen auswich. Ich hätte Fersengeld geben und umkehren sollen. Sie hatten uns geortet. Wir wußten es.«

Stille.

»Vielleicht hätten wir noch eine Umkreisung machen können. Aber so viel Sauerstoff hatten wir nicht an Bord. Und wir brauchten den Stickstoff, wirklich, das war nicht bloß ... nicht bloß Lonnys Gerede.«

»Dann war es also nicht, was ich sagte, oder nicht sagte.«

Die Geschichte verursachte Gordon wirklich Gewissensbisse. Der Junge konnte in Mathematik keine Leuchte gewesen sein. »Was, meinst du, hätte ich in den paar Sekunden tun sollen, die uns vielleicht blieben? Welche Art von Beschleunigung hätte eine Masse wie *Piranha* aus der Gefahrenzone bringen sollen, noch dazu bei geöffneter Klappe?«

Stille erfüllte die Dunkelheit zwischen ihnen. Schließlich fuhr Gordon fort: »Alex, glaubst du, daß diese Sache mit der Titan funktionieren wird?«

Alex kreuzte die Arme hinter dem Kopf und starrte zur Decke auf. »Ich weiß nicht. Wenn es eine Titan gibt, und eine Kapsel für uns, und wenn wir Treibstoff finden können ... Was meinst du?«

Er hörte ein tiefes Seufzen. »Wenn wir ein Rendezvous erreichen können, kein Problem. Wenn sie kommen und uns abholen müssen, wenn wir vorbeifliegen ... aber sie werden es nicht tun.«

»Nein. Ich glaube es auch nicht.«

Gordon zögerte. »Vielleicht kann meine Familie...«

»Vielleicht könnte sie was? Lonny oder Sergej überstimmen? Ausgeschlossen. Sie können so gut zählen wie wir. Sie haben genug Finger. Du weißt, es ist nicht die persönliche Gefahr. Niemand in einer Umlaufbahn würde zögern, sein Leben zu riskieren, um einen anderen zu retten. Aber wenn wir gemeinschaftliche Ressourcen verbrauchen, ist die ganze Station gefährdet, und irgendwo muß die Grenze gezogen werden. Wenn du anfängst, Ausnahmen zu machen, wo hörst du dann auf? Wenn alle sterben, weil zu viel verbraucht worden ist?«

Er hörte sich in einer unangenehmen Weise wie Lonny Hopkins an. »Nein, deine Angehörigen werden weinen, wenn du im Bogen vorbeiziehst...« – und das war mehr als irgendwer für ihn tun würde – »und sie werden Gott verwünschen, daß sie nicht herauskommen und dich auffangen können; aber sie werden die Station nicht für zwei weitere Münder gefährden, die gefüttert werden müssen.«

Alex mußte an den alten Eskimo auf dem Gletscher denken, der ihm erzählt hatte, wie seine Frau und Tochter von seinen früheren Kameraden umgebracht und gegessen worden waren. Und der Alte war den Kannibalen nicht nachgejagt und hatte keine Tränen verschwendet. Krumangapik war aber weder grausam noch herzlos gewesen. Alex hatte den Schmerz in seinen alten Augen gesehen. Aber wenn man in beständiger Existenznot lebte, lernte man, seine Verluste gering zu halten. Krumangapik hatte niemals von der Kosten-Nutzen-Rechnung gehört, aber er wußte, daß er in seinem Milieu nichts verschwenden konnte, nicht einmal Tränen.

Eskimos ließen ihre Alten und Gebrechlichen im Eis zurück. Krumangapik hatte es getan. Während ihrer nächtlichen Wanderung über den Gletscher, gewärmt von den unsichtbaren Strahlen SUNSATS, hatte er erzählt, wie er seiner Mutter das letzte Iglu gebaut hatte.

Sie war alt und schwach gewesen und hatte darauf bestanden. Sie hatte sogar die Stelle ausgewählt. Als die Schneehütte fertig gewesen war, hatten sie einander umarmt und Abschied genommen, und Krumangapik hatte den Eingang verschlossen, um die Wölfe fernzuhalten, und er hatte sie verlassen, ohne sich noch einmal umzusehen.

Alex überlief ein Schauer, als er sich erinnerte. »Die Pflicht zu sterben.« Wann würde es soweit sein, daß die alten Bewohner der Habitats aus einem ähnlichen Pflichtgefühl heraus in die Luftschleusen gingen? Ja, so würde es kommen. Keine Injektionen, weil Medikamente gespart werden mußten. Keine aufgeschnittenen Pulsadern, keine Blutstropfen, die aus dem Lufterneuerungssystem gefiltert werden mußten. Sie würden in die Luftschleuse gehen, nackt, damit das Gewebe ihrer Kleider nicht der Gemeinschaft verlorenginge. Sie würden einfach die Pumpen einschalten, um den Schleusenraum luftleer zu machen. Alex erinnerte sich, daß er nahe daran gewesen war, solch einen Tod zu erleiden. Später würde eine Abordnung die Luftschleuse betreten und die wertvollen organischen Stoffe bergen.

Das war die vielleicht unglücklichste Konsequenz der neuen Ära der Knappheit, sowohl in der Umlaufbahn wie auch auf Erden. Daß alle gezwungen waren, unbarmherzig zu sein.

»Ist es recht, sie mitgehen zu lassen?«

Alex hatte geglaubt, Gordon sei eingeschlafen. »Was meinst du damit?«

»Diese Leute. Unsere Helfer. Sie riskieren viel für uns, nicht? Sollten wir ihnen nicht sagen, daß sie ihre Zeit vergeuden?«

»Man soll nie die Brücken hinter sich abbrechen,

Gordon. Es könnte genug Treibstoff geben, daß wir aus eigener Kraft die Umlaufbahn erreichen.«

»Oder überhaupt keinen Treibstoff. Einstweilen halten sie den Kopf für uns hin. Vielleicht sollten wir Verbindung mit Mary herstellen und um Anweisungen bitten.«

»Nein!« erwiderte Alex entschieden. »Nein«, wiederholte er leiser. »Wir würden durch diesen Oregon Ghost-Typ Kontakt aufnehmen müssen. Und wenn wir es tun, werden alle wissen, wie fragwürdig der ganze Plan ist, und dann ...«

»Und dann?«

»Und dann könnten sie die Bemühungen aufgeben. Möchtest du den Rest deines Lebens hier unten verbringen?«

»Hm. Jetzt vielleicht nicht, aber wenn mein Körper sich an die Schwere gewöhnt hat ...«

»Hör zu. Dafür, was sie schon getan haben, um uns zu helfen, wird es ihnen schlecht gehen, wenn sie erwischt werden. Wir werden sie die Sache weiterverfolgen lassen, bis wir sehen, ob es überhaupt eine Chance gibt. Dann werden wir entscheiden.«

»In Ordnung, Alex«, sagte Gordon zweifelnd. »Du bist der Chef.«

Alex entspannte sich und schloß die Augen. Der Raum wurde nicht dunkler. Er lauschte dem Puls in seinen Schläfen, der das Blut durch die Arterien trieb. »Gordon?«

»Ja?«

»Sie ist zu alt für dich.«

Gordon antwortete nicht gleich. »Sie ist jünger als sie aussieht, Alex«, sagte er nach einer Weile. »Schwerkraft.«

»Schlaf jetzt, Gordon.« Alex versuchte sich auf die Seite zu wälzen. Beinahe schaffte er es. Gute Nachrichten von überall.

9

Kann ich bitte noch etwas haben?

Alex träumte, er liege festgeschnallt in einer unkontrolliert durchdrehenden Zentrifuge. Sie rotierte schneller und schneller, und die Zentrifugalkraft lastete wie ein Gebirge auf seinen Knochen. Unter dem stetig wachsenden Druck wurde sein Gesicht verformt und zum Hinterkopf seines nackten Schädels gepreßt. Immer wieder versuchte er zu schreien, daß er heraus wolle, aber er konnte nicht sprechen.

Dann hörte er Vorhänge gleiten, und Sonnenschein wärmte ihm das Gesicht. »Aufwachen!« rief eine muntere Stimme. »Zeit für *suria namaskar!*« Alex hielt die Augen geschlossen und übte die *Savasam*-Haltung. Gehen Sie weg, Steve, ich bin tot.

Aber der Mann ließ nicht locker. Er schüttelte Alex' Schulter. »Kommen Sie, alle beide! Disziplin ist der Schlüssel. Sie müssen jeden Tag daran arbeiten.«

Alex öffnete ein Auge. Steve stand breitbeinig zwischen den beiden Betten, die Fäuste in die Hüften gestemmt. Er erinnerte Alex an eine gespannte Spiralfeder. Wenn die Leute hier unten eine Möglichkeit finden könnten, Steves Energie anzuzapfen, könnten sie damit die Gletscher schmelzen.

Hinter ihm sah Alex Doc Waxman mit zwei Tabletts hereinkommen. Große Milchgläser standen darauf: viel Kalzium. »Was ist mit unserer Privatsphäre?« fragte er.

»Alex«, sagte Gordon aufgeregt. »Heute nacht hat es geschneit.«

Er öffnete beide Augen und wandte den Kopf. Gordon stand (stand!) und stützte sich mit beiden Händen auf den Fenstersims. Sein Atem machte kleine Wolken in der Luft und beschlug das Glas. Alex unterdrückte ein Ächzen. Wenn Gordon es konnte … Er schob das Deckbett und die Decken von seinem Körper. Nachdem dieses Gewicht von ihm genommen war, hatte er das Gefühl, aus dem Bett schweben zu können. Vorsicht, Alex, sagte er sich. Gib acht auf die Reflexe. Langsam schob er die Beine über die Bettkante und richtete sich zu sitzender Haltung auf.

»Das ist sehr gut«, sagte Steve, und Alex kam sich vor wie einer seiner Kindergartenzöglinge, der gerade eine Belobigung bekommen hatte.

»Man hat mir erzählt, daß es hier oben jede Nacht eine wenig schneit«, sagte Waxman. Er brachte die Milch an Alex' Bett und stellte sie auf den Nachttisch. »Sogar während des Sommers. Auch in Kalifornien ist es kälter als es früher zu sein pflegte; aber Los Angeles bekommt nur ein paarmal im Jahr Schnee. Hier, trinken Sie das. Es ist gut für Sie.«

Alex nahm das Glas mit beiden Händen vom Nachttisch und trank. Milch war nicht übel. Zu dumm, daß es in den Habitats keine gab. Das mit Wasser zu mischende Milchpulver zählte nicht, und früher oder später würde es ausgehen. Früher oder später würde ihnen alles ausgehen, einschließlich der Zeit. Er umklammerte das Glas mit den Fingern. Auf Erden war er wahrscheinlich besser dran. Zwar konnte auch hier etwas ausgehen, und man konnte auch sterben; aber bei weitem nicht jeder Fehler oder Irrtum war tödlich.

Jemand klopfte an die Tür. »Herein«, rief Alex. »Alle anderen sind schon da.«

Es war Mike Glider. Er wedelte mit der Hand. »Guten Morgen, alle miteinander.« Rasch hatte er den bequemsten Stuhl im Zimmer gefunden und sank hinein. »Schlechte Nachrichten«, verkündete er. »Gestern abend versuchte Bruce durch den Oregon Ghost mit Ron Cole in Verbindung zu kommen. Nichts zu machen. Der Ghost sagt, Cole sei nur durch die Vermittlung des Museums erreichbar, und niemand möchte etwas über eine Leitung sagen, die abgehört werden könnte. Der Ghost sagt auch, er könne sich nicht für die Titan verbürgen. Er sagt, auch er habe damals die Geschichten gehört, wisse aber nicht, inwieweit sie der Wahrheit entsprechen.«

Doc Waxman blickte auf. »Was wollen Sie nun unternehmen?«

Mike zuckte die Achseln. »Bruce will mit Bob und mir nach Chicago, um die Dinge persönlich in Augenschein zu nehmen.«

Alex grunzte und sah, wie sein Atem dampfte. Es war eigentlich nicht kalt; nicht wie es auf dem Gletscher gewesen war. Aber es war kühl. Angenehm kühl. Angenehmer als die Habitats mit ihrer Hemdsärmelwärme. Es war kein Problem, überflüssige Wärme auf dieses Habitat abzuladen. »Ist es morgens immer so kühl?« erkundigte er sich. Gestern war er von der Fahrt im Lieferwagen zu benommen gewesen, um es zu bemerken.

Steve nahm Haltung an. »Um Energie zu sparen, sollten wir verantwortungsbewußt handeln und den Thermostat auf fünfzehn einstellen.« In verändertem Ton setzte er hinzu: »Später wird es angenehmer. Körperwärme von fünfzig oder mehr Leuten.«

»Darunter einigen sehr merkwürdigen«, sagte Mike. »Steve, wer war dieser Kerl, der das Energiespargesetz benutzte, um einen Mord zu begehen? Vor zwei, drei Jahren?«

»Kann mich an den Namen nicht mehr erinnern. Die Zeitungen bei uns im Westen brachten es nicht so groß heraus. Massachusetts?«

»Hyannis.«

»Was für eine Geschichte ist das?« wollte Gordon wissen.

»Es ging um einen reichen alten Mann und einen ungeduldigen jungen Erben«, sagte Mike. »Der alte Mann hatte Lungenentzündung. Das Energiespargesetz verlangt, daß die Thermostate heruntergeschaltet werden; das tat der Neffe. Er war bloß ein verantwortungsbewußter Bürger.« Mike machte eine nachdenkliche Miene und kratzte sich unter dem Bart. »Er mußte genug Geld geerbt haben, um einen guten Anwalt zu bezahlen, denn es kam nie zu einem Gerichtsverfahren.«

»Kann ich mir denken«, meinte Steve. »Die Regierung konnte an Negativpropaganda nicht interessiert sein. Gut gemeinte Gesetze dürfen keine nachteiligen Auswirkungen haben.«

Mike zuckte die Achseln. »Wahrscheinlich. Der Staatsanwalt wird kalte Füße bekommen haben.«

Steve führte sie durch ihre Asanas. Strecken, beugen. Ruhen. Strecken, beugen. Ruhen. »Ich bin Ihr transzendentaler Rekrutenunteroffizier«, erklärte Steve. »Meditieren Sie! Yam, zwei, drei, vier!« Als Alex in einer Ruhepause zu sich kam, bemerkte er, daß Doc Waxman die Asanas mit ihnen ausführte.

Er mußte zugeben, daß er sich danach viel besser fühlte. Allerdings waren er und Gordon von den leichten Übungen so erschöpft, daß sie wieder in ihren Rollstühlen Zuflucht suchten. »Denken Sie sich nichts dabei«, sagte Steve. »Jeden Tag werden Sie ein wenig länger auf den Beinen bleiben können.«

»So ist es«, bestätigte Doc Waxman. »Sie hätten mich sehen sollen, bevor Steve mit mir Joga praktizierte.« Er drückte den linken Bizeps mit der rechten Hand. »Die Muskeln waren weich geworden. Ich ermüdete rasch. Heute kann ich sagen, daß ich mich nie besser gefühlt habe.«

Steve sah ihn mit hochgezogenen Brauen an. »Mit Joga hat es mehr auf sich als körperliche Ertüchtigung.«

»Frühstückszeit«, sagte Sherrine. Sie stieß rückwärtsgehend die Tür auf, in den Händen ein Tablett mit dampfenden Tellern. Alex wässerte der Mund. Dann sah er, wie Gordon sie beobachtete, und seine Miene verdüsterte sich. Keiner von ihnen war dieser Art von Übung gewachsen; aber Gordon würde rascher zu Kräften kommen und ihn schlagen.

Sherrine stellte das Tablett auf den Kaffeetisch mit der Lampe. Mike versuchte ihr über die Schulter zu sehen, was sie gebracht hatte. »In der Küche geht es zu wie in einem Irrenhaus«, sagte sie. »Der alte 3MJ ist unten und macht sich Pfannkuchen. Wolfson und Curtis und ein paar andere drängen sich mit ihm um den Herd, und jeder will etwas anderes. Da fällt mir ein, daß Nat Reynolds nicht da ist. Früher soll er dafür bekannt gewesen sein, daß er bei den Weltkonferenzen Irish Coffee machte. Es muß lange her sein. Lebt er noch?«

»Im Exil, glaube ich«, sagte Steve. »Nachdem er festgenommen worden war und wegen Subversion angeklagt werden sollte …«

»Wieso Subversion?« fragte Alex. »Ich dachte – ist die Verfassung nicht mehr in Kraft?«

»Für die meisten Leute schon«, sagte Mike trocken. »Es gibt Redefreiheit und so weiter. Aber niemand hat das Recht, Leute zu täuschen. In den 90er Jahren verklagte eine der Grünen Organisationen den Herausgeber eines SF-Buches und gewann. Es kostete den Herausgeber nicht viel, aber der Autor wurde auch haftbar gemacht. Und als Reynolds *The Sun Guns* schrieb …«

»Das habe ich gelesen«, sagte Gordon. »Über die Nutzung von Sonnenenergie durch Satelliten, um die Vereisung zum Stillstand zu bringen.«

»Ja, das ist es«, sagte Mike. »Nun, die Freunde der Erde verklagten ihn auf fünfzig Millionen Dollar wegen Täuschung der Bevölkerung. Sie setzten eine einstweilige Verfügung durch, die die Veröffentlichung des Buches untersagte. Reynolds wollte das nicht hinnehmen und ließ das Buch trotzdem veröffentlichen, und das war Mißachtung eines Gerichtsbeschlusses, und das ist ein Straftatbestand.«

Sherrine schauderte. »Und wenn einer erst ein Straftäter ist, können sie alles mögliche mit ihm machen. Umerziehung. Arbeitseinsatz für die Gemeinde.«

»Nun, sie erwischten ihn, aber er und seine Anwälte handelten eine Lösung aus. Reynolds gab seine Staatsangehörigkeit auf und ging nach Australien. Die Australier schätzten ihn schon immer. Er wollte nicht gehen, aber es blieb ihm kaum etwas anderes übrig.«

»Da unten sind die Verhältnisse auch ziemlich schwierig«, sagte Doc Waxman. »Aber besser als hier. Ja, leider muß man es sagen, überall ist es besser als hier.«

Sie schwiegen eine kleine Weile, dann sagte Mike: »Die Hauptsache ist, macht jemand Waffeln?«

Sherrine hielt ihm einen Teller hin. »Hier, ich habe dir welche mitgebracht.« Sie versorgte Alex und Gordon mit Tellern. Alex betrachtete seine Mahlzeit und weinte beinahe. Diese Leute hatten keine Ahnung, wie reich und glücklich sie waren. Eier. Richtige Eier von einem richtigen Huhn! Und Haferbrei aus richtigem Getreide. Nichts Pulverisiertes oder Gefriergetrocknetes oder Aufbereitetes oder aus einem Bottich mit schleimigen Grünalgen Hergestelltes. Er genoß einen Löffel voll Haferbrei.

»Was mich aber beeindruckt«, fuhr Sherrine fort, »ist die Art und Weise, wie die Fans spontan mit zupacken und helfen, zum Beispiel bei der Küchenarbeit. 3MJ sagte, er habe nach den Mahlzeiten noch nie um Hilfe beim Abspülen und Aufräumen bitten müssen.«

Doc Waxman nickte. »Sie erkennen ihre Pflicht und tun sie.«

»Draußen hilft niemand aus, es sei denn, es springt was dabei heraus. An der Universität war es besonders kraß. Keiner half dem anderen, und immer mußte ich aufpassen, was hinter meinem Rücken geschah. Ein Außenstehender kann sich nicht vorstellen, was für interne bürokratische Machtkämpfe dort vor sich gehen, und dann die absurden Gewerkschaftsbestimmungen…«

»Ich kann es mir gut vorstellen«, sagte Mike und wedelte mit einer Waffel. »Deshalb hörte ich bei der Finanzverwaltung auf. Die kleinen Leute in den Ämtern waren in Ordnung. Sie versuchten bloß ihre Arbeit zu tun, was in Anbetracht der ungezählten Gesetze, Bestimmungen und Verordnungen beinahe unmöglich war, aber auf der politischen Ebene, wo die Entscheidungen fallen…« Er schüttelte den Kopf. Alex konnte ihn verstehen. Lonny Hopkins war ein Scheißkerl; aber, um ihm Gerechtigkeit widerfahren zu lassen, er war ein absolut ehrlicher Scheißkerl. Und in den Habitats war das Leben hart. Man tat seinen Teil, oder man starb. Für Drohnen war kein Platz.

Hier unten waren sie reich genug, nutzlose Leute zu ernähren, aber es gab so viele! Alle vollauf beschäftigt mit ihren Karrieren, Liebhabereien und Träumen von ›Selbstverwirklichung‹ inmitten des einsetzenden Überlebenskampfes.

»Fans sind Idealisten, und Idealisten sind anders«, sagte Doc Waxman. »Das wird deutlich, seit die Opportunisten wegbleiben. Das war eine positive Auswirkung der Einschüchterungspolitik der Regierung. Viel minderwertiges Gesindel ist abgesprungen, die Exhibitionisten und die Schnorrer und Diebe, die 3MJs Gastfreundschaft mißbrauchten, indem sie seine Erinnerungsstücke mitgehen ließen. Heutzutage herrschen wieder ehrliche Kameradschaft, Wertebewußtsein und Anstand. Es ist eine kleinere Gruppe geworden, aber mit mehr Zusammenhalt.«

Alex hielt seine Schale hoch. »Mehr Haferbrei, bitte.«

Gordon lachte. »Nein, nein. Du mußt sagen: ›Bitte, mein Herr, darf ich noch etwas haben?‹«

Mike lachte. »Sie mögen dieses Zeug? Gibt es keinen Haferbrei, wo Sie herkommen?«

»Doch, gewiß«, versetzte Alex. »Wir machen ihn aus dem Getreide, das wir auf unseren grenzenlosen Flächen anbauen.«

»Wenn Sie Getreide wollen«, sagte Sherrine, »sind Sie bei uns richtig. Was Wall Street für Junk Bonds ist, das ist Minneapolis für Getreide.«

»Nehmen Sie was mit nach Haus. Warum nicht? Sicherlich könnten wir einen Karton Haferflocken oder Weizen mit Ihnen in die Titan stecken. Ein Geschenk von der Erde.«

»He!« sagte Sherrine. Alle sahen sie an, und sie breitete die Arme aus. »Warum nicht?« Sie stand auf und ging in der Mitte des Zimmers auf und ab. »Wenn wir eine Rakete hinaufschicken, sollten wir sie mit Geschenken vollpacken. So viel sie tragen kann. Nicht bloß Haferflocken, sondern … Oh, alles, einfach alles! Alles, was wir hier unten haben und die da oben brauchen!«

»Das ist eine hübsche Idee, Dr. Hartley. Es wird ihnen zeigen, daß sie hier unten immer noch ein paar Freunde haben. Was brauchen Ihre Leute, Alex?«

»Was wir brauchen? Die Frage sollte besser lauten: Was brauchen wir nicht?« Alex hatte das Gefühl, daß niemand hier über die wahren Verhältnisse bei den Habitats unterrichtet war. »Schinken und Eier. Fleisch jeder Art. Milch. Karotten, Brokkoli, alles was es heute an Gemüse gab. Überhaupt, alle Nahrungsmittel. Sie haben hier unten jede Menge Lebensmittel, die unsere

Leute noch nie gesehen, geschweige denn gegessen haben.«

»Fleischkonserven und Dauerwurst?« fragte Steve.

»Sicher. Es gibt bei uns kein Fleisch und Eiweiß.«

»Sie müssen wirklich in einer verzweifelten Lage sein.«

»Haben Sie jemals von einer rein vegetarischen Diät aus Gemüse und aufbereiteten Grünalgen gelebt? Wir bauen Gemüse an, aber es gibt nie genug. Und einige unserer Pflanzenarten sind abgestorben. Wir synthetisieren viele Vitamine, aber Ernährungsmangel und die daraus entstehenden Krankheiten sind unsere größten Sorgen.« Zusammen mit Stickstoffausgasung, Knappheit an Metallen und Kunststoffen und was es sonst noch gibt. Aber es war besser, diese guten Leute nicht zu desillusionieren.

»Also Lebensmittel«, sagte Mike. »Wir sollten das Schiff den Fliegenden Kramladen nennen.«

»Sämereien, Mike«, sagte Sherrine. »Keine lebenden Pflanzen.« Sie ging an den kleinen Lampentisch und durchwühlte seine Schublade, brachte einen Bleistift und einen kleinen Block Notizpapier zum Vorschein.

Mike blickte finster. »Das weiß ich selbst. Schließlich bin ich von Berufs wegen für Landwirtschaft zuständig, nicht wahr? Nicht, daß ich was davon verstünde…«

»Wie, zum Teufel, hast du dann den Job bekommen?« fragte Thor. »Als ob ich es mir nicht denken könnte.«

»Höheres Dienstalter, natürlich. Damit konnte ich jemand anderen übertrumpfen. Vor allem aber konnte ich aufgrund meiner Abstammung die Zugehörigkeit zu einer ethnischen Minderheit geltend machen. Das gab den Ausschlag.«

»Du und ethnische Minderheit?« erwiderte Thor. »Du bist doch weiß wie ein gewaschener Rettich! Was für eine Minderheit?«

»Ja doch, trotzdem. Eingeborener Amerikaner«, sagte Mike. Er zuckte die Achseln. »Man sieht es nicht, aber wir können es belegen, also tue ich es. Die Sache ist die, ich könnte über das Landwirtschaftsamt Zeug beschaffen. Und ganz sicher habe ich Zugang zur Fachliteratur.«

Er wuchtete seine Körperfülle aus dem Sessel hoch und watschelte zu Sherrine, um zu sehen, was sie notiert hatte. »An Gemüse sollte nur in Frage kommen, was drei Voraussetzungen erfüllt«, fuhr er fort. »Nährwert ist die erste. Man braucht maximalen Nährwert bei minimaler Energiezufuhr. Sauerstoffproduktion und Aufnahme von CO_2 ist die zweite. Und Strahlungsresistenz. Also …« Er hielt inne und rieb sich das Gesicht. »Ich sollte eine Liste zusammenstellen, die alle drei Voraussetzungen berücksichtigt und in ein Gleichgewicht bringt. Aber auf Anhieb … Sherrine, schreib auf: grünes Blattgemüse und gelbes Gemüse. Süßkartoffeln, Karotten, Spinat.«

»Warum diese?« fragte Gordon.

»Sie sind reich an Vitamin A«, sagte Mike. »Wichtig für Knochenwachstum und Widerstandsfähigkeit gegen Strahlung.«

»Tocopherol, Vitamin E. Das ist auch gut gegen Strahlung«, sagte Steve.

»Gewiß. Wir können ein paar Großgebinde mit konzentrierten Multivitaminen mit einbeziehen. Und Tomaten«, fügte er hinzu. »Reich an Vitamin A und leicht in Hydrokultur zu züchten.«

»Wir haben Tomaten«, sagte Alex, »aber sie wurden schlecht. Die Leute wurden krank. Jetzt machen wir Dünger aus ihnen, Mulch für den Boden aus gemahlenem Mondgestein.«

»Tomatensamen. Mehrere Sorten«, schrieb Sherrine hastig. »Sie werden auch Chemikalien für Hydrokultur benötigen. Selbst bei größtmöglicher Wiedergewinnungsrate gibt es Verluste. Was brauchen Sie dazu?«

»Stickstoffdünger, hauptsächlich«, sagte Alex.

»Kaliumnitrat«, sagte Gordon. Alle blickten überrascht auf. »Kaliumnitrat«, wiederholte er. »Salpeter, wissen Sie.«

»Blumensamen«, sagte Steve.

Alex sah ihn verdutzt an. »Blumen können wir nicht essen.«

»Nicht als Nahrung. Aber so lange Sie Pflanzen zur Sauerstoffproduktion brauchen, könnten einige von ihnen ruhig hübsch sein. Der Mensch braucht auch Dinge, an denen er sich erfreuen kann.«

»Hübsch ist fein«, sagte Gordon, »aber wir haben keinen Platz für Organisches, das man nicht essen kann. Hier sind Sie reich. So viel zu essen. Nicht aus Algen gemacht.«

»Die Grünalgen sind nicht schlecht«, sagte Alex. »Wir leiten Abwasser durch einen Bottich mit Grünalgen. Die Algen ziehen die Ketone heraus und lösen das Kohlendioxid auf. Sie wachsen, und man kann Brot daraus backen ...«

»In Ordnung«, sagte Steve. »Wir werden alles hinaufschicken, was wir können, vor allem Samen. Samen sind klein, wiegen fast nichts und sind oft lange haltbar.«

»Ist gut«, sagte Gordon. »Wenn wir wissen, wieviel Masse wir mitnehmen können, werden wir den Stationskommandeur fragen, was gebraucht wird. Aber es ist nicht richtig, zu fragen, so lange ...«

Es wurde still im Raum. »So lange nicht sicher ist, daß eine Rückkehr überhaupt möglich ist«, sagte Sherrine. »Ich verstehe. Man darf ihnen keine unbegründeten Hoffnungen machen.«

»Ganz recht«, sagte Alex. »Ich meine, wir sind Ihnen dankbar, und Sie riskieren alles, aber ...«

»Aber es ist alles nur Gegacker über ungelegte Eier«, sagte Doc Waxman. »Außerdem ist es verrückt, zu glauben, es ließe sich unbemerkt von Öffentlichkeit und Behörden eine alte Titanrakete finden, einsatzfähig machen, auftanken und starten. Außerdem wäre es mit der Rakete allein noch nicht getan; unsere jungen Freunde hier brauchten außerdem eine Raumkapsel, die von der Titan hinaufgetragen würde.«

»Natürlich ist es so«, sagte Mike. Er hielt einen Finger in die Höhe. »Aber Tagträume sind das einzige, was wir jetzt haben können.« Seine Augen leuchteten auf. »Gewürze! Salz, Pfeffer, Thymian, Oregano, Basilikum, Dill. Und Petersilie, Salbei, Rosmarin …«

Alex wässerte der Mund. Mythische Aromen aus Kindheitstagen. »Ketchup«, erinnerte er sich. »Und Senf. Erdnüsse. Gordon, du hast nie Erdnußbutter gekostet. Und nicht bloß Lebensmittel.« Solange er Tagträumen nachhing, warum nicht im großen Stil? »Wir könnten alle Arten von Materialien gebrauchen. Auch elektrisches Werkzeug.«

»Kunststoffe«, sagte Gordon. »Sie können zerkleinert und wiederverwertet werden. Davon könnten wir immer gebrauchen.«

Alex schüttelte den Kopf. »Kunststoffe würden zuviel Raum benötigen, um in brauchbaren Mengen transportiert zu werden. Wir brauchen Dinge, die klein und wertvoll und nicht zu schwer sind.«

»Wir sollten jetzt noch nichts ausschließen«, sagte Sherrine. »Wir haben eine Gruppendiskussion zur Anregung kreativen Denkens.«

»Zu dumm, daß man Kunststoffe nicht aus Samen ziehen kann«, sagte Thor. »Ähnlich wie Pflanzen.«

»Aber das kann man!« sagte Mike plötzlich.

»Was?«

»Also, nicht ganz, aber … Es gab ein experimentelles Feld, in Iowa, glaube ich, wo Kunststoffmais gezogen wurde. *Alcaligenes eutrophus* ist ein Bakterium, das ein sprödes Polymer erzeugt. Achtzig Prozent seines Trokkengewichts bestehen aus einem natürlich gewachsenen Kunststoff: PHB Polybetahydroxybutyrat…«

»Enthält nur natürliche Bestandteile!« erklärte Steve grinsend.

»Forscher entdeckten, daß sie das Bakterium zur Erzeugung eines flexibleren Kunststoffes anregen konnten, indem sie der Glukose-Nährlösung ein paar organische Säuren hinzufügten. Um 1987 klonten sie die polymererzeugenden Enzyme und fügten sie mit Kolibakterien zusammen. Später dann mit Rüben, und schließlich mit Mais. Das war der Erfolg. Der Mais bildete Kunststoffkörner. Man stelle sich vor: Kunststoffkörner am Kolben.« Er schmunzelte. »Man schält die Kolben und erhält Kunststoffkügelchen. Ideal zum Einschmelzen für die Kunststoffverarbeitung.«

Doc Waxman runzelte ungläubig die Stirn. »Und dann pflanzen Sie die Kunststoffmaiskörner ein und bekommen eine natürliche Vermehrung? Das geht nicht mit rechten Dingen zu.«

Mike schüttelte den Kopf. »Nein, das war das Problem. Kunststoffmaiskörner keimen natürlich nicht. Also braucht man noch immer die ursprünglichen Bakterien, aber sie lassen sich in Großbehältern vermehren, und man kann die Polymere direkt gewinnen. Nicht so effizient wie die Maiskörner, aber… Angeblich waren sie nahe daran, das Sterilitätsproblem zu lösen, als die Nationale Aufsichtsbehörde für Wissenschaftliche Forschung alle Versuche einstellen ließ.«

»Klingt phantastisch«, sagte Alex. »Wo gibt es diese Bakterie?«

»*Alcaligenes eutrophus?* Im Laderaum des Fliegenden Holländers. Es ist bloß eine Geschichte, die im Landwirtschaftsamt erzählt wird. Das Versuchsfeld wurde aufgegeben, als Gentechnik für ungesetzlich erklärt wurde. Später wurde es von militanten Ökoaktivisten abgebrannt.«

Doc Waxman grunzte. »Hm. Sie verbrannten Kunststoffmais? Ich wette, daß sie damit eine giftige Rauchwolke freisetzten.«

»Klar. Aber das war die Schuld der Wissenschaftler, nicht der Brandstifter. Sie verbrannten auch einen der Wissenschaftler.«

»Meine Großmutter müßte es wissen«, sagte Sherrine. »Sie ist – oder war – Gentechnikerin. Wenn jemand weiß, wo wir eine Kultur dieser *A. eutrophus*-Bakterien bekommen könnten, dann sie.«

Alex fühlte sich von einem Prickeln überlaufen. Sie droschen nicht bloß leeres Stroh. Vielleicht konnten sie etwas erreichen. Lebensmittel. Samen. Vitamine. Gewürze. Kunststofferzeugende Bakterien! Er glaubte allmählich, daß sie es zuwege bringen konnten. Sie wußten, wo das Zeug zu finden war, oder kannten Leute, die es wußten. Er sah Gordon an, der seinen Blick erwiderte, und las Hoffnung in seinen Augen.

Sicher. Wenn die Fracht wertvoll genug war, würde Lonny Hopkins selbst hinfliegen und sie abholen, Alex MacLeod und Gordon mit eingeschlossen.

»Aber wie würden Sie es mit Fleisch machen?« fragte Waxman. »Da gibt es keine Samen und keine Pillen.«

»Kleintiere. Kaninchen. Sie vermehren sich rasch und haben für ihre Größe relativ viel Fleisch.«

»Meerschweinchen? Die wurden von den Inkas als Nahrung gehalten.«

»Hühner.«

»Immer langsam. Diese Rakete bekommt immer mehr Ähnlichkeit mit einem mittelamerikanischen Bus.«

»Vergeßt die Hühner«, sagte Mike. »Nehmt befruchtete Eier. Sie nehmen weniger Raum ein. Brütet sie in einem Inkubator aus. Verwendet die Hühner zur Eierproduktion. Haltet einen Hahn oder zwei für die Weiterzucht und gebraucht den Rest als Fleisch.«

»Aber wir haben keinen Inkubator für Hühner«, sagte Gordon.

»Dann müssen Sie einen bauen. Wir können Konstruktionsplan und Bedienungshinweise auf Diskette liefern.«

»Natürlich«, warf Doc Waxman ein. »Wir könnten Ihnen eine ganze Bibliothek auf Diskette liefern. Alles was für die Habitats relevant ist: Technik, Medizin, Physik, Chemie, Ingenieurwissenschaften. Was die Kaninchen und Meerschweinchen angeht, genügt das Keimplasma. Sie haben eine Spermabank, nicht wahr?«

»Ja ... ah ... für Menschen.«

»Gut. Gefrorene Spermien und gefrorene unbefruchtete Eier. Man kann die Befruchtung durch Vermischung in vitro bewerkstelligen. Aber wenn niemand unter Ihnen darin Erfahrung hat, wären befruchtete Eier vielleicht vorzuziehen.«

»Das Problem mit der Spermabank ist das begrenzte Genreservoir«, sagte Gordon nachdenklich.

»Die Engel brauchen Frauen!« rief Mike. Sherrine blickte von ihrem Notizblock auf und errötete. Bevor sie etwas erwidern konnte, steckte Bruce Hyde den Kopf zur Tür herein.

»Darf ich erfahren, worüber hier diskutiert wird?«

Die anderen sagten es ihm. Alle redeten gleichzeitig. Er warf Alex einen skeptischen Blick zu. »Wird es klappen?«

Alex hob die Schultern. »Angenommen, wir finden eine funktionstüchtige Rakete, warum ohne Nutzlast fliegen? Solange wir genug Treibstoff haben, um die Masse zu transportieren.« Und das würde ein kniffliges Problem sein! Gipfelhöhe gegen Nutzlast tauschen. Es mußte genug Nutzlast an Bord sein, um ein

Rendezvousmanöver kosteneffektiv zu machen. Je mehr, desto besser. Aber mehr Nutzlast, weniger Gipfelhöhe; und Lonny würde mehr Treibstoff zur Angleichung der Umlaufbahn brauchen. Wo war die Nutzschwelle? Es war eine Frage, die Rendezvouskosten zu minimieren und den Wert der Nutzlast zu maximieren. Aber es würde nicht helfen, eine Antwort zu berechnen. Es gab zu viele unbestimmbare Faktoren, und Lonny würde seine Entscheidungen ohnedies selbst treffen.

»He, Alex?« Steve winkte ihm zu.

»Tut mir leid. Was sagten Sie?«

»Ich fragte nach Ersatzteilen«, sagte Steve.

»Wir können das meiste von dem, was wir brauchen, in unseren Werkstätten anfertigen«, antwortete Alex. »Aber es fehlt an Materialien und Elektrowerkzeugen.«

Instandhaltung war die absolut entscheidende Aktivität in den Habitats. »Die meisten Materialien können wir durch Ausschlachten und Bergungen alter Satelliten gewinnen, obwohl immer Knappheit herrscht und mehr Material willkommen wäre. Aber Werkzeuge für die Reparaturwerkstätten sind wesentlich. Manche unserer Klingen und Bohrköpfe und Formen sind so oft nachgeschärft und geschliffen und umgeformt worden, daß sie nicht mehr zu gebrauchen sind.«

»Elektrowerkzeuge würden nicht allzu groß sein«, sagte Mike, »aber schwer.«

»Noch keine Kritik«, erinnerte ihn Sherrine, während sie schrieb. »Was noch?«

»Medizinisches Gerät«, sagte Doc Waxman. »Ich nehme an, daß die Leute oben mit Verletzungen und Krankheiten zu kämpfen haben. Mit nachgeschärften Skalpellen und Injektionsnadeln wird es nicht ewig gehen.«

Alex nickte. »Sie haben recht. Spritzen sind verdammt schmerzhaft.«

»Und alle Arten von Medikamenten«, fuhr Doc Waxman fort. »Sie werden die gebräuchlicheren Medikamente streng rationieren müssen, denke ich.«

Alex lächelte. In einer isolierten Gesellschaft, in der alles knapp war, gab es immer Rationierung, und manche Leute standen auf der Bedarfsliste oben und andere unten. Wenn Lonny oder Mary oder der Leiter der Hydrokulturen erkrankten, würden Medikamente bereitgestellt. »Unentbehrliches Personal.« Wenn Alex MacLeod erkrankte ...

Und wenn er wirklich mit einer Ladung Bonbons in die Umlaufbahn zurückkäme, würde sein Name auf der Liste nach oben rücken? Wieviel konnten sie realistisch in einer Titan mitnehmen? Alex begann die Sache zu durchdenken und hörte nicht mehr auf den Fortgang der Sitzung.

»Nicht nur Medikamente«, sagte Sherrine, »sondern auch andere Chemikalien. 3MJ hat Chlor für sein Schwimmbecken im Haus. Er könnte uns davon geben.«

»Auch Metalle«, sagte Gordon. »Nein. Zu schwer. Wir könnten nicht genug Metall hinaufschaffen, daß es etwas ausrichten würde.«

Bruce lachte. »Woraus ist die Titan gemacht? Wenn wir sie hinaufbringen, können wir die Trägerstufe in eine Umlaufbahn schießen, aus der sie geborgen werden kann. Dann stünde sie Ihren Leuten zum Ausschlachten zur Verfügung.«

Später, als sie ein paar Minuten ungestört waren, sah Gordon ihn mit großen Augen an. »Es kann nicht funktionieren, aber sie glauben daran. Sie sind wie Kinder. Glaubst du auch daran?«

Alex zog die Decke um seine Beine fest. Er glättete den grünen Wollstoff und steckte die Falten zu beiden Seiten ein. Dann zog er an den Handrädern des Rollstuhls und sah mit Genugtuung, daß er sich durch den

Raum rollen konnte. Wie Steve ihm prophezeit hatte, würden die Kräfte im Oberkörper zuerst zurückkehren. Die zum Stehen und Gehen benötigten Muskeln bedurften für diese schwerere Arbeit mehr Training. Das und eine Aufbaudiät mit Kalzium. Zweifelnd blickte er zu Gordon. »Es könnte vielleicht funktionieren, wenn wir von der technischen Durchführbarkeit absehen. Das Wesen allen Handels ist, daß hier etwas billig ist, was anderswo teuer ist. Machen wir die Nutzlast wertvoll genug und bringen wir die Rakete weit genug hinauf, so könnte es klappen. Dann wäre der Anreiz für Lonny Hopkins gegeben.« Gordons Decke war von einem stumpfen Graubraun, was Alex insgeheim freute.

»Aber es gibt so viele Dinge, die schiefgehen könnten, so viele Annahmen, die mehr auf Wunschdenken als auf Fakten beruhen …«

Alex hob die Hand und ließ sie zurückfallen. »Selbstverständlich ist es so. Du brauchst deiner Großmutter nicht zu erzählen, wie man Eier aussaugt.«

»Tut mir leid, Alex.«

»Ich weiß wie du, daß wir keine Ahnung haben, ob das Projekt mit der Titan nicht ein bloßes Hirngespinst von Dilettanten ist. Oder, wenn nicht, ob wir Treibstoff bekommen können, ob und wo wir sie überholen und starten können. Und so ist es mit tausend anderen Dingen. Wir wissen nicht, wieviel Ladung wir an Bord nehmen können, von welcher Art sie sein sollte und wie wir die Station überzeugen können, daß es sich lohnt, uns zurückzuholen. Es muß das richtige Zeug sein. Und wir können nicht fragen, ohne uns zu verraten und vielleicht die Hilfe dieser Leute zu verlieren. Es gibt tausend Details, und wenn eines davon versagt, fällt das ganze Projekt wie ein Kartenhaus in sich zusammen. Was willst du also tun? Aufgeben und den Rest deines Lebens hier unten verbringen?«

»Das nicht, aber du brauchst nicht zu beweisen ...«

»Was weißt du, was ich zu beweisen habe?«

Gordon preßte die Lippen zusammen und sah weg. »Nitschewo.«

»Verdammt richtig.« Alex drehte mit seinem Rollstuhl ab. Warum war er so hart mit dem Jungen? In seinem tiefsten Innern wußte er, daß sie für immer von der Heimat abgeschnitten waren. Dieses Projekt mit der Titan war nichts als unausgegorenes Wunschdenken. Wie nannten es die Psychologen? Realitätsverweigerung? Du hast einen Stickstoffsammler zu Bruch geflogen? Das Scheißding ist in den Brunnen gefallen? He, kein Problem. Wir flicken einfach ein altes Raketenwrack zusammen, stopfen es wie ein Füllhorn mit wunderbaren Dingen voll und segeln im Triumph heimwärts. Lonny Hopkins wird gedemütigt, und Mary wird so begeistert sein, daß sie ihn schließlich verlassen wird, und wir alle werden glücklich und zufrieden leben bis zum Ende unserer Tage.

»Ach, laß den Kopf nicht hängen, Gordon«, sagte er. »Wenn die verdammte Rakete überhaupt zu einer Startrampe gebracht werden kann, ohne daß der Staat sie vorher beschlagnahmt, wird sie wahrscheinlich an der Startrampe explodieren.«

»Decken.«

Er wandte den Kopf. »Was?«

Gordon zupfte an seiner Wolldecke. »Decken. Stoffe. Wie oft kann man durchgewetzte Hosen oder zerrissenen Hemden reparieren?«

»Ach so. Sicher. Sag es Sherrine, wenn sie zurückkommt.«

»Alex?«

»Ja?«

»Ich wollte vorhin nicht fragen, aber was sind Maiskörner am Kolben?«

Eine Folge von Bildern wie aus einem alten Stummfilm. Goldgelbe Maiskolben, die von zerlassener Butter glänzten. Ein aufgeklappter Picknicktisch an einem strahlenden Sommertag. Ein Hauch von Kühle in der Luft, der ferne Kuß junger Gletscher. Bratwürste vom Grill. Mama und Papa, die am Tisch saßen und lachten. Der Geruch von gebackenen Bohnen.

»Mach dir darüber keine Gedanken. Wir werden ein Picknick veranstalten, und dann wirst du selbst sehen. Eine Decke ausbreiten und ...« Er brach plötzlich ab und betrachtete die Decke um seine Beine genauer. Es war nicht bloß ein Plaid. Hell- und dunkelgrün, mit gelben und roten Nadelstreifen. Es war der MacLeod-Tartan.

Er mußte lachen, und Gordon warf ihm einen unsicheren Blick zu. Tausende von Einzelheiten mußten bedacht werden, bevor sie in die Umlaufbahn zurückkehren konnten, nicht wahr? Er fühlte ein jähes, unlogisches Aufbranden von Optimismus. Diese Fans waren offensichtlich Leute, denen Einzelheiten wichtig waren. Auch Unbedeutendes entging nicht ihrer Aufmerksamkeit. »Gordon«, sagte er, »wir müssen an diese ganze Sache positiver herangehen.«

»Wie meinst du das?«

»Nun, es gibt tausend Dinge, die gutgehen könnten!«

10

Eine der Naturgewalten

Sherrine hielt die Tür des Lieferwagens offen, während Bob die Wanne mit Chlorpulver hineinschob. Als er sie an die Wand manövriert hatte, richtete er sich auf, wischte sich die Stirn mit einem Taschentuch und blickte über die Schulter zurück zum Schwimmbecken. Es war mit einer Persenning abgedeckt. »So ein Blödsinn.«

»Tremont sagte, wir könnten nehmen, soviel wir wollen. Er glaubt nicht, daß es jemals wieder warm genug sein wird, um das Schwimmbecken zu benutzen.« Sie folgte seinem Blick. Eine Schicht gefrorenen Naßschnees überkrustete den steifen Stoff. Eines baldigen Tages würde das Eis nicht mehr schmelzen. Es war traurig zu wissen, daß das Schwimmbecken seinen Zweck überlebt hatte, daß niemand jemals wieder darin herumplanschen und lachen konnte.

»Das war nicht, was ich meinte.«

Sherrine legte die Hände um ihre Oberarme, um das Frösteln zu unterdrücken. »Und was meintest du?«

»Daß es Blödsinn ist, all diesen Scheiß nach Chicago zu schaffen. Genau das, was dem Verrückten Eddie in den Sinn kommen würde.«

»Alex sagte uns, daß die Engel alle Arten von Chemikalien brauchen. Die Habitats sind keine vollkommen geschlossenen Systeme, das weißt du. Sie waren nie als isolierte Dauerwohnsitze gedacht – und auf dem Mond gibt es kein Chlor. Du bist bloß eifersüchtig, weil du nicht dort warst und selbst nicht daran dachtest.« Warum mußte Bob ihren Einfall so heruntermachen? Schließlich hatte er selbst sie in diese Sache hineingezogen.

Er lehnte sich an den Lieferwagen und steckte die Hände in die Jackentaschen. »Wir wissen noch nicht mal, ob Cole überhaupt eine Rakete hat«, sagte er. »Und wenn er eine hat, können wir nicht einfach einsteigen und mit einer Wanne Chlorpulver an Bord von einem Hinterhof in Chicago starten. Also ist es Unfug, den Wagen jetzt schon zu beladen, sei es mit Chlor oder etwas anderem.«

Sie zuckte die Achseln. »Es kann nicht schaden.«

»Es ist schwer!«

Sherrine antwortete nicht. Sie zog die Schultern ein, bis der Mantelkragen ihr an die Ohren reichte, und blinzelte in die vom Wind aufgewirbelten Schneeflocken. Der Wind sang hohl durch den Bogen zwischen dem Hauptgebäude und der Garage mit den Parkplätzen. Wie ein Geist, dachte sie. Ein Geist der Vergangenheit.

»Kalt?« fragte Bob.

»Nein.«

Sein Mund zuckte. »Mir auch nicht.« Nach ein paar Sekunden fing er wieder an. »Will Bruce dem Rest der Conteilnehmer erzählen, was vorgeht? Ich hatte heute vormittag eine Vorlesung und versäumte, was ihr bei der Zusammenkunft beschlossen habt. Zu allem Überfluß geriet ich bei den Studentenwohnheimen der Verbindungen in einen Stau. Sie bereiten ein Griechenfest vor, was immer das sein mag.«

»Melde dich krank, wie ich es gemacht habe.«

Er schüttelte den Kopf. »Ich bin es ihnen schuldig.«

»Wem, der Universität?«

»Nein, meinen Studenten. Heutzutage gehört Mut dazu, Naturwissenschaften wie Physik oder Chemie zu studieren. Die spöttischen Bemerkungen und Schikanen zu ertragen. Nur die angehenden Maschinenbauer und Ingenieure haben es noch schwerer. Solange sie zu den Vorlesungen kommen, werde auch ich dort sein.«

»Ich bin froh, daß ich mit dem Lehrbetrieb nichts zu tun habe.«

»Der Dekan besteht darauf, daß wir Schöpfungslehre, Kristalltheorie und Spiritualismus in den Lehrplan aufnehmen.«

»Die gibt es doch schon.«

»Nicht gleichberechtigt in den Fachbereichen Physik und Chemie.«

Sherrine pfiff durch die Zähne.

»Ja«, sagte Bob. »Die Naturwissenschaftlichen Fachbereiche widerstehen dem Ansinnen – nach meiner Vorlesung hatten wir eine Versammlung –, aber es ist eine Frage von Marketing und Verkauf. Wir sagten dem Dekan, daß es keine objektiven Beweise für all dieses Zeug gebe. Weißt du, was er sagte?«

Der Himmel war schiefergrau; die Wolkendecke hing tief und bedrückend über dem Land. Sherrine blickte zum düsteren Himmel auf. »Was?«

»Er sagte, die angebliche Objektivität der materialistischen Wissenschaft sei eine Erfindung heterosexueller weißer Männer, darum sollten wir sie nicht als Grundlage für unser Urteil gebrauchen.«

Sie blickte ihm scharf ins Gesicht. Ausnahmsweise lachte er nicht. »Was sagtest du ihm?«

»Nichts.«

Alles Feuer war aus ihm gewichen, sogar der Zorn. Beunruhigend. Sie sagte: »Und?«

»Ich sagte nichts. Es war, als hätte ich versucht, einer Tür etwas zu erklären, oder einer Tonbandaufzeichnung. Ich kam mir wie ein Dummkopf vor.«

»Deshalb arbeite ich gern mit Computern. Sie sind logisch. Rational. Sie tun genau das, wofür du sie programmierst. Und das zwingt auch dich, logisch zu sein.« Sie schüttelte den Kopf. »Aber der anthropomorphe Unsinn, den ich mir von denen anhören muß ...«

»Ich dachte, du seist in deiner kleinen Nische glücklich.«

Sie warf ihm einen zornigen Blick zu. »Das war ich, verdammt, ich war glücklich! Ich danke dir, Robert K. Needleton, daß du mich in diese kalte, niederträchtige, elende Welt hinausgerissen hast.«

»Willst du zurück?«

Sie schüttelte den Kopf. »Man kann nie zurück. Solange du die Augen fest geschlossen hältst, kannst du dir vormachen, was du willst. Aber sobald du sie öffnest, sind all deine Vorwände und Selbsttäuschungen dahin. Selbst wenn du die Augen wieder schließt, weißt du Bescheid. Ich kam zurecht, von einem Tag zum anderen. Nichts war allzu richtig, aber es war auch nichts allzu falsch. Nun, du und deine Engel und deine ...« – Sie machte eine Armbewegung zur Tremont-Villa – »... alles das. Es erinnerte mich, wie grau und unerfreulich alles geworden ist. Leute fragen mich, was mein Sternzeichen ist. Es wurde immer als ein Scherz gesehen, aber sie nehmen es ernst. Wir haben jetzt einen Bundesgerichtshof, der die Sterne konsultiert, statt die Verfassung. Und die Maschinenstürmer. Jedesmal wenn jemand vorschlägt, irgend etwas zu *tun,* heißt es: ›Dies könnte geschehen‹, ›Das könnte geschehen‹ und ›Denken Sie an die damit verbundenen Risiken‹. Aber man kann auch nicht die Hände in den Schoß legen. Ach, manchmal möchte ich einfach alles hinschmeißen und anderswo hingehen.«

»Wohin?«

Sie zuckte die Achseln, blickte wieder zum wolkenverhangenen Himmel auf und summte leise: »Und das war ein kleiner Schritt, und ein Feuer am Himmel ...«

»Da hast du Pech gehabt. Diese Züge verkehren alle nicht mehr.«

»Außer einem.«

»Vielleicht.« Er legte die behandschuhte Rechte auf ihre Schulter. »Sherrine. Leute wie wir sollten dableiben und kämpfen.«

»Und verlieren.«

»Verlieren ist besser als weglaufen.«

Sie entzog ihm ihre Schulter mit einem Ruck. »Ich sprach nicht vom Weglaufen«, sagte sie wider besseres Wissen. »Ich bin nicht wie du. Ich kann nicht darüber lachen. Ich kann keine Scherze machen. Es deprimiert mich. Du wirst weiter über geheimnistuerische Kristallköpfe und esoterische Technikfeinde witzeln, bis sie dich eines Tages wegen Technophilie aufhängen ...«

»Deswegen hängen sie einen nicht auf. Dafür gibt es Umerziehungslager.«

»Was immer. Aber was mich betrifft ... Ich kann nicht zurückgehen, also muß ich weitergehen.«

Er stieß sie mit dem Ellbogen an. »Da kommt Chuck Umber. Du hast mir nie erzählt, was ihr heute vormittag beschlossen habt. Was erzählen wir den anderen?«

»Ach so. Es ist noch immer ein Geheimnis. Nur wir und der Oregon Ghost. Was sie nicht wissen, kann sie nicht in Schwierigkeiten bringen.« Sie richtete sich auf und trat einen Schritt vom Lieferwagen vor. »Hallo, Mr. Umber.«

Chuck Umber war erregt. Sein Bart sprang vor. »Der Con ist geplatzt«, sagte er. »Die Polizei ist unterwegs.«

Sherrine erschrak. Die Polizei kam? Bei der Personenüberprüfung würde sich herausstellen, daß sie sich hier aufhielt, und sie würde ihren Posten verlieren. Sie mußte ... »Woher wissen Sie es?« fragte sie.

»Geheime Quelle.«

Ein Gewährsmann in der Polizeiverwaltung. Sie hatte einmal etwas von einem zivilen Analytiker im Polizeidienst gehört. Wahrscheinlich ein heimlicher *Hokus*-Abonnent.

»Hören Sie, Sie müssen jetzt verschwinden«, sagte Umber. »Es ist noch Zeit, bevor sie hier sein werden.«

Sie wandte sich im Reflex um und wollte einsteigen. Bob hielt sie am Arm zurück.

»Warte! Gabe und Rafe!« sie sahen einander an. »Wir müssen sie suchen«, sagte er.

»Sie sind mit Thor und Steve zusammen«, sagte Sherrine. »Sie werden die beiden herausbringen.«

»Gabe und Rafe …«, sagte Chuck. »Dell'Angelo. Ein paar Engel?«

»Chuck …«, sagte Bob.

»Keine Sorge«, sagte Chuck. »Ich habe nichts gehört. Wir werden sie herausbringen. Nun fahren Sie! Je weniger Leute Sie in Ihrem Lieferwagen haben, desto unverdächtiger werden Sie an den Straßensperren aussehen.«

»Straßensperren?«

»Ja. Das ist keine gewöhnliche Razzia. Starke Kräfte sind mobilisiert worden. Sie suchen etwas. Und es ist nicht bloß Polizei; die Luftwaffe ist beteiligt.«

Wieder tauschte sie einen Blick mit Bob.

»Aber mir ist noch nicht klar, wie die Luftwaffe wissen konnte, wo sie zu suchen hat«, sagte Umber. »He, sehen Sie zu, daß Sie wegkommen! Jetzt gleich. Und nehmen Sie die Plakette ab, Bob!«

Die Plakette von der Reserveoffizierskameradschaft. Bob steckte sie in die Tasche. »Tragen Sie sie nicht bei sich«, riet Chuck.

»Wie werden wir unsere Freunde finden?« fragte Sherrine.

»Ich sagte, keine Sorge«, erwiderte Chuck. »Ich habe alles ausgearbeitet. Fluchtwege muß man immer als erstes festlegen. Fahren Sie zur River Road südlich der großen Kurve beim Bell-Museum. Dort werden Sie Ihre Freunde treffen.«

»Können Sie die beiden rechtzeitig herausbringen?«

Chuck grinste. »Habe ich *Hokus* jemals nicht rechtzeitig herausgebracht? Dann werde ich auch nicht versäumen, diese Ausgabe herauszubringen.«

Sie stieg auf der Beifahrerseite ein, und Chuck Umber warf die Tür zu. Bob startete den Motor, und sie fuhren vom Parkplatz. »Sherrine, hattest du nicht mal so ein Fan-Abzeichen?«

»Abzeichen? In der Wohnung.«

»Gut«, sagte Bob. Er fuhr hinaus auf die Straße und schaltete das Radio ein.

Auf ihrem Abzeichen stand SHERRINE HARTLEY, und darunter war eine kleine William Rotsler-Figur, die schmachtend zu den Buchstaben aufblickte und dachte: »Nur wer die Liebe kennt...« Sie hatte das Abzeichen von Bob bekommen, als sie einander kennengelernt hatten. Es war längst nicht mehr in ihrer Wohnung; sie hatte es weggeworfen.

Die Wanne mit dem Chlorpulver war umgekippt, und nun rollten und polterten die 2,5-kg-Plastikkübel hinten im Wagen herum. Bevor die Villa außer Sicht kam, wandte Sherrine sich auf ihrem Sitz um und spähte zum Heckfenster hinaus. Chuck eilte zurück zum Haus. Sie wandte sich seufzend wieder nach vorn und starrte durch die Windschutzscheibe. Sie hatte die Hände im Schloß zu Fäusten geballt.

»Was ist?« fragte Bob.

»Nichts«, sagte sie. Sie dachte daran, wie oft ihr Exemplar von *Hokus* zu spät gekommen war.

Die Tremont-Villa war in heller Aufregung. Fans mit Rucksäcken und Sporttaschen in den Händen liefen durch die Korridore. Tremont J. Fielding stand in der gefliesten Eingangshalle, gab Anweisungen und teilte den Flüchtlingsstrom auf, so daß er sich nicht an einem Ausgang staute. Er trug einen langen, wehenden Umhang, der sein Warenzeichen war, und zeigte mit seinem Bambusspazierstock in den einen oder den anderen Korridor. Wolfson stand am Ausgang des Westflügels in der Nähe vom Parkplatz und trieb die Leute an. Manche Fans waren noch in ihren Kostümen für die Maskerade: Elfen, Krieger, antike Götter, Außerirdische und Astronauten.

Tremonts anerkennender Blick folgte einer Wassernixe, deren Fischschwanz gespalten war, so daß sie mit kleinen Schritten gehen konnte. Sie schien durch den Korridor zu schwimmen. Viel Haut war zu sehen und viel mehr andeutungsweise. Ihr langes blondes Haar wogte und wehte beinahe so, als ob sie unter Wasser wäre.

Prioritäten. Wer mußte das Weite suchen, wer konnte bleiben? Die historischen Kostüme und diejenigen der Naturwesen waren sicher. Die Grünen haßten sie nicht, es sei denn wegen ihres Umgangs mit Technophilen. Die Halbwüchsigen hatten auch nichts zu befürchten; sie waren zu jung, um den Polizisten Sorgen zu bereiten. Studenten würden Ermahnungen bekommen, vielleicht einen therapeutischen Vortrag über Umweltkatastrophen, aber Studenten ließ man vieles durchgehen.

Wer irgendwo einen Arbeitsplatz hatte, war in Schwierigkeiten. Diese Leute mußten zuerst hinaus, denn selbst wenn sie nicht festgenommen wurden, konnten sie ihre Arbeitsplätze verlieren. Aber das wußten sie; man brauchte ihnen nicht erst Beine zu machen. Und die Profis. Die meisten von ihnen hatten Gerichtsverfahren wie Damoklesschwerter über ihren Köpfen hängen oder hatten nach früheren Verurteilungen noch Geldstrafen zu bezahlen. Wenn sie die Fristen nicht einhalten konnten, konnten sie zu unbezahlter Arbeit im Dienst ihrer Gemeinde herangezogen werden.

Wolfson hob die Hand und machte mit Daumen und

Zeigefinger einen Kreis. Gut. Alle Profis waren unten in den Kellergewölben versteckt. Die hatte bisher noch niemand gefunden. Natürlich gab es für alles ein erstes Mal.

Nun, die Leute waren größtenteils in Sicherheit. Jetzt die Schätze. Die meisten Hightech-Plakate waren bereits verschwunden. Geblieben waren die Gemälde von Zauberern und Elfen, von Hexen und Feen. Aber dort hing eine Medaille, geprägt in Aluminium von der Apollo II-Kapsel, die damals all jene bekommen hatten, die am Programm mitgearbeitet hatten. Ein kostbares Stück. Er nahm es an sich und steckte es in die Tasche. Nichts von diesem Zeug war es wert, daß man sich dafür Ärger mit Polizei und Behörden einhandelte, aber dieses Stück – Die Türglocke läutete beharrlich. Tremont holte tief Luft und öffnete.

Vor dem Haupteingang stand ein gutes Dutzend Polizisten, acht Blaue und mehrere Grüne. Hinter ihnen war eine Abteilung Militärpolizei der Luftwaffe angetreten, und hinter dieser standen weitere Militärpolizisten mit Gewehren. Ein Luftwaffenhauptmann zeigte mit ausgestrecktem Arm auf eine Gruppe Studenten, die das Weite suchte. »Fangt sie ein und überprüft ihre Personalien. Sie wissen, wonach wir suchen.« Der Unteroffizier nickte grimmig und eilte mit vier Mann im Laufschritt den Flüchtigen nach.

Tremont ignorierte die Militärpolizei und die Grünen und wandte sich dem Anführer der Stadtpolizei zu. »Ja, Unteroffizier?« sagte er höflich und deutete eine Verbeugung an. Das Namensschild auf der linken Brustseite verriet, daß der Mann Pyle hieß.

»Tut mir leid, Sie zu stören, Sir. Sind Sie der Hauseigentümer?«

Tremont lächelte knapp. »Sie wissen, wer ich bin, Unteroffizier. Ja, ich bin Tremont Fielding.«

»Ja, Sir. Mr. Fielding, wir haben einen Durchsuchungsbefehl.« Er zog ihn aus der Brusttasche seiner Uniform und hielt ihn Tremont hin. »Öffentliche Ruhestörung. Einer Ihrer Nachbarn erstattete Anzeige wegen des Lärms Ihrer Party.«

Tremont überflog den Durchsuchungsbefehl. »Ich verstehe. Ja, dies ist alles in Ordnung. Aber, Unteroffizier, ich weiß, daß der Lärm nicht laut genug war, um meine Nachbarn zu stören.«

Pyle wechselte Blicke mit seinem grünen Partner, einem Unteroffizier Zaftig. »Und wie können Sie das ›wissen‹, Sir?« fragte Zaftig.

Tremont breitete arglos die Hände aus. »Ich veranstalte viele Parties, Unteroffizier. Wohltätigkeitsveranstaltungen. Mit all diesen Körpern ist es eine einfache Methode, das Haus zu erwärmen. Wie Sie wissen, bin ich ein regelmäßiger Unterstützer des Hilfsvereins für im Dienst verletzte Streifenbeamte. Ich hoffe, die Party im vergangenen Monat gefiel Ihnen.«

Pyle runzelte die Stirn. »Ja, Sir.«

»Nun ...«

»Wie alle anderen, mache auch ich mir Sorgen über Umweltverschmutzung; besonders, wenn es sich um Lärm handelt, der bei meinen zahlreichen Veranstaltungen entsteht. Darum ist das Gelände meines Besitzes von Schallmeßgeräten umgeben, die den Geräuschpegel laufend aufzeichnen. Ich überprüfte die Geräte vorhin, und die Dezibelablesungen sind nicht höher gewesen als normales Hintergrundgeräusch. Ganz gewiß nicht so hoch wie sie es letzten Monat während der Wohltätigkeitsveranstaltung für den Hilfsverein waren.«

»Schallmeßgeräte«, sagte Zaftig. Er sah triumphierend aus.

»Ja, ich miete sie von der Umweltbehörde über die örtliche Vertriebsstelle. Ich lasse sie alle zwei Monate überprüfen.« Er wandte sich zu Pyle. »Ich werde mich gern bei jedem Nachbarn entschuldigen, der gestört worden ist, aber nach meiner Überzeugung muß die Ruhestörung von anderswo ausgegangen sein. Gibt es noch etwas, Unteroffizier?«

Pyle seufzte. »Ja, Sir.« Er griff wieder in seine Uniformtasche und zog ein zweites Papier hervor, das er entfaltete und Tremont hinhielt. »Der Durchsuchungsbefehl bezieht sich auf den Verdacht, daß Sie gefährliche Flüchtlinge beherbergen.«

»Flüchtlinge? Darf ich fragen, wer diese Flüchtlinge sind?«

»Lesen Sie.«

Tremont setzte seine Brille auf. Er ergriff das Papier mit einer Hand, aber der Polizist ließ es nicht los. Tremont zog eine Braue hoch.

»Tut mir leid, Mr. Fielding«, murmelte Pyle. »Ich muß Ihnen den Durchsuchungsbefehl zeigen, darf ihn Ihnen aber nicht überlassen.«

»Ich verstehe.« Tremont ließ sich Zeit mit der Lektüre. Je länger er die Polizei hinhielt, desto besser für alle. »Da steht nichts über die Identität der Flüchtlinge.«

»Vertraulich.«

»Oh. Und der Raum für die Unterschrift des Richters ist leer«, bemerkte er. »Nur ein X.«

»Auch der Name des Richters ist vertraulich.« Zaftig hatte noch immer den triumphierenden Ausdruck im Gesicht. »Nummer und Inhalt des Durchsuchungsbefehls sind beglaubigt«, sagte der Unteroffizier der Grünen Polizei. »Die Unterschrift ist bei den Gerichtsakten.«

»Ich wußte, daß wir Probleme mit der Lese- und Schreibfertigkeit haben …«

Pyle sah verlegen aus. »Es gibt Präzedenzfälle«, sagte er.

Tremont nickte. »Die Steve Jackson-Affäre. Ja, ich

verstehe.« Jacksons Unternehmen war vom Geheimdienst mit einem genauso unsignierten Durchsuchungsbefehl beschlagnahmt worden. Seine Computer, Modems, Akten. Sogar seine Drucker. Grund war der Verdacht, als Hacker in geschützte Datenbereiche eingedrungen zu sein. Der Privatbesitz nicht registrierter Modems war damals noch legal gewesen.

»Treten Sie zur Seite«, sagte Zaftig. »Wir werden dieses Anwesen durchsuchen.«

Tremont wußte, daß er sie lange genug hingehalten hatte. Er gab den Durchgang frei. »Selbstverständlich. Aber seien Sie bitte vorsichtig. Wie Sie wissen, habe ich eine Anzahl wertvoller und zerbrechlicher Kunstgegenstände im Haus.«

Zaftig lächelte höhnisch. »Ja, ich hörte davon.«

Tremont seufzte und ergab sich in sein Schicksal. Ohne Vandalismus und Diebereien würde es kaum abgehen. Was ihm Sorgen bereitete, war Diebstahl in großem Umfang. Glücklicherweise betrachteten die Grünen die meisten der Dinge, die er für wertvoll hielt, als Schund.

Die Grünen hatten ihn nie gemocht, aber schließlich mochten sie niemanden; ihre Zuneigung reservierten sie für Tiere und Pflanzen, verbrämt mit hohem moralischen Anspruch. Sie würden stehlen, was sie fortschleppen konnten, und andere Sachen schon aus Prinzip zerstören. Die örtliche Polizei würde versuchen, nicht viel Schaden anzurichten, es sei denn, sie stießen auf wirklich kriminelle Vorgänge. Tremont J. Fielding hatte jahrelang daran gearbeitet, seinen Ruf in der Gemeinde zu verbessern. Seine Wohltätigkeitsbälle und Veranstaltungen halfen, aber trotzdem blieb er ein bekannter Technophiler. Solche gab es auch unter den Polizisten, aber nicht bei den Grünen, und diese hatten einen guten Teil der Bürokratie unter ihre Kontrolle gebracht.

Die Luftwaffe bereitete ihm Sorgen. Warum war die

Militärpolizei hier? Wer waren diese Flüchtlinge, die sie suchten? Er hatte eine Vermutung, die ihm sehr wahrscheinlich erschien: die Brüder dell'Angelo. Rollstühle, bisher völlig unbekannte Leute, die augenblicklich zu Gästen gemacht worden waren: sie mußten es sein. Weshalb wurden sie gesucht? Er bewegte sich näher zu den Militärpolizisten der Luftwaffe.

Bald erkannte er, daß sie die Aktion leiteten. Sie hatten die Beamten der Stadtpolizei vorgeschoben, aber wenn es darum ging, Befehle zu erteilen – Der Luftwaffenhauptmann trat vor.

Das Namensschild lautete ARTERIA. Der Offizier war gut mittelgroß, dünn und drahtig. Der Kinnriemen des Helms war angezogen und verbarg einen Teil des Gesichts. Die Hände steckten in Handschuhen. Die Griffschalen der im Halfter steckenden Pistole schienen speziell angefertigt zu sein, die Waffe selbst zeigte Spuren regelmäßiger Benutzung.

Arteria wandte sich dem Polizeiaufgebot zu. »Wir werden diese Durchsuchung systematisch durchführen.« Die Stimme war ein ziemlich volltönender Kontraalt. »Wir beginnen mit dem Dachgeschoß und arbeiten von dort abwärts. Denken Sie daran, was im Fahndungsblatt steht und achten Sie besonders auf hochgewachsene, dünne Gestalten. Auch muß damit gerechnet werden, daß sie bewaffnet sind, also Vorsicht. Und vergessen Sie nicht, die Regierung wünscht sie nach Möglichkeit intakt und unverletzt.« Arteria verteilte Skizzen, die Tremont von der Fernsehsendung am Vorabend wiedererkannte.

Astronauten. Dell'Angelo. Engel. Natürlich. Tremont fühlte sich verletzt, daß das Organisationskomitee ihm nichts gesagt hatte. Aber was für einen Unterschied hätte es gemacht? Sie waren willkommen hier, was immer die Kosten ihres Aufenthalts ausmachen mochten.

Die Uniformierten liefen die Treppen hinauf und verteilten sich auf die drei Gebäudeflügel. Tremont hörte sie oben herumtrampeln und seufzte wieder, blieb aber in der Eingangshalle. Die Leiter des Einsatzes – Luftwaffenblau, dunkleres Polizeiblau und Grün – steckten die Köpfe zusammen und diskutierten in erregtem Flüsterton. Tremont schüttelte den Kopf, während er sie beobachtete. Wahrscheinlich stritten sie über die Jurisdiktion. Er konnte nichts verstehen und wollte nicht neugierig erscheinen.

Wolfson kam zu ihm, zupfte ihn am Ärmel und zog ihn beiseite. Tremont beugte den Kopf, daß Wolfson ihm ins Ohr flüstern konnte. »Sie sind alle fort oder im Versteck, ausgenommen die Lunarer und die beiden Neos in den Rollstühlen. Für sie war unten nicht genug Platz.«

Tremont hob den Kopf und blickte hastig umher. »Ach du lieber Gott.« Die Engel. Und niemand hatte soviel Verstand gehabt, sie zuerst hinunterzubringen.

»Shew und Curtis erboten sich, ihre Plätze im Gewölbe freizumachen; aber ich lehnte es ab. Diese beiden sind zur Fahndung ausgeschrieben. Die Polizisten haben ihre Namen und Bilder auf der Liste.«

Tremont legte ihm eine Hand auf den Arm. »Keine Sorge. Sagen Sie den Lunarern, daß Plan Zwei auszuführen ist. Sie werden wissen, was sie zu tun haben. Chuck Umber hatte alles erklärt, bevor er ging.«

Wolfson befeuchtete sich die Lippen. Er beobachtete die Polizeiführer, wie sie in ihre um die Handgelenke geschnallten Funksprechgeräte sprachen. »In Ordnung«, sagte er, als müsse er sich selbst überzeugen, »ich werde mir keine Sorgen machen.«

Als sie Piersons Skelett des Puppenspielers hervorzogen, blieb Tremonts Miene stoisch gefaßt; aber innerlich tat ihm das Herz weh, als er überlegte, was er Will Waxman sagen sollte. Der Puppenspieler war sein wertvollster Besitz. Tremont zog seinen Umhang enger um sich und veränderte den Griff an seinem Spazierstock. Waxman kannte die Risiken, die mit dem Besuch eines Worldcon verbunden waren. Wenn sie einander das nächste Mal begegneten, würde er Waxman einen ausgeben, und sie würden beide über ihre Verluste den Kopf schütteln.

»Seht euch diesen Scheiß an«, sagte einer der Polizisten und zeigte auf das Skelett des Puppenspielers.

Und das war wirklich zuviel. Tremont wandte sich dem Polizisten zu. »Scheiß, Sir? Scheiß? Begreifen Sie die Kreativität und Kunstfertigkeit, die in die Herstellung dieses Artefakts eingingen? Es ist die anatomisch richtige und in sich schlüssige Verwirklichung eines imaginären Wesens.« Vorsicht, sagte er sich, es ist ein Ungeheuer, kein Außerirdischer. Fantasy war noch marginal annehmbar, aber nur gerade eben noch. Er hoffte, der Polizist würde das am Sockel der Plastik angebrachte Schild nicht lesen.

»Kunst?« grunzte der Polizist. »Ich sehe keinen Aufkleber der NSK.«

»Das Kunstwerk wurde angefertigt, bevor – bevor die Billigung der NSK erforderlich wurde. Auch heute noch wird nicht alle Kunst vom Staat bezuschußt.« Und die Nationale Stiftung für Kunst hatte für Werke des Genres Fantasy und SF noch nie Mittel bereitgestellt.

»Manches von dem Zeug, was Sie hier haben, verherrlicht die Technik«, erklärte der grüne Polizist. Als ob Tremont es nicht schon wüßte. »Ist es ihre Absicht, Technik zu verherrlichen?«

»Vielleicht braucht er ein paar Monate Umerziehung«, sagte ein anderer Grüner. »Dienst an der Gemeinde.«

»Mr. Fielding ist in Ordnung«, sagte ein Stadtpolizist. »Ein ordentlicher und unbescholtener Bürger. Kommt schon, laßt ihn in Ruhe.«

Und obwohl er es damit hätte bewenden lassen sollen, er konnte es nicht. »Mißfällt Ihnen alle Technik? Auch die Technik, mit deren Hilfe der Stoff Ihrer Uniformen hergestellt wurde, oder die Elektrofahrzeuge, mit denen Sie gekommen sind?«

Der Grüne blickte ihn überrascht an. »Das ist angemessene Technik«, erklärte er.

Die Eingangshalle war bis auf die drei Einsatzleiter wieder leer, als die Lunarer ihren Schachzug machten. Die meisten Polizisten waren noch über die beiden Obergeschosse verstreut und mit der Durchsuchung der Räume beschäftigt, aber Arteria und die beiden Unteroffiziere standen am Fuß der großen Treppe beisammen und nahmen über die Funksprechgeräte Meldungen ihrer Abteilungen entgegen. Auch diese Geräte stellten selbstverständlich ›angemessene‹ Technik dar. Desgleichen die Waffen, die sie mit sich führten.

Das Rattern von Laufrollen lenkte ihre Aufmerksamkeit auf sich, und sie wandten sich um, als Hal Blanding und drei andere Lunarer aus dem Nordflügel kamen und einen Handkarren ins Vestibül schoben, der mit einem großen Karton beladen war. Sie hielten durch die Eingangshalle direkt auf den Haupteingang zu. Tremont war sprachlos. Die unglaubliche Kühnheit! Fan-Aktionen der Lunarer wurden von den anderen, mehr überlegt handelnden Gruppen wegen ihrer Geradlinigkeit immer mit einer gewissen Ehrfurcht betrachtet, aber dies … Er merkte, daß er unwillkürlich die Daumen zwischen Zeige- und Mittelfinger drückte, und öffnete rasch die Hände. Als er die Spitze eines Schnorchels aus dem Styropor im Karton ragen sah, hielt er den Atem an. Hatten sie beide Engel darin?

Die drei Beamten starrten das Schauspiel an, dann rief Zaftig: »He, Sie da!«

Die Lunarer machten kurz vor dem Erreichen der Flügeltür halt. Zaftig schritt auf sie zu und packte Hal beim Ärmel. »Nicht so eilig, Freundchen.« Er zeigte auf den Karton. »Das da ist Styropor«, verkündete er. »Verschwendung wertvoller Ressourcen.« Er grinste. »Oder vielleicht wissen Sie es nicht besser. Aber dem werden wir abhelfen!«

»Unteroffizier Zaftig«, sagte Arteria, »das betrifft nicht den Zweck unserer Aktion.«

Der Grüne wandte sich zum Luftwaffenhauptmann um. »Halten Sie sich da heraus, Hauptmann. Gesetze zum Umweltschutz fallen unter meine Jurisdiktion. Überall und jederzeit.« Er fixierte Blanding. »Was haben Sie zu Ihrer Rechtfertigung zu sagen?«

Als ob es das Stichwort gewesen wäre, wurde die Tür zum Westflügel geöffnet. Ein Mädchen im Kostüm einer Wassernixe betrat das Foyer, durchquerte es und steuerte den Ostflügel an. Die Augen aller Männer in der Eingangshalle folgte ihren Bewegungen – bis auf die von Zaftig, der den Lunarern die Leviten las, und Arteria, die an Schaustellungen dieser Art offensichtlich nicht interessiert war. Pyle nahm die Verfolgung der Wassernixe auf.

»Unteroffizier Pyle!« sagte Arteria ungeduldig.

Pyle murmelte etwas über das Helms-Gesetz und ging weiter. Tremont lächelte. Der Nachweis der Obszönität war immer ein schwieriges Geschäft. Die Gerichte hatten komplizierte Richtlinien eingeführt. Pyle würde das Kostüm zweifellos eingehend und aus allen Blickwinkeln studieren müssen, bevor er entscheiden konnte, was zu tun sei.

Unterdessen zeigte einer der Lunarer Zaftig eine Bescheinigung, aus der hervorging, daß das Styropor in dem Karton zu 100 Prozent aus wiederaufbereitetem Material bestand. Gleiches galt für den Karton selbst. »Wiederaufbereitung ist wichtig. Das Papier, das in einigen dieser Schnellrestaurants noch immer verwendet wird, ist von Bäumen! Sie fällen Bäume für solches Zeug! Und wir können Styropor wiederaufbereiten. Wissen Sie, wieviel Energie erforderlich ist, um Styropor wiederaufzubereiten? Nicht viel. Aber Bäume! Es dauert lange, bis ein Baum herangewachsen ist! Viele bedrohte Tierarten leben in alten Bäumen! Eulen, Fledermäuse, Höhlenbrüter! Bäume sind wichtig. Sind Sie nicht für Ökologie, Unteroffizier?«

Der Schnorchel sank tiefer in die Chips.

Zaftig sprang hinzu. »Da versteckt sich jemand in diesem Karton!«

Arteria richtete sich auf und fixierte Tremont mit scharfem Blick. »Einen Flüchtling hinausschmuggeln, wie? Das war ein ziemlich ungeschicktes Manöver.«

Es klang beinahe wie ein Tadel, und Tremont verspürte den Drang, sich zu entschuldigen. Wir hatten keine Zeit, besonders klug zu sein. Arteria schritt zum Karton, als Zaftig das Ende des Schnorchels packte.

Wolfson berührte Tremonts Arm und zeigte schweigend zur Treppe hinauf. Tremont wandte den Kopf und sah Anthony Horowitz auf Zehenspitzen herunterkommen. Seine Miene verdüsterte sich. Wenn im Kellergewölbe kein Platz für Harry und Jenny war, dann gab es erst recht keinen für einen Nachwuchsprofi wie Horowitz. Anscheinend war er nicht mehr rechtzeitig mit den anderen geflohen und ließ es nun darauf ankommen. Aber der Augenblick war gut gewählt; er könnte es schaffen, nachdem er den Polizisten in den oberen Geschossen entgangen war. Die Einsatzleiter in der Eingangshalle hatten der Treppe und dem Westflügel die Rücken zugekehrt.

Harry und Jenny… Wo waren sie? Jenny war wie immer überzeugt, daß die Polizei hinter ihr her sei, obwohl sie nie sagte, weswegen. Was mit Harry war, wußte Tremont nicht. Für die beiden war in den Gewölben kein Platz, und angeblich war ihr Motorrad defekt. Wenn er sie richtig einschätzte, hatten sie sich in die Küche zurückgezogen ...

Horowitz erreichte den Fuß der Treppe. Niemand hatte ihn bemerkt. Eine bessere Chance würde er nie bekommen. Tremont schüttelte den Kopf. Es war ein unheimlich guter Con. Besser als der Nycon I.

Zaftig zerrte am Schnorchel, und dessen Träger kam zum Vorschein. Ein Fisch, der aus dem Styroporteich gezogen wurde und vertropfte weiße Kunststoffschnitzel. Der dickliche, wuschelköpfige Seth blickte mit großen Augen umher. Er nahm den Schnorchel aus dem Mund. »Ist die Buchauktion schon vorbei?«

Zaftig ergriff ihn beim Handgelenk. »Ist das einer von ihnen?« fragte er Arteria. Arteria blickte finster zurück. »Finden Sie, daß er lang und mager aussieht?« Bevor Arteria sich mit einem ärgerlichen Grunzen abwenden konnte, stand Horowitz vor ihr.

Er streckte ihr die Hand hin. »Hallo, machen Sie Interviews? Ich bin Tony Horowitz, ein aufstrebender junger SF-Autor. Ich habe schon mehrere Bücher veröffentlicht, brauche aber Publizität, um meine Auflagen zu steigern.«

»Ein SF-Profi?« sagte Zaftig und grinste. »Ich glaube, Ihre Auflagen sind gerade auf Null gesunken.« Sein Blick fiel auf eine Plakette an Horowitzens Jackettaufschlag und das Grinsen verlor sich. Horowitz lächelte erfreut. »Ja, aber denken Sie an den Bekanntheitsgrad. Inhaftierte Schriftsteller verkaufen sich besser.«

Zaftigs Blick wich nicht von der Plakette. Dort war ein schlau grinsendes, lasterhaftes Gesicht zu sehen, dazu die Aufschrift HABE SEX MIT ARTFREMDEN. Wenn der Polizist es buchstäblich nahm ... Nein, das Gesetz bot ihm keine Handhabe.

Mit sichtlicher Anstrengung wandte Zaftig den Blick von der Plakette und faßte ihren Träger ins Auge. »Sie sind kein Schriftsteller. Sie sind ein SF-Schreiberling.« Er deutete mit dem Kinn auf die Plakette. »Und ein verdammter Sodomiter, wenn Sie meine Meinung wissen wollen.«

»Wir werden die *New York Times* entscheiden lassen, ob ich ein Schriftsteller bin.«

Jenny und Harry kamen aus der Küche in die Eingangshalle. Jenny hatte Dienstmädchentracht angezogen. Als Tremonts Frau einige Jahre vor ihrem Tod krank geworden war, hatte er eine Haushälterin eingestellt, die gern Dienstmädchenuniform trug, weil Tremont auf diese Weise für ihre Arbeitskleidung bezahlen mußte. Jetzt trug Jenny sie, ein konventionelles schwarzes Kleid mit weißer Trägerschürze und Haube. Die hagere alte Jenny mit ihrem wettergegerbten faltigen Gesicht nahm sich darin wie eine Figur aus einem alten Klamaukfilm aus.

Harry trug seine eigenen Kleider, nur waren sie schmutziger und zerrissener als Tremont sich an sie erinnerte.

»Entschuldigen Sie, Sir«, sagte Jenny. »Ich wollte diesen armen Mann zur Hintertür hinauslassen, aber die Soldaten dulden es nicht. Hier, da entlang.« Sie führte Harry zum Haupteingang.

»Hiergeblieben!« sagte einer der Soldaten am Eingang. »Wohin, zum Teufel, wollt ihr? Wer ist dieser alte Fettwanst?«

»Er ist obdachlos«, sagte Jenny. »Ich gab ihm eine warme Mahlzeit.«

»Ein Penner also«, sagte der Soldat.

»Obdachlos! Sind Sie ein Ungeheuer?« erregte sich Jenny. Sie wandte sich zu Arteria um. »Wie können Sie zulassen, daß Ihre Leute so reden? Ich denke, es gibt Gesetze. Verstößt das nicht gegen das Rassismusgesetz? Sie können so etwas nicht sagen!«

Pyle war der Wassernixe nachgegangen, Arteria

war mit Horowitz beschäftigt, Jenny zeterte über die Soldaten, und Zaftig war mit Seth und den Lunarern beschäftigt. Alle redeten durcheinander, und alle bis auf Tremont hatten der Eingangshalle den Rücken zugekehrt. Die Tür zum Nordflügel ging auf und zwei Rollstühle fuhren rasch und leise durch das Foyer zum Westflügel. Thor und Fang schoben sie zum Parkplatz.

Tremont grüßte sie mit erhobenem Spazierstock. Fang winkte zurück und verschwand mit den anderen durch die Tür. Dann schwang Tremont seinen Stock aufwärts und legte ihn über die Schulter. Er machte eine militärische Kehrtwendung und beobachtete lächelnd die Vorgänge bei der Tür. Sie hatten gerade genug Zeit gehabt, um schlau genug zu sein.

Sherrine kurbelte das Fenster auf der Beifahrerseite herunter und blickte nach hinten, die River Road hinauf. Von der Stelle, wo der Lieferwagen geparkt war, konnte sie das Bell-Museum für Naturgeschichte sehen. Die Universitätsgebäude begleiteten die Straße zur Linken, während der Mississippi – so weit flußaufwärts ein Fluß von menschlichen Maßstäben – in einer sanften Krümmung zur Rechten vorbeiströmte. Direkt oberhalb konnte sie die St. Anthony-Fälle sehen. Gegen die Kälte vermummte Studenten standen in Gruppen am Straßenrand, lachten und unterhielten sich und tranken Bier. Eisschollen glänzten in der Nachmittagssonne auf dem grauen Wasser.

»Mach das Fenster zu«, sagte Bob. »Du vergeudest Wärme.«

»Ich sehe sie noch nicht.« Sie kurbelte die Scheibe wieder hoch und blickte nach vorn. Bob hatte die Zündung ausgeschaltet; es gab keine Heizung. Sie steckte die Hände unter die Achseln und sagte: »So kalt ist es auch nicht.«

»Kalt genug.«

»Wo ich war, herrschte eine Kälte, daß unser Atem in Regenbogenfarben schimmerte.« Sie neigte den Kopf auf die Seite und beobachtete den Rückspiegel. Niemand. Die Studenten warteten auf etwas, aber was? Sicherlich nicht auf die Engel.

»Jemand mußte beim Lieferwagen bleiben, Sherrine. Wir dachten, es würde bloß ein kurzer Ausflug aufs Eis und zurück sein. Also …«

»Du brauchst dich nicht zu entschuldigen.«

»Ich entschuldige mich nicht, verdammt!«

»Was machen wir, wenn sie uns nicht finden?« Er schwieg einen Moment lang verstimmt, dann nahm er den Ball auf. »Sie werden uns finden. Chuck hat alles arrangiert.«

Sie sah ihn von der Seite an. »Und wer ist Chuck Umber, daß wir unser Vertrauen in ihn setzen sollten?«

Bob legte einen Arm über das Lenkrad und wandte sich zu ihr. »Was ärgert dich, Sherrine?«

»Nichts. Ich weiß nur nicht, ob diese Aktion so ablaufen wird wie manche sich das vorstellen.«

»Es gefällt dir nicht, wegzulaufen und die Engel zurückzulassen.«

»Ich bemerkte, daß du sehr schnell in den Wagen sprangst.« Aber so war es nicht gewesen, dachte sie. Chuck war mit der Nachricht gelaufen gekommen, und sie hatte zuerst an sich selbst und ihren Job gedacht; daß man sie nicht hier unter den Fans finden dürfe. Bob hatte nach den Engeln gefragt, als sie schon halb eingestiegen war. Und nun … Wie, wenn sie die Engel verloren hätten?

Bob zuckte die Achseln. »Ich vertraue Chuck. Er hat einen komplizierten Verstand. Er wußte, daß nicht genug Zeit sein würde, Alex und Gordon zu finden und sie samt ihren Rollstühlen zu verladen und mit ihnen wegzufahren, bevor die Polizei käme. Es war schon so verdammt knapp. Die Straßensperre an der University Avenue hätte sie erwischt.« Er schüttelte den Kopf und machte ein störrisches Gesicht. »Nein, wir hätten sie nicht mitnehmen können und sollen. Chuck hat sich etwas anderes ausgedacht, was den schwächlichen Zustand der Engel in einer Weise kaschieren sollte, daß die Polizei keine Fragen stellt.«

»Das ist es nicht. Es ist ...«

»Was?«

»Es tut nichts zur Sache.« Sie verschloß sich. Es kam nicht darauf an, was sie hätte tun oder lassen sollen, sondern vielmehr darauf, daß sie nicht einmal daran gedacht hatte. Verdammt, sie hätte im Bett bleiben sollen, als sie Bob mitten in der Nacht aus dem Schlaf gerissen hatte.

Wie diese Studenten, die auf der Uferstraße daherkamen.

Sie zwinkerte, beugte sich vor und spähte in den Rückspiegel. Was ging vor? Wieder kurbelte sie das Fenster herunter.

»Was ist?« fragte Bob.

»Schau hinter uns.« Sie stieß die Tür der Beifahrerseite auf und sprang hinaus. Die Studenten, die in Gruppen entlang der Straße gewartet hatten, hatten sich jetzt verteilt, brachen in anfeuerndes Geschrei aus und klatschten. Einige schwenkten Wimpel mit griechischen Buchstaben. Weiter die Straße aufwärts erblickte sie eine Flottille weißer Metallbetten mit Messinggeländern, die in Schlangenlinien auf sie zugerollt kam. Weiße Bettlaken klatschten wie Segel im Fahrtwind.

Sie ging zum Heck des Lieferwagens, um besser zu sehen. Bob traf mit ihr zusammen. »Ein Bettenrennen«, sagte er.

Die Zuschauermenge der Studenten war dichter geworden. Zuschauer rannten die Straße entlang, um mit den Teilnehmern Schritt zu halten. Sie schrien Anfeuerungsrufe. Sherrine sah jetzt, daß jedes Bett einen Passagier hatte und von einer dreiköpfigen Mannschaft geschoben wurde. Auf den Bettlaken prangten mehr griechische Buchstaben als bei einer Mathematikertagung.

»Muß eine Veranstaltung von einer Studentenverbindung sein«, sagte Bob.

»Nun, Holmes, wie klug von Ihnen!«

»Ernährungsbedingt, mein lieber Watson. Ich fühlte es im Bauch.«

Sie stampfte mit den Füßen. Wie sollten die Engel sie in dieser Menge finden, ob mit oder ohne ortskundige Führer? Chuck Umber stammte aus der Gegend um San Francisco, er war fremd hier und konnte nicht davon gewußt haben. Sollte sie sich aufmachen und die anderen suchen, oder sollte sie mit Bob dableiben?

Eines der auf kleinen Rollen laufenden Betten kam auf eine eisige Stelle und geriet ins Schleudern. Das Bett nebenan war zu einem Ausweichmanöver gezwungen. Die anderen Teilnehmer riefen im Vorbeirennen Schimpfnamen und lachten. Sherrine stellte sich vor, wie die Betten sich wie in einer Massenkarambolage bei einem Gebrauchtwagenrennen überschlugen und Feuer fingen. Dann sah sie, daß die beiden vom Kurs abgekommenen Betten direkt auf sie zurollten. Die Studenten in ihrer Nähe liefen auseinander und flohen.

»He!« Sie faßte Bob beim Ärmel und riß ihn zur Seite. Er prallte auf sie, sie stolperten und purzelten zusammen in das bereifte Gras. Natürlich gelang es Bob, auf ihr zu liegen, als sie zum Stillstand kamen. Es krachte metallisch, ein paar Rufe wurden laut. Plastik knirschte, und Bob sprang auf und ließ sie liegen.

»Das ist mein Lieferwagen!« rief er. »Sie haben die Heckleuchte zerschlagen!«

»Danke, daß du mir aufgeholfen hast, Bob«, sagte sie.

»Was? Oh. Entschuldige.« Er zog sie auf die Beine und sah zu, während sie sich den Reif von den Kleidern klopfte. »Ich habe immer gesagt, daß ich mit dir ins Bett springen möchte, aber dies war nicht ganz, was ich mir vorgestellt hatte. Verdammt, die Rückleuchte ist zerbrochen. He, ihr verdammten Vandalen!«

Sie lachte. Als er sich zu ihr umsah, sagte sie: »Tut mir leid. Unfall und Fahrerflucht mit einem Messingbett. Was wird deine Versicherung sagen?«

Das Rennen hatte seinen Fortgang genommen, und die meisten Zuschauer waren mitgelaufen, um den Ausgang zu erleben, aber die beiden vom Kurs abgekommenen Betten und ihre Mannschaften waren an Ort und Stelle geblieben. Sie standen über die Betten gebeugt und schienen sich um die Insassen zu kümmern. »So, ihr Nachtwächter«, sagte Bob zu ihnen, »was habt ihr euch dabei gedacht?«

Einer von ihnen wandte sich um. Es war Bruce. »Wir dachten, daß wir entkommen müssen. Was sonst?«

Sherrine bekam beinahe weiche Knie. Alex grinste von seinem Platz in einem der Betten zu ihr auf. »Hi, schöne Frau«, sagte er. »Reden so die Studenten?«

»Wir sind alle unter Freunden hier«, sagte Gordon.

Mike nickte schnaufend. Er war vom Rennen noch völlig außer Atem. »Wir hatten nicht genug Geld, um die Polizisten zu bestechen. Aber Freunde bringen einen besser durch geldlose Zeiten als Geld einen durch freundlose Zeiten bringt …«

Sie luden die Engel in den Lieferwagen. »Ich war überzeugt, sie würden euch schnappen«, sagte Sherrine.

»Unmöglich«, erwiderte Bruce. »Chuck hatte alles organisiert. Ich weiß nicht, wie er von dem Bettenrennen erfahren hat.«

»Fans gibt es überall«, sagte der Verrückte Eddie. »Tatsächlich war es lustig. Wie hat unseren Passagieren das Rennen gefallen?«

Gordon lächelte schwächlich. »Ich wünschte, ich wäre wieder im Stickstoffsammler, wo es sicherer ist.«

Alex machte ein Gesicht. »Mit dem haben wir auch eine Bruchlandung gemacht, vergiß das nicht.«

Gordons Lächeln verblaßte. »Beim dritten Mal mehr Glück?«

»Los, vorwärts«, sagte Bruce. »Thor, Steve, Mike. Helft mir, die beiden zu verladen, bevor jemand zurückkommt, um zu erfahren, was vorgeht.«

»Ihr hättet es sehen sollen«, sagte Thor, als er und Mike Gordon in die Seitentür hoben. Fang und Eddie waren schon eingestiegen und nahmen ihn in Empfang. »Es lief wie geschmiert, die glatteste Aktion, die ihr je gesehen habt. Dick Wolfson und 3MJ hatten es orchestriert wie ein Ballett. Mit etwas Hilfe von den Lunarern und Tony Horowitz und Jenny.«

Mike kicherte, als er Alex in den Lieferwagen half. »Es ist, wie 3MJ immer sagt: ›Du mußt deine Imagi-Nation gebrauchen.‹«

Bruce nickte. »Oder wie Wallace Stevens schrieb: ›In der Welt der Worte ist die Imagi-Nation eine der Naturgewalten.‹«

Fang und Eddie sprangen aus dem Lieferwagen. »Wir bleiben hier und nehmen die Betten auseinander«, sagte Fang. »Schleppen das Zeug zurück zum Studentenwohnheim. Ihr könnt die Engel für die Nacht unterbringen. Morgen fahren wir dann nach Chicago.«

Bob schüttelte den Kopf. »Ist euch klar, daß ihr Sherrine und mich hättet verletzen können, als ihr wie die Verrückten den Lieferwagen gerammt habt?«

»Ja doch«, sagte Mike. »Habt ihr uns nicht kommen sehen?«

»Erst als ihr direkt auf uns zukamt.«

»Nein. Das heißt, ihr habt das Logo auf unserem Segel nicht gelesen?«

Mike ergriff den Rand eines Lakens, hob es hoch, und die Brise blähte es und breitete es aus wie eine Flagge. Sherrine las die Buchstaben und lachte. Natürlich, sie hätte es sich denken können. Wer sonst würde zur Psi Phi-Verbindung gehören?

11

Das Bauholz der Welt

Sherrine sah das braune, ausgetrocknete Grasland von Wisconsin an den Fenstern des Lieferwagens vorübergleiten. Ihr war, als hätte sie die Hälfte ihres Lebens in Bobs Fahrzeug verbracht. Zuerst die Fahrt nach Fargo, jetzt dies. Das sanfte Schaukeln der Federung, das einschläfernde Summen der Reifen. Und weitere zwei Tage aus ihrem Leben.

Bruce und Mike waren nach Chicago geflogen. Sie hätte mit ihnen fliegen können. Es gab immer noch Flüge von Minneapolis nach Chicago: jeden Montag, Mittwoch und Freitag, und der Preis für eine Flugkarte war nicht völlig außerhalb ihrer Reichweite. Aber ...

Sie wandte den Kopf und blickte in den Laderaum, wo Alex und Gordon auf Luftmatratzen lagen und unter Steves Anleitung ihr Joga übten. Die Engel mit einem kommerziellen Flug zu befördern, wäre riskant. Sie würden die Blicke aller auf sich ziehen. Zwei magere, abgezehrte Gestalten, die nicht gehen konnten ... Bob hatte vorgeschlagen, sie auf zwei Flüge zu verteilen, um sie weniger auffällig zu machen, aber Gordon war über die Idee in Panik geraten, und Alex hatte den Vorschlag rundweg abgelehnt. Sherrine wunderte sich darüber, da sie nicht den Eindruck gewonnen hatte, daß die beiden ein enges freundschaftliches Verhältnis verband.

Wenigstens sprachen sie wieder miteinander. Aber Gordon verfiel immer wieder in mürrisches Schweigen, das Steves Aufmunterungen nur mit Mühe auflösen konnten. Alex war hierin keine Hilfe. Gordons Perioden verdrießlicher Schweigsamkeit schienen ihn anzuwidern. In Alex war eine Härte, eine Unduldsamkeit gegen Versagen, die beinahe darwinistisch war.

Sie nahm wieder ihre Betrachtung der gleichförmigen Landschaft von Wisconsin auf. Wenigstens hatte sie diesmal den Beifahrersitz, und im Lieferwagen ging es nicht ganz so gedrängt zu. Nur Steve und die Engel und Thor und Fang. Und der laufende Motor hielt sie warm. Zu beiden Seiten begleiteten Stacheldrahtzäune die zweispurige Asphaltstraße. Jenseits der Weidezäune eine Abfolge von Moränen, glazialen Schotterwällen der Kames und Oser und neuntausend Seen, achtlos zurückgelassen von den Gletschern der letzten Eiszeit, um schon bald in die der neuen einzugehen. Spärliches welkes Gras überzog das wellige Weideland der breiten Schildrücken und flachen Talsenken. Kleine Trupps knochiger Rinder mit herausstehenden Rippen und spitzen Hüftknochen kauten unlustig die langen gelben Halme. Jemand hatte schottische Hochlandrinder eingeführt, haarig wie der Yak, mit ausladendem Gehörn. Ihr dichtes Fell war der Kälte besser angepaßt, aber sie sahen auch nicht glücklich aus. An den kahlen Stellen staubte der Boden unter ihren Hufen. Sherrines Blick begegnete einem von ihnen, und sie starrten einander an, Mensch und Rind, bis der Lieferwagen weitergerollt war.

Die Landstraße war wie mit dem Lineal gezogen. Die Landstraßen Wisconsins waren von einem Verrückten angelegt worden, der nur gerade Linien gekannt hatte. Sie erstreckte sich bis zum Fluchtpunkt am Horizont, wo sie mit den Weidezäunen zu beiden Seiten verschmolz. Sherrine hatte plötzlich das desorientierende Gefühl, daß es die Straße sei, die eingezäunt war, und daß sie eine lange, dünne, schwarz geteerte Weide entlangfuhren.

Ein verwittertes Hinweisschild stand schief an Straßenrand. KREUZUNG KREISSTRASSEN F und CC. Die Kreisstraßen von Wisconsin waren mit Buchstaben gekennzeichnet. A, B, C; AA, BB, CC. Steve hatte gescherzt, daß sie lieber umkehren sollten, wenn sie auf die Straße KKK treffen würden.

Sie kamen an die Kreuzung, rechtwinklig wie sie im voraus gewußt hatte, und Bob kurbelte am Lenkrad, und sie bogen nach rechts, ließen die Fernstraße hinter sich.

Es war vernünftig, anzunehmen, daß die aus Minneapolis führenden Fernstraßen überwacht würden, und so war es auch vernünftig, sich an die Nebenstraßen zu halten. Aber Sherrine war es müde, zu beobachten, wie die reichste Milchviehregion der Welt sich in Wüste verwandelte, wie geduldig verhungernde Milchkühe die letzten Reste der nördlichen Prairie in Kuhfladen und Methan verwandelten. Jedes Jahr wurde mehr und mehr Wasser im Eis gebunden. Die Prairieländer im Vorfeld der Gletscher wurden zu Trockensteppe und Halbwüste. Wie Westtexas, nur kalt.

»Rebhühner«, sagte Fang plötzlich.

Sie hob den Kopf. »Was?«

»Alex! Wie ist es mit Federwild? Rebhühner für das Schiff? Sie sind klein, aber sie schmecken vorzüglich.«

Alex grunzte. »Klingt gut.«

»Sie schmecken wie Hähnchen, nur besser.«

»Sagen Sie, Alex«, meinte Thor, »ich an Ihrer Stelle würde nicht bloß weibliche Tiere mitnehmen, sondern trächtige weibliche Tiere. Embryos wiegen nicht viel, und man bekommt zwei Tiere für die Masse eines einzigen.«

Plötzlich bremste Bob, und Sherrine wurde in den Sicherheitsgurt und dann zurück gegen die Kopfstütze geworfen. Steve, der im Lotussitz am Boden des Laderaumes gesessen hatte, hielt sich an der Rücklehne ihres Sitzes fest. »Was ist los?«

»Was ist geschehen?« fragte Alex. Sherrine wandte den Kopf. »Alles in Ordnung da hinten?«

»Tut mir leid«, sagte Bob. »Die Brücke ist unpassierbar.«

Sherrines Blick folgte seinem Finger. Eine bröckelnde Betonplatte unterbrach die Straße. Löcher gähnten im Fahrbahnbelag, und rostiges Eisengeflecht lag bloß. Die Widerlager der Brücke sahen aus, als hätten sie sich von der Erdaufschüttung des Straßenkörpers gelöst. Auf der linken Fahrbahnhälfte hatten Lastwagenreifen tiefe Spurrinnen eingegraben. Am anderen Ufer hatten sie einen Teil der Böschung weggedrückt. »Sieht nicht so aus, als hätte in letzter Zeit jemand diese Brücke befahren«, sagte Sherrine.

Bob sprang vom Trittbrett und ging zum Rand des Bachbettes. »Hier ist eine Furt. Sieht nicht tief aus.«

Auch Sherrine stieg aus und traf Bob an der Brücke. Wo war der Instandsetzungstrupp des Kreisbauamtes? Wie heruntergekommen war die Infrastruktur, daß sie nicht die Zeit oder die Mittel hatten, diese Brücke zu reparieren? Sie fuhr mit dem Handschuh über das bröckelnde Mauerwerk des Brückengeländers. Hier war seit langem nichts getan worden.

Thor und Fang kamen zu ihnen.

»Ich glaube, der Lieferwagen kann es durch die Furt schaffen«, meinte Bob.

Fang ging auf die Brücke. »Betonplattenbrücke«, bemerkte er. Er kauerte nieder und untersuchte die Löcher und Risse. Dann übersprang er ein gähnendes Loch zur anderen Seite, und Sherrine hielt den Atem an, besorgt, daß er durchfallen könnte.

»Sieht aus wie nach Artilleriebeschuß«, sagte Thor. »Vielleicht sind wir in eine Kriegszone gefahren?«

»Nein, Frostsprengung«, rief Fang zurück. »Der schlimmste Fall von Frostsprengung, den ich je gesehen habe.«

»Wie kommt es dazu?«

»Wasser und Streusalz dringen in Betonrisse ein. Das Salz korrodiert die zur Verstärkung in den Beton eingegossenen Stahlmatten. Gleichzeitig gefriert das Wasser und dehnt sich aus. Die Risse werden größer, Betonbrocken lösen sich aus der Oberfläche.«

Und die Frostperiode ist viel länger geworden, dachte Sherrine.

Fang sprang zurück und kam zum Ufer, wo Thor wartete. »Also, was machen wir?« fragte Thor. Fang blickte zu Bob.

»Wir fahren durch die Furt«, sagte Bob.

Fang wischte sich die Nase mit einem seiner übergroßen Mittelfinger. »Vielleicht. Aber wenn wir stekkenbleiben, kommen wir nicht mehr heraus.«

Bob kniff die Lippen zusammen; dann seufzte er. »Ja, du hast recht. Zu riskant. Hier draußen mitten im Nichts steckenzubleiben ... Es ist so menschenleer. Auf den letzten zwanzig Meilen habe ich keine Seele gesehen.«

»Glaub das bloß nicht«, sagte Thor. »In jedem dieser Farmhäuser, an denen wir vorbeigekommen sind, waren Augen, die uns beobachteten. Hier draußen mögen sie keine Fremden und trauen ihnen nicht über den Weg. Wenn du nicht weiß und Protestant bist, bist du weniger als Scheiße. Tut mir leid, Steve.«

Steve Mews stand bei der offenen Seitentür des Lieferwagens. Er zuckte die Achseln. »Das ist mir nicht gerade neu.«

Sherrine wartete fröstelnd und seufzte. Dies war Proxmire-Land. Dies waren die Leute, die aus Furcht, ihre als Familienbetriebe bewirtschafteten Farmen gegen die Konkurrenz der Großbetriebe und Agrarfabriken nicht halten zu können, den bekanntesten Technikfeind des Landes immer wieder in den Senat gewählt hatten, wo er seinen Preis vom Goldenen Vlies alle paar Monate einem besonders verwundbaren wissenschaftlichen Forschungsinstitut oder Betrieb der Großtechnik verlieh.

Diese von Existenzsorgen geplagten kleinen und mittleren Farmer, die in Proxmire einen Garanten ihres Überlebens sahen, würden sicherlich nicht freundlich auf eine Gruppe von Technophilen reagieren, die bei ihnen anklopften, weil ihr Wagen im Bach steckengeblieben war. Der Senator hatte sich immer für Preisstützungen für Milchviehhalter eingesetzt. Im Laufe der Jahre mußten Hunderte von Millionen Dollar Steuergelder in diese Subventionen geflossen sein. Sherrine war ehrlich genug, zuzugeben, daß sie wahrscheinlich auch Proxmire gewählt haben würde, wenn sie eine Farm in Wisconsin hätte.

Bob nickte. »Gut. Wir werden einen Umweg suchen. Vielleicht führt die nächste Parallelstraße über eine bessere Brücke.« Er befühlte die Brusttasche seines Jacketts. »Wenigstens können wir nicht verlorengehen, solange wir das Empfangs-Sendegerät haben. Wir wissen, in welche Richtung wir fahren müssen. Es kommt bloß darauf an, eine Straße zu finden, die mit uns kooperiert.«

Sie trotteten zurück zum Fahrzeug. »Hoffen wir's«, sagte Fang.

»Ja«, sagte Bob. »Ich habe genug davon, im Zickzack diesen ganzen Bezirk abzufahren.«

Sherrine erfaßte den Türgriff, um sich an Bord zu ziehen. Fang schüttelte den Kopf. »Ach, das Herumfahren macht mir nichts aus. Was mir Sorgen macht, ist der Schneesturm.« Er wies mit dem Kinn himmelwärts.

Sherrine hob erschrocken den Kopf. Schwarze Wolken lagen in einer breiten Bank drohend über dem Nordhorizont. Der Wind blies kalt und kam aus dem Norden. In der Luft roch es nach Eis.

Es sah bedrohlich aus. Für Thor und Fang mochte es noch angehen; sie hatten keine Arbeit und brauchten nicht Urlaubstage anschreiben zu lassen, wenn sie wegbleiben wollten. Sie hätten die Engel selbst transportieren können, wenn Bob ihnen den Lieferwagen geliehen hätte. Aber Bob, dieser Mistkerl, mußte sich erbötig machen, den Lieferwagen zu fahren. Sie ließ sich auf den Sitz fallen und zog die Tür zu, daß es knallte. Lag sie in einem Wettstreit mit Bob, um zu sehen, wer die meisten Risiken einging?

Ihr Blick ging wieder zum nördlichen Horizont, während Bob wendete. Ein riskantes Geschäft, dachte sie. Hoffentlich bin ich nächste Woche wieder an meinem Arbeitsplatz. Nicht, daß sie keine Urlaubstage mehr hätte, aber… Ein riskantes Geschäft, dachte sie wieder. Aber wenigstens wissen sie nicht, daß ich in die Sache mit den Engeln verstrickt bin.

Der Vertreter der Einwanderungsbehörde hatte sich verspätet, und Lee Arteria verbrachte die Wartezeit mit Kritzeleien auf ihrem Notizblock. Vor jedem Platz um den Tisch lagen ein Notizblock und ein Kugelschreiber. Arteria hatte bei diesen Besprechungen noch nie das Bedürfnis gehabt, etwas Nützliches zu notieren. Der Kugelschreiber malte einen etwas zum Oval verschobenen Kreis. Arteria betrachtete ihn und fügte zwei kleinere Kreise zu beiden Seiten hinzu. Hamsterbacken. Ein winziges Mäulchen, zwei große Kinderaugen mit gewölbten Brauen, um der Karikatur einen naiven Blick zu geben. Nicht schlecht für eine schnelle Skizze. Manchmal vermißte Arteria die Welt der Kunst.

»Nicht übel«, sagte Jheri Moorkith über ihre Schulter. Er warf Shirley Johnson einen verstohlenen Blick zu, dann flüsterte er: »Aber vielleicht sollte sie ein bißchen dicker aussehen.«

Und du bist der nächste, dachte Arteria. Moorkith war ein gutaussehender Mann mit festem Kinn und breiten Schultern. Arteria hätte ihn als eine Heldengestalt skizziert, aber irgendwie kamen ihre Skizzen nie schmeichelhaft heraus. Sie besann sich eines anderen und warf den Kugelschreiber auf den Tisch. »Wo bleibt Redden? Ich habe keine Zeit für diese Sitzungen zu vergeuden.«

Moorkith hob die Schultern. »Keiner von uns hat die Zeit. Aber das ist die Methode der Einwanderungsbehörde, uns zu zeigen, wer die Ermittlungen leitet.« Er beugte sich näher und flüsterte: »Ich habe Ihre Luftwaffenakte eingesehen.«

»Ah. Das ist illegal, nicht wahr?«

Ein weiteres Achselzucken. »Ich war neugierig. Ich weiß gern, mit wem ich arbeite. Nützte mir aber nicht viel. Für die wesentlichen Dinge bekam ich keinen Zugang. Bei Ihnen muß es gute Codierer geben. Immerhin konnte ich Einblick in die Beurteilung ihrer Kreditwürdigkeit nehmen.«

»Das ist auch illegal.« Aber er will mir zeigen, daß er es kann.

»Ja. Und Ihren persönlichen Fragebogen. Wo nach Sex gefragt wird, schrieben Sie ›ja‹ in den Kasten.«

Arteria grunzte und drehte sich mit dem Stuhl halb zur Seite, um Moorkith besser zu sehen. »Und?«

»Warum haben Sie nicht die richtige Antwort hineingeschrieben?«

»Das habe ich.«

»Tatsächlich?«

»Denken Sie darüber nach.«

Er runzelte die Stirn. »Hm. Aber meinten Sie: ›Ja, ich habe ein Geschlecht‹ oder: ›Ja, ich will Sex?‹«

»Wie immer Sie es auffassen wollen.«

Moorkith trat einen Schritt zurück. Er befeuchtete sich die Lippen und überlegte. Arteria wußte, was er dachte: Soll ich sie anmachen? Wie, wenn ich falsch vermute und sie ein er ist? Oder er eine sie. Arteria hatte keine Ahnung, wohin Moorkith tendierte und welche Alternative ihn einschüchterte.

In welche Richtung würde er springen? Lee Arteria sandte keine Signale aus, aber sie bluffte nie.

Er hatte sich noch nicht entschieden, als der Vertreter der Einwanderungsbehörde erschien. Nun gut. Wer zögert, hat verloren.

»Wir wissen nicht einmal, ob die Notgelandeten in Minneapolis waren«, beharrte Ike Redden. »Sie ließen eine illegale Veranstaltung von ein paar SF-Verrückten hochgehen, Hauptmann Arteria, aber neue Erkenntnisse hat es nicht gebracht.«

»Genaugenommen, Mr. Redden«, erwiderte Arteria, »war die Veranstaltung selbst nicht illegal. Der Durchsuchungsbefehl bezog sich auf den Verdacht, daß illegalen Einwanderern Unterschlupf gewährt wurde.«

»SF-Schwachköpfe«, sagte Moorkith. »Technophile Narren. Solche Veranstaltungen sollten geschlossen und die Teilnehmer nützlicher Arbeit zugeführt werden.«

»Nichtsdestoweniger gibt es die verfassungsmäßigen Rechte.«

»Vielleicht brauchen wir Ausnahmeregelungen. Schließlich sind das Verbrennen der Nationalflagge und das Absingen der Nationalhymne mit böswillig verändertem Text nicht von der Verfassung gedeckt. Und die langfristige Zerstörung des Ökosystems Erde ist mindestens so wichtig wie diese Fragen.« Moorkith lächelte dünn. »Immerhin haben sich ein paar Technophile freiwillig für die Umerziehung gemeldet.«

Redden klopfte auf den Tisch. »Bitte, das ist nicht die Aufgabe unseres Sonderkommandos. Wir suchen nach zwei Ausländern, die sich nach der Bruchlandung nicht freiwillig den Behörden stellten, sondern untertauchten. Rein rechtlich gesehen, handelt es sich um illegale Einwanderer. Wenn wir sie nicht bald dingfest machen, werden wir alle sehr töricht aussehen.«

Das heißt, dachte Arteria, du wirst sehr töricht aussehen. Wie mußte es sein, das ganze Leben auf das Erklettern der bürokratischen Stufenleiter auszurichten? Jeden Vorgang danach zu beurteilen, wie er sich auf die eigene Personalakte auswirken könnte? Konnte Redden nicht sehen, daß hier Prinzipien auf dem Spiel standen? Moorkith hatte wenigstens Prinzipien, wenn er sie auch sehr starrköpfig auslegte.

»Die Gesuchten müssen in Minneapolis sein«, sagte der Abschnittsleiter der Staatspolizei. »Es ist die einzige große Stadt, die vom Ort der Bruchlandung erreichbar ist. Sie mußten hierher. Auf dem Land oder in einer Kleinstadt wären sie zu auffällig. Unser Mann in Fargo Gap meldete, daß in der Nacht der Bruchlandung ein Lieferwagen aus Minneapolis durchkam und daß die Insassen nach dem Luftsammler fragten.«

Moorkith runzelte die Stirn. »In derselben Nacht? Wie konnten sie davon wissen?«

»Eine junge Frau war bei ihnen. Sie behauptete, daß ihre Großeltern in der Nähe lebten. Sie hätten die Lichterscheinung beim Absturz gesehen und sie angerufen.«

»Und Sie denken, es könnten subversive technophile Elemente gewesen sein, die unterwegs waren, die Astronauten abzuholen?«

Der Abschnittsleiter zögerte. »Es ist wahrscheinlich, zumindest denkbar«, antwortete er. »Nach dem gegenwärtigen Erkenntnisstand.«

»Sind die Personalien der Leute festgestellt worden.«

»Nein. Wir hätten es tun können, aber es war nicht

unser Kommando. Einer von Ihren Leuten hatte die Leitung.«

»Wer?«

»Ein Pionierhauptmann namens Scithers.«

Scithers, dachte Arteria. Das erklärt einiges. »Haben Sie den Lieferwagen nicht durchsucht, als die verdächtigen Personen zurückkamen?« fragte Moorkith. »Zu dem Zeitpunkt hatten sie sicherlich schon Straßensperren eingerichtet.«

Der Abschnittsleiter der Staatspolizei ließ sich durch den implizierten Vorwurf nicht aus der Ruhe bringen. »Sobald wir benachrichtigt wurden, daß die Astronauten nicht in ihrem Fahrzeug waren, mußten wir das berücksichtigen, ja. Ein brauner Lieferwagen verließ North Dacota, aber der Fahrer war allein. Es war möglicherweise nicht derselbe Lieferwagen.«

Reden blickte zur Decke auf. »Zwei braune Lieferwagen passierten in derselben Nacht Fargo Gap in entgegengesetzten Richtungen«, sagte er zu niemandem im besonderen.

»Dann müssen die andern Insassen des Wagens nach Westen gegangen sein«, sagte Shirley Johnson . »Oder nach Norden, in Richtung Winnipeg.«

»In Winnipeg würde man ihnen sichere Unterkunft gewähren«, sagte der Beauftragte des Militärs.

»Nein«, widersprach der Abschnittsleiter der Staatspolizei. »Die Fährten über den Gletscher wiesen nach Osten. Deshalb überprüften wir alle in Minneapolis bekannten Personen mit technophilen Neigungen.« Er blickte zu Arteria. »Die Aussichten waren in Anbetracht dieser SF-Veranstaltung nicht schlecht. Sie sind noch immer gut, würde ich sagen.«

»Zugegeben. Aber wir fanden sie nicht«, sagte Arteria. Trotzdem, sie mußten dagewesen sein. Sie fragte sich, wie sie es geschafft hatten, durch die Kontrollen zu schlüpfen. Redden winkte ab. »Die Fährten stammten von Eskimos. Illegalen, die von Kanada über die Grenze gegangen waren. Wir fanden sie in Brandon, wo sie leerstehende Häuser plünderten.« Er wandte sich zum Abschnittsleiter. »Aber dieser Lieferwagen gibt zu denken. Sie sagen, ein ganzer Trupp fuhr damit durch Fargo Gap nach Westen, aber nur der Fahrer allein kam zurück.«

»Das sagte der diensttuende Beamte aus. Er war fast sicher, daß es sich um dasselbe Fahrzeug handelte.«

»Fast sicher!« sagte Moorkith.

Redden hielt die Hand hoch, um es nicht zum Streit kommen zu lassen. »Und sie fragten nach dem Luftsammler. Wir sollten diesen Hinweis weiterverfolgen. Wir haben weiß Gott nicht viele Anhaltspunkte. Haben Sie den Eigentümer des Lieferwagens schon festgestellt?«

Der Polizeihauptmann schüttelte den Kopf. »Nur die Farbe – kastanienbraun. Das Nummernschild war falsch. Gehörte zu einem in Brandon registrierten Fahrzeug.«

»Falsches Nummernschild! Warum wurde der Fahrer nicht festgenommen?« fragte Moorkith.

»Der Computer hatte gestreikt. Die Nachprüfung war erst möglich, als es zu spät war.«

»Der Computer hatte gestreikt«, grübelte Arteria laut. Aber das falsche Nummernschild war zweifellos verdächtig.

»Was konnte über die Frau ermittelt werden?« fragte Redden. »Werden Nachforschungen nach den Großeltern in der Nähe der Absturzstelle eingeleitet?«

Der Abschnittsleiter schob sein Kinn vor. »Nein, Sir. Das ist in North Dacota. Dort können wir nicht ermitteln.«

»North Dacota, zum Teufel. Haben Sie Ihre Kollegen dort um Amtshilfe ersucht? Dies ist eine Angelegenheit der nationalen Sicherheit. Wenn wir nicht bald

Resultate vorweisen, wird man uns den Fall aus den Händen nehmen.«

Das würde natürlich nicht gut aussehen. Wer immer die beiden Flüchtigen fand, konnte mit einer Beförderung rechnen.

Nicht die Staatspolizei von Minnesota. Die Suche würde außerhalb ihres Zuständigkeitsbereichs weitergehen. Wahrscheinlich hatten die Flüchtigen und ihre Helfer den Staat bereits verlassen, aber diese Bürokratenhirne sahen es noch nicht...

Aber nun lächelte der Vertreter des Militärs, der Arteria gegenüber saß, wie die Katze, die den Kanarienvogel gefressen hat. Er hatte etwas, oder glaubte es jedenfalls. Und er war durch Staatsgrenzen ebensowenig behindert wie die Luftwaffe.

Wo blieb das FBI? Hielt Redden es aus Gründen der Jurisdiktion aus dem Fall heraus, oder führte es seine eigenen Ermittlungen durch? Oder beides. Welch eine Blamage, wenn das FBI die Flüchtigen zuerst entdeckte! Zu seinen Gunsten sprach, daß es nicht durch Kompetenzgerangel verschiedener Behörden behindert würde.

»Wir haben die Staatspolizei von North Dacota um Amtshilfe gebeten«, sagte der Abschnittsleiter zu Redden. »Wir werden sie zusätzlich ersuchen, ihr Einwohnerverzeichnis mit dem aller Lieferwageneigentümer von Minnesota zu vergleichen. Wenn wir eine Namensübereinstimmung finden...«

»Besser wäre ein Namensvergleich mit allen Einwohnern von Minneapolis«, sagte Moorkith. »Die junge Frau war eine Enkelin, nicht wahr? Und sie fuhr den Wagen nicht.«

Redden schüttelte den Kopf. »Ich weiß nicht, ob uns das weiterbringen wird, aber tun Sie es ruhig. Unsere Leute werden unterdessen alle Bewohner des Landkreises Fargo anhand der gespeicherten Daten überprüfen, ob ihr beruflicher oder persönlicher Hintergrund Verdachtsmomente hergibt.«

»Weshalb?« fragte Arteria.

Er schenkte ihr ein überlegenes Lächeln. »Jemand gab die Nachricht von der Bruchlandung des Luftsammlers unverzüglich telefonisch nach Minneapolis durch. Warum sollte ein ordentlicher Bürger in einer die nationale Sicherheit berührenden Frage so vorgehen?«

»Ich denke, die Leute konnten auf Anhieb nicht wissen, daß es eine Frage nationaler Sicherheit war«, wandte der Vertreter des Militärs ein.

»Es war ein außergewöhnliches Ereignis. Es ist immer der sicherste Weg, anzunehmen, daß derartige Ereignisse die nationale Sicherheit betreffen, solange die Regierung keine anderslautende Erklärung abgibt.«

»Ich werde veranlassen«, erklärte der Polizeihauptmann, »daß die Teilnehmer sämtlicher Ferngespräche, die in der fraglichen Zeit zwischen Fargo und Minneapolis geführt wurden, festgestellt werden.«

Arteria hörte zu und malte Kringel auf ihren Schreibblock. Jeder hatte einen oder mehr Aspekte, die zu Resultaten führen konnten. Wer konnte wissen, welcher Weg zum Erfolg führte? Und wie immer, wenn mehrere Behörden beteiligt waren, würde jede versuchen, ihre Ermittlungsergebnisse den anderen vorzuenthalten, so daß sie das Verdienst an der Aufklärung nicht würden teilen müssen. Das war es, was man unter Teamwork verstand ...

Redden würde versuchen, die Jagd von seinem Schreibtisch aus zu führen. Er würde auf Ausdrucke und Berichte warten, die ihm gebracht wurden. Wer Ermittlungen durch Zuträgerdienste und Papierkrieg führte, fand nie etwas anderes als mehr Papier. Redden konnte den Gesuchten nur auf die Spur kommen, indem er sich von anderen Huckepack tragen ließ. Von anderen, die die Beinarbeit machten, Zeugen befragten und Hinweisen folgten.

Das werde ich sein, dachte Arteria. Oder das FBI.

Der sogenannte Worldcon hatte wie ein sicherer Tip ausgesehen. Nicht nur das, es war ein guter Tip gewesen. Die Gesuchten hatten sich dort aufgehalten, sie waren vor ihrer Nase hinausgeschmuggelt worden. Dieser Tremont Fielding hatte Bescheid gewußt. Sie hatte es in seinem Blick gesehen. Aber wohin waren sie gegangen?

Nicht nach Westen; nicht zurück zum Unfallort. Das wäre sinnlos. Auch nicht nach Norden. Also nach Osten, nach Wisconsin? Vielleicht. Sie mußten die Nebenstraßen genommen haben. Der Wisconsingletscher hatte die Fernstraße hinter Eau Claire unter sich begraben. Wo also konnten sie in Wisconsin Zuflucht finden?

Arteria lächelte. Natürlich.

Die gegen die Windschutzscheibe prallenden Schneeflocken schmolzen nicht mehr. Sie sammelten sich zu einer wattigen weißen Masse an, die von den ungeduldigen, eisverkrusteten Wischerblättern beiseite geschoben wurde. Die Teerstraße vor ihnen wurde grau wie der Himmel. Schwere Schneewolken lasteten auf dem Land. Von Zeit zu Zeit drangen die geisterhaft zuckenden Lichterscheinungen von Flächenblitzen durch das trübe Grau. Bob saß über das Lenkrad gebeugt und spähte durch das Schneegestöber in die Dämmerung.

Sie waren im Hügelland unterhalb von Prairie du Chien, nachdem sie stundenlang vor den Schneewolken südwärts gerast waren. Die Schneewolken hatten sie eingeholt. In diesem Teil des Staates waren die Landstraßen kurvenreicher; in den kleinen Tälern und

Bodensenkungen lagen Farmen versteckt. Nachdem bekannt geworden war, daß dieser Teil von Wisconsin in der letzten Eiszeit schneefrei gewesen war, hatten die Grundstückspreise angezogen.

Steve und die Engel starrten begeistert aus dem Seitenfenster. Einen Schneesturm wie diesen hatte Steve in Kalifornien nie erlebt, und die Engel hatten überhaupt niemals einen Schneefall gesehen. Sherrine plauderte gutgelaunt mit ihnen, als gäbe es keinen Grund zur Sorge.

Thor beugte sich zwischen ihr und Bob über die Sitzlehnen. »Nimm die nächste Querstraße rechts«, sagte er. »Sie führt zu einer Farm, wo ich im Frühjahr gearbeitet habe.«

»Wozu? Willst du einen Höflichkeitsbesuch machen? Die Fernstraße verläuft links von uns.«

»Bist du noch zu retten, Bob? Ich will uns in Sicherheit bringen, Unterkunft finden, und zwar so schnell wie möglich.«

»Unterkunft?«

»Ja. Es schneit. Oder hast du es nicht bemerkt?«

»Ich habe.«

»Na also. Weißt du, wie ein Schneesturm hier draußen sein kann, wenn die schwarzen Wolken sich von Norden über das Land wälzen? Hier nennen sie es einen ›Norther‹. Die Temperatur kann im Handumdrehen um zwanzig Grad fallen, und ehe du weißt, wie dir geschieht, steckst du in einer mannshohen Schneewehe. Verdammt, Bob, du weißt, wie ein Blizzard in Minneapolis sein kann; stell dir vor, was hier draußen auf dem Land passieren kann, außerhalb des Wärmesees der Stadt. Ich habe Geschichten von Vieh gehört, das auf der Weide erstickte, als der Wind den Tieren den Schnee so schnell und massenhaft in die Nüstern blies, daß sie nicht atmen konnten. Farmer machen keine Scherze über solche Sachen.«

Bob rieb das Lenkrad mit seinen Fäustlingen. Er warf Sherrine einen Seitenblick zu, dann sagte er: »Willst du mir Angst machen?«

»Ja«, sagte Thor.

Er nickte. »Wo geht es zu dieser Farm? Und woher weißt du, daß die Leute uns aufnehmen werden?«

Thor zog die Schultern hoch. »Ich weiß es nicht. Aber es ist unsere beste Chance. Sherrine, laß mich auf den Beifahrersitz, daß ich den Weg weisen kann.«

Bob hielt den Lieferwagen an, während sie die Plätze tauschten. Sherrine kroch nach hinten, und Bob fuhr weiter.

»Ist es wirklich so schlimm wie Thor sagte?« fragte Alex. Sherrine wandte sich zu ihm um. Er sah besorgt aus, Gordon ängstlich. Steve, der in seiner üblichen Lotusposition zwischen ihnen saß, beruhigte sich selbst durch Jogatechniken.

Sie nickte. »Es könnte sein.« Man durfte die Wahrheit niemals beschönigen. Was man nicht wußte, konnte einen doppelt schwer treffen. »Der Sturm kann in ein paar Stunden durchgezogen sein, aber es ist besser, auf Nummer sicher zu gehen und einen Unterschlupf zu suchen, wo wir das Ende des Schneesturms abwarten können.«

»Ist das sicher? Die Behörden sind hinter uns her ...«

»Sehen Sie, Alex, Gordon: ein Blizzard kann tödlich sein. Früher hatten wir Wettersatelliten, die uns vorwarnten. Jetzt ist es wieder wie in früheren Zeiten, und die Leute werden überrascht. Wie Thor sagte, es kann lebensgefährlich sein, draußen im Freien von einem Schneesturm überrascht zu werden. Und das gilt auch für die Polizei!«

Der Schneefall wurde stärker. Dicke weiße Watte sammelte sich an der Windschutzscheibe, schmolz von der Wärme des Wageninneren und wurde zu gefrierendem Schneematsch, bevor die Scheibenwischer es verhindern konnten. Die Landschaft verschwamm in eisiger Düsternis. Bob kam von der Fahrbahn ab, und Sherrine fühlte, wie die Räder sich durch das Bankett wühlten. Bob schaltete in den ersten Gang zurück und kam wieder auf die Straße. Er kurbelte sein Fenster herunter und kratzte mit dem Handschuh das Eis von der Windschutzscheibe. Der Wind besprühte seinen Bart mit Schnee.

Wenn wir es noch schaffen, dachte Sherrine. Und wenn die Leute uns aufnehmen.

Ike Redden hielt den Telefonhörer vor sich und starrte ihn an. Dann hielt er ihn wieder ans Ohr. »Was soll das heißen, sie können nicht über Lancaster hinaus nach Norden fahren? Ein Blizzard? Ausgeschlossen. Wir haben September. Woher wissen Sie das? Ich verstehe. In Patch Grove begegneten Sie einem Lastzug mit Schnee auf dem Dach? Natürlich, wenn es so ist ... Die örtliche Polizei warnt vor Fahrten nach Norden? Nein, dagegen ist nichts zu sagen.«

Wo immer Patch Grove sein mag. Er warf dem Hauptmann des Nachrichtendienstes der Luftwaffe, der ihm gegenüber mit einem Bleistift spielte, einen irritierten Blick zu und zuckte hilflos die Achseln.

»Ich verstehe«, sagte er ins Telefon. »Aber wir erhielten eine Meldung über einen braunen Lieferwagen mit Kennzeichen aus Minnesota, der irgendwo in Ihrer Nachbarschaft ist, und dachten – nein, ich fürchte, das kann ich nicht. Ja, wir verständigen alle Bezirke beiderseits des Flusses. Selbstverständlich. Ich bin sicher, daß Sie Ihr Bestes tun werden. Danke.« Er legte auf und lehnte sich zurück. »Bezirkssheriffs«, sagte er mehr zu sich selbst als zu seinem Gegenüber.

»Haben Sie vor, alle Lieferwagen in Minnesota und Wisconsin zu überprüfen?« fragte Lee Arteria.

»Haben Sie einen besseren Anhaltspunkt, Hauptmann?«

Arteria lächelte, sagte aber nichts, und Redden stützte die Ellbogen auf den Schreibtisch und legte die Fingerspitzen zusammen. Sollte das heißen, daß die Luftwaffe eine Spur verfolgte und nicht preisgeben wollte? Oder wollte sie nur, daß er glaubte, sie hätte eine Spur?

»Sie könnten auf die Information der Kfz-Zulassungsbehörde warten«, sagte Arteria. »Wenigstens würde es die Zahl der in Frage kommenden Lieferwagen reduzieren.«

Redden winkte geringschätzig ab. »Drei Tage sind schon vergangen. Irgendein Computerfehler. Sie versuchen noch immer, die Störung zu beheben. Die verdammte Zulassungsbehörde findet nicht mal eine Krähe in einer Schüssel voll Milch.«

Arteria überdachte das schweigend, dann nickte sie. »Gibt es Nachricht über mögliche Kontakte im Bezirk Fargo?«

»Noch nicht. Moorkith ist mit einer vergleichenden Überprüfung der personenbezogenen Daten beschäftigt. Die Grünen führen eine Liste aller als technophil bekannten Personen und ihrer früheren Aktivitäten für den Ausschuß für unamerikanische Aktivitäten des Repräsentantenhauses, aber es ist bloß eine alphabetische Namensliste, die in den meisten Fällen keine genaueren Angaben zur Person enthält. Sie müssen die Liste nach Anschriften umsortieren und dann mit den im Polizeicomputer gespeicherten Daten vereinen. Ich verstehe nichts von Computern, aber ich bin überzeugt, daß eine tüchtige Arbeitsgruppe die Liste inzwischen von Hand durchgearbeitet hätte.« Er nahm eine Faxmeldung aus dem Eingangskorb und überflog sie. Ein Lieferwagen des gesuchten Typs war auf der Bundesstraße 52 bei Rochester überprüft worden. Aber er war blau, und seine Insassen konnten sich ausweisen.

Arteria grunzte kopfschüttelnd, stand auf und reckte sich. Eine große Übersichtskarte des nördlichen Mittelwestens nahm eine Seitenwand des Büros ein. Arteria studierte sie eingehend, fuhr mit dem Zeigefinger von Fargo nach Minneapolis und weiter.

»Wo wurde dieser Lieferwagen festgestellt?«

»Welcher? Wir haben zwei Dutzend Hinweise.«

»Ich meine den letzten, den Sie telefonisch von diesem Sheriff bekamen.«

»Ach so. Crawford County.«

Arteria verfolgte eine Route auf der Wandkarte. »Und in südöstlicher Richtung?«

Redden nickte. »Auf der Staatsstraße 18. Ist es von Bedeutung?«

Arteria richtete sich auf. »Wahrscheinlich nicht.«

Mit anderen Worten, der Hinweis ist wahrscheinlich wichtig, dachte Redden. Welche Anhaltspunkte hatte Arteria? Es wurde ihm immer klarer bewußt, daß der Nachrichtendienst der Luftwaffe nichts von Teamwork hielt. Jeder kochte sein eigenes Süppchen und hoffte das Verdienst für die Festnahme angerechnet zu bekommen. Auch dieser Armeeoberst hatte nebenbei etwas laufen. Irgendeine Verbindung mit Winnipeg. Und dabei sollte dies eine Gemeinschaftsanstrengung sein; alle Beteiligten würden sich in das Verdienst teilen. Und Redden war Vorsitzender der Sonderkommission.

Nun, Mrs. Arteria, wir werden sehen, für wie klug Sie sich halten. »Wenn die Gesuchten in diese Richtung fuhren«, sagte er, »gerieten sie in einen Schneesturm. Und ein Schneesturm draußen auf dem Land ist eine Sache von Leben oder Tod. Wenn der gemeldete Lieferwagen der ist, den wir suchen, brauchen wir uns nicht zu beeilen.«

»Warum nicht?«

»Der Blizzard tobt seit drei Tagen. Inzwischen werden sie erfroren sein.«

Hilfssheriff Andy Atwood stieß mit dem Schneeschuh gegen das Heck des Lieferwagens. Der verkrustete, halb geschmolzene Schnee löste sich und glitt in einem Haufen auf den Boden. »Kennzeichen von Minnesota«, sagte er zu seinem Partner. Er richtete sich auf und blickte umher. Um die mit weißgestrichenen Brettern verkleidete Kirche standen mehrere Kleinlastwagen, Traktoren und Lieferwagen. St. Olaf in den Feldern. Er schlug seinen Pelzkragen hoch. »Komm mit. Das wollen wir überprüfen.«

Der Schnee lag zwei, drei Fuß hoch. Selbst mit Schneeschuhen kam man nur mühsam voran, weil die Schneeschuhe durch die Kruste brachen und mehrere Zentimeter tief in den nassen Pappschnee einsanken. Es mußte ein höllischer Schneesturm gewesen sein. Jetzt schmolz die weiße Decke, aber sie würde nicht mehr ganz abschmelzen, dafür war sie zu dick. Erst im Frühjahr. Wenn überhaupt. Er blickte über die Schulter und sah, daß sein Partner in seine Fußstapfen trat.

An der Kirchentür begegnete ihnen ein barscher alter Mann mit einer rotkarierten Holzfällermütze. Er stellte zwei Skier an der Wand der Kirche auf. »So«, sagte er. »Dienstlich unterwegs? Was gibt es?«

»Das werden wir sehen, Oldtimer.« Atwood nickte zum Kircheneingang. »Was geht dort vor? Es ist nicht Sonntag.«

»Nein. Beerdigung. Nach dem Schnee gibt es ein paar davon.« Er bewegte den Unterkiefer, als ob er Tabak kaute und überlegte, wohin er ausspucken sollte. »Wir kriegen hier nicht mehr viel Heizöl«, fuhr er fort. »Nicht wie bei Ihnen in den Städten, wo die Zeitungen und Fernsehkameras sind. Wenn es hier

Frost gibt …« Er machte eine längere, in sich gekehrte Pause, und als er weitersprach, war seine Stimme leiser, ruhiger. »Wenn es hier herum Frost gibt, drängen wir uns alle eng zusammen. Manche Leute schaffen es nicht mehr. Diesmal war es einer, der nebenbei für mich arbeitete. Er und ein paar seiner Freunde.«

»Ich verstehe. Macht es Ihnen was aus, wenn wir das überprüfen, Mr …?«

»Wallace. Enoch Wallace.« Der alte Mann streckte einen dicken Fausthandschuh aus, und der Hilfssheriff berührte in kurz mit seinem. »Es ist Gottes Haus, nicht? Alle sind willkommen.«

Er hielt ihnen die Tür auf.

Die Hilfssheriffs stampften im Vorraum den Schnee von ihren Schneeschuhen. Auf dem hölzernen Boden lag eine dünne Schicht Schnee, nicht geschmolzen und von vielen Stiefeln festgetreten. Sie schnallten ihre Schneeschuhe ab und hängten sie an Wandpflöcke. Atwood bemerkte mehrere andere Paare Schneeschuhe, und einige Skier. Ein Paar Skier waren von dem HighTech-Fiberglastyp. Ein Familienerbe, ohne Zweifel, aus den Tagen, als die Leute zum Vergnügen Ski liefen.

Zusammengedrängt, dachte er. Er hatte Geschichten gehört. Im Grant County hörte man Geschichten.

Wallace zog seine Fäustlinge aus und stopfte sie in seine dicke Wolljacke. »Wegen der Wärme, wissen Sie. Wegen der Wärme. Jede Farm hier herum hat eine Stube oder ein Alkovenbett, wo die Leute sich zusammendrängen können, wenn es kalt wird. Sie tragen alle Decken zusammen, legen sich hinein und wärmen sich gegenseitig, bis es draußen wieder warm wird. Die außen liegen, haben es meistens ein bißchen kälter, und die innen liegen, müssen Körpergeruch vertragen können. Viel Schlaf ist nicht drin, aber man erfriert auch nicht.«

»Mein Gott. Was machen Sie während des Winters?« Atwoods Partner war ein junger Bursche, noch nicht lange im Dienst. Ein Stadtjunge. Er würde noch genug zu sehen bekommen, bevor der Winter um wäre.

Wallace schien die Frage nicht zu stören. »Wir drängen uns den ganzen Winter unter den Decken zusammen, wenn wir nicht das Vieh versorgen oder Essen bereiten müssen«, sagte er. »Männer, Frauen und Kinder. An wärmeren Tagen kommen wir hier in St. Olaf zusammen. Wir beten und tauschen Neuigkeiten aus.«

»Sie leben wie überwinternde Bären?«

Die Augen des alten Mannes waren hart wie Kohle. »Wir halten keinen Winterschlaf, wenn Sie das meinen. Aber wie die Bären sind wir ziemlich dünn, wenn der Frühling kommt. Und manche von uns sind bereit für Mord und Totschlag, und manche sind bereit zu heiraten, aber wenigstens sind die meisten von uns noch am Leben.« Er öffnete die Tür zum Kirchenraum. »Die meisten«, wiederholte er. »Mein Helfer und ein paar Freunde von ihm wurden am Freitag im Freien vom Sturm überrascht. Sie schafften es nicht mehr alle.«

Wallace ging voran in den Kirchenraum. Bevor er ihm folgte, faßte Atwood seinen Partner beim Arm. »Hör zu, Bill. Was dieses gemeinsame Überwintern betrifft. Du brauchst zu Haus in der Stadt nichts davon zu sagen. Es würde die Leute nur bekümmern. Die Stadtleute klagen über das Thermostatgesetz; aber diese Landleute würden froh sein, wenn sie Heizöl bekämen und ihre Thermostate auf fünfzehn Grad einstellen könnten.«

»Aber, mein Gott, Andy. Wir sollten etwas für sie tun.«

»Wir könnten etwas tun.«

»Und was ist das?«

»Nach Öl bohren.«

Bill wartete, um zu sehen, ob sein Kollege scherzte. Dann platzte er heraus: »Aber das ist unangemessene Technik.«

Atwood folgte Wallace in die Kirche. »So ist es.«

Vor dem Altar standen drei Särge Seite an Seite. Knapp fünfzehn Trauernde waren über die Kirchenbänke verteilt. Atwood ging langsam durch den Mittelgang nach vorn und blickte nach links und rechts. Er sah keine ungewöhnlich langen und dünnen Personen. Keiner der Anwesenden paßte zu dieser Beschreibung. Eine Frau war unter den Anwesenden, die ziemlich groß und mager schien, aber bei weitem nicht so groß, daß sie der Beschreibung entsprochen hätte. Im offiziellen Fahndungsblatt stand nicht, ob die Ausländer Männer oder Frauen waren.

Sein Blick begegnete dem der Frau. Ihre Augen waren gerötet und naß von Tränen. Ihre Nase tropfte, und ihr Gesicht sah geschwollen aus. Atwood schlug verlegen den Blick nieder. Er wandte sich zu seinem Partner. »Komm, sie sind nicht hier.«

»Und der Lieferwagen mit dem Kennzeichen von Minnesota?« flüsterte Bill.

»Ach so. Die Grenze ist nicht weit, weißt du. Vom Steilufer aus kannst du Minnesota sehen. Viele Familien haben Verwandte auf beiden Seiten des Flusses. Siehst du hier jemanden, der auffallend groß ist?«

Atwood verzog das Gesicht, als Bill ihn fest am Arm packte. Der Junge zeigte in Gürtelhöhe verstohlen zu den Särgen, daß die Trauernden es nicht sehen konnten. Atwood stockte der Atem. Einer der Särge war lang genug für einen Leichnam von zwei Metern Körperlänge. Er trat näher und strich mit der Hand über den Sargdeckel aus einfachem Fichtenholz. Dann wandte er sich um und faßte Wallace ins Auge.

»Es ist mir sehr unangenehm, Mr. Wallace, aber ich fürchte, Sie werden diesen Sarg öffnen müssen. Nationale Sicherheit.«

»Nationale Sicherheit?« Der alte Mann schien erheitert. Atwood fragte sich, ob er einen Durchsuchungsbefehl verlangen würde. Aber das taten die Leute nicht mehr oft.

»Mehr kann ich Ihnen nicht sagen, Sir.« Er lächelte entschuldigend und kratzte sich unter dem Bart. »Viel mehr weiß ich selbst nicht. Dies ist nicht ihr Erntehelfer, nicht wahr?«

Wallace schüttelte den Kopf. »Einer seiner Freunde, von auswärts.«

Atwood nickte. »Dann können Sie sich nicht für seine Identität verbürgen.«

Wallace blickte schweigend auf den Sarg. »Das Bauholz der Welt«, sagte er.

»Wie?«

Der alte Mann sah ihn an. »Die Toten sind das Bauholz der Welt. Ihre Gebeine sind die Spanten und Abstützungen, die sie aufrecht halten.«

Atwood wartete, bis Wallace einen Zimmermannshammer gefunden hatte. Er fühlte die Blicke der Trauernden auf sich und biß in dumpfen Zorn die Zähne zusammen. Es war eine verdammt unangenehme Pflicht.

Die Nägel ächzten, als sie aus dem Sargdeckel kamen. Atwood erinnerte sich an Geschichten von teuren, mit Seide ausgeschlagenen Särgen aus schimmerndem Mahagoni. Es gab besondere Leute, Bestattungsunternehmer, deren einzige Arbeit darin bestand, daß sie eine eindrucksvolle und feierliche Begräbnisfeier aufzogen. Heutzutage gab es einfach zu viele Beerdigungen. Manchmal war der Sarg nur ein Sack aus Segeltuch. Manchmal nicht einmal das.

Der Deckel löste sich, und Atwood blickte in den

Sarg. Das Licht war schlecht, der Blickwinkel ungünstig. Er trat beiseite, um den Toten besser sehen zu können.

Ein hochgewachsener Mann, aber nicht annähernd zwei Meter groß. So mager, daß er beinahe abgezehrt aussah. Er hatte die Haut eines noch jüngeren Mannes, aber um die Augen war schon eine Andeutung von Alter. Atwood betrachtete die auf der Brust gefalteten Hände. Lange, knochige Finger, die Spitzen schwarz von Erfrierungen, ebenso wie Nase und Ohren. Er rümpfte die Nase. Der Leichnam war gewaschen worden, aber der Geruch des Todes war da.

Atwood trat zurück. »In Ordnung.« Eine Handbewegung. »Nageln Sie wieder zu.« Er streifte sich die Hände aneinander ab, obwohl er nichts berührt hatte. »Komm mit, Bill. Wir haben diese Leute genug behelligt.«

Wallace folgte ihnen nicht hinaus. Im Vorraum schnallten sie die Schneeschuhe an die Stiefel und zogen ihre Fäustlinge an, setzten die Mützen auf. »War das einer von ihnen?« fragte Bill. »Der Tote?«

Atwood zuckte die Achseln. »Er war lang und mager genug, um zu der Beschreibung zu passen.«

»Sollen es nicht zwei von ihnen sein? Und was ist mit den Leuten, die ihnen zur Flucht verholfen haben?«

Flucht wohin? überlegte er. »Wir werden die Zulassungsnummer des Lieferwagens weitergeben und in Minnesota überprüfen lassen. Aber du hast gehört, was Wallace sagte. Sein Helfer und ein paar Freunde. Du sahst die Erfrierungen, nicht? Großer Gott. Kein Heizöl. Kein Gas. Sie sind von der Regierung abgeschrieben worden. Sie müssen nach Süden ziehen oder sterben, und sie sind zu hartnäckig, um ihre Farmen zu verlassen. Du wolltest was für sie tun, Bill? Dann laß sie einander in Frieden begraben.«

Die sechs Sargträger sahen die Hilfssheriffs gehen. Während der lange Sarg geöffnet worden war, hatten sie neben den beiden anderen Särgen gewartet. Alex konnte sich kaum noch auf den Beinen halten, und Gordon erging es nicht besser.

»Sie sind fort«, sagte Wallaces Frau von der Kirchentür.

Alex seufzte und entspannte sich. Thor, Bob, Fang und Steve atmeten auf. Bob steckte die Hände unter die Achseln. »Ich dachte, sie würden nie gehen.«

Gordon, der sich am mittleren Handgriff eines der aufgebahrten Särge festgehalten und gestützt hatte, mußte von den anderen losgemacht werden, weil seine Finger sich verkrampft hatten. Sie führten ihn zu einer der Kirchenbänke und streckten ihn aus.

Alex stemmte sich hoch, um auf allen vieren zu kriechen, und Sherrine verließ ihre Kirchenbank und half ihm auf. Dann bewegte er sich mit langsamen, vorsichtigen Schritten zur nächsten Bank und ließ sich auf den harten, hölzernen Sitz fallen. Er knetete seine Oberschenkelmuskeln. Wenigstens hatte der Aufenthalt in Wallaces Farm, wo sie drei Tage lang eingeschneit waren, ihm und Gordon dank fleißigen Übens zu der Fähigkeit verholfen, aufrecht zu stehen und zu gehen, wenn auch nur kurze Zeit. Wie Steve ihnen von Anfang an eingehämmert hatte: täglich mehrere Stunden Training waren der Schlüssel zum Erfolg. Trotzdem hätte es übel ausgehen können, wenn die Sicherheitsbeamten eine Ausweiskontrolle durchgeführt hätten.

Enoch Wallace beugte sich über ihn. »Geht's wieder besser, Gabe?«

»Ja, gleich. Das war die längste Zeit, die ich aufrecht gestanden bin ...« Seit mehr als dreißig Jahren, rechnete er nach.

Sherrine klopfte ihm auf die Schulter. »Bald werden Sie ohne Hilfe durch das Zimmer gehen können.«

Alex mußte lächeln. Wer hätte gedacht, daß Gehen die Beherrschung so komplexer Fertigkeiten verlangte? Als Kind war er herumgelaufen, konnte sich aber nicht erinnern, wie er es gelernt hatte. In Zukunft würde er Fußgänger mit einer gewissen Ehrfurcht betrachten.

»Es war gut von Ihnen, daß Sie uns aufgenommen haben«, sagte Alex zum Farmer.

Wallace machte eine abwehrende Handbewegung. »Sieben warme Körper während eines Northers? Meine Frau und ich, wir wären ohne euch erfroren. Wie der arme Jed und seine Freunde.«

Alex warf einen Blick zu den Särgen und nickte.

Enoch Wallace hatte auf seinen Helfer Jed und dessen Freunde gewartet, als Thor an seine Tür geklopft hatte. Sobald der Sturm nachgelassen hatte, waren sie alle hinausgegangen, um zu suchen, und hatten die Toten nur ein paar hundert Meter vom Farmhaus entfernt gefunden. Nach den Spuren zu urteilen, die noch nicht völlig zugeschneit gewesen waren, schien es, daß die drei im Kreis marschiert waren. »Es kommt vor«, hatte Wallace gesagt. »Wenn der Wind den Schnee hochwirbelt, ist alles weiß, und du verlierst jedes Gefühl für die Richtung.« Thor, der den Helfer gekannt hatte, war nicht zu bewegen gewesen, vor dem Begräbnis weiterzufahren.

»Was nun?« fragte Alex.

»Weiter nach Chicago«, antwortete Bob.

Davon wollte Wallace nichts wissen. »Dieser Hilfssheriff hat eure Zulassungsnummer aufgeschrieben. Nur Routine, nehme ich an. Aber wenn ich in etwas verwickelt wäre, das nicht völlig normal und korrekt ist – nicht, daß ich es bin, wohlgemerkt, oder daß ich damit sagen will, daß es sonst jemand sei –, würde ich mich in acht nehmen, mit diesem Fahrzeug über die Straßen zu fahren. Heutzutage reisen die Leute nicht mehr so viel, schon weil Treibstoff schwer zu bekommen ist. Daher fällt jeder Wagen auf, der weit von zu Hause ist, und könnte der Polizei verdächtig vorkommen.«

Bob runzelte die Stirn. »Hm, Sie haben recht.« Er blickte ratlos zu Sherrine, dann wieder zu Wallace. »Was sollten wir tun?«

Wallace zeigte ein zahnlückiges Lächeln. »Sie könnten mit mir zu Hirams Werkstatt fahren. Wir werden sehen, ob er was zusammenbasteln kann.«

Sie folgten ihm hinaus in das grelle, frostige Sonnenlicht. Alex ging neben Wallace, auf einer Seite von Sherrine gestützt, aber seine Beine trugen schon den größten Teil seines Gewichts. Er ging wie ein Zweijähriger und fühlte sich wie ein Hundertjähriger, aber er ging mit eigener Kraft, und das war viel wert. »Hirams Werkstatt«, sagte er. »Dann ist Ihr Freund kein Farmer?«

»Nein, er ist Mechaniker. Er richtet Dinge. Dabei hat er Geschick. Schneefräsen, Traktoren, Radios, Fernseher.« Er warf Alex einen schlauen, augenzwinkernden Blick zu. »Vielleicht sogar einen Computer oder zwei, wenn jemand so ein Ding hätte, was ich nicht behaupten will.«

Alex hob die Brauen und tauschte einen Blick mit Sherrine. »Sie reden nicht wie einer, der gegen Technik ist.«

Wallace lachte rauh. »Versuchen Sie mal ohne Technik eine Farm zu bewirtschaften. Auf den alten Holzschnitten sieht es viel reizvoller aus, als es in Wirklichkeit ist. In einem guten Jahr essen wir nichts als Käse und Rindfleisch. Kochen das Rindfleisch gut. Keine Antibiotika. Wenn Sie einen Vorrat guter Tiermedizin für Kühe in die Finger bekommen könnten, wäre er sein Gewicht in Käse wert.«

Alex schmunzelte höflich, obwohl ihm die Pointe entgangen war. Warum sollte Käse in Wisconsin wertvoll sein? Er wollte sich durch die Frage keine Blöße geben und fragte statt dessen: »Was tun Sie in einem schlechten Jahr?«

Wallace grunzte, und seine Stimme verhärtete sich. »In einem schlechten Jahr verhungern wir.«

Sherrine konnte ihren Verdacht nicht loswerden. Zugegeben, Wallace hatte sie vor dem Schneesturm gerettet und ihnen geholfen, die Hilfssheriffs zu täuschen; aber das mochte aus Pflichtgefühl heraus geschehen sein. Schließlich hatte ihre Körperwärme geholfen, Wallace und seiner Frau das Überleben zu sichern; und die Landleute hatten nicht viel für eine Regierung übrig, die sie praktisch abgeschrieben hatte. Trotzdem …

Sie folgten Wallaces klapprigem Kleinlaster über die kleinen Landstraßen hinter Millville. Sherrine saß mit Alex und den anderen im Laderaum des Lieferwagens. Es ging durch hügeliges Land, dessen Bäume rot und gelb im Herbstlaub leuchteten. Eine seltsam desorientierende Schicht bunten Herbstlaubs lag auf dem Schnee, als hätte der Blizzard die Jahreszeiten durcheinandergebracht. Manche Bäume waren schon kahl und winterlich. Sie kamen auf eine steil abfallende Hochfläche hinaus, von der sie den Zusammenfluß des Wisconsin und des Mississippi sehen konnten. Die Flüsse funkelten im Sonnenschein. Sie führten Niedrigwasser und strömten träge dahin; viele ihrer Zuflüsse waren zugefroren.

Erst als Wallace hupte und in die Zufahrt eines baufälligen Anwesens bog, entspannte sich Sherrine. An einen Pfosten am Straßenrand war ein handgemaltes Schild genagelt. Hellrote Buchstaben auf einer großen Sperrholzplatte:

GROSSER VERKAUF AB HOF
HIRAM TAINE, MECHANIKER

Natürlich, dachte sie. Natürlich. Sie waren unter Freunden. Sie sah Fang grinsen und Thor mit dem Ellbogen anstoßen. Thor lächelte still, wie bei einer gut vorbereiteten Überraschung. Sherrine mußte lachen und erntete einen erstaunten Blick von Alex.

Die ganze Zeit hatte sie sich gesorgt, weil sie im Proxmire-Land waren. Dabei hatte sie vergessen, daß sie auch im Clifford Simak-Land waren.

12

Der beste aller Ärzte...

Im Lieferwagen war es dunkel und kalt und stank nach Öl, Gummi und dem Modergeruch schimmelnden Isoliermaterials zwischen der Innenverkleidung und dem Stahlblech der Karosserie. Alex MacLeod konnte sich an diesen Geruch nicht gewöhnen. Er war schlimmer als an Bord der *Piranha.* Er saß zusammengekauert unter Decken mit den anderen im Laderaum. Das einzige Licht war der matte Schein einer Taschenlampe. Alex sog die feuchte, moderige Luft ein und wünschte, Bob könnte den Motor starten und die Heizung in Gang setzen; aber das war natürlich unmöglich.

Sherrine war ein Elfengesicht, halb erhellt von der müden Taschenlampe. »Ich finde es gemütlich«, sagte sie. »Als ich Kind war, las ich unter meiner Decke mit einer Taschenlampe Bücher. Immer mit einem Ohr verdächtigen Geräuschen lauschend, die das Kommen meiner Eltern ankündigten.«

»Haben sie dich erwischt?« fragte Thor.

»Natürlich. Das erste Mal bekam ich einen Vortrag zu hören, daß die Nachtruhe zum Schlafen da sei und ich am Morgen unausgeschlafen, müde und unkonzentriert in die Schule kommen würde. Beim zweiten Mal bekam ich den Hintern versohlt. Danach erwischten sie mich nicht mehr. Vielleicht hatten sie es satt, mich zu überwachen. Außerdem brachte ich gute Zeugnisse nach Haus. Aber am schönsten war es in den Sommerferien, wenn sie mich zur Farm meiner Großeltern schickten. Großvater hatte zwei Kartons voll alter Taschenbücher, in denen ich nach Herzenslust lesen konnte.«

»Das muß Spaß gemacht haben«, sagte Gordon. »Ja, viel Spaß«, sagte Alex. »Wie lange werden wir hier festsitzen?«

Bob hob die Schultern, und die Decken hoben sich mit ihnen. »Keine Ahnung.«

»Geduld«, sagte Fang. »Hier. Das ist Cheddar.«

Es war ein halbpfündiger Keil. Alex unterdrückte aufkommenden Ekel. »Nein danke. Der Käse ist mir jetzt schon zuwider; ich werde fasten, bis wir nach Chicago kommen.«

»Käse ist geronnene, fermentierte Milch«, sagte Fang. »Die Orientalen betrachten ihn als ›verfaulte Milch‹.«

Sherrine wandte den Kopf zu ihm. »Danke für diese interessante Mitteilung.«

»Nun«, sagte Thor, »wo es Quark gibt, da gibt es Molke.«

»Im Ernst«, beharrte Alex. »Wie lange werden wir noch in diesem Sattelzug stecken?« Umgeben von Käse. Eingekeilt zwischen Käsekartons. Sicher, es sparte Benzin für den Lieferwagen und verbarg sie vor den Hilfssheriffs, aber er kam sich wie in einer Gruft vor – einer Gruft mit Wänden aus Käsekartons.

Fang knabberte an dem Keil, den er wie eine übergroße Ratte mit beiden Händen hielt. »Wie lange?« erwiderte er. »Schwer zu sagen. Der Sattelzug fährt über die Landstraßen, um den Monties zu entgehen.«

»Den Mounties?«

»Monties ... Montereys. Sie überfallen Käsetransporte.«

»Überfallen Käsetransporte?« sagte Gordon. »Warum sollte jemand so etwas tun?«

Fang hielt seinen Keil hoch und drehte ihn im matten Schein der Taschenlampe. »Angebot und Nachfrage«, erklärte er. »Im Süden und Osten von Chicago ist dieses Zeug selten. Die Infrastruktur bricht zusammen. Brücken, Böschungen, Abzugskanäle. Viele Straßen sind fast unpassierbar. In Wisconsin ist kaum irgendwo Benzin zu bekommen. Also kommt nicht viel Käse aus dem Staat. Nur wenn die Erzeugergenossenschaft genug Kraftstoff horten kann, um eine Fahrt wie diese zu machen. Natürlich halten die Monties Ausschau. Ein vollbeladener Käselastzug, den sie nach Pittsburgh oder St. Louis umleiten, bringt ihnen ein Vermögen ein.«

»Ich habe gehört«, sagte Sherrine, »daß sie in einigen Orten die Räder von Hartkäse mit offiziellen Siegeln abstempeln und als Zahlungsmittel gebrauchen.«

Thor lachte. »Habe ich auch gehört. Da braucht man einen großen Geldbeutel.«

»Nein, nein«, sagte Fang. »Man legt den Käse in einen Kühlraum und gibt Zertifikate aus. Zahlbar an den Überbringer, soundso viele Kilo Käse.«

»Würde ein Rad Schweizer Emmentaler mehr wert sein als ein Cheddar?«

»Klar, du weißt, wie zuverlässig die Schweizer Käsebankiers sind ...«

»Wie funktioniert es mit der Umrechnung?« fragte Steve. »Wie viele Kilo Colby gibt es für ein Kilo Gorgonzola?«

»Entschuldigen Sie, Sir«, sagte Sherrine, »aber können Sie mir auf einen Roquefort herausgeben?«

»Behalten Sie Ihr stinkendes Geld, Myladie.«

»He«, lachte Bob, »wenigstens würde das Geld gedeckt sein.«

Alex konnte es kaum glauben. Mit ihrem Lieferwagen und allem fuhren sie im Laderaum eines mit Käse beladenen neunachsigen Sattelzuges durch banditenverseuchtes Territorium, und seine Gefährten scherzten über Käse. »Mir scheint«, meldete er sich zu Wort,

»daß dies eine unheimlich riskante Methode ist, um aus Wisconsin zu entkommen.«

Die anderen sahen ihn lächelnd an und warteten auf seine Pointe. Alex ließ sich nicht beirren. »Ich meine die Montereys. Gibt es die wirklich?«

»Sicher, aber ...«

»Alex«, sagte Sherrine, »die Polizei sucht unseren Lieferwagen.«

»Hiram Taine gab uns neue Nummernschilder und spritzte den Wagen orange.«

»Ein Grund mehr, um nicht zu riskieren, daß wir angehalten werden.«

»Außerdem«, warf Thor ein, »was ich schon immer sagen wollte.«

Alex sah ihn stirnrunzelnd an. »Was?«

»Achtung, die Bullen! Alle sagen Cheese!«

Alle brachen wieder in Gelächter aus. Alex blickte verdrießlich und verschob den rechten Fuß zu einer bequemeren *Siddhasan*-Position. Seine Gefährten konnten einfach nichts ernst nehmen. Sie mußten Witze reißen. Wie verläßlich war dieses Rettungsunternehmen? Sollte es sein Schicksal sein, seine Strafe dafür, daß er den letzten Flug verpfuscht hatte? War es ihm bestimmt, für den Rest seines Lebens ziellos und unter den unbequemsten Umständen im Land herumgefahren zu werden?

Sherrine berührte seinen Arm und beugte sich an Thor vorbei, der Steve einen weiteren Witz erzählte. »Alex«, sagte sie, »wir hätten niemals genug Benzin für den Lieferwagen organisieren können, um aus eigener Kraft zu fahren. Die Farmer der Gegend haben lange Treibstoff gespart, um diesen einen Lastzug auf den Weg zu bringen. Indem sie uns statt des gleichen Volumens an Käse an Bord nahmen, brachten sie ein ungeheures Opfer.«

»Das ist es nicht, Sherrine. Es ist ...«

»Was?«

Alex seufzte, und sie beugte sich näher. Er roch ihren süßen Atem. »Es ist ...« Was plagte ihn? War es deswegen, weil der Optimismus verflogen war, der ihn nach der Rettung erfüllt hatte? Daß sein guter Wille, das Exil anzunehmen und sich darin wohl zu fühlen, an schlaflosen Nächten, Gedränge, Schneestürmen, bröckelnden Straßen und Begräbnissen zuschanden geworden war? Er machte eine Kopfbewegung zu den anderen hin. »Erkennen die nicht den Ernst unserer Lage?« flüsterte er ihr zu.

»Wenn Ernst bedrückend wird, bekämpft man ihn mit Unernst«, flüsterte sie zurück.

Später, als sie unter den Decken schliefen, wurde Alex durch einen Ruck geweckt. Er stützte sich auf die Ellbogen, momentan erfreut, daß er sich mit Hilfe der Ellbogen aufrichten konnte, und blickte umher. Nicht, daß er etwas sehen konnte. Im Innern eines Lieferwagens, der in einem Sattelzug stand, eingepackt in Käsekartons, gewann das Wort ›dunkel‹ neue Bedeutung. Er lag still und lauschte. Das vertraute gleichförmige Brummen des Dieselmotors und die sanften Stöße und Schaukelbewegungen hatten aufgehört.

Der Sattelzug hatte angehalten.

»Was ist?« fragte Sherrines schläfrige Stimme neben ihm. Er stellte sich vor, daß sie zusammen ein Bett teilten, abgetrennt von ihren fünf Aufpassern.

»Nichts«, sagte er. »Der Lastzug hat angehalten. Das ist alles. Vielleicht braucht der Fahrer eine Ruhepause.«

»Ah, gut. Ich könnte auch eine brauchen. Sollten wir hinausgehen?«

»Moment.« Türen fielen zu, und der Motor setzte wieder ein. »Fahrerwechsel, glaube ich.« Der erste Gang wurde eingelegt.

»Ich hoffe, wir kommen bald ans Ziel, oder es riecht in diesem Lieferwagen wie in einer New Yorker U-Bahnstation.«

»Bitte«, sagte Bob und gähnte in die Dunkelheit, »wenn ihr müßt, geht hinaus.«

»Auf den Käse?«

»Ich vermisse wirklich meinen Schutzanzug«, sagte Alex.

»Wieso?«

»Da hatte ich einen Katheter.«

Lee Arteria studierte die Liste, die Moorkith vervielfältigt und verteilt hatte. Der Computerausdruck umfaßte mehrere Seiten. Namen und Adressen waren in Kolonnen aufgereiht. Nicht einmal alphabetisch! Vielleicht nach Adressen sortiert? Nein, die Reihenfolge hatte überhaupt keine logische Ordnung. Eine Zusammenstellung aufs Geratewohl. Vielleicht wußte niemand in Moorkiths Stab, wie man ein Sortierprogramm einschaltete.

Das schien wahrscheinlich. Computer mochten notwendig sein, aber sie waren ein notwendiges Übel. Lernte man zuviel darüber, könnte man zu Technikgläubigkeit verführt werden. Außerdem war Fachkompetenz elitär. Es war nicht schwer, sich vorzustellen, wie Moorkiths Leute vorsichtig Tasten drückten und zurücksprangen, daß sie durch die Berührung befleckt würden.

»Für einen kleinen Kreis wie Fargo sind das viele subversive Personen.« Die Frau von der Staatspolizei North-Dacota war ein neues Mitglied in der Runde. Arteria vermutete, daß die verschiedenen Jurisdiktionen der Einzelstaaten entschieden hatten, ihr Personal zusammenzulegen, um in der Sonderkommission mehr Gewicht zu erhalten.

»Das kann ich nicht beurteilen«, sagte Moorkith,

»glaube aber, daß es zweckmäßig sein würde, jedem Hinweis auf mögliche Verbindungen mit technophilen Kreisen in Minneapolis nachzugehen.«

Arteria unterdrückte ein Lächeln. Aufgeblasener Esel. Sie würden lange damit zu tun haben, einige dieser Personen zu überprüfen. Verne, Jules. Gernsback, Hugo. Wells, H.G. Sogar Jefferson, Tom und Carver G.W. Alles Technophile. Hatte Moorkith sich den Ausdruck überhaupt angesehen, bevor er ihn verteilt hatte? Nein, er nahm einfach an, daß er richtig sei. Für jemanden, der es liebte, abschätzig über Technik zu sprechen, hatte er ihr gegenüber eine naive und vertrauende Einstellung.

Wie lang war Moorkiths Datenbasis schon infiziert? Arteria hätte es liebend gern gewußt. Ein Hacker aus früheren Jahren würde mit der gegenwärtigen Zielsetzung der Kommission nichts zu tun haben. Ein gegenwärtig aktiver Hacker mochte das Ziel haben, die Suche nach den Flüchtigen zu erschweren. In beiden Fällen wies die Wahl falscher Namen direkt auf Personen hin, die der Fangemeinde zumindest nahestanden.

Arteria lächelte ungeniert. Bisher schien niemand sonst bemerkt zu haben, aus welcher Ecke die Unterstützer kamen. Gewiß, sie verdächtigten SF-Anhänger schon prinzipiell, aber ihre allgemeine Einstellung war, daß Fans wirklichkeitsfremde und ineffiziente jugendliche Spinner waren. Eine gefährliche Annahme, manchmal richtig, aber manchmal ziemlich weit daneben. He, dachte sie bei sich, ich kann diesen Fall allein lösen und das ganze Verdienst daran einheimsen. Könnte für eine Beförderung gut sein.

Die Hecktüren des Sattelzuges wurden aufgerissen, und helles Sonnenlicht drang herein. Alex kauerte mit den anderen neben Bobs Lieferwagen und spähte durch die Paletten mit Käsekartons, die sie gegen Sicht von außen abschirmten. Man hörte laute Stimmen und gebrüllte Befehle und Motorengeräusch.

Thor kratzte sich den Bart und zog die Stirn in Falten. »Enoch sagte, seine Freunde würden uns in einem Lagerhaus herauslassen, bevor sie den Sattelzug zum Großmarkt fahren würden.«

»Vielleicht hat es eine Änderung des Plans gegeben«, meinte Bob.

»Die Sache gefällt mir nicht«, murmelte Fang kopfschüttelnd.

»Was sollen wir tun?« fragte Gordon.

»Nichts. Weglaufen geht nicht, verstecken geht nicht. Genießen wir also die Aussicht.«

Der Gabelstapler zog die Palette vor ihnen weg. Ein Trupp Männer in dicken Flanellhemden zählte die Kartons und Käseräder. Plötzlich hielten sie inne und starrten den Lieferwagen an. Der Vorarbeiter blickte von seiner Klemmtafel auf, und eine ausgegangene Zigarre fiel ihm aus dem Mund. »Wer, zum Teufel, sind Sie?« fragte er.

Thor spähte zur Hecköffnung hinaus. Graue, rußige Wolken hingen über gedrungenen, kastenförmigen Gebäuden. In der Ferne stiegen zwei schwärzliche Rauchfahnen himmelwärts. Er schüttelte den Kopf. »Wir sind nicht in Chicago.«

»Willkommen in Kilbourntown, Damen und Herren.« Der Ratsherr bedachte sie mit einem wohlwollenden Lächeln von seinem pelzbezogenen Thron. Er war annähernd so breit wie hoch und trug einen rötlichbraunen und weißen Umhang aus Fuchspelzen. Berater und Diener umgaben ihn in ehrerbietiger Distanz und harrten seiner Befehle. Eine Anzahl der Männer trug Seitengewehre und gekreuzte Bandeliers, aber da und dort sah Alex auch Säbel. Ein spärlich bekleidetes junges Mädchen räkelte sich auf den

Stufen vor dem Thron. Körpergeruch hing wie ein Miasma im Raum.

Wie der Hof eines barbarischen Stammesfürsten, dachte Alex. Er stand mit wackligen Knien bei seinen Gefährten, noch im Zweifel, ob sie Gefangene waren oder nicht.

Thor gab ihm seinen Ellbogen, daß er sich einhängen konnte. »Großer Ghu«, murmelte er aus dem Mundwinkel. »Wir sind in Hyperborea. Wo bleibt Conan?«

Der Ratsherr hob einen großen, gravierten Bierkrug und prostete ihnen zu. »Trinken Sie mit mir«, sagte er.

Es war ein Signal. Seine Diener beeilten sich, den Reisenden kleinere Bierkrüge zu reichen. Alex betrachtete seinen Krug zweifelnd. Szenen teutonischer Idyllik schmückten die Seiten. Ein Zinndeckel verschloß die Öffnung. Nun, das war ihm vertraut. Offene Krüge kamen ihm noch immer sonderbar vor; aber wie trank man aus diesem Ding? Es gab keinen Sauger.

Dann bemerkte Alex einen kleinen Daumenhebel, der den Deckel hob. Aha. Aber was war der Sinn des Deckels? Hier gab es Schwerkraft. Sie brauchten sich nicht zu sorgen, daß das Bier davonschwebte.

Der Ratsherr wartete, und sein Zeremonienmeister bedeutete ihnen, daß sie trinken sollten. Es war ein dünnes, bitteres Gebräu ohne ausreichend Kohlensäure. Alex lächelte und gab vor, mehr davon zu trinken. »Es ist sehr gut«, sagte er. Man sollte seinen Gastgeber nicht beleidigen, schon gar nicht einen von ungewissem und barbarischen Temperament.

Der Ratsherr nickte lächelnd. »Es schmeckt wie Pferdepisse, nicht? Ach, ehe ich's vergesse: Sie sind neu hier, also lasse ich es Ihnen diesmal noch durchgehen. Aber bitte sprechen Sie nicht zu mir, wenn Sie nicht dazu aufgefordert werden.« Die Stimme hob sich am Ende des Satzes beinahe wie in einer Frage. Das Lächeln war noch da, und die vergnügten Augen zwinkerten. Alex merkte, daß er schwitzte. Er hatte sich noch nie auf so höfliche Weise bedroht gefühlt.

Er hatte seine Jacke bereits geöffnet. Nun lockerte er auch den Hemdkragen. Dies war das erste Mal, daß er sich seit dem Treck über das Eis wirklich warm gefühlt hatte. War es wirklich warm im Palast des Ratsherrn – dem alten Gebäude der Bundesbehörden in der Wisconsin Avenue –, oder war es bloß die Nervosität über ihre Lage? Dann fiel ihm ein, daß die Arbeiter an der Verladerampe in Flanellhemden gearbeitet hatten.

Seltsam. Hatte Thor ihm nicht gesagt, daß Milwaukee den Eisfeldern näher sei als jede andere größere Stadt mit Ausnahme Winnipegs? Vielleicht hatte es mit dem See zu tun, oder dem Strahlstrom.

Der Ratsherr stellte seinen Bierkrug auf das von einem Diener gehaltene Tablett, ließ ein gewaltiges Rülpsen hören und wischte sich den Mund mit der Manschette. Dann machte er eine Anzahl schneller, hinweisender Handbewegungen, und die anderen Diener sammelten die Bierkrüge der Besucher ein. Alex gab seinen bereitwillig her, aber Fang hielt an seinem fest und trank noch einmal begierig, bevor er den Griff fahren ließ. Der Ratsherr schüttelte den Kopf. »Sie sind entweder ein tapferer Bursche, oder sie haben überhaupt keinen Geschmack.« Er rieb sich die Hände. »Nun zum geschäftlichen Teil. Wer, zum Teufel, sind Sie, und was taten Sie im Käselastzug?«

Sherrine und Bob sahen sich an, dann trat er vor. »Darf ich sprechen?«

Der Ratsherr hob die Brauen. »Ich stellte eine Frage, nicht wahr?«

»Ich meinte, darf ich eine Bitte äußern?«

Der Ratsherr schob das Kinn vor und strich es mit Daumen und Zeigefinger. »Gewiß. Warum nicht? Ich könnte sie sogar gewähren, obwohl Sie keine eingetragenen Wähler sind.«

»Zwei von meinen Freunden hier mußten bis vor kurzem im Rollstuhl sitzen. Sie können noch nicht lange stehen. Hätten Sie etwas dagegen ...?«

»›Euer Ehren‹ ist der richtige Titel.«

»Danke, Euer Ehren. Hätten Euer Ehren etwas dagegen, wenn sie sich niedersetzten?«

Die versammelten Diener und Höflinge schienen alle auf einmal die Luft anzuhalten. Eine der Bedienungen strauchelte mit ihrem Tablett und hätte beinahe die Bierkrüge fallen lassen. Der Ratsherr verfärbte sich ein wenig, dann lachte er. »He, natürlich. Dies ist eine Demokratie, nicht wahr?«

Zwei Stühle wurden gebracht. Nur zwei, bemerkte Alex. »Ich kann noch stehen«, sagte er zu Sherrine.

»Seien Sie nicht galant. Verlangen Sie sich nicht mehr ab als Steve Ihnen zumutet.«

Alex ließ sich auf den Stuhl sinken. Er blickte zu Gordon. »Laß die anderen dies regeln«, sagte er leise.

Gordon nickte.

Der Ratsherr lächelte humorlos. »Also, was ist mit Ihrer Anwesenheit im Käselastzug?«

»Wir ...« Sherrine blickte zu Bob, der die Achseln zuckte.

»Nur zu.«

»Wir blieben mit unserem Lieferwagen im Westen Wisconsins liegen, Euer Ehren. Ein paar Freunde halfen uns Benzin sparen, indem sie uns in den Sattelzug verluden, der die Käselieferung machte.«

»Das ist eine sehr kostspielige Gefälligkeit. Ihretwegen fehlen mir jetzt ein paar hundert Kilo Käse.«

»Es war ein Schneesturm, Euer Ehren«, erklärte Thor. »Wir retteten dem Farmer das Leben.«

»Heutzutage ist ein Menschenleben sein Gewicht in Käse nicht wert. Aber das weiß er vielleicht nicht.« Er strich sich wieder das Kinn mit dem Daumen. »Sind Sie wirklich nicht aus Juneautown? Nein, ich denke nicht«, antwortete er sich selbst. »Wenn Sie Trojanisches Pferd spielten, wäre es ein dummer Streich gewesen, und Dummheit gehört nicht zu den Eigenschaften des Ratsherrn Wlodarczyk.« Er hob die Arme und ließ sie klatschend auf die Armlehnen seines Throns fallen.

»Aber mir fehlt noch immer der Käse. Was also soll ich tun?«

Alex argwöhnte, daß die Frage rhetorisch war; aber Thor meldete sich trotzdem zu Wort.

»Ich dachte, die Lieferung ginge nach Chicago, Euer Ehren«, sagte er. »Wurden wir in den falschen Lastzug verladen?«

Die Höflinge lachten. Sogar die Diener gestatteten sich ein hochnäsiges Kichern. Das Lächeln des Ratsherrn wurde nachsichtig.

»Sagte ich etwas Komisches, Euer Ehren?«

»Ach, diese Hinterwäldler verstehen nichts von Wirtschaft. Gewiß, sie schickten ihren Käse nach Chicago, aber sie hätten hier ein besseres Geschäft machen können. Also taten wir ihnen einen Gefallen.«

»Sie!« platzte Sherrine heraus. »Sie stecken hinter den Monties!«

Der Ratsherr richtete einen zornfunkelnden Blick auf sie. »Passen Sie gefälligst auf, was Sie da reden! Wenn Sie keine Dame wären, würden Sie sechs Monate wegen Majestätsbeleidigung bekommen. Wir stehlen hier keinen Käse. Wir brauchen ihn, um mit den Gangstern in Chicago zu verhandeln, seit Juneautown uns vom Hafen und der Marina abschnitt. Chicago wird seinen Käse früher oder später bekommen, keine Sorge; aber er kann uns bei der Gelegenheit auch von Nutzen sein.«

Am liebsten hätte Alex sich auf den fetten Ratsherrn gestürzt und ihm die Kehle zugedrückt, aber er gab sich keinen Illusionen über seine Kräfte hin. Ein ehrlicher Mann, der von gierigen Nachbarn bedrängt wurde. War es Heuchelei? Selbsttäuschung? Oder das Fehlen jeder moralischen Verhaltensnorm? Kannte er nur Macht und Abhängigkeit?

Oder war es nicht so einfach? Der sogenannte Ratsherr und seine Kumpane waren arrogante Banditen, die sich in ihrem Machtzentrum sicher fühlten. Aber schien das Lächeln nicht forciert? Glitzerte in den Augen nicht eine Andeutung von Furcht? Auf der Westseite des Sees rückte das Eis schneller vor als irgendwo sonst. Orte wie Fox Point und Brown Deer waren, so Thor, schon vom Eis eingeschlossen.

Warum war es dann so warm hier?

Milwaukee war keine Großstadt mehr: Die beiden Hälften der Stadt zu beiden Seiten des Flusses waren getrennte Städte geworden, die miteinander im Krieg lagen. Vielleicht war Ratsherr Strauss lediglich ein Kommunalpolitiker alten Schlages, der sich im Parteiapparat hochgearbeitet hatte und verzweifelt versuchte, die drohende Katastrophe von seinem Amtsbezirk abzuwenden, obwohl er wußte, daß es hoffnungslos war. Der Druck solch einer Bürde konnte einen Charakter deformieren, vielleicht sogar über seine Belastbarkeitsgrenze hinaus.

Man wußte, was es aus Lonny Hopkins gemacht hatte. Und das war eine seltsame Idee, weil es der erste mitfühlende Gedanke war, den er seit langer, langer Zeit für den Stationsleiter übrig gehabt hatte.

Gut, Alex, sagte er sich. Was würdest du tun, wenn du auf einem geplünderten Restaurantstuhl sitzen, einen Umhang aus Tierfellen tragen und zusehen würdest, wie deine Gemeinde, für deren Wohl du Jahrzehnte gearbeitet hast, langsam von Gletschern verschlungen wird? Alles was nötig war, nicht? Eine Katastrophe mobilisierte Treue und Opferbereitschaft mehr als alles andere.

»Aber die Farmer, Euer Ehren«, sagte Sherrine.

Laß gut sein, Sherrine, wollte er ihr sagen. Diese Männer und Frauen sind in ihrer Verzweiflung rücksichtslos. Sie stehlen Käse nicht zum Vergnügen. Sie versuchen sich und ihre Familien zu retten.

Der Ratsherr breitete großmütig die Hände aus. »Sie werden ihre Bezahlung bekommen. Wir sind keine Diebe. Sie haben mehr Käse als sie brauchen können. Wir haben Bier aus unserer …« Er grinste. »Na, jedenfalls haben wir Bier. Also werden wir ihren stinkenden Käsetransporter mit genug Bierfässern beladen, daß der Wert nach unserer Einschätzung dem des Käses entspricht, und ihn zurückschicken. Wert gegen Wert. Wir haben hier keinen Käse; sie haben dort kein Bier. Sie bekommen sogar ihren Sattelzug und ihre Fahrer zurück.«

»Aber, Euer Ehren, was können sie mit einem Sattelzug voll Bier anfangen?«

»Ein Fest veranstalten. Sich betrinken. Was sonst gibt es da draußen in der Pampa zu tun? Sie sollten froh sein, daß wir überhaupt Tauschhandel treiben. Einstweilen …« Er rieb sich die Hände. »Ich habe mir überlegt, was mit Ihnen anzufangen ist. Mein Stadtkämmerer wird den Wert des Käses berechnen, den Sie aus dem Sattelzug verdrängt haben. Dann werden wir Sie zum Standardlohn – abzüglich Unterkunft und Verpflegung, natürlich – arbeiten lassen, bis Sie die Differenz abbezahlt haben.« Er lächelte ihnen aufmunternd zu. »Das ist fair, nicht wahr?«

Keiner war geneigt, ihm zu widersprechen.

Der Wachtposten, der sie zum Schauplatz ihrer neuen Pflichten brachte, war voll Enthusiasmus und Bürgerstolz. Wären nicht das Kurzschwert an seiner Seite und die Armbrust auf seinem Rücken gewesen, hätte Alex ihn für ein Mitglied der Handelskammer gehalten. Vielleicht war er es.

»Ist der Ratsherr nicht ein hervorragender Mann?« prahlte er. »Ich war in dem Kampf dabei, als Juneautown die Brücke der Clybourn Street abbrannte. Er war überall auf dem Schlachtfeld, munterte die Leute auf, führte den letzten Sturm zum Niederreißen der Barrikade. Eine verdammte Schande, daß wir die Schlacht verloren, aber er verlor keinen Augenblick die Nerven.« Der Mann schüttelte den Kopf. »Der Hafen gehört ganz Milwaukee, nicht bloß denen auf der Ostseite. Es ist nicht richtig, daß sie uns aussperren. Das gleiche gilt für das alte Rathaus. Die von Juneautown halten sich für ganz heiße Zocker.«

Das Pferdefuhrwerk hielt am Zeidler Park, und der Wachtposten befahl ihnen, auszusteigen. Der Park war von einem immensen Zelt aus Kunststoffolie überdacht, das von einem hölzernen Rahmenwerk aus Stützen und Verstrebungen getragen wurde. Die Folie war durchscheinend, und von außen konnte Alex hinter ihr die undeutlichen, verschwommenen Umrisse von Menschen und Pflanzen ausmachen. Er stieg mit den anderen vom Fuhrwerk und stolperte auf das Zelt zu. Obwohl er von Thor und Fang gestützt wurde, sandte jeder Schritt brennenden Schmerz durch seine Beinmuskeln.

»He, Hobie!« rief der Wächter. »Hab ein paar Neue für dich!«

Aufblickend, fiel Alex wiederum auf, wie grau die Wolkendecke war, die über Milwaukee hing. Und die beiden Rauchsäulen schwarzen Qualms im Norden. »Sind das Feuer?« fragte er den Wächter.

»Hn? Ach so, richtig. So gewinnen wir unsere Energie für das Heizkraftwerk. Wir reißen Häuser ab und verbrennen das Holz. Das machen sie auch drüben in Juneautown, aber es war unsere Idee. Nördlich der Capitol Avenue ist bald alles abgeräumt.«

»Was machen Sie, wenn Ihnen die Stadt ausgeht?«

Der Mann sah ihn augenzwinkernd an. »Es gibt weitere Städte, nicht wahr?«

Hobie war der Leiter des Farmbetriebs Zeidler Park. Als sie den riesigen, niedrigen Zeltbau betraten, schlug ihnen der warme, feuchte Geruch von Kompost und Pflanzenleben entgegen. Der gesamte Park diente als Anbaufläche für Feldfrüchte. Streifen von Mais und Weizen wechselten ab mit Erbsen und Stangenbohnen. Die Folienabdeckung wirkte als Treibhaus, ließ Sonnenenergie durch, hielt aber die vom Boden reflektierte Wärme zurück. Die provisorisch verlegten Rohrleitungen und Radiatoren einer zischenden Dampfheizungsanlage sorgten für gleichbleibende Wärme. Häuser brennen, um den Mais warmzuhalten, dachte Alex. Es war wirklich angenehm warm im Innern des Riesenzeltes, und zum ersten Mal seit seiner Bruchlandung sah Alex Männer und Frauen in Hemdsärmeln an der Arbeit. Sie jäteten mit Hacken und Rechen zwischen den Pflanzen, knieten in abgeernteten Beeten und pflanzten Setzlinge. Ein paar der – Sklaven? – blickten betont gleichgültig zu den Neuankömmlingen herüber.

An Bord der Station hatte es einen beliebten Scherz gegeben, den ein Mann namens Calder aufgebracht hatte. Aus dem Raum gesehen, hatte er gemeint, sei es offensichtlich, daß die Getreide und anderen Gräser die dominanten Lebensformen auf Erden seien. Sie besetzten überall das fruchtbarste und beste Land und hatten Insekten und Tiere gezähmt, für sie zu sorgen. Insbesondere hatten sie die Zweifüßler domestiziert, daß sie sie düngten und pflegten und ihre Samen aufbewahrten und pflanzten. Als Alex jetzt die Farmarbeiter beobachtete, konnte er sich leicht vorstellen, daß sie ihre Herren verehrten und vor ihnen niederknieten.

Hobie musterte die Gruppe. »Neue Saisonkräfte«, sagte er.

»So ist es«, erwiderte Bob. »Aber nur bis wir das Bußgeld abgearbeitet haben.«

»Und was für ein Bußgeld ist das, Kleiner?«

»Nun, wir waren im Laderaum eines Käsetransporters und ...«

Hobie gackerte. »In einem Käser wart ihr? Und müßt jetzt dem Chef für den Käse bezahlen, den er nicht stehlen konnte, weil ihr statt dessen im Laderaum wart? Ha, ha.«

Bob blickte ihn finster an. »Was ist daran so lustig?«

»Nun, da werdet ihr eine Weile hier bleiben.«

»Das ist Sklaverei«, sagte Bob ohne echte Überraschung.

Hobie täuschte Erstaunen vor. »Wieso, natürlich, Kleiner!« er beugte sich vertraulich näher und fügte hinzu: »Möchtest du, daß wir zum Chef gehen und es ihm sagen? Vielleicht hört er damit auf, wenn er erst weiß, wie illegal alles ist. Ha, ha.«

Bob ließ den Kopf hängen. Er wandte sich zu Sherrine und legte den Arm um ihre Schultern. »Es tut mir leid, daß ich dich da hineingezogen habe«, sagte er. »Aufrichtig.«

Sherrine lehnte sich an ihn. »Ich bin ein großes Mädchen und treffe meine Entscheidungen selbst. Aber wenn ich nächsten Montag nicht zur Arbeit komme ...«

»Was dann?«

»Sie werden wahrscheinlich anfangen, nach mir zu fragen, aber wer würde auf den Gedanken kommen, mich hier zu suchen?«

Gordon sagte: »Ich würde mich gern hinsetzen.«

»Hier ist nicht viel mit Hinsetzen, Kleiner«, sagte Hobie. »Dafür viel mit Bücken und Knien und Hokken.« Fang und Steve halfen Gordon hinüber zu dem roh gezimmerten Arbeitstisch, der anscheinend Hobies Büro darstellte. Gordon lehnte sich mit dem Hintern an die Kante und entlastete seine Beine. »Was ist?« rief Hobie. »Bist du auch Farmer?«

Gordon ließ den Kopf hängen, daß das Kinn auf der Brust ruhte, und schüttelte ihn müde. »Nein, nein, ich bin kein Farmer. Eine Woche arbeitete ich in einer Hydrokultur, aber das verpfuschte ich auch.«

»Wenn du kein Farmer bist«, fragte Hobie, »warum haben sie dich dann gelähmt?«

»Was?«

Hobie bückte sich und machte mit der Handkante eine schneidende Bewegung gegen seine Kniekehle. »Diese Stadtjungen wissen nichts vom Boden und von Pflanzen. Sie sind viel besser im Abreißen von Häusern und Verbrennen. Also werden allen Farmjungen, die sie kriegen können, die Kniesehnen durchtrennt, damit sie nicht weglaufen können.« Das Telefon auf dem Tisch läutete, und wie um seine letzte Bemerkung zu demonstrieren, ging Hobie hin, um den Hörer abzunehmen. Er bewegte sich mit einem eigentümlich schlurfenden Schritt, zog den linken Fuß etwas nach. Sherrine hielt sich unwillkürlich die Faust vor den Mund und biß sich in die Knöchel, und sogar Fang sah aus, als sei ihm übel. Hobie nahm den Hörer ab und blickte zu der Gruppe zurück.

»Ach, schaut nicht so traurig. Es stört mich nicht mehr. Sie haben bloß das eine Bein gelähmt. Sie wollen nicht, daß wir Krüppel sind.«

Großer Ghu, dachte Alex, gerade erst hatte er angefangen, den Gebrauch seiner Beine zu erlernen. Würde dieser barbarische Häuptling ihnen das wieder nehmen?

»Ja, Edna?« sagte Hobie in den Hörer. Er ließ sich in einen alten Drehstuhl sinken. Die Polsterung war alt und zerschlissen, aus geplatzten Nähten schaute der Schaumstoff. »Gut, stell sie durch … He, Terri, was gibt's, du alte Schabenstampferin? Ja, sie sind hier, gerade gekommen. Du mußt was? Nun, das ist mir neu. Nein, sie sehen nicht verlaust aus, aber wenn du meinst, schicke ich sie hinüber.« Er legte auf, starrte auf das Telefon und zog an der Unterlippe. »Terri sagt, ihr müßt zur Entlausung. Sie hätte von Typhuserkrankungen drüben bei Greenfield und West Allis gehört. Euer Lastzug ist dort durchgekommen, also muß sie euch überprüfen und behandeln. Die Fahrer sind bereits geimpft und eingestaubt. Jetzt seid ihr dran.«

Und so zurück zum Fuhrwerk. Geht dahin, nein, dorthin. Autokraten nannten gewöhnlich Effizienz als Grund für zentralisierte Entscheidungen. Der gute alte Lonny tat es jedenfalls, und Alex war überzeugt, daß Ratsherr Strauss es auch tat. Aber warum mußten die Untergebenen immer herummanövrieren, bis etwas klappte?

Terri Whitehead leitete eine Seuchenbekämpfungsstation, die in einem Gebäude am Milwaukee River untergebracht war. Wie der Wächter sagte, der sie hinüberfuhr, konnte man den Grenzwachen auf der Seite von Juneautown zuwinken, und sie konnten zählen, wie viele Finger man gebrauchte. Er ließ das Pferd im Schritt gehen. »Ihr habt es nicht eilig, mit dem Unkrautjäten anzufangen, wie?« fragte er. Auch er hatte es nicht eilig. Er hatte einen leichten Dienst gefunden und sah keinen Grund, es nicht gemütlich angehen zu lassen, solange er die Möglichkeit hatte.

Alex lag auf dem Rücken im Fuhrwerk und blickte zum bräunlich schmutzigen Himmel auf. Bob kauerte neben ihm und folgte seinem Blick.

»Verdammt schmutzig, nicht?« sagte er. »All dieser Ruß von den Feuern. Milwaukee könnte die einzige Stadt in Nordamerika sein, die ein Smogproblem hat, zum Glück.«

»Wieso zum Glück?«

»Wenn alle anfangen würden, mit Holz und Kohle zu heizen und Rauch und Kohlendioxid in die Luft zu blasen, würde es um einiges wärmer sein. Wie es war, bevor sie mit einem Riesenaufwand für Luftreinhaltung sorgten.«

Bob machte eine Kopfbewegung. »Sieh dich um«, fuhr er im Flüsterton fort. »Wisconsin ist vom Eis mehr als jeder andere Staat außer vielleicht Michigan verheert, aber Milwaukee ist beinahe eine Wärmeoase. Warum? Weil die Bewohner, ob sie es sich selbst eingestehen oder nicht, versuchen, den Treibhauseffekt wieder herzustellen. Sie warfen noch ein Scheit ins Feuer.«

»Wir sind da«, verkündete Sherrine. »Und ...«, sie brach ab.

»Und was?« fragte Bob und erhob sich mühsam. Er stand einen Moment schweigend und unterdrückte ein Lachen.

Alex ergriff mit beiden Händen die Seitenplanke der Ladefläche und zog sich auf die Knie. Sie hielten vor einer breiten Ladenfront mit doppelt verglasten Schaufensterscheiben. Über den Eingang war ein hölzernes Schild genagelt, das in leuchtend roten und goldenen Buchstaben die Inschrift trug:

YNGVIS ENTLAUSUNGS- UND
SEUCHENBEKÄMPFUNGSSTATION

Der Wächter band das Zugpferd am Haltegeländer fest und warf ihnen einen mißtrauischen Blick zu. »Na, was ist? Was gibt es da zu grinsen?«

Genau meine Frage, dachte Alex.

Terri Whitehead war eine kleinwüchsige, stämmige Frau mit langem schwarzen Haar und eulenhaft großen Brillengläsern. Sie trug Jeans und ein Männerhemd mit aufgekrempelten Ärmeln, dazu Gummihandschuhe bis zu den Ellbogen. Sie sprach in einem rauhen Kontraalt.

Zuerst nahm sie sich den Wachtposten vor. »Weil du durch den Umgang mit diesen Neuen Läuse aufgegabelt haben könntest.« Er mußte alle Kleider ausziehen, die sie mit Malathionpulver einstäubte. Bei der Durchsuchung seiner Unterwäsche schrak sie entsetzt zurück.

»Was?« wollte er wissen.

Sie hielt eine Pinzette hoch. »Filzlaus, was sonst? Ich muß sehen, ob sie infiziert ist.« Beim Fenster war ein Mikroskop auf einem Arbeitstisch. Sie legte das Insekt zwischen zwei Glasplättchen und schob diese unter den Objektträger. Dann schaltete sie die Beleuchtung ein und studierte es eine Weile. »Hast Glück gehabt. Diese ist gesund. Fahr zurück zur Kaserne und nimm eine heiße Dusche. Hier ist ein Rezept. Sag ihnen, ich hätte gesagt, *heißes* Wasser. Und nimm dieses Zeug.« Sie gab ihm eine kleine Flasche mit grüner Flüssigkeit. »Damit reibst du alle behaarten Teile deines Körpers gründlich ein. Aber gründlich und fest einreiben. Dann kann nichts passieren.«

»Ah, Terri ...«

»Weißt du, wie Typhus ist?« sagte sie. »Austrocknung, hohes, anhaltendes Fieber, Haarausfall. Du phantasierst, was das Zeug hält, und schließlich trocknest du aus und stirbst, denn wir haben kein Chloramphenicol. Schlimm für dich.«

»Gott, Terri ...«

»Es wird dir nichts passieren. Aber denk daran, wenn es juckt, nicht kratzen. Keine Läuse zerdrücken. Das ist schlecht. Einfach abwaschen. Dann puderst du dich ein. Und zieh andere Kleider an. Bring die alten zur Räucherstelle, wo sie richtig über Feuer ausgeräuchert werden können. Leider ist uns auch das Entseuchungsmittel zum Begasen ausgegangen.«

»Ja, gut, aber Terri ...«

»Einstweilen fehlt dir nichts. Du bist nicht infiziert. Was ich dir gesagt habe, sind Vorbeugungsmaßnahmen. Jetzt geh, bevor du dich noch infizierst.«

»Was ist mit denen da?«

Sie lachte und hatte plötzlich eine Pistole in der Hand, ganz beiläufig. »Kein Problem. Nun zieh ab.«

»In Ordnung.«

Mittlerweile fühlte Alex, wie winzige Lebewesen über seinen Körper krochen und nach Blut suchten. Er hielt die Arme steif an den Seiten. Das Leben unter Lonny Hopkins hatte seine Nachteile, aber wenigstens gehörten Läuse nicht dazu.

Als Terri sich ihnen zuwandte, lachte sie. »Yngvi ist eine Laus«, sagte sie. Dann fanden sich sie und Sherrine und Bob und die anderen in einer glücklichen Umarmung.

Sherrine sagte: »Ein sensibles, aufmerksames Gesicht! Ich wußte es …«

»Wir haben keine Zeit«, sagte Terri. »In spätestens einer Stunde schicken sie einen anderen Bewacher. Folgen Sie mir.« Sie führte die Gruppe zum rückwärtigen Ausgang des Gebäudes. »Keine Sorge wegen Typhus«, erläuterte sie. »Das geschah bloß, um Sie hierher zu bekommen. Es ist gut, daß Sie dieses Sende-Empfangsgerät haben, Mr. Needleton. Der Oregon Ghost wußte genau, wo Sie waren.« Sie hielt inne und ließ ihren Blick von einem zum anderen gehen. »Sie müssen ungemein wichtige Leute sein.« Niemand sagte etwas, und sie zuckte die Achseln. »Nun gut, geht mich nichts an. Kommen Sie, hier entlang.« Ein Pfad führte über den von Gras und Gestrüpp überwucherten Hof zum Flußufer, wo ein kleines Segelboot an einem morschen Holzsteg dümpelte. »Seamus wird Sie von hier weiterleiten. Seamus deBaol. Vielleicht erinnern Sie sich. Früher war er Herausgeber einer SF-Reihe. Er wird Sie flußabwärts fahren, sobald er mich oben in der Station gefesselt hat.«

Sherrine ergriff ihren Arm. »Kommen Sie nicht mit uns?«

Terri Whitehead schüttelte den Kopf. »Nein, jemand muß dableiben und Ihnen ein Alibi geben. Ich kann aussagen, daß Sie mich überwältigten und dann die St. Paul Avenue in westlicher Richtung als Fluchtweg benutzten. Meine Freundin Allis Place gehört der Psi Phi-Verbindung an der Universität an. Sie wird melden, daß Pferde gestohlen wurden, so daß die Häscher die Verfolgung in der Richtung aufnehmen werden. Ich werde aussagen, daß Sie so oder so an Typhus zugrunde gehen werden. Der Ratsherr wird denken, daß Ihre Flucht ein Segen war. Vielleicht werden Sie nach Juneautown gehen und dort eine Seuche auslösen.«

»Und danach? Wollen Sie nicht kommen?«

»Hier ist meine Heimat«, sagte sie, »wenn auch kein Staat damit zu machen ist. Übrigens könnte es sein, daß eines Tages andere kommen und Hilfe brauchen.«

Sherrine umarmte sie. »Es muß furchtbar sein, solch ein Leben im Untergrund zu führen. Haben Sie nicht Angst, enttarnt zu werden?«

Terri lächelte. »Darum bleibe ich im Untergrund. Fan zu sein, war früher viel einfacher, heute haben wir alle neue Bestimmungen, denen wir folgen müssen. Hier.« Sie gab ihnen eine Papiertüte. »Sie werden Geld brauchen. Nehmen Sie das. Es ist Käse darin, leider kein Apfelkuchen. Schnell jetzt. Ins Boot. Seamus, beeil dich! Du mußt mich noch fesseln!«

Der gedrungene, bärtige Mann grinste sie an, als er an ihnen vorbei zum Haus trabte. »Manches an diesem Job gefällt mir.«

Das Boot war eine gaffelgetakelte Jolle mit reichlich Platz an Bord. Der Mast war im Vorschiff und trug ein vierseitiges Segel ohne Fock.

Seamus stieß das Boot vom Steg ab, und das Segel

blähte sich im Wind. Das Boot legte gefährlich über, dann kam es auf Kurs und nahm Fahrt auf. Sie kauerten am Boden, um dem kalten Wind zu entgehen, und Alex suchte wieder Sherrines Nähe. »Woher wußten Sie, daß die Frau uns wohlgesinnt war?«

»Durch das Schild. Yngvi ist, wie sie sagte, eine Laus, eine Gestalt aus einem alten Fantasyroman, und der Ausdruck ›Yngvi ist eine Laus‹ wurde zu einem geflügelten Wort. Sobald ich die Inschrift auf dem Schild las, wußte ich Bescheid.«

Das Museum für Wissenschaft und Industrie lag am Ufer des Michigansees am Jackson Park im Süden Chicagos. Seamus manövrierte die Jolle nördlich vom Museum zu einer Landzunge und ließ den Bug auflaufen. »Bleibt es dabei, daß Sie hier aussteigen wollen?« fragte er. Sherrine nickte. »Wir haben eine Verabredung.«

Seamus blickte zu dem imposanten Gebäude auf und strich sich den Bart. »Nun, seien Sie vorsichtig. Es ist nicht mehr das Museum, das es früher einmal war. Damals war es Chicagos größte Touristenattraktion. Vier Millionen Besucher kamen, die Ausstellungsstücke zu sehen. Inzwischen sind viele Ausstellungsstücke ins Magazin gewandert. Nur wenige sind geblieben, und niemand sorgt dafür, daß die Obdachlosen draußen bleiben.«

Alex knickte ein, als er an Land stieg. Seine Beine waren wie Gummi, und er suchte Halt an Thors Schulter, um auf den Beinen zu bleiben. »Tut mir leid«, murmelte er. »Die Kraft ist weg.« Die lange, gemächliche Segelfahrt den Milwaukee River abwärts und dann das Ufer des Michigansees entlang hatte ihn mit der sanft schaukelnden Bewegung der Wellen wieder in einen Zustand annähernder Schwerelosigkeit versetzt. Jetzt schwankte die Erde hin und her, als würde sie von hochgehenden Wogen bewegt.

Seamus winkte ihnen zu, als er das Boot ins Wasser geschoben hatte und wieder am Steuer saß. Der Wind kam von Osten über den See, querab zu seinem Kurs. »Guter Segelwind«, rief er. »Viel Glück.«

Er zog das Segel an den Wind, und das Boot entfernte sich rasch.

Bob und Sherrine verschwanden und kehrten einige Zeit später mit zwei Rollstühlen zurück, deren Rükkenlehnen die gelben Initialen einer kirchlichen Wohlfahrtsorganisation trugen. »Bitte einsteigen, die Herrschaften«, sagte Sherrine. »Sie würden nicht glauben, was die Leute hier als Pfand für diese Rollstühle verlangten.«

Bob führte sie zum Haupteingang des Gebäudes. Die Fassade bestand aus hohen, kannelierten Säulen mit ionischen Kapitellen. Statuen der Musen blickten heiter auf die Besucher nieder. »Es ist ein riesiges Gebäude«, sagte er. »Bedeckt fünfeinhalb Hektar. Ursprünglich wurde es für die Weltausstellung 1893 gebaut, dann in den 1930er Jahren zum Museum umgebaut.«

»Wo wird dieser Cole seine Titan haben?« fragte Alex.

»Es gab einmal einen Flügel, der das Henry Crown Space Center genannt wurde. Dort war Schirras Aurora 7 Mercury-Kapsel und die Apollo 8 ausgestellt, die als erste den Mond umkreiste. Die Titan ist wahrscheinlich dort. Ich dachte mir, wir könnten die Apollo-Kapsel irgendwie auf die Titan montieren. Sie bietet Platz für drei.«

»Was bedeutet«, warf Sherrine ein, »daß Sie sogar einen Freund mitnehmen könnten. Nein, das wohl nicht. Saatgut und anderes begehrtes Zeug ...«

»Die Titan war für eine Gemini-Kapsel ausgerüstet«, sagte Bob, »aber ich dachte mir, wir sollten imstande sein…« Seine Stimme verlor sich in verlegenem Schweigen. Alex mutmaßte, daß er jetzt erst die Größenordnung des vorgesehenen Rettungsunternehmens zu verstehen begann. Solange es sich um Luftschlösser handelte, gab es keine Probleme; aber je näher sie der Wirklichkeit kamen, desto mehr traten die schwierigen Details in den Vordergrund.

Raketen und Raumkapseln wurden eben nicht in Hinterhöfen oder Museen zusammengebaut. Das war nichts als Science Fiction.

Sie schoben die Rollstühle die Rampe links vom Haupteingang hinauf. Die Ausmaße des Gebäudes überwältigten Alex. *Mir* und *Freedom* waren neben diesem Betonhabitat zerbrechliche Metallballons. Es war, dachte er, eher wie ein ausgehöhlter Asteroid.

Bob besorgte einen Plan des Museums, und sie beugten sich darüber. Der Titel lautete jetzt: »Chicago Museum für Wissenschaft und Angemessene Technik«, mit einer Fußnote, die erläuterte, daß ›Wissenschaft‹ nicht nur ›materialistische Wissenschaft‹ bedeutete.

Nun, was mochte ›nichtmaterialistische Wissenschaft‹ sein? überlegte Alex. Plasmaphysik?

»Hier ist es.« Bob zeigte auf eine Stelle des Lageplans. »Steht noch immer am selben Platz. Henry Crown Space Center. Was sagt die Beschreibung?« Er beugte sich über den Plan. »Dieses Ausstellungsstück ist als ein Beispiel der Großtechnik erhalten geblieben, wie es in der Vergangenheit war. So erstaunlich es heute scheinen mag, wurden einmal Milliarden Dollar für nutzlose Raumfahrtunternehmen ausgegeben, statt hier auf Erden dringend notwendigen Projekten zu dienen. Die mit ungeheurem Aufwand gebauten Raumkapseln wurden verwendet, um ein paar Militärpiloten Vergnügungsflüge auf Kosten der Steuerzahler zu ermöglichen.«

»Das Raumfahrtprogramm hat viel Nutzen gebracht!« platzte Sherrine heraus. »Neue Techniken zum Feuerschutz. Globale Wettervorhersagen. Materialien, die in vielen Bereichen verwendet werden.« Sie versetzte Alex' Rollstuhl einen Fußtritt. »Verdammt, sogar diese leichten Rollstühle, die wir herumschieben.« Alex lachte. »Tut mir leid«, sagte Sherrine. »Gott, es ist so lange her, daß ich so etwas sagen konnte!«

»Sind diese Rollstühle wirklich …?«

»Abwasserbehandlung. Medizinische Instrumente. Die meisten Leute hatten keine Ahnung, was alles aus dem Raumfahrtprogramm kam. Oder daß es überhaupt existierte. Ein neu geformter Rollstuhl von geringem Gewicht macht nicht die Schlagzeilen, die ein mißglückter Raketenstart abgibt, selbst wenn die Techniken der Strukturanalyse und die verwendeten Materialien aus den Forschungen des Raumfahrtprogramms hervorgingen. Was grinst ihr so?«

»Willkommen zurück«, sagte Steve.

»Danke. Ach, Bob, wie traurig, daß es kaum noch jemanden gibt, mit dem man darüber sprechen kann.«

»All diese Dinge«, sagte Steve, »waren bloß Nebenprodukte, wissen Sie. Wissenschaft geschieht, weil eines Tages ein Wissenschaftler aufwacht und sagt: ›Heute werde ich Zahnpasta erfinden.‹ Wenn er nicht plante, einen besseren Rollstuhl zu erfinden, kann er das Verdienst daran nicht in Anspruch nehmen.«

»Los, vorwärts«, sagte Bob. »Wir verlieren hier wertvolle Zeit. Gehen wir durch zum Crown Center.«

Mit dem Lageplan in der Hand, führte er sie durch mehrere Räume auf dem Weg zu der Abteilung, wo die Ausstellungsstücke der Raumfahrt standen. In einem Saal, der ›Halle der Mineralien‹, waren alle Arten von Kristallen ausgestellt, zusammen mit ausführlichen Beschreibungen der Kräfte, die ihnen innewohnten, um »… negative Einstellungen aufzulösen, persönliche Energien zu konzentrieren, Kommunikationen zu verstärken, Heilung zu fördern, das Herz für Liebe und Mut zu öffnen, Entscheidungen zu erleichtern, Ausgeglichenheit des Gemütszustandes zu erzeugen, psychische Kräfte freizusetzen, Chakras und Farben zu gebrauchen«.

Eine große, bebilderte Schautafel trug den Titel ›Ursprünge der Erde‹. Sie war in sieben Abschnitte unterteilt, einen für jeden Tag. Ein großes Plakat lautete: ›Die Lichtgeschwindigkeit: Ein Glaubenstest?‹ und erläuterte, wie Licht, das ›bereits unterwegs‹ war, den Eindruck eines viel größeren und älteren Universums vermitteln könne, als es in Wirklichkeit war.

Eine grüne Schautafel klärte über alternative Energiequellen auf. Windmühlen, passive Sonnenenergie, Biomasse. »Biomasse?«

Bob sagte: »Die Verbrennung von Holzabfällen und Pflanzenresten. Sehr effizient. Nun, wenigstens haben sie keine Schautafel über die Energieerzeugung durch das Ausquetschen von Kristallen.«

Alex schmunzelte. »In unserem Elektroniklabor erzeugen wir vollkommene Kristalle. Ich könnte reich sein, wenn ich eine Handvoll mitgebracht hätte.«

Sie kamen in ein Treppenhaus und bogen nach rechts in einen schlecht beleuchteten Korridor. Ein verblaßtes Hinweisschild an der Wand sagte, daß es dort zum Henry Crown Space Center ging. Es befand sich in einem separaten Gebäudeflügel, der nur durch diesen langen, schmalen Korridor zu erreichen war. In einer Nische unweit vom Eingang kauerten zwei Obdachlose. Sie waren in zerschlissene Decken gewickelt, die alles bis auf ihre Augen verhüllten.

»He, Mann, hast du Kleingeld?«

Niemand sah sie an. Blickkontakt könnte sie vermenschlichen …

Die Hälfte der Lampen im Korridor war ausgeschaltet, die Wände im unteren Bereich fleckig von Salpeterausblühungen. Dieser Teil des Gebäudes war seit langem ein Opfer vorsätzlicher Vernachlässigung.

Das Henry Crown Space Center selbst war so dürftig beleuchtet wie der Korridor, der zu ihm führte. Die beiden Raumkapseln hingen im Halbschatten wie unförmige Früchte von der Decke. Ein paar halbwüchsige Jungen, die sich hierher verirrt hatten, standen unter der Mercury-Kapsel. »... alles, was sie zurückbrachten, waren ein paar Gesteinsbrocken vom Mond«, hörte Alex den einen sagen. Als er im Rollstuhl vorbeigeschoben wurde, wandte er sich zu ihnen.

»Habt ihr mal gefragt, woraus diese Gesteinsbrocken bestanden?« fragte er.

Die beiden Jungen beäugten ihn mißtrauisch. »Gestein ist Gestein«, sagte der ältere.

»Richtig, Junge«, sagte Thor. »Aluminium, Titan, Zirkon, Kalzium. Wenn wir Mondgestein abgebaut hätten, wie es manche Leute vorschlugen, würden wir Mutter Erde nicht stören und hier die Umwelt zerstören müssen.«

Der andere Junge schob das Kinn vor. »Ja, aber dann hätten wir die Mondökologie ruiniert.«

Thor lächelte. »Das läßt sich nicht bestreiten«, sagte er ruhig. »Enorm wichtig, die Mondökologie.«

Einer der Jungen nickte ernst. Der andere murmelte etwas, dann gingen die beiden, nicht ohne sich vorsichtig umzusehen. »Geben Sie acht, daß der Spuk Sie nicht erwischt«, rief der jüngere.

»So«, sagte Bob, als sie fort waren. »Verteilen wir uns und sehen zu, ob wir Cole finden können.«

Sie teilten sich in Gruppen auf und erforschten den Saal. Alex sah den Flugsimulator eines Raumtransporters. Der Einstieg war durch ein Vorhangschloß gesichert. Ein Schild verriet, wieviel Geld die Steuerzahler hatten aufwenden müssen, damit die Astronauten ›Computerspiele‹ machen konnten.

»Hierher!« rief Sherrine. »Die Titan!«

Sie folgten ihrer Stimme. Ein hoher, zylindrischer Körper stand in einem schlecht beleuchteten Winkel des Saals, ein majestätischer Schatten unter den anderen. »Ich kann es nicht glauben«, sagte Bob, den Kopf in den Nacken gelegt, um die Spitze zu sehen. »Wir haben sie tatsächlich gefunden!«

Fang näherte sich dem Behemoth in Ehrfurcht. Er befühlte die Außenverkleidung und betrachtete seine Hand. Nachdem er die Oberfläche noch ein paar Augenblicke im Halbdunkel studiert hatte, wandte er sich kopfschüttelnd ab. »Ich glaube, mir wird schlecht. Da ist nichts zu machen.«

Alex zog an den Rädern seines Rollstuhls und bewegte ihn unmittelbar vor das Ausstellungsstück. Aus der Nähe sah er die Rostflecken, aufgeplatzte Schweißnähte, Löcher, wo Anschlüsse sein sollten. Die Haupttriebwerke und Düsen an der Basis der Rakete fehlten.

Damit nicht genug, bemerkte Alex eine horizontale dunkle Linie, die in halber Höhe um den Rumpf der Rakete führte. Offensichtlich war die Titan entzweigeschnitten worden, um sie zu transportieren und im Museum aufzustellen. Er erinnerte sich, daß Bob sie wegen ihrer wechselnden Aufstellungsorte mit dem Fliegenden Holländer verglichen hatte.

Dieser Vogel würde niemals fliegen. Er hatte niemals fliegen können.

Er hatte nie daran geglaubt. Aber warum war er dann so enttäuscht? Er hörte ein Seufzen zu seiner Rechten und sah Gordon den Kopf schütteln. Der Junge hatte Tränen in den Augen.

»Es war alles umsonst, Alex, nicht? Dieses Ding wird nicht fliegen, und wir werden unser Leben lang hier unten festsitzen. Herumwanken und stolpern wie betrunkene Dummköpfe, bis sie uns fangen und wegen illegaler Einwanderung einsperren. Und meine Familie werde ich nie wiedersehen.« Er sank in sich zusammen und murmelte: »Wenn nur …« Seine Stimme erstickte in Tränen.

»Wenn nur was?« fuhr Alex ihn an. »Wenn nur was? Ich würde den verdammten Lonny erwürgen, wenn meine Arme lang genug wären, aber es würde nichts ändern. Ich weiß, was du sagen willst. Wenn ich nur eine weitere Umkreisung abgewartet hätte! Dann hätten wir unseren Stickstoff beim nächsten Durchgang sammeln können.«

Er entzog Thor seinen Arm, der ihn zu beruhigen suchte. Wenn Thor es bemerkte, ließ er es sich nicht anmerken. Sherrine trat zwischen sie und sagte etwas, was Alex zu hören sich weigerte. »Wir sitzen hier unten fest, Gordon«, erklärte er mit fester Stimme. »Für immer. Es spielt keine Rolle, wessen Schuld es war. Wir müssen uns damit abfinden. Es ist nicht das Ende der Welt.«

»Ruhe da unten! Ruhe, sage ich!«

Die unbekannte Stimme kam von oben. Alex blickte mit den anderen auf und sah wirres, zerzaustes Haar und ein langes, schmales Gesicht, teigig weiß vor dem schwarzen Hintergrund einer Öffnung hoch oben in der Titan. »Lassen Sie die Finger von dem Ding. Es gehört nicht Ihnen.«

Niemand rührte sich vom Fleck.

Ein mit Knoten versehenes Seil wurde aus der Öffnung geworfen, und ein langer, magerer Mann ließ sich Hand über Hand daran herunter. Er landete etwas zu hart, wankte und fand das Gleichgewicht. Er stellte sich vor der Titan auf, offenbar entschlossen, sie gegen Übergriffe zu verteidigen.

»Ich kaufte die Teile und baute sie auf und hielt sie

vierzig Jahre lang zusammen. Sie werden sich nicht daran vergreifen.«

Thor trat auf ihn zu und wollte ihm die Hand geben. »Ron Cole? Sind Sie es?« Er führte die Handbewegung nicht aus, denn Cole hielt eine Pistole in der Hand.

»Ja«, sagte der Mann und musterte Thor mit zusammengekniffenen Augen. »Ich kenne Sie von irgendwoher. Oder täusche ich mich?« Seine freie Hand tastete nach der rostfleckigen Flanke der Titan. Seine Rechte wedelte nachlässig mit der Pistole, aber sie blieb auf Thors Bauch gerichtet.

»Sie bauten die Triebwerke aus. Zu gefährlich, sagten sie. Ha! Was wußten sie schon? Ohne den Treibstoff...« Er schüttelte den Kopf und preßte die Lippen zu einer dünnen Linie zusammen.

Thor war einen Schritt zurückgewichen. »Was ist mit Treibstoff?«

»Nein, nein«, sagte Cole. »Die Dinge sind selten, was sie zu sein scheinen; entrahmte Milch tarnt sich als Schlagsahne.« Er nickte weise mit dem Kopf, ließ die Waffe sinken.

»Mr. Cole, was ist mit Ihnen geschehen?« fragte Thor.

»Geschehen? Einer flog über das Kuckucksnest...«

»Elektrotherapie«, sagte Fang. »Und Psychopharmaka. Ich glaube, sie wiesen ihn in eine psychiatrische Klinik ein, um ihm zu helfen.«

»Ich kannte Ron Cole«, sagte Thor. »Damals in den alten Tagen, in Boston. Wir aßen zusammen zu Abend, in einem Thai-Restaurant. Er erzählte mir Geschichten, wie der Boston Globe ihn zur achten oder neunten Atommacht der Erde ernannt hatte, und über Wade Curtis und die Machete und über Reynolds und das große Duell... Er war der intelligenteste Mann, den man sich denken kann, und seht euch an, was sie aus ihm gemacht haben.« Er ließ den Kopf hängen, und

Bob trat an seine Seite und legte ihm einen Arm um die Schultern.

Alles war vergeblich gewesen, begriff Alex. Die grauenhafte Fahrt durch Wisconsin, der Schneesturm, die mit knapper Not geglückte Flucht vor der Sklaverei... Alles umsonst. Die glänzende Vision der alten Titan hatte ihnen wie eine Feuersäule in der Wüstennacht vor Augen gestanden. Und am Ende hatten sie nur Schrott und einen alten Mann gefunden, der eine psychiatrische Behandlung hinter sich hatte.

Niemand sagte etwas. Bob betrachtete eingehend die Titan, als könnte er sie allein durch Willenskraft startbereit machen, als könnte er irgendwie etwas finden, was sie übersehen hatten und alles ins Lot bringen würde. Steve und Thor standen wie versteinert, und Sherrine tröstete einen weinenden Gordon. Sogar Fang schien um Ideen verlegen.

Es war ein Fiasko auf der ganzen Linie, dachte Alex. Gordon überließ sich hemmungslos seiner Schwäche. Thor war bekümmert über den Verlust eines Freundes. Sherrine hatte ihre Stellung verloren oder würde sie wahrscheinlich verlieren, wenn sie am nächsten Morgen nicht zur Arbeit käme. Bob hatte seinen Lieferwagen verloren, und auch seine Dozentenstelle war in Gefahr. Er selbst schien als einziger zuversichtlich. Er konnte sich akklimatisieren. Er war in Kansas geboren und hatte es geliebt; er erinnerte sich, wie verzweifelt er geweint hatte, als seine Eltern ihn mit hinauf genommen hatten. Er konnte dieses Leben wieder lieben lernen, sich überzeugen, daß es im Grunde nur eine Heimkehr war.

Die Titan hatte ihrem Aufenthalt einen Sinn gegeben. Sie hatten ein Ziel gehabt, so zweifelhaft es gewesen war. Jetzt hatten sie nichts.

13

Sehen, was freie Menschen vermögen...

»Die Titan ist also tot«, sagte Bob. »Verdammt. Das Gerücht war zutreffend. Cole hatte eine Rakete. Und vielleicht war sie einmal einsatzbereit.«

»Je eher wir es vergessen, desto besser«, sagte Sherrine bitter. »Es tut mir leid. Es tut mir wirklich leid.«

»Seht euch nicht um«, sagte Bob. Er zeigte unauffällig mit dem Daumen zum Eingang. Die beiden Obdachlosen, die im Korridor gesessen hatten, waren in den Saal gekommen, noch immer in ihre Decken gehüllt. Sherrine fragte sich, ob sie darunter Kleider trugen. Die beiden schienen ein junges Mädchen zu verfolgen. Es versuchte ihnen zu entkommen, aber die beiden folgten ihr mit bettelnd ausgestreckten Händen.

Das seltsame Trio kam näher. Cole musterte es mißtrauisch und trat einen Schritt zur Seite, um zwischen sie und seine Rakete zu kommen. Eine der in Decken gehüllten Gestalten begann leise zu singen. Die andern stimmten ein, sogar das Mädchen, das sie angebettelt hatten. Selbst aus der Nähe war ihr summender Gesang kaum zu hören.

Bob ging ein Licht auf. »Harry?«

»Kein anderer«, sagte Harry. »Haben auf euch gewartet. Hallo, Ron.«

»Hallo, Harry«, sagte Cole. »Hat Wade euch geschickt?«

»Ja. Sagt, es wird Zeit, daß wir weiterziehen.«

Etwas von dem verrückten Glanz verlor sich aus Coles Augen.

»Harry, was macht ihr hier?« fragte Bob.

»Und überhaupt, wovon reden Sie?« sagte Sherrine.

»Pst«, sagte Jenny. »Kommen Sie mit, wo wir reden können.« Sie musterte die beiden Engel. »Wir sahen vorhin, daß Sie jetzt gehen können. Sie hatten mich getäuscht.«

»Mich nicht«, sagte Harry. »Ich dachte es mir schon in Minneapolis. Gehen wir.«

Thor sah Harry an und schüttelte den Kopf. »Immer der gleiche alte Unsinn. Von wegen. Nichts hast du gewußt.« Sein mißtrauischer Blick streifte das Mädchen, das mit Harry und Jenny gekommen war. »Wer ist sie?«

Sie hatte dunkles Haar, weiche braune Augen, exotische Züge. Sherrine fand, daß sie mit ein wenig Make-up und einer ordentlichen Frisur schön sein würde. Aber sie schien unauffällig aussehen zu wollen: keinerlei Make-up, nicht einmal Lippenstift, das Haar zurückgekämmt und im Nacken zusammengeknotet. Sie trug Rock und Pullover, beides erdbraun, mit schwarzen Strümpfen und häßlichen Beinwärmern darüber.

»Wer ist sie?« wiederholte Thor.

»Violetta Brown«, sagte Harry. Er blickte umher, sah niemanden und dämpfte trotzdem die Stimme. »Oliver Browns Tochter.«

»Oh«, sagte Sherrine. »Freut mich, Sie kennenzulernen, Violetta. Ist Ihr Vater …?«

»Er erwartet uns«, sagte Violetta. »Kommen Sie mit. Harry hat viel zu erzählen.«

»Und ob ich das habe«, sagte Harry und nickte Cole zu. »Du auch, Ron. Wade sagt, es sei an der Zeit. Sagte, du wüßtest, was ich meine.«

Ron Cole nickte langsam. »Höchste Zeit. Kommst du zurück?«

»Morgen«, versprach Harry. »Vielleicht heute abend.«

»Also gehen wir«, sagte Thor. Dann, zu Harry gewandt: »Als Obdachlose werdet ihr festgenommen.«

»Oft«, sagte Harry.

»Aber ihr seid nicht verrückter als sonst. Warum?« Er zeigte mit dem Daumen über die Schulter in den trübe beleuchteten Saal. »Warum, zum Teufel, haben sie Ron psychiatriert? Und euch nicht?«

Harry hob die Schultern. »Er war interessant.«

»Interessant?«

»Ja«, sagte Jenny. »Alle wollen konform sein, nicht auffallen, nicht anders sein. In den psychiatrischen Kliniken wimmelt es von graduierten Studenten, die alle scharf auf einen interessanten Fall sind, über den sie eine Doktorarbeit schreiben können.«

»Ron könnte nicht wie alle anderen sein, und wenn er sich noch so viel Mühe geben würde«, sagte Thor.

»Ja. Ich verstehe.«

»Einige von uns«, sagte Harry, »können es eben besser verbergen als andere.«

Hauptmann Lee Arteria öffnete die Akte und nahm das einzige Blatt Papier heraus. Ein Blatt, aber ihm war beschieden, sich wie eine Bakterienkolonie zu vervielfachen. Bäume sterben, damit wir Akten anlegen können.

Arteria blickte zu Hauptmann Machtley auf, dem Verbindungsoffizier der Staatspolizei von North Dacota. In Sorge, bei der Suchaktion nach den notgelandeten Astronauten übergangen zu werden, hatte die Staatspolizei eingewilligt, ihre Teilnahme an der Fahndung durch Arterias grenzübergreifende Luftwaffen-Militärpolizei koordinieren zu lassen. »Bitte erzählen Sie uns der Einfachheit halber, was aus dieser Akte hervorgeht, Hauptmann.«

Machtley räusperte sich. »Der Name der verdächtigen Person ist Sherrine Hartley. Sie lebt in Minneapolis, aber ihre Großeltern wohnen in der Nähe der Absturzstelle; und aus den Aufzeichnungen der Telefongesellschaft geht zweifelsfrei hervor, daß sie die Großeltern in der Nacht der Bruchlandung anrief.«

»Gut. Das klingt zweifellos verdächtig. Sie rief ihre Großeltern an.«

»Mitten in der Nacht? Ich bitte Sie. Außerdem ist das noch nicht alles«, sagte Machtley selbstzufrieden.

Arteria legte das Blatt in die Akte zurück und schloß sie. »Erzählen Sie.«

Machtley blickte in die Tischrunde. »Die Datenbanken der Dacota Bell für den fraglichen Zeitraum wurden am nächsten Tag durch Einschalten eines Zerhackers unkenntlich gemacht. Wäre nicht am frühen Morgen als erstes eine Sicherungskopie gemacht worden, gäbe es keine Aufzeichnung, daß Hartley ihre Großeltern kontaktierte. Wir vermuten, daß die Legion des Untergangs beteiligt war.«

Lee Arteria war nicht überzeugt. »Die Legion des Untergangs hat von jeher mit der Telefongesellschaft Auseinandersetzungen gehabt. Der Zusammenhang ist nicht zwingend.«

»Unabhängig von dieser Erkenntnis sind unsere Leute von Tür zu Tür gegangen, um die Großeltern zu finden«, fuhr Machtley fort. »Ein Nachbar gab den entscheidenden Hinweis auf die Enkelin in Minneapolis. Eine Computerprogrammiererin.«

Arteria lächelte. »Ich habe immer gesagt, daß gute altmodische Ermittlungsarbeit nützlichere Resultate erbringt als diese computerisierten Abgleichungen von Namen und Adressen. Moorkith und seine Grüne Polizei werden graue Haare kriegen, bevor sie ihre Daten in Ordnung bringen können. Sie sind zu faul, um loszugehen und Erkundigungen einzuziehen.«

»Vergessen wir nicht die Datenbanken der Zulassungsstelle von Minneapolis«, sagte Hauptmann Conte, der Verbindungsoffizier der Staatspolizei von Minnesota. »Auch hier gab es unbefugte Eingriffe durch Löschung. Sie erinnern sich, daß wir versuchten, den Eigentümer des braunen Lieferwagens festzustellen.«

Machtley nickte. »Das ist ein interessanter Punkt. Hartleys Großeltern wären auch auf Moorkiths Namensliste gewesen, wenn diese nicht durch einen Hacker genau an dieser Stelle manipuliert worden wäre. Die Großeltern sind nämlich keineswegs Farmer vom guten alten Schlag. Die alte Dame ist eine ehemalige Gentechnikerin.«

Um den Tisch entstand allgemeine Unruhe. »Sie haben recht«, sagte Arteria. »Das klingt gar nicht gut.«

»Genmanipulation verletzt die Gesetze Gottes und der Natur«, warf Hauptmann Traxler ein, der Verbindungsoffizier der Staatspolizei Wisconsin. »Und sie schadet der Ökologie. Teufelswerk.«

»Wir haben im Fall der Hartley Ermittlungen aufgenommen«, sagte Conte. »Sie ist nicht nur von Beruf Programmiererin, könnte also selbst die Manipulationen der Datenbanken vorgenommen haben, um ihre Kontakte zu vertuschen, sondern sie wurde auch wegen ihrer Kontakte zum SF-Untergrund angezeigt.«

Aha. »Von wem?«

»Von ihrem Exehemann.«

»Exehemann. Gibt es eine Bestätigung von anderer Seite, oder war es bloß der Racheakt eines verlassenen Ehegatten?«

Conte schüttelte den Kopf. »Nichts wurde bewiesen; und da gegen die Frau weiter nichts vorlag, wurde nicht weiter ermittelt. Nach unseren Erkenntnissen ist sie in den letzten Jahren nicht durch Aktivitäten aufgefallen. Aber wo Rauch ist, da ist gewöhnlich auch Feuer.«

»Hat sonst jemand etwas Konkretes hinzuzufügen?« fragte Lee Arteria.

Niemand meldete sich zu Wort. Arteria nickte. »Sehr gut. Ich fasse zusammen. Drei verschiedene Datenträger, die Hinweise auf Hartley, ihre Großeltern und den gesuchten Lieferwagen betreffen, wurden gelöscht oder unkenntlich gemacht. Hartley ist Programmiererin und verdächtig, die Manipulationen selbst ausgeführt zu haben. Machtley, das war gute Arbeit. Bei dieser Sachlage kann eine Koinzidenz ausgeschlossen werden.« Und es gibt Hinweise auf Verbindungen zur SF-Szene, dachte sie. »Hartley kann die Frau gewesen sein, die am Kontrollpunkt Fargo Gap in dem Lieferwagen gesehen wurde. Es lohnt sich, der Sache nachzugehen. Hauptmann Conte?«

»Ja?«

»Ich denke, wir sollten dieser Sherrine Hartley einen Besuch abstatten, nicht wahr?« Arteria lehnte sich zurück und blickte nachdenklich zur Decke auf. »Und ich glaube nicht, daß es einen Grund gibt, die Grüne Polizei und die Einwanderungsbehörde jetzt schon in die Ermittlungen einzuschalten. Warten wir lieber, bis wir mehr vorzuzeigen haben, bevor wir sie an den Früchten teilhaben lassen.«

Das Lächeln der anderen Konferenzteilnehmer zeigte, daß ihnen wohl bewußt war, wie man mit den Früchten eigener Ermittlungsarbeit umzugehen hatte.

Oliver Brown bewohnte den gesamten vierten Stock eines älteren Wohnhauses. Es gab keinen Aufzug, und sie trugen die Engel die Treppen hinauf, indem sie Bettlaken als Hängematten verwendeten.

Das Gebäude sah alt und vernachlässigt aus, die Wohnung aber war hell und sauber. Überall waren Bücher: in Schränken, Wandregalen, Stapeln am Boden und auf jeder ebenen Oberfläche.

Violetta stellte ihren Vater vor. Er war wenig größer als Sherrine, beleibt, mit dunklem Haar und abwesendem Gesichtsausdruck. Wenn er nicht mit anderen redete, neigte er dazu, vor sich hin zu murmeln, wie Samuel Johnson, dachte Sherrine. Er führte sie durch das Wohnzimmer in einen weiteren Raum, wo noch mehr Bücher gestapelt lagen.

Bruce und Mike waren dort.

»Hat Harry euch also gefunden«, sagte Bruce.

»Ja. Er sagte, Wade Curtis habe ihn geschickt«, antwortete Bob.

»Ich arbeite für Wade«, sagte Harry.

»Als was?«

»Als Spürhund, Bücherbeschaffer, Postbote. Für alles, was zu tun ist.« Harry grinste. »Er sagte, geh hin und treib dich bei Ron Cole herum und sieh zu, ob jemand von dem Minicon auftaucht.«

»Aber warum?«

»Hat er es erraten?« fragte Sherrine.

»Vermutet«, sagte Jenny. »Er sagte, vielleicht würde jemand kommen und sich nach der Rakete erkundigen.«

»Wenn Leute von dem Minicon kommen und nach einer Rakete suchen, sag ihnen, wo eine zu finden ist. Das trug er mir auf. Und siehe da, alle sind gekommen«, sagte Harry.

»Es war alles vergeblich.« Sherrine war den Tränen nahe. »Es hätte nie funktioniert!«

»Dieser Schrotthaufen? Nein.«

»Bis wir hierher kamen, wußtest du das nicht besser als wir anderen«, erwiderte Jenny.

Harry warf ihr einen geschmerzten Blick zu. »Ich wußte, daß es nicht klappen würde. Trotzdem, wir kamen kurz vor Bruce und Mike hier an und sie sagten, daß ihr kommen würdet. Bloß kamt ihr nicht, und sie konnten im Museum nicht auf euch warten.«

Mike klopfte auf seinen Fettbauch. »Zu auffällig.«

»Was hat euch aufgehalten?« fragte Bruce.

»Lange Geschichte«, sagte Fang.

»Also zogen Jenny und ich ein«, sagte Harry. Er wühlte in seinen Taschen und zeigte den anderen eine Handvoll Kleingeld und ein paar Scheine. »Kein allzu schlechter Standplatz. Manche Leute geben noch immer.«

Draußen wurden Schritte hörbar. Violetta ging und öffnete die Wohnungstür. »Hallo, Mama.«

Mrs. Brown war gegen die Kälte eingemummt, so daß sie ihren Mann an Leibesumfang noch zu übertreffen schien. Sie überblickte die Menge der Besucher, die es sich in ihrer Wohnung bequem gemacht hatten, und lächelte dünn. »Wieder welche von Vaters Freunden?« fragte sie Violetta. Dann blickte sie auf. »Freut mich, Sie alle kennenzulernen, aber ich fürchte, ich kann Sie nicht verköstigen. Wir ...«, sie zögerte.

»Helga arbeitet in der Universitätsklinik«, sagte Oliver Brown. »Und ich schreibe Geschichten. Sie verdient nicht viel, aber mehr als ich. Es ist ihr peinlich, es zu sagen, aber wir können es uns nicht leisten, Sie alle zu verköstigen.«

»Wird dies helfen?« Sherrine gab Helga Brown ihren Beutel mit Käse.

»Käse? Wisconsin-Käse? Ollie! Es ist wirklich echter Käse! Aber zuviel! Ich könnte eine Menge anderes Zeug dafür eintauschen ...«

»Sieh zu, was du für die Hälfte davon kriegen kannst«, sagte ihr Mann. »Violetta, geh mit deiner Mutter.«

»Vielleicht sollte ich auch mitgehen«, sagte Harry. »In dieser Nachbarschaft ist das Leben rauh.«

»Sie müssen Ihre Geschichte erzählen«, sagte Violetta. »Ich werde Roland holen. Meinen Freund, er wohnt nebenan. Er wird uns begleiten.«

»Ein Fan?« fragte Bob.

Violetta lächelte. »Mein Vater ist Oliver Brown,

meine Mutter ist Helga Brown, mein Pate ist Wade Curtis, den Rest können Sie sich denken.«

»Was, zum Teufel, geht eigentlich vor?« sagte Thor. »Wir sind durch ganz Wisconsin gejagt. Haben einen Blizzard überlebt, wurden beinahe von der Polizei geschnappt, um ein Haar von einem verrückten Ratsherrn versklavt, nur um schließlich festzustellen, daß Ron Cole einen an der Knolle hat und seine Rakete nie zu etwas getaugt hat. Nun erzählst du uns, daß du für Wade Curtis Botengänge machst… Was, zum Teufel, steckt dahinter? Was willst du uns erzählen, Harry Czescu?«

»Wenn du eine Minute den Mund hältst, kann er es vielleicht sagen«, sagte Jenny.

Thor funkelte sie an.

»Wade sagt…«

»Wade sagt«, imitierte ihn Thor. »Sieh mal, Wade Curtis ist in den letzten zehn Jahren nicht einen Tag nüchtern gewesen. Vielleicht faselt er nicht wie Cole, aber er schickte uns hierher! Er glaubte genauso wie du an Coles Rakete, und ich war so dumm und glaubte es auch und…«

»Ich hab einen Brief«, sagte Harry.

»Für wen?« fragte Bruce.

»Vielleicht für dich.« Harry zog seinen linken Stiefel aus. »Wade sagte, ich sollte ihn jemand geben, dem ich vertrauen könnte.« Das innere Lederfutter war nicht richtig mit dem Oberleder vernäht. Harry fingerte zwischen den beiden Schichten und zog einen schmutzigen Umschlag heraus.

»Was steht drin?«

»Er ist zugeklebt«, sagte Harry. Der Schmerz war ihm kaum anzumerken. »Wade sagte, ich sollte ihn verbrennen, wenn niemand von dem Minicon käme, um Cole zu suchen. Aber wenn jemand käme, sollte ich es jemandem mit – wie sagte er? – mit Urteilsvermögen geben.« Er sah sich in der Gruppe um. Schließlich hielt er dem Umschlag Oliver Brown hin. »Ich nehme an, er vertraut Ihnen.«

Brown nahm den Brief entgegen. »Was Harry mit Bedacht verschweigt, ist, daß Wade und ich noch immer an einem Buch zusammenarbeiten. Gestern brachte Harry mir zwei neue Kapitel mit.«

Er ging an seinen Schreibtisch und nahm einen Brieföffner heraus. Er ließ sich Zeit, und Sherrine ballte ungeduldig die Fäuste, als er sorgfältig die Knitter im Umschlag glättete, dann den Brieföffner ansetzte und den Umschlag aufschlitzte. Ein einziges Blatt war darin, und er nahm es heraus und entfaltete es. »Ich habe Wade seit Jahren nicht gesehen«, murmelte Oliver Brown. »Fürchtete, es würde Helga den Arbeitsplatz kosten, wenn sie es erführen. Aber sie wissen es. Sie müssen es wissen. Vielleicht aber auch nicht.« Er breitete das Papier auf dem Schreibtisch aus und begann zu lesen. »Ah. Hmm. Mmmh hmmmh. Ja. Ja.«

»Also was ist?« rief Bob.

»Ich werde vorlesen«, sagte Oliver Brown. Er räusperte sich. »König David ist in der trockenen Wüste. Es ist ein Doherty-Projekt. Meine Flügel sind aus Wolfram, mein Fleisch aus Glas und Stahl. Forscher ...«

»Das ist aus einem Lied«, sagte Sherrine.

Brown blickte auf. *»Der Phoenix«*, sagte Harry mit der Andeutung einer Verbeugung. »Julia Ecklar.«

»Verdammter Trunkenbold«, sagte Thor. »Ich sagte euch, er ist ein faselnder alter Säufer. Ergibt überhaupt keinen Sinn.«

»Forscher in der Wüste haben Flaschen auf Lager«, las Oliver Brown weiter. »Magermilch tarnt sich als Schlagsahne. Es ist Zeit, daß die fröhliche Seele weiterzieht, um zu sehen, was freie Menschen können. Was der Mensch getan hat, kann der Mensch erstreben. Liebe und viele Küsse. W.«

»Ist das alles?« fragte Sherrine.

Brown nickte. »Ich hoffe, es bedeutet Ihnen etwas.«

»Wir hatten gehofft, es würde Ihnen etwas bedeuten«, sagte Mike. »Harry, dachte er, wir würden das verstehen?«

»Er dachte, es sei wichtig genug, daß er mich damit herschickte«, sagte Harry.

Was bedeuten könnte, daß er Harry aus dem Weg haben wollte. Sherrine verwarf den Gedanken mit einem heftigen Kopfschütteln. »Fangen wir damit an, was wir wissen. Er dachte, jemand von der Konferenz würde hier sein. Warum? Niemand ist seit Jahren hierher gekommen. Also warum? Weil ... ja, weil er bei der Konferenz von Ron Coles Titan sprach.«

Mike: »Jemand könnte mitgehört ...«

Bruce: »... und es den Engeln erzählt haben!«

»Also ist es eine Botschaft für uns«, sagte Sherrine. »Warum verschlüsselt?«

»Weil Betrunkene sich gern wichtig machen«, sagte Thor.

»Vielleicht befürchtete er, daß Harry festgenommen würde?« schlug Fang vor.

»Nein, ich hatte ein Manuskript für Oliver bei mir«, sagte Harry. »Dafür hätten sie mich in die Psychiatrie gesteckt, mit oder ohne Brief.«

»Er dachte nicht daran, Harry und mich zu schützen«, sagte Jenny. »Was dann?«

»Wen, zum Henker, kümmert es, was er denkt?« fragte Thor. Er blickte zu Fang. »Vielleicht ist es Zeit, daß wir gehen.«

»Nein, es ist Zeit, daß die fröhliche Seele weiterzieht«, sagte Mike. »Das ist natürlich Cole. Nicht, daß es so offensichtlich sein würde, wenn wir ihn nicht gerade gesehen hätten.«

»Magermilch – das sagte Cole auch«, meinte Sherrine nachdenklich. »Harry, Sie hatten eine Botschaft für Cole!«

»Und was solltest du tun, sobald du uns gefunden und die Botschaften übergeben hättest?« fragte Bruce. »Ich kann euch genau sagen, was er sagte«, erklärte Harry. Er sah unbehaglich drein. »Was?« fragte Bruce.

Harry blickte zum Fenster hinaus.

»Soll ich es ihnen sagen?« fragte Jenny.

»Nein. Nein, ich werde es tun.« Harry stopfte seine Hände in die engen Jeanstaschen. »Wade sagte: ›Harry, ich vertraue deiner Ehre mein Leben an, aber deinem Urteil traue ich nicht zu, hinzugehen und ein Bier zu kaufen. Wenn niemand auftaucht, vergiß dies alles, und wir treffen uns in – na, wo wir uns immer treffen, nächsten Monat. Wenn jemand von dem Minicon auftaucht, geh hin und sag es Oliver Brown, gib ihnen die Botschaften und halte dich bereit, den Leuten zu helfen. Ich nehme an, sie werden Hilfe brauchen.‹«

»Und das ist alles?«

Harry zuckte die Achseln. »Das ist alles.«

»Wo ist Curtis jetzt?« fragte Mike.

Harry schüttelte den Kopf. »Ich weiß es nicht, und ich würde es euch nicht sagen, wenn ich es wüßte.«

»Wunderbar«, sagte Thor. »Also haben wir diesen Unsinn von einem im Suff delirierenden Schriftsteller, und einem Boten, dem er mit seinem betrunkenen Gefasel nicht traut, und wir sollen vor Begeisterung aus dem Häuschen geraten.«

»Thor, es ist ein Rätsel«, sagte Fang.

»Wade soff schon immer wie ein Loch«, sagte Oliver Brown. »Aber er war immer produktiv, schrieb gute Geschichten. Waren Sie mal in seinem Arbeitszimmer, vor dem Brandanschlag? Ein großer Raum. Bücher. Und ein signiertes Foto der Voyager … he!«

»Was?« fragte Bruce.

»›Sehen, was freie Menschen können.‹ Das war die

Inschrift auf dem Foto. Von dem Mann, der sie konstruiert hatte – Dick Rhutan! Der die Voyager mit einer Tankfüllung um die Welt flog. Dieser Voyager.«

»Rhutan. Voyager. König David in der trockenen Wüste!« sagte Mike.

»*König Davids Raumschiff!* Das ist ein Buchtitel. Und die Brüder Rhutan arbeiteten an einem Raumschiff. Einem Raumschiff namens ...« – er hielt inne, überlegte und begann breit zu lächeln – »Moment – ja, es hieß *Phoenix*. Sie arbeiteten in der Mojavewüste daran.«

»Ach, das!« murmelte Bruce. »Das war dieses Ding, das wie eine umgedrehte Tasse aussah ...«

»Start und Landung vertikal, SSTO*«, sagte Oliver Brown.

Mike runzelte die Stirn, als müsse er sich besinnen. »Sicher, wir alle sahen die Informationen bei einem Worldcon. Schon lange her. Nolakon? Irgendwann in der Zeit. Gleich wird mir der Name des Mannes einfallen, der das Projekt *Phoenix* leitete.«

»Hudson«, sagte Oliver Brown. »Ein alter Freund von Wade.«

»Hudson. Ein Forscher in der Wüste«, sagte Mike. »Ja. Nun gibt es keinen Zweifel mehr, daß Wade von *Phoenix* sprach.«

Alex seufzte. »Ein Raumschiff. Wo habe ich das schon mal gehört?«

»Ja, ich weiß«, sagte Sherrine. »Aber ... aber *Phoenix* war wirklich! Sie gaben zig Millionen Dollar dafür aus. Und Voyager war wirklich, flog einmal um die Welt!«

Steve erhob sich aus dem Schneidersitz vom Boden. Wie gewöhnlich schien er emporzuschweben, als könnte er die Schwerkraft ausschalten. »*Phoenix* ist wirklich, kein Zweifel«, sagte er. »Hab ich selbst gesehen. Er steht in einem Museum in Mojave.«

---

* Single Stage to Orbit: Einstufenrakete in eine Umlaufbahn

»Wieder ein Museum«, sagte Gordon. »Ich denke, vielleicht ersparen wir uns diesmal die Mühe.«

»Wie Sie wollen«, meinte Steve. »Aber *Phoenix* flog einmal. Ich sah es selbst.«

»Flog!« Alex versuchte auf die Beine zu kommen. Fang bemerkte es und half ihm auf. »Flog?«

»Nicht in eine Umlaufbahn«, sagte Steve. »Der *Phoenix* war zu schwer. Hudson hatte zu viele Kompromisse schließen müssen. Aber er hätte wie Voyager um die Erde fliegen können, wenn die NASA das Projekt nicht gestoppt hätte.«

»Wie die *Spruce Goose?*« sagte Thor. »Es gibt immer einen Grund, warum etwas nicht funktionierte.«

Steve biß die Zähne zusammen. Obwohl Thor es nicht zu merken schien, ging er ihm auf die Nerven. »Die NASA sagte, es habe mit der Flugsicherheit zu tun. Gary Hudson konnte den *Phoenix* auf achtzig Kilometer Höhe bringen, dann mußte er den größten Teil seines Treibstoffs abwerfen und wieder landen. Dann kamen Budgetkürzungen, und die Gesetzesinitiativen der Grünen wurden angenommen, und schließlich kamen die Grünen an die Macht.«

»Und wo ist dieser *Phoenix* jetzt?«

»In einem Hangar des ehemaligen Luftwaffenstützpunkts Edwards in Kalifornien. Er wurde als abschreckendes Beispiel für böse Großtechnik für die Nachwelt erhalten, genau wie das Space Center hier. Tatsächlich glaube ich, daß das Militär einmal dachte, es könnte den *Phoenix* nutzen. Gelder zur Instandhaltung und Herstellung der Einsatzbereitschaft wurden nicht bewilligt, aber sie warfen auch nichts weg. Der *Phoenix* steht dort draußen als ein Monument. Von den Besuchern wird erwartet, daß sie sich über die Verschwendung von Ressourcen für solche Projekte empören, aber als ich dort war, hatten viele der Touristen Tränen in den Augen.«

»Wahrscheinlich wegen des vielen Geldes, das verschwendet worden ist«, sagte Fang sarkastisch.

Steve nickte. »Das ist wahrer als Sie denken. Ich trauerte auch über die Vergeudung. Übrigens traf ich dort Hudson. Er macht die Führungen.«

Bruce fuhr auf. »Er selbst? Warum ...?«

»Ich dachte, der Experimentelle Einstufentransporter sei nie fertiggestellt worden«, sagte Thor skeptisch. »Das gesamte Raumfahrtprogramm wurde gestrichen. Sie untersagten sogar privat finanzierte Projekte wie Hudsons.«

»Das sagte Hudson auch, als er die Führung machte«, sagte Steve. »*Phoenix* sei nie fertiggestellt worden und habe nur einen Flug unternommen. Wird nie wieder fliegen, sagte er immer wieder. Aber etwas fand ich interessant.«

»Und was war das?« fragte Bob.

Steve seufzte und lächelte verträumt. »Der Transporter hat zehn Sitzplätze.«

Sherrine bekam Herzklopfen. Zehn Sitzplätze! dachte sie. »Nie fertiggestellt?« sagte sie. »Hah!«

»Was heißt hah?« fragte Mike.

»Forscher in der Wüste haben Flaschen auf Lager«, sagte sie.

Bruce lächelte. »Ah, ich verstehe! Flaschen enthalten Träume, rauschhafte Visionen, und wer sie hat, lügt gewöhnlich, gibt sich als nüchtern aus ... also, was haben wir? Einen Raumtransporter vor aller Augen, und Gary Hudson, der an Konstruktion und Bau des Vogels mitarbeitete, läßt keine Gelegenheit aus, den Leuten zu erzählen, daß er nie wieder fliegen kann.«

»Ich glaube es nicht«, sagte Gordon. »Es ist wieder eine aussichtslose Sache, ein Phantom, dem nachzujagen schließlich nur neue Katerstimmung bringt.«

»Ich auch nicht«, sagte Thor. »Leute, es hat Spaß gemacht, aber ich renne nicht wegen eines neuen Hirngespinstes nach Kalifornien.«

»Und was tun wir mit den Engeln?« fragte Bruce.

Thor zuckte die Achseln. »Nicht mein Problem. Der Con ist vorbei. Du bist Vorsitzender des Organisationskomitees. Du kümmerst dich um die Abwicklung. Dafür brauchst du Fang und mich nicht. Es ist Zeit, daß wir weiterziehen ...«

Fang sagte: »Gäste sind meine Verantwortung.«

»Wie du willst.«

»Außer dir und Fang«, sagte Bruce, »hat jeder von uns einen Ort, wo er sein muß. Steve, wie fahren sie zurück nach Kalifornien?«

»Mit der Bahn. Ich habe eine Fahrkarte.«

Harry war ungewöhnlich still geblieben. »Jenny und ich, wir gehen hin. Vielleicht können wir wieder ein Motorrad stehlen ...«

»Wir haben ein bißchen Geld«, sagte Bruce.

»Ja, aber ...« Harry schüttelte den Kopf. »Es ist eine weite und anstrengende Reise, zu zweit auf dem Motorrad. Glaube nicht, daß die Engel es schaffen würden.«

Gordon lachte. »Ich auch nicht!«

»Es ist sowieso alles verrückt«, sagte Alex. »Sie wissen, wo es einen Raumtransporter gibt, einen SSTO mit zehn Plätzen. Angenommen, es funktioniert, und der Transporter ist im Gegensatz zu dieser alten Titan gut instand gehalten. Ich glaube es nicht, aber nehmen wir es ruhig an. Was wird er für den Start brauchen? Ich schätze, vielleicht zweihundertfünfzig Tonnen Treibstoff. Flüssigen Sauerstoff und flüssigen Wasserstoff. So etwas liegt nicht irgendwo herum.«

Niemand antwortete.

»Gut. Sie haben keine Ahnung, wie Sie den Treibstoff bekommen oder transportieren könnten, wenn Sie ihn kostenlos bekämen ...«

»Das sind Details«, sagte Mike.

»Träume«, sagte Gordon.

»Ich stimme Gordon zu«, sagte Alex. »Sehen sie, wir sind sehr dankbar für alles, was Sie für uns getan haben, aber es ist Zeit, die Träume aufzugeben. Wir müssen nach Möglichkeiten Ausschau halten, wie wir uns verbergen und später zu gültigen Papieren kommen können.«

Stille breitete sich im Wohnzimmer der Browns aus. Nach längerer Pause sagte Mike Glider: »Wir können Ihnen Ausweise beschaffen, denke ich. Sherrine?«

»Wenn ich meinen Job verliere – und das wird wahrscheinlich sein, wenn ich morgen früh nicht am Arbeitsplatz bin –, werde ich nichts tun können.«

»Dann müssen wir dich nach Minneapolis zurückbringen. Schnell«, sagte Bruce. »Das muß in die Wege geleitet werden. Können die beiden sich einstweilen hier verbergen?«

Brown nickte eifrig. »Es würde mir eine Ehre sein. Ich nehme an, es wird Ihnen nichts ausmachen, mir vom Leben im Weltraum zu erzählen?«

»In Ordnung«, sagte Bruce.

Wie aber, wenn sie nicht zurück wollte? Gewiß, das war verrückt. Sie mußte nach Haus, wieder ihre Arbeit aufnehmen. Sie konnte Ted Marshall on line erreichen und gemeinsam mit ihm die Ausweispapiere vorbereiten. Und sie konnte wieder tun, was sie immer tat, ihre Karriere fortsetzen und ein paar nette Erinnerungen behalten.

»Außer Sherrine gibt es noch mehr Hacker in der Szene«, sagte Steve beiläufig.

Alle sahen sie an. »Ja, natürlich«, sagte sie. »Es gibt Ted Marshall. Und …«

»Und wen?« fragte Mike.

»RMS selbst«, sagte Sherrine. »Niemand kennt mehr als seine Initialen. Hat jemand schon mal von *Emacs* gehört?«

»Den Leitfaden für Programmierer? Sicher, ich benutze ihn«, sagte Bob.

»Er hat ihn verfaßt.«

»Könnte er falsche Ausweispapiere für die Engel besorgen und die Daten in die offiziellen Dateien schmuggeln?« fragte Bruce.

Sherrine nickte. »Wenn es sich durch Hacken machen läßt, kann er es.«

»Würde er es tun?«

»Für gestrandete Astronauten? Sicherlich.«

»Wie kommt es, daß wir ihn nicht kennen?« fragte Mike.

»Oh, RMS wird seit langem gesucht«, sagte Sherrine. »Schon bevor die Grünen an die Macht kamen, gehörte er zu den meist gesuchten Hackern. Früher soll er zu Worldcons gekommen sein, aber das ist ihm längst zu riskant. Er will nicht auffallen.«

»Und wie willst du mit diesem RMS Verbindung aufnehmen?« fragte Bruce.

Sherrine hob die Schultern. »Es gibt viele Wege. Es kommt darauf an, die Nachricht über das Internet zu verbreiten. Die Legion des Untergangs wird davon erfahren und ...«

»Ich dachte immer, ich würde Sie verstehen«, sagte Alex. »Aber Legion des Untergangs ...«

»Superhacker. Sie – nun, sie sind recht gut, aber nicht immer verantwortungsbewußt. Einige gehören zur Szene, andere nicht. Aber sie hören auf RMS und werden ihn wissen lassen, daß wir ihn brauchen. Die Frage ist, ob er uns glauben wird. Alle sind hinter RMS her. Wollen ihn ausquetschen, hinter Gitter bringen, umerziehen, psychiatrisch behandeln. Er ist ein seltsamer Vogel und ...«

»Langsam«, sagte Bob.

Sie versuchte zu lächeln. »Ja, wir könnten ihn dazu bewegen. Ich weiß nicht, warum ich vorher nicht daran dachte. RMS und Ted Marshall können es machen, wenn es überhaupt jemand kann.« Es mußte nicht sie sein. Sie brauchte nicht den Kopf hinzuhalten.

»Also, was tun wir jetzt?« sagte Bruce.

»Ich weiß nicht, was mit euch ist«, sagte Harry. »Ich habe eine Botschaft für die fröhliche Seele.«

»Was dann?« wollte Alex wissen. »Warum sollte uns kümmern, was dieser Verrückte sagt?«

»Er war mal ein Mordskerl«, sagte Thor.

»Ein Mordskerl, dem das Gehirn ausgebrannt ist«, erwiderte Alex. Muskelanspannung machte ihn reizbar. »Was geschieht also? Er erzählt uns eine neue Geschichte, und wir jagen wie die Verrückten durch das ganze Land einem anderen Phantom nach. Mehr verrückte Ratsherren, Käselastwagen, Leute mit Schießeisen …«

»So schlimm war es nicht, Alex«, sagte Gordon.

»Wieso nicht?«

»Als es passierte, war es kein Spaß«, antwortete Gordon. »Aber denk an die Geschichten, die wir jetzt erzählen können. Bettenrennen, auf dem Eis herumspringen.«

Oliver Brown schmunzelte. »Sie sollten das schreiben, junger Freund.«

»Möchte ich gern. Ich habe schon geschrieben … kleine Fingerübungen. Aber es war keine überlebensorientierte Arbeit, also …«

Harry seufzte vernehmlich. »Ich weiß nicht, was geschehen wird. Das ist nicht mein Job. Ich weiß, was mir aufgetragen wurde.«

»Ärgerst dich noch darüber, was Wade sagte, gib's zu«, sagte Jenny.

Harry warf ihr einen finsteren Blick zu.

»Aber wahr«, sagte sie. »Jeder weiß es. Du auch, tief im Innern.«

Harry versuchte ein mattes Grinsen aufzusetzen. »Du hättest es nicht sagen müssen.«

»Ich bin immer noch mit dir, nicht? Muß zusehen, daß du etwas richtig machst …« Sie hielt inne. »Wie auch immer, wir haben unseren Auftrag. Müssen Cole sagen, daß es *Zeit* ist zu sehen, was freie Menschen können. Hmm.«

»Ja?« sagte Bruce. »Warum ist es Zeit, ohne die Engel?«

Bruce nickte vor sich hin. »Richtig. Wir sollten alle hingehen und mit Cole sprechen.«

»Ich nicht«, sagte Thor. »Ihr könnt sie tragen. Ich gehe nicht dahin zurück.«

»Das ist ein Problem«, meinte Mike.

»Vielleicht nicht«, versetzte Bruce. »Harry – geh zu Cole und bring ihn her. Achte darauf, daß euch niemand folgt.«

»Vielleicht will er nicht kommen«, sagte Harry.

»Er wird kommen«, sagte Oliver Brown. »Er kennt den Weg.« »Ja, natürlich kennt er ihn«, sagte Mike. »Aber die Frage bleibt, inwieweit auf ihn Verlaß ist.«

»Keine Sorge. Ich glaube, er ist besser drauf als die meisten glauben.«

Und damit wäre der Fall erledigt, dachte Sherrine. Sie würden die Engel nach Kalifornien schaffen, entweder um sie zu verstecken oder um einen neuen Versuch zu unternehmen, mit der *Phoenix*. Aber das konnte sie nicht mehr betreffen. Morgen würde sie wieder daheim in Minneapolis sein, sicher und gemütlich, wenn auch nicht sehr warm.

Der Wind blies Hauptmann Lee Arteria eisigen Schneeregen ins Gesicht, daß die Haut wie von tausend winzigen Nadeln prickelte. Staatspolizei von Minnesota und Beamte der Stadtpolizei von Minneapolis hatten das kleine Reihenhaus umstellt. In den Nachbarhäusern erloschen die Lichter, als die Bewohner Gardinen beiseite zogen und Läden öffneten, um die Vorgänge im Halbdunkel des dämmernden Abends besser zu beobachten. Ein paar Nachbarn hatten sich warm angezogen und waren vor die Haustür gekommen. Sie standen mit Regenschirmen oder Mützen und stampften mit den Füßen, um sich zu wärmen.

Lee Arteria hatte Zuschauer nie gemocht.

Ein Blick in den düsteren Himmel zeigte, daß der Schneeregen noch lange andauern würde. Arteria wartete noch ein paar Augenblicke, dann rief sie den Polizisten vor der Tür zu: »Niemand zu Hause?«

Die Männer schüttelten den Kopf.

»Dann brechen Sie die Tür auf, Sergeant Pyle.« Der Beamte zögerte, und Arteria rief: »Es ist verdammt kalt hier draußen.«

Pyle nickte, ließ seine zwei Begleiter zurücktreten und hob einen Stiefel. Zwei wohlgezielte Fußtritte brachen das Schnappschloß, und die Tür schwang einwärts und knallte gegen die Wand. Arteria drängte sich mit den anderen in die enge Diele.

»Scheiße«, sagte einer der Polizisten. »Hier drinnen ist es nicht viel wärmer.«

Conte stand neben Arteria. »Kritisieren Sie die Thermostatenverordnung, Polizist?«

»Ah ... nein, Hauptmann.«

»Gut so. Verteilen Sie sich und durchsuchen Sie das Haus.«

»Wonach haben wir zu suchen?«

Arteria schlug die pelzgefütterte Kapuze der Militärparka zurück und schenkte dem Polizisten ein grimmiges Lächeln. »Alles der Subversion verdächtige Material. Sie werden es wissen, wenn Sie es finden. Überprüfen Sie auch die im PC gespeicherten Daten.«

Die Durchsuchung ergab nicht viel. Einer der Polizisten entdeckte eine Fotografie von Sherrine Hartley und gab sie Pyle, der sie Conte und Arteria zeigte. »Sieht wie ein Pferd aus, nicht? Wenn man sich mit ihr verabredet, möchte man gleich einen Hafersack mitbringen.«

»Das reicht, Sergeant«, sagte Arteria streng. »Schlichtheit ist kein Verbrechen.« Außerdem traf es nicht zu. Sie war nicht unattraktiv.

»Gut für sie, sonst müßte sie lange sitzen.« Pyle lachte bellend über seinen Scherz und wandte sich der Durchsuchung zu.

Conte betrachtete das Bild über Arterias Schulter. »Was meinen Sie, Hauptmann? Ist sie es?«

Arteria gab ihm die Fotografie. »Wahrscheinlich. Zeigen Sie es den neugierigen Nachbarn, die vor ihren Haustüren herumstehen. Verifizieren Sie ihre Identität. Und fragen Sie die Leute, ob sie den Namen des Mannes wissen, der mit auf dem Bild ist.«

Conte rief einen Beamten der Staatspolizei zu sich und gab die Anweisungen an ihn weiter.

»Warten Sie«, sagte Arteria, als der Mann sich zum Gehen wandte. »Wenn es die Hartley ist, soll er für die Verteilung Kopien von der Fotografie machen lassen.«

Lee Arteria ging durch die kleinen Räume des Reihenhauses und hielt Ausschau nach Inspiration. Aus dem Kleiderschrank schien nichts zu fehlen. Die Zahnbürste steckte noch im Zahnputzbecher über dem Waschbecken. Nur eine Zahnbürste. Im Spülbecken der Küche stand leicht überfrorenes Wasser. Ein Morgenmantel war über das ungemachte Bett geworfen. Wohin Sherrine Hartley auch gegangen war, sie hatte es eilig gehabt und mit baldiger Rückkehr gerechnet.

Das paßte. Nachricht von der Bruchlandung der Astronauten. Verbindungen zur SF-Szene. Fans organisieren Rettungsaktion. Sie nahm den Morgenmantel vom Bett. Er war abgesteppt mit Daunenfüllung. Schlechte Zeiten für hauchdünne Negligés. Arteria hatte sie immer gemocht, aber sie waren nirgends mehr zu bekommen. Opfer des neuen, kälteren Zeitalters. Außerdem war die Hartley nach ihrem Foto zu urteilen, niemals der Typ gewesen, der Reizwäsche trug.

Oder vielleicht doch? Ha, wer konnte es wissen. Sie ließ den Morgenmantel wieder auf das ungemachte Bett fallen und fragte sich nach dem Sinn des Unternehmens. Es war kein gutes Gefühl, die persönlichen Gegenstände einer armen Frau zu durchwühlen und darüber zu lachen. Die Leute von der Universität hatten die Hartley als eine Einzelgängerin bezeichnet, eine Außenseiterin. Eine talentierte Programmiererin, das gestanden sie ihr zu, aber ansonsten eine Langweilerin ohne Umgangsformen.

Aber sie selbst hatte viele solcher Typen gekannt, Jungen und Mädchen. Dies hätte ihr eigenes Zimmer sein können, wenn sie einen anderen Weg eingeschlagen hätte.

Der Gedanke war ihr kaum durch den Kopf gegangen, als eine Beamtin der Stadtpolizei die Hände unter die Matratze steckte, diese anhob und triumphierend grunzte. Sie zog drei abgegriffene, eselsohrige Taschenbücher hervor, betrachtete die Titel und gab die Bücher Pyle. »Sie gehört zur Szene, wenn Sie mich fragen.«

Die Bücher waren *Der sechste Winter, Der Mann, der erwachte,* und *Fahrenheit 451.*

»So ein Schund«, sagte Conte angewidert. »Warum vergeuden manche Leute ihre Zeit mit diesem eskapistischen Scheiß, bei all den Problemen, die wir hier auf Erden haben? Wir sollten das Zeug gleich in den Mülleimer werfen.«

»Wovon handeln die Bücher überhaupt?« Arteria nahm Conte die unansehnlichen Bände aus der Hand und las die rückseitigen Umschlagtexte. Es wäre unklug, ihnen zu zeigen, daß sie die Bücher kannte... »Hier steht, daß *Der sechste Winter* vom plötzlichen

Einsetzen einer Eiszeit handelt; und *Der Mann, der erwachte* handelt von einem Wissenschaftler des Jahres 1933, der sich in künstlichen Dauerschlaf versetzt und in einer Zukunft erschöpfter Ressourcen und einer ruinierten Umwelt erwacht.«

Conte nahm die Bücher zurück. Er betrachtete sie mit finsterer Miene. »Ja? Und wovon handelt das dritte?«

»Von Bücherverbrennung.«

Conte machte ein verlegenes Gesicht und öffnete den Mund zu einer Antwort, wurde aber durch die Ankunft von Jheri Moorkith und der Grünen Polizei daran gehindert.

»Bürokratie«, sagte Moorkith kopfschüttelnd. »Können Sie es sich vorstellen? Ich habe Ihre Benachrichtigung von dieser Durchsuchung nie erhalten.«

Arteria zuckte die Achseln. Das war ein Spiel, in dem sie sich auch auskannte. »Wahrscheinlich ging die Benachrichtigung irgendwo in der Postverteilung der verschiedenen Abteilungen verloren. Der Bote wird sie morgen in irgendeinem Ausgangskorb finden.«

»Na, egal.« Moorkith tat die Verletzung des Protokolls mit einer Handbewegung ab. »Jetzt bin ich hier. Was läuft?«

Arteria konnte Zivilisten nicht ausstehen, die wie Polizisten zu reden versuchten. Sie machten es immer falsch. Conte schoß ihr ein mitfühlendes Lächeln zu. Er war froh, daß Moorkith nicht sein Problem war.

»Wir überprüfen einen möglichen Anhaltspunkt. Die Einzelheiten waren in der Benachrichtigung.«

Die Rückkehr des Polizisten mit der Fotografie unterbrach Arterias Erklärung. »Gute Nachricht, Hauptmann«, meldete er Conte. »Wir haben ein klares Indiz. Die Nachbarin auf der Westseite sagt, der Mann auf dem Foto mit ihr sei ein ehemaliger Freund namens

Robert Needle – oder so ähnlich. Ein Universitätsdozent. Physiker, wohlgemerkt: ein materialistischer Wissenschaftler. Hielt sich oft bei ihr auf. Wir haben eine Überprüfung seiner Akte eingeleitet. Aber jetzt wird es interessant: Die Nachbarin sagt, er fahre einen braunen Lieferwagen. Und in der Nacht, als die Luftdiebe ihre Bruchlandung machten, tauchte er hier um zwei Uhr früh auf.«

Moorkith schnalzte und tauschte triumphierende Blicke mit Conte und Arteria. »Ich denke, hier haben wir eine entscheidende Spur gefunden.« Er nahm dem Polizisten die Fotografie aus der Hand und betrachtete sie.

»Wie kann die Zeugin so sicher über den nächtlichen Besuch sein?« fragte Arteria.

»Sie sagt, sie habe einen leichten Schlaf, und das Motorengeräusch des Lieferwagens habe sie geweckt. Ich persönlich halte sie für eine neugierige alte Schachtel, die ihren Nachbarn gern nachspioniert. Aber was soll's, die Aussage führt uns auf eine heiße Spur, nicht wahr?«

»Richtig. Und die Universität erklärte, Hartley habe am Vormittag desselben Tages angerufen und eine Woche ungeplanten Urlaub genommen. Morgen wird sie zurückerwartet. Wenn sie kommt, werden wir sie begrüßen.«

14

Die Schwester des Unglücks...

»Wir werden ihn kriegen«, erklärte Harry. »Es kann eine Weile dauern. Ron Cole wird leicht kopfscheu.«

Oliver Brown nickte. »Kann ich verstehen. Deswegen bin ich nicht übermäßig glücklich darüber, daß er hier gesehen wird.«

»Wir werden uns in acht nehmen.« Harry und Jenny gingen, und Brown verriegelte die Wohnungstür.

»Wird dieses Haus von Behörden überwacht?« fragte Gordon.

»Wir glauben es nicht«, antwortete Brown. »Helga und ich sind besser bekannt für lebensnahe Geschichten aus dem Milieu der kleinen Leute, in dem wir leben. Allenfalls noch für unsere Mitgliedschaft in der GKA.«

Alex schüttelte den Kopf. »Was ist GKA?«

»Pardon. Gesellschaft für kreativen Anachronismus. Gegenwärtig beschäftigen wir uns mit dem Mittelalter. Ich war einmal König.«

»Alex kann mir das später erklären«, sagte Gordon. »Darf ich jetzt etwas lesen?«

»Gewiß«, sagte Brown. »Was möchten Sie?«

Gordon lächelte verlegen und machte eine umfassende Handbewegung zu den unordentlichen Bücherstapeln, die sich allenthalben erhoben. »Ich werde schon etwas finden. Und ich werde mir einprägen, wo ich es weggenommen habe, und es wieder dorthin zurücklegen.«

»Danke. Setzen Sie sich in meinen großen Lehnstuhl, wenn Sie wollen, das Licht ist dort gut, sehr gut, es ist ein gemütlicher Platz. Sie sehen müde aus, Alex.«

»Kein Wunder, wenn man bedenkt, daß ich beinahe hundert Kilo wiege.«

Oliver Brown klopfte sich auf den ansehnlichen Bauch. »Ich leider auch, aber ich bin es mehr gewohnt. Vielleicht möchten Sie im Gästezimmer ausruhen?«

»Ja, bitte.«

Brown ging voraus. »Ich fürchte, es wird ein wenig kalt sein«, sagte er. »Wir beheizen dieses Zimmer nicht. Wasserstoff ist knapp.« Er führte Alex durch die Tür.

»Wasserstoff?«

»Ja, die Grünen verwenden gern Wasserstoff. Sie leiten ihn durch die alten Gasleitungen. Leider gibt es viele Lecks, und manches geht verloren, und seit sie die meisten Kraftwerke stillgelegt haben, gibt es nicht viel Elektrizität zur Herstellung von Wasserstoff.«

»Aber sie machen ihn?«

»O ja. So, da sind wir. Wie ich sagte, das Zimmer ist kalt. Ich werde Ihnen eine Decke bringen.«

Der Raum war nicht nur kalt, sondern genauso vollgestopft wie die anderen Zimmer. In den Habitats würde es eine Todesfalle sein: Massen konnten einen aus jeder Richtung erdrücken. Hier sorgte die Schwerkraft dafür, daß alles an seinem Platz blieb. Aber Schwerkraft war ein Teil des Problems. Lose Gegenstände mußten alle auf derselben Oberfläche ruhen.

Es gab die unvermeidlichen Bücherregale, aber an einer Wand hing ein seltsamer alter Gobelin, wie Alex noch nie einen gesehen hatte. Er zeigte Hunde, die einen Hirsch verfolgten. In der Ecke hingen zwei Langschwerter, und darunter zwei beinahe identische Schwerter aus Holz. Auf einer Couch nahe dem Fenster lagen Berge von ... »Kostüme?« fragte Alex. »Rüstungen?«

»Ja. Ich erwähnte die GKA, nicht wahr? Wir kommen noch immer zusammen, wir fechten, halten Turniere ab. Es ist eine zulässige Aktivität, sogar gefördert, soweit sie der Erforschung früherer Bräuche, Kleidungsformen und Lebensweisen dient. Tatsächlich kommen auch viele von den Grünen.«

»Aber was tun sie?«

Oliver Brown lächelte. »Nun, da wir uns gegenwärtig mit dem Mittelalter beschäftigen, kleiden wir uns in möglichst authentischen mittelalterlichen Kostümen und praktizieren die Lebensweise, wie sie aus alten Überlieferungen bekannt ist«, sagte er. »Es ist lehrreich und macht Spaß, mittelalterliche Techniken zu lernen, zum Beispiel, wie man von gewöhnlicher, billiger Nahrung lebt, Feuer ohne Zündhölzer entfacht, mit Schwertern und Lanzen kämpft und eine Kultur von niedrigem technischen Standard lebt.«

»Ja. Ich verstehe.«

Oliver Brown stapelte die Kleidungsstücke von der Couch auf einen Sessel. »Heutzutage gehen wir nicht mehr so oft hin«, sagte er. »Ich befürchte, daß jemand aus unserem Bekanntenkreis sich bei den Zechgelagen betrinkt und vergißt, daß die Grünen zuhören.« Er reichte Alex einen schweren wollenen Umhang. »Nehmen Sie das als Decke. Ich werde Sie zum Abendessen rufen.«

Das Fenster ging auf graue, verwahrloste Straßen hinaus. Weitere Mietshäuser, identisch bis auf die Graffiti, mit denen sie beschmiert waren, säumten die baumlose Straße zu beiden Seiten. Die wenigen, am Straßenrand parkenden Wagen waren alt und in schlechten Zustand. Ein Wagen war aufgebockt, ein anderer ausgeschlachtet. Die Straßenbeleuchtung flackerte ungewiß, erstrahlte dann hell in der zunehmenden Dämmerung. Alex blickte zum Himmel auf, der von tiefhängenden, grauen Wolken verhüllt war. Eine einsame, dick vermummte Gestalt ging rasch die Straße hinunter. Er – oder sie –

hielt einen Stock umklammert, der nicht zum Gehen benötigt wurde, und blickte wachsam nach links, rechts, rückwärts.

Daran mußte er sich jetzt gewöhnen. Von nun an war dies sein Zuhause. Zum einen gab es weniger unwirtliche Orte als dieses heruntergekommene Großstadtviertel. Zum anderen gab es *Phoenix!* Er erinnerte sich an das Projekt. Ein System, das mit vergleichsweise geringen Kosten auskommen sollte, nicht bloß bergungsfähig, sondern wiederverwendbar. Es konnte sogar eine Umlaufbahn erreichen, wenn eines der beiden Triebwerke ausfiel, und wurde mit flüssigem Wasserstoff und flüssigem Sauerstoff betrieben.

Wenn sie Wasserstoff herstellen konnten, mußten sie auch Sauerstoff haben. Aber …

Es wurde an die Tür geklopft. »Herein.«

Gordon trat ein, betrachtete erstaunt die Kostüme, Schwerter und den Gobelin. »Ich dachte, du würdest vielleicht Gesellschaft wollen.«

Gordon suchte ein paar Kissen und ließ sich vorsichtig und langsam auf den Boden nieder. »Es ist ermüdend, so lange aufrecht zu stehen. Aber mit jedem Tag geht es leichter. Vielleicht wird es mir hier gefallen. Die Leute sind interessant, und überall gibt es viel Platz.«

Alex lächelte und setzte sich aufrecht. »Vergiß nicht, wie sie mit interessanten Leuten umgehen.«

»Ja, es ist kriminell. Aber, Alex, kein objektiver Beweis für die Wirksamkeit der Psychoanalyse. Sie ersetzt bloß Gewissen, Erbsünde und Beichtvater durch Über-Ich, das Es und den Psychotherapeuten. In stalinistischer Zeit fand man diese Methode zu aufwendig und unsicher für den Umgang mit Dissidenten und behandelte sie psychiatrisch mit Psychopharmaka und Elektroschocks. Wie ich höre, machen sie es hier genauso, nach dem Motto: ›Unser Weg ist so offensichtlich richtig und gut, daß jeder, der dagegen auftritt, zum behandlungsbedürftigen pathologischen Fall wird.‹«

»So hast du noch nie geredet, Gordon.«

»Ich bin zornig. Ich mag diese Leute, Alex. Sie helfen uns ohne Rücksicht auf Nachteile, die sie dafür hinnehmen müssen. Zwangseinweisung in psychiatrische Kliniken … Ich weiß, was sie riskieren, um uns zu helfen. Du hast Cole gesehen. Ich möchte nicht, daß das gleiche Sherrine widerfährt, oder irgendeinem anderen unserer Freunde.«

»Ich auch nicht. Es ist ganz einfach: Wir haben die Pflicht, ihnen jede weitere Gefährdung zu ersparen. Sobald es ihnen gelungen ist, uns Papiere zu beschaffen, lassen wir sie nach Haus gehen und schlagen uns allein durch. Keine Träume und Illusionen mehr.«

»Man muß immer einen Traum haben.« Gordon wandte den Kopf zu ihm um. »Möchtest du immer hier unten bleiben?«

Alex stand auf und ging zum Fenster. Er blickte zum verhangenen Himmel auf. »Nein. Jedenfalls nicht hier. Aber es gibt viele Gegenden …«

»Dies ist deine Heimat. Du wurdest hier geboren.«

Ein Achselzucken. »Das war in Kansas. Und es ist lange her.«

»Angenommen, wir könnten zurück? Die Habitats können sich allein nicht halten. Sie sind auf längere Sicht zum Untergang verurteilt. Wir alle wissen es.«

Alex sah sich im Raum um.

»Meinst du, daß wir abgehört werden?«

»Nein. Wenn dieser Brown es befürchten müßte, hätte er uns und unsere Freunde gewarnt. Und wenn unsere Freunde ohne Erlaubnis an der Tür lauschen, wäre es mehr als – nein. Aber rede nicht davon, wo sie es hören können, Gordon.«

Gordon nickte. »Jedenfalls ist es eine Tatsache, daß die Habitats ohne Hilfe auf Dauer nicht lebensfähig sind. Das ist zu überlegen, wenn wir an Rückkehr denken.«

Alex nickte bedächtig. »Ja, so ist es, langfristig gesehen. Alles geht uns aus. Die Rohstoffbasis ist zu klein.« Er lachte bitter. »Wenn du den Mond dazunimmst, haben wir gewaltige Rohstoffmengen, die verfügbar gemacht werden können. Aber unsere Basis ist zu klein. Nicht genug Menschen, nicht genug Kapital, nicht genug Chlor, Stickstoff, kein Transportraum, keine Großgeräte für den Abbau.«

»Dr. Lichinsky sagt, in ein paar Jahren könne er Chlor und Stickstoff herstellen.«

»Ja, ich weiß. Schon bevor du geboren wurdest, Gordon, haben seine Leute gesagt, sie würden das sehr bald zuwege bringen. Wir müssen uns den Tatsachen stellen. Selbst mit Chlor und Stickstoff und mehr genetischem Material sind wir einfach zu wenige, und unsere Ernährungsbasis ist zu klein für eine größere Bevölkerung.«

»Trotzdem möchtest du zurück.«

»Nun ja. Ich habe mein ganzes aktives Leben daran gegeben, *Freedom* zu einer Heimat zu machen. Heimat ist der Ort, wo du dich verwurzelt fühlst, wo du einmal sterben willst. Deshalb ist Heimat für uns da oben. Nicht, daß es etwas zu bedeuten hätte. Wir können nicht zurück und tun gut daran, uns hier einzuleben. Vielleicht können wir im Laufe der Zeit Wurzeln schlagen.«

»Das denke ich auch«, sagte Gordon. »Ist nicht so schlimm.«

»Ja, ja«, sagte Alex. »Aber hier geht es auch abwärts. Die Leute haben der Zukunft den Rücken gekehrt, und jetzt werden sie mit ihren Problemen nicht mehr fertig. Mit jedem Jahr wird es schlechter, und ich frage mich, wie lange die Bevölkerung es sich noch gefallen läßt. Dann wird der Umschwung kommen. Hoffen wir, daß es nicht so lange dauert, bis die Verhältnisse wie in diesem Lied sind: ›Schwarzpulver und Alkohol‹.«

»Unterdessen verfällt die Umlaufbahn.«

»Eh?«

»Es ist wie mit den Habitats, nicht? Die Spuren der äußeren Atmosphäre bremsen ihre Geschwindigkeit ab, die Umlaufbahn verliert an Höhe. Jahr für Jahr. Aber vielleicht kann ein Schub zur rechten Zeit sie noch retten.«

Alex runzelte die Stirn und wandte den Blick von ihm. »Das ist nicht so einfach. Ein Habitat kannst du mit ein paar Steuerungsraketen aus der Gefahrenzone bringen.«

»Du meinst, wenn Menschen erst einen Weg eingeschlagen haben, ist es schwieriger, sie zur Umkehr zu bewegen? Ich weiß nicht. Wenn sie die leeren Sprüche der Politiker durchschauen und sehen, daß der Weg in Entbehrung, Not und Kälte führt, kann es sehr schnell gehen. Also, was tun wir jetzt? Glaubst du an diesen *Phoenix?*«

Alex preßte die Lippen zusammen. »Nein, aber – wenn es wirklich eine Chance gibt?«

»Warum?«

»Warum nicht? Irgendwohin müssen wir gehen. Steve sagte, Kalifornien sei unsere beste Chance, um unterzutauchen. Außerdem sei es dort warm.«

»Und wenn es *Phoenix* nicht gelingt, sich aus seiner Asche zu erheben, wirst du dem nächsten Gerücht nachrennen, und dem übernächsten.«

»Wenigstens werde ich es versuchen. Was gibt es sonst für uns zu tun?«

Ron Cole saß in einem Sessel im großen Wohnzimmer. Er wirkte fehl am Platz, warf ständig nervöse Blicke nach links und rechts, machte ruckartige Bewegungen wie ein Vogel. Dann sprang er auf und schob den Sessel in eine Ecke. Danach saß er etwas ruhiger, obwohl er noch immer nervös zuckte.

»Ist es wirklich paranoider Verfolgungswahn«, flüsterte Thor Alex zu, »wenn sie hinter einem her sind?«

Coles Blick ging ruhelos von einem Gesicht zum anderen, ohne auf einem zu verweilen. Als sein Blick Alex streifte, runzelte er leicht die Stirn, und als er Harry sah, nagte er an der Unterlippe. »Oliver«, sagte er klagend, »es sind zu viele Leute da.«

Helga und Violetta waren bereits mit mehreren Tüten mit allerlei Imbißnahrung zurückgekehrt. Sie öffneten Beutel mit Chips und gemischtem Salzgebäck und schütteten sie in große Schüsseln, die sie herumreichten. Alex zog die Brauen hoch.

»Soviel im Tausch?« fragte er sie.

»Ach, die Leute zahlen für den Käse mehr, als er wert ist«, erklärte Helga. »Solange hier und da noch eine Schnitte Käse aus ›Amerikas Milchladen‹ zu haben ist, werden sie sich sagen können, daß es noch nicht allzu schlecht steht und die Verhältnisse sich eines Tages normalisieren werden.«

»Nostalgie hat ihren Wert«, sagte Sherrine. »Haben nicht auch wir unsere Nostalgie? Nach der Zukunft, wie sie sich vor uns auftat?«

»Ein Feuer am Himmel«, sagte Bob.

»Und wir wollten auch alle eine Schnitte von dieser Zukunft«, sagte Mike.

»Der *Phoenix*«, sagte Bruce.

Cole fuhr mit einem Ruck herum. »Davon sollten Sie nichts wissen. Was wissen Sie über *Phoenix?* Oliver, ich kenne diese Leute nicht.«

»Regen Sie sich nicht auf, Ron. Wir sind unter uns. Alex und Gordon hier sind die gestrandeten Astronauten ...«

»Ja, ja, das ist offensichtlich. Leptosome Typen, dünne Arme und Beine, schwach ausgebildete Muskeln. Das sieht jeder. Und Thor. Ich kenne Thor, glaube ich … Manchmal ist es schwierig, mich zu erinnern.«

Alex und Gordon sahen einander an. War ihre Herkunft wirklich so offenkundig? Wenn es sich so verhielt, wie konnten sie falsche Identitäten aufrechterhalten? Oder war es nur für jemanden wie Cole offensichtlich? Menschen vom leptosomen Körpertyp gab es schließlich überall.

»Sie kennen Harry Czescu«, sagte Oliver Brown.

Cole machte ein Gesicht. »Ja. Ich kannte Harry. Kenne Harry. Besten Dank.«

Violetta kam mit einem Tablett herein und verteilte Gläser. Cole nippte davon. »Ach du lieber Gott, ja. Was ist das?«

»Löwenzahnwein.«

Cole befeuchtete seine Lippen und sagte mit schlauem Blick: »Ich weiß, wo Sie Pfirsichschnaps bekommen können.«

»Ja, Ron«, sagte Helga von der Küchentür. »Wir wissen es auch. Verkaufen Sie uns welchen, Harry?«

»Wie bitte, Madam?«

Sie seufzte. »Könnten Sie mir eine Minute draußen in der Küche helfen? Ich schneide gerade den Rest des Käses als Hors d'œuvres.«

Harry schien ärgerlich, dann warf er Ron Cole einen Seitenblick zu. »Ja, gut.«

Jenny nahm ihn beim Arm. »Komm mit. Sie brauchen uns hier nicht.« Sie führte ihn hinaus. In der Tür wandte sie sich noch einmal um. »Es verletzt ihn wirklich, wissen Sie. Er ist nicht so ein harter Brocken, als der er sich gern ausgibt.«

Brown rückte in seinem Sessel herum. »Gewiß. Aber mein Gott, Jenny, Sie kennen ihn besser als jeder von uns hier. Einmal schickte ich ihn Bier holen und …«

»Und der Laden war geschlossen, also schlug Harry

ein Fenster ein. Ich weiß. Die Geschichte erzählt er gern.«

Alex zog die Stirn in Falten. »Er schlug ein Ladenfenster ein, um etwas Bier zu stehlen? Das klingt nicht …«

»Nein, er ließ Geld dafür zurück.«

Thor saß mit dem Rücken an der Wand am Boden. Nun erhob er sich mit einer geschmeidigen Bewegung und klopfte seine Kleider ab. »Ich glaube, ich werde einen langen Spaziergang machen.«

Bruce sagte: »He, Thor …«, und Fang streckte die Hand aus, um den blonden Riesen am Arm zurückzuhalten.

»Tut mir leid, Bruce, Fang. Aber ich bin nicht so lange auf freiem Fuß geblieben, indem ich bei einer Zielscheibe herumlungerte. Du auch nicht, Fang.«

Der andere schüttelte den Kopf. »Ich bleibe bei der Stange. Was ich anfange, bringe ich zu Ende.«

»Laß mich wissen, was ihr beschließt.«

Als Thor gegangen war, sah Cole die Gruppe aus Minneapolis prüfend an. Brown bemerkte es und hob die Hand. »Ich verbürge mich für sie, Ron. Sie vertrauen meinem Urteil, nicht wahr?«

Cole preßte die Lippen zusammen und nickte.

»Harry übergab die Botschaft?«

»Ja. Es ist Zeit zu sehen, was freie Menschen können.«

Keiner sagte etwas. Aus der Küche drang leiser Gesang:

»Sie wollen meine Freiheit,
sie wollen Haut und Haar,
Sie suchten in Wisconsin, ich
war schon nicht mehr da.
Sie sollen mich nicht haben,
wenn ich's vermeiden kann,
Sollt' ich auch bis zum Ende
sein ein gesuchter Mann.«

Oliver Brown räusperte sich. »Ron, erzählen Sie uns vom Projekt *Phoenix*.«

»*Phoenix* ...«, sagte Ron Cole. »Er flog einmal, wissen Sie. Ich war Zeuge. Gary Hudson war überzeugt, daß sein *Phoenix* die Erde umkreisen könne. Sie wollten ihn aber nicht die ganze Strecke fliegen lassen. Sie hielten ihn an der Kette, sozusagen. Aber nicht alle wollten ihn angekettet lassen.« Seine Stimme war beinahe normal geworden, und Oliver Brown begann sich zu entspannten.

»Es war eine politische Frage. NASA und das Militär«, sagte Cole. »Die Kosten pro Kilo Nutzlast zu einer niedrigen Erdumlaufbahn betrugen zwischen zehntausend und zwanzigtausend Dollar. Das waren die offiziellen Angaben. Die wirklichen Kosten – das war eine andere Sache! Die NASA bekam fünf Milliarden im Jahr, und wenn sie Glück hatte, konnte sie alle zwei Monate einen Start veranstalten. Wenn Gary Hudson für ein paar Millionen Dollar in eine Umlaufbahn fliegen konnte, statt für Milliarden, hätte die NASA lächerlich ausgesehen.«

»Ich erinnere mich«, sagte Alex.

»Aber die Luftwaffe wollte den *Phoenix* als Teil des strategischen Verteidigungssystems bauen. Dann brach die Sowjetunion zusammen, und die Russen gaben ihr Imperium auf, und die Luftwaffe sorgte sich nicht mehr, daß jemand ihr den Rang ablaufen könnte. Also stoppte sie das Programm. Aber bei der Luftwaffe können sie nichts wegwerfen. Wie Hamster sind sie. Also stellten sie den *Phoenix* außer Dienst und brachten ihn in einem Hangar im öffentlichen Teil des Stützpunktes Edwards unter. Juristisch und technisch haben sie noch immer die Jurisdiktion.«

Alex beugte sich vor. »Wie sah die Außerdienststellung aus?«

»Sie zogen den Stecker, fertig.«

Bruce runzelte die Stirn. »Was heißt das?«

Cole blickte hilfesuchend zu Brown. »Sind Sie sicher, Oliver, daß ich …?«

»Sie können es uns sagen«, versicherte ihm Brown.

»Sie haben die ROMs herausgenommen.«

»Das bedeutet«, sagte Alex nach einer Pause, »daß sie alle Daten der Flugprogrammierung und Bordkontrollen herausgenommen haben. Triebwerke, lebenserhaltende Systeme. Alles, was den Vogel lebendig machte.«

»Wenn es um Programmierung geht«, meldete sich Sherrine zu Wort, »sollten wir imstande sein, die Daten zu ersetzen. Bob und Gary Hudson könnten die physikalischen Berechnungen ausführen. Und Ted Marshall und ich könnten sie programmieren.«

Alex lächelte dünn. »Das wären ungefähr 200 000 Zeilen Code, nach den Vögeln zu urteilen, die ich geflogen habe. Bei einer Rate von hundert Zeilen am Tag wäre das eine Arbeit von drei Jahren.«

»Das stimmt«, sagte Mike. »ROM wurde nicht an einem Tag erbaut.«

Sherrine sank in sich zusammen. »Oh.«

»Schlag eins«, sagte Alex und hielt einen Finger hoch. »Gibt es noch etwas, Dr. Cole?«

»Da ist noch das IMU, natürlich. Das nahmen sie auch heraus. Konnten es schlecht an Ort und Stelle lassen.«

»Was ist ein IMU?« fragte Fang.

»Eine Trägheitsplattform«, erklärte Bob. »Sie würde ungefähr so groß sein …« Seine Hände zeigten die Maße in der Luft an. »Vielleicht etwas größer als ein Schuhkarton.«

»Ich nehme nicht an, daß Sie ein IMU bei sich haben?« sagte Alex zu Cole.

Der blickte auf seine Hände, als erwarte er dort ein IMU zu finden. »Nein. Das habe ich nicht.«

»Schlag zwei.« Alex hielt einen zweiten Finger hoch.

»Und natürlich gibt es keinen Treibstoff«, fuhr Cole fort.

»Schlag drei, und wir sind k.o.« Er wandte sich zu Gordon. »Ich wollte nur sehen, ob es eine Chance gibt. Aber hier gibt es keine.«

Cole zwinkerte hastig. »Aber das sind keine unüberwindlichen Hindernisse. Wirklich nicht. Keineswegs unüberwindlich.«

Oliver Brown nickte zu sich selbst. »Sie haben das IMU nicht. Was haben Sie, Ron?«

Cole machte ein schlaues Gesicht. »Nun ...«

»Sie haben die ROMs. Gary Hudson gab ihnen einen Satz Kopien. Zur sicheren Verwahrung«, sagte Oliver Brown.

»Ja, ja, Sie kennen uns beide; natürlich wissen Sie das. Ja, ich habe sie, bei mir im Museum. In Folie gewickelt, in Sicherheit. Wir dachten ... wir dachten einmal, es würde sich später eine Einsatzmöglichkeit ergeben, aber das ist nicht eingetreten. Die Zeiten sind vorbei, zumindest für mich.«

»Ein Schlag zurück«, sagte Mike Glider, hielt drei Finger hoch und bog einen um. »Nun, was ist mit dem – IMU?«

»Oh, wir wissen, wo das ist. Sie haben es an einem sicheren Ort untergebracht.«

Sie warteten, während Cole zufrieden nickte. Oliver Brown wurde ungeduldig. »Wo ist es, Ron?«

Plötzlich wurde Cole mißtrauisch. »An einem sehr sicheren Ort.« Sein Blick ging hin und her, dann beugte er sich vor und flüsterte: »Es ist im militärischen Sicherheitsbereich des Luftwaffenstützpunktes Edwards.«

»Militärischer Sicherheitsbereich? In einem Safe?« fragte Oliver Brown.

»So ungefähr«, sagte Bob. »In der Universität haben wir überzählige Sicherheitsbehälter.«

»Das hört sich ziemlich einfach an«, meinte Fang. »Ein kleiner Einbruch und ein bißchen Schlosserei. Harry!«

Harry steckte den Kopf von der Küche herein. »Mh?«

»Du kennst diese Dinger in Bobs Universität?«

»Sehen aus wie Aktenschränke mit einem großen Kombinationsschloß«, sagte Bob Needleton.

»Sicher«, antwortete Harry.

»Kannst du einen aufmachen?«

»Dauert ungefähr eine halbe Stunde, wenn es laut sein darf. Ein paar Stunden, wenn es leise sein muß.«

Mike Glider bog einen weiteren Finger um. »Zwei.«

»Und der Treibstoff?« wollte Alex wissen. »Wo bekommen wir zweihundertfünfzig Tonnen flüssigen Sauerstoff und flüssigen Wasserstoff?« Das sorgte für Ruhe. Sherrine schien niedergeschlagen, Bob und Oliver schauten nachdenklich drein. Steve, wie gewöhnlich im Lotussitz am Boden, vibrierte von nervöser Energie. »Scheiße«, sagte Fang. »Das schiebt der Sache einen Riegel vor.«

Cole blickte verdutzt auf. »Aber das ist doch der einfache Teil«, sagte er. »Sie *machen* den Treibstoff.«

Alex strengte sein Gehör an, um Cole durch das Stimmengewirr zu hören. Der Mann sprach in derselben leisen und monotonen Stimme weiter, ohne auf die Geräusche ringsum zu achten. Zuletzt steckte Bruce zwei Finger in den Mund und pfiff.

»... Chloralkali-Elektrolyse und natürlich durch Umsetzung von Wasserdampf mit Kohle ...«

Stille.

»Würde es Ihnen was ausmachen, das zu wiederholen, Ron?« fragte Oliver. »Wir haben nicht alles verstanden.«

Cole verzog das Gesicht. »Ich erklärte nur, warum es trotz der politischen Verrücktheit und Propaganda unserer herrschenden Kreise noch immer Fabriken gibt, die Wasserstoff herstellen. Die Grünen mögen industriefeindlich sein, und besonders die chemische Industrie ist ihnen ein Dorn im Auge; aber trotzdem gilt Wasserstoff als politisch korrekt. Wenn man ihn verbrennt, entsteht nur Wasserdampf. Und es gibt Dinge, die auch Grüne haben müssen und haben wollen. Wie Fernsehen. Ohne Wasserstoff kann man kein Fernsehgerät machen.«

»Auch Heizung«, sagte Oliver Brown. »In diesem Gebäude haben wir Wasserstoffleitungen. Es ist nicht sehr rein, aber es ist Wasserstoff.«

Alles richtig, dachte Alex. Und je mehr Cole redete, desto vernünftiger wurde er, wahrscheinlich, weil er sich zu Hause fühlte, wenn er über wissenschaftliche Dinge sprechen konnte …

»Ja, gewiß«, sagte Cole. »Sie brauchen nur Methan und Elektrizität. Und Dampf. Methan – CH_4 – ist überall. Sumpfgas. Man bekommt es, wenn Erdöl raffiniert wird, oder bei der Pyrolyse von Kohle. Und Kühe furzen Methan.«

Mike saß mit offenem Mund. »Sie wollen Raketentreibstoff aus Rinderfürzen machen?«

»Nein, selbstverständlich nicht. Ich wollte nur sagen, daß Methan verbreitet vorkommt. Wasserstoff ist in den Leitungen. Es wird eine Leitung zum *Phoenix* geben.«

»Augenblick«, sagte Alex. »Eine Wasserstoffleitung? Mit flüssigem Wasserstoff?«

»Nein, nein«, erwiderte Cole. »Nur Wasserstoff. Aber Sie komprimieren ihn, und er verflüssigt sich. Das ist nicht so schrecklich schwierig.«

»Und der Sauerstoff? LOX?«

»Man verflüssigt Luft und kocht alles andere durch

Erhitzen aus. Es ist wirklich nicht schwierig.« Er breitete die Hände aus und lächelte. »Und schon haben Sie es.«

Beim Ausbreiten seiner Hände enthüllte Cole zwei glasige Murmeln. Gordon zeigte darauf. »Was ist es?«

»Hmm? Ach, mein Familienschmuck. Selbstgemacht. Vor langer Zeit. Diamanten aus Kohlenstoff 12.« Cole starrte trübe darauf. »Es war meine Idee, aber die Großunternehmen nahmen sie mir weg. Sie ergeben gute Laser, wissen Sie; aber diese beiden behielt ich, weil sie so schön waren.«

»Gut«, sagte Alex, noch immer skeptisch. »Es gibt chemische Fabriken, die Wasserstoff herstellen.«

»Sie sind klein. Zehn bis zwanzig Beschäftigte.«

»... und durch die Wüste pumpen. Und das LOX, das Sie durch die Kompression von Luft und Auskochen des O_2 gewinnen. Fein. Aber zweihundertfünfzig Tonnen ...?«

Cole schüttelte den Kopf. »Das ist die Gesamtmenge, nicht alles davon ist Wasserstoff. An Wasserstoff brauchen Sie fünfunddreißig Tonnen. Das ist eine ganze Menge, aber nun, es gibt Mittel und Wege.«

»Und der Sauerstoff?«

»Gut, ich beiße an«, sagte Fang. »Wie verflüssigt man Luft?«

»Turboverdichter«, sagte Cole. »Zweihundert Tonnen Sauerstoff, werden an Ort und Stelle erzeugt.«

»Und wo bekommen wir einen – einen Turboverdichter?« fragte Bruce.

Cole zuckte die Achseln. »Ich weiß es nicht. Ich habe mich um solche Dinge nicht gekümmert, aber Gary Hudson wird es wissen. Ja, er wird Ihnen Auskunft geben können.«

Mike Glider krümmte seinen Zeigefinger halb. »Nur ein halber Schlag übrig.«

Alex nickte mechanisch. Ein halber Schlag. »Also,

ich kenne mich nicht aus. Ein Turboverdichter. Wie wird er angetrieben?«

»Er ist wie ein Düsentriebwerk«, sagte Cole. »Einem Düsentriebwerk sehr ähnlich. Natürlich kann er nicht fliegen.«

»Also braucht er Kerosin.«

»Richtig«, sagte Cole.

»Eine Menge Kerosin, vermute ich«, sagte Oliver Brown. Mike Glider hielt wieder einen Finger hoch. »Schlag ...«

»Ja, eine Menge«, sagt Cole. »Aber nicht mehr als wir haben.«

»Was?« fragte Bruce.

Zum ersten Mal dehnte sich Coles Gesicht in einem breiten Lächeln. »Larry und Curley. Die beiden müssen Sie kennenlernen. Leider mußte ich Moe verkaufen ...«

Das Tor des aufgelassenen Lagerhauses trug in Schablonenbuchstaben die Aufschrift *Privateigentum – Museum für Wissenschaft und Technik.* Rostige Rangiergeleise führten herein, überwuchert von Gräsern und Unkraut. Sie hatten auch die Risse und Ränder der betonierten Zufahrt besiedelt. Die eingeschlagenen Fenster waren mit Brettern vernagelt, die Wände beschmiert mit Graffiti längst verschwundener Jugendbanden. Kalter Wind blies vom See herein, und gefrorene Schneereste hielten sich in schattigen Winkeln.

Cole beugte sich über das Vorhängeschloß und mühte sich mit einem Schlüssel. »Diese Einfahrt führt in den ausgehauenen Fels unter dem Museum. Durch diesen Unterkeller wurden große Ausstellungsstücke herein und hinaus transportiert. Kaum noch benutzt. Nein, Sir.«

Alex, Bob, Sherrine und Oliver Brown standen hinter ihm und warfen wachsame Blicke über das offene Gelände am Seeufer und um das Museum.

»Ah.« Cole grunzte befriedigt, und die Kette fiel herab. Die Flügel des Tores ließen sich leicht öffnen und schnappten in die Halterungen ein. Im Innern des hallenartigen Kellerraums standen zwei glänzende, gepflegte Peterbilt-Sattelschlepper. Scheinwerfer und Kühlergrills waren auf Hochglanz poliert und schimmerten im Widerschein des dunstigen Sonnenlichts draußen.

»Da sind sie«, verkündete Cole. »Larry und Curley.«

Alex strich mit der Hand über den kalten Chrom des Kühlergrills. Beide Sattelschlepper waren an Auflieger mit langen, silbrigen, zylindrischen Tanks gekoppelt. Die Tanks trugen die Aufschrift:

MILKHEIM FETTARME MILCH

»Und in diesen Tanks kann Flüssiggas transportiert werden?«

Cole nickte. »Jeweils achtundvierzigtausend Liter. Ich bekam sie aus Restbeständen der Armee praktisch umsonst. Für ein Butterbrot...«, er lachte. »Die Tanks sind mit RP-4 gefüllt. Genug für den Betrieb des Turboverdichters. Jetzt brauchen Sie die Tanklastzüge nur noch nach Thunder Ridge zu fahren.«

»Thunder Ridge?«

»Luftwaffenstützpunkt Edwards«, sagte Cole. »Das Raketentestgelände. Fahren Sie Larry und Curley hin, und Gary Hudson wird den Rest besorgen.«

Cole trat zu einem der beiden Lastzüge und legte die Hand an die Tür des Fahrerhauses. »Auf diesen Tag habe ich eine Ewigkeit gewartet.« Er hatte Tränen in den Augen.

»Ich verstehe das nicht«, sagte Bob. »Sie haben *Phoenix,* und sie haben den Konstrukteur Gary Hudson, der ihn fliegen kann. Sie haben die ROMs und wissen, wo das IMU zu bekommen ist. Sie wissen, wo man zu

Treibstoff kommt und haben die Tanklastzüge zum Transport. Also verraten Sie mir eins, Dr. Cole. Warum ist *Phoenix* nicht schon längst geflogen?«

Gute Frage, dachte Alex.

Cole zeigte auf Alex. »Weil wir auf ihn warteten.«

»Was?«

»Wie konnten Sie wissen, daß unser Stickstoffsammler abgeschossen und eine Bruchlandung machen würde?«

Oliver Brown hob beide Hände. »Warten Sie! Warten Sie. Ron? Es ist schon gut. Jahre und Jahre sind vergangen. Die meisten von uns vergaßen, daß *Phoenix* existierte. Wie konnten Sie wissen, daß Alex kommen würde?«

»Wissen, daß Alex kommen würde? Nein, das ist dummes Zeug. Alex? Konnte es nicht wissen. Aber wir brauchten Astronauten, um den *Phoenix* zum Fliegen zu bringen. Um ihn sicher hinaufzubringen, ohne daß er einen Fehlstart machen und irgendwo zerschellen würde.«

Alex rieb sich das Gesicht mit einer Hand. Ach du lieber Gott …

»Sehen Sie, der *Phoenix* wird eine Umlaufbahn aus eigener Kraft nicht erreichen. Gary Hudson verriet mir das vor langer Zeit. Er ist ein Schwertransporter, für Flugtests entwickelt. Und vielleicht hat Gary Hudson die Konstruktion zu knapp geschnitten. *Phoenix* kann eine elliptische Umlaufbahn erreichen, aber sie wird nicht stabil sein.« Seine wässrigen Augen blickten Alex an. »Und bisher gab es keine Möglichkeit, das zu ändern. Aber Sie können es.«

»Was, in aller Welt, ist das?« fragte Sherrine. Sie rief aus dem Hintergrund der höhlenartigen Halle. Alex und die anderen folgten ihrer Stimme zu einem dunklen Bereich hinter den Tanklastzügen, wo ein immenser und komplizierter Aufbau aus Rohrleitungen zischte. An einem Ende fielen kleine dunkle Flüssigkeitstropfen in einen Behälter. Oliver Brown lachte.

»Das also ist es!« sagte er.

Cole fuhr herum und hielt einen Finger an die Lippen. »Schschsch!«

»Was ist es?« wiederholte Sherrine.

Bob studierte die komplizierte Anlage, schnüffelte an dem Auffangbehälter. »Kommt mir bekannt vor. Ich habe so etwas irgendwo schon gesehen.« Er wollte den Finger unter die tropfenden Flüssigkeit halten, ließ es aber sein. Wer konnte wissen, was es war, auch wenn es nicht verdächtig roch?

»Es ist das regenerative Kühlungssystem der alten Titan oben im Museum«, erläuterte Brown. »Ron Cole ließ es herausreißen und machte seine Destille daraus. Er destilliert Obstschnäpse.« Er hielt einen Finger unter die tropfende Flüssigkeit und steckte ihn in den Mund. »Brombeere. Sehr schmackhaft. Das Museum zahlt Ron nicht ausreichend.«

»Ich zahle *sie*«, sagte Cole. »Apfel ist am besten. Die Tanklastzüge wurden mit Äpfeln und Pfirsichen bezahlt.«

Bob mußte lachen. »Eine Schwarzbrennerei im Keller des Museums für Wissenschaft und Technik! Das gefällt mir.«

Alex lächelte. »Ja, aber zurück zu den Tankwagen. Gibt es Treibstoff? Können wir nach Kalifornien? Oder ist das ein weiteres Detail?«

»Manche Details sind wichtig«, sagte Cole. Er zeigte zu 200-Liter-Fässern, die gegenüber der Destille an der Wand gestapelt lagen. »Vierter Lastzug«, sagte Cole. »Verkaufte ihn, bevor ich Moe verkaufte. Das ist die Ladung. In den Fässern ist JP-4. Heizöl.«

Brown nickte. »Die Leute bezahlen viel für Heizöl und stellen keine Fragen.«

Alex blies seinen dampfenden Atem in die kalte Luft. »Das kann ich mir denken.« Plötzlich hatte er eine Vision von Cole, wie er Moe mit irre leuchtenden Augen durch die Straßen Chicagos steuerte und heimliche mitternächtliche Lieferungen von Schwarzmarktheizöl tätigte. Es war eine verrückte Welt.

Bruce war ein methodischer Mensch. Er machte eine Liste. Methodische Menschen machen immer Listen.

Sherrine saß neben Steve am Boden, hatte die Knie bis zum Kinn gezogen und überlegte, ob sie Gordon und Alex jemals wiedersehen würde. Sie stellte sich vor, wie *Phoenix* auf einer Feuersäule himmelwärts stieg. Aber statt es mitzuerleben, würde sie wieder zu Haus sein und nur in den Nachrichten davon hören (wenn sie wagten, es in den Nachrichten zu bringen) und sie würde ein heimliches Lächeln zeigen, das ihre Arbeitskollegen nie verstehen würden.

»Erstens«, sagte Bruce, »brauchen wir Ausweispapiere für die Engel, falls das Projekt *Phoenix* scheitern sollte. Sherrine, Mike, Bob und ich werden nach Minneapolis zurückkehren. Sherrine, du setzt dich mit Ted Marshall in Verbindung und bringst diesen Ball ins Rollen. In Ordnung?«

Zurück nach Minneapolis. Sherrine nickte. »Klar.« Zurück zum alten Terminal. Es würde nicht so einfach sein, die Sache im Computerzentrum der Universität so auszuarbeiten, daß niemand die Einführung der falschen Identitäten in die Behördendatei und die Ausgabe der Personalpapiere zu ihr zurückverfolgen konnte.

Bruce hakte etwas auf seiner Liste ab. »Gut. Ich werde mit dem Oregon Ghost Verbindung aufnehmen und die große Sammelaktion organisieren.« Er nickte Alex zu. »Die Fans werden mit Zeug daherkommen, an das wir nie gedacht haben. Sie werden Ihr Füllhorn haben.«

Er hakte einen weiteren Punkt auf der Liste ab. »Mike.«

Mike nahm Haltung an und salutierte, was in einem Sessel liegend schwierig zu bewerkstelligen war. *»Oui, mon capitain!«*

»Du bringst heraus, was es mit dem Plastikmais an der Staatsuniversität von Iowa auf sich hat.«

»Oui, mon capitain!« Er blickte zu Sherrine. »Ich werde einen Namen von jemandem brauchen, an den ich mich wenden kann.«

Sherrine stand auf. »Ich kann gleich meine Großmutter anrufen. Sie wird die Leute kennen. Mr. Brown, darf ich Ihr Telefon benutzen?«

»Geh zur nächsten öffentlichen Telefonzelle«, sagte Thor. »Immer öffentliche Telefone benutzen. Das ist eine Regel.«

Fang blickte zu ihm auf. »Ich dachte, du wolltest aussteigen.«

Thor zuckte die Achseln und blickte zur Seite. »Letzte Reflexzuckungen eines sterbenden Gehirns.«

»Jetzt noch nicht«, sagte Bruce. »Warte, bis wir hier fertig sind.« Er studierte seine Liste und leckte an der Spitze seines Bleistifts. »Steve, Sie werden nach Kalifornien zurückkehren, nicht wahr?«

Der Angeredete meditierte im Lotussitz am Boden und nickte mit geschlossenen Augen. »Richtig.«

»Könnten Sie unsere Vorhut machen? Nach Edwards fahren und mit Gary Hudson sprechen. Ihm die Vorgänge schildern und erklären, was wir vorhaben. Vor allem feststellen, ob er seinen Vogel freiwillig zur Verfügung stellen wird.«

»Das wird er sicherlich tun. Ich begegnete ihm nur einmal, aber das einzige im Leben, was er mehr als alles andere wünscht, ist, diesen Eimer zu fliegen.«

Harry öffnete eine Bierdose. »Gut möglich, daß Wade ihn bereits unterrichtet hat.«

»Gewiß, aber Wade weiß nicht alles. Steve, es kann nicht schaden, wenn wir uns hier vergewissern.«

Steve öffnete die Augen. »Ich weiß das. Mein Dojo kann noch ein paar Tage geschlossen bleiben.«

»Wir erwarten nicht, daß Sie ein persönliches Risiko eingehen oder gar in den Untergrund abtauchen«, sagte Bruce. »Oliver wird die Engel verstecken, bis alles bereit ist.«

Oliver Brown verneigte sich. »Es ist mir eine Ehre.«

»Besonders Gordon«, sagte Violetta und schenkte dem jüngeren Engel ein breites Lächeln. »Er kann Roland eifersüchtig machen.«

»Na, ich weiß nicht, ah ...«, sagte Gordon.

»Nächster Punkt«, sagte Bruce. »Die Tankwagen müssen nach Kalifornien gebracht werden. Wir brauchen Fahrer.« Er blickte zu Thor, Fang und Harry.

»Ich sagte dir schon, was ich machen werde«, sagte Thor. »Ich mach nicht mit.«

Harry zuckte die Achseln. »Ich kann einen nehmen, aber das Motorrad wird nützlicher sein. Du wirst Kundschafter brauchen, und Jenny und ich können das am besten.«

Fang hob die Hand und wedelte sie hin und her. »Ich will Larry.«

Bruce zog die Brauen hoch. »Warum gerade Larry?«

»Weil er mir gleich gefallen hat. Eine Affinität.«

Bruce machte eine Notiz auf seine Liste. »Gut. Jenny kann auf dem Motorrad mitfahren – oder kann sie einen Laster fahren?«

»Das braucht sie nicht zu tun«, sagte Bob. »Ich fahre den anderen.«

Bruce runzelte die Stirn. »Bob? Mußt du nicht an die Universität zurück?«

»Das habe ich schon geregelt. Ich gehe nicht zurück.«

»Und was geschieht mit deinen Studenten?« fragte Sherrine. »Kürzlich erzähltest du mir, du seiest es deinen Studenten schuldig, sie zu unterrichten.«

Er begegnete ihrem Blick. »Ich werde sie lehren. Dies wird eine Lektion sein, die sie nie vergessen werden.«

»Denken Sie vielleicht daran, an Bord des *Phoenix* zu gehen?« fragte Alex.

»Klar. Ich bin in guter Verfassung, habe einen Doktortitel in Physik, und der *Phoenix* hat Platz für – wie viele? Mehr als zwei.«

»Mehr als zwei, ja«, sagte Gordon. »Aber ...«

»Gordon will sagen, daß Sie die Brücken nicht hinter sich abbrechen sollen«, sagte Alex. »Stationskommandant Hopkins wird vielleicht keinen weiteren Physiker wollen. Selbst wenn dieser *Phoenix* funktioniert, was mir noch nicht allzu sicher scheint.«

»Ich weiß«, sagte Bob. »Ich habe meinen Posten nicht aufgegeben. Auf dem Weg hierher rief ich die Universität an und sagte ihnen, daß ich Typhus habe.«

»Typhus?« sagte Thor.

»Warum nicht?«

Verdammter Kerl, dachte Sherrine. Und ich muß zurück an meine Computerkonsole ...

Bruce zupfte an seinem Bart. »Also gut. Bob und Fang fahren. Harry und Jenny übernehmen als Aufklärer die Spitze. Steve nimmt den Zug nach Kalifornien, um das Unternehmen mit Hudson zu koordinieren. Nun, was ist mit Dr. Cole? Was möchten Sie? Dableiben?«

»Es könnte nicht sicher sein«, meinte Cole. »Es ist mit jedem Jahr schlimmer geworden. Noch ein Jahr, höchstens zwei ... Nein, es gibt für mich keinen Grund, jetzt dazubleiben.«

»Wollen Sie mit nach Kalifornien?«

»Nein. Es würde zu schmerzlich sein«, erwiderte Cole. »Sie können die Tanklastzüge haben. Ich habe noch einen, einen Dreiachser. Wenn Sie mir beim Verladen meiner Destille helfen, werde ich zurechtkommen.«

»Da kann ich helfen«, sagte Thor. »Wenn Sie wollen, Dr. Cole, gehe ich mit Ihnen.«

Cole musterte ihn. »Ich erinnere mich. Wir haben uns schon einmal gesehen. Ja, das wäre mir recht. Danke.«

Sherrine holte tief Luft. »Ich gehe auch«, verkündete sie.

»Was?« sagte Bob. »Augenblick. Du kannst das nicht riskieren.«

»Du tust es auch.«

Bruce schwenkte seine Liste. »Du mußt zurück nach Minneapolis, um die neuen Identitäten und Ausweispapiere der Engel zu organisieren«, sagte er.

Sie schüttelte den Kopf. Seit Tagen hatte sie überlegt, ob sie ihre Stellung und Sicherheit riskieren sollte – wenn im armen, vom Eis bedrohten Minneapolis von Sicherheit gesprochen werden konnte – oder ob sie alles zurücklassen sollte. Jetzt wußte sie es. Bobs Entscheidung – der Teufel sollte ihn holen – hatte den Ausschlag gegeben. »Ihr braucht mich nicht dafür. Das kann die Legion des Untergangs übernehmen. Also wird es nicht so wichtig sein, daß ich morgen an meinen Arbeitsplatz zurückkehre.«

»Mit anderen Worten«, sagte Bob, »du *willst* nicht an deinen Arbeitsplatz zurück.«

Sie holte noch einmal tief Luft. »Das war es wohl, was ich sagte, nicht?«

Sherrine rief ihre Großmutter von einem öffentlichen Telefon im Süßwarenladen an der Ecke an. Danach war sie froh, daß sie den Anruf gemacht hatte.

Sie mußte verstört ausgesehen haben, als sie den Laden verließ, denn Harry, der sie vorsichtshalber begleitet hatte, blickte ihr besorgt in die Augen. »Fühlen Sie sich nicht gut, Sherrine?«

»Ich ...« Sie schüttelte den Kopf. »Gehen wir zurück, Harry.«

In Browns Wohnung zurückgekehrt, gab sie Mike einen Zettel mit einem Namen und Telefonnummer. Dann wandte sie sich zu Bob und fiel in seine Arme. »Mein Gott, Bob!« murmelte sie. »Wir haben die richtige Entscheidung getroffen, glaub mir.« Tränen rannen ihr über die Wangen. Wann hatte sie angefangen zu weinen, um Ghus willen? Sie war immer auf Haltung bedacht.

»Was hast du?« fragte Bob. »Ist was passiert?«

»Sie wissen von uns!«

»Wer?«

Bruce erhob sich aus seinem Sessel. »Wer weiß was?«

»Die Polizei. Meine Großmutter sagte, sie kamen in ihr Haus und stellten Fragen. Nach mir, nach einem braunen Lieferwagen. Ich ...« Sie hielt inne, holte Atem. »Darauf machte ich noch einen Anruf. Tremont sagt, sie hätten mein Haus aufgebrochen und durchsucht und sich in der Universität nach Bob erkundigt.«

Bob trat einen Schritt von ihr zurück. Er war plötzlich grau im Gesicht.

Sherrine nahm ihn beim Arm. »Wir hatten beide bereits entschieden, daß wir nicht zurückgehen würden.«

»Ich weiß. Es ist bloß ...«

»Was?«

»Daß wir jetzt nicht zurückgehen *können.* Es ist etwas anderes, wenn jemand dir auf den Fersen ist.«

Bruce und Mike sahen einander an. »Und was ist mit uns? Doc Waxman?«

Sie schüttelte den Kopf. »Ich weiß es nicht. Aber warum sollten sie irgendwelche Hinweise auf euch haben?«

Mike stieß hustend den Atem aus, und Sherrine wußte, daß sie um seinetwillen erleichtert sein sollte; aber sie ärgerte sich nur, daß er sich nur freute, aus der Schußlinie zu sein.

»Oh, verdammt, verdammt.« Sie ballte die Fäuste. »Ich hatte nie viel, aber jetzt kann ich nicht mehr nach Haus. Sie werden meinen Wagen registriert haben. Ich kann nicht an meine Kleider und habe nur, was ich für diesen ›Zweitagesausflug‹ einpackte.«

Bob schüttelte bekümmert den Kopf und sagte ja, es tue ihm leid für sie, und darauf weinte sie noch mehr, denn schließlich hatte Bob so viel verloren wie sie, oder noch mehr, und obwohl er seine Stellung an der Universität in Gefahr sehen mußte, konnte er irgendwie noch lächeln. Sie fühlte eine Hand auf der Schulter, wandte den Kopf und starrte in Ron Coles verrückte Augen.

»Seien Sie unbesorgt, liebes Kind«, sagte er. »Sie können immer in meiner Titan wohnen. Hoffnung ist die Schwester des Unglücks.«

»Oh, Dr. Cole! Freundlicher hat nie jemand zu mir gesprochen.«

»Kommt alle her«, sagte Bruce. Er saß vor Oliver Browns Kamin und wedelte mit einem Blatt Papier in der Hand. »Ich habe eine Liste.«

»Soll ich überrascht sein?« fragte Mike.

»Liste?« fragte Harry.

»Was wir tun müssen. Als erstes: Mike, du bist der einzige, der Zutritt zu diesem Forschungsinstitut hat, dem mit den Bakterien.«

»Nun ja …«

»Es liegt nicht weit von unserem Weg«, sagte Bruce. »Wir gehen hin, vergewissern uns, daß alles in Ordnung ist, und Belinda Jenks wird uns mit ihrem Wagen nach Minneapolis fahren. Der Rest von euch fährt weiter nach St. Louis. Unsere Freunde in St. Louis werden euch westwärts weiterempfehlen.«

»Richtig. Dann fahren wir los«, sagte Harry. »Wir werden uns vergewissern, daß alles in Ordnung ist.«

»Und wenn nicht?« fragte Mike. »Was könnt ihr machen?«

»Wir können euch warnen«, sagte Harry.

»Wie? Telefonisch?«

Jenny rümpfte die Nase. »Wir werden euch die Nachricht zukommen lassen. Und wenn wir genug Lärm machen müssen, daß alle im Land es hören.« Sie klopfte auf ihre vollgestopfte Reisetasche.

»Ja, gut, das leuchtet ein«, sagte Mike. »Aber …« – er nahm Harry beiseite – »nehmt dies mit. Es ist ein Tausender.«

»Brauche ich nicht.«

»Ich weiß«, sagte Mike mit leiser, eindringlicher Stimme. »Man fragt nie, bis man es auf einmal braucht. Und dann fehlt es einem. Nehmt das Geld mit, betrachtet es als einen Notgroschen, wenn etwas schiefgeht. Und wenn ihr pleite seid und Jenny drauf und dran, irgendeinen armen Schlucker mit vorgehaltener Pistole zu berauben, benutzt statt dessen das verdammte Geld.«

»Ja.« Harry nahm das Geld und ließ es mit einem Minimum von Bewegung in seinem Stiefel verschwinden.

15

Schatzsuche oder der Hundertste Traum

(Anmeldung)

(Grüße an alle vom Oregon Ghost. Gabriel und Raphael sind auf dem Weg. Laßt uns alle zusammenarbeiten und tun, was wir können, um ihr Abschiedsgeschenk zusammenzubringen. Wenn ihr es nicht persönlich abliefern könnt, gebt Nachricht, und ich werde Mittel und Wege finden.)

– Ghost, du könntest mit beiden Händen nicht deinen Arsch finden.

(Alter! Wie bist du aus deinem Kerker herausgekommen? Ich habe jetzt keine Zeit für dich. Es gibt ernstlich Arbeit zu tun.)

– Darum bin ich hier, du jämmerliches primäres Ego. Dies ist zu ernst, als daß ich mich zurücklehnen und zusehen könnte, wie du alles verpfuschst. Dachtest du, ich würde hier unten bleiben und mich damit vergnügen, deine alten Zeitungen zu verbrennen?

(Was? Wie kannst du es wagen, meine Zeitschriftensammlung zu verbrennen? Was würde Carol Kovacs sagen, wenn sie es wüßte?)

– Nun, ein Kobold muß sich irgendwie warmhalten. Wenn du den Kerker beheizen würdest, hätte ich letzte Woche nicht diesen Stapel von *Lan's Lanterns* anzünden müssen ...

(Kreisch)

– Oder die *FOSFAXs* oder *Mimosas*. Sie werden schon trocken und brüchig. Ergeben guten Zunder ...

(In Ordnung, Alter. Komm zur Sache.)

– Sache? Sache? Ah, gut. Freunde, traut dem Ghost nicht. Sein Verstand ist nicht mehr, was er einmal war. Schickt eure Beiträge an die üblichen Adressen. DUFF, SKIFFY, TAFF sind alle mit dabei. Die letzte Ziehung ist noch nicht geplant, aber der große Preis bleibt nach wie vor die Reise des Lebens. Erinnert euch, zwei Gewinner für den großen Preis sind bereits gewählt, aber laßt euch nicht daran hindern, ihnen die Unterstützung zu geben, die sie brauchen. Sie fühlen sich ein wenig niedergeschlagen.

(Danke, Alter. Nun geh zurück in deinen Kerker, wie es sich für ein gutes kleines Ego gehört.)

– Baue nicht darauf, Geist. Ich bin jetzt das primäre Selbst. Erinnerst du dich? Die Fans stimmten vor Jahren in *Galaxy* für mich. Für mich, nicht für dich, Geist. Eh? Nein! Nicht den Zauber! Nicht den Zauber! Arrgh…

(Abmeldung)

(Was denn?) Anonyme Notiz auf dem Computer Board.

(Egal, was es ist, sie brauchen es. Aber es soll klein und leicht sein. Es gibt eine Gewichtsgrenze für ihr Reisegepäck.) Anonyme Antwort auf derselben Anschlagtafel.

Kapitän Doom ließ den Lichtkegel kurz auf das große hölzerne Schild fallen. PUTNAMS WURMFARM. REGENWÜRMER ZUR BODENVERBESSERUNG. KÖDERWÜRMER. WÜRMER FÜR ALLE ZWECKE. Er dachte darüber nach und überlegte, welche Zwecke Würmer noch haben konnten. Dann zuckte er die Achseln und berührte sein Kehlkopfmikrofon. »Kapitän Doom an SMOF-Eins«, flüsterte er. »Ich bin in Position.«

»Verstanden, Kapitän Doom«, hörte er Benjamins Oranges Stimme blechern im Ohr. »Vorwärts.«

Kapitän Doom nickte seinen drei Gefährten zu. Er ergriff einen Abschnitt des Maschendrahtzauns, während Mark und Lisha Hartz gleichzeitig mit ihren Drahtscheren in Aktion traten. Dann hob er das herausgeschnittene Stück wie eine Falltür. Er klopfte dem dritten auf die Schulter. »Schließ dich an! Wir gehen hinein!«

Andy duckte sich und schlüpfte mit einer Schaufel in der Hand durch die Öffnung. Kapitän Doom begann im Kopf zu zählen. »Eins eintausend; zwei eintausend; drei eintausend ...« Dann gab er Mark und Lisha das Zeichen, und sie nahmen Plastiksäcke und schlüpften hinter Andy durch das Loch im Zaun.

Während seine Helfer fort waren, band Kapitän Doom das herabhängende lose Stück des Maschendrahtzaunes nach oben. Dann wartete er. Als er drei Minuten abgezählt hatte, schlüpften die anderen mit ihren Beuteln durch den Zaun heraus, nach einer weiteren Minute gefolgt von Andy mit der Schaufel. Die vier Plastikbeutel waren prall gefüllt, und Kapitän Doom fing eine Prise vom Inhalt auf. »Zieht besser noch einen Plastikbeutel da rüber«, sagte er. »Es ist eine lange Fahrt.« Seine drei Gefährten nickten und verschwanden in der Dunkelheit. Als er den losen Zaunabschnitt wieder festband, daß ein flüchtiger Blick keine Beschädigung feststellen konnte, schaltete Kapitän Doom sein Kehlkopfmikrofon ein. »Kapitän Doom an SMOF-Eins. Mission erfolgreich beendet. Haben die Deodorants bereit.«

Kapitän Doom gesellte sich wieder zu den anderen. Benjamin Orange stand bei den offenen Hecktüren des Kastenwagens, mit dem sie gekommen waren. Dooms Gefährten und zwei andere Gruppen waren bereits eingestiegen und wischten sich Fettschminke von den Gesichtern. Orange trug eine Krawatte in den Farben der Black Watch zu Hemd und Hose. Er hatte Kopfhörer und ein Kehlkopfmikrofon, die seine Hände für Klemmtafel und Checkliste frei ließen. Methodische Menschen machten immer Listen.

»Hört ihr mich, Gruppe Gamma? Hört ihr mich?« Er blickte auf, als Kapitän Doom herankam. »Wie ging es mit der Wurmfarm?«

»Wie am Schnürchen.«

»Gut. Gut. Warte.« Er legte eine Hand an die Kopfhörer. »Ah, da bist du, Henry. Ja, ich höre dich. Hast du die Präparate aus der Samenbank? Ja, ich weiß, sie müssen gefroren bleiben. Wir haben einen Tiefkühlbehälter im Kastenwagen; also schnell her damit. SMOF-Eins Ende.« Er grinste Kapitän Doom zu. »Das soll mal einer übertreffen. Damit und mit den Ova von der Landwirtschaftsschule … wenn die Engel daraus nichts machen können, dann können sie sich begraben lassen.«

Der Angestellte an der Kasse zog die Brauen hoch. »Fangen Sie eine Gärtnerei an, Miss?«

Winnie Null legte eine Handvoll Samentüten auf das Laufband der Kasse. »Einen Garten.«

Der Angestellte überblickte die Menge der Samentüten. »Sie müssen ein mächtig großes Grundstück haben.«

»Groß genug.«

»Glauben Sie nicht, daß es zuviel ist, Miss? Die Pflanzen brauchen Abstand voneinander. Zu eng gesät, ersticken sie einander.«

Winnie seufzte. Warum dachten Männer jedesmal, daß sie, weil sie gut aussah, kein Gehirn im Kopf hatte? »Ich weiß, was ich tue.«

»Wenn Sie gern Ratschläge über Gartenbau möchten, ich habe um fünf Feierabend.«

»Das ist sehr großzügig. Mein Mann und ich werden uns freuen, Ihre Hilfe in Anspruch zu nehmen.«

Ehemänner waren nützlich, dachte sie, als der Angestellte sich plötzlich wieder auf seine Arbeit konzentrierte. Eines Tages würde sie sich einen suchen müssen.

Thor wartete vor der Supermarktkasse und reservierte den Platz in der Warteschlange, während Fang mit kleinen Einkäufen hin und her eilte. Das zog ihm zornige Blicke von der formlosen Frau mit dem teigigen Gesicht zu, die hinter ihnen wartete. Wahrscheinlich ärgerte sie sich, daß sie durch Fangs Taktik einen Platz hinter ihrem rechtmäßigen Platz in der Schlange war. Thor überlegte, ob er sie vorlassen solle, entschied sich dagegen. Ihr Einkaufswagen war so hoch beladen, daß die Gletscher auf dem Parkplatz sein würden, bis sie ihre Einkäufe durch die Kasse gebracht hätte.

Die teigige Frau schenkte ihm einen letzten bösen Blick, bevor sie eine Boulevardzeitung aus dem Ständer nahm, sie schwungvoll aufschlug und dahinter verschwand. Auf der Titelseite prangte in 72-Punkt-Buchstaben die Schlagzeile:

NACKTE TANZEN AUF GLETSCHER!

Darunter war eine ziemlich unscharfe Fotografie einer nackten Frau in unbestimmbarer Umgebung zu sehen. Die restlichen Überschriften säumten den Rand der Titelseite wie Mauerblümchen bei einem Schultanz. Eine proklamierte eine neue ›Thermaldiät‹, die helfen sollte, einen warm und behaglich durch die kälteren Winter zu bringen. Soweit er dem Inhalt entnehmen konnte, spielten Curry und grüner Pfeffer eine beträchtliche Rolle in der Diät.

Die Frau merkte, daß er die Titelseite las und faltete sie in rechtschaffener Empörung zusammen und steckte sie wieder in den Ständer. Thor fragte sich, welches ungeschriebene Gesetz er übertreten hatte. Konnte man bei einem Nassauer nassauern?

Fang kam mit einem Armvoll Gewürzpackungen herbeigeeilt und warf sie in Thors Einkaufswagen, dann lief er wieder los. Thor betrachtete, was Fang ausgewählt hatte. Ein bißchen von allem, aber mit der Betonung auf konservierenden Gewürzen. Wenn der Inhalt aufgebraucht war, würden die leichten Kunststoffbehälter noch immer nützlich sein. Er überlegte, ob er Fang nach mehr Pfeffer schicken sollte, entschied aber, daß es zu lange dauern würde, ihm den Sinn der Sache zu erklären.

Wo mochten die Engel inzwischen sein? Auf halbem Weg nach St. Louis, wahrscheinlich. Während die Schlange langsam vorrückte, spielte Thor müßig mit den Gewürzpackungen. War er gut beraten, aus dem Unternehmen auszusteigen? Schließlich blieb Fang dabei. Sobald sie die Vorräte zusammengekauft hätten, würde er mit Larry aufbrechen.

Aber jemand mußte über Ron Cole wachen. Und je weniger Leute um die Engel herumhingen, desto besser. Außerdem würde der *Phoenix* sowieso niemals fliegen.

Sehen, was freie Menschen können …

Thor seufzte unglücklich. Er hatte wirklich an die Cole-Legende geglaubt. Ein naiver Glaube, wie er jetzt sah. Seine Eltern hatten ihn stets ermahnt, ›realistisch‹ zu sein. Besonders als er angefangen hatte, sich in Büchern zu vergraben. Seither hatte er Realismus immer mit einer Welt in Verbindung gebracht, wo Träumen verdächtig war.

Neunundneunzig von hundert Träumen wurden zuschanden. Aber wenn das Leben immer hinter den Erwartungen zurückblieb, war das kein Argument, auf Träume zu verzichten. Es gab immer den hundertsten Traum.

Die Käuferin vor ihm passierte die Kasse, und Fang kehrte gerade noch rechtzeitig mit einem Karton Multivitaminen in die Schlange zurück. Madam Teigkloß machte ihm absichtlich nicht Platz, aber das konnte Fang nicht zurückhalten. Er warf den Karton an ihr vorbei in den Einkaufswagen.

Hier war jemand, der das Talent hatte. Fang konnte realistisch träumen. Die zerplatzte Seifenblase mit der Titan hatte ihn keinen Augenblick deprimiert. Eine Option hatte sich als untauglich erwiesen; es gab andere Optionen.

Fang beobachtete aufmerksam die Preisanzeigen an der Kasse. Gute Programmierer wurden selten, und die Folge davon war, daß den elektronischen Scannern bisweilen ungeheuerliche Fehler unterliefen. Aber alles, was Thor in seinem inneren Augen sehen konnte, war der großartige Start des *Phoenix* aus der Wüste. Mit zehn Liegesitzen in der Kabine. Acht davon waren zu haben. Er fragte sich, ob jemand von den anderen den gleichen Traum hatte.

Aber es war nicht ›realistisch‹.

Im Fahrerhaus eines Neunachser-Tanklastzuges, der auf der Interstate 55 südwärts nach St. Louis rollte, das Summen der Fahrbahn unter den Reifen im Ohr, während neonbeleuchtete Schnellrestaurants abseits der Fernstraße in der Dunkelheit vorüberglitten, verspürte Sherrine einen kaum beherrschbaren Drang, eine Country & Western-Station einzuschalten. Bob saß über das Lenkrad gebeugt und starrte auf die Straße voraus. Er sah wie ein Fernfahrer aus. Sie hatten ihm eine gelbe Baseballmütze mit dem Namen einer Futtermittelmarke darauf verpaßt. Zwischen ihnen kauerte Gordon, das Kinn auf der Brust, und schlummerte unruhig.

Sherrine hatte gedacht, daß das Fahrerhaus mit vier

Personen sehr beengt sein würde; sie fand aber, daß der große Peterbilt bequem drei Personen auf der Sitzbank Platz bot, während der vierte in dem kleinen Schlafabteil hinter den Sitzen liegen konnte. Den beiden Engeln machte die Enge nichts aus. Tatsächlich schienen sie entspannter als sonst. Sherrine schloß daraus, daß sie Schlafquartiere gewohnt waren, die nicht geräumiger waren als der Liegeplatz im Fahrerhaus.

Sie passierten die Ausfahrt nach Winnemucca, die ihr Cordwainer Bird ins Gedächtnis rief. Bird hatte den Preis der Nationalen Kunststiftung für *The Very Last Dangerous Visions* und *This Time I'm Not Foolin'* bekommen und war darauf spurlos verschwunden. Gerüchte wollten wissen, daß er die ultimative Schmähschrift vorbereitete, die das Establishment bis in die Grundfesten erschüttern würde.

Es gab allerlei Geschichten über Bird. Einige davon waren sogar wahr.

Sie fragte sich, ob Bob seinen Lieferwagen vermißte, aber es war eine törichte Frage. Natürlich vermißte er ihn. Er hatte ihn lange gefahren und sorgfältig gepflegt. Er war bequem wie ein alter Schuh. Verbunden mit vielen Erinnerungen.

Die Schlafdecken und Wolldecken, von denen er immer einen reichlichen Vorrat im Laderaum des Lieferwagens hatte, waren nicht nur als Kälteschutz gedacht. Sherrine warf Bob einen Seitenblick zu. Sie war nicht prinzipiell gegen die Ehe. Nicht wegen Sex, obwohl die neuen Gesetze alle noch rudimentär bestehenden moralisch-sittlichen Maßstäbe aufgehoben hatten, sondern wegen der Kameradschaft. Sie hatte es sogar einmal versucht, und es waren die glücklichsten drei Jahre ihres Lebens gewesen … Allerdings hatte die Ehe fünf gedauert.

Was war aus Jake geworden? Hatte seine Verbindung mit Heather Bestand gehabt? Die Klassefrau war ihr wie eine vorgekommen, der die Jagd mehr Spaß machte als die Beute. Vielleicht war Jake, nachdem er seine Frau zugunsten einer besser aussehenderen anderen abserviert hatte, seinerseits gegen einen virileren Typ ausgetauscht worden?

Oder Jake und Heather führten ein glückliches Eheleben irgendwo in einem Vorortbungalow, umsprungen von einem Minijake und einer Miniheather.

Ach ja, dachte sie, wie wenig kennen wir uns selbst. Seit langer, langer Zeit hatte sie nicht mehr an Jake gedacht. Und trotzdem bereitete ihr die Erinnerung noch immer Herzweh. Die an den Jake der frühen Jahre, nicht an den der Endzeit. Er mit dem breiten, lächelnden Mund, dem ewigen Bartschatten um das Kinn und der Phantasie, durch die Zeitskalen ungeahnter Länder zu wandern. Irgendwo, unter der Bitterkeit und dem Zorn war nicht Liebe, aber der Schatten einer Liebe, die einmal war.

Sie war froh, als Bob an den Straßenrand fuhr und sie ans Steuer ließ. Gordon erwachte halb aus seinem Schlummer, versank wieder darin. Alex kletterte wie ein lahmer Klammeraffe aus der Schlafkoje. Bob kroch hinein, und Sherrine setzte das Ungeheuer in Bewegung. Ihre Aufgabe war es jetzt, den Neunachser nach St. Louis zu steuern. Andere Wagen zogen wie Spielzeugautos vorüber. Es waren in diesen frühen Morgenstunden nicht viele.

Der Tanklastzug nahm Kursänderungen majestätisch, weniger wie ein Straßenfahrzeug als vielmehr wie ein seegehendes Schiff. Eine gewaltige Schwungkraft steckte in dem Koloß. Aber wenn sie sich an die Fernstraßen hielten, würde sie damit zurechtkommen. Keine scharfen Kurven. Was hatte Bill Vukovich gesagt, nachdem er das zweite Mal die fünfhundert Meilen von Indianapolis gewonnen hatte? »Es gibt kein

Geheimnis. Du trittst einfach das Gaspedal durch und fährst Linkskurven.«

»Was sagten Sie?«

»Sagte ich das laut? Tut mir leid, Gordon. Schlafen Sie weiter.«

»Können Sie fahren und zugleich sprechen?«

»Klar. Wie kommen Sie zurecht?«

»Es macht mir noch Spaß. Und Ihnen?«

»Ich habe noch keine Zeit gehabt, mich zu besinnen und nachzudenken, seit Bob mich aus dem Bett holte, um Engel vom Eis zu ziehen.« Mit einer Sehnsucht, die sie erschreckte, dachte sie an den Komfort und die Sicherheit des Computerraums. Es gab eine tierhafte Zufriedenheit, nur in der Gegenwart zu leben, geborgen unter warmen Deckbetten, ohne an die Zukunft zu denken.

Die Zukunft war eine verstohlene Zeit, die Tag für Tag näherkroch und jeden Morgen ein wenig anders machte als den letzten, bis man eines Tages den Weg zurückblickte, den man gegangen war, und erstaunt sah, wie sehr, sehr weit man sich von seinen Wurzeln entfernt hatte. Sicher und geborgen, aber mit ausgebrannten Träumen. Im hellen Tageslicht konnte sie erkennen, daß diese angesammelten Morgen ein glatter und schlüpfriger Weg waren, der abwärts führte, abwärts. Der Boden einer Schwerkraftquelle war der Punkt minimaler Energie; darum war es so leicht, dort unbeweglich zu ruhen.

In Bewegung sein ... Nun, das war etwas ganz anderes. Es gab andere Wege, andere Morgen. Man konnte unter ihnen wählen. Und sie hatte ihre Wahl getroffen.

Und nachdem sie die Wahl getroffen hatte und alles bis auf eine Garnitur Kleider zum Wechseln zurückgelassen hatte ... »Ja, Gordon, mir macht es noch Spaß.«

Aber beide Engel waren eingeschlafen, gegeneinandergesackt, als hätten sie keine Knochen.

Sherrine fühlte sich mehr mit sich selbst im reinen als zu irgendeiner Zeit, seit Jake sie verlassen hatte. Dabei wären alle Psychologen übereinstimmend der Meinung gewesen, daß sie unter extremen Spannungen und Unsicherheitsgefühl leiden müßte. Ein ruhender Körper neigte dazu, im Ruhezustand zu bleiben, solange nicht eine äußere Kraft auf ihn einwirkte. Newton als Psychologe ...

Sie passierten eine Kreuzung. Eine Neonreklame an der unterführten Querstraße glitt aus der Dunkelheit und verblaßte hinter ihnen. HARRYS HAMBURGER RUND UM DIE UHR. Ein plötzlicher Heißhunger auf Hacksteak mit Soße und Pommes frites überwältigte sie, so daß sie schlucken mußte.

Er leckte an der Bleistiftspitze, klemmte den Hörer fester zwischen Ohr und Schulter und hielt die Hand schreibbereit über den Auftragsblock. »Gut, fangen Sie an. Was möchten Sie? Haushühner. In Ordnung, Madam. Ja, wir haben alle Arten von Nutztieren für den Wirtschaftshof. Ein halbes Dutzend? Und was? Ich verstehe. Gibt es einen Grund, warum sie befruchtet sein sollten? Wie wäre es statt dessen mit einem hübschen Hahn? Fein. Ja, sie können bei Abholung bezahlen.«

Das mit Brettern verkleidete Haus war am Auseinanderfallen. Der Dachfirst hing durch, und die Fenster waren mit Brettern vernagelt. Lose Bretter, spröde und grau verwittert, klapperten im Prairiewind. Hinter dem Haus sprenkelten schwarze, verrottete Mohnkapseln ein unkrautüberwuchertes Feld. Mike Glider zwängte sich aus der Tür des Tanklastzuges, kletterte vorsichtig herunter und blickte umher. »Harry?«

»Hier.« Harry und Jenny erschienen im Eingang und kamen die Holzstufen herunter.

»Ich dachte, dies sei der Ort«, sagte Mike. »Aber jetzt bin ich mir nicht mehr so sicher.«

»Doch, hier sind wir richtig«, sagte Harry. Er hob ein Stück von einem hölzernen Hinweisschild auf, das neben dem Eingang lag. IOWA STATE COLLEGE, LANDWIRTSCHAFTLICHE FORSCH ... Der Rest der Tafel war schwarz verkohlt.

»Sieht verdammt heruntergekommen aus«, sagte Bruce.

Mike nickte. »Ja, aber es war einmal der Stolz der landwirtschaftlichen Fakultät. Sie leisteten hier gute Arbeit.«

»Durch Gerichtsbeschluß geschlossen«, sagte Harry.

»Schlimmer«, sagte Mike. »Sie warteten den Gerichtsbeschluß nicht einmal ab. Ein Überfallkommando der Grünen brannte das Hauptgebäude nieder. Vier Leute vom Forschungspersonal starben in den Flammen. Die Täter kamen mit Bewährungsstrafen wegen fahrlässiger Tötung davon. Sie pflanzten dann Cannabis auf den Versuchsfeldern.«

»Ähnliches passierte auch anderswo«, sagte Harry. »Das große Pogrom zum Beispiel; in dem Jahr wurden viele Wissenschaftler umgebracht. Also, was nun?«

»Wir besorgen uns Schaufeln«, sagte Mike. »Sie vergruben die Bakterienkulturen hinter dem Haus, als sie hörten, daß der Mob unterwegs sei.«

»Ich sollte lieber auf das Motorrad achtgeben«, sagte Harry.

»Alles in Ordnung, ich behalte es im Auge«, sagte Jenny.

Harry zuckte die Achseln. »Gut.« Er blickte über die brachliegenden Felder. »Schaufeln. Wo müssen wir graben?«

»Sie haben mir einen Plan gefaxt«, sagte Mike. Er umfaßte den Türknopf und drehte daran, rüttelte. Die Tür gab nicht nach. »Während der Semester bearbeiteten sie die Versuchsfelder mit Studenten; in den Semesterferien mit Freiwilligen, es müßte eine Menge Werkzeug da sein, wenn es inzwischen niemand geklaut hat.« Wieder rüttelte er an der Tür, trat mit dem Fuß dagegen. »Wenn man bloß hinein könnte.«

Der Türknopf blieb in seiner Hand, und Mike fluchte. »Ich kam durch die Hintertür hinein«, sagte Harry.

Mike sah Bruce an, und Bruce sah Mike an. »Das hätte ich als nächstes probiert«, erklärte Mike. Sie gingen um das Haus und kamen durch die offene Hintertür in den muffigen Geruch von Spinnweben und faulendem Holz. Eine Staubschicht bedeckte den Boden, gemustert von Nagetierspuren.

Das Gebäude enthielt mehrere Räume, Wandschränke und Kammern. Verlassene Büros, Schreibtische mit leeren, heraushängenden Schubläden, umgestürzte Aktenschränke, über den Boden verstreute Papiere, staubig und fleckig von Nagetierkot und Regenwasser, das durch das undichte Dach getropft war.

»Verdammte Schweinerei«, sagte Mike. »Hier wurde gute Arbeit geleistet. Gemüse, verschiedene Rübensorten, Getreide. Im ausgebrannten Hauptgebäude stand die Anlage zur Synthetisierung von Hormonen. Natürlichen Hormonen, die Kühe selbst erzeugen. Verabreicht man den Kühen mehr davon, geben sie anderthalbmal soviel Milch. Aber der Einsatz des Hormons wurde nicht erlaubt.«

»Während anderswo Mangel herrscht?« fragte Jenny. »Wie lang geht das schon so?«

»Die Methode wurde schon vor längerer Zeit entwickelt«, sagte Mike. »1987, glaube ich.«

»Aber warum?«

»Sie erproben das Verfahren noch, um zu sehen, ob es sicher ist. Das sagen jedenfalls die Grünen. Die Großmolkereien haben nicht sehr darum gekämpft. Billige Milch ist das letzte, was sie brauchen können.

Drohende Überversorgung, sagten sie in einer Verlautbarung.«

Bruce untersuchte die rückwärtige Tür. Sie hing lose in den Angeln, und war um das Schloß gesplittert und aufgebrochen. Bruce schüttelte den Kopf. »Als Harry sagte, er sei durch die Hintertür ins Haus gekommen …«

»Ja, er klopft ziemlich kräftig an, nicht?«

Harry kam durch den Gang, zwei Schaufeln über der Schulter. »Ich fand einen Lagerraum für Geräte«, verkündete er und gab Bruce eine Schaufel, die andere Mike. »Und es waren gerade genug Schaufeln da.«

Der Werksleiter sprach einen so breiten texanischen Dialekt, daß man nie auf den Gedanken gekommen wäre, er stamme gar nicht aus Texas. Geradeso wie manche Leute ›päpstlicher als der Papst‹ waren, dachte Ron Ellick, waren andere texanischer als die Texaner. Johns hatte sogar eine ausgestopfte Klapperschlange in seinem Büro. Es war alles ziemlich seltsam, weil sie im Kohlenrevier von Pennsylvania waren, weit von Texas. Ellick fühlte sich richtig zu Hause.

Der Werksleiter führte ihn an gewaltigen Werkzeugmaschinen vorbei, die aus dem Rohmaterial verschiedene Teile preßten, stanzten und drehten. Alle bis auf eine standen still und waren verhüllt. Nur eine Handvoll Leute arbeitete in der Fertigungshalle, wo eine unheimliche Stille herrschte. Die Echos von Hammerschlägen, Bohrmaschine und Säge verhallten dünn in der Weiträumigkeit. »Nicht sehr geschäftig, Mr. Johns«, sagte Ellick.

»Sie haben recht«, antwortete der Werksleiter. »Wir haben nicht sehr viel zu tun. Wir waren auf Werkzeuge zur Ölförderung spezialisiert, wissen Sie. Bohrköpfe, Gestänge, Verbinder, Hebewerke, Spülköpfe und so weiter.«

»Wird denn nicht mehr gebohrt?«

»So ist es. Die Umweltgesetzgebung verhindert Bohrungen zur Neuerschließung von Ölvorkommen. Der Ölverbrauch soll reduziert werden. Weniger Treibstoff für die Luftlinien, den Straßenverkehr und die Heizungsanlagen. Die Zahl der Flüge ist schon eingeschränkt worden, weil die Abgase die Ozonschicht schädigen. Also werden auch weniger Flugzeuge gebaut.« Johns zuckte die Achseln. »Es ist tödlich, weil Konstruktion und Bau von Komponenten für die Flugzeugindustrie unser zweites Standbein ist. Nun halten wir uns mit Ersatzteillieferungen und Indstandsetzungen über Wasser und versuchen neue Fertigungsbereiche zu erschließen. Da sehen Sie ein Beispiel, auf dieser Werkbank. Wo der Mann die Komponenten zusammenklebt. Nun, woran erinnert sie das?«

»An eine Bienenwabe.«

Johns nickte. »Richtig. Wir nennen es eine Wabenstruktur. Das hier ist Teil der Bugmontage für eine 737b.«

Ron Ellick betrachtete gehorsam das Werkstück. 3MJ hatte ihm das Geld und einen Flugschein gegeben, und damit war er an Bord einer alten 737b von Minneapolis nach Philadelphia geflogen. Er war nicht sicher, ob er wissen wollte, wieviel von der Maschine durch Leim zusammengehalten wurde. »Das sind ziemlich große Teile, nicht wahr«, sagte er. »Und unhandliche Formen. Muß schwierig sein, mit dem Zeug umzugehen.«

»Nein, nicht bei dem Rohmaterial, nachdem Sie gefragt haben. Das kommt in Blöcken. Kommen Sie, ich zeige es Ihnen.«

Johns führte ihn aus der Halle in einen anderen Arbeitsbereich, wo hohe Metallregale standen. Sie enthielten Stapel von massiv aussehenden länglichen Blöcken. »Wenn man in Betracht zieht, wie die Industrie darniederliegt, haben wir hier genug Waben für eine Generation auf Lager.« Johns schüttelte traurig den Kopf. »Das Material wird in Blöcken wie diesen versandt. Einfacher zu handhaben. Wir setzen die Blöcke in eine Spannvorrichtung, plazieren Haken in beide Enden und ziehen sie auseinander wie ein Akkordeon.« Er zeigte zu einer anderen Maschine, die sich in Ellicks konditionierter Phantasie wie eine Streckbank aus einer mittelalterlichen Folterkammer ausnahm. Sein Verstand bemächtigte sich der Idee und spielte damit: eine moderne Gruselgeschichte …

»Der ursprüngliche Block«, fuhr Johns fort, »nimmt kaum einen nennenswerten Raum ein. Ginny, zeigen Sie dem Herrn hier, was geschieht, wenn Sie einen Block ins Wasser tun.« Er stieß Ron Ellick mit dem Ellbogen an. »Passen Sie auf.« Die Arbeiterin zog ein paar metallverstärkte Handschuhe über, die Ellick für jemanden, der eine Streckbank bediente, passend vorkamen. Sie zog einen Block aus seinem Regal und tauchte ihn mit einem Ende zuerst in einen Wasserbehälter.

»Dies hier ist Aluminium«, sagte Johns. »Aber wir haben Waben in den verschiedensten metallischen und nichtmetallischen Verbindungen.«

Der Block war jetzt völlig eingetaucht, aber der Wasserstand im Behälter war kaum angestiegen. »Neunzig Prozent Luft«, sagte Johns. »Ich glaube nicht, daß es ein anderes Material gibt, das die strukturelle Festigkeit mit dem geringen Gewicht der Wabenstruktur verbindet.«

Ron Ellick nickte. »Was kosten die Blöcke?«

Johns rieb sich das Kinn und überlegte. »Die Aluminiumausführung oder die …«

»Beide.« Johns zitierte eine Preisliste aus dem Gedächtnis. Ron Ellick schrieb sie auf einen Notizblock. »In Ordnung, Mr. Johns. Ich werde mit meinen Leuten reden. Können Sie das Material nach Kalifornien versenden?«

Johns nickte. »Ich sage Ihnen, wie der Markt zur Zeit aussieht, würde ich es Ihnen selbst nach Kalifornien tragen.«

(Log on)
(Ich habe den Bazillus gefangen. MYCROFT)
(Log off)

Ted Marshall war ein noch junger Mann mit rundem Gesicht und weichen Muskeln. Mit einer Größe von einsachtundsiebzig und einem Gewicht von achtzig Kilo erzeugte er den seltsamen Eindruck, zugleich dünn und übergewichtig zu sein. Er hatte eine Abneigung gegen Sport jeglicher Art. Jeden Morgen sah er einen Trupp Jogger an seinem Haus vorbeitraben; eine eigentümlich ritualisierte Form von Selbstquälerei. In der Schule hatte er sich vom Sport befreien lassen und Heilgymnastik gemacht. Er hielt den Chip gegen das Licht und betrachtete ihn aus zusammengekniffenen Augen. »Wie viele Bücher sind da drauf?«

»Ungefähr fünfhundert«, sagte Will Waxman. Der alte Mann mit dem Bart eines Patriarchen legte vier weitere Chips auf den Tisch. »Das ist fast meine gesamte Bibliothek. Der letzte Chip hier ist die Encyclopaedia Britannica.«

Ted Marshall grunzte und legte den ersten Chip aus der Hand. Alle fünf waren so modifiziert, daß sie wie Nintendo ›Game Boy‹-Kassetten aussahen. »Und Sie möchten wissen, ob ich Duplikate davon machen kann?«

Will Waxman nickte. »Und das Lesegerät.« Er stellte ein Sony Bookman zwischen ihnen auf den Tisch.

Ted Marshall hob den Bookman auf. »Wo haben Sie dieses Ding her? Ich dachte, der Import sei verboten.«

»Ist er.«

Ted steckte eine der Kassetten in den Bookman und

drückte die Knöpfe. »Wie funktioniert das …? Ah, ich sehe. Dieser ist für Seite vorwärts; und der andere ist Seite rückwärts. Hm! Da ist das Gesamtwerk von Heinlein. Und Asimov und De Camp … Was bewirkt dieser Knopf?«

»Er bewegt den Cursor herum, so daß Sie beliebige Texte anwählen können. Wenn der Cursor auf den Titel bewegt ist, den Sie lesen wollen, drücken Sie den Knopf A.«

Ted tat es und lächelte, als er die Titelseite auf dem Bildschirm erscheinen sah. Er blickte zu den anderen Kassetten. »Es muß eine Menge Spaß machen, auf diese Weise in der Encyclopaedia Britannica zu schmökern.«

»Sie durchfliegen«, sagte Waxman, »wie ein Stein aus Davids Schleuder, der über das Wasser tanzt. Kennen Sie Philip José Farmers Definition eines Langweilers?«

Ted Marshall schüttelte den Kopf. »Nein.«

Will Waxman lachte. »Ein Langweiler ist jemand, der etwas in der Encyclopaedia Britannica nachschlägt, direkt den betreffenden Eintrag sucht, ihn liest und das Buch dann zuschlägt.«

Ted Marshall lachte. »Es ist eine verdammte Schande, daß sie den Import dieser Lesegeräte verhindern. Das Problem der negativen Handelsbilanz …«

»Die Handelsbilanz hat nichts damit zu tun.« Will Waxman nahm das Gerät vom Tisch und blätterte durch die elektronischen Seiten. »Können Sie sich ein Gerät vorstellen, das besser als dieses geeignet wäre, die Video-Generation zum Lesen zu verführen?«

Ted Marshall runzelte die Stirn. »Nein. Verschwörungstheorien sind spaßig, aber gewöhnlich ist es bloß ein Druckmittel im Handelskrieg oder …«

»Ein belesenes, gebildetes Publikum ist schwieriger am Nasenring herumzuführen.« Will Waxman beugte sich über den Tisch. »Können Sie Duplikate von den

Chips machen und noch ein Lesegerät beschaffen? Ich muß es wissen.«

Ted Marshall schüttelte den Kopf. »Nein, das geht nicht. Die Programmierung wäre kein Problem. Aber die Chips selbst ... Ich bin kein Mann für Hardware.«

Der alte Mann seufzte. »Ich hatte gehofft, meine Originale behalten zu können. Nun, sei's drum.«

Ted Marshall hob die Hand in besänftigender Geste. »Warten Sie, Dr. Waxman. Ich kann die Duplikate nicht machen, aber ich kenne jemand, der jemanden kennt.«

Freiberufliche Elektronentechnik war beinahe so belastend wie freiberufliches Programmieren. Waxman stellte keine weiteren Fragen. Ted Marshall ließ den Bookman und die Chips verschwinden. »Ich werde sehen, was ich tun kann. Es wird Ihnen nichts ausmachen, wenn ich von dem einen oder dem andern Chip Kopien für mich mache?«

»Natürlich nicht.«

»Trotzdem, werden Ihre Freunde nicht Dinge wie Algen für ihre Hydrokulturen viel dringender benötigen als Bücher?«

Will Waxman schüttelte den Kopf. »Der Mensch lebt nicht von der Alge allein.«

»Oh, was für ein niedliches kleines Kaninchen!« sagte Adrienne Martine-Barnes und beugte sich näher, um in den Käfig zu spähen. Das Kaninchen darin legte die Ohren zurück und schnupperte. Seine großen dunklen Augen blickten sie ruhig und vertrauensvoll an. »Ja, du bist ein ganz liebes Häschen.« Und ein Dickerchen. Kaninchen und Meerschweinchen hatten für ihr Körpervolumen viel Fleisch.

»Kann ich Ihnen helfen?« Der Leiter des Zoogeschäfts war hinter ihr nähergetreten.

Adrienne richtete sich auf und wandte den Kopf.

»Ja, Sie können.« Sie hatte die gebieterische Erscheinung der Königin des Olymps. Eine weiße Strähne betonte ihr sonst schwarzes Haar wie ein Blitz die Dunkelheit der Nacht. »Wieviel kosten die Kaninchen und die Meerschweinchen?« Der Geschäftsmann sagte es ihr, und sie nickte. Sie zog ein Scheckbuch aus der Handtasche. »Und geben Sie Mengenrabatt?«

Als sie zur Mississippibrücke kamen, verlangsamten sie, und Harry und Jenny kamen auf dem Motorrad vorbei. Harry hielt die Hand hoch und machte einen Kreis mit Daumen und Zeigefinger.

»Alles klar«, sagte Bob. »Wenigstens von außen.«

Alex überblickte die Stadtsilhouette von St. Louis, die sich in beiden Richtungen weit entlang des Flusses erstreckte. Viele der Kais und Docks des Flußhafens lagen trocken und unzugänglich, da der Fluß Niedrigwasser führte. Ein großer Teil seiner Quellwässer waren im Gletschereis des Nordens gebunden. Gleichwohl war der Mississippi ein mächtiger Strom, und Flußschiffe und Schubverbände drängten sich in der breiten Fahrrinne wie der Verkehr auf einer Straße Manhattans. Der wenige Meilen flußaufwärts mündende Missouri führte noch immer seine normale Wassermenge, da Regenfälle und vorherrschende Windrichtungen die Wasserscheide bisher annähernd eisfrei gehalten hatten.

Trotzdem sah Alex zwei auf einer Schlammbank gestrandete Motorschiffe unweit vom Ostufer. Getreideschiffe aus dem Norden, sagte Bob. Lange Reihen von Menschen, in der Entfernung klein wie Ameisen, zogen auf Behelfsstegen zu den Schiffen hinaus und trugen Körbe voll Getreide auf den Köpfen herein. Alex fragte sich, wieviel von der Ladung sie wohl bergen würden können, bevor Ratten und Fäulnis sich über den Rest hermachten.

Gordon, der zwischen ihnen saß, merkte auf und zeigte durch die Windschutzscheibe. »Was ist das?«

»Das ist das Tor zum Westen«, sagte Bob, während er den Tankzug in die Ausfahrt Memorial Drive lenkte. »Unser Ziel.«

»Aber was ist seine Funktion?«

»Du meinst das Tor? Drinnen ist ein Aufzug, der die Leute zu einer Aussichtsplattform befördert. Und im unteren Teil war ein Museum der Pionierzeit; das ist jetzt aus Mangel an Geldmitteln geschlossen.«

»Das ist alles? Dient es nicht als Relaisstation für Sendungen, oder zur Wetterbeobachtung?«

»Nein, es war eine Touristenattraktion. Ein Monument. Warum?«

Gordon schüttelte staunend den Kopf. »Ich habe noch nie ein so mächtiges Bauwerk gesehen, das keinem nutzbringenden Zweck diente. Könnte ein Gedicht über solche Schönheit machen. Ein Bauwerk unter der Beschränkung des Schwerefeldes ist wie ein Gedicht, das unter der Beschränkung der Form eines Sonetts gebaut ist. Erfordert Kunstfertigkeit und Geschick.«

Alex sah, wie Gordon die Lippen bewegte, und grunzte. Wahrscheinlich versuchte der Junge auf der Stelle ein Gedicht zu machen. Diese Art von ablenkendem Zeitvertreib hatte ihm eine Bewährungsstrafe eingebracht, dann die Abkommandierung zum Tauchflug.

Aber Gordon hatte recht, was die Schönheit betraf. In einer Umlaufbahn hätte Alex einem Bauwerk wie dem Tor kaum einen Gedanken gewidmet. Im schwerelosen Raum würde so ein Bau leicht gewesen sein, vorausgesetzt, man hätte die Materialmasse hinausschaffen können… darum brauchten sie so dringend eine Mondbasis. Aber in einem Schwerefeld… Wie hatten sie es errichtet? Seine emporstrebenden Linien schienen die Schwerkraft zu verleugnen. Ein hundertneunzig Meter hoher Bogen aus Edelstahl! Er versuchte sich die Kräfte vorzustellen, die auf den Bogen einwirkten. Die seitwärts wirkenden Kräfte mußten von den Pfeilern aufgefangen und in abwärts gerichtete Kräfte umgewandelt werden. Ein interessantes Problem der Statik. Es war eine faszinierende Welt, in der es immer wieder neue Überraschungen gab. Sein Blick folgte der schlanken parabolischen Gestalt, bis er wie in einem seltsamen Echo seiner Gedanken etwas sah, das wie Vektorpfeile vom höchsten Punkt des Bogens abwärts zeigte. Die Pfeile schwankten etwas im Wind.

»Was sind denn das für Dinger?«

Bob spähte durch die Windschutzscheibe. »Weiß nicht.« Er hob eine Hand über die Schulter und klopfte an die Trennwand des Fahrerhauses. »Wir kommen zum Bogen«, sagte er.

Die Trennwand zwischen Schlafkoje und Fahrerhaus wurde zurückgeschoben, und Sherrine steckte ihr Gesicht heraus. »Der Fanclub trifft sich im unterirdischen Museum, richtig?«

»Das sagte Violetta. Sie werden uns ein Nachtquartier verschaffen.« Er zog den kolossalen Tanklastzug zum Straßenrand hinüber und schaltete die Warnblinker ein. Ein Wagen und zwei Pferdefuhrwerke rollten vorbei. »Alles klar«, verkündete er.

Alex hörte, wie die Tür zur Schlafkoje geöffnet und wieder geschlossen wurde. Er rückte auf seinen Platz, dann ergriff er seinen Spazierstock, öffnete die Tür auf der Beifahrerseite und kletterte unbeholfen hinunter.

»He«, sagte Bob. »Wohin wollen Sie?«

»Sherrine begleiten«, antwortete er und schwenkte den Spazierstock. »Wegen der Übung. Und für alle Fälle.«

Sherrine sah ihn kommen und wartete höflich auf dem mit Platten belegten Platz. Sie stand eingerahmt vom schimmernden Bogen vor dem Hintergrund des Flusses. In der Fahrrinne schob sich ein Motorschiff vorbei. Wieder war er fasziniert von ihrer zerbrechlichen Schönheit; einer Schönheit, die sie selbst nur widerwillig anzuerkennen schien. Nach seinen Beobachtungen neigten die meisten gutaussehenden Mädchen eher dazu, auf ihre Schönheit stolz und eingebildet zu sein. Sherrine war anders; sie stellte eine Verlockung dar, der er nicht widerstehen konnte.

War es nur eine körperliche Affinität? Oder war es eine Fixierung, hervorgerufen durch die Tatsache, daß sie die erste Frau war, die er gesehen hatte, nachdem Mary ihn ... ihn betrogen hatte? Aber wie kam er auf diesen Gedanken?

Wie hatte sie ihn betrogen? Weil sie ihm nach dem ersten Raketenangriff nicht befohlen hatte, umzukehren und sich in Sicherheit zu bringen, weil sie die Entscheidung seinem eigenen dummen Stolz überlassen hatte? Wenn jemand ihn betrogen hatte, war es er selbst.

Ein quäkendes Tuten riß ihn aus seiner Träumerei. Zwei Männer auf einem Pferdewagen schüttelten ihre Fäuste zu ihm und schimpften ihn Trottel und Schlafmütze, während sie ihm auswichen. Als ob sie nicht die ganze Straße für sich hätten, dachte Alex verdrießlich.

Sherrine schien überrascht. »Alex? Was gibt es?«

»Wollen Sie mich nicht bei sich haben?«

Sie öffnete den Mund zu einer Antwort, schüttelte den Kopf. »Dann kommen Sie. Ich glaube, der Eingang zum alten Museum ist dort.« Alex fragte sich, was sie hatten sagen wollen. Er konnte es sich denken. Betrachtete sie ihn als ein lästiges Anhängsel? Auf einmal kam er sich lächerlich vor. Einer Frau nachzulaufen, die ... Er wollte sagen, daß er sie anziehend fand, daß er bewunderte, wie sie kurzerhand ihre Karriere und

Freiheit aufs Spiel gesetzt hatte, um ihm zu helfen. Daß er sie gern besser kennenlernen würde. Aber die Worte blieben ihm in der Kehle stecken, niedergehalten von der Schwerkraft.

Sie führte ihn eine Betonrampe abwärts, deren Wände mit angeklebten Handzetteln und bunten Graffiti verziert waren. Ein großes Plakat, über die anderen geklebt, kündigte eine Fernsehansprache von Emil Poulenc, dem ›Entdecker des Eisvolkes‹ an. Was immer das bedeuten mochte. Die Sonne stand hoch am Himmel, und vier seltsam runde Schatten flackerten wie schwarze Lichtkegel auf dem Pflaster. Warum konnte er nie eine Frau auswählen, die sich für ihn interessierte?

Sherrine klopfte dreimal an die mit Brettern verschlagenen Türen am unteren Ende der Rampe. Hinter einer Trennwand aus Sperrholz spähte ein Gesicht wie eine Speckschwarte auf sie herab. Ohne einen Augenblick zu stottern, sagte sie: »Wir sind Ritter von St. Fantony.«

Das Gesicht gab nichts zu erkennen. »Hier für den Großen Kreuzzug?«

»Den Sieg erringen oder mit den Engeln untergehen. Auf Befehl des Herzogs Roland.«

›Herzog Roland‹ war Oliver Brown.

Das Gesicht zog sich zurück. Ein paar Minuten später wurde die Tür geöffnet. Der junge Mann, der ihnen öffnete, war kaum mittelgroß und schmächtig. In der Mittagssonne blinzelte er scheu und verlegen zu Alex auf. Er schüttelte ihnen die Hände. »Willkommen«, sagte er. »Ich bin Hugh.« Dann wandte er sich halb zurück und winkte seinen Gefährten näher, einen großen Burschen mit rundem, rotglänzenden Gesicht. Er nickte ihm zu. »Wir nennen ihn Fafhrd.«

»Was sind das für Dinger da oben?« fragte Sherrine und blinzelte gegen die Sonne hinauf zu den vier Bündeln, die in schwindelnder Höhe vom Bogen hingen.

Der junge Mann blickte auf und beschattete die Augen mit der Hand. »Ach die. Das sind Wissenschaftler von der Universität. Sie wurden beschuldigt, Atomphysik zu praktizieren.«

Sherrine starrte Hugh an. »Und dafür wurden sie gehängt? Weil sie Atomphysiker waren, wurden sie zum Tode verurteilt?«

Der junge Mann schüttelte den Kopf. »Sie wurden nicht verurteilt. Sie wurden einfach aufgehängt. Gelyncht. Soviel ich weiß, waren es vier von den Leuten, die das Museum hier leiteten. Danach stand es leer, und wir zogen ein.« Er führte sie ins Innere. Alex sah ein Messer in seiner linken Hand blinken, dann schrak er zusammen, als sich eine hominide Riesengestalt aus den Schatten bei der Tür löste.

Hugh steckte das Messer ein, das er während seines Gesprächs an der Tür in Bereitschaft gehalten hatte, während der hünenhafte Türwächter ihn von oben bewachte. »Herzog Roland sagt, daß man Ihnen vertrauen kann. Ich vertraue meinen Sinnen, wenn ich kann. Alex, Sie kommen aus dem Raum. Wie nimmt man in Schwerelosigkeit eine Dusche?«

»Es dauert ewig, naß zu werden, und ewig, wieder trocken zu werden. Wo Wasser ist, da will es bleiben. Wir haben ohnedies nicht genug davon. Meistens – aber woran würden Sie erkennen, ob ich lüge oder nicht?«

»Ich war Physiklehrer in Kansas City. Milady, ich gestehe Ihnen gern zu, daß Sie ein Engel sind, aber keine Astronautin.«

Sherrine lächelte errötend. »Nein, ich gehörte zur Bergungsmannschaft.«

»Ich verstehe.« Hugh machte eine ausholende Armbewegung. »Nun, willkommen alle!« Andere kamen aus den Schatten jenseits des Eingangs. Viele Leute, einige in Rüstungen. »Sie haben Freunde?«

»Ja. Ich werde sie holen«, sagte Sherrine, machte aber keine Anstalten, zu gehen. »Hugh, wenn die Einheimischen Wissenschaftler hängen, sind Sie dann hier sicher?«

Hughs Gesicht verschloß sich wie eine Wand, dann sagte er: »Wir sind ungefährdet. Ich bin Herzog Hugh Bloodcup, weil ich vor sechs Jahren König Hugh vom Mittleren Königreich war. Die Einheimischen hängten hier einmal vier Wissenschaftler. Aber wir begruben sie und ersetzten sie durch Schaufensterpuppen. Die Einheimischen sehen vier Gestalten vom Tor hängen. Sie denken nie daran, sie zu untersuchen. Aber unsere harmlosen Aktivitäten als Historischer Verein schützen uns, und solange uns niemand ...«

»Ja, ich verstehe. Euer Durchlaucht, Alex MacLeod wird sich niedersetzen müssen, sogar in Eurer Anwesenheit ...«

»Ja, natürlich. Ein Stuhl für unseren heiligmäßigen Gast! Und eine Eskorte für die Dame!«

16 ....

Der letzte Transporter

»Ich sage Ihnen, Hauptmann, etwas ist im Gange«, beharrte Leutnant Billings. »Seit mehreren Tagen herrscht im Untergrund der Szene verstärkte Aktivität. Unheimliche Aktivität.«

Lee Arteria nickte dem Leutnant der Luftwaffenfeldpolizei zu, der vor ihrem Arbeitstisch stand, streckte die Hand aus und legte sie auf den Stoß der eingegangenen Berichte. »Ja. Ich habe diese Meldungen gelesen. Aber wie können Sie feststellen, wann eine Aktivität unheimlich ist?«

»Sie haben sich so lange ruhig verhalten. Vor allem sollte uns der Zeitpunkt dieser plötzlichen Unruhe zu denken geben, meinen Sie nicht, Hauptmann?«

»Richtig.«

»Jemand muß die Astronauten verstecken, sonst hätten wir sie inzwischen gefunden.«

»Aber ausgerechnet SF-Fans? Wirklich, Leutnant! Könnte ein Haufen langweiliger Spinner und neurotischer Fieslinge die Ausländer an den Suchtrupps auf dem Gletscher vorbeigeschleust haben? Praktisch ohne Vorbereitungszeit, wohlgemerkt.« Sie lächelte. »Vielleicht hat das Eisvolk sie aufgenommen.«

Billings machte ein Gesicht. »Eisvolk! Kopfgeburt des Sensationsjournalismus! Eine neuentwickelte Menschenrasse, die nackt auf dem Eis leben kann! Das vielleicht Schlimmste an der Geschichte ist, daß es Leute gibt, die daran glauben. Aber im Ernst, da ist zum Beispiel diese Sherrine Hartley. Sie hat sich nie zur Arbeit zurückgemeldet. Und ihr Freund mit dem braunen Lieferwagen rief von irgendwo an und entschuldigte sich damit, daß er Typhus habe. Typhus! Typhus ist meldepflichtig, aber kein Fall wurde in letzter Zeit gemeldet. Und er ist verschwunden. Hauptmann Arteria, auch diese anderen Szeneaktivitäten müssen mit den gestrandeten Astronauten zusammenhängen.«

»Hühner, Leutnant? Wie sollte das helfen, die Flüchtigen zu verstecken?«

»Keine Ahnung. Sie könnten irgendein ländliches Versteck mit Vorräten und Kleinvieh ausstatten.«

»Regenwürmer, Leutnant? Kunstdünger? Kaninchen und Meerschweinchen?«

Billings hob die Schultern. »Wie ich sagte, vielleicht haben sie ein ländliches Versteck auf einer Ranch oder einer Farm gefunden.«

»Könnte natürlich sein. Wie auch immer, Sie haben mich überzeugt. Etwas geht vor. Fordern Sie von allen V-Leuten der Polizei und Nachrichtendienste Berichte über ungewöhnliche Aktivitäten in der Szene an. Ich bin überzeugt, daß nur Ermittlungen in dieser Richtung uns weiterbringen werden.«

»Wird gemacht, Hauptmann!«

Lee Arteria blätterte müßig durch die Akten. Billings hatte recht, es war etwas im Gange. Aber was? Fans waren technophil, also wurden sie überwacht; aber die meisten von ihnen waren alberne, unbeständige Typen, deshalb blieb die Überwachung sporadisch und unvollständig.

Weitere Aktivitäten waren zu erwarten. Eine bekannte Randfigur der Szene in Portland hatte Kaninchen gekauft. Einen Rammler und mehrere Weibchen. Das paßte zu Billings' Vermutung. Was war geplant? Eine heimliche, ländliche Selbstversorgerkommune?

Der Historische Verein von St. Louis mit der angeschlossenen Gesellschaft für kreativen Anachronismus war keine Heimstatt von SF-Fans, aber es gab beträchtliche Überschneidungen mit der Fangemeinde; und Oliver Brown war König Roland der II. gewesen, und die Mitglieder des Vereins behandelten ihre Aristokratie mit Ehrerbietung. Der Ort wurde von Fans benutzt, aber er war der Machtbereich des Historischen Vereins.

Das Museum war ein weiträumiger unterirdischer Komplex mit niedrigen Decken und gegliedert durch Stellwände und Ausstellungsvitrinen, die raumähnliche Abteilungen bildeten. Alles war von Öllampen und Kerzen mehr schlecht als recht beleuchtet. Männer veranstalteten Fechtübungen mit gepolsterten Waffen. Frauen zeigten einander komplizierte handarbeitliche Methoden der Anfertigung von Geweben. Männer, Frauen und Kinder kauerten um die Lichtquellen und lasen in zerfledderten alten Büchern, sprachen und stritten mit lebhaften Gebärden oder schrieben in einigen Fällen selbstvergessen auf eselsohrige Blätter linierten Papiers. Zwei Ritter brachten Gordon herein, einer auf jeder Seite, und halfen ihm zu einem Stuhl. Er war bleich vor Anstrengung … nein, Gordon war inzwischen kräftiger. Bleich vor Schock. Er war unter vier Gehängten gegangen.

»Na, Towarisch, glaubst du, daß die Menschheit noch zu retten ist?«

Gordon nickte. »Auf jeden Fall.«

»Wo ist Sherrine?«

»Sie hilft Bob beim Manövrieren. Ein Knappe hat ihnen gezeigt, wo sie den Tanklastzug verstecken können. Warum, fühlst du dich einsam, Alex?«

»Wir sollen alle zusammen dem König vorgestellt werden.« Er hob den Kopf. »Ah, das müssen sie sein.« Am Eingang entstand Bewegung. Losungsworte wurden ausgetauscht, und der wortkarge Riese Fafhrd nahm in seiner Eigenschaft als Torwächter seine Verteidigungsposition ein. Herzog Hugh führte sie herein: Sherrine, Bob Needleton, Harry Czescu und Jenny Trout. Gordon und Alex standen auf, um sich zu ihnen zu gesellen. Herzog Hugh flüsterte Instruktionen, bevor sie zum König geführt wurden. Die Prozession war kurz, aller Blicke auf sie gerichtet. Alex genoß das Vergnügen, Sherrine am Arm zu führen, obwohl sie ihn stützte. Der König war ein großer, breiter junger Mann, dessen Nase durch wiederholte Nasenbeinbrüche plattgeschlagen war. Es war spaßig zu beobachten, wie er versuchte, Heldenverehrung mit seiner königlichen Würde in Einklang zu bringen. Immerhin war er der Mann, der jeden anderen Kämpfer in St. Louis geschlagen hatte; auf diese Weise wurde man König. Die vier Ankömmlinge verbeugten sich. Sherrine und Bob stützten die Engel.

Nach der kurzen Audienz wurden sie in eine Party hineingezogen, die sich bald in verschiedene Gruppenaktivitäten auflöste. Harry und Jenny blieben auf Einladung des Königs zurück. Ein Teil seines Hofes bildete einen Kreis. Einige hatten Lauten und Flöten mitgebracht, und Alex lauschte eine Weile den Melodien und Liedern aus Vergangenheit und Zukunft. Harry und Jenny ließen es sich nicht nehmen, aus ihrem Repertoire vorzutragen:

»Gesucht, weil wir mit diesem
Lied Zersetzung üben,
Weil wir trotz NASAs Fall uns
selbst stets treu geblieben.
Was wäre nicht erreichbar dem
menschlichen Streben!
Doch wir dürfen nicht zagen,
es gilt unser Leben.«

Alex war nicht in der Stimmung für so viel Pessimismus. Er wanderte davon, zu einer Gruppe, aus der Gelächter ertönte.

Jennys Stimme folgte ihm. »Wie finden Sie dies, Majestät?

Gesucht auch, weil wir Kohle und Erdöl verbrennen,
Sind verfolgt und geächtet, wohin wir auch rennen.
Reaktoren wir bauten gegen jedermanns Rat,
Bis man uns kreuzigte für die befreiende Tat.«

Gordon fühlte sich zu einer Frau hingezogen, die einen Schreibblock auf den Knien hielt und eifrig schrieb. Er stand ein wenig abseits, um die Frau nicht abzulenken, aber Alex sah, daß sie sich der Nähe des Engels bewußt war.

Alex geriet in eine Museumsabteilung von Dioramen und wanderte zwischen Schaufensterpuppen, die als Indianer, Cowboys, Goldsucher und Fallensteller gekleidet waren. Als starre Wächter einer verlorenen Vergangenheit standen sie inmitten von Prairielandschaften und rekonstruierten Conestoga-Planwagen, Sonnenhäubchen und Kaliko und Steinschloßflinten. Ein Cowboy zu Pferde, dessen Lassoschlinge gerade über das Gehörn eines Stiers fiel. Lederne Beinschützer und Stetsonhut. Wildlederhemd und Leggings mit Perlen und Federn besetzt. Ein Kanu aus Birkenrinde, das einen *coureur de bois* trug. Das aufgeschlagene Tagebuch einer Frau, die in den 1840er Jahren die Prairien des Mittelwestens in einer Planwagenkolonne durchquert hatte. Alex versuchte zu lesen, was da geschrieben stand, aber das Licht war zu trübe.

Alle Zeiten trafen sich hier, gingen ineinander über. Kein Wunder, daß die Fans sich wohl fühlten.

Gordon war inzwischen in ein Gespräch mit der Schreiberin vertieft. Er saß im Lotussitz neben ihr am

Boden und zeigte auf etwas, was sie geschrieben hatte. Schon hatten sich ein paar Neugierige eingefunden – alle weiblichen Geschlechts, wie Alex bemerkte –, und die Frau nickte ernsthaft zu allem, was Gordon sagte.

Alex suchte sich einen Stuhl und ließ sich nieder, etwas zu müde, um gesellig zu sein.

Jemand brachte ihm eine kleine Zinnkanne mit ziemlich starkem Punsch. Dann brachte ein junger Mann ein älteres Paar zu ihm und stellte sie als Buz und Jenn vor. »Haben Sie Gebrauch von dem Tank gemacht?« fragte Jenn. »Dem Tank, der vom letzten Transporter hinaufgebracht wurde?«

Alex nickte. *Noblesse oblige.* »Wir könnten ohne ihn nicht leben. Und den anderen. Ich habe gehört, wie die Piloten und ein Freund im Kontrollzentrum den ersten Tank in die Umlaufbahn brachten. Er sollte nach dem Entladen zerlegt werden, aber die Piloten sorgten dafür, daß er beim Andocken unbeschädigt blieb.«

Buz nickte. »Die Astronauten und Kosmonauten hatten schon entschieden, den Versuch zum Aufbau eines permanenten Habitats zu wagen. Sie brauchten die Tanks als Lebensraum.«

»Waren Sie daran beteiligt?« fragte Alex.

»Ein wenig«, sagte Jenn. »Aber sie konnten das nur einmal machen. Dann kam …«

»Der letzte Transporter«, sagte Buz.

»Ja. Ich war an Bord«, sagte Alex.

»Das wissen wir«, sagte Jenn. »Wie geht es Ian und Alicia?«

»Sie kannten die beiden?«

»Ja.«

»Vater kam vor neun Jahren bei einem Leck ums Leben«, sagte Alex. »Mutter starb voriges Jahr. Herz.«

»Ach, wie leid mir das tut«, sagte Jenn. Sie wandte sich zu ihrem Mann. »Sie hatten da oben zwanzig Jahre zusammen.«

»Und wir sind noch da«, sagte Buz. Er wandte sich zu Alex. »Damals hieß es Ian und Alicia oder wir«, erzählte er. »Als die Astronauten entschieden, den letzten Transporter hinaufzubringen. Das Raumfahrtprogramm ging zu Ende, und wir dachten, es würde wichtig sein, mehr Leute in die Habitats zu bringen. *Mire* und *Freedom*. Kooperation zwischen den Vereinigten Staaten und Rußland. Symbole für Frieden und Fortschritt. Sie hatten schon einen Tank in der Umlaufbahn, und wir wollten noch einen hinaufschicken, vor allem wollten wir Familien hinaufbringen. Jenn und ich waren Kandidaten, ebenso wie Ian und Alicia und Sie, bloß wußten Sie es noch nicht. Sie waren ungefähr sechs, wenn ich mich recht entsinne, und Ihre Mutter war klein; Sie wogen zu zweit weniger als ich.«

Die Schreiberin, deren Name Georgina war, hatte sich mit Gordon den Zuhörern angeschlossen, deren Gruppe sich vergrößerte. »Was geschah mit dem letzten Transporter?« fragte Georgina. »Sie haben ihn noch, nicht wahr?«

»Gewiß. Er kann nicht mehr in die Atmosphäre eintreten, weil er beschädigt wurde.«

»Ich hörte davon – beim Start gab es Krawall«, sagte ein Fan. Er war jünger als Gordon, ein kleiner dicker Teenager mit dicken Brillengläsern. »Ich las davon …«

»Das war die *Enterprise Two*«, sagte Alex. »Wie Buz sagte, hatte es regelmäßige Versorgungsflüge gegeben, aber – vielleicht sollte Buz davon berichten.«

»Ich habe es schon öfter erzählt«, sagte Buz. »Lassen Sie uns Ihre Version hören.«

»Ich war sechs«, sagte Alex. »Meine Eltern waren Spezialisten. Ingenieure. Sie hatten gehört, daß das Raumfahrtprogramm abgeschlossen werden sollte, und dachten, wenn Familien im Raum wären, amerikanische ebenso wie russische, würde die Regierung sich gezwungen sehen, sie zu unterstützen. Darum meldeten sich viele freiwillig. Sie dachten, es würde weitere Raumtransporter geben. Das Bodenpersonal der NASA schwor, daß es weiterarbeiten, den Transporter warten, beladen und mit Vorräten wieder hinaufschicken würde. Es sollte nicht der letzte sein.«

»Eine Gruppe hatte versucht, den Start durch eine Einstweilige Verfügung zu verhindern«, sagte Jenn. »Sie begründete ihren Antrag mit der Umweltschädlichkeit des Unternehmens und mit der Gefahr, daß der Transporter bei einem Fehlstart auf die zahlreichen Vergnügungsboote draußen auf dem Ozean fallen würde, deren Besatzungen den Start beobachten wollten. Viele ihrer Anhänger fuhren hinunter an die Küste, um eigens Boote zu mieten und in den angeblich gefährdeten Bereich zu steuern.«

Ihr Publikum hatte einen Kreis um sie gebildet. Die Jüngeren lauschten mit großen Augen. Ein Mann in der Kleidung eines mittelalterlichen Troubadours, der eine Laute umgehängt hatte, machte Notizen. Ältere Fans, die sich mehr im Hintergrund hielten, zeigten düstere Mienen. Für sie war es nicht bloß eine Geschichte aus früherer Zeit. Sie erinnerten sich noch.

»Das war die ›Erde Zuerst‹-Bewegung«, sagte Buz.

Jenn schnaufte. »Du meinst ›Erde Allein‹.«

»Menschheit Zuletzt«, murmelte jemand.

»Niemand machte sich wegen ihrer Einstweiligen Verfügung Sorgen«, sagte Alex. »Aber dann sprach sich herum, daß der Start bevorstand, und eine Menschenmenge versammelte sich um das Gelände. Sie versuchte die Einzäunung niederzureißen, aber eine andere Gruppe, die L-5-Gesellschaft, die das Unternehmen unterstützte, versuchte den Transporter zu schützen. Sie hatten aber nicht genug Leute. Es kam zu Schlägereien und Handgemenge. Meine Mutter ließ mich nicht zusehen. Sie hielt mich mit eisernem Griff fest, bis wir an Bord waren.«

Alex bemerkte, daß er sich den Arm rieb, und ließ es sein. »Wir quetschten uns auf einen Sitz. Alles ging schief. Mein Vater sagte, die Hälfte der Kontrolleuchten am Armaturenbrett sei rot gewesen, aber sie starteten trotzdem. Ich erinnere mich an die höllische Beschleunigung. Meine Mutter hielt mich fest, der Klappsitz war nicht groß genug für uns beide, andere Kinder schrien und weinten, aber mein Vater grinste wie ein Dieb nach gelungener Tat. Ich werde sein Gesicht nie vergessen.

Während des Aufstiegs gab es einen harten Schlag und ein Durchsacken. Ich dachte mir nicht viel dabei, bis ich das Gesicht meines Vaters sah. Er hatte Angst. Bleckte die Zähne vor Angst.«

»Eine Stinger-Rakete der Öko-Extremisten«, sagte Jenn. »Glücklicherweise nur ein Nahtreffer. Riß dem Transporter eine Wagenladung Keramikfliesen von der Nase.«

Alex nickte. »Hätte beinahe die Hülle durchschlagen. Ich habe den Schaden gesehen. Aber wir schafften es. Die Bodenkontrollstation fütterte den Bordcomputer mit Korrekturen. Das waren die wirklichen Helden, das Bodenpersonal der NASA. Ich habe ihre Namen nie erfahren.«

»Warum die?« fragte einer der jungen Leute.

»Weil sie auf ihrem Posten blieben.«

»Aber ...«

»Der Mob brach durch.«

»Ach so.«

»In den Räumen der Bodenkontrolle gab es ein wildes Handgemenge«, sagte Buz. Seine Backenmuskeln zuckten. Er hatte kämpfen gelernt, aber erst später, dachte Alex. »Die Angreifer hatten Baseballschläger. Zwei hatten Handfeuerwaffen. Angehörige des Bodenpersonals hielten sie am Eingang auf, bis sie von Kugeln getroffen zu Boden gingen.« Er nahm die knotige Hand seiner Frau und streichelte sie. »Der Mob brandete herein, schwang Baseballschläger und zertrümmerte die Einrichtung. Das Personal hielt aus, obwohl viele verletzt waren. Keiner lief davon, keiner verließ seine Konsole, bis die *Enterprise Two* oben war.« Er blickte seufzend zu Boden. »Dann erschien die Polizei; aber es war zu spät, um etwas zu retten.«

»Die Militärpolizisten waren sauer«, sagte Jenn. »Sie hatten Befehl bekommen, sich zurückzuhalten, weil die Organisatoren versichert hatten, daß die ›Demonstration‹ friedlich sein würde; und eine Absperrkette der Militärpolizei wäre zu ›provozierend‹ gewesen. Nicht, daß die Politiker solcher Zusicherungen bedurft hätten. Kalifornien und Florida hatten beide Gouverneure aus den Reihen der Grünen.«

»Skazhijte«, sagte Gordon. »Aber wie kommt es, daß Sie soviel darüber wissen?«

Das ältere Ehepaar tauschte Blicke, dann sagte Jenn: »Jim hier war Startkontrolle. Ich war Flugbahnkontrolle.«

»Sie …« Alex merkte, wie ihm die Kehle eng wurde. Buz' Stimme – die Stimme eines jüngeren Buz – hatte die letzten Worte von der Erde gesprochen, die er gehört hatte, durch die Lautsprecher in der Passagierkabine, nachdem die Triebwerke nicht mehr feuerten und Stille eingekehrt war. »Viel Glück, *Enterprise.* Unsere Träume gehen mit euch.« Alex tat einen Schritt auf sie zu, und sie erhoben sich von ihren Stühlen. Nach einem Augenblick verlegenen Zögerns umarmten sie einander. Alex' Wangen waren heiß von Tränen.

»Sie wußten es, nicht wahr«, sagte er, als er die alte Frau in die Arme schloß. »Sie wußten, daß es der letzte Transporter sein würde.«

Sie sagte nichts, aber er spürte, wie ihr Kopf nickte. »Wir wußten, daß wir einander nie wieder sehen würden«, sagte Buz. »Nicht in unserem Leben. Aber wir sind trotzdem die Glückspilze. Kommen Sie.«

Er führte sie durch die Dioramen der Ausstellung, vorbei an den Fallenstellern, Cowboys und Siedlern. Pioniere, dachte Alex. Allesamt Pioniere.

Buz führte sie zu einem gerahmten und verglasten Ausstellungsobjekt an einer Wand nahe dem früheren Museumsausgang. Es war eine Namensliste der frühen Astronauten und Kosmonauten, ausgeführt in gotischer Schrift auf Pseudopergament und ergänzt durch kleine Fotografien.

Alex erwachte benommen auf einer Museumsbank.

Gordon saß in einem Schalensessel aus Plastik und beugte sich über einen zerkratzten Schreibtisch. Er starrte mit halboffenem Mund ins Leere. Wahrscheinlich schrieb er ein Liebesgedicht. Und an wen, glaubte Alex auch zu erraten. Ohne Schuhe tappte er hinüber und las über Gordons Schulter:

Die Pilotenkanzel des Stickstoffsammlers war ein Resonanzboden für Vibrationen weit unter der Hörschwelle, als der Rumpf hoch über der nördlichen Hemisphäre in tiefem Baß einen Grabgesang anstimmte. Ich fühlte es in den Knochen …

Plötzlich fuhr Gordon hoch und wandte sich um. »Alex, ich hörte dich nicht kommen.« Er legte den Unterarm auf das Geschriebene.

Alex grinste. »Kriegt der Held das Mädchen?«

Gordon errötete noch tiefer. »Es ist nicht die Art von Geschichte. Ohne Helden. Es ist eine Geschichte über Zugehörigkeit, über den Platz, den einer in der Welt hat. Über Heimat und zu Hause sein.«

Alex blickte zur Decke auf.

»Nein, Aljoscha. Nicht die Art von Heimat. Nicht der Zufall der Geburt. Heimat ist, wo sie dich aufnehmen müssen, wenn du kommst. Manchmal findet man sie an Orten, die man nicht erwartet.«

»Das ist gut, Gordon.« Der Junge hatte schon ein besonderes Talent, Worte zusammenzusetzen. Nicht bloß ein Summen im Infraschallbereich, sondern ein ›Grabgesang‹. Das Summen und das Hochgefühl des Fluges, überschattet von unheilvoller Erwartung. Wenn Alex schrieb, fielen die Worte wie Steine hintereinander: solide, brauchbare Prosa für Memoranden und technische Berichte und einen gelegentlichen informativen Brief; nie war Gesang darin, das Flügelrauschen der Genien.

»Darf ich dir eine Frage stellen, Alex?«

»Sicher. Ich kann nicht schlafen, und wir werden sowieso bald aufbrechen. Frag nur.«

»Wegen Sherrine.« Er blickte auf, suchte Alex' Augen, blickte wieder weg. »Alex, ich brenne. Sherrine… sie ist, wie Roethke schrieb: ›Ich kannte eine Frau, lieblich in der Zartheit Knochen,/Wenn kleine Vögel seufzten, seufzte sie mit ihnen…‹ Aber ich… sie und ich…« Er schüttelte abrupt den Kopf. »Njet. Ich kann mich nicht geltend machen. Die Zeit ist nicht richtig.« Wieder blickte er zu Alex auf. »Wie, wenn ich ihr gleichgültig bin?«

Alex verbiß sich ein Lachen. »Und deswegen wolltest du mich fragen? Du willst sie, aber will sie dich? Wie sollte ich es wissen? Frag Bob. Sie vertraut mir ihr Liebesleben nicht an.« Alex zwang die Worte zwischen den Zähnen hinaus, überrascht, wie sehr sie schmerzten. »Hier unten geht es viel lockerer zu, weißt du.«

Gordon sah ihn seltsam an. »Ich dachte, du…«

»Ich was?«

Gordon schüttelte den Kopf. »Nitschewo.«

Alex wandte sich achselzuckend ab und legte sich wieder hin, versuchte den unterbrochenen Schlaf wiederzufinden. Was war mit Gordon? Verloren und mittellos in fremder Umgebung, gesucht von den Behörden, und er saß da und schrieb mitten in der Nacht an einer Geschichte oder einem Roman, den niemand lesen würde.

Sherrine fuhr den Tanklastzug, während Bob in der Koje hinter ihr schlief. Das Hügelland des südwestlichen Missouri. Bäume, die vorzeitig ihrer Blätter beraubt worden waren, blieben zu beiden Seiten der beinahe verlassenen Fernstraße zurück. Die untergehende Sonne zwang sie zum Blinzeln, nicht genau voraus und zu tief am Horizont, als daß der Blendschirm hätte helfen können. Wolkenbänke, die über dem Horizont lagen, leuchteten in Pastellfarben. Sherrine fuhr mit mäßiger Geschwindigkeit, aus Furcht vor der Polizei, aber auch, weil sie jede Überführung beobachten mußte, wenn sie sich näherte.

Hier war das Eis nur noch ein Gerücht, ein entferntes Flüstern jenseits des Horizonts, überbracht von Sommerbrisen, die frisch und kühl waren. Der Herbst begann früher, und die winterlichen Schneefälle waren häufiger.

Keine der Überführungen war eingestürzt, wie man es weiter nördlich beobachten konnte. Aber auch hier bröckelte der Beton, platzte der Verputz ab. Manchmal mußte sie mit dem Tanklastzug Betonbrocken ausweichen, die unter einer Überführung auf der Straße lagen; und wenn sie über eine Brücke fuhr, geriet sie in Schweiß. Die furchtbaren Schneestürme des smogfreien 19. Jahrhunderts verhüllten die Ebenen des Herzlandes wieder im Winter, gefroren und sprengten die Werke der Menschen.

Alex lag zusammengesunken an einem Kissen, das

zwischen der Tür auf der Beifahrerseite und der Sitzlehne steckte. Er lag entspannt, schlummerte unruhig. Von Zeit zu Zeit zwinkerte er und hob den Kopf und blickte verwirrt umher, bevor er zum sanften Schaukeln der Federung wieder einnickte.

Zwischen ihnen saß Gordon und las in einem Buch. Er hatte es in dem zum Vereinslokal umfunktionierten Museum in St. Louis gefunden und sich mit unverhohlener Begeisterung darauf gestürzt. Ein dickes, gedrungenes Taschenbuch mit rissigem und eselsohrigem Umschlag. *Der Taschen-Kipling.* Die guten Leute hatten es ihm geschenkt.

Er klappte es zu, weil es zu dunkel wurde, um zu lesen. Er blickte nach vorn in die Dämmerung, wo der Sonnenuntergang den Westhorizont färbte. Um Alex nicht zu wecken, flüsterte er: »So wie hier habe ich es nie gesehen. Wir sehen Sonnenuntergänge nur von oben.«

Sherrine war froh über ein Gespräch. Das Fahren in wortloser Stille entkörperlichte sie. Erst ein Gespräch machte sie wirklich. »Ich habe die alten Bilder gesehen, die Erde von oben. Das muß schon etwas sein.«

»Jeder Ort hat seine eigenen Schönheiten. Wir können lernen, den einen zu lieben, und sehnen uns doch nach dem anderen.«

»Was haben Sie gelesen?«

»Eine Geschichte. Eine Charakterskizze. ›Lisbeth‹. Sie erzählt von einem indischen Mädchen aus dem Bergland, das von englischen Missionaren erzogen wird. Sie trägt englische Kleider und hat englische Manieren. Als ein junger Beamter des Radscha durchkommt, verliebt sie sich in ihn. Er schwört, daß er zurückkommen und sie heiraten werde; aber er hat nie ernste Absichten und verläßt sie ohne einen weiteren Gedanken. Schließlich begreift sie die Wahrheit.

Sie gibt das Leben in der Mission auf und kehrt in ihr Dorf und zu ihren Göttern zurück und wird eine Bäuerin.«

»Eine traurige Geschichte.«

»Eine Tragödie.« Sie sah ihn lächeln. »Ich bin halb Russe. Wir sind ohne eine Tragödie nicht glücklich. Kipling sah die Tragödie Indiens. Lisbeth glaubte, sie sei Engländerin, aber die Engländer glaubten es nie.«

»Ich habe noch nichts von Kipling gelesen. Seine Bücher sind heutzutage schwer zu finden.«

»Ach, aber Sie müssen ihn lesen. Ich werde Ihnen mein Buch leihen. Kipling und Dickens. Und London und Twain. Wundervolle Schriftsteller. Ich habe... Nein, ich habe jetzt nur dieses eine Buch. Ein richtiges Buch, aus richtigem Papier. Trotzdem leihe ich es Ihnen gern.«

Sherrine lächelte. »Sie lesen gern.«

»Ja, ja. Obwohl ich vieles nicht verstehe. Hinweise, Bezüge. Ich las einmal Austen, aber ihre Welt ist mir fremd. Trotzdem lache und weine ich mit ihren Gestalten.«

»Am College hatte ich einen Mathematikdozenten, der *Pride and Prejudice* fünfmal gelesen hatte, in fünf verschiedenen Sprachen.«

Gordon sah sie ungläubig an. »Ein Mathematikdozent?«

»Es kommt vor, daß Mathematikdozenten Literatur lesen, Gordon. Aber umgekehrt gilt nicht das gleiche. Literaturdozenten lesen nicht über mathematische Probleme.«

»Russische Literatur ist schwieriger als Mathematik«, sagte Gordon. »Lächeln Sie darüber, daß ich russische Literatur schwierig finde? Meine Mutter gab mir Tolstoi, Gorki, Puschkin zu lesen. Es war so verschieden von der westlichen Literatur meines Vaters.

Im Westen waren die Romane biographisch. Über Charaktere. Über Lisbeth oder David Copperfield. In Rußland schrieben sie über Ideen. *Krieg und Frieden. Schuld und Sühne.* Personen, sogar zentrale Charaktere wie Anna Karenina, illustrieren nur die Idee. Sehr schwierig für Leute, die nur die andere Art gewohnt sind. Aber meine Mutter sagte immer, es sei wichtig. Ich lebe in zwei Welten, der *Rodina* und dem Westen. In den Habitats entwickelt sich eine neue Miniaturgesellschaft. Westlicher Optimismus und russische Düsternis.«

Sherrine lachte. »Das klingt… angemessen. Also braucht Ihre Gesellschaft eine neue Literatur. Eine Synthese.«

»Vielleicht. Düsterer Optimismus. Optimistische Düsternis. Ich habe versucht…«

»Gelassener Pessimismus? Mark Twain?« Sie schaltete das Fernlicht ein. »Sie haben versucht, etwas zu schreiben?« Kratzt man einen eifrigen Leser, so kommt ein verhinderter Schriftsteller zum Vorschein.

»Nein. Fragmente, ein paar Gedichte. Solche Dinge sind keine überlebensorientierte Aktivität. Ich muß mir die Zeit dafür stehlen. Also sind sie nicht sehr gut. Nicht gut genug, um sie Ihnen vorzulesen.«

»Seien Sie froh, daß Sie noch nie ein Fanzine gelesen haben! Nein, wirklich, Sie können sich nicht vorstellen, was für fürchterliches Zeug ich in den alten Schundblättern bei meinem Großvater gelesen habe. Nur zu. Sagen Sie mir eines Ihrer Gedichte auf.«

Neben ihm regte sich Alex und veränderte seine Lage.

»Nein, ich kann nicht«, flüsterte Gordon.

Sie nahm eine Hand vom Lenkrad und legte sie ihm auf den Arm. »Bitte.«

»Wenn … wenn Sie mich nicht auslachen.«

»Ich verspreche Ihnen, daß ich nicht lachen werde.«

»Ich nehme Sie beim Wort.« Gordon hüstelte in die Faust, richtete sich auf. Er blickte geradeaus in den dunkelnden Abend und zitierte mit leiser Stimme:

»Weich gelagert, weiß wie neuer Schnee,
Zarte Schönheit, dem Auge wohlgefällig,
Im Mondsilber, vom Himmel gefallen:
Auf ihr Gesicht lächeln Sterne herab.
Lieblicher im Frieden des Schlafes,
  nicht schneegleich die
lichte Wärme der Haut;
So schläft sie, berührt nur vom Mond
Und meinen Gedanken.«

Er schwieg verlegen, traute sich nicht, sie anzusehen.

»Das ist wirklich hübsch, Gordon.«

Er wandte den Kopf. »Gefällt es Ihnen?«

»Gewiß. Sie muß hübsch gewesen sein.«

»Wer?«

»Ihre Freundin. Der Sie das Gedicht widmeten.«

»Das ist sie, ja. Sehr schön.«

Aha! »Haben Sie es ihr schon einmal vorgelesen?«

Er bejahte.

Sherrine lächelte, ohne den Blick von der Straße zu wenden. Gordon war in einem Stadium seines jungen Lebens, wo er seine Liebe als ein tiefes, köstliches Geheimnis bewahren und zugleich in die Welt hinausrufen wollte. Sie hatte es auch einmal erlebt. Sie und Jake. Es war lange her, aber sie konnte sich an dieses warme Glücksgefühl erinnern. Bei Bob war es anders gewesen – Spaß, fröhliche Unbeschwertheit, auch Zärtlichkeit; aber niemals war es dieses warme Glücksgefühl gewesen. »Was sagte sie?«

»Sie sagte, mein Gedicht sei hübsch.«

»Na, das ist eine ziemlich lauwarme Reaktion auf ein Liebesgedicht.«

Er schwieg lange. Schließlich sagte er: »Ach, ich hatte es vergessen.«

»Was vergessen?«

»Sie leben nicht in so beengten Verhältnissen wie wir. Sie müssen nicht so sorgfältig darauf bedacht sein, Kränkungen zu vermeiden oder die Gefühle Ihres Nachbarn zu verletzen. So wenige sind wir, und doch hat es Mord und Totschlag gegeben, weil wir einander nicht entgehen können. Man spricht nicht von Liebe, solange man seiner Sache nicht sicher ist.«

»Wie können Sie dann Ihrer Sache sicher sein?«

Vielleicht zuckte er in der Dunkelheit die Achseln, aber er antwortete nicht. Sherrine beobachtete die Straße, hielt die Geschwindigkeit bei sechzig und verlangsamte bei jedem Schatten, der im Lichtkegel der Scheinwerfer erschien. Manche Schatten waren hart und massiv. Wenn Überführungen in Sicht kamen, verlangsamte sie das Tempo noch mehr.

Zehn Minuten oder eine Viertelstunde später fiel der Groschen.

Lieber Himmel! Er meint mich!

Es war ihr nicht entgangen, daß es beide Engel nach ihr gelüstete. Der Himmel allein wußte, warum. Mager mochte das Ideal der Engel sein, aber … Mit Gelüsten konnte sie fertigwerden. Es war unmöglich, zwischen zwei lüsternen Männern zu sitzen – drei, Bob mitgezählt, der in dieser Hinsicht keinem nachstand –, ohne die Pheromone wahrzunehmen.

Aber Gordon war nicht bloß lüstern. Er war verliebt, und das konnte bei einem jungen Burschen wie ihm nur Schwierigkeiten mit sich bringen, weil es die Rationalität ausschaltete.

Und Jake war auch noch da, lebte irgendwo im Hintergrund ihres Bewußtseins.

Großartig. Nun hatte sie vier Männer, mit denen sie zurechtkommen mußte. Drei Lebendige und Gegenwärtige, und ein Gespenst. Ein alter Spruch ging ihr durch den Kopf:

> Gut ist es, froh und vernünftig,
> ehrlich und wahr zu sein.
> Gut ist es, alte Liebe zu begraben,
> bevor man in neuer entflammt.

War er eingeschlafen? Oder beobachtete er sie im Dunkeln. Sie sagte nichts, konzentrierte sich auf das Fahren. Er liebte sie? Sie blickte in den großen seitlichen Rückspiegel. Eine kleinere Sherrine, verzerrt durch die konvexe Oberfläche, blickte zurück. Er liebte sie? Stirnrunzelnd konzentrierte sie ihre Aufmerksamkeit wieder auf die Straße. Der Tanklastzug hatte ein gewaltiges Trägheitsmoment; entsprechend lang war der Bremsweg.

»Sie sind gekränkt«, sagte Gordon leise.

»Nein.« Sie hielt inne, nahm einen neuen Anlauf. »Nein, ich bin geschmeichelt. Es ist lange her, seit jemand mich geliebt hat.«

Gordon schien erschrocken. »Wie kann das sein? Da ist Bob ...«

»Er glaubt nur, daß er ...«

»Und Alex.«

Im Fahrerhaus blieb es still. Nur das tiefe, regelmäßige Atmen des älteren Engels war durch die Fahrgeräusche zu hören.

»Alex ...«

»Da – ja. Sehen Sie es nicht? Er ist hier geboren und in seiner Art direkter als die meisten, aber doch von unserer Art. Trotzdem, selbst wenn er Ihnen vielleicht zu indirekt vorkommt, liebt er Sie, wenn er auch keine Gedichte schreibt. Darum habe ich so lange gezögert, mich auszusprechen. Er ist mein Vorgesetzter, und ich möchte fair sein.« Er schüttelte wieder den

Kopf. »Das Leben ist kompliziert für meine Generation …«

»Fair! Und er behandelt Sie so schlecht. Ich meine, ich mag Alex auch, aber er ist so streng und nachtragend, besonders, wenn es um die Bruchlandung geht.«

Gordon nickte zögernd. »Das ist wahr.«

»Und es war wirklich nicht Ihre Schuld.«

»Meine Schuld? O nein. Er kann sich selbst nicht vergeben. Er war immer ein Held. Jetzt fühlt er sich vernachlässigt. Nach der ersten Abwehrrakete hätten wir die Aktion abbrechen und in die Umlaufbahn zurückkehren können. Alex tat es nicht. Weil er wieder der Held sein wollte. Nun schämt er sich. Er glaubt, daß er versagt hat; daß er *Freedom* und Mary Hopkins enttäuscht hat; daß er mein Vertrauen enttäuscht hat.«

»Wie wäre es mit einem guten Rat, Dr. Freud?« Die Stimme klang heiser und verschlafen. Sherrine wandte den Kopf und schoß einen Blick an Gordon vorbei. Alex' Augen glänzten im reflektierten Licht. Im Fahrerhaus herrschte Stille. Die Reifen summten auf dem Straßenbelag, der schwere Dieselmotor sang sein dumpf röhrendes Lied.

»Kümmere dich um deine eigenen Angelegenheiten, Gordon.« Alex wandte sich zur Seite, drückte das Kissen zurecht und bettete sich so, daß er den anderen den Rücken zukehrte. Nach einer Weile beugte sich Gordon zu ihr und flüsterte: »Ich irrte mich. In diesem Fahrerhaus ist es genauso beengt wie in der Station draußen.«

Sherrine nagte an der Unterlippe. Die Interstate war ein bleiches Band unter dem aufsteigenden Mond. Ein einziger Wagen auf den Gegenfahrbahnen war die einzige Bewegung außer den im Wind schwankenden Ästen der Bäume. Lachen war nicht angebracht.

Arteria starrte den Ratsherrn an. Die Militärpolizisten der Luftwaffe standen wartend im Hintergrund, die

Waffen in den Armbeugen. Der Hofstaat des Ratsherrn beobachtete die Besucher mit mißtrauischer Wachsamkeit und ließ die Hände von seinem bunt zusammengewürfelten Sortiment von Jagdgewehren und Bogen. Bogen! Draußen unterbrach das tschop-tschop-tschop von Hubschrauber-Rotorblättern die Stille. »Nun?« Arteria ließ eine Spur von Ungeduld und Drohung in die Frage einfließen.

Der Ratsherr blickte von den Fotografien auf, die sie ihm vorgelegt hatte. Er befeuchtete sich die Lippen und sah sich nach seinen Aufsehern um, die seinem Blick auswichen.

»Ja, sicher.« Strauss hob den Kopf und schob das Kinn vor. »Sie waren hier. Und?«

»Es freut mich, das von Ihnen zu hören, Mr. Strauss. Es bestätigt, was wir von den Lastwagenfahrern und Ihren eigenen Ladearbeitern gehört haben.« Die Farmer in Millville waren so verschwiegen gewesen, daß sie sich schon dadurch verdächtig gemacht hatten. Und der Lieferwagen, den die Leute von Kilbourntown beschlagnahmt hatten … Leutnant Billings hatte festgestellt, daß er unter der neuen Lackierung braun war. Motoren- und Fahrgestellnummer hatten mit denen eines Lieferwagens im Besitz von Robert K. Needleton aus Minneapolis übereingestimmt, eines Dozenten für materialistische Wissenschaft an der Universität von Minnesota. Mit Typhus krankgemeldet. Aufenthalt unbekannt.

»Nun, wohin sind sie von hier aus gegangen?« Gott, dachte sie, dieses Barbarennest hätte längst ausgehoben werden sollen. Warum sind die Leute nicht nach Süden evakuiert worden. Wenn die Regierung wüßte, wie weit die Anarchie schon um sich gegriffen hat …

Arteria betrachtete die Männer und Frauen, die den Thron des Ratsherrn umstanden, spürte die Furcht und war froh, daß es nicht ihre Aufgabe war, sie nach

Süden zu evakuieren und für ihre Unterbringung zu sorgen. Vielleicht taten sie gut daran, dazubleiben und zu kämpfen. Wie Scithers und seine Pioniere in Fargo Gap.

Der Ratsherr zupfte an seinem Bart und überlegte, ob er versuchen sollte, sich einen Vorteil zu verschaffen, aber Arterias Gesicht nahm ihm die Entscheidung ab. »Sie gingen nach Westen«, sagte er. »Sie entkamen aus der Entlausungsstation, stahlen ein paar Pferde und ritten westwärts. Wegen der Typhusgefahr verzichteten wir auf die Verfolgung.«

Nach Westen ergab keinen Sinn... Aber Typhus schon eher. Wenn Needleton bei ihnen war ... »Sind Sie sicher?«

»Gewiß. Sie können unten in Yngvis Entlausungsstation nachfragen, wenn Sie wollen.«

Arteria nickte mit halb geschlossenen Lidern. »Sie haben recht. Vielleicht sollte ich dort fragen.« Sie wandte sich zum Gehen, und die Militärpolizisten folgten ihr, noch nicht völlig entspannt, ohne der Versammlung ganz den Rücken zu kehren.

»He!« Die Stimme des Ratsherrn hielt sie zurück, und Arteria wandte sich mit hochgezogenen Brauen um.

»Sie sind von der Regierung, nicht wahr?« Der Ratsherr hatte seinen Thronsessel verlassen, und die arrogante Geringschätzung war aus seinen Zügen gewichen. »Wann wird die Regierung Maßnahmen einleiten, uns zu unterstützen und unsere Lage zu erleichtern? In den Außenbezirken haben wir Leute, die an Unterkühlung und Nahrungsmangel zugrunde gehen!«

Arteria wußte nicht gleich, was sie darauf sagen sollte. Er glaubte immer noch an Hilfsmaßnahmen der Regierung. Was konnte sie ihm sagen? Daß die Regierung zu beschäftigt war, Umweltverschmutzer und

Atomwissenschaftler und weltliche Humanisten zu verfolgen? Und Leute, die ohne Erlaubnis Holz einschlugen. Daß die Regierung sich keine Hilfsmaßnahmen mehr leisten konnte und auch nicht wüßte, wie sie diese organisieren sollte?

Sie nickte kurz. »Ich werde den zuständigen Stellen sagen, wie die Dinge stehen. Überall entlang der Eisgrenze sieht es schlecht aus.«

Der Ratsherr fuhr sich mit einer Hand über die Stirn. »Ja, verständlich.« Er sah sich nach seinen Kumpanen um. »Ich denke mir, daß es andernorts noch viel schlechter aussieht. Sonst hätten wir schon Hilfe bekommen.«

Arteria wich seinem Blick aus. Der Mann war ein schlauer Partei- und Kommunalpolitiker. Er ließ sich nichts vormachen. Es war eine Neuauflage der *Titanic*. Es gab nicht genug Rettungsboote für alle.

Draußen im Hubschrauber nahm Arteria über Bordfunk Verbindung mit Redden auf. »Ihre Meldungen scheinen richtig zu sein, Sir ... Das stimmt. Wir haben den Lieferwagen gefunden und können sowohl Needleton als auch die Hartley bestätigen. Dazu vier weitere Männer, drei weiße und einen farbigen, anscheinend Inder.« Zwei von ihnen waren mager und schlecht zu Fuß. Die Sache wurde interessant. »Es gibt hier einen Anhaltspunkt, dem ich nachgehen möchte. Nein, Sir, ich brauche keine zusätzlichen Kräfte. Ich werde das allein übernehmen.«

Arteria schaltete aus und gab das Mikrofon dem Piloten zurück. Dieser, ein Unteroffizier, sah besorgt aus. »Halten Sie das für weise, Hauptmann? Sie könnten ein paar von den Leuten schicken, oder wenigstens zwei oder drei von ihnen mitnehmen.«

»Nein, Unteroffizier, das ist etwas, was ich persönlich machen muß.«

»Aber Sie werden außer Reichweite sein. Sollten Sie nicht ...?«

»Fragen Sie mich nicht, das ich vorhabe, Unteroffizier.« Arteria blickte nach links und rechts, dann fügte sie mit gedämpfter Stimme hinzu: »Es ist eine verrückte Idee, und wenn sich herausstellt, daß ich damit auf dem Holzweg bin ...«

Der Unteroffizier lächelte, nickte. »Ich verstehe. Dann wird niemand es erfahren.«

»Ganz recht. Außerdem werde ich innerhalb der Reichweite meines Funkgeräts bleiben. Wir müssen bloß Sorge tragen, daß die Schnelle Einsatzgruppe sich bereithält, auf mein Signal hin jederzeit zu starten. Sagen Sie Leutnant Billings, ich möchte in fünfzehn Minuten eine Einsatzbesprechung.«

Der Unteroffizier salutierte und trottete los. Arteria lächelte. Allein und in Zivil, das war die beste Methode. Nur mit den eigenen fünf Sinnen und gesundem Menschenverstand konnte sie den Anhaltspunkten am besten folgen, wohin sie auch führten, ohne lange Erklärungen und Diskussionen. Redden und der Stab des Sonderkommandos verlangten periodische Meldungen, aber das war kein Problem. Moorkith würde sich sorgen, daß er nicht den ganzen Rahm bekam; aber er sollte ruhig schwitzen. Wenn die anderen das Verdienst für sich beanspruchen wollten, als erste die Astronauten zu finden, würden sie es genauso machen müssen. Ihre Hintern aus den Sesseln heben und die Fernstraßen und Nebenstraßen und verdächtigen Häuser abklappern, vor allem die Szenetreffpunkte.

Und wer konnte diesen Fährten besser folgen als sie, die selbst einmal in die Szene hineingeschnuppert hatte?

Lee Arteria parkte vor Yngvis Entlausungsstation. Ihr Wagen war ein ziviles Einsatzfahrzeug der örtlichen

Polizei, schwarz und mit einer gewöhnlichen Zulassungsnummer aus Ohio. Wenn sie jemanden überrumpeln wollte, mußte sie wie eine Zivilistin aussehen. Sie ging zur Tür und hinein, ohne anzuklopfen.

»Fan sein ist ein Lebensstil«, sagte Arteria als Begrüßung.

Terri Whitehead sah sie erschrocken an. »Was?«

»Sie haben richtig gehört, und es trifft verdammt genau auf Sie zu, wenn auch nicht auf mich.«

»Ich weiß nicht …«

»Hören Sie, ich habe nicht viel Zeit«, sagte Arteria. »Yngvi ist eine Laus, und mit faulen Ausflüchten und Redensarten werden Sie mich nicht los.«

»Wer sind Sie?« fragte Terri grimmig. »Die einzigen Leute hier sind Sklaven des Ratsherrn und der Polizei. Und Sie?«

»Luftwaffe«, sagte Arteria. »Ich leite die Suche nach den Engeln.«

»Engeln?«

»Passen Sie auf, Whitehead: wenn ich Sie im Gefängnis haben wollte, wäre ich mit ein paar Leuten gekommen und hätte sie mitgenommen.« Lee zog eine Fotografie aus ihrer Jackentasche. »Sherrine Hartley und Bob Needleton. Sie waren hier. Zufällig rief Dr. Needleton in seiner Universität an und behauptete, er habe Typhus. Ich nehme an, er bekam diese Idee von Ihnen. Ideen sind ansteckend.«

»Ich …«

»Warum sollten Sie mir etwas verraten?« fragte Lee. »Nun, ich will es Ihnen sagen: ›Weil wir sie erwischen werden. Geben Sie sich darüber keinen Illusionen hin. Dieses Foto wird im ganzen Land verbreitet. Wenn *ich* sie finde, kann ich ihnen helfen. Und werde es tun.‹«

»Wie kann ich es wissen?« fragte Terri. Sie war den Tränen nahe.

»Sie können es nicht, aber sie wissen recht gut, daß niemand sonst auch nur einen stinkigen Furz für diese Leute übrig hat«, sagte Lee Arteria.

»Wer sind Sie?«

»Ach, verstehe«, sagte Lee. »Ich gebe Ihnen einen Tip: WackyCon in Waikiki. Lex Nakashimas Con. Sie waren in einer Arbeitsgruppe mit Will Waxman. Es ging um billige Supraleiter, glaube ich …«

»Mein Gott, das war vor fünfzehn Jahren!« sagte Terri. »Sie müssen dort gewesen sein, ja. Aber jetzt sind Sie bei der Polizei.«

»Luftwaffe«, sagte Lee. »Militärpolizei, nachrichtendienstliche Abteilung. Also, Dr. Whitehead: Sie sagen mir, wohin sie gegangen sind, oder …«

»Oder?«

»Oder ich gehe hinaus und suche auf eigene Faust weiter. Sie sind sicher, egal, was Sie tun. Aber Sie werden nicht wissen, wer die Gesuchten findet.«

»Was werden sie mit ihnen machen?«

Lee schüttelte den Kopf. »Ich will Ihnen nichts vormachen. Ich weiß es selbst nicht. Aber eins müssen Sie begreifen: daß ich sie immer finden kann. Ich kann hingehen und die Tremont-Villa auseinandernehmen. Jemand dort weiß Bescheid. Ersparen Sie Ihren Freunden eine Menge Ärger, Dr. Whitehead. Wohin sind sie gegangen?«

»Ich werde es Ihnen nicht sagen.«

Lee Arteria zuckte die Achseln. »Gut, aber damit bereiten Sie 3MJ eine Menge Ärger, und das Ergebnis wird in jedem Fall das gleiche sein. Der alte Knabe ist mir nicht unsympathisch, aber – wie auch immer, viel Glück.« Sie wandte sich zum Gehen.

»Warten Sie.«

»Ja?«

»Verdammt noch mal, lassen Sie die anderen in Ruhe. Chicago. Sie wollten nach Chicago, also brachten wir sie hin. Zum Museum für Wissenschaft und Industrie.«

»Museum. Gut, danke. Jetzt haben wir ein weiteres Problem. Sie werden sie warnen wollen. Ich fürchte, das kann ich nicht zulassen, also werden ein paar von meinen Einsatzkräften Ihnen den Rest des Tages Gesellschaft leisten. Sie sind nicht unter Arrest, solange Sie es nicht wollen, aber in den nächsten Stunden werden Sie nicht erreichbar sein und keine Anrufe tätigen können.«

Lee ging zu ihrem Wagen, blickte noch einmal zurück und lächelte.

17

Besser als ein Plan

Auszug aus dem elektronischen *Journal für surrealistische Hauswirtschaft*, herausgegeben von Adrienne Martine-Barnes:

Wenn Zitronensaft gut für Flecken ist, dann wird ein bißchen Gallium und Germanium für Stoff Wunder tun. Ich meine, wie viele Saltos kann ein Körper aushalten? PNP ist keine Abkürzung für einen Paketdienst, nicht wahr? Und vergessen Sie nicht Heavy metal-Musik. (Wer könnte es? Solch liebliche Melodien…)

Orange ist natürlich ein Stier. (Bœuf l'Orange!) Aber was ist mit dem Rest der Tierkreiszeichen? Welches ist Ihr Zeichen? Schließlich gibt es die Fische. Wie viele Fische schwimmen im Ozean der Nacht? Oder Sagittarius. Nein, ich weiß auch nicht genau, was das bedeutet. Aber es muß etwas bedeuten! Schließen Sie sich an Ihre kosmische Verbindung an und fühlen Sie die Vibrationen des Universums. Sicherlich werden Sie mit etwas Nützlichem belohnt. Sehen wir weiter… Wassermann ist offensichtlich, ein bißchen zu offensichtlich, fürchte ich. Was Zwillinge angeht, so sollte man lieber aufhören, herumzuklonen. Und der Widder hat bisher noch immer zum Lamm geführt, bis er überflüssig wurde, weil sie es auch klonen. Wirklich, ich würde nicht versuchen, Ihnen ein X für ein U vorzumachen.

Wir alle wissen, wie wichtig das Pferdetoto ist, also weiß ich, daß Sie Ihre Einsätze alle rechtzeitig einsenden werden.

Nun, der nächste Artikel über surrealistische Hauswirtschaft ist einer, den Sie alle gewünscht haben. Wie können Sie verhindern, daß Uhren auf den Armlehnen und Rücken Ihrer Sofas und Stühle schmelzen? Nun, es ist die Einfachheit selbst, vorausgesetzt natürlich, daß Sie nicht an Dali denken, wenn Sie einen Druck zuviel gemacht haben …

Ike Redden warf den Ausdruck ärgerlich auf den Tisch. »Verraten Sie mir, was es bedeutet?« sagte er zu Moorkith.

»Hauptmann Arteria scheint dieses Zeug zu verstehen«, sagte Moorkith.

»Sie ist mit einer Schnellen Einsatzgruppe unterwegs«, sagte Redden.

»Was? Wo?«

»Keine Ahnung«, sagte Redden. »Aber sie kann Resultate vorweisen.«

In der Eingangshalle des Museums für Wissenschaft und Angemessene Technik stand ein Fernsehgerät. Lee Arteria zeigte dem Direktor eben ihre Beglaubigungen, als der Nachrichtensprecher sagte: »Mehr über das Eisvolk, diesmal aus Winnipeg. Gerald Cornelius und Anthony Rogers wurden zu Fuß auf der Fernstraße nach Fargo gefunden. Beide litten unter Erfrierungen. Sie erzählten der Polizei, sie seien von einem Stamm nackter und beinahe nackter Wilder aus ihrem liegengebliebenen Lastwagen gerettet worden.«

Lee fühlte den Boden unter ihren Füßen wanken. War es möglich, daß die Gesuchten dahintersteckten? Hatten sie die Engel wieder in einem Mikrowellenstrahl aus den Vereinigten Staaten über das Eis nach Kanada gebracht, um sie warm zu halten, während sie, südwärts irregeführt, einem Phantom nachjagte? Das hatte die Whitehead schlau angefangen.

Die Meldung wurde angereichert durch die Aussage eines der Betroffenen, eines schwarzbärtigen jungen Mannes von nicht allzu vertrauenerweckendem Aussehen. Er sagte: »Sie waren wunderschön. Dünn, beinahe haarlos, und ihre Haut war blaßblau. Einige der Männer boten uns ihre Frauen an. Vielleicht waren sie eine Weiterentwicklung von Eskimos, oder vielleicht hatten sie von denen bloß ihre Sitten und Gebräuche übernommen. Ihre Haut fühlte sich kalt an. Ich meine, man muß sich den örtlichen Gegebenheiten anpassen, gewiß, aber wenn ich es alles noch mal tun müßte ...«

Bruce Hyde! Arteria stockte der Atem. Hyde und der fette Mike Glider, die Unzertrennlichen. Dort also gingen sie hin, nachdem sie versucht hatten, in Sherrine Hartleys Haus zu kommen, und beinahe erwischt worden wären. Über das Eis.

Zum Teufel mit ihnen und ihren dummen Geschichten! Lee Arteria hatte es auf größeres Wild abgesehen.

Sie sah sich in der leeren Halle um. »Milkheim Fettarme Milch«, sagte sie und notierte es. »Sind Sie ganz sicher?«

Der Wartungsmechaniker nickte energisch. »Jawohl, Madam, das war auf die Tanks gemalt. ›Milkheim‹. Das ist deutsch. Nun, was Mr. Cole ist, er hatte den Tanklastzügen Namen gegeben. Einer davon war Larry, an den anderen erinnere ich mich nicht, aber als es noch drei waren, hieß einer von ihnen Moe, das weiß ich noch. Er legte großen Wert auf diese Lastzüge. Sorgte immer dafür, daß sie gut in Schuß blieben, gab mir Geld, daß ich sie fahrbereit hielt, aber er ließ sie immer hier stehen.«

»Erzählen Sie mir von Cole«, sagte Arteria.

Er beäugte sie mißtrauisch. »Aus welchem Grund fragen Sie nach Mr. Cole?« wollte er wissen. »Er ist ein netter Herr. Hat einen kleinen Mann im Ohr, ja,

Madam, manche Leute hielten ihn für verrückt, aber er ist ein netter Mensch, überhaupt kein Problem, solange keine Unbefugten an seinen Tanklastzügen herumfingerten. Oder an seiner Rakete.«

Lee Arteria lächelte. »Wir wollen Mr. Cole bloß helfen. Dr. Cole, genau genommen. Er war einmal ziemlich berühmt, wußten Sie das. Er hat eine Pension von der Nationalen Wissenschaftsstiftung bekommen, aber mit den Papieren stimmte etwas nicht.«

Joe Jefferson nickte mißmutig. Das war das Problem mit dem Papierkram. Immer fehlte etwas, oder etwas stimmte nicht.

»Ich brauche nur seine Unterschrift, dann kann er seine Pension kassieren«, sagte Lee Arteria. »Es ist nicht sehr viel Geld, aber er wird es brauchen können. Ist er da?«

»Nein, Madam, jedenfalls habe ich ihn nicht gesehen. Er pflegte in dieser Rakete zu schlafen, aber vor ein paar Tagen kamen mehrere Leute hierher und fuhren mit den Tanklastzügen weg, und nahmen noch anderes Zeug mit, das Mr. Cole gehörte, und seitdem habe ich ihn nicht gesehen.«

»Mehrere Leute?« sagte Arteria und lächelte. »Erzählen Sie mir von denen.«

»›Milkheim Fettarme Milch‹. Zwei große Peterbilt-Tanklastzüge«, sagte Arteria. »Passen Sie auf, Billings, es ist etwas weit hergeholt, und wenn es nicht klappt, sehen wir wie Idioten aus. Ich kann es mir nicht leisten, wie ein Idiotin auszusehen, und Sie auch nicht. Also möchte ich eine vertrauliche Bitte an die Staatspolizei richten, daß sie alle Tanklastzüge meldet, auf denen Milkheim steht, und Standort und Fahrtrichtung angibt. Alles an meine Faxnummer. Beobachten und melden, aber sie nicht anhalten. Fragen Sie aber nicht Wisconsin oder Minnesota oder die Dacotas.

Richtig, Billings, genau richtig. Es heißt, daß sie Ihr Ersuchen um Amtshilfe nacheinander an die anderen Staaten schicken, beginnend mit den im Süden und Westen angrenzenden. Es tut mir leid, aber Sie sehen, wie es ist. Es kann sein, daß es nichts weiter auf sich hat, aber wenn meine Vermutung stimmt, sind für uns beide Beförderungen fällig. Richtig. Danke.«

Fang lenkte den Tanklastzug durch die Kreuzung und auf die Interstate 25 nach Süden. Vor ihm glitzerte die Stadtsilhouette von Denver: hohe, kastenförmige Glastürme, zum Teil in seltsamen Winkeln abgeschrägt. Fang kniff die Augen zusammen und versuchte sich vorzustellen, sie seien gigantische Auswüchse von Quarzkristallen inmitten der Hochebene. Weißer Quarz, schwarzer Quarz, glasklarer, undurchsichtiger, rauchiger Quarz. Hervorbringungen von Außerirdischen.

Angenommen, jemand entdeckte Denvers außerirdischen Ursprung, und seine Erbauer waren noch da! Getarnt als Immobilienspekulanten. Das war gut. Wer war in einer besseren Position, eine kristalline Stadt ›emporwachsen‹ zu lassen als ihre Bauunternehmer? Und wer war, wenn man es recht bedachte, außerirdischer? Welche Zwecke verbargen sich hinter ihren unheimlich geformten Konstruktionen?

Nun, die Außerirdischen waren Metaphern für sinnlose, außer Kontrolle geratene Bautätigkeit. Das machte die Geschichte literarisch. Also merkten die Außerirdischen, daß sie entdeckt waren. Was tun sie?

Sie fangen unsere Helden und stecken sie in die Saftpresse. Klischee Nummer eins, Jahrgang 1950.

Sie fangen unsere Helden und nehmen sie mit zu einer Rundreise durch das Universum und laden sie ein, der galaktischen Konföderation beizutreten. Klischee Nummer zwei, Jahrgang 1980.

Egal welche Art von Außerirdischen man hatte, Hollywood hatte sie alle schon durchgespielt.

Nein, Moment. Da war *People Like Us* von Nancy Kress. Bei ihr waren die Außerirdischen weder wohlwollend noch böswillig. Sie taten, was sie taten, aus ihren eigenen Gründen. Wie die Europäer, die nach Amerika kamen. Die Spanier kamen um Gold zu erbeuten; die Inkas waren bloß im Wege. Die Zerstörung der eingeborenen Hochkulturen Amerikas und ihrer Gesellschaftssysteme war einfach ein Nebenprodukt davon, daß Europäer aus europäischen Gründen nach europäischen Gesichtspunkten handelten.

Guter Titel: ›Nebenwirkungen.‹

Er war so vertieft in sein Sinnieren, daß er das rote Blinklicht hinter ihm mehrere Sekunden zu spät sah. Ah, Scheiße! Aber er war nicht zu schnell gefahren. Behutsam lenkte er den schweren Sattelzug auf die Standspur und hielt an.

Der Streifenbeamte der Staatspolizei von Colorado kam auf der Fahrerseite nach vorn und lächelte zu ihm herauf. »Tut mir leid, Sie anzuhalten, aber ich bemerkte, daß eines ihrer Bremslichter ausgefallen ist. Das mittlere auf der linken Seite.«

»Oh, Mist. Danke, Sir. Ich werde es in der nächsten Fernfahrerstation richten lassen.«

»Ja, das sollten Sie. Gut, wollte Ihnen das nur sagen.« Der Beamte wandte sich ab, dann kehrte er noch einmal um. »Sie fahren allein? Wo haben Sie zuletzt geschlafen?«

»Nur zehn Stunden, Sir. Wirklich.«

»Na gut. In Colorado nehmen wir es damit genau.« Er wanderte zurück zu seinem Streifenwagen.

Fang stieß die angehaltene Luft aus. Tatsächlich fühlte er sich schläfrig. Und es gab keinen Grund zur Eile, da er erst am nächsten Nachmittag in Albuquerque sein sollte. Er konnte das Bremslicht in Ordnung bringen lassen und ein paar Stunden schlafen. Nach gleichmäßiger Beschleunigung hielt er die Geschwindigkeit knapp unter der erlaubten Grenze, und nach einer Weile überholte ihn der Streifenwagen und fuhr weiter voraus, überließ ihn seinen Gedanken.

Genauso war es mit den Außerirdischen, die Denver und all die anderen seltsam fremdartigen Glaskasten-Innenstädte gebaut hatten. Sie taten, was sie taten, aus ihren eigenen Gründen. Nur menschliche Egozentrik würde auf den Gedanken kommen, daß sie kamen, die Menschheit zu besiegen oder ihr zu helfen.

Also entdecken unsere Helden die Außerirdischen, und die Außerirdischen tun nichts. Sie bemühen sich nicht einmal, die Hauptdarsteller zu fangen und ihnen zu sagen ... Nein, Moment. Der Leser muß wissen, was vorgeht, also muß jemand erklären. Es sei denn, er schickte die Geschichte an Ted Bistrop bei *Fantasy & SF* ... In den Geschichten, die er veröffentlichte, wurde nie etwas erklärt.

Das Faxgerät war ins Armaturenbrett des Wagens eingebaut. Es erschreckte Arteria mit seinem winselnden Geräusch.

> PETERBILD TANKLASTZUG MIT AUFSCHRIFT MILKHEIM FETTARME MILCH AUF I 25 BEI DENVER IN SÜDLICHER RICHTUNG. FAHRER ALTER FURZ MIT BART. VERKEHRSPOLIZEI VON COLORADO STELLTE GERINGEN SICHERHEITSMANGEL FEST. KEIN STRAFMANDAT AUSGEGEBEN.
>
> BILLINGS

Denver. Was, zum Teufel, wollten sie mit einem Tanklastzug voll Treibstoff in Denver? Was immer es war, sie hatte eine lange Autofahrt vor sich, wenn sie am Ball bleiben wollte.

Ihr Koffer war bereits im Kofferraum, Telefon und Fax an das drahtlose Mobilfunksystem angeschlossen, so daß sie niemandem sagen mußte, wohin sie fuhr. Sie entfaltete ihre Landkarten.

Nicht Denver. Colorado Springs? Das Raumfahrtkommando der Luftwaffe war dort gewesen, als es noch existiert hatte. Es war der Grund gewesen, daß Arteria zur Luftwaffe gegangen war. Vor fünfzehn, noch vor zehn Jahren konnte man sich einreden, daß die Vereinigten Staaten sich vielleicht wieder in der Raumfahrt engagieren und aufhören würden, vor dem Eis zurückzuweichen.

Jetzt nicht mehr. Jetzt …

Der Ratsherr von Milwaukee hatte sie mehr aus der Fassung gebracht, als sie sich selbst eingestehen mochte. Jetzt war es vorbei mit den Träumen von der Raumfahrt. Jetzt machte sie Jagd auf Gesetzesbrecher und subversive Elemente.

Es war eine Arbeit, die ihr meistens gefiel. Sie war gut darin, gut in der Aufklärungsarbeit, und sie schätzte die Macht, die sie als Agentin des Nachrichtendienstes der Luftwaffe ausüben konnte.

Nicht Denver! Weiter westlich, Edwards! Es kam als eine plötzliche Erleuchtung, und danach brauchte sie mehrere Minuten, um logisch nachzuvollziehen, was ihr Unterbewußtsein übersprungen hatte. Was tat man mit Engeln, die auf der Erde gestrandet waren? Man schickte sie zurück zum Himmel. Wie? Mit Dr. Coles alter Titan, aber damit war nichts mehr anzufangen. Was würde sich eignen? Was war übrig?

Übrig war der einzige einsatzfähige Raumtransporter in den Vereinigten Staaten. *Phoenix*, der im Luftwaffenstützpunkt Edwards eine halbvergessene Existenz führte.

Morgen in der Wüste.

Alex sah die Sonne über Bobs Schulter aufgehen und dem neben der Fernstraße träge dahinziehenden Washita River dunstige Nebelschwaden entlocken, die sich über den öden, staubigen Boden mit den spärlichen Beständen von Kiefern und Borstengras ausbreitete. Das blasse Morgenlicht ließ die graugrünen und graubraunen Töne in einer verfremdeten Perspektive von Nebel, Gras und sandiger Erde ineinanderfließen.

»Wie finden Sie das?« fragte Bob. »Ein ziemlich trauriger Anblick, nicht?«

Alex schüttelte den Kopf. »Ich hatte mich gerade an das Grün gewöhnt.«

»Oh, dieser Teil Oklahomas war immer grün, wie mir gesagt wurde. Richtige Wüste bekommt man erst in Westtexas zu sehen. Aber jetzt gibt es keinen Regen mehr, und in ein paar Jahren werden Sie in dieser Gegend keinen grünen Flecken mehr finden.«

Alex warf einen Blick auf die schlafenden Gestalt seines Gefährten. »Ich sollte Gordon wecken. Er könnte ein Gedicht darüber schreiben.«

Es mußte etwas in seiner Stimme gewesen sein, denn Bob warf ihm einen forschenden Blick zu. »Sie haben etwas gegen Dichtung?«

Alex schüttelte den Kopf. »Das tut nichts zur Sache.«

Bob sagte nichts. Um die Stille auszufüllen, fuhr Alex schließlich fort: »Gordon ist unverantwortlich.« Er warf ihm einen Blick zu, um sich zu vergewissern, daß er schlief. »Er schreibt gern Gedichte, wenn er etwas anderes tun sollte.«

»Gedichte? Worüber?«

Alex runzelte die Stirn. »Liebesgedichte, hauptsächlich. Als er letztes Mal eine Inspiration hatte, verloren wir beinahe eine ganze Kiste Tomaten. Also bekam er eine Bewährungsstrafe und wurde mir für den Tauchflug zugeteilt.« Er rieb sich mit einer Hand das Gesicht.

Bartstoppeln von zwei Tagen kratzten seine Handfläche. Seine Haut fühlte sich ölig, schmutzig an. Er hoffte, daß es bis zum nächsten sicheren Haus nicht mehr weit sei. Vielleicht sollte er seinen Bart wachsen lassen, wie es hier üblich war. Glattrasierte Männer waren anscheinend eine Rarität.

»Sehen Sie, Bob, ich habe bisher nicht davon gesprochen, weil … nun ja. Aber die einzigen Leute, die für Tauchflüge herangezogen werden, sind die entbehrlichen, wie Gordon.«

»Und Sie?«

»Ja, auch ich. Nichts ist unnützer als der Held von gestern. Ich tauge nicht mehr für Außenarbeiten. Ich kann nicht einmal im Kommandomodul arbeiten, weil ich jedesmal das Zittern kriege, wenn – ach, zum Teufel, ich will Ihr Mitleid nicht. Wahrscheinlich ist es ganz gut, daß ich hier unten festsitze.«

»Seien Sie dessen nicht zu sicher. Daß Sie hier festsitzen.«

»Nein, mißverstehen Sie mich nicht. Ich möchte zurück, das ist keine Frage. Es hat nichts mit Abenteuer oder Ruhm zu tun. Es ist einfach Heimweh. *Freedom* ist meine Heimat, dort habe ich meine Freunde und Verwandten, die ich vermisse. Aber ich rechne nicht damit, daß etwas daraus wird. Und in diesem Fall bin ich zuversichtlich, daß ich mir hier unten eine Existenz aufbauen kann.«

»Verstehe. Aber tun Sie *Phoenix* nicht von vornherein als ein Hirngespinst ab.«

»Das tue ich nicht. Aber für einen erfolgreichen Start braucht es mehr als einen Transporter stehlen und starten. Ich weiß, wieviel damit zusammenhängt. Vielleicht hat dieser Hudson nicht alle ROMs. Vielleicht fehlt es mit dem IMU. Und achtundachtzigtausend Liter flüssiger Wasserstoff?«

»Sie brauchen …«

»Und vierundvierzigtausend Liter LOX? So etwas kann nicht unbemerkt bleiben.«

Bob zuckte die Achseln. »Sie möchten, daß ich Ihnen sage, es sei alles ausgearbeitet und vorbereitet, und wir hätten einen genauen Plan. Das haben wir nicht. Aber wir haben, was besser ist als ein Plan.«

Alex fragte ihn nicht, was das sei.

Das Faxgerät winselte wieder. REDDEN ÜBER MILKHEIM-TRANSPORT UND MELDUNGEN IM BILDE. BITTE RUFEN SIE MICH BALDMÖGLICHST AUF SICHERER LEITUNG AN. BILLINGS.

Ah, Mist! Sie hielt Ausschau nach einer Telefonzelle.

»Billings? Arteria.«

»Ja, Hauptmann. Ich weiß nicht, wie Redden darauf gekommen ist, aber er hat von Ihrer Anfrage an die Polizeidirektionen der Einzelstaaten erfahren. Alle Meldungen laufen jetzt bei ihm zusammen, aber das ist noch nicht alles. Er hat in Albuquerque eine Falle vorbereitet.«

»Was für eine Falle?«

»Ich weiß es nicht, Hauptmann. Hat etwas mit der dortigen Szene und einer Kirche zu tun, aber er wollte mir keine Einzelheiten geben.«

»Die Fans in Albuquerque haben eine Kirche? Und er läßt sich alle Meldungen über die Tanklastzüge vorlegen?«

»So ist es, Hauptmann.«

Arteria überlegte. »In Ordnung. Widerrufen sie möglichst unauffällig und ohne Aufhebens unser Ersuchen um Informationen über den Aufenthalt dieser Lastzüge. Tun Sie es in einer Weise, die den Anschein erweckt, daß es uns peinlich ist, die Aktion gestartet zu haben. Und dann sehen Sie zu, was Sie über diese Kirche herausbringen können. Ich bin nicht mehr weit von Santa Fe entfernt und werde nach Albuquerque weiterfahren. Fragen Sie herum und geben Sie mir einen Hinweis. Aber lassen Sie niemanden wissen, daß ich hier draußen bin.«

»Nun ...«

»Ich glaube ziemlich sicher zu wissen, wohin sie die beiden Bruchpiloten bringen«, sagte Arteria. »Und wozu all diese seltsamen Einkäufe dienen sollen. Sie hatten recht, Billings. Es ist die Fangemeinde. Wenn wir unsere Karten richtig spielen, wird die Luftwaffe das ganze Verdienst einheimsen. Das heißt, Sie und ich.«

»Ja, ich verstehe, Hauptmann.« Sein Enthusiasmus schien etwas gedämpft.

»Wenn Sie alles das erledigt haben, nehmen Sie meinen Hubschrauber und unsere Schnelle Einsatzgruppe und fliegen Sie zum Luftwaffenstützpunkt George in der Mojavewüste. Offizielle Ermittlungen des Nachrichtendienstes.«

»Luftwaffenstützpunkt George. Der Ort ist wie die Rückseite des Mondes, Hauptmann.«

»Ich weiß.«

»In Ordnung, Hauptmann.«

»Sehr gut. Ich werde dort mit Ihnen zusammentreffen.«

Eine Kirche in Albuquerque. In New Mexico gab es eine starke Fangemeinde, auch eine Anzahl Schriftsteller. Aber eine Kirche? Mit etwas Glück würde Billings es herausbringen.

Lee Arteria fuhr unverdrossen weiter. Sie kam gerade durch Santa Fe, als das Faxgerät wieder zum Leben erwachte.

DIE UNIVERSALE BRUDERSCHAFT DES WEGES. FRÜHER KIRCHE DER SCIENTOLOGY-SEKTE. IM NORDOSTEN VON ALBUQUERQUE AM FUSS DER SANDI'ABERGE NAHE STRASSENBAHNHALTESTELLE. REDDEN UND MOORKITH UNTERWEGS.

MILKHEIM TANKLASTZUG IM AUSSENBEZIRK VON ALBUQUERQUE. FERNFAHRERRASTSTÄTTE. FAHRER SCHLÄFT. REDDEN WEISS NOCH NICHT DAVON.

Lee Arteria lächelte kaum merklich. Also konnte Redden auch vorausdenken. Es war ein guter Schachzug, in dieser Kirche eine Falle aufzubauen. Gut möglich, daß die Gesuchten auf der Fahrt nach Westen dort Station machen würden. Wenn sie von Redden und der Polizei von New Mexico gefangen wurden, würde die Luftwaffe leer ausgehen. Darum war es wichtig, daß sie die Tanklastzüge nach Edwards brachte. Einmal auf dem Gelände des Luftwaffenstützpunktes, gehörten sie ihr. Ganz allein ihr.

Was bedeutete, daß sie wegen dieser Falle etwas unternehmen mußte ...

Sherrine war beinahe müde genug, um Bob aus der Schlafkoje zu ziehen. Sie fuhr weiter, weil sie bereits in Albuquerque waren. Die Kirche konnte nicht weit sein. Eine Kirchenbank würde ein hartes Bett abgeben, aber ein langes, und darauf freute Sherrine sich. Und vermutlich auch die Engel.

Das Dröhnen des schweren Dieselmotors veränderte die Klangfarbe. Probleme? Etwas anderes? Obwohl ihre Ohren so abgestumpft waren wie der Verstand, erkannte sie dennoch das Geräusch, kurz bevor sechs Motorräder in ihrem Rückspiegel erschienen.

Sie hielt den Tanklastzug unbeirrt auf dem Kurs. Dieses Schiff auf Rädern mußte für einen Zweiradfahrer erschreckend sein.

Sie donnerten vorüber. Alle bis auf einen. Harry Czescu (warum hatte Harry sich einer Gruppe fremder Motorradfahrer angeschlossen?). Er winkte sie mit heftig rudernden Armbewegungen zum Straßenrand. Er schien mächtig aufgeregt.

Es gab keine Gelegenheit zum Parken. An einer Straßengabelung hielt sie sich rechts, nicht mehr in der Richtung zur Universalen Bruderschaft des Weges. Sie hielt weiter Ausschau nach einer Haltegelegenheit, aber Harry winkte sie vorwärts, ihm zu folgen.

»Wer ist wach?« rief Sherrine.

»Ich.«

»Alex, wecken Sie Bob auf. Schütteln Sie ihn, wenn er nicht reagiert.«

Harry fuhr voraus, und sie folgte. Auf die Interstate 40 und weiter nach Westen. Flagstaff war dreihundertvierzig Meilen entfernt. Sie würde viel früher auftanken müssen.

»Sherrine? Was ist los?«

»Harry hat uns wieder auf die I 40 gelenkt.«

Bob rieb sich die Augen. »Das würde er nicht leichtfertig tun. Was genau ist geschehen?«

Sie erklärte es ihm. Er sagte: »Wenn ich Harry richtig deute, hat er gesehen, daß etwas faul ist, und wahrscheinlich hat er recht. Er wird versuchen, die Sache in Ordnung zu bringen, aber in diesem Punkt traue ich ihm nicht. Also halt an, wenn du eine gute Gelegenheit siehst.«

Sie fuhr weiter, machte sich Gedanken über Fang und Larry. Beide Tanklastzüge mußten die Mojavewüste erreichen. Was ging Harry durch den Kopf? Einem Mann, dem man nicht trauen konnte, ein Bier zu kaufen …

Ein Parkplatz. Sie schaltete die Blinker ein und rollte langsam in die Einfahrt, ruhig, ohne Panik. Brachte das Ungetüm zum Stillstand.

Jetzt kam die Panik. Sherrine stieß die Tür auf und kletterte aus dem Fahrerhaus. Wo, zum Teufel, war Harry? Längst fort, wie es aussah. Nein, er kam zurück. Auch die Engel kamen heraus, glitten wie auf Gummibeinen die Sprossen und Tritte herunter auf den Boden, mißtrauten der Schwerkraft.

Harry hielt in der Staubwolke und vergrößerte sie noch. »Es ist eine Falle! Wir müssen weiter!«

»Was ist mit Fang? Und Jenny?«

»Ich ließ Jenny als Wache zurück, für den Fall, daß ich Sie verpassen würde. Ich muß zurück und sie mitnehmen. Fang war in der Fernfahrerraststätte und schlief sich aus, während er auf die Dunkelheit wartete. Mein Gott. Ich dachte schon, das Glück hätte mich verlassen. Nachdem ich die Kirche gesehen hatte, traf ich auf eine Gruppe von Motorradfahrern und fuhr mit ihr weiter. Sie brachte mich in Fangs Nähe. Ich gab ihm Bescheid, dann fuhr ich den Motorradfahrern nach.« Harry tätschelte den Tank seiner Maschine. »Brave Maschine. Ich weiß nicht, ob man mir folgte oder nicht. Aber jemand weiß, daß wir hier sind, und jemand anders muß... lieber Gott, wir müssen verschwinden!«

»Harry«, sagte Bob beruhigend. »Wir können niemandem davonfahren, der es auf uns abgesehen hat. Also sag uns, was du gesehen hast und über diese Falle weißt.«

Harry ließ den Kopf hängen, dann auch die Schultern. Er beugte sich nach hinten, um sein schmerzendes Kreuz zu entlasten. Dann richtete er sich wieder auf und rollte mit den Schultern. »Das ist besser. Ja. Die Kirche sah gut aus. Ich fuhr vorbei und dachte, ich sollte die Maschine in einiger Entfernung abstellen und zurückgehen, und da sah ich das Anschlagbrett vor der Kirche. Sah gerade genug, daß ich bei einem Imbißstand hielt und mit Jenny hinging, um den Text genauer zu lesen. Hier.« Er gab Bob einen Notizzettel. Die Worte waren in Großbuchstaben geschrieben, aber sie trugen Jennys Handschrift:

PREDIGT DES REVEREND NEHEMIA SCUDDER:
›WENN DIES SO WEITERGEHT‹.

»Ah … hm.«

»Was ist es?«

»Ein literarischer Hinweis«, sagte Bob. »Robert Heinlein, ›Wenn dies so weitergeht …‹ Darin verwandelt der Reverend Nehemia Scudder die Vereinigten Staaten in eine religiöse Diktatur … macht bei der Gelegenheit auch der Raumfahrt ein Ende. Also ist es eine deutliche Warnung.«

»Zu dumm, daß wir keine Verbindung mit dem Urheber der Warnung aufnehmen können«, sagte Harry. »Er könnte uns Genaueres sagen. Aber die Tanklastzüge kommen zuerst.«

»Ja. Also wieder an Bord. Sherrine schläft, ich fahre. Harry, du holst Jenny jetzt gleich, und dann brauchen wir die Dienste des Oregon Ghost. Wir brauchen eine Gelegenheit zum Auftanken, die nicht weiter als achtzig Meilen entfernt ist, und Zuflucht in Flagstaff.«

Die Instruktionen des Oregon Ghost führten sie zu einer Tankstelle und einem ordentlichen Chili-Lokal in Grants, New Mexico, fünfundsechzig Meilen westlich von Albuquerque. Stunden später wechselten sie von der I 40 auf die alte, vernachlässigte Fernstraße 66. Von Asphalt zu Schotter: die Straßen wurden schmaler und schwieriger zu befahren. Warum wurden sie in den riesigen Tanklastzügen hierher geführt?

Die Schlaglöcher waren so zahlreich und tief, daß Bob mit dem Lenkrad kämpfen mußte. Es war Nachmittag; er war seit dem frühen Morgen gefahren und schnaufte vor Müdigkeit und der dünnen Luft. Sherrine hatte nicht die Kraft in den Armen, um ihn abzulösen.

Voraus erschien ein Motel: lange, zweistöckige Gebäude mit überdachten Veranden. Ein kompakteres, zentrales Gebäude mußte die Verwaltung und den Empfang beherbergen. Ein paar Buchstaben der Neoninschrift waren dunkel. Es gab nicht viele Wagen. Das

Autokino nebenan war tot. Niemand hatte sich die Mühe gemacht, die Buchstaben auf dem Vordach auszuwechseln oder abzunehmen:

SCI FI RILLER
OCTO SSY

»Wahrscheinlich hat man eine neue Straße gebaut, worauf die Leute hier schließen mußten«, sagte Bob. Er fuhr jetzt sehr langsam, wie ein Affe über das Lenkrad gebeugt. »In Flagstaff tun sie das immer. Es ist der langsame Tod für ein Motel. Oder ein Autokino.« Er bog zwischen zwei Doppelsäulen in die Einfahrt.

Zwei Männer kamen zu ihnen herausgerannt, dann ein ganzes Dutzend oder mehr. Die ersten dirigierten den Lastzug. Bob murmelte vor sich hin, als er ihnen im Schrittempo zu einem der langen Gebäude folgte. Auf einer Schmalseite fehlte die ganze Wand. Die Leute dirigierten Curley durch die Öffnung in eine leere, zwei Stockwerke hohe Schale.

»Verrückt. Sieht so aus, als hätten sie es nie fertiggebaut.«

»Schmuggel«, sagte Sherrine. »Die Kunden blieben aus, und die Importzölle gingen hoch. Natürlich nur eine Vermutung. Fahr bis zum Ende durch. Hinter uns lassen sie etwas wie eine falsche Fassade herunter.«

Es war kein großer Komplex. Vier lange Gebäude umschlossen braunen Rasen und ein Schwimmbecken. Ihre Unterstützer hatten nur eines der Gebäude übernommen; sie hielten sich fern vom Verwaltungsgebäude mit dem Hotelrestaurant, dem Zeitungskiosk etc. Zimmer beherbergten Konferenzräume, eine Kunstausstellung und Büros.

Vier Leute, die eine Art Podiumsdiskussion veranstalteten, hielten inne, als die Prozession in Sicht kam, dann folgten sie ihrem Publikum über das niedrige Absperrgeländer.

»Willkommen zum Mikrocon!« Und die Fans umdrängten sie und schüttelten Hände. Alex hatte noch Zeit für einen Blick in Gordons staunend aufgesperrte Augen, bevor sie beide von den Fans auf die Schultern gehoben und davongetragen wurden.

»Nur der Verbindungsmann zum Hotel ist im Hotelrestaurant«, sagte einer. »Wir wollen nicht allzu sichtbar sein, müssen aber verfolgen, was vorgeht. So weit, so gut: bisher hat niemand nach euch gefragt.«

Die Räume im Obergeschoß waren sämtlich Schlafzimmer. Alle von gleicher Größe, doch konnten Zwischentüren geöffnet werden. Drei Zimmer der Konferenzsuite im Erdgeschoß dienten nicht nur als Versammlungsort; hier wurde auch gegessen.

Eine Punschbowle war mit einer rosa Flüssigkeit ungewisser Herkunft gefüllt. Mehrere Flaschen offenbar selbst gekelterten Weins standen auf Fenstersimsen. Tische waren an die Wände geschoben und mit Schüsseln mit Puffmais, Kartoffelchips, Pommes frites und Ketchup beladen, und am Boden stand ein Bottich mit Suppe. Alles deutete auf hastige Eile und Improvisation hin.

»Es tut mir leid, daß nicht mehr da ist«, entschuldigte sich Buck Coulson. »Die Zeiten sind hart. Alles wird knapp. Bitte achten Sie darauf, Ihr Glas griffbereit zu halten, damit Sie nicht zufällig ein fremdes benutzen.«

Die Zahl der Teilnehmer war schwierig zu ermitteln, weil der ›Con‹ so aufgelöst und ungeordnet war, aber Alex hatte nicht mehr als dreißig Leute gezählt.

Er lag zurückgelehnt in einem Sessel, hatte einen Schemel unter den Füßen und war glücklich, die Beine von sich strecken zu können. Es war ein herrliches Gefühl, nach Dutzenden von Stunden eingekeilt zwischen anderen im Fahrerhaus eines Lastzuges. Er lauschte mit halber Aufmerksamkeit den Gesprächen und beobachtete die Frauen.

Sherrine fragte einen jungen Mann, der sich als Tom Degler vorgestellt hatte: »Sie haben eigens für uns einen Con veranstaltet?«

»Wir brauchen dazu keinen guten Anlaß. Ein schlechter tut es genauso.« Deglers Gesicht war von hellrotem Haupt- und Barthaar wie von einem Strahlenkranz umgeben. Seine Beine, die zwischen Socken und knielangen Shorts zu sehen waren, zeigten starke Behaarung. Gute Anpassung an eine Eiszeit, dachte Alex.

»Schnelle Arbeit«, sagte Sherrine. »Alle Achtung.«

»Nun ja, aber Sie mußten Gelegenheit zum Ausruhen haben. Es ist eine weite Strecke quer durch Oklahoma und Westtexas. Seit sie S.B.O'Rafferty erwischten, gibt es auf dieser ganzen Strecke kein sicheres Haus.«

Ungefähr ein Drittel der Anwesenden waren Frauen. In Alex' Einschätzung alle stämmig oder dicklich, aber nicht übel aussehend. Ganz und gar nicht. Entweder das, oder es war so lange her, daß er den kritischen Blick verloren hatte.

»Sie haben O'Rafferty erwischt? Ach nein! Der alte Knabe war ein Meister im Versteckspiel.«

Degler zuckte die Achseln. »Sie haben ihn umerzogen, aber niemand kann den Unterschied feststellen. Er sah schon immer alles schief und kopfstehend. Aber natürlich wird er beobachtet, also halten wir uns von ihm fern.« Er schüttelte traurig den Kopf. »Wie auch immer, der Oregon Ghost teilte uns Ihre wahrscheinliche Ankunftszeit mit; also hatte ich gestern abend noch Zeit, ein paar Anrufe zu machen und eine Art Begrüßungsparty auf die Beine zu bringen.« Er blickte zufrieden im Raum der Konferenzsuite umher, einem Schlafzimmer, dessen Betten entfernt und durch ein paar Sessel ersetzt worden waren. Fans saßen auf dem

Teppich. »Dies ist alles, was vom Suncon und Bubonicon und den andern übriggeblieben ist. Mageres Ergebnis, wie?«

»Der Worldcon war nicht viel größer«, erwiderte Sherrine.

»Apropos Weltkonferenz«, sagte Barbara Dinsby, »haben Sie gehört, daß Tony Horowitz sich festnehmen ließ, um die Polizisten während Ihrer Flucht abzulenken?« Dinsby war eine hagere Frau mit langem, dunkelrotem Haar. Sie trug kein Make-up und lehnte sich vor zu ihrem Gesprächspartner, wenn sie redete. Alex betrachtete sie als die zweithübscheste Frau unter den Anwesenden. Nach Degler hatte sie schon mehrere Geschichten im Samisdat-Netzwerk veröffentlicht, von denen eine kritisches Lob eingetragen hatte.

Bob zog die Brauen hoch. »Horowitz?«

»Sicher. Wenn es ums Ganze geht, spielen wir alle auf derselben Seite.«

»Ist er auf freiem Fuß?« fragte Sherrine.

»Tremont kümmerte sich um alles. Und Tonys Buchverkäufe haben sich verdreifacht. Alle, die an das Netz angeschlossen sind, haben seine Manuskripte heruntergeladen; und die Hälfte der Profis interessiert sich für sein gemeinsames Weltprojekt.«

Sherrine reckte den Hals. »Nun, wen wollen Sie zu Ehrengästen machen?«

Tom Degler strahlte. »Sie, natürlich.«

»Was?«

»Klar. Oder gibt es hier jemanden, der würdiger ist als Sie?«

Alex grinste über Sherrines plötzliches Unbehagen. »Wehren Sie sich nicht«, sagte er. Und ernster fuhr er fort: »Sie haben es verdient.«

»Aber …«

Degler legte eine Hand auf Alex' dünne Schulter. »Gabe und Rafe sind natürlich die Profi-Ehrengäste.«

Alex sah ihn verdutzt an. »Augenblick ...«

»Was haben wir zu tun?« fragte Gordon.

»Nicht viel«, sagte Degler. »Mischen Sie sich unter die Besucher, reden Sie mit ihnen. Sie bekommen eine kostenfreie Mitgliedschaft für die Dauer des Cons ...«

»Spassivo.«

»... Und Sie werden als Ehrengäste später am Abend eine Rede halten müssen.«

Alex öffnete den Mund zum Widerspruch, brachte aber kein Wort über die Lippen.

»Hören Sie«, sagte Bob zu Degler, »die beiden sind keine Profis. Sie haben nie etwas mit der Szene zu tun gehabt.«

Degler lachte. »Sie leben, wovon andere nur schreiben. Das reicht.«

»Aber ich kann nicht einfach so eine Rede halten«, sagte Alex. »Nicht so schnell.« Nach der Rettung von *Mir* und *Freedom*, als sich herausgestellt hatte, daß die Starthilfsraketen die Umlaufbahnen wieder stabilisiert hatten, und Lonny ihn eingeladen hatte, aus seinem Krankenbett zu den versammelten Bewohnern der Habitats zu sprechen, war er unfähig gewesen, etwas Zusammenhängendes zu sagen. Lonny, verdammt sollte seine schwarze Seele sein, hatte das wahrscheinlich gewußt.

»Keine Bange«, sagte Degler. »Improvisieren Sie, während Sie sprechen. Sie sind Astronaut! Sie könnten sich auf die Kanzel stellen und aus dem Telefonbuch vorlesen und würden trotzdem Beifall bekommen.«

Und so war es. Als die Fans sich um seinen Sessel drängten, merkte Alex bald, daß alles, was er sagte, von seinen Zuhörern begierig aufgesogen wurde. Die kleinen ›Besenstiele‹, die sie zwischen den Stationen ritten? Faszinierend. Die Einzelheiten des Pflanzenbaus in Hydrokulturen? Ungemein interessant. Besonders die peinliche Aufmerksamkeit für Details, die diese Anbauform verlangte. Draußen beim Becken wurde gelacht und gesungen. Sherrine setzte sich auf die schmale Armlehne seines Sessels. »Bequem?«

»Sehr. Nur schweben ist besser.«

»Also lassen Sie uns schweben.«

Er blickte auf in ihr schelmisch-geheimnisvolles Lächeln. »Wenn Sie ein Mittel gegen die Schwerkraft haben, sind wir lange zu Ihrer Erheiterung herumgekrochen.«

Ein helles Lachen sprudelte aus ihr heraus. »Wissen Sie, Alex, es ist möglich, im Wasser zu schweben. Die Dinsby ist eben mit Gordon zum Thermalbecken hinausgegangen.«

»Wasser?«

»Ja, Wasser.«

»Ich vergesse immer wieder, wieviel Wasser es gibt. Wir sind über einen gefrorenen Fluß gewandert, ich habe den Mississippi gesehen, also weiß ich nicht, warum es mich immer wieder so überrascht.«

»Wenn Gordon und Barbara Dinsby draußen sind, werden bald viele andere draußen sein und ins Wasser steigen. Wenn Sie also schweben wollen ...«

»Führen Sie mich.«

Es wurde kühl. Jemand hatte einen Stapel Handtücher auf einen Liegestuhl gelegt. Das Schwimmbekken war seit langem leer, aber das Thermalbad blubberte und dampfte. Es war kreisrund, vielleicht vier Meter im Durchmesser und hatte um den Rand Einbuchtungen, in denen jeweils eine Person stehen konnte. Gordon und die rothaarige Frau waren bereits im Wasser, und in der Dunkelheit um das Becken zogen sich andere aus, um gleichfalls hineinzusteigen.

Sherrine begann ihre Kleider abzulegen. Wie eine Tänzerin, dachte Alex, oder eine Turnerin. Er setzte sich auf einen der Liegestühle, um Schuhe und Hosen auszuziehen. Nackte Gestalten glitten ins Wasser. Zwei hatten ihre Unterwäsche anbehalten.

»Die Regel«, sagte Sherrine, »ist folgende: Nach Dunkelwerden darf man ohne Kleidung ins Thermalbecken. Man kann aber auch voll oder teilweise bekleidet ins Becken steigen.«

Barbara Dinsby rieb Gordon den Rücken mit langsam kreisenden Bewegungen, während Gordon den Kopf über die Schulter drehte, um zu ihr zu sprechen. Thurlow Helvetian rieb Barbara den Rücken. Tom Degler ließ sich hinter ihm ins Wasser gleiten, und nach ihm kam eine kleinwüchsige Frau. Alle kratzten und rieben einander die Rücken im Kreis.

Sherrine, nackt und lieblich, glitt vor Gordon ins Wasser. Er hob die Hände und bewegte die Finger wie ein Pianist. Sherrine winkte Alex gebieterisch zum Becken, und er ließ sich vor ihr ins Wasser.

Überwältigt vom Gefühl des warmen, sprudelnden Wassers auf der Haut und der Leichtigkeit seines Körpers, hörte er Sherrines Stimme durch Dampf, Gelächter und das laute Blubbern des Wassers: »Kratzen oder massieren?«

Immer diese Entscheidungen.

Der Fliegende Händler war ein abgezehrt aussehender Mann mit einem widerspenstigen graumelierten Haarschopf; schon etwas älter, aber mit einem Zwinkern in den Augen. Er trug ein buntes, weites Hemd und stand hinter einem mit Bücherstapeln beladenen Tisch. Aus dem Schutz dieser Barriere behelligte er die Vorbeigehenden. Seine Verkäufe hielten sich in engen Grenzen. Die meisten seiner Kunden waren noch naß vom Thermalbad, und die Nachtkühle trieb sie herein.

»Hi«, sagte er unverdrossen, als Alex vorbeikam, »ich bin Thurlow Helvetian. Darf ich schamlos versuchen, Ihnen ein Buch zu verkaufen?«

»Sie können es versuchen«, sagte Alex und blieb vor

dem Tisch stehen. Er war angezogen und beinahe trocken und immer noch durchwärmt vom Aufenthalt im Wasser. »Bei Gordon würden Sie mehr Glück haben. Ich bin kein Leser. Aber Gordon ist noch im Thermalbad.«

Helvetian nickte und seufzte: »Das Geschäft geht schleppend.« Er räumte auf dem Tisch herum und hielt triumphierend einen Leinenband in die Höhe. »Hier. *Eine Nacht in der Stadt.* Das ist eine gute Probe meiner Arbeit. Alles Kurzgeschichten, also können Sie es in kleinen Portionen genießen.«

Alex betrachtete das Buch. Der Schutzumschlag trug ein Etikett: Garantiert elfenfrei! »Was ist es? Fantasy?«

»Vernünftiger Realismus«, versicherte ihm Helvetian. »Das heißt, alles hat Hand und Fuß, die Einzelheiten stimmen und alles hängt logisch zusammen.«

»Meine Mutter sagte einmal ...« Alex wandte sich um und sah, daß Gordon hinter ihm herangekommen war. Er befand sich in Begleitung von fünf Frauen, darunter Barbara und Sherrine. »Meine Mutter sagte immer, das Geheimnis des Realismus bestehe darin, den Daumen so gut zu beschreiben, daß der Leser schwört, er habe die ganze Hand gesehen.«

Helvetian nickte. »Das ist richtig. Die Geschichte muß in sich schlüssig und realistisch sein, oder man verliert den Leser.«

»Auch in einer phantastischen Geschichte?« fragte Alex.

»Besonders darin«, erwiderte Helvetian.

Gordon nickte energisch. »Ja, genau. Wer eine phantastische Geschichte liest, mag an einen Drachen glauben, oder an einen Zeitreisenden, aber ein zeitreisender Drache verlangt zuviel vom Leser. H. G. Wells beging diesen Fehler nur einmal ...«

»Still jetzt, Gordon«, befahl Barbara. »Es ist Zeit für Ihre Rede.«

Gordon öffnete und schloß den Mund, wandte sich halb zur Seite, um sich in Sicherheit zu bringen.

»Sie sind Alex, nicht wahr? Sie sind der nächste. Oder wenn Gordon den Mund nicht aufkriegt, sind Sie der erste. Machen Sie es untereinander aus. Thurlow, Sie werden doch nicht die Ansprachen der Ehrengäste versäumen, oder?«

»Ich bin nie zu den Programmveranstaltungen gegangen…«

Die Engel sahen einander an. Keiner von beiden hatte etwas geplant. Keiner wollte den Anfang machen.

»Gemeinsam«, sagte Gordon.

»Die *Mir* war alt. Eine erprobte, bemannte Raumstation, mehr als die Vereinigten Staaten jemals hatten, aber alt«, sagte Gordon. »Wir hatten einen Transporter oben, als alles zum Stillstand kam, aber er war nutzlos, nicht viel mehr als eine Rakete ohne Leitsystem. Wir machten ihn zu einem Teil des Habitats und schlachteten ihn aus, um Teile zu gewinnen. Es gab nicht viel auf dem Mond, aber wir konnten damit arbeiten, weil es außer dem Aufwand für Gewinnung und Transport nichts kostete.«

»Und Sauerstoff. Im Mondgestein ist jede Menge Sauerstoff.«

Also hatten wir den Mondstützpunkt. Wir erweiterten ihn sogar ein wenig. Und in der Umlaufbahn die *Mir* und zwei Transporttanks, aus denen *Freedom* gemacht wurde. Dann einen defekten Raumtransporter und drei Stickstoffsammler.

Rasch war der Raum mit Stuhlreihen gefüllt, hinter denen noch Raum für Stehplätze war. Die Balkontüren wurden weit geöffnet. Diese dreißig Leute waren mehr als er an Bord von *Freedom* hätte versammeln können, ohne lebenswichtige Funktionen unüberwacht zu lassen. All diese ernst und andächtig blickenden Augen…

»Jeder der Stickstoffsammler unterscheidet sich von den anderen«, sagte Alex, »und keiner von ihnen könnte Fracht befördern, weil sie aus experimentellen Überschallflugzeugen hergestellt wurden. *Piranha* hätte ohne einen Zusatztank beim Start nicht einmal die Umlaufbahn erreicht. Und natürlich waren Zusatztanks nicht mehr zu bekommen.«

»Ein Stickstoffsammler besteht nur aus einer Pilotenkanzel für zwei, der Rest ist Treibstofftank und Triebwerke. So war es unmöglich, nach der Notlandung wieder zu starten und in die Umlaufbahn zurückzukehren.«

Gordon begann Gefallen an ihrem Vortrag zu finden. Niemand in den Habitats hatte ihn jemals so bestaunt. Er fuhr fort: »Ursprünglich konnte man sie nicht nutzbringend verwenden. Aber es gelang uns, alle drei zu Stickstoffsammlern umzubauen, daß sie in die obere Atmosphäre eintauchen und zurückkehren konnten, ohne allzuviel Antriebsenergie zu verlieren. Sie sind unsere einzige Quelle zur Stickstoffversorgung.«

All die ernsten Augen. Wo war diese Unterstützung, als der Raum wie ein unwillkommenes Geschenk aufgegeben wurde? Nur dreißig, obwohl sie in der Enge dieses Raums zahlreicher schienen. Aber jene, die sich in der Wüste versammelten, um die Landungen der Raumtransporter zu beobachten, zählten bis zu einer Million. Wo waren sie?

Sie liefen vor dem Eis davon.

»Die Pilotenkanzel des Stickstoffsammlers«, erzählte Gordon, »war ein Resonanzboden für Vibrationen weit unterhalb der Hörschwelle, als der Rumpf hoch über der nördlichen Atmosphäre einen tiefen Grabgesang anstimmte. Ich fühlte ihn in den Knochen …«

»Ich weiß nicht, wo meine Tasse geblieben ist«, sagte Alex.

»In früheren Zeiten«, erwiderte Sherrine, »hätte es Plastiktassen gegeben.«

»Nicht biologisch abbaubare Plastiktassen«, warf Degler ein.

»Unsinn«, sagte Sherrine. »Plastik kann wiederaufbereitet werden. Gemahlen und eingeschmolzen und wieder verarbeitet. Nur der Umstand, daß niemand sich die Mühe machte und das Zeug einfach weggeworfen wurde, verschaffte Plastik einen schlechten Ruf.«

»Nun, nicht ganz«, sagte Degler lächelnd. »Es gibt Bestimmungen des Umweltministeriums, die die Wiederaufbereitung bestimmter Kunststoffe verbieten. Zum Beispiel war das von Schnellimbißketten verwendete Styropor chemisch aufzubereiten; aber das wurde nicht erlaubt, weil das Material mit Lebensmitteln in Berührung gekommen war, von deren verdorbenen Resten Bakterien in die poröse Struktur eindringen könnten.«

»Ja, und daraufhin wurde das Zeug durch beschichtete Pappe ersetzt, die auch biologisch nicht abbaubar war und nicht wiederaufbereitet werden konnte. Das Gesetz hatte also keinerlei Einfluß auf die Umwelt und erreichte keine Verringerung des Müllaufkommens ... Warum lachen Sie, Tom?«

»Ich überlege gerade, ob es absichtlich geschah.«

»Wieso absichtlich?«

Alex bemerkte, daß sich mehrere Zuhörer eingefunden und um sie versammelt hatten. Er sah Bob Needleton und Barbara Dinsby, und den Fliegenden Händler, Thurlow Helvetian. Gordon fiel mehr durch seine Magerkeit als durch seine Größe auf, aber es ließ sich nicht leugnen, dachte Alex, sie hoben sich durch ihre extrem leptosome Erscheinung deutlich von den anderen ab. Gordon hatte seit St. Louis seinen Bart wachsen lassen, aber er war noch nicht der Rede wert. Dünn und flaumig wie bei einem Halbwüchsigen. Sherrine hatte ihn einen Beatnikbart genannt, was immer das bedeutete.

Degler blickte in die Runde. Alle neigten sich unwillkürlich zu ihm, um besser zu hören, was er sagte. »Ich meinte, es könnte absichtlich geschehen sein. Es gab in Kalifornien eine Firma, die von anderen Unternehmen chemische Abfälle kaufte, sie aufspaltete und verarbeitete und die Endprodukte als Ausgangsmaterial verkaufte. Wiederaufbereitung im geschlossenen Kreislauf. Die staatliche Umweltbehörde schloß den Betrieb.«

»Weshalb?« fragte Alex.

Tom Degler beäugte erst ihn, dann blickte er wieder verschwörerhaft in die Runde. »Weil die Bestimmungen der Umweltbehörde verlangen, daß Chemieabfälle in Zweihundertliterfässern entsorgt und eingelagert werden müssen.«

»Das ist natürlich Unsinn«, meinte Gordon. »Wenn wir das täten, würden wir in den Habitats bald sterben. Können es uns nicht leisten, Abfälle wegzuwerfen. Sie sind zu wertvoll.«

Wenn es den Grünen ernst war mit der Wiederaufbereitung und Müllvermeidung, überlegte Alex, sollten sie mit den Stationen Verbindung aufnehmen. Wer wußte mehr über das Thema als die Leute in den Habitats. Es war nicht bloß ihre Lebensqualität, es bedeutete ihr Leben selbst.

»Genau«, sagte Degler. »Warum also schaden so viele Umweltschutzbestimmungen im Endeffekt der Umwelt? Darum frage ich mich, ob es nicht absichtlich geschieht.«

»Ausgeschlossen«, sagte jemand in der Menge. »Mit welcher Absicht?«

»Ja, wer hätte einen Vorteil davon?«

»Die Babbage-Gesellschaft?«

»Nein, die Grünen. Für die Grünen würde es Arbeitsplatzsicherung bedeuten«, sagte ein anderer.

»Wieso Arbeitsplatzsicherung? Sie haben versprochen, gründlich aufzuräumen.«

»Nein, das haben sie nicht«, sagte Tom Degler. »Sie haben versprochen, Gesetze und Bestimmungen einzuführen, deren Zweck es ist, andere zum Aufräumen zu zwingen.«

»Richtig. Das ist ein Unterschied. Die Bestimmungen verlangen nur Aktionen, nicht Resultate.«

»Ich habe eine Frage«, sagte ein älterer Zuhörer. »Warum wurden die Grünen in den 90er Jahren so populär, *nachdem* die schlimmste Umweltverschmutzung bereits eingedämmt war? Niemand unter euch erinnert sich der alten Tage, als jede Großstadt von Kohlenrauch und ungefilterten Industrieabgasen eingehüllt war und der Cuyahoga River Feuer fing.«

Alex kam endlich darauf, warum Degler die ganze Zeit lächelte. Er sah komische Bilder vor seinem inneren Auge. »Das ist Ihr Steckenpferd, nicht wahr?«

Degler grinste ihn an. »Was ist mein Steckenpferd?«

»Aufs Geratewohl Ideen in die Welt zu setzen und zusehen, wie die Leute damit spielen.«

»Nein, das ist mein Beruf. Kristallisationskeime in eine übersättigte Lösung zu werfen. Mein Steckenpferd ist die Klempnerei.«

Buck Coulson, der Vorsitzende, trug eine Torte mit Schokoladenguß von der Größe eines Kanaldeckels auf. Er präsentierte sie Degler als zweitem Vorsitzenden, der sich bei ihrem Anblick eine Träne aus dem Auge wischte. »Ich bin gerührt, Leute. Ich bin wahrhaft gerührt.«

»Zum Teufel, Tom«, sagte Coulson, »das wissen wir seit Jahren.«

»In Ordnung«, sagte Buck und rieb sich die Hände. Dann zog er einen Zettel aus der Tasche und machte eine Notiz. »Das sind drei Verwendungszwecke.«

Alex blickte hilfesuchend umher. Er sah Sherrine mit einem Glas in der Hand und winkte ihr. Sie kicherte und kam ein wenig schwankend zu ihm. »Was meinte der Mann mit drei Verwendungszwecken?« Er mußte den Kopf zu ihr recken, um sich im Stimmengewirr der Party Gehör zu verschaffen. Im Gedränge der Umstehenden wurde Sherrine an ihn gedrückt, was ihm nicht unwillkommen war.

»Mmh«, sagte sie und suchte Halt, indem sie einen Arm um seine Schultern legte. »Entschuldigen Sie. Tut mir leid.«

»Mir nicht.«

»Möchten Sie einen Schluck?« Sie hielt ihm ihr Glas hin.

»Nein danke. Ich hatte schon ein Glas von dem Zeug. Es riß mir fast die Hirnschale vom Kopf. Was ist in dem Zeug?«

»Ach, ich weiß nicht. Niemand weiß es. Es ist ein streng gehütetes Geheimnis, das keinem bekannt ist.« Sie kicherte wieder.

»Sie sind betrunken!«

Sie drückte den Zeigefinger an die Lippen. »Pst. Vielleicht merkt es niemand.« Sie trank ihr Glas leer, dann zeigte sie auf den Kuchen. »Kanaldeckel mit Schokoladenüberzug sind, *ist* die einzige Idee Tom Deglers, aus der nie was geworden ist. Was können Sie über Kanaldeckel mit Schokoladenguß sagen?«

Alex lächelte. »Nicht viel.«

»Ein Kuchen für Tom Degler, das ist der dritte Verwendungszweck. Eine Nahrungsquelle war der erste.«

»Was war der zweite?«

»Eine Einkommensquelle für Zahnärzte.«

Es ging gegen ein Uhr früh. Nur noch eine Handvoll Unentwegter lümmelte sich im Videoraum herum. Sherrine saß im Schneidersitz bei der Tür und unterhielt sich mit Dinsby. Die anderen waren gegangen. Einige schliefen am Boden. Buck Coulsons Langeweile hatte einen Grad erreicht, der ihn zur Fernbedienung greifen ließ. Er lag mit dem Kopf auf der Sofalehne, hatte die Beine von sich gestreckt und schaltete von einem Kanal zum anderen. Tom Degler schnarchte neben ihm.

Alex hing im Sessel. Der Kopf brummte ihm, und er ließ seine Gedanken mit dem Fernsehprogramm treiben. Leider blieb Buck Coulson nicht lange genug auf einem Kanal, daß irgend etwas einen Sinn ergeben konnte. Wenn nach fünf Gläsern dieses unsäglichen Fusels überhaupt etwas einen Sinne ergeben konnte.

»Zur Schmerzlinderung bei Hämorrhoiden hilft zuverlässig …« / »… der Präsident der Vereinigten Staaten …« / »… Ich könnte mir nichts Aufregenderes vorstellen …« / »… die Steigerung des Gebäudewertes bei jedem Abschnitt der Fertigstellung …« / »… versäumen Sie nicht die Aktion …« / »… mit Barbie …« / »… Aber wenn Lance uns entdeckt, Liebling …« / »… kommt als nächstes …« / »… Sherrine Hartley …« / »… Los, schieben wir sie ab …« / »… für Kapitän Spaulding, den Afrikaforscher …«

»Augenblick!« sagte Alex, plötzlich hellwach. »Zurück! Ein paar Kanäle zurück!«

Nach zweimaligem Schalten zierten Fotos von Bob und Sherrine den Bildschirm. »… der ersten Reihe derer, die in Verdacht stehen, den flüchtigen Ausländern Unterschlupf zu gewähren. Hartley ist eine Computernärrin, ihr Freund Needleton Universitätsdozent auf dem Gebiet materieller Wissenschaften. Needletons Lieferwagen wurde als Fluchtfahrzeug verwendet und in Milwaukee aufgefunden …«

»Was soll das?« knurrte Coulson. »Schluß, aus, Ende!«

»Still!«

»... Personen sieht, sollte die Staatspolizei benachrichtigen. Hauptmann Lee Arteria vom Nachrichtendienst der US-Luftwaffe koordiniert im Auftrag des Sonderkommandos die Suchaktion.« Eine Außenaufnahme zeigte einen energisch aussehenden Offizier in Uniform. »Wir verfolgen jeden Hinweis«, sagte Arteria zu dem Fernsehreporter. »Es gibt mehrere vielversprechende Anhaltspunkte ...«

Alex riß Coulson die Fernbedienung aus der Hand und drückte auf die Knöpfe, bis der Bildschirm erlosch.

»Der Hintergrund«, sagte Bob, ohne den Blick vom Bildschirm zu wenden. »Das war das Museum für Wissenschaft und Industrie in Chicago.«

Coulson runzelte die Stirn. »Arteria kommt mir irgendwie bekannt vor. Wo und wann mag das gewesen sein?« Er schüttelte den Kopf. »Muß lange her sein.«

Hatte Sherrine die Sendung gesehen? Alex sah sich nach ihr um. Barbara Dinsby und Sherrine waren fort. Aber vor kurzem hatte er sie noch bei der Tür gesehen.

Er verließ den Videoraum und ging durch den Korridor. Ein Blick durch eine offene Tür zeigte Fans, die Betten machten und Schlafsäcke am Boden ausrollten. Die anderen Türen waren geschlossen. Der Con begab sich zur Ruhe.

Im Erdgeschoß fand er Barbara Dinsby in einem Kreis, der sich um Gordon gebildet hatte.

»... Silben, Akzente oder Versfüße«, erläuterte Gordon. »Aber im Englischen sind die Hebungen und Betonungen zu stark für silbenzählende Dichtung, und deshalb wirkt ein Haiku im Englischen nicht. Akzentuierende Dichtung ist die eigentlich englische Struktur, wie im Beowulf, der vier Takte pro Zeile hat, mit einer Pause in der Mitte. Genauso ist es mit dem Limerick. Aber die Akzentstruktur kann zu bloßer ›gebrochener Prosa‹ degenerieren, wie etwa die sogenannten freien Verse. Es war Chaucer, der den Versfuß erfand, in den sich Akzent und Silbe verbinden – Ja, Alex, was gibt es?«

Alex legte eine Hand auf den nächsten Tisch, um sich zu stützen. »Ich suche Sherrine. Hast du sie gesehen?«

»Sie war vorhin mit mir zusammen«, sagte Dinsby. »Ich kam dann hierher zum mitternächtlichen Podiumsgespräch über Dichtung. Vor ein paar Minuten sah ich sie im Korridor. Ich glaube, sie ging hinaus.« Sie zeigte zur Seitentür.

Die Nachtluft draußen war wie ein Messer in seiner Lunge, und die Sterne standen am Himmel wie Diamanten auf Samt. Er atmete dampfend aus. Nicht so kalt, wie es oben im Norden gewesen war, aber trotzdem… Der Mond stand tief im Westen und warf einen matten, perligen Schein über das Land. Einer der Schatten bewegte sich ein wenig, und Alex hielt darauf zu.

Sie saß zusammengekauert mit angezogenen Knien und hatte die Arme um die Beine gelegt. Alex hockte neben ihr nieder. Sie sah ihn an, sah wieder weg und zog den Ärmel unter ihrer Nase durch.

»Sie sollten während einer Eiszeit nicht weinen«, sagte er. »Ihre Augen werden noch zufrieren.«

»Lieber wäre es mir, sie würden offen gefrieren. Dann sehe ich wenigstens, ob jemand hinter mir her ist.«

»Dann haben Sie die Nachrichtensendung gesehen?«

Sie sagte nichts, aber Alex sah sie nicken. »Ich werde als gesuchte Person keine gute Figur abgeben. Wenn sie Fang oder den Verrückten Eddie im Fernsehen zeigen und alle Bürger auffordern würden, sie zu melden, würden die beiden noch eine Party schmeißen.«

»Sie denken, man könne sie nicht erwischen. Sie vertrauen auf ihren eigenen Scharfsinn.«

»Dann wird es mir schlecht ergehen. Meine Instinkte taugen nicht viel.«

»Ihre Instinkte sind die besten.«

»Ach was, ich bin betrunken und deprimiert, und mir ist kalt.«

Alex glaubte nicht, daß er den beiden ersten Beschwerden abhelfen konnte. Er legte ihr den Arm um die Schultern. »Möchten Sie wieder hineingehen? Dort ist es wärmer.«

Sie schüttelte den Kopf. »Nein. Es ist schon gut.« Sie schmiegte sich an ihn. »Wer hätte gedacht, daß es hier im Süden so kalt werden kann?«

Alex zeigte mit der linken Hand zum Himmel. »Keine Wolken. Der Wüstenboden strahlt seine Wärme rascher ab, weil die isolierende Vegetationsschicht fehlt. Ich wette, man könnte auf die Weise Eis machen.«

»Kann man.«

»Ah.«

»Wie der Mond aussieht!« sagte sie. Er war dreiviertel voll und berührte gerade den Horizont, gelblich und durch die Luft wie aufgebläht. »Wunderschön, nicht wahr?«

»Ja, aber nicht so schön wie die Erde von draußen.«

»Sind Sie schon mal dort gewesen? Auf dem Mond?«

Alex schüttelte den Kopf. Es konnte auch nichts mehr daraus werden. Der kleine Alex kann nicht hinaus und spielen, weil er Nasenbluten bekommen könnte. Er hatte nicht einmal mehr einen Schutzanzug.

»Ich wäre gern hin. Es war schon immer mein Wunsch. Schon in meiner Schulzeit träumte ich davon, eines Tages zum Mond zu reisen…« Sie wandte den Kopf und legte ihn an seine Schulter, und er festigte seinen Griff um ihren Oberarm. »Ich werde Sie hinbringen«, versprach er. »Eines Tages werde ich Sie entführen und zum Mond bringen.«

»Ach, Alex.« Sie legte ihm die Arme um den Hals und küßte ihn. Es war ein weicher, langer Kuß, und Alex reagierte auf das Versprechen. Er wandte sich zu ihr und umfing sie mit beiden Armen und küßte sie wieder. »Alex, liebe mich.«

»Was, hier? Jetzt? Es ist zu kalt.«

Sie legte den Kopf wieder an seine Schulter. »Du willst nicht?«

»Ich … doch, verdammt. Ja, ich will. Aber …«

»Dann vergiß das Werbungsritual und deine ewige Schicklichkeit. Du bist jetzt im Märchenland. Alle Habitatgesetze sind aufgehoben.«

»Außer der Kälte!«

Sie zog ihn an sich und ließ die Hände über seinen Körper gleiten. Der Mond ging unter, und die Wüstennacht war schwarz wie der Tod. Der Spiralarm der Galaxis zog sich wie eine Girlande über den Himmel. Sie fummelten unter ihren Kleidern und erforschten einander, nie ganz entblößt gegen die Nachtkälte, und wurden mit der Anstrengung warm genug. Alex entdeckte, daß man, wenn man sich konzentrierte und etwas dringend genug wünschte, alles bewerkstelligen konnte. Nichts davon war geplant, aber es war besser als ein Plan.

18

Die LASFS

Steve Mews und George Long radelten im Dämmerlicht durch das heruntergekommene Viertel. Long blickte umher und schüttelte immer wieder den Kopf. »Mann, gegen dies hier sieht Harlem wie ein Villenvorort aus!«

Mews grinste. »Ja, aber es ist nicht so schlimm, wie es aussieht. Hier leben hauptsächlich Latinos und Schwarze, deshalb läßt sich die Polizei in diesem Viertel nicht blicken. Außerdem sind wir die gemeinsten Scheißkerle im ganzen Tal.«

George Long war ein hünenhafter Mann, der durch eine lange Gesichtsnarbe einen gefährlichen Eindruck machte. Steve hatte seit Jahren versucht, ihn für sein Dojo zu gewinnen, aber Long sagte immer: »Was willst du, ich bin Krankenpfleger! Manchmal frage ich mich, was ein gebrechlicher alter geriatrischer Patient denkt, wenn er oder sie sieht, wie ich mich mit einer Bettpfanne oder einer riesengroßen Spritze über sie oder ihn beuge. Wenn du mich dazu noch für dieses Schwarzgürtelzeug trainierst, werden sie mich schon verhaften, weil ich atme.«

Das Haus war eine riesige Villa mit sechs Schlafzimmern, erbaut in den 1920er Jahren während der ersten großen Blütezeit Hollywoods. Seit damals hatte es nicht einmal einen neuen Anstrich bekommen und stand jetzt grau, schäbig und heruntergekommen da. Die Häuser zu beiden Seiten waren noch mehr verwahrlost, wenn auch nicht ganz verlassen. Ihre Bewohner waren Leute, die keine Miete zahlten und sich um nichts kümmerten. Ihnen war alles gleichgültig. Mews führte Long um das Haus zu der Garage im Hinterhof. Dort standen weitere Fahrräder. Eine vom Kabel hängende Glühbirne verbreitete schwaches Licht.

»Große Sache«, sagte Long. »Ich wußte, daß die Fans von Los Angeles ein Clubhaus haben, aber das hier ist wirklich was!«

»He, he. Du hast noch nicht mal die Hälfte gesehen.« Steve machte eine ausgreifende Handbewegung. »Hier sollte eine Ausfallstraße durchgezogen werden. Die Grünen verhinderten es, aber das ganze Viertel war bereits zum Abriß verurteilt. Niemand bekommt hier eine Baugenehmigung, auch keine Abrißgenehmigung. Es ist alles ziemlich dumm, aber gut für LASFS. Glen Bailey wußte es zuerst, weil er ein Grüner ist.«

Long schrak ein bißchen zurück. »Ihr habt einen zahmen Grünen?«

»Glen ist nicht zahm. Aber er ist einer von uns und hat uns dieses Haus besorgt. Sie zahlen uns sogar ein Hausmeistergehalt, damit wir die Penner und Junkies draußen halten!« Er grinste. »Natürlich zahlen sie nicht die Los Angeles Science Fantasy Society. Sie zahlen die Los Angeles Safety First Society. Auf den Schecks steht trotzdem LASFS.«

»Ihr seid ein eingetragener Verein?«

»Nein, sie haben uns die Gemeinnützigkeit aberkannt. Aber das tut uns nicht weh, weil wir ohnedies kaum Spenden bekommen.«

Im großen Haus brannten mehr Lampen. Steve führte seinen Begleiter zur Hintertür zu einem rückwärtigen Eingang und klopfte. Nach ein paar Augenblicken ging eine Lampe über der Tür an, und es wurde geöffnet. »Hallo, Steve«, sagte eine dicke ältere Frau.

»Hallo, June. Das ist George Long.«

»Ich kenne George«, sagte sie. »Sind Sie nicht aus Neuengland?«

Long nickte. »In Neuengland wird es kalt. Ich ziehe hierher.«

»Ich traf ihn im Zug von Chicago«, sagte Steve.

June öffnete die Tür und führte sie in eine Küche. Zehn oder zwölf Leute standen herum und redeten. Die meisten kannten George Long nicht, aber June besorgte die Vorstellungen. »Ist Merlin schon da?« fragte Steve.

»Oben.«

Die Treppe hatte ein prunkvolles Holzgeländer, reich verziert und gedrechselt, in der Diele gab es Mahagonitäfelung und die Decken waren stuckiert. Aber die Dekken waren rissig und grau von Staub und Alter, Teile des Stucks herabgefallen, die Mahagonitäfelung zerkratzt und beschmiert, und das Treppengeländer lükkenhaft und wackelig. Hier und dort hatte jemand halbherzige Renovierungsversuche unternommen, aber wieder aufgegeben.

Das Zimmer im Obergeschoß war zugesperrt. Steve klopfte und wartete. Endlich wurde die Tür von einem hochgewachsenen Mann mit strähnigem grauen Haar und schlechten Zähnen geöffnet. Er blieb in der Türöffnung stehen. »Steve.«

»Ich muß on-line gehen.«

Merlin Null, Vorsitzender des Organisationskomitees der LASFS, musterte Mews stirnrunzelnd. »Die Regeln sind, Sie sagen es mir, und ich mache es, wenn ich denke, daß es sicher ist.«

»Merlin, hier geht es um die Engel vom Himmel.«

Null dachte darüber nach. »Muß nachprüfen.« Er kam in den Korridor heraus, sperrte die Tür sorgsam hinter sich zu und ging voraus zu einem anderen Zimmer.

C.C. Miller, aus Gründen, an die sich niemand erinnerte, oft Cissy genannt, war der Vorsitzende der LASFS. Er saß an einem Tisch im alten Anrichtezimmer des Butlers und stellte eine Liste zusammen. Miller war ein breiter, fettleibiger Mann, grauhaarig wie die meisten Vereinsmitglieder. Seine Frau Ginny sah halb so alt aus wie er.

»Steve möchte, daß wir ihn an den Computer lassen«, sagte Null.

Miller nickte wissend. »Ist schon gut. Wenn Sie fertig sind, Steve, haben wir ein Päckchen für Sie.«

»Päckchen?«

»Von Curtis«, sagte Miller. »Ich nehme an, er will, daß Sie es irgendwo abliefern.«

»Verstehe. Bin gleich zurück.« Im abgeschlossenen Computerraum saßen drei Leute um einen Tisch und spielten Poker. Karten waren ausgegeben, und vor den Spielern lagen Pokerchips. Niemanden kümmerte es, ob andere sich mit illegalem Glücksspiel die Zeit vertrieben, aber es bot eine Erklärung für die zugesperrte Tür.

Null schloß wieder ab, dann öffnete er einen Schrank. Darin waren weitere Pokerchips und Karten. Null langte daran vorbei und öffnete die Rückwand des Schranks, hinter der eine Computerkonsole verborgen war. Null zog sie heraus. »Gut, was?«

»FAPANET«, sagte Steve. »Ich brauche Zugang.«

Null bearbeitete die Tasten. Man hörte die Töne eines angewählten Modems, dann war der Anschluß hergestellt. Null trat zurück. »Sie können anfangen.«

Steve tippte vorsichtig: »Man nennt mich Bruce.«

(Hallo, Bruce. Geben Sie Ihr Losungswort ein.)

»Ich bin neu in der Stadt.«

(Willkommen, Bruce. Ruhe, Alter. Still, sage ich! Sei ein guter Kobold und laß mich reden. Bruce, Pins sagt, Sie freuen sich darauf, morgen mittag die größten Hamburger im Universum zu bekommen. Also morgen. Schatzsuche ist gut verlaufen. Zeit für einen Besuch beim Alten vom Berge.)

»Verstanden. Ende.« Steve trat von der Konsole zurück. »War das alles?« fragte Null.

»Das war viel«, sagte Steve. »Nun muß ich noch einmal mit C.C. sprechen. Ich werde Hilfe brauchen. Angefangen mit einem Wagen und jemandem, der ihn fährt.«

Die Fahrt von Los Angeles zur Mojavewüste dauerte in C.C. Millers schwach motorisiertem Wagen annähernd drei Stunden. Die Interstate 5, die wichtigste nordsüdlich verlaufende Verkehrsader Kaliforniens, wurde noch unterhalten, aber als sie in das Antelope Valley abbogen und nach Palmdale fuhren, wurde der Verfall der Infrastruktur offensichtlich.

Sie überquerten die San Andreas-Verwerfung. »Bisher hatten wir Glück«, sagte Miller. »Seit Jahren erwarten wir den großen Erdstoß ...«

»Ich hörte, daß die Eisdecke ihn mit Sicherheit auslösen würde«, sagte Steve. »Das wäre dann das endgültige Aus für diese Strecke.«

Palmdale war halb verlassen. Sie fuhren an abgestorbenen Fichtenpflanzungen und Weingärten vorbei. »In diesem Fall muß ich den Grünen recht geben«, sagte Steve. »Fernwasser über Hunderte von Kilometern herzuleiten, um in der Wüste Weihnachtsbäume und Wein anzubauen, hat nie einen Sinn gehabt.«

»Es könnte sich vielleicht lohnen, wenn man genug Elektrizität hätte, um die Pflanzungen mit Wasser aus einer Entsalzungsanlage zu bewässern«, sagte C.C. Miller.

»Niemals«, widersprach Steve. »Das Wasser wäre viel zu teuer.«

Sie fuhren durch Mojave, vorbei an den verblaßten Hinweistafeln, die *Phoenix* und *Voyager* ankündigten. Jetzt war Mojave wieder die verschlafene Kleinstadt, die es einst gewesen war. Sie bogen nach Osten. Ein

Hinweisschild verriet ihnen, daß es noch fünfundzwanzig Meilen zum Luftwaffenmuseum Thunder Ridge waren.

In früheren Zeiten hatte es am Nordeingang zum Luftwaffenstützpunkt Edwards einen Zaun und einen Wachtposten gegeben, aber das Wachhaus war mit Brettern vernagelt und der Zaun war von Steppenläufern umgedrückt worden, die sich, vom Wind getrieben, daran angehäuft hatten. Es waren jedoch Spuren von Instandhaltungsarbeiten zu sehen. Die Teerstraße, die von der Fernstraße 58 zur Thunder Ridge hinaufführte, hatte Schlaglöcher, aber Steve fand sie nicht viel schlechter als die 58 selbst, und dort gab es noch Verkehr, wenn man einen Lastwagen alle fünf Minuten Verkehr nennen konnte. Der Ausblick über die Mojavewüste im Norden war spektakulär, ebenso wie das ausgetrocknete Bett des Rogers Lake im Westen. Wo einst die Space Shuttles landeten. Eine Million Menschen kampierte draußen auf der Wüste, um die Landung des ersten Shuttles zu beobachten …

Das Museum stand auf einem Höhenzug: mehrere häßliche Betonklötze, ein Blockhaus, ein betonierter Hubschrauberlandeplatz und große zylindrische Lagertanks. Die Wachbaracke am Haupttor zur Einrichtung war leer, aber das Tor stand offen. Sie fuhren vor das größte Gebäude, das sich aus der Nähe als riesig erwies. Die meisten, aber nicht alle Fenster waren vernagelt, und in einem Büro brannte Licht.

Gary Hudson war ein ausgemergelter, ergrauender Mann in einem gelbbraunen Hemd und einem breitkrempigen Hut. Er gemahnte ein wenig an die alten Filme von Indiana Jones, wenn er ohne Ochsenziemer und Pistole war. Er kam aus dem Büro und beobachtete, wie C. C. und Steve aus dem Wagen stiegen.

»Das Museum ist nur freitags und samstags geöffnet«, sagte er. »Tut mir leid, es ist eine lange Fahrt, vielleicht kann ich Ihnen trotzdem ein bißchen was zeigen.« Er hob den Arm zu einem großen Wellblechgebäude. »Der Vogel ist in diesem Hangar.«

»Danke«, sagte Steve. »Wir würden ihn sehr gern sehen.«

Hudson führte sie schweigend hinüber. Der Wind pfiff von der Mojavewüste herüber, heulte um die Betonklötze und klapperte mit dem Wellblech des Hangars. Sie betraten ihn durch die kleine, in das enorme Tor eingelassene Personaltür. Drinnen war es beinahe so laut wie draußen, aber es war eine Erleichterung, im Windschutz zu sein.

Die weite, hohe Halle lag im Halbdunkel. Hudson ließ ihnen eine kleine Weile Zeit, bis ihre Augen sich angepaßt hatten. Das Dach war fünfundzwanzig oder dreißig Meter über ihnen, gehalten von einem Gitterwerk aus Trägern und Verstrebungen, das unnötig kompliziert aussah, um ein Blechdach zu tragen.

Phoenix stand in der Mitte der Halle. Er sah wie ein gigantischer Zuckerhut aus, zwanzig Meter hoch, mit breiter, etwas gerundeter Basis, deren Durchmesser annähernd die Hälfte der Höhe erreichte. Er stand allein, ohne umgebendes Gerüst.

Hudson legte einen Schalter um, und Reihen von Scheinwerfern leuchteten auf. Der Bug des *Phoenix* war abgerundet. Halbmetergroße Löcher umgaben die Basis: nicht ein großer Raketenmotor besorgte den Antrieb, sondern ein Dutzend kleine. Hoch oben war eine kleine Tür. Die Außenhaut war staubig und schmutzig und hätte längst abgewaschen werden müssen, doch schien der Rumpf weder entzweigeschnitten noch beschädigt zu sein. Das seltsame Ungetüm hatte sogar Fenster.

Steve starrte hinauf. Hinter ihm sagte C.C. zu Hudson: »Ihr großer Fehler war, übersehen zu haben, daß Raketen als Phallussymbole angesehen werden.«

Hudson nickte. »Die Form ist nicht richtig. Zu kurz. Das Seitenleitwerk einer Boeing 747 war höher als der *Phoenix.*«

»Nun ja, das Shuttle war in dieser Hinsicht nicht besser ...«

Normalerweise hätte Steve sich am Gespräch beteiligt, doch brachte er irgendwie nicht den Mut dazu auf. Ein Gerüst war da; man hatte es in den Schatten gerollt, um den *Phoenix* besser zur Schau zu stellen. Wie die letzte Saturnrakete, die horizontal ausgestellt worden war, um den Touristen die Betrachtung zu erleichtern.

»Und auch die Saturn. Was soll ein Phallussymbol sein, wenn es nach dem Start in Teile zerlegt wird?«

»Ja, aber die Saturn erfüllte ihren Zweck, nicht wahr?«

Pause. »Ja. Nun, wie Sie sehen können, ist der *Phoenix* nicht gut instandgehalten worden«, sagte Hudson. »Er wird nie wieder fliegen.« Dann musterte er Steve. »Ihr Gesicht kommt mir bekannt vor. Waren Sie nicht vor ungefähr zwei Jahren mit einer Führung hier?«

Mews nickte. »Sie bekommen hier offenbar nicht viele Besucher.«

»Nicht viele Gurus«, sagte Hudson lächelnd. »Und Sie weinten damals.«

»Oh.«

»Kann ich Ihnen sonst noch etwas zeigen?«

»Ja, ich würde gern die Außenansicht sehen«, sagte Mews. Er ging voraus, als sie den Hangar verließen, an den Treibstofftanks und am Parkplatz vorbei.

Hudson folgte stirnrunzelnd, bis Steve eine leere Fläche erreicht hatte und stehenblieb. »Ist es sicher, hier zu sprechen?« fragte er.

Hudson nickte. »Überall sicher. Keine Wanzen, wenn es je welche gab. Alles verschlechtert sich, und ein toter Vogel interessiert sowieso niemanden. Er wird nie mehr fliegen. Worüber wollen Sie sprechen?«

Steve seufzte. »Er sieht allerdings tot aus, aber ich habe ein Päckchen für Sie. Wade Curtis läßt Ihnen ausrichten, daß es ein Doherty-Projekt ist.«

Gary Hudsons Gesicht schien zu erschlaffen. Er scheute ein wenig vor dem kleinen Päckchen zurück, das Mews aus seiner Jackentasche zog. »Doherty-Projekt.«

»Absolut.«

Hudson nahm das Päckchen und öffnete es. Darin war eine Halbliterflasche mit einer klaren Flüssigkeit. »Was soll das sein? Schwarzgebrannter Schnaps?«

»Seewasser«, sagte Steve. »Und wir haben die Versandadresse von einer Preßluftflasche genommen. Auf der Rückseite ist ein Gedicht. Sie muß mit einem Messer auf den Boden geheftet werden.«

Hudson starrte über die Wüste hinaus. »Ja. Gut, Sie sind echt. Wenigstens ist klar, daß Sie von Curtis kommen. Wie ein Geist, nach all diesen Jahren. Nun, worum geht es?«

»Die Engel sind gelandet. Sie haben davon gehört.«

»Sicher. Und?«

»Wir haben sie gerettet.«

»Wo? Wo sind sie?«

Mews zeigte nach Osten. »Ungefähr zehn Meilen in der Richtung. Der Imbißstand in Cramers Four Corners. Warten darauf, daß Sie sagen, die Luft ist rein. Sie haben zwei Tanklastzüge mit Treibstoff und die ROMs, die Cole für Sie in Verwahrung hatte.«

Gary Hudson starrte ihn an. »Aber… Sie meinen…?«

»Ich hoffe, Sie haben Ihre Sachen gepackt«, sagte Steve. »Es ist Zeit.«

Eine Stunde später kam das Motorrad herauf. Harry und Jenny stiegen ab und reckten und streckten sich eine Weile. »Hallo, Gary.«

»Hallo, Harry. Gut, ihr seid auch echt. Gibt es da draußen wirklich Engel?«

»Wenn die Chili-Hamburger sie nicht umgebracht haben«, sagte Harry. Er blickte umher. »Können wir hier ungestört arbeiten?«

»Bis Freitag«, sagte Gary. »Und dann kann ich das Tor schließen, wenn es einen triftigen Grund gibt.«

Harry hatte ein kleines Funkgerät von der Art, die früher paarweise als Kinderspielzeug verkauft worden waren. Er zog die Antenne heraus. »Gabriel, hier Vagabund. Alles klar.« Er lauschte einen Moment lang und grinste. »Gut. Nun, haben Sie ein Bier? Seit Tagen keins gehabt. Buchstäblich.«

Die Tanklastzüge arbeiteten sich langsam die Anhöhe herauf. Hudson beobachtete sie durch den Feldstecher. »Sie sehen voll aus«, sagte er.

»Sie sind voll«, sagte Harry. »Einer mit Dieselöl, der andere mit JP4. Genug, um LOX zu machen, und den Wasserstoff.«

»Für einen Vogel, der niemals fliegen wird«, sagte Hudson.

»Ach, Unsinn«, erwiderte Harry. »Oder haben Sie das so oft gesagt, daß Sie selbst daran glauben?«

»Harry ...«

Harry hob die dicken Schultern. »Gut, aber Sie erschrecken die Kinder. Sehen Sie sich Steve an. Er ist ganz blaß geworden.«

»Bin ich nicht.«

»Gebt diesem Mann einen Spiegel!«

»Harry, es gibt keinen Startplatz, nichts.«

»Klar«, sagte Harry. »Noch etwas, Gary, klären Sie die Engel gleich darüber auf. Als sie schließlich vor

Coles Titan standen, waren sie zur Selbstaufopferung bereit.«

Hudson schwitzte, und es lag nicht an der Hitze. »Genauso gut könnte ich ein Neonschild aufhängen.«

»Auffällig wird die Sache auf jeden Fall, nicht wahr?«

»Genau das habe ich seit mehr als fünfzehn Jahren zu vermeiden gesucht. Einige der Luftwaffentypen hängen gern Tagträumen nach, aber ein richtiger Start? Wenn sie sehen ...«

»Sie werden auffällig sein, das ist alles. Was können Sie tun, das nicht sofort auffällt? Treibstoffherstellung ist geräuschvoll. Ihre Lebensmittelrechnung wird in die Höhe gehen. Sie werden das Ungeheuer ins Freie rollen müssen.«

»Nein, das ist das einzige, was ich nicht tun muß. Lassen Sie die Leute kommen, Harry. Dann werden wir weitersehen.«

Mit vier Personen im Fahrerhaus ging es eng zu. Die Engel hatten nicht voneinander getrennt sein und Gordon hatte nicht ohne Barbara Dinsby reisen wollen. Neue Liebe, dachte Bob Needleton. Da war nichts zu machen. Natürlich bedeutete es, daß Sherrine mit Fang im anderen Lastzug fahren mußte.

Vielleicht war es ganz gut so. Man konnte deutlich sehen, daß zwischen Alex und Sherrine etwas vorging. Aber sie mußte auch zurückbleiben. Wenn dieser *Phoenix* funktionierte, wollte er auf jeden Fall an Bord sein. Er hatte sich einen Platz verdient. Schließlich hatte er zuerst an die Rettung gedacht und sie organisiert!

An der Abzweigung ins Gelände des Luftwaffenstützpunktes Edwards wartete Harry. Er winkte sie durch, dann überholte er beide Lastzüge, um ihnen die Richtung zu zeigen. Bob war froh, daß die Straße kurvenreich und voller Schlaglöcher war. Er begrüßte die Ablenkung.

Lee Arteria passierte die Abzweigung in den Stützpunkt und fuhr noch eine Meile weiter, bevor sie anhielt. Auch dann blieb sie noch im Wagen, damit die Gläser ihres Feldstechers nicht die Sonne reflektieren und sie verraten würden. Sie beobachtete die langsam die Steigung hinaufkriechenden Tanklastzüge.

So weit, so gut. Und Moorkith suchte die Engel noch immer bei der mexikanischen Grenze, überzeugt, daß sie außer Landes geschmuggelt werden sollten. Arteria grinste. Es ist zu spät, Moorkith, mein Lieber. Sie sind jetzt auf Luftwaffengelände. Sie gehören mir.

Gary Hudson schüttelte Alex und Gordon die Hand. Gordons Hand hielt er ein wenig länger in der seinen. »Schwacher Arm, starker Griff. Haben Sie Schwierigkeiten mit dem Stehen?«

Gordon grinste breit. »Mit jedem Tag werden wir stärker. Steve hat ...«

Hudson zog seinen Arm nach rechts und zurück. Gordon fiel zu Boden.

Hudsons linker Arm fing Gordons Ellbogen auf und zog ihn wieder in die Höhe. Niemand lachte über Gordons Verblüffung.

»Tut mir leid, ich mußte es wissen«, sagte Hudson. »Also, es ist Zeit, daß entschieden wird.«

»Was gibt es zu entscheiden?« erwiderte Harry. »Sie müssen zurück in die Umlaufbahn, und Sie haben den einzigen Raumtransporter, der sie hinaufbringen kann.«

»Harry ...«, sagte Miller.

»Er hat recht«, sagte Fang.

»Ich zünde also einfach die Triebwerke und starte«, sagte Gary Hudson. »So einfach. Warum habe ich nicht daran gedacht?«

»Ist es wirklich möglich?« fragte Gordon. »Kann er fliegen?«

»Er ist echt, aber ...« Hudson hielt inne. Er holte tief Atem. »Es ist ein echter Raumtransporter. Er steigt wirklich auf einer Feuersäule zum Himmel auf. Er erreicht sogar eine Umlaufbahn. Beinahe.«

Niemand wollte es sagen, also schauten sie alle einander an, bis Jenny Trout fragte: »Was nützt das?«

»Ich habe nicht viel Gelegenheit, es zu erklären. Wir haben hier einen Prototyp vor uns, und er ist nicht vollkommen. Als wir die Planung machten, ging ich von den optimistischsten Annahmen aus. Warum nicht? Aber das Luftfahrtbundesamt hatte einige Regeln, die für Flugzeuge gelten. Meine Aktionäre wollten einen schwereren Hitzeschild. Die Landebeine sind so schlank, daß der *Phoenix* nur darauf stehen kann, wenn die Treibstofftanks leer sind. Aber sie müssen den Landungsstoß auffangen, und meine Aktionäre wollten sie verstärkt haben.« Hudsons knochige Schultern hoben sich und fielen. »Alles wurde eben ein bißchen schwerer. Nun, für das Serienmodell hatte ich eine größere Kabine vorgesehen. Es sollte Passagiere in weniger als zwei Stunden um die halbe Welt befördern. Jeder Präsident jedes multinationalen Unternehmens, jede Regierung würde solch einen Transporter haben wollen. Und mit der Nullstufe hätte der Transporter eine geosynchrone Umlaufbahn erreicht, und das wäre vollkommen ausreichend gewesen ...«

Niemand hatte etwas von einer ›Nullstufe‹, gesagt. Alex wollte danach fragen, als Hudson fortfuhr: »Die Nullstufe wäre spottbillig geworden. Die gleichen Treibstoff und Sauerstofftanks, das gleiche Pumpensystem, die gleichen Beine, denn natürlich landet sie unabhängig! Halb so viele Raketenmotoren und keinen Hitzeschild. Man hätte ein Dutzend *Phoenix*-Transporter mit zwei lausigen Nullstufen bedienen können, weil sie so rasch wiederverwendbar sind.«

»Und wo ist Ihre Nullstufe?«

»Eine Zeit lang konnte ich die Anwälte bezahlen, dann war ich bankrott. Die Grünen verklagten mich. Durchlöcherung der Ozonschicht, und so weiter.« Hudson schüttelte heftig den Kopf. »Aber wir kommen vom Thema ab. Sie möchten wissen, was Sie jetzt brauchen.«

»Ja«, sagte C.C. Miller. »Sie können keine Umlaufbahn erreichen?«

»Ich kann mit knapper Not in eine elliptische Umlaufbahn kommen, deren niedrigster Punkt in hundertzwanzig Kilometern Höhe liegt. Die Atmosphäre zieht es rasch abwärts. Aber ein anderes Raumfahrzeug könnte ein Rendezvousmanöver fliegen und ihm für den Rest des Weges Schubkraft leihen. Das wird es gewesen sein, was Sie mit der Titan vorhatten, nicht wahr?«

»Hm – ja. Was brauchen wir noch?«

»Eine ganze Menge.«

»Werden diese helfen?« Bob Needleton hielt ein in Folie gewickeltes Päckchen hin. »Cole sagte, dies seien die ROMs.«

Hudson nahm das Päckchen an. »Das ist ein Satz Duplikate, aber natürlich lohnt es sich nach all diesen Jahren, einen Programmvergleich vorzunehmen.«

»Und wir brachten Ihnen den Treibstoff, um den Raketentreibstoff herzustellen«, sagte Sherrine. »Und viele Fans haben Dinge gesammelt, die mit den Engeln hinaufgeschickt werden sollen. Saatgut, Chemikalien, Versorgungsgüter, alle möglichen Dinge.«

»All dieses Zeug kommt nicht hier herauf!« rief Hudson.

»Nein, nein, es wird an einem sicheren Ort in Los Angeles eingelagert«, sagte C.C. Miller. »Was gebraucht wird, werden wir von dort bringen.«

Hudson nickte.

»Können – dürfen wir den Raumtransporter sehen?«

fragte Barbara Dinsby. Sie klammerte sich an Gordons Hand, als ob sie befürchtete, er könne davonfliegen.

Hudson seufzte. »Ja, gewiß.« Er führte sie in den Hangar und schaltete die Lichter ein.

»Gott, ist das schön«, sagte Jenny. »Wunderschön!«

Alex ging langsam auf den Raumtransporter zu. Er legte die Hand auf die Oberfläche, dann bückte er sich, um in die Triebwerksdüsen zu spähen. Als er sich wieder aufrichtete, war sein Gesichtsausdruck verändert.

»Kannst du ihn fliegen, Alex?« fragte Gordon.

»Er braucht keinen Piloten«, antwortete Alex. »Ich denke, es liegt bei Mr. Hudson. Aber es ist deutlich, daß jemand sich um den *Phoenix* gekümmert hat.« Er blickte zum Dach des Hangars auf. »Kann das geöffnet werden?«

»Nur einmal«, sagte Gary.

»Mehr als einmal brauchen wir nicht«, sagte Alex. Er blickte Hudson ins Auge. »Wir hielten es für sinnlos, unserem Stationsleiter Lonny Hopkins etwas über Raumtransporter zu erzählen. Nun lautet die Frage, ob er eine Entscheidung zu treffen hat? Soll ich ihn verständigen? Ich möchte es nicht tun, solange dies alles fraglich ist.«

»Lassen Sie mich darüber nachdenken«, antwortete Hudson.

»Aber nicht zu lange«, sagte C. C. Miller.

Hudson warf ihm einen finsteren Blick zu.

»Ich sage das, weil wir von Ted Johnstone in Phoenix verständigt wurden. Er arbeitet für die Fernstraßenverwaltung. Die Polizei hält Ausschau nach Milkheim-Tanklastzügen. Die Nachforschungen werden verdeckt geführt, aber die Suche ist im Gange.«

»Oh, Scheiße«, sagte Fang.

»Die Kirche!« erinnerte sich Harry. »Das war schon Teil der Fahndung.«

»Macht nichts«, erklärte Jenny. »Als erstes müssen

wir die verdammten Lastzüge unter Dach bringen, nicht wahr? In diesem Hangar scheint Platz genug zu sein.«

»Es gibt sogar eine Garage für Tanklastzüge«, sagte Gary. »Ich werde sie Ihnen zeigen.« Er wandte sich zum Gehen, machte wieder kehrt. »Zum Teufel, ich weiß nicht, warum ich darum herumrede. Schließlich habe ich seit Ewigkeiten darauf gewartet. Mr. MacLeod, Sie können Ihrem Chef sagen, daß wir Sie mit etwas Glück innerhalb einer Woche starten werden.«

Sie schoben das Gerüst an den *Phoenix*. Hudson stieg zur Tür hinauf und öffnete sie mit einem Schlüssel. Alex folgte ihm dicht auf den Fersen. Er stieg barfuß das Gerüst hinauf. Zwar verspürte er kein Schwindelgefühl, als er die schmale Metalltreppe erstieg, doch traute er der Schwerkraft nicht. Er erreichte Hudson, als dieser die ovale Tür aufzog.

Eine Minute später steckten drei gleichzeitig den Kopf in die Öffnung. Gary, Alex, Gordon. Und ein vierter Kopf: Sherrine. »Vier!« sagte sie.

Es gab vier Sitze, zwei mit Kontrollkonsolen und Bordinstrumenten, zwei ohne. Es gab Verstrebungen, Rohrleitungen und Behälter. Hudson zeigte hierhin und dorthin und erklärte. »Die Planung war so ausgelegt, daß der *Phoenix* bis zu einem Monat in der Umlaufbahn bleiben konnte. Das war möglich, weil wir nicht so viel Sauerstoff benötigen. Ich hätte weitere Sitze einbauen können. Natürlich habe ich sie nicht, aber das ist kein großes Problem. Wenn wir eine Übungsmatte und zwei Kissen für Knie und Kopf einkleben, würde es schon genügen. Es hängt davon ab, welche Fracht sie aufzugeben bereit sind.«

»Vier«, murmelte Gordon. »Ich hoffe, daß die Zahl nicht noch weiter schrumpfen wird.«

Alex widersprach ihm. »Nach Chicago und unserer Erfahrung mit der Titan hatte ich nicht einmal soviel erwartet. Bei Gott, Gordon, wir können wieder nach Haus!«

»Ja.«

Gordons Begeisterung ließ zu wünschen übrig. Kein Platz für Barbara? Auch andere mußten bleiben ... aber Gordon wich Alex' Blick aus.

Sie saßen in dem großen Arbeitsraum vor Hudsons Büro. In besseren Zeiten mußte ein Dutzend Ingenieure an den Zeichentischen und Schreibtischen gesessen haben. C.C. Miller hatte sein Notizbuch aufgeschlagen und war bereit, eine Liste anzulegen. »In Ordnung, Dr. Hudson, was haben wir jetzt zu tun?«

»Das Wichtigste zuerst«, antwortete Hudson. »Wir reinigen die Tanks. Der Wasserstofftank wird nicht viel Arbeit erfordern, aber um so mehr werden wir mit der Reinigung des Sauerstofftanks zu tun haben. Dazu brauchen wir Alkohol.«

»Alkohol«, sagte Miller. »Von welcher Art?«

»Jede Art würde genügen, aber da Leute in diesem Tank arbeiten müssen, werden wir Äthanol brauchen, um sie nicht zu vergiften.«

C.C. schrieb es in sein Notizbuch.

»Wieviel Alkohol?« fragte Harry.

»Gallonen.«

Harry schüttelte den Kopf. »Gut. Ich werde sehen, was ich tun kann. Es wird das erste Mal sein«, fügte er grinsend hinzu, »daß ich die guten Leute von der LASFS überzeugen muß, daß sie mir genug Hochprozentigen besorgen müssen.«

»Wie viele Leute brauchen wir zum Reinigen der Tanks?« fragte C.C. Miller.

»Nun, vielleicht zehn«, antwortete Gary Hudson. »Sie müssen einander bei der Arbeit abwechseln können, Wache schieben, Arbeitsgerüste bewegen, und so weiter. Aber sie müssen verläßlich sein.«

Miller nickte. »Ich werde Lee Jacobs beauftragen, daß er eine Mannschaft zusammenstellt. Sie werden mit einem Lastwagen kommen, sobald weiteres Material von der Schatzsuche eingeht. Sie werden ein wenig überrascht sein, Dr. Hudson, was sie alles aufgetrieben haben.«

Hudson machte eine skeptische Miene. »Können Sie dafür sorgen, daß die nicht unbedingt nötigen Mitglieder der LASFS ferngehalten werden? Es wird schon so verdächtig genug aussehen, und eine Horde von Fans, die uns über die Schultern schauen, wird der Arbeit nicht förderlich sein.«

»Vielleicht kann ich es offiziell machen. Verkünden, daß jeder, der kommt, Lebensmittel mitbringt. Darüber machte ich mir Sorgen. Wir werden annähernd zwei Dutzend Leute sein. Was sollen wir essen? Also wird niemand eingelassen, der nicht eine Einkaufstasche voll Lebensmittel bringt. Dann werden sie es sich zweimal überlegen. Fans können sich das nicht leisten.«

Hudson nickte widerwillig.

»Was kommt nach der Reinigung der Tanks?« fragte Alex.

»Dann brauchen wir Wasserstoff. Das ist nicht schwierig, die Rohrleitung existiert bereits, wir zapfen ihn einfach von der Hauptleitung nach Mojave ab. Wir werden hingehen und das Ventil öffnen müssen, aber es ist nicht bewacht.«

»Wird niemand etwas merken?« fragte Sherrine.

»Erst in ein paar Wochen«, meinte Gary Hudson. »Und bis dahin …«

»Richtig«, sagte Miller. »Was geschieht, wenn der Wasserstoff fließt?«

»Kompression«, sagte Hudson. »Wir setzen den Turbokompressor in Betrieb und verflüssigen den Wasserstoff. Dauert ungefähr drei Tage. Sagen wir vier, um sicherzugehen.«

»Und was ist mit dem LOX?« fragte Harry.

»Das nimmt auch etwa drei Tage in Anspruch, ist aber nicht so laut«, sagte Hudson. »Dazu braucht man einen Dieselmotor. Der Wasserstoffkompressor wird von einem Düsentriebwerk betrieben.«

»Düsentriebwerk«, sagte Sherrine. »Ist das nicht sehr laut?«

»Ziemlich«, sagte Hudson.

»Also werden wir drei Tage lang ein Düsentriebwerk laufen lassen«, sagte Miller. »Meinen Sie nicht, daß jemand es merken wird?«

»Darüber habe ich seit zehn Jahren nachgedacht«, sagte Hudson. »Ich habe mir zur Tarnung eine Geschichte ausgedacht. Dies ist eine Forschungseinrichtung ebenso wie ein Museum. Wir werden sagen, daß wir Einsatzmöglichkeiten von Wasserstoff als Energieträger untersuchen. Das kann ich überzeugend darlegen. Ich habe sogar einen Antrag auf Bewilligung von Mitteln, den ich vorzeigen kann. Es sollte gehen.«

»Und wenn es nicht klappt, sind wir alle erledigt«, sagte Alex.

»Würde es helfen, wenn wir einen hochrangigen Grünen hier oben hätten?« fragte Miller.

»Einen hochrangigen Grünen? Nur wenn es unbedingt sein muß«, sagte Hudson.

C.C. Miller lachte. »Gut, dann warten wir noch ab. Also, was kommt nach der Treibstoffherstellung?«

»Wir brauchen das IMU«, sagte Hudson. »Ich weiß, wo es ist.«

»Sind Sie sicher?«

»Ja. Mit den Leuten von der Luftwaffe drüben in Dryden komme ich ganz gut zurecht. Sie hoffen, daß es uns gelingen wird, den *Phoenix* wieder zu aktivieren. Das heißt aber nicht, daß sie das IMU herausgeben, wenn ich danach frage. Und ich bin nicht gerade ein Spezialist für Einbruchdiebstahl«, sagte Hudson. »Jemand aber muß einbrechen und das IMU stehlen. Ich denke, daß tun wir als letztes. Ich kann den Kompressor erklären, wenn wir unerwünschten Besuch bekommen, aber für das IMU gibt es nur einen möglichen Verwendungszweck.«

»Wie lange dauert der Einbau?«

Hudson zuckte die Achseln. »Eine halbe Stunde, aber es wäre besser, wenn wir ein paar Tests machen können. Vier oder fünf Stunden Tests nach dem Einbau.«

»Und dann?«

»Start«, sagte Hudson. »Und ich werde herausbringen, wie man sich im freien Fall fühlt.«

»Dann gehen Sie also an Bord«, sagte Miller. Er machte eine weitere Notiz.

»Natürlich bin ich dabei«, sagte Gary Hudson. »Wie lange, glauben Sie, habe ich auf die Gelegenheit gewartet? Ganz zu schweigen davon, was sie mit mir machen würden, wenn ich Beihilfe zum Diebstahl meines eigenen Raumtransporters leistete. Ich würde auch Annie mitnehmen, aber sie ist in New York. Liegt mit einem Knöchelbruch noch zwei Wochen in einer Klinik. Nichts zu machen.«

»Leuchtet ein.« C.C. schrieb in sein Notizbuch. »Also haben wir Sie und die beiden Engel. Sagen wir, ungefähr dreihundert Kilo mit Gepäck. Wieviel Nutzlast kann der *Phoenix* mitnehmen?«

»Zweitausend Kilo«, sagte Gary.

»Ha. Ein Sitz frei, und noch Raum für Versorgungsgüter.«

Alex meldete sich zu Wort. »Bevor Sie anfangen, die Sitze zu verteilen, lassen Sie mich lieber mit meinem Chef sprechen. Er wird dabei ein Wörtchen mitreden wollen.«

»Hier *Piranha* für Stationschef Hopkins. Hier *Piranha*.«

»Da, *Piranha*, wir verbinden Sie. Bleiben Sie dran.«

»Alex! Wie geht es dir?«

»Besser als gut, Mary. Ist der Chef da?«

»Ich bin hier, MacLeod. Wie ist deine Situation?«

»Bestens«, sagte Alex. »Mir ist zum Singen zumute.«

»Bist du betrunken?«

»Nein, nicht betrunken. Jedenfalls nicht von Alkohol. Chef, wir haben einen Raumtransporter.«

Darauf folgte eine lange Pause. »Das Empfangs-Sendegerät sagt, daß du in der Mojavewüste bist. *Phoenix?*«

»Ja, Chef. *Phoenix.* Wir können – Gary Hudson sagt, wir können in ungefähr fünf Tagen starten. Mit Fracht. Annähernd zwei Tonnen Fracht. Saatgut, Computerchips, Mineralstoffe, Hühner – es gibt fast nichts, was sie nicht für uns beschafft haben.«

»Hudson. Gary Hudson. Lebt er noch?«

»Ja, Chef. Er lebt und hat die Sache in der Hand. Kennst du ihn?«

»Ich weiß von ihm.«

Der Tonfall verriet Alex nichts. »Nun, er möchte mit uns hinauf. Aber warte, bis du hörst, was wir mitbringen können. Ich weiß, Hudson ist ein bißchen alt, und du willst keine vergrößerte Mannschaft, aber ...«

»Das ist komisch«, sagte Hopkins.

»Was ist komisch?«

»Ich würde Hudson viel lieber haben als dich, MacLeod. Er ist Konstrukteur. Und dieser Transporter ... Ist Hudson da?«

»Ja, er ist hier.«

»Hol ihn her. Ich möchte mit ihm sprechen.«

Alex hatte den Sender in Hudsons Büro aufgebaut. Er winkte Hudson herein und nahm den Kopfhörer ab. »Er möchte mit Ihnen sprechen.«

»Hallo, Mr. Hopkins.« Hudson schob sich den Kopfhörer über die Ohren. »Ja, Sir, es ist der alte *Phoenix,* und ich glaube, er wird funktionieren, aber es wird knapp zugehen. Wir werden in eine elliptische Umlaufbahn kommen, aber der Treibstoff reicht nicht für ein Rendezvousmanöver. Sie werden kommen und uns holen müssen.«

Alex hörte ein paar Augenblicke zu, dann kam er sich nutzlos vor. Vielleicht wollten sie nicht, daß er mithörte? Lonny würde viel lieber Hudson haben als ihn. Es leuchtete ein, tat aber trotzdem weh. Er ging hinaus in den großen Arbeitsraum. Die anderen grinsten wie verrückt, aber als sie seine Miene sahen, machten sie lange Gesichter.

»Was sagte er?« fragte Gordon. »Ist es doch unmöglich?«

»Was? Nein, soviel ich weiß, ist alles in Ordnung. Zuletzt sprachen sie über Einzelheiten, aber es hörte sich nicht so an, als gäbe es unüberwindliche Schwierigkeiten.«

»Warum bist du dann so trübsinnig?« fragte Sherrine. »Wir sind hier! Es klappt!« Ihr Gesichtsausdruck stimmte nicht ganz mit ihren Worten überein. Sie sah beinahe so niedergeschlagen aus wie er selbst.

»Es ist …«

»Mister MacLeod«, rief Hudson. »Sie sind wieder dran.«

»Ja, natürlich kann ich es nicht sagen, ohne den Transporter genauer zu untersuchen«, sagte Alex, »aber alles sieht gut aus. Hudson startete den Dieselkompressor, und das funktioniert. Wir wollen den Turboexpander erst zünden, wenn der Wasserstoff einströmt, aber die Vorrichtung ist an Ort und Stelle. Ich würde sagen, es ist so wie Hudson erklärte, wir stellen den Treibstoff her, stehlen das IMU und starten in ungefähr fünf Tagen.«

»In Ordnung«, sagte Hopkins. »Und dann ist da noch die Fracht.« Es gab keine Videoverbindung, aber Alex konnte sehen, wie Lonny Hopkins sich die Hände rieb. »Und der Transporter. Nun, was die Passagiere angeht. Man hat mir gesagt, daß der Transporter vier Plätze hat. Ich brauche dir nicht zu sagen, daß wir hier oben wirklich keine weiteren nutzlosen Esser brauchen können. Hudson ist in Ordnung. Hudson ist großartig. Gordons Leute werden sehr erfreut sein, den Jungen zurückzubekommen. Das sind zwei. Aber dann gibt es ein Problem.«

»Problem, Lonny? Mir fehlt nichts, ich werde auf dieser Reise ...«

»Das mag sein, aber das ist nicht das Problem.« Lonny Hopkins machte eine bedeutungsvolle Pause. »Ich werde kommen, und dich aufnehmen, MacLeod. Aber bring gefälligst deine eigene Frau mit.«

»Wie bitte?«

»Wir verstehen einander, MacLeod. Soll ich Mary ans Mikrofon holen? Ich kann, und ich werde, wenn ich muß.«

»Ich ...«

»MacLeod, ich würde deinetwegen nicht den Treibstoff riskieren. Du weißt das, ich weiß das, Mary weiß das. Aber du bringst Schätze mit herauf, die für uns unbezahlbar sind, und du wirst hier oben einen neuen Job haben, nämlich die Koordination mit unseren Freunden unten, weil, obwohl du es noch nicht bemerkt zu haben scheinst, ich sofort begriffen habe, daß dieser Transporter landen und wieder starten kann. Wir können ihn wieder hinunterschicken und weitere Versorgungsgüter abholen.«

Verdammt noch mal, dachte Alex, natürlich. Wir waren so darauf konzentriert, den Transporter in die Umlaufbahn zu bringen – ja. »Ich verstehe.«

»Also wird jemand die Spendenlieferungen mit den Leuten unten koordinieren. Du scheinst mit ihnen zurechtzukommen, und zwischen den Flügen hast du sonst nichts zu tun, also bist du der richtige Mann dafür. Bloß wünsche ich nicht, daß du bei Mary herumhängst, während du hier oben bist. Sie ist schwanger, weißt du.«

»Nein. Wußte ich nicht.«

»Es kann von dir sein. Von mir ist es nicht.«

»Lonny ...«

»Halt's Maul. Ich bin steril, seit der Unfall mit dem Lunarreaktor passierte. Ich war auch eine Zeit lang impotent. Jetzt bin ich immer noch steril, aber nicht impotent. Und du wirst deine schmutzigen Finger von Mary lassen, daß das ganz klar ist. Bring deine eigene Frau mit, MacLeod.«

»Also bin ich dabei?«

»Ja. Willst du?«

Sherrine überlegte. »Ja, ich komme mit. Aber du mußt es Bob sagen.«

»Sherrine, es ist genug Raum für fünf oder sechs, oder wen immer wir mitnehmen müssen. Es ist ein Austausch, Passagiere für Fracht.«

»Gewiß.«

»Wir werden ihn an Bord bringen. Aber ohne dich gehe ich nicht. Selbst wenn sie mich suchen und vielleicht für eine Weile einsperren, damit könnte ich leben. Würdest du hier mit mir leben wollen? Mich heiraten?«

»Sicher, aber ich komme mit.«

»Warum lächeln wir nicht?«

Sherrine warf sich ihm an den Hals. Alex dachte, der Anprall würde ihn rücklings zu Boden werfen, aber sie fing ihre und seine Masse auf. Was für Muskeln sie hatte! Und sie fühlte sich so gut an. Warum hatten sie nicht schon früher zueinandergefunden? Und sie barg ihr Gesicht an seiner Kehle und sagte: »Es ist, was ich wollte. Vier Plätze. Hättest du mich überhaupt darum gebeten?«

»Sobald ich mir ein Herz gefaßt hätte.«

»Die Zeit wurde knapp, Alex! Wie lange hättest du gewartet?«

»Ach ... Wahrscheinlich dreißig Sekunden zu lang, wie es meine Art ist. Aber es ist alles in Ordnung, nicht? Lonny Hopkins als Kuppler.« Er nahm den Kopf zurück, um ihr Gesicht zu sehen. »Es ist nicht in Ordnung.«

»Es ist in Ordnung«, sagte Sherrine. »Ich bin aus härterem Holz als du denkst.«

19

Sie werden dem Tod nicht entgehen...

Eine Überwachung konnte gemütlich sein, friedlich, eine Zeit zum Ausspannen. Arteria hatte seit Jahren keine Überwachungsarbeit getan. Sie spielte Kassetten im Autoradio, während sie beobachtete und wartete.

Manche SF wurde noch anerkannt. Eine ihrer Kassetten enthielt John Brunners *Schafe blicken auf.*

Sie hatte einen perfekten Standort gefunden, auf einer Anhöhe hoch über dem ausgetrockneten Rogers Lake. Mit ihrem Feldstecher und dem Teleobjektiv der Kamera konnte sie den größten Teil der Thunder Ridge überwachen.

Fahrzeuge kamen: Lieferwagen und Campingwagen mit jeweils sechs bis zehn Passagieren. Zahlreiche Beutel und Kartons mit Lebensmitteln und anderen Dingen wurden in die Betongebäude getragen. Nichts Schweres. Die Tanklastzüge waren in einer Garage verschwunden; Arteria konnte sich dafür verbürgen, daß sie nicht wieder fortgefahren waren. Fahrzeuge kamen und gingen. Einige blieben.

Viele Arbeitskräfte. Welche Arbeit konnte so viele Leute beanspruchen? Das meiste mußte im Hangar vor sich gehen. Außerhalb der Gebäude entstand eine Siedlung von Zelten und Campingwagen.

So ähnlich war es in den Tagen gewesen, als die Space Shuttles gelandet waren. Natürlich waren die Menschenmengen damals ungleich größer gewesen. Parkplätze von den Ausmaßen mehrerer Quadratmeilen. Man hatte eigens Schilder aufgestellt und Ordnungskräfte organisiert, um die Fahrzeuge in Reihen abzustellen. Wohnanhänger, Campingwagen, Zelte, eine Reihe fliegender Händler, Wurstbratereien, Imbißstände und Getränkeverkäufer. Es gab Erinnerungsplaketten und Aufnäher, Fotografien und Gemälde, Bierkrüge und T-Shirts mit Erinnerungsaufdruck. Bei Nacht war die Ebene um den ausgetrockneten See von kleinen Kohlenfeuern gesprenkelt, Musik ertönte, manchmal trug der Wind den Geruch von Marihuana mit sich; kleine Parties wurden gefeiert, während ringsum in der weiten Wüstenlandschaft die tiefste Stille herrschte und Hunderttausende von Menschen schlafend oder wachend auf den Morgen warteten.

Alle anderen sahen ihn immer zuerst. Dann war er nicht mehr zu übersehen, die Nase abwärts gerichtet, das dickste, plumpste Segelflugzeug der Erde. Man hörte den dumpfen Doppelknall an der Grenze der Schallgeschwindigkeit, und sah etwas später das plötzliche Erblühen des weißen Bremsfallschirms.

Hinterher mußte die Luftwaffe mehrere Quadratmeilen Müll und Unrat zusammenkehren und die schwarzen Flecken, wo Feuer gebrannt hatten, mit einer Walzenegge einebnen, und es war, als ob die Menschenmassen nie dagewesen wären.

Jetzt waren es zwanzig oder dreißig Personen, nicht mehr. Kein Space Shuttle würde morgen landen. Sangen sie? Erzählten sie einander die immer gleichen alten Geschichten? Lee Arteria, die Außenseiterin, die Beobachterin, überwachte das Geschehen und fragte sich, worauf sie wartete. Das Faxgerät winselte. Sie riß das Blatt mit dem Ausdruck ab und überflog es.

WIR SIND AM LUFTWAFFENSTÜTZPUNKT GEORGE. ZWEI EINSATZGRUPPEN MILITÄRPOLIZEI DER LUFTWAFFE, ZWEI PILOTEN, DER HUBSCHRAUBER UND ICH. ERWARTEN WEITERE ANWEISUNGEN. OBERST

MURPHY MÖCHTE WISSEN, WO SIE SICH AUFHALTEN. ICH SAGTE IHM, SIE HÄTTEN EINE HEISSE SPUR, WÜRDE ABER IHREN AUFENTHALTSORT FESTSTELLEN.

BILLINGS

Sie mußte bald etwas unternehmen oder die Einsatzgruppe heranholen. Aber wann? Durch Warten und Überwachen konnte sie Fahrzeugkennzeichen notieren und Aufnahmen von Verschwörern schießen. Ein halbes Dutzend Fahrzeuge mit zwanzig bis dreißig Leuten, die sich alle fieberhaft auf der Thunder Ridge zu schaffen machten.

Aber was nützte es? Besonders jetzt. Ein Anruf, und die Einsatzgruppen würden den Schauplatz des Geschehens umstellen. Ihr Hubschrauber würde kommen. Welche Verblüffung, wenn sie landete!

Einstweilen waren keine Entscheidungen fällig. Die Astronauten – Arteria war fest davon überzeugt, daß sie dort waren – hatten keinen Versuch gemacht, Thunder Ridge zu verlassen. Alle anderen konnten identifiziert und ihre Aufenthaltsorte festgestellt werden.

Worauf also wartete sie noch? Lee Arteria hatte an der Jagd immer größeren Gefallen gefunden als am entscheidenden Schlag; aber dies war etwas ganz anderes.

Das Motorrad kam den Hügel herab. Zwei Personen saßen darauf. Der schon bekannte übergewichtige und bärtige Lenker. Keine Gitarren. Es dämmerte bereits, das Licht war schlecht, und sie fuhren zu schnell, als daß sie das Gesicht des Mitfahrers hätte sehen können, der ohnedies einen Helm trug, aber es war offensichtlich nicht die dünne ältere Frau, die gewöhnlich hinter dem fetten Kerl saß.

Auf den Gepäckträger war eine Werkzeugtasche geschnallt. Das Motorrad erreichte den Fuß des Hügels, doch statt nordwärts auf die Straße zum Raketenstartplatz zu fahren – der auf ihrer neuen Karte als Technikruine bezeichnet wurde – bog es nach Westen. Diese Straße führte um den ausgetrockneten Rogers Lake und hinunter zur südlichen Zufahrt des Stützpunkts, in den weiterhin von der Luftwaffe bewachten Stützpunktbereich. Was in aller Welt wollten sie dort? Sie würden Papiere benötigen, wenn sie weiterfahren wollten.

Wo die Straße nach Südwesten bog, fuhr das Motorrad geradeaus. Es passierte Arterias Hügel und fuhr weiter über den ausgetrockneten See. Die Sache wurde immer mysteriöser… Es dunkelte jetzt rasch. Was, in aller Welt, konnten die beiden vorhaben?

Sie holte ihr gutes Nachtglas aus der Reisetasche. Das schwache Licht reichte aus, um dem unbeleuchteten Motorrad mit dem großen Feldstecher über den See zu folgen…

Die Fahrer hielten ungefähr vierhundert Meter vor dem Zaun, ließen das Motorrad zurück und gingen zu Fuß auf den Zaun zu.

Es war nicht der Hauptzaun, sondern ein kleinerer, gleichfalls eingezäunter Bereich am Rand des Stützpunktgeländes. Die zwei Gestalten kauerten am Zaun nieder, wo sie vom Innern des Stützpunktes nicht beobachtet werden konnten. Nach ein paar Minuten waren sie durch den Zaun und an der Wand des Wellblechschuppens. Entweder war die Tür nicht zugesperrt, oder sie waren gut im Ausbohren von Schließzylindern, denn sie hielt die beiden nicht lange auf.

Sie gingen hinein. Arteria kontrollierte die Zeit: neun Minuten und ein paar Sekunden. Dann waren sie wieder draußen, drückten die Tür zu, legten eine Pause ein, um den Zaun zu reparieren, und gingen zurück zum Motorrad. Sie schoben die Maschine fast einen Kilometer weit, bevor sie den Motor starteten und ohne Licht davonfuhren. Der Wüstenwind überlagerte das Geräusch, als sie zum Thunder Ridge hinauffuhren.

Arteria nahm ihre Übersichtskarte vom Stützpunkt heraus. Es dauerte eine Weile, bis sie den Bereich fand, den die Banditen besucht hatten, aber dann hatte sie es:

VERTEILERGEBÄUDE DER WASSERSTOFFLEITUNG

Eine Hauptleitung für Wasserstoff führte vom Norden herab, durch den Luftwaffenstützpunkt und weiter nach Los Angeles. In Edwards zweigten zwei kleinere Leitungen ab. Eine führte vom Verteilergebäude nach Dryden, die andere um den ausgetrockneten See und zur Thunder Ridge hinauf.

»Besser als ein Wiesel«, erklärte Harry. »Wir gingen durch den Zaun, brachen das Schloß auf, drehten das Ventil auf und klebten das Schloß wieder zu, so daß auf den ersten Blick niemand etwas bemerken wird.«

»Sie könnten das Loch im Zaun sehen«, wandte C. C. Miller ein.

Bob Needleton widersprach. »Wir haben auch den Zaun wieder ziemlich gut gerichtet. Es ist wie mit dem Schloß: wenn sie wissen, wo sie suchen müssen, werden sie es finden, aber sonst nicht. Die entscheidende Frage ist, kommt der Wasserstoff durch?«

»Es ist Druck auf der Leitung«, bestätigte Hudson. »Wir blasen jetzt Luft ab, aber wenn Druck da ist, werden wir bis zum Morgen Wasserstoff haben. Gut gemacht. Morgen kommt die eigentliche Arbeit.«

Harrys Augen tränten. »Verdammte Schande«, schnaufte er, als er mühsam aus dem Tank kroch, wie der erste lungenatmende Fisch, der das Land zu erobern versuchte. Er trug einen weißen Overall, weiße Socken und einen breitkrempigen weißen Malerhut. Gesicht und Bart waren bis zu den Augen unter weißem Stoff verborgen, und er trug weiße Handschuhe. Mühsam kam er auf die Beine, blinzelte ins Sonnenlicht und stützte sich schwer auf Jenny Trout. »Eine verdammte Schande ...«

»Wie schrecklich, dieser ganze Scotch«, hallte Fangs Stimme hohl und metallisch aus der Öffnung, dann erschien sein Kopf, wie Harrys weiß verhüllt.

»Es ist für eine gute Sache«, sagte Hudson. »Harry, Sie sollen den Tank reinigen, nicht die Lösung trinken.«

»Ich habe nicht einen verdammten Schluck getrunken. Nicht einen einzigen«, blubberte Harry. »Arme LASFS. Nichts mehr zu trinken. Alles, was sie hatten.«

»Da drinnen braucht man nichts zu trinken, um einen Rausch zu haben«, schnaufte Fang. »Aber schließlich muß man atmen, nicht wahr? Es haut einen um!«

»Ja, gut, ich denke, das reicht für Harry«, sagte Hudson. »Und für Sie, Fang. Wer ist als nächster an der Reihe?«

»Hoffentlich wird es besser, wenn der Sauerstoff hereinkommt.«

»Ich übernehme eine Runde«, sagte Jenny. »Aber ich bin mit Harry einer Meinung. Guten Scotch und Bourbon zusammenzuschütten und den Alkohol herauszudestillieren, ist ein todeswürdiges Verbrechen.« Sie nahm Fangs abgelegte Schutzkleidung und zog sie über. »Laß den Kopf nicht hängen, Harry. Die LASFS hat die Rechnung für deinen Rausch bezahlt.«

Das Geräusch begann um die Mittagszeit, das schrille Heulen eines Düsentriebwerks. Arterias Lagerplatz war volle drei Meilen vom Thunder Ridge entfernt, aber der

Lärm war noch immer unangenehm. Sie suchte den Höhenzug mit dem Feldstecher ab. Die Leute dort hatten sich um einen der großen zylindrischen Tanks versammelt, ihn geöffnet und waren jeweils zu zweit und zu dritt hineingekrochen. Nach einiger Zeit kamen sie wankend wieder zum Vorschein. Nun hatten sie den Tank geschlossen und das große Düsentriebwerk in Gang gesetzt, das neben dem anderen, teilweise in den steinigen Boden versenkten Tank fest montiert war. Andere Gestalten trugen Dinge in den großen Hangar, der den Raumtransporter beherbergte.

Durch das Glas sah Arteria, daß noch eine andere Maschine lief. Ein großer stationärer Dieselmotor stieß beim Anspringen schwarzen Rauch aus, und ließ auch danach noch eine Abgasfahne erkennen. Er schien mit dem größeren der beiden Treibstoffzylinder verbunden zu sein. Nach einer Weile begannen die Leitungen vom Dieselmotor zu dampfen.

Kondensation, sogar in dieser trockenen Luft. Das konnte nur eins bedeuten. Sie machten LOX, was erklärte, daß sie den Tank gereinigt hatten. LOX und Wasserstoff.

Lee Arteria hatte nie den Prozeß der Gasverflüssigung beobachtet, aber es war klar, daß es das war, womit die Leute sich beschäftigten. Sie mußten völlig verrückt sein. Wie der Fall des Jonestown-Massakers bewies, konnten ganze Gemeinschaften verrückt werden, und diese kleine Gruppe von Verrückten mußte glauben – aber *warum* glaubten sie, daß sie diesen alten Prototyp zum Fliegen bringen konnten?

Sie würden den Start versuchen, es sei denn, sie hinderte die Verrückten daran. Das Einschreiten wurde von ihr erwartet.

Sie hatte den Feldstecher noch vor den Augen, als der Streifenwagen der Grünen Polizei in die Zufahrt zum Thunder Ridge einbog.

Im grellen Sonnenlicht glänzte der Wagen grün wie eine Schmeißfliege. Er kurvte die Kehren zum Thunder Ridge hinauf. Harry sprang zu seinen Packtaschen und brachte eine Pistole zum Vorschein. Jenny zog eine aus dem Stiefel.

»Nein, verdammt noch mal!« rief C.C. Miller. »Weg mit den Schießeisen!« Er mußte brüllen, um sich im Lärm des Kompressors Gehör zu verschaffen.

»Es ist Polizei!« sagte Harry.

C.C. duckte sich und sprang hin und her, um aus der Schußlinie von Harrys fuchtelnder Pistole zu bleiben. Verkatert war Harry nicht viel besser als betrunken. »Harry, wir haben keine Zeit. Seien Sie still und verziehen Sie sich in Deckung! Wir werden es regeln!«

»Und wir werden aufpassen«, drohte Jenny. Sie zerrte Harry ins Blockhaus.

»So nahe daran«, sagte Hudson. »Noch ein paar Tage ...«

»Kommen Sie, und wir begrüßen sie.«

»Oh, mit Vergnügen.«

»Begegnen wir ihnen auf ihrem eigenen Territorium. An ihrem Wagen. Das soll beruhigend wirken«, sagte Miller. Er war von stoischer Gelassenheit.

Der Streifenwagen hielt an, und zwei Uniformierte stiegen aus. C.C. Miller winkte einem von ihnen zu, einem kaum mittelgroßen Mann mit einem Bart, der so schwarz war, daß er gefärbt aussah. »Hallo, Glen!«

»Hallo. Dies ist amtlich. Hauptmann Hartwell von der Grünen Polizei. Dan, dies ist C.C. Miller. Der Herr hier ist Gary Hudson. Er ist der Leiter der Station.«

Hauptmann Hartwell war schlank und athletisch. Mit grimmigem Blick starrte er zum heulenden Düsentriebwerk, das eine starke, dunstig flimmernde Abgasfahne ausstieß. »Was ist das?« rief er.

Hudson zeigte zum Büro. »Dort ist es ruhiger.« Er führte sie hinein. Wenn Tür und Fenster geschlossen waren, konnten sie sich beinahe im Gesprächston verständigen.

»Schießen Sie los«, sagte Hartwell. »Was geht vor?«

»Experimente zum wirtschaftlichen Einsatz von Wasserstoff«, erklärte Hudson. »Wir verflüssigen Wasserstoff und Sauerstoff. Dann verbrennen wir sie. Wenn wir den Wirkungsgrad der Wasserstoffverbrennung um zehn Prozent steigern können, ist es möglich, enorme Energiemengen zu sparen. Und wenn die Winter länger werden, und alles kälter ...«

»Sie meinen, wenn die Gletscher kommen«, sagte Hartwell.

»Nun ja, aber ich war nicht sicher, daß Sie daran glauben«, sagte Hudson. »Ich habe mit einigen Leuten gesprochen.«

Hartwell winkte ab. »Ich weiß, auch bei uns gibt es Knallköpfe. Ja, aber Sie können uns nicht nach denen beurteilen. Sie kennen Nivens Gesetz: Keine Sache ist so edel, daß sie keine Knallköpfe anzieht.«

»Ja, richtig«, sagte Hudson. »Ich hatte nicht angenommen, daß Sie einer von denen sein würden.«

»Wir sind nicht allesamt Trottel«, bekräftigte Hartwell. »Mann, dieser Lärm ist unmenschlich, und die Abgase sind nicht viel besser. Wenn Sie das wirklich rechtfertigen können, dann sagen Sie es mir lieber schnell, weil das nicht lange unbemerkt bleiben wird.«

Es war gut, daß sie ihren Beobachtungsort nicht verlassen hatte, dachte Lee Arteria. Die Grünen waren schneller an Ort und Stelle, als sie vermutet hatte.

Und was nun? Den Hubschrauber anfordern, Landen und den ganzen Haufen festnehmen. Die beiden Astronauten müssen unter ihnen sein. Immerhin ist es ein Luftwaffenstützpunkt. Aber was war das? Wer kam dort, um an der Party teilzunehmen? Sie schwenkte den Feldstecher und richtete ihn auf die

Spitze einer Staubwolke, die gerade den Fuß des Hügels erreichte. Mehr Grüne? Ach du lieber Gott, dachte Arteria. Es waren Leute von Earth First.

Schwarze Lettern auf der schillernden grünen Flanke des Wagens verkündeten: GEDENKT DER GROSSEN ÖLKATASTROPHE ALASKAS!

»Sie sollten sich einen neuen Spruch ausdenken«, meinte Sherrine, zu C. C. Miller gewandt. »Kennen Sie nicht welche von denen?«

C. C. sagte: »Glen gehört zu uns, im weiteren Sinne...« Aber dann kam Glen Bailey auf sie zu. C. C. schrie in das Heulen des Düsentriebwerks: »Wo ist Ihr Freund, Glen?«

»Hudson hält Hartwell immer noch einen Vortrag. Einige Pelztierschützer meldeten eine Verletzung der Bestimmungen in der Mojavewüste, also nahm ich Hartwell mit und kam. Hartwell hatte nie etwas mit der Fan-Szene am Hut, also habe ich keinen Einfluß auf ihn, aber er hat das eine oder das andere gelesen und ist nicht engstirnig. Er würde rigoros alle umweltverschmutzenden Industrien schließen, wenn sie keine Filteranlagen oder Techniken zur Vermeidung einsetzen, und die Erde in einen Park verwandeln, wie die Gutmenschen es ohne Rücksicht auf die Realitäten propagieren, und ...«

C. C. hob beide Hände. »Okay, okay. Sherrine, was wollten Sie?«

»Der Slogan an dem Wagen brachte mich auf etwas«, sagte sie.

»Und?«

»Ich meine die große Ölkatastrophe von Alaska. Ich ging damals noch zur Schule«, sagte Sherrine. »Als mein Vater die Fernsehreportage sah, bekam er einen Wutanfall und schnitt seine Exxon-Kreditkarte in Streifen. Er lamentierte über Geldgier und Profit. Nach dem

Tankerunfall der *Exxon Valdez* würde der Sund auf Jahre hinaus verschmutzt und die Tierwelt ausgerottet sein. Im nächsten Sommer fragte ich ihn, warum die Fernsehleute nicht nach Alaska gingen und den Leuten zeigten, wie verschmutzt die Küstengewässer dort noch seien. Mein Vater sah mich verdutzt an und erwähnte den Fall nie wieder. Die größte Ölkatastrophe in der Geschichte, und ein Jahr später war sie keine Nachuntersuchung mehr wert.«

Glen Bailey hörte aufmerksam zu. »Dann bedeckte Saddam Hussein den Persischen Golf mit Öl«, fuhr sie fort, »und alles, was vorher geschah, war vergessen. Man sieht daran, wie kurzlebig das Interesse der Menschen ist, und wie schnell sich rechtschaffene Empörung an neuen Themen entzündet und die alten vergißt; sie wirken dann nur noch lächerlich. Und in zehn Minuten werden die Leute von Earth First hier oben sein und uns im Genick sitzen …«

C. C. schüttelte den Kopf und lächelte, während Inspektor Bailey sagte: »Sie verstehen nicht. Hussein hört nicht, schon gar nicht auf Ungläubige aus den Vereinigten Staaten des Satans. Und warum sollte man den Irakis ins Ohr schreien, wenn sie nicht hören wollen? Wirtschaftsunternehmen hören, weil sie negative Publizität fürchten. McDonald schaltete von Wegwerfgeschirr aus Plastik auf Papier um, weil die Grünen die bisherige Praxis als umweltschädlich anprangerten. Erinnern Sie sich der Boykotte und Pressekampagnen gegen Südafrika wegen der Apartheidpolitik der Weißen? Dabei waren sie die reinsten Chorknaben, verglichen mit der Art und Weise, wie die Sowjets mit den Menschen umgingen. Aber davon wollten die von linken Intellektuellen beherrschten Medien im Westen nichts wissen; auf dem Ohr hörten sie einfach nicht, was hätte es also für einen Sinn gehabt …«

»Genug, Glen«, sagte C.C. Miller. »Haben Sie sich von Gary Hudson genug erklären lassen? Können Sie zu Earth First über Wasserstoffexperimente sprechen?«

»Ja, vertrauen Sie mir, Cissy. Ich werde sie dazu bringen, daß sie es nicht erwarten können, Hudson zu unterstützen ...«

»Ja, gut, sehr gut.« Dann zogen sie alle die Köpfe ein, als der Wagen der Earth First-Bewegung in einer Staubwolke zum Halten kam.

Ein junger Bursche und ein Mädchen, beide groß und schlank und dunkelhaarig und noch keine zwanzig, sprangen aus dem Wagen und zeigten und plapperten. Seht, seht! Lärm! Rauch! Drei uniformierte Umweltpolizisten, zwei Frauen und ein Mann folgten ihnen langsamer. Glen Bailey ging zu ihnen.

»Diese jungen Leute müssen uns angezeigt haben«, sagte Sherrine.

»Sherrine, ich möchte nicht erkannt werden, aber einer von uns sollte dort sein«, sagte Miller. »Sie sollen nicht den Eindruck gewinnen, Glen sei ein Schwätzer.«

»Wer würde das denken!«

»Es ist nicht so. Er ist ein intelligenter Mann, der viel gelernt hat und eine Menge weiß, aber in seiner Programmierung hat es eine Panne gegeben. Zuviel LSD in den sechziger Jahren, wie Mr. Spock.« Sherrine lachte, aber C.C. fuhr in ernstem Ton fort: »Er kann nicht von selbst aufhören zu reden. Man muß ihm das Wort abschneiden.«

Glen redete. Die Neuankömmlinge nickten. Der junge Mann und das Mädchen hörten zu und warteten auf eine Gelegenheit, mit ihrem Wissen zu Wort zu kommen.

Hudson und Hartwell kamen aus dem Büro und schlenderten auf den Wagen der Earth First-Leute zu.

Die beiden jungen Leute näherten sich den Kompressoren. Der Lärm war fürchterlich, und das Mädchen hielt sich die Ohren zu, als es in die drehende Triebwerksturbine starrte. Sherrine beobachtete das Mädchen, als es sich vor die Einsaugöffnung bewegte. Die Gefahrenzone war deutlich mit einer niedrigen Seilabsperrung gekennzeichnet, aber man konnte leicht darüber steigen. »He!« schrie Sherrine und rannte zu dem Mädchen. »Halt!« Das Gitter vor der Einsaugöffnung würde Vögel zurückhalten, mochte aber nicht stark genug sein, einen Körper von fünfzig Kilo Gewicht abzufangen.

Der junge Mann war unterdessen zum hinteren Ende des Triebwerks gegangen, um die Schubdüse zu betrachten. Nun stand er mit gerümpfter Nase und hielt sich die Ohren zu. Als er Hudson und die anderen beim Polizeiwagen zusammenkommen sah, holte er das Mädchen und führte sie hinüber. Gut. Sie konnten keinen verletzten Zivilisten brauchen.

Der Umweltpolizist der Earth First redete, während Glen nickte und lächelte.

Auch Sherrine gesellte sich zu der Gruppe, aber was sollte sie sagen, wenn jemand sie fragte? Wie sprach man über Wasserstoff? Das Verbrennungsprodukt ist Wasserdampf, völlig frei von Schadstoffen, und was gibt es noch? Nun war Glen wieder am Ball. »Sie waren also unterwegs von Las Vegas nach Los Angeles zu einer was, einer Demonstration?«

»Ja, vor dem Premierentheater«, sagte der schlaksige Jüngling. »Jede, die mit einem Pelzmantel daherkommt, wird wenigstens erfahren, was wir von ihr halten! Die anderen von uns sind mit dem zweiten Wagen gefahren, aber Barbara und ich dachten, wir sollten unsere Beobachtung melden. Mein Gott, man kann es nicht nur riechen und hören, bis die Trommelfelle platzen, sondern den Abgasstrahl noch einen Kilometer hinter dem Triebwerk sehen!«

»Junge«, sagte der männliche Umweltpolizist, »hast du bemerkt, daß es in letzter Zeit kühl wird?«

»Sicher, das Eis kommt.« Der junge Mann blickte hinaus in die hitzeflimmernde Wüste. »Ich habe sie im Fernsehen gesehen, die Gletscher, aber sie ändern nichts am Prinzip, sie haben keinen Einfluß auf das vergossene Blut. Pelz zu tragen, war schon Mord, als die verdammten Wissenschaftler noch über die globale Erwärmung und den Treibhauseffekt jammerten, und es ist heute genauso Mord!«

»Das stelle ich nicht in Frage«, sagte Glen, »aber mir scheint, daß Ihre Ziele allesamt Frauen sind, junger Mann. Ist das nicht sexistisch? Ich meine, Männer tragen auch Pelz, zum Beispiel als Futter im Wintermantel, nicht allzu häufig, aber ...«

Eine der Umweltpolizistinnen von Earth First sagte: »Da hat er recht... ah... Michael. Sexismus ist auch nicht politisch korrekt. Ich finde, sie müssen eine gleiche Zahl pelztragender Männer aufs Korn nehmen.«

Barbara fixierte Michael mit gerunzelter Stirn. Der junge Mann sagte: »Uh ...«

»Und warum bloß Pelze?« sagte Glen. »Auch Leder ist die Haut eines toten Tieres!«

Die Earth First-Umweltpolizisten blickten auf ihre Stiefel, ebenso die beiden jungen Leute. Sherrine hatte nichts sagen müssen. Glen Bailey ließ sie streiten – Pelz gegen Leder, freie Wildtiere gegen Nutztiere, die bis zu ihrem Tode gefangengehalten wurden, Häute und Fleisch gegen Pelze allein. Der Respekt der jungen Leute vor Uniformen verflüchtigte sich, die Polizisten wurden ärgerlich.

Glen sagte: »Wir sollten Gruppen vor Motorradfahrertreffs stationieren und Farbbeutel auf lederbekleidete Männer werfen, wenn sie herauskommen.«

Das Düsentriebwerk brüllte in das jähe Stillschweigen.

»Das wäre korrekter«, rief das Mädchen namens Barbara. »Wir würden Männer ebenso wie Frauen mit einbeziehen. Und es würde zeigen, daß uns die heimischen Kühe und andere Lederlieferanten genauso am Herzen liegen wie Pelztiere wie Kaninchen und Nerze.«

Michael sagte: »Barb ...«

Das konnte lustig werden, dachte Sherrine. Glen hatte recht: die Angriffe auf pelzmänteltragende Frauen der Oberklasse waren sexistisch. Mal sehen, was lederbekleidete Rocker tun würden, wenn Michael und Barbara sie mit Farbbeuteln bewarfen. Sherrine versuchte sich das Lachen zu verbeißen ... und Earth First wandte sich mit offensichtlicher Erleichterung Hudson und Hartwell zu.

Anscheinend gab es keine Festnahmen. Es wurde nur diskutiert. Lee Arteria kam zu dem Schluß, daß ihre Anwesenheit keinen Einfluß auf die Entwicklung der Lage haben würde.

Sie sah, wie die Umweltpolizisten mit einer Durchsuchung anfingen. Hudson würde seine Papiere natürlich in Ordnung haben, vorausgesetzt, die Polizisten würden den Raumtransporter überhaupt als solchen erkennen. Schon bald kamen sie zurück zu ihrem Fahrzeug. Das Düsentriebwerk heulte unerbittlich weiter, grauer Abgasdunst zog sich in einer langen Fahne den Hügel entlang und verteilte sich zu übelriechenden Dunstschleiern. Noch immer gab es keine Festnahmen.

Die Polizisten stiegen in ihr Fahrzeug; das junge Pärchen schien zu streiten, dann stieg es auch ein. Der Wagen fuhr davon, Minuten später gefolgt vom Wagen der Grünen Polizei.

Wie, zum Teufel, hatten sie das gedeichselt?

Und was folgte daraus für Lee Arteria?

Sie verflüssigten weiter Wasserstoff und Sauerstoff. Sie planten den Start, ganz gleich, was Gary Hudson den Polizisten weisgemacht hatte. Verrückte Amateure… Aber sie hatten Gary Hudson, der ihnen sagen konnte, ob *Phoenix* in irgendeiner Weise defekt war, und sie würden Hudson als technische Autorität anerkennen.

Es war die größte Versammlung von Technikfreaks, die jemals diese reine Wüstenluft mit dem Höllenlärm und den heißen Abgasfahnen von verbranntem Kerosin und Dieselöl verpestet hatten. Die gestrandeten Tauchflugpiloten als Passagiere, vielleicht Hudson selbst als Pilot… was brauchten sie außer Raketentreibstoff noch? Fracht? Natürlich, das war es, was die Fans zu dem Vorhaben beitrugen! All die verrückten Aktivitäten hatten der Beschaffung von allem möglichen Zeug für die Habitats gedient! Was hatten sie nicht alles in den Hangar geschleppt – Kartons, Papiertüten, prall gefüllte Plastikbeutel, mindestens eine Kühltasche! Auch das Problem der Flugbahnberechnung und Programmierung mußten sie gelöst haben. Sicherlich mit Kopien der alten Programme, die Hudson irgendwo verstaut hatte. Was sonst würden sie für den Start noch benötigen?

Lee Arteria lächelte. Ja!

BILLINGS, SAGEN SIE OBERST MURPHY, DASS WIR IM BEGRIFF SIND, DIE BEDEUTSAMSTEN FESTNAHMEN DER LETZTEN ZEHN JAHRE VORZUNEHMEN. BEIDE ASTRONAUTEN SOWIE DAS GESAMTE NETZWERK VON HELFERN, DAS SIE QUER DURCH DAS LAND GESCHMUGGELT HAT. LUFTWAFFE UND NACHRICHTENDIENST WIRD DAS GESAMTE VERDIENST DARAN ZUKOMMEN.

SAGEN SIE IHM, ER SOLL SICH NOCH DREI TAGE GEDULDEN, DANN SIND WIR BEREIT. DAS WIRD

IHM DIE BEFÖRDERUNG ZUM BRIGADIER EINTRAGEN. NICHT ZU REDEN VON BEFÖRDERUNGEN FÜR SIE UND MICH.

ARTERIA

Im Hangar wurde die Beleuchtung nur eingeschaltet, wenn es sein mußte, und niemals bei Nacht. Die beleuchteten Fenster mußten weithin sichtbar sein. Der Abend dämmerte, und das einfallende Tageslicht wurde rasch schwächer, aber Harry Czescu und Bob Needleton trugen und verstauten weiterhin Frachtgut. ›Sarge‹ Workman half eine Weile, aber er war der einzige Triebwerksmechaniker, den sie hatten, und Hudson brauchte ihn, um Kompressor und Turboverdichter zu überwachen. Gordon gesellte sich zu ihnen, war aber bald erschöpft und gab auf.

Nichts war groß, nichts war schwer. Sie kletterten in der Kabine herum und vertäuten alles mit leichten Nylonseilen. Die schwereren Dinge am Boden, dann die widerstandsfähigen Metallkäfige. Meerschweinchen, Perlhühner und Kaninchen brachten ihre Angst artgemäß zum Ausdruck.

»Wir müssen darauf achten, daß wir die Vorderseiten der Käfige nicht verbauen«, sagte Bob. »Die Tiere brauchen Luft und müssen versorgt werden.«

»Du brauchst deinem Großvater nicht beizubringen, wie man Eier aussaugt ...«

Sobald alles eingebaut worden war, würde es durch ein Netz gesichert. Das saugfähige Papier, das anstelle von Einstreu in den Käfigen lag, sollte kurz vor dem Start ausgewechselt werden. Oder vielleicht nicht. Die Käfige verbreiteten einen gewissen Geruch, aber schließlich hatten Tiere ihre Bedürfnisse, und organische Stoffe waren eben organische Stoffe.

Eine weitere Last verstaut. Wieder hinaus und die Leiter hinunter zum Boden. Harry zündete sich eine Zigarette an. Er war der einzige Raucher in Thunder Ridge. Er nahm zwei Züge, kniff die Glut ab, steckte den Rest der Zigarette wieder in die Packung. »Gut, kleben wir jetzt die Matte ein, oder warten wir noch?«

Bob antwortete nicht.

»Schau nicht so trübselig, Bob. Niemand denkt …« Harry blickte auf. »Hallo, Sherrine, hallo C.C. Alex, Sie haben eine Übungsmatte bekommen.«

»Hallo, Harry.« C.C. rieb sich die Hände. »Also, was können wir aufgeben? Das Saatgut ist wichtig, auch die Meerschweinchen, Kaninchen und Perlhühner, wenn auch nicht so sehr. Natürlich die Mineralstoffe, Vitamine und Lebensmittelzusätze. In Trockeneis verpackte Würste?«

»Würste nicht«, sagte Alex. »Wir können sie essen, bevor wir starten, wenn sie nicht haltbar sind. Trockeneis auf keinen Fall. Kohlenstoff brauchen wir, aber Sauerstoff in Flaschen ist zu schwer. Hat jemand daran gedacht, Lampenruß zu schicken?«

C.C. überflog die Liste. »Sieht nicht so aus. Ich werde sehen, was wir wann beschaffen können. Wie dringend brauchen Sie diese Metalle? Und die Blocks Wabenmetall? Die sind schwer.«

»Das ist nicht meine Abteilung, C.C.«

»Alex, Sie und Gordon sind die einzigen, die diese Auswahl treffen können. Und fünf Passagiere … wo, zum Teufel, ist Gordon?«

Alex winkte in die Richtung, wo er Gordon mit Jenny Trout gesehen hatte. »Ich sagte ihm, daß wir ihn brauchen, aber …«

»Ich muß gestehen«, sagte Bob Needleton, »daß ich nicht sehe, warum ich das fünfte Rad sein muß.« Seine Ohren und Nase waren merklich gerötet.

»Gordon, Sherrine, Hudson, ich, Sie. Soll ich die Übungsmatte nehmen?«

Bob hatte Mühe, die Worte hervorzubringen. »Wir holten Sie vom Eis. Die anderen sind fort. Nur ich und Sherrine sind übrig ...«

»Augenblick«, sagte Alex.

»Sie und Sherrine haben ...«

»Sie wollten es wissen, Bob. Sherrine muß und will mit hinauf. Und ich will und muß sie mitnehmen, weil ich mit der Frau des Stationsleiters geschlafen hatte.«

Needleton starrte ihn an, dann grinste er. »Ach so. Nun, das ist eine bessere Geschichte als ich erwartet hatte.«

»Sie ist wahr. Wenn Sherrine nicht mitgeht, wird der Stationsleiter mich nicht aufnehmen. Das sagte er mir klipp und klar. Vielleicht können Sie damit leben, aber ich werde mich nicht freiwillig zum Bleiben melden. Auf keinen Fall.«

Bob blickte zu Sherrine.

»Er hat es mir schon gesagt«, beantwortete sie die unausgesprochene Frage.

Bob seufzte. »Aber warum nicht sechs? Gordon hat auch ein Mädchen. Was können wir aufgeben, daß sie mitkommt? Verdammt, wo, zum Teufel, steckt er überhaupt?«

Zwei Stimmen hallten seltsam, als ob die ganze Halle des Hangars geantwortet hätte ...

»Gesucht sind wir von hier bis
  zu den fernsten Sternen,
Weil wir uns blöde singen
  in Tausenden Tavernen.
Doch wenn wir nur wollen, wird
  einst das Blatt sich wenden,
Und Schiffe werden wir dann
  zum Himmel entsenden.«

»Genug davon«, sagte Alex. »Entschuldigen Sie mich.« Er ging hinüber zu dem Fenster, wo Jenny und Gordon in Papieren blätterten, nickten und sangen:

»Gesucht, weil wir Stickstoff
  sammeln und Schiffe bauen,
Mikrowellen senden und auf
  uns selbst vertrauen.
Siegt heute noch der Gletscher,
  so landen wir morgen,
Und wird das Eis besiegt, so
  werden wir's besorgen.«

»Das ist hübsch, Gordon«, sagte Jenny. »Ein bißchen voreilig, vielleicht, sogar ein wenig überoptimistisch. Hallo, Alex ...«

»Hallo, Jenny. Gordon, wir entscheiden über dein Schicksal, während du spielst. Aus dem gleichen Grund hat es uns hierher verschlagen, wenn du dich vielleicht erinnerst.«

»Und aus dem gleichen Grund bleibe ich«, erklärte Gordon. »Ich bin ein Stiljagin, Alex. Nichts hat sich geändert. Aber hier ist Raum für Dichter und Schriftsteller, und ich kann immer den nächsten Flug mit Hudsons Frau erreichen. Meine Stimme wird hier gebraucht. Ich bleibe. Vier Sitze, vier Passagiere. Sag meiner Familie, ich umarme sie von hier unten.«

Sherrine, Bob und Gary Hudson, die Alex gefolgt waren, sahen einander an, dann nahm Sherrine Alex beim Arm und führte ihn beiseite. »Siehst du, was ich sehe?«

»Sicher. Wenn der *Phoenix* ohne Gordon und mich aufsteigt, würde es eine Katastrophe sein. Die Stimmung würde umschlagen und sich gegen Lonny wenden. Er könnte nicht mit der Wiederwahl rechnen. Du brauchst also nicht zu kommen, aber warum kommst du nicht trotzdem mit? Bitte?«

Sherrine lächelte. »Okay.«

»Hör auf, mit meiner Zuneigung zu spielen, und gib mir eine ehrliche Antwort.«

»Ich werde mitkommen, und wenn ich auf deinem Schoß sitzen müßte. Nun müssen wir mit dem Beladen weitermachen. Alex, sagtest du nicht, daß ihr den Plastikmais nicht wollt?«

»Ja. Ich anerkenne die Arbeit, die darauf verwendet wurde, ihn zu bekommen, aber so dringend brauchen wir Kunststoff nicht, und wir haben bessere Verwendung für die Erde. Außerdem läßt er sich nicht vermehren.«

»Nun, er war hier. Irgendein hingebungsvoller Helfer hat ihn an Bord geschmuggelt.«

»Verdammt. Dann müssen wir ihn suchen, bevor er unter den anderen Sachen begraben wird.«

Sie erstiegen die Leiter. Sherrine fragte: »Wie macht man es im freien Fall?«

Alex lachte. »Wie sonst auch. Aber man muß sich anbinden.«

Sie kletterten in die Kabine. »Meine Güte, all das Zeug«, sagte Sherrine. »Wie sollen wir da den Mais finden?«

»Indem wir suchen. Es hilft nicht, jedes überflüssige Gewicht muß eingespart werden. Sherrine, weißt du, daß wir diese Nacht vielleicht das letzte Mal in einem Schwerefeld miteinander schlafen können?«

»Mmm. Wir könnten sogar so ein Ding finden, wie nennt man es noch? Es ist weich, und man breitet ein Laken darüber ...«

»Du willst mich wohl aufziehen, was? Bett.«

»Bett.«

Gary Hudson legte einen Lageplan des Dryden-Forschungszentrum im Luftwaffenstützpunkt Edwards auf den Tisch und wies auf ein Gebäude. »Hier drinnen.

Zimmer G44. Es sind drei gesicherte Stahlschränke in dem Raum, und das IMU ist in der untersten Schublade des mittleren.«

»Und das ist ganz sicher?« fragte Bob Needleton.

»Ja, natürlich. Sie können sich darauf verlassen. Es gibt sogar fünf von den Dingern, aber dort verwahren sie eines davon. Und zwar ist es das, welches zuletzt getestet wurde.«

»Und wann war das?« fragte Sherrine.

»Ungefähr vor einem Jahr – nein, eher vor zwei Jahren. Zwanzig Monate ist es her, glaube ich. Major Beeson brachte es herüber, und wir testeten das gesamte Elektroniksystem des *Phoenix.* Funktionierte alles einwandfrei. Dann nahmen sie das IMU wieder mit, packten es in Schaumstoff und legten es in den Stahlschrank.«

»Und seitdem ist es nicht herausgenommen worden?« fragte C. C. Miller.

»Nicht, daß ich wüßte«, antwortete Hudson. »Und warum sollte jemand es tun? Dort lag es auch letztes Mal zwischen den Tests.«

»Wann ist der nächste Test?« fragte Needleton.

»Vielleicht nie. Beeson wurde versetzt. Jetzt ist ein Zivilist namens Feeley Leiter des Forschungszentrums. Er ist ein Grüner.«

»Und er hat alle Technikstudien auf Eis gelegt, nicht wahr?« sagte Miller.

»Alles ist in bester Ordnung, alle Geräte und Laborwerkzeuge werden jeden Tag aufgeräumt, alle Berichte rechtzeitig eingereicht und zu den Akten genommen.«

»So kann man auch eine Forschungseinrichtung leiten«, meinte Needleton. »Aber vielleicht ist es gut so. Erhöht die Wahrscheinlichkeit, daß Ihr IMU genau dort sein wird, wohin es gehört.« Er studierte den Lageplan. »Harry, es sieht so aus, als kämen wir am besten auf demselben Weg hinein wie letztes Mal. Vom

Verteilerschuppen müßten wir dann ein neues Loch in den Zaun des inneren Stützpunktes schneiden. Fang, Sie haben den Stützpunkt beobachtet. Haben Sie jemals Patrouillen gesehen, die bei Nacht unterwegs waren?«

»Nichts«, sagte Fang. »Wachen an den Toren, ein paar Leute im Verwaltungsgebäude, reduzierte Nachtschicht am Flugplatz. Sonst nichts.«

»Es gibt nicht mehr viel zu bewachen«, sagte Hudson. »Früher hatten sie hier die heißesten Prototypen und Versuchspiloten der Welt. Jetzt ...«

»Ja, ich weiß«, sagte Needleton. »In Ordnung, Harry, ich denke, wir sind bereit. Packen wir's an.«

Sie legten das Motorrad neben einem Mesquitestrauch auf die Seite und gingen den Rest des Weges zum Zaun. Die Klammern aus zusammengedrehtem Draht, die den zerschnittenen Zaun zusammenhielten, waren in den drei Tagen seit ihrem letzten Einbruch unberührt geblieben. Thunder Ridge war fünfzehn Meilen entfernt, und die Geräusche des Kompressors und des Turboexpanders gingen im hohlen Pfeifen des wiederauflebenden Wüstenwindes unter.

»Der verdammte Mond«, murmelte Harry. »Ich mag Mondlicht, aber heute gibt es zuviel davon.«

Beinahe voll, dachte Bob. Bei Gott, vielleicht noch zehn Stunden! Morgen früh würde er auf und davon sein, diese Erde hinter sich lassen. Vorausgesetzt, daß alles klappte und sein Herzklopfen nicht die Wachen weckte ... Auch Sherrine würde mit an Bord sein, aber nicht so, wie er es sich vorgestellt hatte. Nun gut. Er bekam den besten Trostpreis, den es gab. Einen kostenlosen Flug. Vier Sitze, und einer war für ihn!

Der Wellblechschuppen für die Verteilerventile hatte seinen eigenen Zaun, aber aus diesem Bereich führte ein Tor in den Bereich des Dryden-Forschungszentrums. Harry untersuchte das Tor und sein Schloß, dann flüsterte er: »Verflucht gutes Schloß. Es wäre einfacher, ein Loch in den Zaun zu schneiden, aber das würde bei Tageslicht leichter auffallen. Was soll ich tun?«

»Was am schnellsten geht. Morgen wird das ganze Land Bescheid wissen.« Bob zog seine Drahtschere aus dem Hosenbund und machte sich an die Arbeit.

Zimmer G44 war in einem Gebäude aus den ruhmreichen Tagen der 1950er Jahre. Es bot Raum für weit mehr Schreibtische und Zeichenbretter als darin standen. Aber selbst im derzeitigen Zustand schienen viele der Schreibtische unbenutzt.

Wie Gary Hudson gesagt hatte, standen drei Sicherheitsstahlschränke nebeneinander an der Wand. Harry ging hin und rieb sich erwartungsvoll die Hände. »Der Mittlere«, sagte er zu sich selbst. Dann zog er eine Nagelfeile hervor und begann sie über seine Fingerspitzen zu ziehen. »Kein Schmirgelpapier …«

»Harry, verdammt, mach schnell«, flüsterte Needleton.

»Richtig.« Harry öffnete die Werkzeugtasche und nahm Bohrer, Zangen und eine kurze Brechstange heraus. »Also, es geht los. Aber ich muß dir sagen, nur für den Fall …«

»Was?«

Harry zog an der Schublade. Sie ging auf.

»Da schau her. Und da ist dein Gerät, nehme ich an.« Er hob einen Kunststoffkasten heraus und stellte ihn auf den nächsten Schreibtisch. »Sehen wir mal.«

»Sei vorsichtig, Harry, laß es nicht fallen!«

»Ich nicht. Ja, richtig.« Er nahm einen kleineren Kasten heraus, der in Schaumstoff eingepackt war. »Und da haben wir's. Ein IMU …«

Die Raumbeleuchtung ging an.

»Harry, verdammter Idiot!« rief Needleton.

»Ich?«

»Hallo-o!«

Sie fuhren herum. Ein Luftwaffenhauptmann im Kampfanzug stand an der Tür. Seine Maschinenpistole zielte in die Mitte zwischen Harry und Bob.

»Oh, Scheiße«, murmelte Harry.

»Was nun?« sagte Bob. Er schätzte die Entfernung zur Waffe. Zwei Schreibtische standen dazwischen. Er blickte zu Harry, der kaum merklich nickte.

»Sie werden dem Tod nicht entgehen«, bemerkte der Hauptmann. Die Maschinenpistole zielte genau auf Harrys Nabel.

20

Ein Feuer am Himmel

Jenny Trout starrte die Straße hinunter. »Wo, zum Henker, bleiben sie?«

»Vielleicht war das Schloß schwieriger aufzubringen, als Harry dachte«, sagte Sherrine.

»Es kann nicht das Schloß sein«, meinte Jenny. »Harry ist gut mit Schlössern. Ich bin froh, daß Bob mitgegangen ist. Aber wo, zum Henker, bleiben sie?«

»Da kommt etwas.« Ein Licht, weit entfernt. Phantastisch, wie weit man hier draußen sehen konnte.

»Zwei Scheinwerfer! Es ist ein Wagen!« rief Jenny. »Holen Sie Hudson!«

»Jenny, um Gottes willen, stecken Sie die Waffe weg!« sagte Sherrine. »Mr. Hudson!«

C.C. Miller kam aus dem Büro gerannt. »Jenny, Leute zu erschießen ist nicht die Antwort auf alles, im Gottes Namen!«

»Manchmal ist es das, Cissy!«

»Diesmal nicht«, sagte Gary Hudson, der inzwischen herbeigeeilt war. »Wenn Sie ein Feuergefecht anfangen, haben wir hundert Militärpolizisten hier oben, lange bevor ein Start möglich ist.« Er starrte mißmutig zu den Autoscheinwerfern hinab, die sich unerbittlich näherten. »Was immer wir tun, es muß leise geschehen.«

»Na gut.« Jenny steckte die Pistole wieder in ihren Stiefel.

Miller schob sich näher zu Fang und raunte: »Bleiben Sie bei ihr, für alle Fälle.«

»Wir können jetzt einfach nicht aufgeben!«

»Nein, und wir werden es nicht tun«, sagte Miller. »Aber es gibt mehr Möglichkeiten, eine Katze zu füttern, als sie mit dem Kopf in den Milchkrug zu stopfen. Bleiben Sie da und warten Sie bei Jenny.«

Der Wagen war eine kleine graue Limousine, völlig unauffällig, wenn man nicht bemerkte, daß er sechs Antennen hatte. Er hielt in dem Licht, das aus der Bürotür und den Fenstern drang, und Bob Needleton öffnete die Tür auf der Fahrerseite und stieg aus. Er bewegte sich langsam und vorsichtig. Harry stieg auf der Beifahrerseite aus, auch er langsam und überlegt, als ob sie unter Wasser wären.

»Was, zum Teufel, geht vor?« verlangte Gary Hudson zu wissen. Jemand glitt aus dem Wagenfond, geschmeidig und schnell wie eine zustoßende Schlange.

Bob Needleton sagte: »Mr. Hudson, dies ist Hauptmann Lee Arteria vom Nachrichtendienst der Luftwaffe.«

»Oh, Scheiße ...«

»Sie werden dem Tod nicht entgehen.« Hauptmann Arterias Stimme drang laut und hell durch das gleichförmige Heulen des Düsentriebwerks. Die Scheinwerfer des Wagens beleuchteten die gefleckte Uniform, die kompakte Maschinenpistole und ein scharfes weißes Lächeln. Der Luftwaffenhauptmann bewegte sich wie im freien Fall, dachte Alex. Wie Steve Mews. Geschmeidig, stark und gefährlich.

Harry Czescu und Bob Needleton standen bewegungslos. Die Nacht schien zu warten. C. C. räusperte sich und sagte: »Selbst wenn Sie meinen, Sie könnten ihm ein Schnippchen schlagen.«

»Zahlen Sie Ihren Beitrag! Zahlen Sie Ihren Beitrag!« war das die Stimme eines Mannes oder einer Frau?

»Lee Arteria?«

»Richtig. Und Sie sind … Miller? C.C. Miller. Geschäftsführer der LASFS.«

»Jetzt Vorsitzender«, sagte Miller.

»Würde mir bitte jemand sagen …?« fing Gary Hudson an.

»Sie ist – oder war – Mitglied bei uns«, sagte Miller.

»Niemand kann sich der LASFS entziehen«, sagte Lee Arteria. »Ich brauchte eine Weile, bis ich darauf kam.«

»Das ist alles gut und schön, aber wo ist das IMU?« sagte Hudson.

»Ich habe es hier.« Arteria langte in den Wagen und nahm einen Kasten heraus. Die Maschinenpistole hielt sie wie ein prothetisches Zusatzgerät in der Armbeuge. Hudson nahm den Kasten an sich, während er versuchte, der Mündung der Waffe auszuweichen.

»Und Sie sollten es rasch einbauen.« Arteria warf einen Blick auf ihre Armbanduhr. »Es ist jetzt dreiundzwanzig Uhr zweiundvierzig. Morgen früh um acht, spätestens um halb neun, wird es hier von Polizei wimmeln. Militärpolizei, Blaue, Grüne, Armee, Agenten der Einwanderungsbehörde und was weiß ich.«

»Ja. In Ordnung.« Gary Hudson hielt den Kasten behutsam in beiden Händen, als wäre es eine Flasche mit Nitroglyzerin. Kein Wunder dachte Alex, wenn man bedachte, was – wer – damit zusammenhing. »Alex, sagen Sie Jenny, sie könne sich beruhigen.«

Der Hangar war von innen größer als es aus der Ferne den Anschein gehabt hatte. *Phoenix* erhob sich stolz in der Mitte der hohen Halle, umgeben von Gerüsten. Hudson schaltete alle Lampen ein. Es war sicherer als der Einsatz von Handscheinwerfern. Verstohlen tanzende Lichter konnten Mißtrauen erregen und zu sofortiger Nachforschung führen. Arbeitsbeleuchtung konnte bis zum Morgen warten.

»Schön ist er«, sagte Arteria.

»Sie sollten ihn erst fliegen sehen«, sagte Hudson.

»Dann wird er wirklich funktionieren?«

Hudson warf ihr einen verdrießlichen Seitenblick zu. »Ich möchte nicht undankbar erscheinen, aber Sie sind in etwa die hundertste Person, die mir diese Frage stellt. Ja, der *Phoenix* ist startbereit. Genauer gesagt, ich bin von seiner Funktionstüchtigkeit so fest überzeugt, daß ich beim Start mit an Bord sein werde.«

Hudson nahm den Kasten mit dem IMU und stieg in die Bodenöffnung über einem der Landebeine. Sie war kaum weit genug, um ihn einzulassen. Ein paar Augenblicke später kam er wieder zum Vorschein, holte eine Werkzeugtasche und kletterte wieder hinein. Nach einer Weile ließ er sich durch die Öffnung heraus, verschloß sie und landete mit einem breiten Lächeln am Boden.

»Alles in Ordnung?« fragte Lee Arteria.

»Ja. Nun können wir das Testprogramm laufen lassen.« Er kletterte voran die Leiter hinauf.

In der Kabine war es eng. Die einzigen freien Räume waren die vier Sitze, die man nur erreichen konnte, indem man sich von oben in sie herunterließ. Hühner protestierten gegen die Störung, als Hudson die Beleuchtung einschaltete. Lee Arteria sah vom Einstieg aus zu, wie Hudson sich in den Pilotensitz zwängte und am Armaturenbrett Schalter betätigte. Kontrolleuchten blinkten gelb, dann grün, und der Bildschirm für die Ablesungen wurde lebendig. Hudson zog die Tastatur näher zu sich heran und begann zu tippen.

»Stimmt alles?« fragte Arteria nach einer Weile.

»Sieht so aus.« Er gab weitere Befehle ein. »So. Das Testprogramm läuft, aber ich erwarte keine Probleme.«

»Und wann können Sie starten?« fragte Lee.

Er sah auf die Uhr. »Um sechs Uhr vierzig, wenn keine unvorhergesehenen Schwierigkeiten auftreten.«

»Also noch sechseinhalb Stunden«, sagte Lee Arteria.

Jheri Moorkith bemühte sich, höflich zu bleiben. Schließlich war es ein Luftwaffenstützpunkt, und er sprach mit Luftwaffenoffizieren. Aber es fiel ihm nicht leicht.

»Verdammt noch mal, sie hat mich belogen«, bekräftigte er. »Wieso?« fragte Leutnant Billings.

»Sie sagte, die Nachricht an der Anzeigetafel der Kirche ›Predigt von Reverend Nehemia Scudder‹ würde die Gesuchten in die Kirche locken. Das Gegenteil war der Fall.«

»Nun, was führt Sie zu der Annahme, daß die Gesuchten überhaupt in die Nähe dieser Kirche wollten?« fragte Oberst Murphy.

»Die betreffende Kirche ist im Außenbereich von Albuquerque, wo Unterstützergruppen aus der Region die Gesuchten und ihre Helfer versorgen konnten. Wir wissen, daß die Lastzüge durch Denver fuhren und dann vor vier Tagen die Grenze nach Kalifornien bei Needles überquerten. Vier Tage! Und Sie haben es die ganze Zeit gewußt und mir nichts gesagt!«

»Ich schickte Ihnen eine Mitteilung«, sagte Billings.

»Auf dem Dienstweg«, sagte Moorkith durch die Zähne. »Ja, und wir alle wissen, wie dieses Spiel gespielt wird. Gut, aber jetzt ist ausgespielt. Ich habe hier eine Direktive vom Nationalen Sicherheitsrat, die das Sonderkommando zur Fahndung nach den illegalen Einwanderern und ihren Helfern meinem Befehl unterstellt. Anerkennen Sie meine Autorität?«

Murphy nahm sich zusammen. »Jawohl, Sir.«

»Gut. Wo ist Hauptmann Arteria?«

»Wir wissen es nicht genau«, sagte Billings. »Der Funkverkehr läuft über die Relaisstation Mount Emma.

Sie bedient den gesamten Bereich der Mojavewüste. Sie könnte überall dort draußen sein, aber soviel ich weiß, kann sie nicht weit von uns hier in Victorville sein. Sie gab mir Anweisung, hier auf weitere Befehle zu warten.«

Moorkith verzog das Gesicht in einer geringschätzigen Grimasse. »Oberst, ich befehle Ihnen, sie auf dem schnellsten Wege ausfindig zu machen. Ich muß wissen, wo Hauptmann Lee Arteria sich aufhält.«

»Weshalb?« fragte Murphy.

»Weil ich glaube, daß sie übergelaufen ist. Finden Sie Arteria, und wir werden genau wissen, wo die Astronauten und ihre subversiven Freunde sind. Das ist meine feste Überzeugung. Ich erwarte von Ihnen sofortiges Handeln!«

Das Faxgerät winselte. Lee Arteria riß das Blatt ab, las es und reichte es C. C. Miller:

> MOORKITH IST HIER UND HAT EINE ANWEISUNG VOM NATIONALEN SICHERHEITSRAT VORGELEGT, DIE IHN ZUM LEITER DES SONDERKOMMANDOS ERNENNT UND MIT DER EINSATZLEITUNG BEAUFTRAGT. DIE KALIFORNISCHE STRASSENPOLIZEI VERSTÄNDIGTE IHN, DASS ZWEI MILKHEIM-TANKLASTZÜGE VOR VIER TAGEN DIE GRENZE BEI NEEDLES ÜBERQUERTEN. MOORKITH IST FUCHSTEUFELSWILD. ER SCHREIT OBERST MURPHY AN, DER OBERST SCHREIT MICH AN. ES WIRD ENG FÜR UNS.
>
> DIREKTER BEFEHL VON OBERST MURPHY: HAUPTMANN ARTERIA, SIE WERDEN AUGENBLICKLICH IHREN GENAUEN STANDORT UND DIE UMSTÄNDE MELDEN. MURPHY.
>
> OBERST MURPHY GIBT MIR EINE STUNDE, UM HERAUSZUBRINGEN, WO SIE SIND UND EINEN GENAUEN BERICHT ZU ERSTELLEN. DANN WIRD ER

DIE LUFTWAFFEN-FELDPOLIZEI ZU IHNEN SCHIKKEN. DAS SAGTE ER, ABER ICH GLAUBE, ER HAT SIE BEREITS AUSGESANDT.

ICH HOFFE, SIE WISSEN, WAS SIE TUN, DENN HIER WIRD ES HEISSER ALS IN DER HÖLLE.

BILLINGS

Miller las den Text, gab ihn an Bob Needleton weiter. Alle standen in einer Gruppe um Lee Arterias Wagen und lasen im Licht der Bürofenster hinter ihnen.

»Das sieht allerdings brenzlig aus«, sagte Bob Needleton.

»Es ist brenzlig«, erwiderte Arteria. »Bis jetzt könnte ich mit der Ausrede davonkommen, daß Sie mich überwältigt hätten. Es würde reichlich stümperhaft aussehen, wenn ich erzählte, Sie und Harry hätten mir die Maschinenpistole abgenommen, aber ich könnte mich vor einem Militärgericht herausreden. Aber jetzt habe ich den direkten Befehl meines Vorgesetzten, meinen Aufenthaltsort zu melden und mein Handeln zu erklären. Das ist kein Spiel mehr. Wenn die Wahrheit ans Licht kommt, lande ich in Fort Leavenworth.«

»Was werden Sie tun?« fragte Miller.

Sie blickte von einem zum anderen, wie sie um ihren Wagen standen. Hinaus über die Wüste jenseits von ihnen. Dann zum offenen Tor des Hangars. Ein Teil des breiten Unterbaus des Raumtransporters war durch die Öffnung zu sehen.

Sie hatte noch immer die Maschinenpistole im Arm. Statt zu antworten, stieg sie in den Wagen, legte die Waffe auf den Beifahrersitz und begann in ihr Faxgerät zu tippen.

Harry Czescu blickte zu Miller. Beide schauten fragend Hudson an. Der zuckte die Achseln.

Arteria nahm die Maschinenpistole und stieg wieder aus. »Da. Fahren Sie die großen Tanklastzüge zu den

Ölfeldern bei Taft und lassen Sie sie dort stehen. Jemand muß in einem Wagen folgen, um die Fahrer an Bord zu nehmen. Dann rufen Sie diese Nummer an und erzählen dem wachhabenden Unteroffizier, wo Sie die Lastzüge verlassen haben. Verschwinden Sie von dort. Fahren Sie nach Norden, dorthin, wo Sie glauben, am sichersten zu sein. Unterdessen lasse ich von der Luftwaffenfeldpolizei den Cajon-Paß nach San Bernardino überwachen. Ungefähr zur gleichen Zeit, wenn sie dort sind, werden sie den Hinweis auf die Tanklastzüge in Taft bekommen. Das sollte uns ein paar Stunden Luft verschaffen. Aber nun machen Sie voran!«

Hudson nickte mißtrauisch.

C. C. sagte: »Sarge, Mark, jeder übernimmt einen Tankzug. Björn, du hast einen fahrbereiten Wagen? Folge den beiden und nimm sie an Bord, wenn ihr am Ziel seid. Sarge, Sie haben die Leitung.«

»In Ordnung.«

Lee Arteria nickte, wandte sich zu Hudson. Sie hatte die Maschinenpistole noch immer in der Rechten. »Nun zu meinem Preis. Ich gehe mit hinauf.«

Hudson schüttelte den Kopf. »Wir haben keine Zeit zum Umpacken. Die Kabine ist für vier Personen gepackt, und bis zum Start haben wir nur noch sechs Stunden ...«

»Ich nehme Bob Needletons Platz.«

Bob hob abwehrend die Hand. »Hauptmann, ich sagte nie, daß ich nicht mitfliegen wolle.«

»Ich hörte, was Sie mir auf der Herfahrt sagten. Sie bleiben, um Ihren Studenten Seminare zu geben, Sie bleiben, um zu kämpfen, Sie geben auf und fliegen mit, Sie sind nicht sicher, was Sie da oben tun sollen, Sie werden mit der Frau, die Ihnen den Laufpaß gegeben hat, und dem Mann, der sie herumgekriegt hat, in einer Konservendose eingesperrt sein. Sie sind in einem Zustand der Ungewißheit, Mr. Needleton. Nun, ich erlöse Sie aus diesem Zustand.«

Bob Needleton schob das Kinn vor. »Wenn ich meinen Platz im Transporter aufgebe, dann für jemanden, der dort oben gebraucht wird. Was wollen Sie tun?«

»Ich habe schon zu viel getan, um Ihnen allen den Rücken freizuhalten«, sagte Arteria. »Ich gehe hinauf, oder ich gehe nach Leavenworth. Ich habe Sie gestellt! Ehrlich und offen, als ich Sie auf frischer Tat bei einem Einbruch ertappte. Ich hätte Sie beide auf der Stelle ohne Anruf niederschießen können, weil der Einbruch im militärischen Sperrgebiet erfolgte. Ich tat es nicht; und schließlich vertuschte ich Ihnen allen zuliebe die ganze Angelegenheit.«

»Dann müssen Sie eben abtauchen. Das tun die meisten von uns, wenn sie gesucht werden. Sie können sich genauso leicht verbergen wie ich. Leichter noch, denn Sie wissen mehr darüber, wie es gemacht wird.«

»Das ist nicht gut genug«, sagte sie. »Sie können mich nicht hindern.«

»Ich kann es versuchen«, sagte Bob. »Vielleicht kann ich Sie töten, bevor Sie Hilfe herbeiholen, vielleicht nicht.«

»Ich brauche niemanden herbeizuholen. Wenn ich mich nicht melde, werden sie wissen, wo sie zu suchen haben.«

»Ich glaube Ihnen nicht.«

Arteria lachte leise. »Wollen Sie es versuchen?« Sie nahm die Maschinenpistole in die Linke, bückte sich und zeigte ihm ihre Ausrüstung. Eine Pistole in einem Stiefel, einen Dolch im anderen, Handschellen am Gürtel, ein bleibeschwerter Totschläger in einem Ärmelfutteral. »Können Sie Karate?« fragte sie ihn.

Bob Needleton starrte entsetzt auf ihr Arsenal. Er wich unwillkürlich zurück, befeuchtete sich die Lippen.

»Vielleicht ist es ein Bluff. Vielleicht können Sie Ihre Einsatzgruppe nicht alarmieren, weil Sie schon zu lange gewartet haben.«

»Das ist schwach, Mr. Needleton. Aber ich schlage vor, daß wir auf Drohungen verzichten und die Dinge realistisch sehen. Mr. MacLeod als einer, der sich dort oben auskennt, wird Ihnen bestätigen, daß sein Stationskommandeur eine Frau im gebärfähigen Alter allemal einem Theoretiker von einem Physikdozenten vorziehen wird, von dem durch die erzwungene Nähe zu seiner Exfreundin und ihrem neuen Partner nur Probleme zu erwarten sind.« Sie wandte sich zu Alex. »Habe ich recht?«

Alex scharrte verlegen mit den Füßen, schlug den Blick nieder, dann nickte er zögernd.

»Okay«, sagte Bob. »Sie sind eine Frau.«

Hudson kletterte aus dem *Phoenix* und versammelte die anderen im Hangar um sich.

»Alles ist klar«, verkündete er. »Wir starten um sechs Uhr vierundvierzig. Stationskommandeur Hopkins hat das Rendezvous festgelegt und bestätigt. Er wird starten, sobald wir den erfolgreichen Start melden.«

»Wen brauchen Sie hier für den Start?« fragte Miller.

»Sobald wir das Dach geöffnet haben, niemanden. Wir werden das in einer halben Stunde tun, und dann zerstreuen Sie sich. Und zwar so rasch wie möglich. Verlassen Sie den Stützpunkt und suchen Sie in alle Richtungen das Weite. Kann jemand über die Wüste direkt nach Norden fahren?«

»Wir können«, sagte Harry. »Aber vielleicht sollten Jenny und ich bleiben. Wache halten.«

»Und was tun? Nicht, daß ich fragen müßte«, sagte Hudson, als Jenny zu ihrem Stiefel griff. »Sehen Sie: gegenwärtig kann man mir nichts vorwerfen als die Entführung meines eigenen Raumtransporters. Ich kann irgendwo im Ausland landen, und die Anwälte werden sich um den Rest kümmern. Wenn es aber Tote gibt, werden sie Auslieferungsanträge in jedes Land schicken, wo wir landen können! Ganz zu schweigen davon, daß ich mir viele Leute bei der Luftwaffe, die jetzt durchaus mit mir sympathisieren, durch solch eine Tat zu erbitterten Feinden machen würde. Schließlich will ich zur Erde zurück. Meine Frau liegt in einem New Yorker Krankenhaus! Nein danke, Harry.«

»Kein Ausharren bis zum Letzten?« fragte Jenny.

»Nein.«

»Welche Erleichterung«, sagte Harry. »Passen Sie auf, wir werden als letzte starten, nicht wahr? Ich werde eine Rolle von diesem Edelstahldraht nehmen und das Tor damit verschließen. Außerdem können wir Glasscherben auf die Straße streuen.«

»Gut, das geht in Ordnung«, sagte Hudson. »Aber niemand wird verletzt!«

»Außer vielleicht wir«, sagte Jenny.

»Wenn das nötig sein sollte, um den Start zu ermöglichen …«

»Ja, Harry«, lenkte Jenny ein. Sie steckte die Pistole wieder in den Stiefel. »Wo ist der Draht?«

Gary Hudson aktivierte das Lautsprechersystem. Es machte nichts aus, solange der Turboverdichter die Luft mit Lärm erfüllte. »MINUS ACHTZIG MINUTEN, STARTZÄHLUNG LÄUFT«, sagte der Computer. Es war ein gutes Gefühl, das wieder zu hören.

Die Tür zum Büro wurde geöffnet, und Lee Arteria kam heraus. Sie trug den Seidenkimono, den Hudson im Duschraum seiner Bürosuite aufbewahrte. »Gehört er Ihnen, Mr. Hudson? Mir gefällt Ihr Geschmack«, sagte sie. »Aber während ich unter der Dusche war, scheint jemand meine Kleider entfernt zu haben.«

»Im Nebenzimmer. Sie werden nicht all die Waffen brauchen, wissen Sie.«

»Brauche ich überhaupt welche?«

Hudson zog die Stirn in Falten. »Was mich angeht, nicht. Aber ich habe denen oben noch nichts über die Veränderung der Passagierliste gesagt. Sie könnten es sich also noch überlegen.«

»Da gibt es nichts zu überlegen. Diese Laufbahn ist zu Ende.«

»Also laufen Sie davon. Was werden Sie Ihrer Meinung nach in den Habitats tun?«

»Ich bin nicht nutzlos, wissen Sie. Ich habe bei der Luftwaffe eine Ingenieurausbildung gemacht. Ich wollte im Raumfahrtprogramm arbeiten. Das Offizierspatent bekam ich, aber Ingenieure brauchten sie nicht, dafür aber Ermittler für den Nachrichtendienst. Ich war gut darin, aber ich kann alles lernen.« Sie lächelte leicht, ein schmales, melancholisches Lächeln. »Und ich kann das Genreservoir dort oben ein wenig vergrößern. Gesunde Kinder in die Welt setzen.«

»Sie haben mich überzeugt. Ich nehme an, daß Dr. Needleton sich bereits mit seinem Schicksal abgefunden hat.«

»Sagen wir, er leistet keinen Widerstand mehr.«

»So, die Stunde ist um. Wo ist sie?« verlangte Moorkith zu wissen.

Oberst Murphy war verlegen. »Sie bestellte den Hubschrauber zu einem Punkt über dem Cajon-Paß, aber als ihre Einsatzgruppe dort landete, war niemand da. Sie suchen die Umgebung ab.«

»Suchen die Umgebung ab!«

»Ja, Sir. Sie könnte verletzt sein, oder gefangengenommen.«

»Ich glaube kein Wort davon«, sagte Moorkith, »und Sie auch nicht. Sie ist übergelaufen. Hilft ihnen! Das ist, worauf wir uns einstellen müssen. Nun, Oberst Murphy, werden Sie mit mir zusammenarbeiten, es sei denn, Sie wünschen dies alles dem Verteidigungsminister zu erklären.«

»Was möchten Sie, das ich tue?«

»Ich möchte, daß Sie denken! Was könnte Hauptmann Arteria bewogen haben, den Gesuchten zu helfen? Sie muß wissen, daß sie gefangen würde.«

Leutnant Billings hatte still zugehört. Nun räusperte er sich.

Moorkith sah ihn an. »Nun, Leutnant?«

»Nichts, Sir. Bloß ein Gedanke.«

»Heraus damit«, sagte Moorkith.

Billings schüttelte den Kopf. »Sir, es war nichts.«

»Sagen Sie es uns«, befahl Oberst Murphy.

»Vielleicht werden sie nicht gefangen, Sir.«

Murphy runzelte die Stirn. »Wieso nicht, Billings? Es gibt keinen Ort in diesem Land, auf diesem Kontinent… oh.«

»Wollten Sie noch etwas sagen, Oberst?« fragte Moorkith.

»Nichts, Sir.«

»Der Teufel soll Sie alle holen! Sie wissen etwas …!« Er hielt inne und überlegte. »Also nicht auf diesem Kontinent. Nicht auf dieser Erde, richtig? Sie haben eine Möglichkeit, wieder in die Umlaufbahn zurückzukehren, nicht wahr? Was ist das für eine Möglichkeit? Wo?«

»Nirgendwo«, sagte Murphy. »Es ist einfältig.«

»Einfältig oder nicht, Oberst, dies ist ein direkter Befehl von mir, und ich handle mit der Autorität des Nationalen Sicherheitsrates: Wie könnten diese gestrandeten Astronauten in eine Umlaufbahn zurückkehren?«

Murphy und Billings sahen einander hilflos an. Schließlich sagte Murphy zögernd: *»Phoenix.«*

»In Phoenix gibt es einen Raumtransporter?«

»MINUS FÜNFZIG MINUTEN. STARTZÄHLUNG LÄUFT. NEHMEN SIE IHRE PLÄTZE EIN. RÄUMEN SIE DEN STARTPLATZ. RÄUMEN SIE DEN STARTPLATZ.«

Als Bob Needleton aus dem Planungsbüro ins Freie trat, schauten alle weg. »Wo ist sie?« fragte er.

»Sie geht mit den anderen an Bord«, sagte Harry. »Ah – du wirst keinen Ärger machen?«

»Nein. Sie geht, und ich bleibe hier, um das Danelaw* zu bekämpfen.«

Er ging hinüber zum Hangar. Das Dach war zur Hälfte offen, und der Sternhimmel schaute herein. Der Mond war am Untergehen, und im Osten kündigte sich der neue Tag mit einer schwachen Verfärbung des Horizonts an. Direkt über dem Hangar aber war der Himmel noch kalt und dunkel und klar.

Sherrine und Arteria erstiegen die Leiter, Hudson und Alex standen bereits am Einstieg, zwanzig Meter über dem Boden.

»Geht mit Gott!« rief Gordon hinauf.

»Ja!«

Bob Needleton winkte. »Leb wohl, Sherrine. Glückliche Reise!« Er wandte sich um. »Leute, ich habe einen Mordshunger.«

»Es sind Lebensmittel übriggeblieben«, sagte Harry. »Paß auf, wir haben die Flucht genau organisiert. Du fährst mit Arterias Wagen. Sie dachten, das würde angemessen sein. Sandy hier wird den Wagen fahren, er kennt die Gegend.«

Hudson verschwand im Einstieg.

»RÄUMEN SIE DEN STARTPLATZ.«

»Das wär's dann, denke ich«, sagte Bob. »Kommt mir wie ein … aber das tut nichts zur Sache. Es ist vor-

---

* ›Dänisches Recht‹, das im Mittelalter in einem Teil Ostenglands galt. – *Anm. d. Übers.*

bei. Vom Eis in die Wüste.« Er stand im Tor zum Hangar, wollte nicht gehen, bis Harry ihn weiterzog.

Sie erreichten den Wagen. Sandy Sanders saß bereits am Steuer.

Das Faxgerät erschreckte sie mit seinem Winseln.

HAUPTMANN LEE ARTERIA. HIER OBERST ANTHONY MURPHY. DIENSTLICH. MR. JHERI MOORKITH HAT IM AUFTRAG DES NATIONALEN SICHERHEITSRATES DEN BEFEHL ÜBER DAS SONDERKOMMANDO UND DIE FAHNDUNGSAKTION ÜBERNOMMEN. ER HAT ENTSCHIEDEN, DASS EIN VERSUCH UNTERNOMMEN WIRD, UNSERER JURISDIKTION DURCH DEN ILLEGALEN START EINES EXPERIMENTELLEN EINSTUFENTRANSPORTERS NAMENS PHOENIX DER US-LUFTWAFFE, DER SICH GEGENWÄRTIG IM LUFTWAFFENMUSEUM EDWARDS BEFINDET, ZU ENTKOMMEN. SIE ERHALTEN HIERMIT BEFEHL, ALLES IN IHRER MACHT STEHENDE ZU TUN, UM DEN START DES PHOENIX-TRANSPORTERS ZU VERHINDERN. MR. MOORKITH IST IN IHREM HUBSCHRAUBER MIT LEUTNANT BILLINGS UNTERWEGS ZUM LUFTWAFFENSTÜTZPUNKT EDWARDS.

»Jetzt ist die Kacke echt am Dampfen«, sagte Needleton. »Wie sagen wir es Hudson?«

»Miller und Gordon sind noch im Blockhaus«, sagte Harry. Er blickte auf seine Armbanduhr. »Ich glaube es jedenfalls.«

»Harry, gib es ihnen«, sagte Bob. »Miller soll es Hudson vorlesen.«

»Und dann was?« fragte Sandy.

»Dann nichts«, sagte Harry. »Hudson befahl uns, nicht zu kämpfen, und das kommt sowieso nicht in Frage. Wir können nicht gegen einen Hubschrauber kämpfen. Können nicht mal die Landeplätze unbrauchbar machen, hier oben kann er überall niedergehen. Fahren Sie jetzt, Sandy, schaffen Sie Bob fort!«

Sandy blickte zu seinem Beifahrer, und Bob nickte. »Fahren wir«, sagte er. »Wer weiß, wenn genug von uns davonlaufen, werden sie vielleicht uns verfolgen. Also los!«

Miller las das Fax und schüttelte den Kopf. »Ich habe ein ungutes Gefühl dabei.« Er schaltete die Gegensprechanlage ein. »*Phoenix*, wir haben ein Problem.« Er las das Fax vor.

Eine lange Pause folgte.

»Gut, verstanden«, sagte Hudson. »Nicht daß wir viel tun könnten. Wir warten. Kennt jemand ein Gebet?«

»Edwards«, sagte Lee Arteria. »Moorkith sagte Edwards, also bringen sie ihn dorthin! Ich kenne Murphy, wenn sie hierher kämen, hätte er Thunder Ridge gesagt. Ich glaube, wir werden es schaffen!«

»Aber verdammt knapp«, sagte Hudson. »Miller, schaffen Sie Ihre Leute fort. Vielleicht können wir ein paar Minuten eher starten. Ich werde mit Stationskommandeur Hopkins sprechen. Aber Sie räumen jetzt die Anlage sofort! Suchen Sie das Weite!«

»MINUS ZWANZIG MINUTEN. STARTZÄHLUNG LÄUFT«, sagte der Computer. »RÄUMEN SIE DEN STARTPLATZ.«

»Ich frage mich, zu wem er spricht?« bemerkte Sherrine.

»Zu niemandem, hoffe ich«, sagte Gary Hudson. »Aber das kann man bei diesen Leuten nie wissen. Vor allem nicht bei Harry.«

»Wir sind blind hier drinnen«, sagte Arteria. »Wenn ich daran denke, daß wir eine Funkverbindung mit den Leuten hätten einrichten können, die in meinem Wagen sind.«

»Das wäre Bob Needleton«, sagte Hudson.

»Ist es immer so, Mr. MacLeod?« fragte Arteria. »Dieses ewige Warten? Ich beginne zu verstehen, wie Verbrechern zumute sein muß, die auf ihre Hinrichtung warten.«

»*Phoenix,* hier ist *Freedom*«, sagte eine weibliche Stimme.

»Verstanden, *Freedom.*«

»Ich stelle eine Relaisverbindung her. Bleiben Sie dran.«

»Alex, hier ist Gordon. Hörst du mich?«

»Ich höre, Gordon. Was gibt's?«

»Ein Hubschrauber der Luftwaffenfeldpolizei ist im Stützpunkt Edwards gelandet.«

»Achtzehn Meilen von hier«, murmelte Hudson. »Zehn Minuten Flug ...«

»Fünf«, sagte Arteria.

»Und sie werden den Kompressor hören«, sagte Hudson. »Das glaube ich nicht«, sagte Arteria. »Wir hörten ihn erst, als wir die halbe Strecke zurückgelegt hatten. Aber man kann die Lichter hier oben ohne weiteres sehen.«

»Oh, Scheiße«, sagte Hudson.

»MINUS FÜNFZEHN MINUTEN. STARTZÄHLUNG LÄUFT.«

»Na, wo ist jetzt dieser *Phoenix?*« fragte Moorkith.

»*Phoenix,* Sir?« antwortete der diensthabende Unteroffizier. Der Namensaufnäher an seinem Overall wies ihn als MacDaniel aus. »Der ist in einem Museum auf der Thunder Ridge.«

»Thunder Ridge? Wo ist das?«

Der Unteroffizier zeigte mit ausgestrecktem Arm. »Sehen Sie die Lichter da oben über dem ausgetrockneten See? Das ist Thunder Ridge.«

Moorkith fuhr herum, fixierte Billings. »Was, zum Henker, bezwecken Sie damit?«

»Sir? Sie wollten nach Edwards gebracht werden. Wir sind im Luftwaffenstützpunkt Edwards.«

»Der Teufel soll Sie zerreißen! Sie wußten, daß ich zum *Phoenix* wollte!«

Billings ließ sich nichts anmerken. »Sir, Sie sagten zu Oberst Murphy, daß ich Sie nach Edwards fliegen solle. Ich brachte Sie hierher. Ich nehme an, Sie wollen diese Aktivitäten auf dem Gelände der Luftwaffe mit dem Stützpunktkommandanten klären, Sir.«

»Und wo ist der?«

Der diensthabende Unteroffizier warf Billings einen schnellen Blick zu, dann nahm er Haltung an. »Er ist in Rosamond, Sir. Er wohnt nicht auf dem Stützpunktgelände.«

»Und wer vertritt ihn hier?«

»Das ist der Offizier vom Dienst, Sir, Major Cobb, Sir.«

»Und wo ist der?«

»Im Operationsbüro, Sir.«

»Sie denken wohl, Sie können mich die ganze Nacht an der Nase herumführen, wie?« erhitzte sich Moorkith. »Sie stecken alle unter einer Decke! Sie sind erledigt, Billings, Sie und Murphy und Arteria – Sie sind alle erledigt!«

»Ja, Sir. Möchten Sie Major Cobb sprechen, Sir?«

»Nein, ich möchte, daß Sie mich nach Thunder Ridge bringen. Sofort!«

»Ja, Sir. Unteroffizier, sorgen Sie dafür, daß der Hubschrauber aufgetankt und ...«

»Verdammt noch mal, SOFORT!«

»Aber Sir, wir haben nur noch wenig Treibstoff. Und Unteroffizier, ich glaubte ein komisches Geräusch im Hauptlager zu hören. Wahrscheinlich ist es nichts, aber prüfen Sie es besser nach.«

Unteroffizier MacDaniel kämpfte mit einem Grinsen und gewann beinahe. »Jawohl, Sir.«

»Lahmärsche, Nachtwächter!« explodierte Moorkith. »Saboteure! Unteroffizier, besorgen Sie mir einen Wagen. Diesen da, gleich hier. Stecken die Schlüssel? Gut. Ihr zwei, ihr mit den Maschinenpistolen, ihr kommt mit mir! Jetzt sofort! Leutnant, wenn Sie Ihren Hubschrauber flugbereit gemacht haben, können Sie nach Thunder Ridge fliegen und diesen Start verhindern, oder Sie können es bleiben lassen. So oder so, Billings, sind Sie erledigt. Ihre Rangabzeichen können Sie sich gleich hinten reinschieben! Haben Sie mich verstanden?«

»Nun, nicht ganz, Sir. Ich meine, es ist eine erstaunliche Unterstellung, daß wir als Luftwaffenoffiziere irgendwelche Machenschaften dort oben unterstützen ...«

»Hören Sie auf, darum herumzureden«, sagte Moorkith. »Los, ihr Männer! Steigt ein! Ich werde fahren. Unteroffizier, öffnen Sie das verdammte Tor, und kommen Sie mir nicht mit Problemen.«

Unteroffizier MacDaniel salutierte. »Jawohl, Sir. Geben Sie mir einen Moment, die Schlüssel zu holen.«

Inspektor Glen Bailey fuhr den Streifenwagen der Grünen Polizei durch Mojave und auf der Fernstraße 58 nach Osten. Sein Blick war mehr auf den Thunder Ridge gerichtet als auf die Straße. Jeden Augenblick, dachte er. Jeden Augenblick konnte es losgehen.

Während er fuhr, sang er leise vor sich hin:

»Und die Erde ist rein wie ein Frühlingstraum,
Kein Qualm und Fabrikrauch zu sehen.
Denn das Land ist jetzt in des Gärtners Hand,
Wer's nicht wollte, der mußte gehen ...«

Bob Needleton sah auf seine Armbanduhr. »Halten Sie an«, sagte er. Sandy lenkte den Wagen an den Straßenrand, und Needleton stieg aus und lehnte sich an die Tür. Er spähte nach Süden, zur Thunder Ridge, und wartete. Es war kurz vor Tagesanbruch, im Westen waren noch ein paar Sterne zu sehen, im Osten keine mehr, aber am Boden war es noch dunkel. Noch nicht Morgengrauen, dachte er. Nicht nach Mohammeds Definition: man kann einen schwarzen Faden noch nicht von einem weißen unterscheiden …

Eine jäh aufflammende Lichterscheinung ließ die dunklen Umrisse der Thunder Ridge klar hervortreten. Gleich darauf folgte eine weitere, noch hellere.

Jheri Moorkith konnte den großen Hangar durch den Zaun sehen. Das Stützpunktareal Thunder Ridge war menschenleer und wirkte verlassen, aber überall brannten Lichter, und das Dach des großen Hangars zweihundert Schritte voraus war geöffnet. Der Wagen der Luftwaffenfeldpolizei hielt an, und Soldat Joe Murasaki stieg aus. »Das Tor ist zugesperrt«, rief er zurück. »Keine Schlüssel.«

Der Hangar war direkt voraus, aber durch das zugesperrte Tor konnten sie nicht fahren. Jheri Moorkith war nahe daran, die Fassung zu verlieren, wahrte aber die Beherrschung. »Schießen Sie das Schloß auf«, befahl er.

Unteroffizier Malcolm Lincoln rümpfte die Nase. »Sir, das klappt in Filmen besser als im wirklichen Leben. Vielleicht sollte ich einen Hammer aus dem Kofferraum nehmen und es damit öffnen?«

»Mir ist gleich, wie Sie es machen, aber öffnen Sie das Tor!«

Zwei Hammerschläge zerschlugen das Schloß, aber das Tor ließ sich noch immer nicht öffnen. »Es ist mit Draht zugebunden«, sagte Unteroffizier Lincoln. »Joey, gib mir den Bolzenschneider aus dem Kofferraum.«

Aus dem Hangar drang greller Lichtschein. Die

Wellblechwände erzitterten, und dumpfes Donnern ließ die Luft erbeben.

»Schnell!« schrie Moorkith.

Langsam und majestätisch begann *Phoenix* aus dem offenen Dach emporzusteigen.

Moorkith wandte sich zu den Militärpolizisten um, die zum langsam aufsteigenden Raumtransporter aufblickten. »Schießen Sie ihn ab!« befahl er.

»Abschießen?« fragte Unteroffizier Lincoln verdutzt.

»Ja! Schießen! Schießen! Das ist ein Befehl!«

»Sir ...«

»Geben Sie mir das verdammte Schießeisen!«

Malcolm Lincoln wandte den Blick nicht von dem Schauspiel, als er die Maschinenpistole von der Schulter nahm. Dann zog er, wie er es gelernt hatte, das Magazin und den Kammerverschluß, bevor er die Waffe Moorkith aushändigte.

Jheri Moorkith fummelte nervös mit der Magazinsicherung und sah nichts, als der *Phoenix* emporstieg.

Unteroffizier Malcolm Lincoln beobachtete fasziniert, wie *Phoenix* aufstieg, schneller jetzt. Donnergrollen überspülte sie, und seine Ohren schmerzten, aber Lincoln grinste in diebischer Freude. Der Raumtransporter gewann mit wachsender Beschleunigung rasch an Höhe und fing das rosige Licht des aufdämmernden Tages ein, aber die Triebwerke glühten heller, als der *Phoenix* auf ihrem Feuer himmelwärts jagte.

21

Kreuzfahrt

Das große Segelschiff war für den Frachttransport konstruiert, mit HighTech vollgestopft, ein hochseetaugliches Schiff, mit vier hohen Masten und Segeln, die wie aufrechtstehende Flugzeugtragflächen aussahen und durch eine ausgefeilte Elektronik unter Berücksichtigung des vorprogrammierten Kurses und der Windrichtung nach dem jeweils günstigsten Wirkungsgrad ausgerichtet wurden. So veränderten sie ihre Stellung immer wieder, als die *Gullwhale* mit 18 Knoten durch die Karibik auf die Inseln über dem Winde zuhielt. Bei optimalen Windverhältnissen konnte sie 20 Knoten erreichen.

Chuck Umber hatte seine Videokamera auf ein Stativ gesetzt, das fest auf dem Deck verschraubt war. Der Bildausschnitt neigte sich mit dem Schiff, kippte bis um fünfzehn Grad. »31. Februar, 23 Uhr 30. Hier ist *Gullwhale Crossing*, ein Videoprogramm, herausgegeben von Chuck Umber. Rick Foss, verraten Sie den Zuschauern, was wir hier machen.«

Foss war ein bärtiger, ausgezehrter Mann mit flakkerndem Blick, einem verrückten Lächeln und einem absurden Hut. »Wir haben uns hier versammelt, um den Kreuzfahrtcon abzuhalten, der erste SF-Worldcon, der jemals auf See veranstaltet wurde.«

»Und wie kam es dazu?«

»Durch gutes Timing. *Gullwhale* war ein Forschungsprojekt der Grünen, kostspielig sogar für die Verhältnisse der NASA, aber absolut umweltfreundlich durch ausschließliche Nutzung von Windenergie. Leider war mit dem Schiff kein Geld zu verdienen. Einerseits durch die Antriebsenergie in der Tonnage begrenzt, andererseits durch die Segel daran gehindert, Container als Decksfracht zu laden, konnte *Gullwhale* nicht mit großen modernen Containerschiffen konkurrieren, obwohl Windenergie kostenlos ist. Hinzu kam die Wechselhaftigkeit der Winde, die keine genaue Planung der Abfahrts- und Ankunftszeiten zuließ.«

»Also bekamen wir das Schiff billig«, sagte Chuck.

Rick Foss grinste. »Ich bekam es für ein Butterbrot. Dies ist seine erste Reise als Kreuzfahrtschiff.«

»Hotelrechnung und Verpflegung in der Anmeldegebühr für den Con enthalten. Ein geschickter Schachzug, Rick.«

»Ich sagte in der Werbung natürlich nicht, daß es ein SF-Con sein würde. Ich garantierte bloß, das Schiff mit zahlenden Passagieren zu füllen, denen es nichts ausmacht, eine Woche verspätet wieder nach Haus zu kommen, solange es sie nicht mehr kostet. Aber jetzt sind wir in internationalen Gewässern und unterstehen nicht mehr der Jurisdiktion der Vereinigten Staaten.«

Von der Reling rief Poul Dickson: »Ach ja, jetzt können wir die alten Lieder singen!«

Ein untersetzter Neger steckte den Kopf aus der Tür eines Niedergangs. »Land voraus!«

Chuck schwenkte die Videokamera auf ihn. »Ken, sollten Sie nicht oben im Krähennest sein?«

Ken kam ganz zum Vorschein und tätschelte seinen ansehnlichen Bauch. »Das könnte mich nie tragen. Wir haben Grenada auf dem Radarschirm. Noch sind wir zwei Stunden entfernt, aber Sie können schon an das Ende des Programms denken.«

Rick Foss grinste geheimnisvoll in die Kamera. »Könnte sein, daß ich eine weitere Überraschung für Sie habe, Chuck.«

»Ich rede mit Bruce Hyde und Mike Glider, Rick. Bruce, Sie verließen die Rettungsmannschaft, um in Sherrine Hartleys Wohnung Hinweise zu plazieren. Ich nehme an, das geschah, um eine falsche Fährte zu legen?«

»Sicher«, sagte Bruce. »Wir hofften damit, die Ermittler wenigstens einstweilen irrezuführen. Wir hatten für alle Fälle die schriftliche Erlaubnis des Eigentümers, in der Wohnung zu sein, und einen Schlüssel. Trotzdem stiegen wir durch ein Fenster ein, nahmen ein paar von Sherrines Sachen mit, ließen Landkarten und den Entwurf einer Routenplanung auf dem Tisch liegen, verließen das Haus durch die Eingangstür und fuhren mit Mikes Wagen nach Norden.«

»Niemand hielt Sie an?«

»Nein, aber sie folgten uns. Ich nehme an, wir hätten anhalten können, aber …«

»Ich wollte den Gletscher noch einmal überqueren«, sagte Glider. Er hielt eine Titelseite des *National Enquirer* für die Kamera unter das Kinn und zeigte ein breites Lächeln. Die Schlagzeile lautete:

ORGIE NACKTER SCHNEEMENSCHEN
AUF GLETSCHER!

»Wir nahmen den gleichen Weg wie zuvor«, sagte Bruce, »und vereinbarten eine etwas schwächere Mikrowellenstrahlung.«

»Wie viele waren Sie?«

»Sie meinen, wegen der Orgie?« Bruce lachte. »Nein, nein, nur Mike und ich, voll bekleidet. Wir überquerten den Gletscher nach Fargo und gingen gleich zum örtlichen Fernsehsender. Dort erzählten wir den Leuten von unserer Teilnahme an den Paarungsriten eines Stammes nackter Yetis mit blaßblauer Haut. Machen Sie nicht ein so enttäuschtes Gesicht, Chuck.«

»Nach dem Start kamen wir alle ungeschoren davon«, sagte Glen Bailey. »Sie erinnern sich, wie es aussah, als der *Phoenix* aufstieg?«

Harry Czescu nickte bedächtig. »Ich dachte ständig: ›Unsere explodieren immer. Unsere explodieren immer.‹ Aber alles ging glatt.«

»Der Kondensstreifen zog sich über den halben Himmel«, ergänzte Bailey. »Bei den ersten Fernraketenstarts in den 30er und 40er Jahren dachten die Deutschen, ihre Raketen wären mit defekter Steuerung vom Kurs abgekommen.«

»Es waren bloß stratosphärische Winde, die die Kondensstreifen herumbliesen«, sagte Mike Glider. Er reckte den Kopf in den Aufnahmebereich der Kamera, und Umber runzelte die Stirn.

»Ja, aber es sieht wie etwas aus, das eine Spinne unter LSD gesponnen hat. Der Oberpolizist der Grünen, Moorkith, sah die krumme Bahn des Kondensstreifens wie einen gefrorenen Blitz und dachte, der *Phoenix* müsse abgestürzt sein. Er ließ die Wüste von Hubschraubern nach Trümmern absuchen, während die Unsrigen sich in alle Richtungen zerstreuten.«

»Leider versäumte ich alles«, sagte Ann Hudson. »Ich war in New York und versuchte den Ereignissen mit Hilfe der Nachrichten zu folgen, aber inwieweit konnte ich den Meldungen trauen? Gary konnte mich erst später erreichen, als er in der Umlaufbahn war.«

»Aber diesmal wollen Sie mit hinauf?«

»Selbstverständlich. Ich kann meinen Mann nicht sich selbst überlassen. Wer weiß, auf welche Ideen er dann kommen würde. Chuck, ich möchte eine Kopie dieser Aufzeichnung mitnehmen.«

»Deshalb beeile ich mich. Ich möchte alles aufbereitet und kopiert haben, bevor der Transporter wieder startet.«

»Kein Problem«, sagte C.C. Miller. »Wir fuhren einfach davon. Es gelang uns sogar, das Clubhaus auszuräumen, bevor die Grünen kamen, um zu schnüffeln. Inzwischen haben wir Tonnen von Material aller Art. Wenn die Engel es nicht wollen, werden wir es einfach in Grenada lassen.«

»Sie meinen, es ist an Bord?«

»So ist es. Wir haben den Plastikmais und Saatgut und Metalle in Bienenwabenstruktur und Chlorpulver und fünf Kartons Regenwürmer, und ein Paket mit – ich weiß nicht, was darin ist, aber es will heraus…«

»Und niemand wurde auf Sie aufmerksam, Gordon?«

»Ich konnte damals schon gehen«, sagte Gordon. Er erhob sich aus seinem Liegestuhl, breitete die Arme aus und verbeugte sich, bis sein Kopf beinahe den Boden berührte

»Heutzutage«, bemerkte C.C. Miller, »könnten wir ihn in einer Basketballmannschaft verstecken.«

»Was haben Sie in der Zwischenzeit getan, Gordon?«

»Ihre Zuschauer wissen es. Ich veröffentliche *Unterkühlung* in Fortsetzungen. Der Verlag Baen Books will es als Buch herausbringen.«

»Aber jetzt wollen Sie wieder hinauf?«

»Gewiß. Alex sagt, meine Familie würde ihm die Haut abziehen, wenn er mich nicht mitbringt, also gehe ich mit Mrs. Hudson.«

Ein scharfer Knall ertönte, laut über dem Wind, gefolgt von einem zweiten Knall. »Moment«, sagte Chuck und schwenkte die Videokamera herum. »Das war… ich hab's.«

Hoch am Himmel über Grenada erschien ein Punkt, der abwärts sank.

»Kommt herunter wie ein Stein, bloß schneller«, sagte Chuck. »Die Triebwerke sollten jeden Augenblick zünden ... aber es herrscht helles Tageslicht, so daß es nicht allzu auffällig sein wird ... Nun, was ist, wollt ihr nicht zünden?«

»*Phoenix* verlangsamt schon«, sagte Gordon. »Die Triebwerke müssen gezündet haben. Sehen Sie? Er wird langsamer.«

»Ja. Gott sei Dank. Sehr schön.«

Sie verfolgten das Landemanöver, bis der Zuckerhut hinter bewaldeten Höhen außer Sicht kam.

Chuck Umber lachte. »Der Transporter war zu weit entfernt, als daß viel zu sehen gewesen wäre, aber Ihre Gesichter, das war etwas. Gut, Gordon, Sie haben autobiographisches Material veröffentlicht, aber es ist auch ein Roman in Arbeit, nicht wahr?«

»Ja, ich arbeite daran. Sollte recht bald fertig sein.«

»Er hat auch einen Vers für das Lied gemacht«, bemerkte Harry Czescu.

»Lied?«

»Jennys Lied«, sagte Harry. Er zog seine Gitarre aus dem Futteral. Die anderen versammelten sich um ihn, fünfzig Leute auf dem Deck eines Segelschiffs und spähten hinüber zu einer Insel, wo ein Raumtransporter gelandet war.

»Die Engel fielen und stiegen wieder auf«, sagte jemand. »Und bei Gott, wir brachten es zuwege!«

Chuck filmte weiter. Harry begann zu spielen. Jenny sang, und die anderen fielen mit ein.

»Gesucht sind wir in Luna City,
auf Dune und Dawn,
Gesucht auf Ophiuchus,
gesucht in Dydeetown.
Überall gesucht bin ich, ob
es mir schmeichelt? – Klar,
Weit und breit ist kein Versteck,
wo ich nicht schon war.

Gesucht auch, weil wir Kohle
  und Erdöl verbrennen,
Sind verfolgt und geächtet,
  wohin wir auch rennen.
Reaktoren wir bauten
  gegen jedermanns Rat,
Bis man uns kreuzigte für
  die befreiende Tat.

Gesucht, weil wir mit diesem
  Lied Zersetzung üben,
Weil wir trotz NASAs Fall uns
  selbst stets treu geblieben.
Was wäre nicht erreichbar dem
  menschlichen Streben!
Doch wir dürfen nicht zagen,
  es gilt unser Leben.

Sie wollen meine Freiheit,
  sie wollen Haut und Haar,
Sie suchten in Wisconsin, ich
  war schon nicht mehr da,
Sie sollen mich nicht haben,
  wenn ich's vermeiden kann,
Sollt' ich auch bis zum Ende
  sein ein gejagter Mann.

Gesucht sind wir von hier bis
  zu den fernsten Sternen,
Weil wir uns blöde singen
  in Tausenden Tavernen.
Doch wenn wir nur wollen, wird
  einst das Blatt sich wenden,
Und Schiffe werden wir dann
  zum Himmel entsenden.

Gesucht, weil wir Stickstoff
  sammeln und Schiffe bauen,
Mikrowellen senden und auf
  uns selbst vertrauen.
Siegt heute noch der Gletscher,
  so landen wir morgen,
Und wird das Eis besiegt, so
  werden wir's besorgen.«

Schlußbemerkung

Dieses Buch wird als Science Fiction verkauft, aber man könnte darüber streiten: Während es eindeutig Fiktion ist, kann der wissenschaftliche Teil als durchaus realistisch gelten.

Obwohl der Raumtransporter *Phoenix* noch nicht existiert, könnte er heute in dieser oder jener Form für einen Betrag zwischen 50 und 200 Millionen Dollar gebaut werden.

Einmal konstruiert, würde *Phoenix* wie ein Flugzeug operieren. Es erfordert ungefähr die gleiche Menge Treibstoff, ein Kilogramm von den Vereinigten Staaten nach Australien zu fliegen oder in eine Umlaufbahn zu tragen. Luftlinien benötigen für ihren Betrieb ungefähr das Dreifache der Treibstoffkosten, einschließlich Abschreibungen. *Phoenix* würde nicht viel teurer kommen. Die Betriebskosten jedes Systems hängen davon ab, wieviel man es gebraucht, aber unter Berücksichtigung des kostengünstigen Rahmens, in dem *Phoenix* arbeitet, sollte eine gute Auslastung erzielt werden.

Natürlich haben Luftlinien ungefähr einhundertfünfzehn Beschäftigte pro Flugzeug; aber die meisten Luftlinien müssen Tickets verkaufen. Das SR-71-Programm sollte mit etwa vierzig Beschäftigten pro Flugzeug auskommen. Die NASA beschäftigt für ihre vier Shuttles mehr als zwanzigtausend Menschen zur Unterstützung des Flugbetriebs. Dies mag erklären, warum *Phoenix*, der für seinen Betrieb nicht mehr als fünfzig Beschäftigte benötigen würde, weniger als ein Prozent dessen berechnen würde, was die NASA verlangt, um Lasten in eine Umlaufbahn zu tragen.

Trotz allen Geredes und aller Unkenrufe über eine

globale Erwärmung des Klimas gibt es genauso viele wissenschaftlich begründete Hinweise auf eine bevorstehende Eiszeit. Bei Experimenten ist es nicht gelungen, solare Neutrinos in den erwarteten Quantitäten festzustellen, und Astronomen rechnen mit einer bevorstehenden neuen Periode verringerter Sonnenaktivität. Die letzte längere Periode dieser Art wurde als das ›Maunder Minimum‹ bekannt und deckte sich mit der sogenannten ›Kleinen Eiszeit‹. Überdies zeigen archäologische Untersuchungen, daß die Britischen Inseln in der letzten Eiszeit in weniger als einem Jahrhundert von einem etwas wärmeren als dem heutigen Klima zur lebensfeindlichen Eiswüste eines Schildgletschers wurden.

Selbstverständlich ist unsere Geschichte Fiktion. Auch sind viele der Charaktere fiktiv. Einige aber sind Montagen lebender Personen, und manche stellen lebende Personen unter veränderten Namen dar; manche wiederum erscheinen hier unter ihren wirklichen Namen, und ein paar Leute haben sogar dafür bezahlt, um in dem Buch zu erscheinen. Weil die Handlung in einer unbestimmten Zukunft stattfindet, haben wir freizügigen Gebrauch vom Recht des Autors gemacht, Einzelheiten des Alters, des Berufes und des Wohnortes zu verändern.

Was die hier porträtierte Gesellschaft angeht, so ist vieles davon satirisch. Leider sind viele der Zwischenfälle – wie etwa der Steve Jackson-Fall, in dem ein Geschäft von Geheimdienstagenten durchsucht wurde, die einen unsignierten Durchsuchungsbefehl vorzeigten – durchaus real. Gleiches gilt für viele der antitechnischen Argumente, die hier wiedergegeben wurden. Es gibt tatsächlich eine intellektuelle, an Universitäten verbreitete Bewegung, die ›materialistische Wissenschaft‹, anprangert und an ihre Stelle etwas viel weniger ›Kaltes und Unbarmherziges‹ setzen möchte.

Also Augen auf.